LA MONTAGNE BRISÉE

DU MÊME AUTEUR

Chez le même éditeur

L'ANGÉLUS DE MINUIT, 1989
LE ROI EN SON MOULIN, 1990
LA NUIT DES HULOTTES, 1991
Prix RTL-Grand Public 1992
Prix du printemps du livre 1992
Grand Prix littéraire de la Corne d'or limousine 1992
LE PORTEUR DE DESTINS, Seghers, 1992
Prix des Maisons de la Presse 1992
LES CHASSEURS DE PAPILLONS, 1993
Prix Charles-Exbrayat 1993
UN CHEVAL SOUS LA LUNE, 1994
CE SOIR, IL FERA JOUR, 1995
Prix Terre de France, *La Vie*, 1995
L'ANNÉE DES COQUELICOTS, 1996
L'HEURE DU BRACONNIER, 1997
LA NEIGE FOND TOUJOURS AU PRINTEMPS, 1998
LES FRÈRES DU DIABLE, 1999
LYDIA DE MALEMORT, 2000
LE SILENCE DE LA MULE, 2001
LE VOLEURS DE BONBONS, 2002
LUMIÈRE À CORNEMULE, 2002
DES ENFANTS TOMBÉS DU CIEL, 2003
LA COULEUR DU BON PAIN, 2004

Chez d'autres éditeurs

BEAUCHABROL, Jean-Claude Lattès, 1981 ; Soumy, 1990
BARBE D'OR, Jean-Claude Lattès, 1983 ; Soumy, 1992
LE CHAT DERRIÈRE LA VITRE (nouvelles), L'Archipel, 1994
DERNIÈRES NOUVELLES DE LA TERRE, Anne Carrière, 2001
UNE VIE D'EAU ET DE VENT, Anne Carrière, 2003

GILBERT BORDES

LA MONTAGNE BRISÉE

Les Colères du ciel et de la terre

*

roman

ROBERT LAFFONT

ISBN 2-221-10416-1

Première partie

Les Eaux Saint-Jean

La Terre entrerait-elle dans une phase d'activité intense comme elle en a connu à la fin de l'ère primaire, au secondaire et bien sûr au tertiaire ? À cette question, les scientifiques ne peuvent répondre avec certitude et se bornent à mesurer l'intensification de l'activité sismique sur tous les continents, tremblements de terre récents au Brésil, en Inde, au Japon, en Afrique du Nord, nombreuses éruptions volcaniques en Terre de Feu, mais aussi en Islande. Quelles sont les relations entre ces troubles profonds et le réchauffement général de la planète d'environ deux degrés en un peu plus de cinquante ans ? Aucune. Les deux phénomènes sont indépendants l'un de l'autre. La plupart des spécialistes estiment que l'effet de serre dû aux rejets de gaz polluants dans l'atmosphère, responsable de tempêtes estivales de plus en plus violentes, de la fonte des banquises, de la multiplication des zones désertiques, ne peut avoir aucun effet sur les forces tectoniques de la planète. Quelques scientifiques isolés partisans de l'interaction des phénomènes en doutent, mais n'ont jamais pu prouver...

Le vieux Perritaud, retraité des postes, éteint son autoradio. Depuis quelque temps, on ne parle que de tremblements de terre, de cyclones, de pluies diluviennes. Albert Perritaud n'a pas besoin des médias pour mesurer les changements dans sa vallée alpine. Observateur des choses de la nature, il a constaté que le climat a changé, que les orages sont de plus en plus nombreux et violents. Et Perritaud sait ce qu'il dit : ce n'est pas un de ces hommes d'aujourd'hui qui ne regardent jamais le ciel et les nuages, qui ne savent pas quand fleurissent les jonquilles et quand passent les palombes. Durant toute sa vie de facteur, il a regardé autour de lui, noté scrupuleusement chaque année l'arrivée de la première hirondelle, la première tonte de son gazon. Pendant son enfance, la neige restait deux longs mois, désormais, il ne neige plus ou alors la couche est si mince qu'elle fond en une matinée. Les gens trouvent cela très bien, pas lui. Il sait que l'équilibre des saisons passe par des périodes de froid en hiver et que, depuis que la terre ne gèle plus en profondeur, tout va de travers dans son potager. Il doit traiter ses légumes avec des insecticides toujours plus puissants et il ne parvient pas à venir à bout de la vermine.

Il est parti pour l'après-midi nettoyer les abords de son étang situé à moins de cinq kilomètres de chez lui, au hameau de Hautes-Maisons. En quittant Chastelnaud, il longe le mur de l'usine Saint-Jean où l'on met en bouteilles l'eau d'une source aux grandes vertus, exploitée par la famille Montrémy, puis s'éloigne sur la petite route qui grimpe à travers la colline. Le temps est assez beau, mais frais, un temps de fin avril en cette région où la montagne voisine laisse couler son froid dans la vallée jusqu'au mois de mai.

Tout en roulant, il pense à ce qu'il vient d'entendre à la radio. Lui, le chasseur, le pêcheur, le jardinier, le chercheur de champignons, comprend instinctivement qu'un détail infime suffit pour tout chambouler. Il se dit que la Terre est vivante, qu'elle nous accepte sur sa peau, nous nourrit à condition de la respecter. Mais les hommes n'ont pas la sagesse de ces oiseaux qui prélèvent des parasites cutanés des éléphants, ils demandent à la Terre plus qu'elle ne peut leur donner jusqu'au moment où elle se rebelle et tant pis pour les dégâts !

Il arrive au hameau de Hautes-Maisons quand, sur la route, plusieurs pies l'arrêtent. Ce n'est pas la première fois qu'il voit des pies rassemblées autour d'une charogne de hérisson, mais, aujourd'hui, les oiseaux ont une attitude bizarre. Est-ce parce qu'il a senti, lui aussi, quelque chose d'imprécis, un vague avertissement, une inquiétude née du fond de lui-même, là où l'instinct remplace la réflexion ? Il coupe le moteur de sa voiture et s'approche des pies qui jacassent, poussent des cris perçants, battent de leurs ailes noir et blanc comme pour faire fuir un chat venu piller leur nid. Perritaud, qui connaît tout des habitants des collines, en est tellement étonné qu'il oublie les joncs à couper avant la fièvre du printemps.

Il agite les bras pour disperser les oiseaux qui s'envolent, se posent quelques mètres plus loin et recommencent leur manège. D'ordinaire, les pies ne vivent pas en groupes ; au mois d'avril, les couples sont occupés aux nids : qu'est-ce qui peut bien les pousser à se rassembler et faire autant de bruit que des étourneaux ?

Enfin, Perritaud reprend sa route jusqu'à la petite ferme qu'il n'habite qu'en été, au moment de la pêche. La voiture avance dans la cour à l'abandon, s'arrête sous le gros tilleul. Il voit, devant lui, à deux pas de la porte d'entrée, des lapins de garenne, qui se pressent, tremblants, les uns contre les autres.

— Encore une épidémie de myxomatose ! pense Perritaud en se disant que la saison de chasse sera bien compromise et que les collets qu'il pose les soirs d'été resteront vides.

Pourtant, les animaux ne présentent pas les signes caractéristiques de la maladie, têtes gonflées, yeux exorbités, démarche hésitante. Ils semblent en bonne santé, mais s'agitent, comme à l'approche du renard qui leur interdit la fuite vers leurs terriers. Est-ce le vieux Martin qui a lâché son furet ?

Perritaud s'éloigne dans la forêt, passe près des terriers, à flanc de colline, ouvert sur le sud et les champs de trèfle au bout de la châtaigneraie, poursuit son chemin jusqu'à la vallée profonde du Ribet où se trouve la cabane de Martin. Le retraité profite du soleil encore pâle pour préparer ses lignes de fond. Martin sourit à l'arrivant ; les deux compères ont plus d'une fois lancé l'épervier dans le Ribet quand ils avaient une commande de truites.

— Tu as lâché le furet dans les terriers des Combes ?

Martin secoue sa tête noire et crache par-dessus son épaule.

— Mon furet est mort ! Ce fainéant a tellement bu de sang l'autre jour qu'il s'en est étouffé.

— Ça alors, c'est pas ordinaire !

Perritaud raconte le comportement des pies et des lapins. Martin, d'un geste rapide et précis, fixe un hameçon à son bas de ligne. C'est un petit homme au corps disgracieux ; son épaule gauche est plus haute que la droite, son visage ingrat est couvert d'une barbe sale.

— Ça m'étonne pas ! dit-il.

Il enfouit sa ligne prête dans une grosse musette posée sur le perron de sa porte.

— Figure-toi que ce matin, au lever du soleil, j'ai fait mon tour, comme tous les jours. D'abord, la pinède des Brousses, à cause du cerf qui porte dix cors. Je l'ai aidé à échapper à la chasse de M. Rigeye, depuis on est copains, il me laisse l'approcher, parce qu'il sait que je ne chasse que le petit gibier. Ce matin, il était énervé comme s'il entendait la meute se rapprocher, il grattait la terre avec ses sabots, soufflait, tournait, sursautait à des bruits que j'entendais pas. C'est la première fois que je le vois comme ça.

— Et pourquoi, à ton avis ?

Il hausse les épaules, fronce ses épais sourcils, plisse son gros nez d'ivrogne.

— Je vais te dire, moi aussi, je suis pas tranquille. Je sais pas pourquoi, mais je sens comme quelque chose de râpeux dans l'air, des aiguilles minuscules qui m'agacent la peau...

— C'est curieux ! Quand tu en parles... J'ai senti, tout à l'heure, dans le sentier de la forêt, comme une fourmilière qui me serait passé sous les habits...

Ils regardent autour d'eux les collines baignées d'un soleil presque doux. Des oiseaux chantent ; entre ses rangées d'aulnes, le Ribet fait son habituel bruit de pluie fine. Soudain, dans la ferme de Lumerie ou de Sarlaut, un chien aboie ; les hommes se regardent. Cet aboiement n'est pas celui d'un animal qui s'ennuie ou s'en prend à un arrivant, c'est un hurlement long et soutenu, une plainte, la manifestation d'une angoisse diffuse, celle qu'ils ressentent sans pouvoir lui donner de cause.

— Tout ça, c'est bien bizarre ! fait Perritaud. Tout à l'heure, j'entendais à la radio des spécialistes parler des éruptions volcaniques et des tremblements de terre qui se multiplient depuis quelques années. Avec le réchauffement, tout va nous péter à la gueule !

— C'est pas impossible ! Regarde, les oiseaux ont changé leurs habitudes. Cette année, un couple d'hirondelles ne s'est pas embêté à partir. Il est resté dans l'étable de ma chèvre. Quand il faisait bon, mes deux petites bêtes sortaient bouffer les moustiques presque aussi nombreux qu'en plein été. Et puis dans la prairie du bas, à côté du Ribet, une dizaine de grues cendrées sont restées là tout l'hiver. Elles viennent juste de repartir vers le nord. Tu comprends bien que ça peut pas durer !

— Et les canards ! Eux aussi partaient. Regarde les palombes, on les garde maintenant toute l'année.

Perritaud a un geste fataliste. Le soleil est doux, sur ce devant de porte exposé au midi. Il n'est pas tranquille et éprouve le besoin de compagnie. Il se dit qu'il ira couper ses joncs plus tard, quand cette impression bizarre se sera dissipée.

Au même moment, Armand Montrémy sort de son bureau, passe dans la cour où des ouvriers chargent un camion. Des palettes s'amoncellent à la sortie de l'usine Saint-Jean. Le patron salue le chauffeur du camion qui surveille le chargement, puis les ouvriers, et poursuit son chemin jusqu'à sa maison d'habitation, une énorme bâtisse en retrait de l'usine où sont conditionnées chaque jour des milliers de bouteilles d'eau qui partent ensuite dans toutes les villes du pays. C'est un homme de grande taille, le visage carré et volontaire, le regard intense que peu d'employés osent soutenir. Il parle peu, mais la présence constante de ce patron de quarante-cinq ans, désormais rangé et entièrement consacré à son affaire, les rassure. Sa vie de playboy aventurier passée à relever tous les défis de la planète a longtemps été étalée dans les magazines jusqu'au jour où, devenu l'homme sombre qu'on connaît, il n'a plus quitté Chastelnaud.

— C'est l'accident de Julien qui l'a ramené à la raison, dit Jean Durras, le magasinier qui le connaît bien. Il a enfin compris qu'on ne va pas tenter le diable à chaque occasion sans risquer qu'il vous donne un coup de bâton ! Il a suffi d'un éclair pour tout faire basculer, ça prouve bien que le malheur est partout et que ça sert à rien de le courtiser.

La nature avait pourtant donné un avertissement à Armand Montrémy, mais il faut savoir lire en soi-même pour entendre les conseils de l'Univers. Élisabeth, sa femme, venait de le quitter pour aller vivre dans une secte religieuse. Sa nouvelle compagne, Adeline Delprat, qui avait vingt ans de moins que lui, le poussait dans une course aux records qui tournait à la pulsion suicidaire. Il partit avec une équipe de guides professionnels tenter l'ascension de l'Aconcagua en Amérique du Sud. Ce fut un échec, une défaite cuisante pour ces hommes habitués au succès. La montagne avait gagné avec son vent, son froid, ses parois de glace. Ce qui était possible quelques années auparavant devenait hors de portée. « La Terre a changé, avait dit un vieux porteur indien ; on ne sait pas pourquoi, mais il n'y a jamais eu autant de neige, autant de glace, autant de risques ! Les dieux de la nature n'aiment pas que les hommes cherchent à les égaler. » Un météorologue expert qui faisait partie de l'expédition considérait que c'était un des effets pervers du réchauffement de la planète : « Cela ne se traduit pas uniquement par une augmentation de l'ensoleillement, bien au contraire, le réchauffement entraîne dans les régions très froides une augmentation des précipitations, des tempêtes et, paradoxalement, du froid dans certaines zones à climat doux. » Cette mise en garde n'avait pas suffi à Armand Montrémy qui était rentré à Chastelnaud en se jurant de recommencer l'été suivant. La naissance de la petite Pétronille ne l'arrêta pas : il était de toutes les expéditions dangereuses, de toutes les tentatives de records.

L'accident sur le versant nord du mont Blanc, avec son fils Julien et son ami Pierre Lorrain, changea tout. Une escalade sans difficulté destinée à montrer les talents d'alpiniste de Julien qui allait sur ses vingt ans. L'orage, soudain et d'une violence inouïe, surprit Armand qui croyait tout savoir de cette montagne tant de fois vaincue et qu'il méprisait un peu. La foudre les frappa dans le renfoncement de rocher où ils avaient trouvé refuge. Brutale. Pierre fut tué sur le coup, Julien gravement touché. Armand, entre les deux, était indemne. Depuis, il ne cesse de penser qu'il ne s'agit pas d'un hasard, mais d'une mise en garde. Cette nature qu'il croyait pouvoir fouler aux pieds lui a montré qu'elle aurait toujours le dernier mot, qu'il n'était qu'un fétu de paille au milieu d'éléments titanesques. Le vieux porteur indien avait raison : les dieux de la nature n'aiment pas que les hommes cherchent à les égaler.

À l'usine Saint-Jean, personne n'a oublié les terribles mois qui ont suivi la disparition de Pierre Lorrain et l'accident de Julien. Le patron était sombre, inaccessible, comme indifférent à l'avenir de son entreprise. L'année suivante, sa compagne, la belle et légère Adeline Delprat, mourut dans des circonstances bizarres, au cours d'une promenade en montagne, une sortie sans difficulté qui se fait en famille et ne demande aucune compétence particulière : c'est là que viennent s'entraîner tous les gosses de la vallée.

Ce jour-là, Montrémy était parti avec Adeline qui voulait apprendre l'escalade et Pétronille, leur fillette alors âgée de six ans. Ils ne s'étaient pas encordés, personne ne s'encorde sur ce parcours. Un orage éclata qui rendit les rochers glissants. Adeline dérapa et fit une chute de quelques mètres dans une crevasse. Depuis, le patron ne vient plus, chaque matin, à la porte de l'usine pour saluer ses ouvriers. Ses ordres brefs claquent comme des coups de fouet, ce qui ne plaît pas à tout le monde. De ce jour aussi date le comportement perturbé de la petite Pétronille.

L'aventurier qui voulait vaincre toutes les difficultés du monde reste chez lui. Autrefois, il aimait, le dimanche, à bord de son CAP 380, montrer son adresse en voltige et prenait souvent des risques considérables, comme s'il avait décidé de régler ses comptes avec les lois de la nature. Ce vainqueur des hauts sommets de la planète, des glaces de la banquise, passe désormais ses dimanches dans sa bibliothèque et se contente de promenades solitaires dans le parc de sa grande propriété.

Pétronille le fuit et multiplie les bêtises qui exaspèrent sa grand-mère. Ghislaine Margeride, l'institutrice de la fillette, ne cache pas son inquiétude :

— Pétronille se sent perdue. Elle est capable de tout pour attirer l'attention. Je redoute de grosses bêtises.

Montrémy a toujours été plus à l'aise avec une paroi verticale sans prises qu'avec les enfants, dont il ne comprend pas les réactions et le langage. Ainsi, Pétronille est seule dans la grande maison, confiée à la garde d'une grand-mère aigrie et confrontée à des querelles de famille qui lui enlèvent tous ses repères. Pourtant, elle ne manque de rien, sauf d'une poitrine bien chaude et généreuse pour s'y blottir dans les moments de chagrin.

Le patron observe un instant les ouvriers charger un camion. Julien arrive de la maison dans son fauteuil roulant. Le jeune homme est responsable du service informatique de l'entreprise et refuse d'être aidé par qui que ce soit dans ses déplacements. Très brun, le visage maigre, le regard décidé, il a suivi les traces de son père jusqu'à l'accident. Désormais privé de ses jambes, celui qui rêvait de records doit se battre pour faire face au quotidien. Persuadé que la volonté peut venir à bout de son handicap, il suit chaque jour un entraînement fastidieux dans la salle de gymnastique qu'il s'est aménagée. Et l'effort paie : il a récupéré une certaine mobilité, il peut désormais se tenir debout sans aide, faire quelques pas sans ses béquilles. Cette petite victoire en vaut bien d'autres et l'espoir donne au jeune homme la force de se surpasser.

Il s'arrête devant son père, puis regarde le mont Aïzot. Une grimace déforme son visage.

— Je ne sais pas si c'est l'arrivée du printemps, dit-il, mais de violentes douleurs me vrillent le bassin depuis ce matin et je n'arrive plus à me tenir debout.

Armand Montrémy constate que, lui aussi, a mal à la jambe qu'il s'était cassée lors d'un accident d'avion. Il reste un moment à contempler le jeune homme qui paie à sa place une témérité dans un combat sans importance. L'éclair meurtrier le hante toujours, le roulement du tonnerre gronde en lui.

— Et puis, je trouve que tout est curieux ! La lumière n'est pas ordinaire, plus blanche et moins éclatante que d'habitude. Ce matin, c'est le silence des oiseaux qui m'a réveillé alors que, d'habitude, ils font un raffut à ne pas s'entendre. Et puis Fabra, qui ne quitte pas Pétronille, est invisible. Je l'ai trouvée cachée dans le placard à chaussures, haletante. À croire que cette petite chienne a flairé quelque chose qui nous échappe.

— C'est très curieux, en effet. On dit que les animaux sentent le danger, mais quel danger ?

Il ajoute pour se raccrocher à la réalité :

— J'ai posé sur ton bureau les factures de la maison Jacqueret pour les nouveaux logiciels. Il faut que tu les vérifies. Je trouve la note un peu salée. Il va falloir qu'on discute avec notre ami Jacqueret, ça ne peut pas durer comme ça.

Julien acquiesce. Le vent s'est levé, plus froid que d'habitude, un vent de montagne qui coule du mont Aïzot.

— Et puis, plus inquiétant encore, poursuit le jeune homme en se dirigeant vers l'entrée, grand-mère est de bonne humeur. Je l'ai entendue fredonner en se mettant à son insupportable point de croix.

— Tu as dû mal entendre. Ou alors, il se prépare une terrible catastrophe ! fait Armand Montrémy en se dirigeant vers sa bibliothèque.

Julien arrive à l'entrée des bureaux aménagée pour son fauteuil roulant, Fabra surgit du parc où elle devait se cacher, se plante au milieu de la cour et se met à hurler à la mort. Les hurlements des autres chiens du quartier lui répondent, terriblement poignants. Ces cris lugubres surprennent tellement les ouvriers qu'ils arrêtent leur chargement.

Les chiens se taisent enfin ; le monde semble suspendu au-dessus d'un gouffre. Montrémy écoute un moment le silence, ponctué des pas de sa mère à l'étage qui s'en prend à une bonne. Tout à coup, un bruit étrange, un puissant roulement de tonnerre fait vibrer l'air. Montrémy enfonce la tête dans ses épaules. Le bruit monte en intensité, ronflement d'orgue venu du centre de la Terre, vague déferlante qui submerge tout, dissout les images, vibration universelle. Les meubles, les murs, se mettent à trembler dans un mouvement infernal. Les livres tombent des étagères ; du plafond se détachent de grosses plaques de plâtre. Le sol bouge, se dérobe dans des mouvements désordonnés. Le bureau, ballotté comme un bateau sur l'océan en furie, se brise contre la cloison qui s'écroule. Le monde n'est plus que bruit sourd, sans cause.

Alors des cris venus de partout percent ce vacarme diffus. Dans un halo de poussière, le toit de l'usine s'effondre, des hommes courent en tous sens. Et cela dure, très longtemps, en tout cas beaucoup plus longtemps que des secondes ordinaires. Le tilleul tombe avec fracas sur le camion, des branches frappent la fenêtre de la bibliothèque, brisent les vitres. La ville n'est que fumée et hurlements. Que se passe-t-il ? Couvert de poussière et de gravats, Armand Montrémy ne bouge pas, comme s'il attendait le coup fatal, le mur disloqué qui va l'écraser. Des frissons glacés le parcourent. La tête entre ses bras, le corps carbonisé de Pierre Lorrain, le visage noir de son ami, ce jour d'orage sur le mont Blanc, le hantent comme chaque fois que le tonnerre gronde.

Le silence revient d'un coup, lui-même surprenant, comme un trou sans fond, hérissé de cris de détresse. Un silence de champ de bataille couvert de blessés.

— Un tremblement de terre ! dit Montrémy entre ses dents, comme pour se convaincre de ce qui vient de se passer.

Puis il doute. Il n'y a jamais eu de tremblement de terre à Chastelnaud, même si la zone est classée à risques. C'est un attentat, une bombe vient d'exploser, mais qui aurait posé une bombe dans une usine de conditionnement d'eau ? Les frères Delprat ? Ils n'emploient pas de moyens aussi grossiers et ne souhaitent pas détruire une entreprise qu'ils convoitent. Montrémy se sait quelques ennemis parmi ses ouvriers mais pas au point de détruire leur outil de travail. Et puis, une explosion ne fait pas ce long roulement de tonnerre. La terre a vraiment tremblé pendant de longues secondes, mue par une force qu'aucun explosif ne peut déployer.

Une épaisse fumée noire couvre la ville, les premiers incendies s'élèvent au-dessus des toits éventrés...

Comme tout le monde, Ghislaine Margeride pense d'abord à une bombe. Les menaces d'attentats terroristes sont trop présentes dans tous les esprits pour imaginer autre chose. Pourtant, quand elle sent le sol se dérober sous ses pieds, elle a l'intuition qu'il s'agit d'une secousse tellurique, un de ces petits tremblements de terre qui se produisent une ou deux fois tous les cinquante ans et toujours sans conséquences. Mais le bruit est infernal, d'une puissance qui occulte tout le reste. Les tables de la classe sont projetées en l'air, s'entrechoquent avec fracas, blessent des élèves qui poussent des cris aigus d'animaux pris au piège. Beaucoup sont renversés par des chutes de plaques de plâtre, d'autres se précipitent sur les gravats pour tenter de rejoindre la porte ou la fenêtre. La salle de classe tangue. Ghislaine tétanisée reste près du bureau à regarder les murs s'écrouler, les enfants courir dans tous les sens, sauter pour éviter un morceau de cloison, tomber, rouler au milieu des gravats. Elle n'a pas le réflexe d'ouvrir la porte encore intacte pour faire fuir ceux qui le peuvent. Son cerveau reste bloqué sur cette vision impossible ; elle n'a plus de pensées, son corps n'a plus de forces. Elle est plongée dans un cauchemar, incapable de la moindre initiative : ce qu'elle voit est hors de la réalité.

Du plafond tombent des blocs de maçonnerie qui s'écrasent en libérant une fumée épaisse et lourde. Les élèves indemnes se tassent contre la porte. Ghislaine retrouve alors le sens de son devoir. Elle doit surmonter sa peur pour porter secours aux enfants qu'on lui a confiés, mais n'est-ce pas déjà trop tard ? Elle se précipite au milieu de ce qui n'est qu'une image floue d'ombres agitées et de cris toujours plus perçants, elle court à la porte coincée, s'y accroche, pèse de tout son poids sur la poignée qui cède. Elle se tourne vers ce qui était quelques instants auparavant une salle de classe paisible où l'on apprenait le français et les mathématiques, et qui n'est plus qu'un tas de décombres mouvants dans lesquels se traînent des innocents blessés semblables à ces insectes mutilés qui tentent de fuir pour échapper à la pelle du jardinier.

— Madame !

Ghislaine reconnaît la voix fluette. Pétronille Delprat se traîne à ses pieds, rampe entre les tables renversées. L'institutrice voit nettement le corps menu tenter de se dresser, et le regard perçant qui exprime, dans le flou de la fumée, non pas de la terreur, mais une prière profonde.

— Madame, j'ai mal !

Ghislaine se précipite, arrache le corps frêle au désordre du sol, le prend dans ses bras, trébuche et tombe avec la fillette qui pousse un cri.

— Ma jambe ! j'ai trop mal !

— Ce n'est rien ! crie l'institutrice. Je te jure que ce n'est rien ! Tout va s'arranger, tu vas voir !

Elle serre contre elle la petite poitrine qui tremble, se redresse vivement, cherche un abri pour se protéger des morceaux de plafond qui continuent de pleuvoir. La rapidité avec laquelle son esprit fonctionne ne l'étonne pas, comme si le fond de son être, pendant un instant de léthargie, s'y était préparé, héritage de millénaires de catastrophes et de peurs ancestrales. Elle fait un écart, tombe entre les tables. Une violente douleur au dos lui arrache un cri, mais Pétronille n'a pas été touchée ; la joue mouillée reste collée contre sa joue. Elle sent à travers ses vêtements le cœur de la fillette qui bat à se rompre. Elle a la sensation de voler, d'être emportée dans un azur omniprésent. En même temps, des images défilent dans sa tête, simples éclairs pleins d'une vérité tenace, comme si, à cette heure ultime, l'essentiel se dégageait de l'opacité du quotidien. Elle voit son mari, Stéphane Margeride, l'implorer dans un nuage flou, puis disparaître. Le collège qu'il dirige est-il détruit à cette heure ? Stéphane est-il blessé, mort écrasé sous les décombres d'un bâtiment neuf dont les opposants au docteur Morenceau dénonçaient les malfaçons ? Mais cette éventualité la laisse terriblement indifférente, comme si elle était au cinéma. Il ne lui reste que cette impression qu'elle va elle-même mourir, collée à Pétronille qui ne gémit plus.

Alors, elle pense au père de son élève, Armand Montrémy, inaccessible, distant, hautain, qui n'a sûrement jamais posé les yeux sur l'institutrice de sa fille. Le patron des Eaux Saint-Jean représente tout ce qu'elle hait, mais l'heure n'est plus à la haine. Elle pense à sa mère, retraitée dans une maisonnette entre les collines à une trentaine de kilomètres d'ici. Il faudra l'appeler au plus vite. Ses pensées débridées s'arrêtent là. Un morceau du plafond et ses poutres de béton s'abattent sur elle, tout s'arrête.

Pour quelques heures, le docteur Jean Morenceau s'est échappé de la mairie où il passe sa vie depuis qu'il a été élu maire de Chastelnaud. Il s'est rendu sur les bords du Ribet pour assister au miracle du printemps. Entomologiste et pêcheur à la mouche passionné, il espère assister aux premières éclosions de *Baetis rhodanis* qui marquent le début de la saison de pêche et la possibilité de prendre ses premières truites de l'année avec des mouches artificielles confectionnées pendant les froides journées d'hiver. Quand il était en activité, on avait souvent reproché au praticien de délaisser ses patients pour la pêche. On raconte au pays que la pauvre Lucile Granin avait failli mourir d'un engorgement à cause des mouches de mai qui mettaient les truites en folie et retenaient le bon docteur loin de son cabinet. À part cela, tout le monde l'aime, surtout depuis qu'il a pris sa retraite et ne s'occupe que de pêche et de politique. Ses connaissances à Paris ont permis d'obtenir des tas de subventions pour désenclaver la région, de construire l'autoroute et le petit aéroport où une navette quotidienne propose l'aller et retour à Paris, Berlin et Londres dans la journée.

Oui, tout le monde l'aime bien ; il se donne plus à ses administrés qu'il ne s'est donné à la médecine. Les malades chroniques de Chastelnaud n'avaient en lui qu'une confiance limitée parce qu'il ne leur prescrivait pas assez de médicaments. Il était trop sincère et disait des vérités qui ne plaisaient pas, considérant que son rôle était de soigner les véritables maladies, pas d'accorder des arrêts de travail injustifiés.

Cet après-midi il marche le long du Ribet en surveillant la surface de l'eau. Le grondement sourd le surprend. L'eau se hérisse, pousse ses langues à l'assaut des berges. Morenceau se dresse, incrédule, regarde autour de lui les arbres qui dansent et s'abattent. Le sol se dérobe, il roule sur la pente jusqu'à un rocher et là, il sent nettement la terre bouger, se secouer comme pour se débarrasser des parasites qui rongent sa peau. Le pêcheur pense tout de suite à un tremblement de terre. Dans la vallée, une épaisse fumée monte au-dessus de Chastelnaud.

Un roulement puissant venu du mont Aïzot domine le tintamarre. La montagne souveraine au-dessus de la vallée se disloque, tremble sur ses bases, titube, comme ivre. Un pan se détache, glisse, arbres et rochers mêlés, monstrueuse avalanche qui roule et emporte tout sur son passage. La belle montagne sans difficulté, où tous les alpinistes d'Europe viennent faire leurs débuts, ce joyau de Chastelnaud que le maire Morenceau a su faire classer en parc naturel, n'est plus qu'une construction de carton qui s'écroule. La coulée s'écrase dans la vallée sous un nuage d'une lourde poussière qui noie la campagne.

— L'apocalypse, c'est l'apocalypse ! dit le docteur en cherchant sa voiture parmi les rochers, les arbres renversés, car en un moment aussi dramatique, sa place n'est pas ici, mais parmi ses administrés qui ont besoin de secours.

Son véhicule est intact. Par chance, un énorme rocher a arrêté sa course juste à côté et un chêne l'a épargné dans sa chute. Il s'assoit au volant, s'engage sur la route et parvient, en manœuvrant entre les branches, les troncs déchiquetés, à parcourir un kilomètre dans une campagne désolée comme après la pire des tempêtes. Avant d'arriver au pont sur le Ribet qui marque l'entrée de la ville, il pile : une crevasse de plusieurs mètres coupe l'asphalte et va se perdre dans le cahot rocheux de la pente. Il sort de la voiture, s'approche de l'ouverture béante sur le ventre de la Terre et le mystère de ces profondeurs d'où est venue la menace.

— Nom de Dieu !

C'est un véritable juron, pas une expression usuelle pour marquer une légère désapprobation ou un étonnement ordinaire. Une protestation adressée à ce qui le dépasse, à ce que ce pragmatique a toujours voulu considérer comme un enchaînement aveugle de phénomènes, mais sûrement pas la manifestation d'une volonté surnaturelle. Pourtant, devant lui, sur le bord de cette crevasse qui se poursuit entre les genêts et les ajoncs, écarte ses lèvres noires dans un amoncellement de rochers détachés de la montagne et roulés jusque-là comme des ballots meurtriers, se dresse, intacte, droite, sans la moindre égratignure, la chapelle dédiée à saint Jean.

— Un hasard ! dit l'homme qui remonte en voiture, fait demi-tour pour trouver un autre passage. À moins que la science des anciens bâtisseurs ne l'ait placée là parce qu'ils la savaient à l'abri.

Il éprouve un grand calme, ce calme effroyable qu'il a déjà connu dans les moments difficiles, comme si le danger l'anesthésiait, le rendait insensible à sa douleur pour lui permettre d'être plus efficace.

Julien Montrémy arrive laborieusement à son bureau, s'assoit. Les oiseaux ne chantent toujours pas et le jeune homme a terriblement mal au bassin. Il pense à Cathia qui le hante toujours dans les mauvais moments. Cathia, la fille qu'il n'oubliera jamais et qui l'a quitté lorsqu'il avait le plus besoin d'elle, à sa sortie de l'hôpital. Cathia, la frivole, n'a pas eu la force de supporter la vue d'un handicapé et sa prière muette de vaincu. Depuis, Julien sait qu'il doit être fort et ne rien attendre des autres. Les femmes lui manquent, mais il ne veut pas s'abaisser à leur demander l'aumône. Sa ténacité prépare sa revanche, il y croit, c'est l'essentiel.

Quand il entend ce qui ressemble à un énorme coup de tonnerre, une puissante explosion sans origine précise, Julien comprend mieux que n'importe qui ce qui se passe. Ses jambes inertes ont réveillé en lui des instincts d'animal et une clairvoyance que n'ont plus les hommes ordinaires. Curieusement, c'est l'image de sa mère qui s'est imposée à lui, une image craquelée, comme une antique peinture trop épaisse aux liants desséchés. Une apparition, pas un souvenir. Sa mère l'appelle dans un brouillard épais, sa mère pense à lui en ce moment. Sait-elle ce qui s'est passé sur le mont Blanc, qu'il a été gravement blessé ? Pense-t-elle encore à la vie, celle qui retient les hommes en dehors des hauts murs de son cloître ? Que s'est-il passé dans la tête si bien faite de cette femme aussi audacieuse que son héros, quelle fêlure a laissé s'infilter autant de doutes pour fuir le monde de la pire façon ? Avant son accident, Julien a essayé, sans succès, d'entrer en contact avec elle, membre de la secte le Messie cosmique dont le gourou Lorris Partule est un illuminé et un escroc. Sa force : apaiser les croyants de bonne volonté en les sortant des carcans des religions traditionnelles pour enseigner un dogme compatible avec la pensée moderne...

Le bâtiment des Eaux Saint-Jean est bousculé, comme piétiné par un troupeau monstrueux. Julien est projeté hors de son fauteuil, un chiffon sans poids. Sa tête heurte la cloison. Avant de sombrer, le jeune homme voit l'usine entière se désolidariser du sol, flotter comme une baudruche puis s'écraser, succomber sous son poids. Et ce bruit, ce bruit infernal d'enfer, de destruction, de mort. Les cris des ouvriers se mêlent au vacarme des machines, de la chaîne disloquée des bouteilles qui ne se remplissent plus. L'eau libérée de ses vannes cascade, inonde l'usine transformée en piscine. Des hommes courent dans tous les sens en se protégeant la tête de leurs bras, cherchent un abri ou tentent de sortir ; des monceaux de poutrelles métalliques, des meubles disloqués et déplacés comme des brindilles sur un courant furieux se dressent devant eux.

Un cri plus aigu que les autres retentit dans ce qui était un bureau, un cri de femme, mais qui peut l'entendre dans ce jeu de massacre ?

— Julien !

La femme qui patauge dans l'eau ne voit que le handicapé étendu dans le couloir transformé en torrent. Entièrement mouillée, les cheveux et les vêtements collés au corps, Véronique Montel ne se pose pas de question : un tremblement de terre ou un attentat, c'est du pareil au même ! L'eau monte, probablement retenue par un éboulement. Julien, inerte, a déjà la tête à moitié immergée, seuls son menton, sa bouche et son nez dépassent des flots. Véronique appelle à l'aide, mais aucune des ombres qui passent près d'elle ne l'entend. Une armoire lourdement chargée de dossiers se renverse, bloque sa jambe droite sous une poutre de fer. Une tôle, droite comme une lame, entaille sa cuisse. Dans sa tête broyée par le bruit, une pensée horrible jaillit : Julien va se noyer !

Alors, elle tente de se dégager, oubliant qu'à chaque mouvement la tôle tranche un peu plus sa chair, s'enfonce jusqu'à l'os et coupe une grosse artère qui libère un nuage rouge dans l'eau sale. Insensible à la douleur, elle réussit à se libérer et se précipite sur le handicapé livré au torrent boueux, lui prend la tête à pleines mains, la serre contre sa poitrine. Julien n'est pas mort, il respire ! Il vit, c'est certain, comme elle vit. Malgré le sang qui emporte la force de son jeune corps, Véronique savoure ce moment suprême, fait d'extase et de douleur. Pleurant et riant, elle étreint à l'écraser contre son sein cette tête jusque-là distante, celle de son futur patron à qui elle cachait son trouble quand il lui parlait. Un effort considérable lui permet de se mettre debout et de soulever le corps du jeune homme qu'elle découvre grand et robuste alors qu'elle ne l'avait vu qu'assis et vaincu. Dans une mare d'eau et de sang, elle réussit à le traîner jusqu'à un amoncellement de meubles et de tôles défoncées. Elle le cale et, posant sa tête sur ses genoux, incapable d'un effort supplémentaire, se laisse aller à la douce torpeur de quelqu'un qui va s'endormir, vaguement consciente que sa vie s'en va.

Toute la région est couverte d'une épaisse fumée grise qui cache le soleil, envahit le ciel comme les pires nuages d'orage. Des voix montent de cette pénombre, des appels au milieu des bruits sourds de charpentes qui s'écroulent. Entre les rochers instables, le docteur Morenceau réussit à trouver un passage pour franchir la crevasse. Il entre dans sa ville par ce qui était la rue principale. Ce qu'il voit à travers le rideau de fumée le mortifie. Lui l'incroyant s'entend murmurer : « Mais mon Dieu, que Vous a-t-on fait pour mériter cela ? » Des platanes se sont couchés sur les maisons, d'autres sont cassés par le milieu, broyés comme des brindilles. Des murs renversés jonchent la chaussée ; des voitures brûlent. Et toujours ces craquements, ces bruits venus de l'immense incendie qui s'est propagé à toute l'agglomération. Des cris retentissent, toujours les mêmes, cris de bêtes sonnées par la soudaineté de la catastrophe, appels de désespoir, prières. Jean Morenceau est un homme assez lourd, qui d'ordinaire bouge lentement, en assurant ses pas ; cet après-midi, il court sans but véritable, s'arrête près d'une femme hébétée devant sa maison en ruine. Il ne dit rien, mais lui prend la main et la presse contre lui.

— Que s'est-il passé ? demande-t-elle.

Le choc a été si violent et brutal qu'elle n'a pas la force de se révolter. Elle semble indifférente à ses voisins qui s'arc-boutent sur les décombres fumants pour dégager un homme prisonnier. Que s'est-il passé ? Ils en sont tous au même point, les uns en état de choc, les autres qui s'agitent. Les spécialistes leur avaient bien dit qu'ils se trouvaient sur une faille profonde et que le risque existait, pourtant de mémoire d'homme on n'avait le souvenir que de petits hoquets, qu'on commentait en riant. Pentagon, le professeur d'histoire qui a passé sa vie à fouiller les archives locales, raconte qu'un important séisme a détruit la région au troisième siècle après Jésus-Christ. Jusque-là, on allait à ses conférences pour frémir, pour le spectacle, puisqu'il raconte qu'une colline entière se serait engouffrée dans une faille géante. Une légende, comme il y en a tant, inimaginable dans le quotidien, dans la suite des jours que chacun vit et où rien d'extraordinaire ne se produit jamais.

— Mais qu'est-ce que c'est ? demande à nouveau la femme.

Morenceau mesure l'ampleur de la catastrophe. Son devoir est de prendre toutes les dispositions utiles pour sauver ceux qui peuvent encore l'être. Il s'aventure dans une rue jusque-là tranquille, bordée de marronniers monstrueux qui jonchent le sol et dont il doit escalader les troncs massifs. Des flammes coiffent plusieurs maisons. Une canalisation brisée déverse des flots d'une eau claire qui gargouille entre les gravats. Des hommes remplissent leurs seaux dérisoires pour combattre le feu. Le docteur marche entre des groupes qui ne le voient pas. Sourd aux cris qui viennent des ruines, aux appels à l'aide de ceux qui tentent de dégager un prisonnier, il passe devant l'église au toit défoncé, arrive à la mairie qui n'est plus qu'un tas de pierres fumantes. Des poutres se dressent au-dessus des pierres, comme autant d'os d'un corps déchiqueté. Il se rend au hangar des pompiers. Plusieurs d'entre eux sont là, devant leur matériel inutilisable. Pageaut, le chef des volontaires, qui travaille à la voirie, et son acolyte, Maringuet, un solide gaillard qui entraîne l'équipe de rugby, se tiennent au centre d'un groupe de jeunes gens qui s'activent à dégager une pompe à incendie. L'arrivée du maire redonne du courage au groupe qui retrouve sa place dans la réalité. Pageaut se détache des autres :

— J'ai téléphoné à Chambéry. Plusieurs hélicos sont en

route avec des secours de première urgence et des hommes. Le reste viendra un peu plus tard.

La pompe à incendie est enfin libérée des tôles et des pans de béton. Ils sourient à leur modeste victoire, puis se penchent sur la machine pour vérifier son état de fonctionnement.

— Une équipe de cinq hommes à l'école communale, une autre au collège ! crie Pageaut qui retrouve son sens du commandement.

L'école communale est à quelques pas de là. Pageaut et quelques autres s'arment de pioches, de pelles et se préparent à s'y rendre quand un homme arrive, essoufflé, les yeux exorbités, d'une pâleur de plâtre.

— Le Ribet ! hurle-t-il. Il n'y a plus d'eau. Une coulée de la montagne l'a arrêté. Ça fait un étang là où il y avait des prairies. Une chance, il n'y a pas de maison trop près ! Si l'eau continue à monter, les Charmes se trouveront au bord d'un lac !

Les Charmes ! Un complexe touristique formé d'un hôtel, de quelques chalets destinés à accueillir des familles en été. Morenceau est à l'origine de cette réalisation qui a coûté trop cher selon ses adversaires.

— Il y a des dégâts ?

— Justement, non ! fait l'homme qui annonce cette bonne nouvelle avec un air catastrophé.

— Qu'importe ! L'urgent, c'est de sauver ceux qui sont prisonniers sous les décombres et le plus vite possible parce que tout le monde sait qu'un tremblement de terre important se poursuit toujours par des répliques ! tranche le maire.

Les pompiers courent jusqu'à l'école, croisent des groupes de gens hagards qui errent sans but, marchent perdus dans leur quartier, insensibles aux appels au secours de leurs proches. La vie vient de basculer dans le cauchemar qui, jusque-là, n'existait qu'à la télévision et pour les autres. Les Chastelnais sont démunis, incapables de faire les premiers gestes qui sauvent. Ce ne sont plus des hommes ; en quelques secondes ils ont sombré dans le monde végétatif qu'aucun sentiment ne touche plus. D'autres, au contraire, se précipitent sur les gravats, tentent de dégager une main tendue qui dépasse, répondent à des cris, puis, impuissants, s'en vont plus loin, vers d'autres ruines, d'autres vies plus faciles à sauver.

L'école, bâtiment ancien au milieu d'un petit parc planté de marronniers, a mieux résisté que certains bâtiments modernes. La toiture de tuiles s'est effondrée, mais les pignons se dressent encore, dans la fumée, éperons d'une gloire passée. Dans la cour, à côté d'un arbre couché, trois femmes tentent de calmer un groupe d'enfants couverts de poussière qui se serrent les uns contre les autres comme des poussins devant l'épervier. Des parents, des inconnus qui, eux, savent ce qu'ils font, s'agrippent sur les poutres et les pierres pour dégager les prisonniers. Ils s'acharnent, s'encouragent mutuellement, se hâtent dans cette course contre la mort cachée sous les décombres dans sa pire expression, celle d'enfants écrasés. Les pompiers viennent leur prêter main-forte avec plus de méthode et d'efficacité. Le maire participe à cet effort désespéré quand on vient lui dire que les secours sont bloqués par la crevasse qui coupe la route principale. Ils sont en train de disposer des madriers pour faire passer leurs véhicules, mais cela prendra un peu de temps. Les hélicoptères arrivent enfin, tournent au-dessus de Chastelnaud pour trouver un endroit propice à leur atterrissage. Des blessés attendent, couchés dans la rue, qu'on les évacue vers les hôpitaux les plus proches.

Morenceau comprend que, pour être efficace, il faudrait coordonner les bonnes volontés qui se déploient dans tous les sens. Mais par où commencer ? À quels cris répondre ? Qui faire passer en priorité hormis les enfants de l'école et les adolescents du collège ? Il se sent lui-même inutile, dépassé par un événement auquel il n'avait jamais pensé. Le docteur, que ses adversaires accusent volontiers de mollesse, aimerait avoir son équipe autour de lui, ses deux adjoints qui sont aussi ses amis, Marillot et Bondiet, tous les deux de très bon conseil, mais où sont-ils à cette heure ? Prisonniers sous les gravats ? Enfin il pense à sa femme en s'étonnant de ne pas l'avoir fait plus tôt, la douce Léonie, à son petit-fils Jonathan, à sa bru Albane. Une douleur terrible l'envahit, le paralyse. Voilà que de spectateur, il devient victime à son tour. Après le grand malheur survenu deux ans plus tôt, une nouvelle plaie ne va-t-elle pas raviver celle qui ne se refermera jamais ? Il abandonne le chantier, court dans une rue encombrée d'arbres, de tuiles, de grosses pierres tombées des cheminées, de fils électriques épars. Il parvient à sa maison, sa belle maison vieille de quatre siècles au milieu d'un parc de verdure. Elle est intacte, la toiture n'a pas la moindre fêlure. La grosse cheminée est tombée, emportant une poivrière, mais ce n'est qu'un moindre mal. Dans le parc, un cèdre s'est renversé, écrasant dans sa chute la petite maison au fond, sorte d'atelier fourre-tout où le docteur range ses collections d'insectes et fabrique ses mouches artificielles. Enfin, il voit Léonie qui tient le petit Jonathan dans ses bras, et, à côté, Albane, sa bru, une superbe brune que le deuil a embellie, ce même deuil qui a plongé Léonie et Jean Morenceau dans une vieillesse prématurée. C'était au printemps, Claude, leur fils, revenait de Chambéry à moto. Il devait rouler vite, la route mouillée était glissante, un chauffard arrivait en face...

Ils sont tous là, même Saumon, le labrador, qui court à sa rencontre en remuant la queue. Le docteur lève vers le ciel gris de poussière un regard plein de gratitude. Il serre dans ses bras Léonie et le petit Jonathan, puis Albane qui pleure. Alors, il pense à son téléphone portable. Pourquoi ne l'a-t-il pas utilisé au lieu de quitter les secours à un moment aussi crucial ?

— Vous êtes tous là, dit-il. Quel bonheur, vous êtes tous là !

Le souvenir de l'absent les hante. Ils sont heureux d'être indemnes, un bonheur qui ne sera plus jamais total. Albane se mouche.

— On a eu très peur, fait-elle dans un souffle.

— Ne sortez pas du parc. Il y a des gens à secourir, j'y vais ! Surtout ne rentrez pas dans la maison, ça peut recommencer d'un instant à l'autre.

Il s'éloigne. Rassuré sur sa propre famille, ses idées sont

désormais nettes pour organiser les secours. Cette fois, le malheur l'a épargné, il se doit aux autres, c'est la seule manière de se rendre digne d'un tel cadeau que l'accident de son fils permet d'apprécier à sa juste valeur.

Il revient sur la place devant la mairie. Un premier hélicoptère s'est posé et débarque hommes, chiens et matériel. Un autre tourne au-dessus des maisons.

— L'endroit n'est pas facile d'accès, il n'y a que cette place pour se poser, dit le pilote. Il faut donc que les blessés soient transportés ici. Avec mon collègue on va faire la navette, une équipe médicale va bientôt arriver pour s'occuper de ceux qui sont intransportables.

Plusieurs élèves dégagés des décombres de l'école sont portés à bras-le-corps par les sauveteurs qui n'ont pas de brancards. Les enfants souffrent de nombreuses contusions, de fractures, de plaies ouvertes, mais ne se plaignent pas et se laissent allonger dans l'hélicoptère sans le moindre cri, avec une résignation qui fait mal.

— Il y a encore des enfants coincés par ici, crie un sauveteur. Vite, venez m'aider, j'entends des bruits.

Des hommes se précipitent, la pioche à la main. L'aile droite du bâtiment a été la plus touchée. Ils tentent de percer une trouée dans le monticule de gravats. Ils doivent déplacer d'énormes blocs hérissés de ferrailles tordues. Ils s'obstinent avec rage, répondent par des mots d'encouragement aux appels venus de l'intérieur.

— Ici ! crie enfin l'un d'eux en se tournant vers les autres qui accourent aussitôt.

Une main ouverte dont les doigts bougent dépasse de deux blocs qui coincent le poignet, une main de femme ornée d'une alliance et de beaux ongles rouges taillés avec soin. L'homme qui l'a découverte la prend, la caresse pour la rassurer, les doigts se referment sur sa paume et ce geste lui donne la force de déplacer une montagne de parpaings.

— Attention ! fait un des sauveteurs arrivés par hélicoptère, soyez très prudents en soulevant les blocs de béton, un geste mal assuré et vous cassez le bras comme un vulgaire morceau de bois.

Il prend la direction des opérations, coordonne les efforts, le bras, entièrement dégagé, s'anime enfin. Une large plaque de béton protège les corps et c'est probablement ce qui les a sauvés d'une mort certaine. Plusieurs hommes s'arc-boutent pour la soulever pendant que d'autres dégagent avec précaution une femme qui tient serrée contre elle une petite fille.

— Madame Margeride ! Et la petite des Eaux Saint-Jean ! Vous n'êtes pas blessées ?

Ghislaine roule des yeux vides. Elle serre toujours la petite Pétronille, s'oppose avec des cris de bête à ceux qui veulent la lui prendre. Les pompiers les allongent toutes les deux à même le sol. Le docteur Morenceau les examine. Elles ne présentent en apparence que des blessures légères, mais Morenceau n'est pas convaincu :

— Il faut un examen plus approfondi. Les membres n'ont pas de mal, mais cet hématome sur le côté gauche de la fillette m'inquiète. Il faut les hospitaliser au plus vite. Les blessures les plus graves ne sont pas toujours visibles.

Armand Montrémy reste longtemps prostré au milieu de sa bibliothèque dévastée. Ni les cris de sa mère ni les appels des ouvriers dans la cour n'ont réussi à le sortir de son repli. Tout de suite, il a compris qu'un tremblement de terre d'une violence rare pour la région était en train de se produire, et il n'a pensé qu'à protéger sa tête avec ses bras. Il est resté ainsi bloqué, étranger au monde qui se disloquait autour de lui, tétanisé par cette peur qui ne le lâche plus depuis l'accident du mont Blanc.

Enfin, le calme revenu, il reprend ses esprits, regarde autour de lui, le cœur battant. À la glace qui a figé ses membres succède un liquide brûlant. La respiration difficile, il fait un mouvement, se redresse, parcourt des yeux les livres éparpillés sur le sol avec les étagères disloquées. « C'est un tremblement de terre ! » se répète-t-il, même si les nuages sombres de l'orage qui l'a vaincu sur le versant nord du mont Blanc roulent dans sa tête. Un tremblement de terre ! Les forces naturelles sont brutales et leurs effets imprévisibles. Comme la foudre qui frappe une bête dans un troupeau et épargne les autres.

Enfin, il marche dans la pièce, escalade les monticules de livres. La porte est coincée, il la défonce d'un coup d'épaule qui fait tomber des plaques de plâtre. Dans la cour, les gens pataugent dans l'eau. Un ruisseau bouillonnant sort de la chaîne d'emballage qui n'est plus qu'un amoncellement de tôles et de poutrelles.

— Monsieur Montrémy ! s'écrie un homme qui se précipite vers lui. Vous êtes là ! On a redouté le pire.

Des dizaines d'ouvriers s'affairent à libérer des gens encore prisonniers. Le patron va leur donner un coup de main quand plusieurs personnes amènent avec beaucoup de précautions le corps inerte d'une jeune femme. Le sang coule encore de sa cuisse profondément entaillée malgré le garrot de fortune fait avec une écharpe.

— Vite, un médecin !

D'autres hommes portent Julien, toujours inconscient. Armand Montrémy a gardé de son expérience des situations extrêmes le sens des bonnes décisions. Il crie à un employé à l'embouteillage, le jeune Frédéric Lapierre, d'ouvrir les portes du fourgon et aide à y transporter les blessés. Il s'installe au volant, démarre en trombe, mais il ne va pas loin. À la sortie de l'usine, la rue est bloquée par un arbre. Comme une furie, le patron descend du véhicule et hurle qu'on lui apporte une tronçonneuse. Devant la porte de sa maison sans toit, une femme lui fait signe : elle a une tronçonneuse dans son garage. Montrémy s'empare de la machine qu'il démarre avec l'aisance d'un bûcheron. L'arbre est poussé sur le trottoir en un temps record. La camionnette poursuit sa course vers la vie, vers l'impossible.

À l'hôpital, l'équipe médicale ne sait où donner de la tête. Armand Montrémy agrippe une infirmière par la blouse et la force à le suivre.

— Vite, il faut réanimer mon fils et du sang pour cette jeune femme !

— On arrive ! On ne peut pas être partout à la fois ! répond un médecin.

— Je vous dis qu'il faut les sauver !

— On doit sauver tout le monde ! proteste l'infirmière en colère.

Le médecin s'occupe d'abord de Véronique Montel qu'il fait transporter sur une civière, puis des infirmières viennent examiner Julien qui ne présente aucune blessure apparente à part quelques hématomes épars sur le corps. Le jeune homme est toujours sonné. Un médecin demande de l'emmener en salle de radio.

— Il faut vérifier que le foie ou la rate n'ont pas été touchés.

En ville, le ballet incessant des hélicoptères et des ambulances se poursuit. Les secours ont été prompts à s'organiser : moins de trois heures se sont écoulées depuis la catastrophe et plusieurs équipes arrachent les derniers blessés aux décombres.

Les victimes sont pourtant nombreuses. Dans l'église restée debout malgré la toiture endommagée, une chapelle ardente a été dressée pour accueillir les dépouilles de ceux qui n'ont plus besoin de secours. Une liste est affichée sur la porte d'entrée que des malheureux sans nouvelles de leurs proches consultent. Certains cadavres n'ont pu être identifiés et sont évacués vers un centre spécialisé...

Il faut avant tout s'occuper des survivants ; la nuit approche, le vent s'est levé, froid, un vent d'hiver qui ignore les sans-abri. Le maire met le gymnase à leur disposition et fait ouvrir la cantine des écoles pour les ravitailler. Beaucoup refusent de dormir à l'intérieur tant ils redoutent les répliques qui ne sont pas encore venues. Ils dressent des tentes dans les rues, le jardin public où une foule serrée se presse, dans leur potager, partout où un mur ne risquera pas de les broyer en s'effondrant quand un nouveau danger viendra les déloger.

On annonce au docteur Morenceau que les eaux du Ribet retenues par la coulée de terre et de roches forment désormais un lac de plusieurs hectares de superficie et de plusieurs mètres de profondeur. Si la digue se rompt sous l'effet d'une nouvelle secousse ou de la pression de l'eau, l'inondation balaiera les parties basses de la ville qui doivent être évacuées.

La décision est prise vers dix-neuf heures. Des voitures équipées de haut-parleurs sillonnent les rues de Chastelnaud, invitant les habitants à déserter les berges du Ribet et à aller passer la nuit sur les hauteurs du plateau Sainte-Félicie. Des toiles de tente vont être acheminées par l'armée et tout le monde pourra dormir au sec dans des conditions peu confortables, mais sans le risque d'être emporté par une vague d'eau et de boue qui peut se libérer à tout moment.

L'usine Montrémy n'est pas menacée puisqu'elle se trouve sur un promontoire assez distant du Ribet. Les dégâts y sont énormes. Face à l'amas de tôles tordues et de murs effondrés, Armand Montrémy en comprend l'amplitude. Avec deux ouvriers, il a réussi à fermer les vannes de la conduite d'eau qui va puiser le précieux liquide dans une poche souterraine située à moins d'un kilomètre de là et l'achemine par de gros tuyaux enterrés.

— La remise en état va demander un effort considérable, dit-il entre ses dents.

— Mais les assurances, monsieur Montrémy, ne vont pas vous laisser tomber. Il faudra que...

— J'espère que tu as raison !

Il ne va pas au fond de sa pensée, mais son air sombre indique qu'il redoute une catastrophe plus grave encore. L'ouvrier, qui ne pense qu'à la reconstruction de son outil de travail, insiste :

— Faudrait pas que ces salauds qui n'oublient jamais d'envoyer leurs factures se fassent tirer l'oreille !

— Les assurances, Henri, couvrent les dégâts matériels, mais la source est un produit naturel qu'aucune assurance n'a jamais voulu prendre en charge. J'espère que cette source n'est pas touchée.

— Pourquoi voulez-vous qu'elle soit touchée ? La source Saint-Jean existe depuis toujours et depuis toujours elle donne une eau claire et bonne pour les rhumatismes, les maux d'intestin et plein d'autres douleurs !

— Espérons que tu as raison !

Le tremblement de terre est à la une de tous les journaux. On ne parle que de la vallée du Ribet jusque-là oubliée entre ses montagnes. Située à l'épicentre, les dégâts y ont été considérables. Chastelnaud et sa source d'eau minérale bénéficient d'une publicité inattendue. La ville a été détruite en grande partie, la région environnante a été touchée : toitures effondrées, bâtisses écroulées, glissements de terrain. Le séisme a été ressenti à des centaines de kilomètres de là, à Genève, Chambéry, Lyon, Grenoble... C'est le plus important depuis des siècles dans cette zone que les spécialistes ne considéraient pas comme la plus exposée. Bien sûr, les journalistes ont cherché un précédent et l'ont déniché auprès de Pentagon, l'historien local. La montagne, la vallée conservent les traces de cette terrible catastrophe pour qui sait les regarder, mais aucun témoignage humain direct ne la rappelle. Seule une vieille légende dit que la chapelle Saint-Jean-de-la-Bonne-Source a été construite sur un lieu où se serait produit un miracle : une mère et ses deux enfants auraient été trouvés indemnes, sous un énorme rocher détaché de la montagne.

La France et toute l'Europe sont sous le choc. Comment un tel séisme peut-il se produire sans que personne l'ait anticipé ? À quoi servent les services spécialisés qui coûtent si cher aux contribuables ? Autant de questions que posent les journalistes en dressant le terrible bilan d'une secousse qui serait passée presque inaperçue au Japon parce qu'elle n'aurait pas fait de victimes. Les tremblements de terre meurtriers se produisent au Maghreb, dans les pays pauvres où les constructions ne sont pas aux normes établies par des ingénieurs, où la corruption détourne les sommes d'argent destinées à la sécurité, mais pas dans un pays riche !

Les hommes, surtout ceux qui vivent dans des zones à risques, découvrent une menace contre laquelle ils ne peuvent rien. La nature tranquille, au cœur de laquelle ils croyaient pouvoir vivre et entreprendre sans limites, a aussi ses sautes d'humeur et ne tape pas toujours sur les mêmes. Personne n'a oublié la tempête millénaire de la fin décembre 1999, marquant le début d'une période chaotique ponctuée de sécheresses, de cyclones tropicaux à des latitudes autrefois tempérées. Et maintenant les tremblements de terre ! Beaucoup pensent qu'un lien existe entre toutes ces catastrophes et constatent tout à coup combien les sociétés modernes ne dominent rien du tout, que des forces considérables peuvent les anéantir d'un instant à l'autre et que la science humaine n'y peut rien.

Les membres de l'association internationale les Droits de la Terre ne manquent pas de rappeler qu'ils ont tiré la sonnette d'alarme depuis longtemps. À Chastelnaud, Auguste Ravenault, que tout le monde considérait jusque-là comme un vieil original, trouve des oreilles attentives à son discours alarmiste : « Ce n'est qu'un avertissement ! écrit-il dans le journal local qui lui ouvre désormais ses colonnes. Nous avions les orages de plus en plus nombreux et dévastateurs chaque année, et voici la suite logique, les tremblements de terre. Nous avons pollué notre planète, nous l'avons humiliée en creusant son sous-sol pour aller piller ses entrailles, nous déversons chaque année des milliers de tonnes de gaz à effet de serre, nous abattons des forêts millénaires, nous manipulons génétiquement les espèces vivantes, nous détruisons avec des tonnes de pesticides celles qui nous gênent. Tout cela pour une rentabilité criminelle. La Terre est un tout avec ses montagnes, ses forêts, ses animaux, son climat, ses équilibres tectoniques. C'est un mécanisme complexe que nous avons déréglé. Alors, pourquoi s'étonner des catastrophes qui nous tombent dessus ? »

L'heure est au bilan. Cent douze morts sur une population de six mille habitants. Ce chiffre aurait certainement été plus important si le séisme s'était produit en pleine nuit quand les gens dorment. Parmi les morts, on trouve une majorité de personnes âgées qui n'ont pu sortir de chez elles, des ouvriers qui travaillaient dans leur atelier dont douze à l'usine Montrémy. On déplore aussi le décès d'une dizaine d'élèves du collège et trois à l'école communale. Les blessés évacués dans les hôpitaux proches et pour les plus gravement atteints à Chambéry et Grenoble sont très nombreux et certains dans un état désespéré.

Les spécialistes sollicités par la presse proposent une explication au phénomène. Celui que l'on voit le plus sur tous les écrans s'appelle Pierre Ragaud. C'est un jeune homme d'une trentaine d'années, baroudeur passionné des manifestations profondes de notre planète qui sont aussi celles de l'Univers. Il est de tous les tremblements de terre, de toutes les éruptions volcaniques. Il produit pour la télévision française des images que lui seul peut tourner dans les zones où les observateurs conventionnels n'osent pas s'aventurer. Ce n'est pas un scientifique mais un observateur éclairé qui met son expérience à la disposition des chercheurs. Il arrive à Chastelnaud, comme des dizaines de journalistes, mais lui ne cherche pas le sensationnel, les images bouleversantes. Il met l'accent sur l'aspect particulier du séisme et ne manque pas de rappeler ses avertissements dans un film diffusé quelques années auparavant :

— Personne ne se souvient de mon documentaire sur les plaques tectoniques en conflit dans l'Europe alpine. J'avais bien dit qu'un séisme majeur se préparait dans la région, je l'avais localisé à trois cents kilomètres près, ce qui est peu de chose, et personne ne m'a écouté, surtout pas les sismologues !

Cette déclaration offusque le docteur Morenceau. Quand un « Parisien » vient donner ses leçons, lui pense aux morts et aux vies brisées. N'est-il pas indécent d'expliquer ce qu'on aurait dû faire ? Les prévisions *a posteriori* sont toujours aisées !

Pierre Ragaud parcourt les rues dévastées, mesure la profondeur de la crevasse formée en travers de la route nationale, passe de longues heures à arpenter la coulée qui a arrêté les eaux du Ribet. Le lac s'est rempli, immense masse d'eau qui menace encore les quartiers bas de la ville sinistrée. Le trop-plein a trouvé un passage naturel et va grossir les eaux d'un ru jusque-là bien inoffensif qui arrose deux villages situés dans une vallée voisine, Saint-Geniez et Pontibaut. Ce ru, nommé le Minulet tellement il était insignifiant, a été depuis des temps immémoriaux canalisé sur une courbe au-dessus de ces deux villages pour irriguer les prairies et les cultures maraîchères qui se trouvent en dessous. Le canal trop petit se déverse désormais dans l'ancien lit sans risques pour personne dans l'immédiat, mais que se passera-t-il au premier orage violent qui ne saurait tarder puisque la saison des tempêtes commence chaque année plus tôt ?

— Comme quoi, constate Pierre Ragaud, debout au sommet de la colline comme un général d'armée avant l'assaut, le plus petit événement dans la vie de la Terre peut entraîner des conséquences inattendues et souvent irréversibles.

C'est un garçon de taille moyenne, assez fluet, mais au corps vif, aux gestes nerveux. Très brun, il darde autour de lui un regard intense attentif à tous les détails. Les sismologues qui ont installé leurs appareils de mesure en dehors de la ville, sur la colline de Marcilhac, ne l'apprécient guère. Il est de ceux qui laissent parler leur instinct, et constate d'emblée ce que leurs appareils mettent des jours à découvrir. C'est un homme de terrain, contrairement aux scientifiques qui ont le regard rivé sur leurs cadrans, et, comme tous les enquêteurs, il ne néglige aucune piste. Il passe de longues heures à questionner les gens, cherchant la petite particularité oubliée qui lui permettrait de comprendre. Mais tout se recoupe et, pour lui, le pire est à venir :

— Je ne voudrais pas vous affoler pour rien, ni affoler les

pauvres gens qui ont tant à faire dans des conditions aussi pénibles, dit-il au docteur Morenceau, mais j'ai étudié des centaines de tremblements de terre sur tous les continents. Celui-ci est très singulier, ce qui ne me pousse pas à l'optimisme.

Morenceau, qui l'a reçu dans la tente montée sur la place de la mairie où il a installé son bureau, dresse son épaisse silhouette. Ses cheveux soigneusement plaqués sur son crâne large et volumineux donnent à son visage cette respectabilité tranquille des notables de province. Il parle toujours d'une voix calme, sauf quand il évoque son sujet favori : les traitements des cultures par pesticides, ces produits qui vont dans les rivières et détruisent les insectes aquatiques. Il a toujours des mots pleins de lyrisme pour évoquer sa jeunesse où le Ribet était le plus beau torrent à truites de la région. « C'était le paradis ! dit-il avec nostalgie, mais les hommes ne sont pas faits pour vivre au paradis. »

Il ramène son veston sur son estomac proéminent, fait quelques pas en direction de l'ouverture de toile qui bat au courant d'air, puis revient vers la table qui lui sert de bureau, s'assoit sur le coin. La présence de Pierre Ragaud le met mal à l'aise à cause d'une ressemblance qui le trouble. Il chasse cette pensée qui l'empêche de s'exprimer comme doit le faire le maire d'une ville sinistrée.

— Qu'est-ce que vous voulez de plus ? Ma commune est détruite à quatre-vingts pour cent, cent douze morts et autant de blessés dont certains dans un état désespéré. Quant aux survivants, ils sont obligés de dormir sous des tentes hors de la ville, sur un plateau battu par tous les vents, dans la crainte d'être emportés par la rupture du nouveau barrage. Vous trouvez que ce n'est pas suffisant ?

En même temps, il pense à son fils : c'est comme si, à travers cet inconnu, il resurgissait devant lui. « Ce n'est pas possible ! Mais c'est bien le même nez un peu fort et droit, le même front assez haut et déjà plissé, les mêmes cheveux raides très noirs et le même regard qui semble voir au-delà de la réalité... »

— Je sais que, dans un tremblement de terre de cette amplitude, il y a toujours des répliques, insiste Pierre

Ragaud. Ce sont les couches déplacées qui se repositionnent pour créer un nouvel ensemble stable qui ne bougera plus pendant longtemps, souvent des siècles. Ici, il y a eu une secousse, puis plus rien. Je le répète, cela ne me rend pas optimiste.

Morenceau se tait, porte devant sa bouche un poing grassouillet. Cet homme empâté qui a l'air de passer ses journées dans sa bibliothèque est pourtant d'une incroyable énergie pour arpenter les berges de ses rivières préférées. La ressemblance avec son fils, à laquelle il ne voudrait pas penser, s'impose de nouveau. « En plus, il a la même voix ! »

— Cette absence de réplique indique selon vous que nous ne pouvons pas nous sentir en sécurité ?

Pierre Ragaud soupire, se plante un instant dans l'ouverture et revient vers le maire.

— Vous comprenez, on manque d'éléments de comparaison. Depuis quelques années tout a changé. Ce qui était vrai hier ne l'est plus forcément aujourd'hui. La Terre est entrée dans une phase d'activité intense. Le climat se réchauffe. Qu'est-ce qui est la cause, qu'est-ce qui est l'effet ? On ne peut qu'émettre des suppositions. Le réchauffement s'est amorcé en gros un peu avant le début du vingtième siècle, probablement d'une manière naturelle, comme cela s'est produit plusieurs fois au cours des quinze mille ans de notre période interglaciaire. Ce réchauffement, dont on ignore ce qu'il serait devenu en d'autres circonstances, est accentué par les activités humaines, en particulier les rejets de gaz à effet de serre dans l'atmosphère. Les courants marins se modifient d'année en année générant des cyclones. La Terre est un être à part entière et, oui, l'absence de réplique indique qu'une deuxième secousse est à craindre.

— Vous me faites peur ! s'exclame le docteur, tout à coup conscient que la belle nature de sa région cache des monstres prêts à se réveiller. Voilà que vous parlez comme Ravenault et ses amis des Droits de la Terre. Vous me dites qu'on doit s'attendre à une nouvelle catastrophe dans peu de temps. Que faut-il faire ? Déserter l'endroit ?

Ragaud hausse les épaules et suit des yeux une jeune

femme qui traverse la place, ses cheveux noirs et raides agités par le vent, compacts comme des plumes.

— En partant de ce principe, il y a beaucoup de régions que les hommes devraient abandonner, dit-il enfin. Regardez, on continue de vivre sur les pentes du Vésuve ! La première mesure à prendre, c'est que chaque reconstruction se fasse dans les normes de sécurité. On ne peut pas empêcher un tremblement de terre, mais on peut en limiter les conséquences. Les Japonais l'ont compris depuis longtemps et construisent des gratte-ciel dans une région où les secousses sont quotidiennes.

Morenceau se tait un instant, le poing toujours fermé devant sa bouche, les yeux baissés. Cette fois, la chance l'a servi, mais la ressemblance de Pierre Ragaud avec son fils le bloque dans sa réflexion. Quel signe le destin lui fait-il ? Il secoue la tête et revient à sa préoccupation principale de maire :

— Le décret de catastrophe naturelle ne fait aucun doute. Les assurances vont devoir rembourser, mais je sais qu'elles vont encore une fois se faire tirer l'oreille et payer au minimum. Je doute qu'elles acceptent de financer des travaux supplémentaires. Ce sont les plus modestes, une fois de plus, qui en pâtiront !

— Peut-être, mais vous devez les protéger contre la facilité, interdire toute reconstruction hâtive. Il faut vous assurer le soutien des autorités nationales.

La jeune femme aperçue tout à l'heure sur la place entre dans la tente et indique au maire que le responsable des secours voudrait lui parler. Morenceau descend de son coin de table.

— Je vous prie de m'excuser, dit-il à Pierre Ragaud. Pourtant j'aimerais poursuivre cette conversation. Pouvez-vous passer chez moi ce soir, vers dix-neuf heures ? Nous serons plus tranquilles pour bavarder.

À Saint-Geniez, gros bourg situé dans une vallée voisine, Lionel et Marc Delprat, penchés sur une carte d'état-major, affichent un air satisfait. Les deux frères ne se ressemblent pas. Lionel est grand, osseux, les jambes démesurées, un torse chétif et creux, les bras trop longs. Son énorme crâne rasé, ses yeux clairs, presque sans couleur, lui confèrent un air supérieur et menaçant. Il penche constamment sa tête sur la droite, comme si son cerveau bien fait d'ingénieur était trop lourd pour le cou maigre qui le soutient. Marc est mieux proportionné. D'une taille à peine au-dessus de la moyenne, cet ancien sportif a gardé des épaules solides, un buste de lutteur. Il s'habille avec soin, rehausse son beau visage ovale d'une moustache noire déployée comme deux ailes d'hirondelle. Un peu plus jeune que Lionel, il seconde son frère dans la direction de la société Les Houilles Blanches. Lionel et Marc, descendants de meuniers, ont pris la suite de leur père, Adrien, riche propriétaire des minoteries Delprat qui avait eu l'idée d'aménager une petite centrale pour faire tourner ses machines. Lionel et Marc, ingénieurs du génie civil, ont vite compris qu'ils pouvaient développer ce genre de production et se sont spécialisés dans l'aménagement des chutes d'eau. Les deux frères ont créé Les Houilles Blanches, société multinationale qui revend de l'électricité à EDF en France, à des distributeurs privés en Suisse, en Autriche et en Russie. L'augmentation constante des prix du pétrole leur ouvre des perspectives d'avenir considérables.

Cet après-midi, les deux hommes se retrouvent dans le bureau de Lionel à l'étage de la grande maison, l'ancienne minoterie familiale devenue le siège des Houilles Blanches. Ils mesurent les conséquences du tremblement de terre pour leur entreprise. Seulement trente kilomètres séparent Saint-Geniez de Chastelnaud, mais le séisme n'a fait, ici, que des dégâts matériels, vieilles baraques écroulées, cheminées renversées. L'onde de choc était tournée vers le mont Aïzot, donc à l'opposé de la région de Saint-Geniez. Et comme un malheur général peut aussi faire le bonheur de quelques-uns, les frères Delprat ont très vite compris les bénéfices qu'ils pouvaient tirer de la situation.

Depuis la mort d'Adeline, compagne d'Armand Montrémy, ils ne cessent de mener des batailles juridiques pour faire établir la vérité : comment est morte leur sœur, cet après-midi d'été sur les pentes du mont Aïzot, au cours d'une excursion avec Armand Montrémy et la petite Pétronille ? Poussés par leur mère, Géraldine Delprat, les deux frères multiplient les procès pour obtenir le remboursement d'une grosse somme d'argent qu'Adrien aurait donnée à Adeline. Ils réclament aussi la garde de Pétronille, confiée à son père. Géraldine conteste cette paternité et cherche dans la vie de sa fille des arguments allant dans ce sens. Lionel et Marc, porteurs d'une maladie génétique transmissible, sont condamnés à ne jamais avoir d'enfants. Ainsi, pour les deux frères, la garde de Pétronille Delprat-Montrémy revêt-elle une importance particulière...

Cet après-midi, penché sur la carte géologique et la carte d'état-major ouvertes côte à côte sur le grand bureau, Lionel explique le parti qu'ils peuvent tirer de la situation.

— Regarde. Les roches de chaque côté de la vallée sont solides. La coulée vient du milieu de la montagne, mais au pied on peut arrimer le barrage qui ne bougera plus. Ainsi, une situation accidentelle peut devenir définitive.

— On pourrait, poursuit Marc qui complète parfaitement son frère, creuser une conduite forcée qui passerait par là. Ça ne coûterait pas très cher et on peut aller très vite. Le canal suivrait cette courbe pour créer une chute de cent mètres qui ferait tourner des turbines placées ici. Ensuite, l'eau serait restituée au Ribet qui retrouverait son cours d'avant le tremblement de terre.

Marc se dresse en face de son frère, un sourire écarte les ailes de sa moustache.

— L'affaire n'a que des avantages ! précise Lionel. Nous consolidons ce que la nature a fait, nous assurons la sécurité des Chastelnais, et nous gagnons de l'argent ! Le lac artificiel mettra en valeur le complexe touristique les Charmes, construit par l'actuel maire et tant contesté.

— Et les copains d'Auguste Ravenault ? demande Marc. Les membres des Droits de la Terre ne sont pas du genre à rigoler ni à faire des concessions. Il faut s'attendre à les affronter.

— Hormis tous les arguments que je viens d'énumérer, il y en a un autre, imparable, pour faire taire ces gens qui se réclament de la protection de la nature : le barrage s'est fait tout seul, ce n'est pas à l'homme de détruire ce qu'aménage la nature...

— Peut-être, mais les permis de construire dans un moment aussi particulier, c'est pas gagné ! Tu n'oublies pas qu'il y aura une étude d'impact et toute une procédure...

— On va commencer par proposer nos services, poursuit le roué Lionel. Deux solutions sont possibles : vider le lac puis faire sauter le barrage ou le consolider et organiser l'écoulement des eaux pour assurer la sécurité des populations en aval. Nous allons proposer la deuxième solution qui est la plus simple.

— Et s'ils refusent ?

— Dans un premier temps, nous allons faire une estimation du coût des travaux. Comme aucune assurance, aucune municipalité ne voudra prendre à sa charge une telle somme, dans un élan de générosité et de civisme, nous proposerons alors de faire gratuitement les travaux avec certaines compensations. Personne ne pourra refuser.

Les deux frères se regardent en riant. Jamais leur entente n'a été aussi bonne : deux cerveaux en parfaite harmonie pour des objectifs communs. Si la malchance ne les avait pas privés de fonder une famille, ils n'auraient pas pu trouver une aussi belle harmonie. Lionel poursuit son raisonnement :

— Reste à acheter les terrains que le canal va traverser, l'emplacement de notre centrale. Le maire de Chastelnaud sera obligé de prendre des arrêtés d'expropriation. Notre affaire sera implantée sur sa commune, ce qui nous rapprochera de Montrémy à qui nous ferons rendre les armes !

Marc sourit sous sa moustache. Son regard devient dur.

— J'entrevois avec ce tremblement de terre le début de sa ruine ! dit-il en riant.

Il ne mesure pas à quel point il dit vrai...

C'est trois jours après le tremblement de terre, vers minuit, que l'ennemi sournois se rappelle aux hommes, à l'heure où le sommeil alourdit les têtes, où, dans les préfabriqués du Plateau, les réfugiés pensent à leurs maisons détruites et prennent conscience de leur dénuement. Pas un n'avait imaginé dormir un jour dans un dortoir comme au temps du pensionnat ou de l'armée et ils se retrouvent parqués, voyageurs en transit, sans train pour fuir une réalité destructrice. Tant d'années de sacrifices, de privations pour en arriver là ! Beaucoup ne se sentent plus la force de recommencer.

Un bruit sourd retentit, comme un coup de tonnerre venu de la Terre, étouffé, mais tellement puissant qu'il fait vibrer les vitres. Un vrombissement sans cause qui réveille tout le monde. Paniqués, les Chastelnais se précipitent dehors en pyjama, hagards, redoutant une nouvelle secousse meurtrière, mais il ne se passe rien. Les papillons de nuit continuent de voler autour des lampadaires allumés depuis que l'électricité a été rétablie. Désemparés, les gens échangent des regards anxieux, s'interrogent. Que s'est-il passé ? Pourquoi ce bruit né au cœur de la matière et tellement étranger à toute vie, ce même bruit qui a accompagné la première secousse ?

— C'est le tonnerre, dit une femme affolée qui voudrait croire ce qu'elle dit. J'ai vu un éclair sur le mont Aïzot. C'est un orage ordinaire, je vous dis !

— Non, c'est pas le tonnerre, rétorque un homme qui tremble de froid. Le tonnerre ne fait pas comme ça, et on entend d'où il vient. Je ne sais pas ce que c'est, mais ça prouve bien que, là-dessous, il y a encore des bombes prêtes à nous péter à la gueule !

À l'hôtel du Centre, Pierre Ragaud qui dormait se lève d'un bond. Dans son sommeil, il a entendu la semonce pleine d'une force monstrueuse et inévitable. La Terre se fâche encore ! On voudrait qu'elle soit toujours gentille, bien disposée, prête à servir les hommes, à leur donner ce qu'ils attendent d'elle, à souffrir pour eux sans jamais se rebeller, car la Terre ne peut être qu'une esclave de l'espèce humaine qu'elle a engendrée, une mère prête à tous les sacrifices. Non, pour Pierre Ragaud ce raisonnement anthropomorphique n'a de sens que pour les simples : la Terre ne se fâche pas. Elle vit sa vie de planète indépendante des hommes dont elle ignore l'existence, car les hommes pour l'Univers ne sont qu'un détail insignifiant parmi une infinité de détails insignifiants.

Le journaliste s'habille prestement, descend dans la rue, les cheveux en bataille, la chemise déboutonnée, étonné que ce bruit caractéristique ne soit pas accompagné d'une secousse, première réplique au séisme. Sur le trottoir les gens frigorifiés redoutent le silence, le calme de la nuit de printemps. Ils l'interrogent du regard : c'est bien lui le spécialiste venu de Paris qui a passé sa vie à étudier les tremblements de terre et toutes les bizarreries de la nature, il doit savoir ce qui se passe. Ils lui posent des questions pour se rassurer, mais ce que dit le jeune homme leur fait froid dans le dos :

— C'est une bien curieuse réplique. Je m'attendais à une secousse comme cela se produit d'ordinaire, mais pas à ce bruit bizarre. Ce n'est pas rassurant, il se trame quelque chose de grave là-dessous. Rien ne se passe comme d'habitude, il faut vous préparer à tout.

Les Chastelnais préfèrent rester dehors. Ils dormiront demain, avec le jour, avec la lumière du soleil qui éloigne cette peur rivée au ventre... Seuls ceux qui sont abrités sur le Plateau dans les mobile homes retournent dans leurs

« boîtes de conserve » si légères qu'une secousse ne peut pas les détruire. Pour une fois, les délogés des bas quartiers de la ville ont un avantage sur les autres.

Quand il entend le roulement profond, Armand Montrémy se fige. Il n'est pas encore couché, il se trouve dans sa bibliothèque, en train de réfléchir à la manière de sauver son usine. Aux dégâts matériels s'ajoute une autre catastrophe que ni les assurances ni les bonnes volontés des employés attachés à reconstruire leur outil de travail ne pourront réparer : l'eau Saint-Jean, deux jours après le séisme, a perdu sa limpidité lumineuse pour se transformer en un jus blanchâtre et odorant. Le bruit qui le surprend arrête ses pensées, diffuse en lui le liquide brûlant toujours prêt à le submerger, à lui faire commettre les pires lâchetés. Une douleur aiguë impossible à maîtriser le paralyse. Le visage tordu de son ami Pierre Lorrain se profile devant lui.

Il est rassuré. Cet endroit, qu'il a lui-même et dans le plus grand secret aménagé pour échapper aux menaces du ciel de plus en plus nombreuses chaque été, ne convient pas pour celles de la Terre. Si le plafond s'effondre, il sera écrasé comme un insecte. Il sort précipitamment, monte dans sa voiture et démarre en trombe. Où va-t-il ? Il n'en sait rien, il fuit, il échappe au monde, s'enferme dans ce minuscule habitacle isolé du restant de l'Univers. Il court devant lui-même, une fois de plus. Le courageux vainqueur des plus hauts sommets, dont on a vanté la témérité, est vaincu par une peur irraisonnée, stupide parce que sans cause, une peur qui l'habite depuis que la foudre a frappé Pierre Lorrain et Julien. Les livres de psychologie achetés et lus en cachette ne lui ont rien appris sur sa blessure secrète. Il a pu définir son mal, en trouver les raisons, mais pas désarmer les ressorts qui se tendent parfois et le dominent. Et comment sortir de cette ornière sans l'aide de personne, car le héros ne veut pas avouer son mal qui lui dicte des réactions d'idiot du village ?

Il roule ainsi une heure ou plus, l'esprit vide, totalement habité par la douleur, en écoutant la radio. Il s'arrête sur une aire de repos, regarde la nuit sereine, écoute les grillons. Tout est calme, alors il décide de rentrer chez lui où sa mère, Julien et Pétronille dorment tranquillement. Ce n'était qu'un avertissement, un bruit pour rien, une peur inutile, une de plus !

Le lendemain, Pierre Ragaud se rend à l'observatoire installé à proximité du lac artificiel, sur les pentes du mont Aïzot. Il regarde les relevés de la nuit et découvre que le bruit n'a laissé que d'infimes traces sur les enregistrements. Il téléphone aux sismologues de Genève et revient en ville, à la mairie, où le docteur Morenceau l'attend.

— Ce que nous avons entendu cette nuit est inexpliqué, dit le jeune homme. Des exemples de bruits analogues existent, bien sûr, mais il n'a jamais été possible de leur assigner une cause précise. Chaque fois, pourtant, ils sont le prélude d'une nouvelle forte secousse. Il faut rester très vigilant.

— Alors que faut-il faire ? Évacuer tout le monde, semer la terreur dans la population ?

Ragaud soupire, les yeux pleins d'incertitude.

— Nous n'en savons rien ! Il faut bien se mettre cela dans la tête, nous qui pensons tout dominer parce que nous sommes capables de construire des bombes atomiques, parce que nous croyons pouvoir expliquer l'origine de l'Univers. Rien ! Si la vie de notre planète est ramenée à une année, l'humanité n'a pas une heure d'existence. L'échelle du temps de la nature n'est pas la nôtre. Ainsi, quand nous sommes les témoins d'un événement probablement ordinaire et courant dans le temps géologique, c'est toujours quelque chose d'exceptionnel pour nous.

— Vous avez de beaux discours, mais que dois-je faire ?

— Rien ! Priez, si vous êtes croyant !

La petite Pétronille voudrait tout oublier, ne plus avoir présentes à l'esprit ces images et ces sensations d'étouffement. Oublier le bruit de tonnerre, oublier la classe qui s'est mise à danser, à se déplacer sur le sol, et les cris des enfants écrasés sous les décombres, ses propres cris. La fillette voudrait ne se souvenir que du moment où la maîtresse l'a prise dans ses bras, l'a protégée de la chute du plafond. Un moment de bonheur trop court avant la nuit complète. Elle s'est réveillée dans une chambre inconnue. Il y avait deux lits. À côté, Mme Margeride vêtue d'une robe de chambre, ce qui la changeait de son aspect habituel de maîtresse d'école. C'est son beau visage que Pétronille a vu en ouvrant les yeux, de retour de ce qui devait être l'enfer.

Un médecin vient les chercher pour les conduire dans une salle d'attente. Comme elles ne sont pas blessées et que la place manque, elles peuvent partir. Quelqu'un va avertir Armand Montrémy. Ghislaine Margeride n'a aucune nouvelle de son mari et elle n'ose pas en demander. Les larmes noient ses yeux, coulent sur ses joues.

— On ne sait rien, précise le médecin qui a compris son interrogation muette.

Ghislaine aussi a compris. Stéphane ne lui apportera pas des vêtements propres. Elle n'a plus envie de se lever, de marcher, de répondre au sourire de Pétronille. Elle voudrait se laisser mourir lentement ; pourquoi le destin l'a-t-il gardée en vie quand son compagnon est probablement mort ?

— Ton papa va venir te chercher, dit une infirmière à la petite Pétronille qui s'est blottie contre l'institutrice.

— Je veux rester avec vous !

Ghislaine Margeride comprend que cet élan n'est pas un caprice de petite fille, mais exprime l'immensité d'une solitude. Elle insiste :

— Qu'est-ce que tu veux dire, Pétronille ?

— Je voudrais être morte. Dites-moi, pourquoi je ne suis pas morte, écrasée par les murs de l'école ?

Ce propos désarçonne Ghislaine, la pousse vers un désarroi qu'elle veut oublier. Alors, elle s'accroche, malgré le plomb qui l'écrase, à la folle idée que Stéphane est encore vivant sous les décombres du collège. Il a peut-être les jambes cassées, mais c'est un moindre mal. Si elle était croyante, Ghislaine prierait pour qu'il ait les jambes cassées !

— Pourquoi tu me dis ça ?

— À cause de ma maman.

Ghislaine Margeride connaît le drame qu'a vécu Pétronille. Elle a entendu toutes les rumeurs, mais n'a jamais posé de question à sa petite élève. Pour avoir perdu son père dans des circonstances aussi dramatiques, la jeune femme sait qu'une telle blessure ne se referme jamais et profite de toutes les occasions pour ajouter sa douleur ancienne aux nouvelles douleurs.

— Oui, c'est à cause de ma maman et de plein d'autres choses !

Pétronille n'a plus sa voix de fillette. Son visage a pris la gravité de ceux qui ont vu la mort de près et ne redoutent plus la vie. Elle parle en adulte avec la précision de la sincérité, ose dire ce qu'elle n'a jamais avoué à personne et qui, pourtant, ne quitte pas ses pensées.

— J'ai vu mon père en boule, sous un rocher, quand maman l'appelait. Je l'ai vu fermer les yeux et faire la grimace. Et maman criait. Je l'entends toutes les nuits et quand je suis seule.

Ghislaine connaît, comme tout le monde, la version admise de la mort accidentelle d'Adeline Delprat que contestent ses deux frères. Lionel Delprat ne se cache pas pour répéter à qui veut l'entendre que sa sœur a été tuée par Montrémy pour faire main basse sur la grosse somme d'argent que son père lui avait donnée. « C'était la petite dernière de la famille, explique Lionel Delprat. Notre père avait une adoration pour elle. Il acceptait tout d'elle, il lui cédait en tout. Il a été contrarié quand elle s'est mise en ménage avec Montrémy, mais il a fini par l'accepter. Quand Adeline a accouché de Pétronille, notre père a voulu assurer la tranquillité matérielle de sa petite-fille. Il savait que les fils d'Armand Montrémy, surtout Renaud l'incapable, le fêtard, feraient tout pour la déposséder. Et puis, il y a la femme de Montrémy, Élisabeth, qu'on dit enfermée dans une secte. Tout cela faisait une situation peu claire, alors notre père a donné une forte somme d'argent à Adeline pour qu'elle fasse construire une maison au nom de Pétronille. Mais Montrémy a mis la main sur cet argent et, pour qu'il ne reste aucune trace, aucune preuve, la mort d'Adeline était la bienvenue ! Voilà la vérité que nous ferons éclater au grand jour. Nous voulons qu'il rembourse cette somme qui revient à notre nièce, une Delprat, notre héritière. » Cela, Ghislaine l'a entendu comme tout le monde à Chastelnaud, mais les gens évitent d'en parler et de prendre position. Armand Montrémy emploie beaucoup de Chastelnais et ce qui compte, c'est la feuille de paie à la fin du mois, pas ce que racontent les frères Delprat.

Ghislaine regarde fixement Pétronille qui ne détourne pas les yeux. La fillette affabule souvent pour attirer l'attention des adultes, mais là, dans cette pièce impersonnelle, l'accent de sincérité ne peut être mis en doute.

— Qu'est-ce que tu dis ? Tu te rends compte comme c'est grave ?

Pétronille éclate en sanglots. Elle ne sait pas pourquoi elle a raconté de telles choses à sa maîtresse d'école, alors qu'elle ne l'a jamais dit à personne ; un élan irrésistible l'a poussée à cette confidence alors que Ghislaine ne lui demandait rien. C'est ce qui la fait pleurer.

— Je sais bien qu'il ne faut pas le dire. Mon papa ne serait pas content, mais à vous c'est pas pareil !

— Tu dis que ton père aurait pu sauver ta mère et qu'il ne l'a pas fait ?

Elle opine. Les lourdes mèches bouclées de ses cheveux roulent sur sa figure mouillée de larmes. Ghislaine prend la main blanche couverte d'égratignures et la presse contre sa poitrine.

— Je ne sais pas ! dit-elle. Mais il n'a pas bougé quand elle est tombée dans la crevasse.

— Tu sais, moi aussi, quand j'étais petite fille j'ai vu mourir quelqu'un.

— Ta maman ?

— Non, mon papa !

— C'est pas pareil. Si je voyais mourir mon papa, je crois pas que ça me ferait comme ma maman. Mais elle n'est pas morte complètement, elle vient me voir souvent la nuit, quand il n'y a personne.

— Qu'est-ce qui s'est passé quand ta maman est tombée dans la crevasse ?

Pétronille renifle, retire sa main de celle de Ghislaine. Elle ouvre la bouche, hésite un instant et se lance :

— J'y pense tout le temps. C'était un dimanche après-midi. Il faisait beau et chaud, trop chaud, même. Maman a insisté pour que papa nous emmène faire un peu d'escalade sur le mont Aïzot. On y allait assez souvent, mais papa, depuis l'accident de mon frère Julien, se méfie des orages. Il a regardé son baromètre, puis on a commencé à grimper. Maman était la première, moi, j'étais juste devant papa qui me protégeait. Tout s'est bien passé jusqu'en haut. Et là, papa a regardé le ciel et a dit : « Regarde l'orage. Faut descendre et vite ! » Maman a répondu qu'elle était fatiguée et qu'elle voulait profiter un peu du bon air. Papa parlait d'une drôle de manière. Ça m'a pas étonnée : papa parle comme ça dès que le tonnerre gronde, parce que ça lui rappelle de mauvais souvenirs. Mais papa n'a jamais peur, sinon, il n'aurait pas fait toutes les ascensions du monde et il n'aurait pas fait de la voltige dans son avion, même que j'ai jamais voulu monter avec lui !

— Qu'est-ce qui s'est passé ensuite ?

— On descendait, le tonnerre grondait autour de nous de plus en plus fort. Papa allait très vite, se fâchait contre maman parce qu'elle perdait du temps à chercher ses prises. Il criait de plus en plus fort, puis il est descendu sans se soucier de maman et de moi, comme s'il s'enfuyait. Il y a eu un coup de tonnerre plus fort que les autres. J'ai vu l'éclair devant moi, une lame. Papa est resté un moment les yeux blancs comme s'il était mort lui aussi. Puis tout son corps s'est mis à trembler. Il a lâché la corde et s'est ratatiné dans un coin de rocher. Alors maman a glissé. Elle a roulé sur la pente et s'est raccrochée du bout des doigts au bord de la crevasse. Elle criait, elle demandait à papa de venir l'aider.

— Toi, tu étais où ?

— Moi ? Je sais plus où j'étais. Je criais à papa qui ne bougeait pas. Je le voyais à peine à travers la pluie froide qui tombait. Il y a eu un autre coup de tonnerre, aussi fort que le premier, j'ai fermé les yeux et quand je les ai rouverts, les mains de maman ne s'accrochaient plus au rocher...

Pétronille se blottit contre Ghislaine et sanglote plus fort. Ghislaine caresse du bout des doigts la joue mouillée. La pensée de Stéphane la hante, Stéphane peut-être mort, écrasé sous des tonnes de béton ! Des pas se rapprochent dans le couloir. Pétronille se dresse, tourne sa petite figure résolue vers Ghislaine, consciente d'avoir transgressé le pire des interdits. Les pas arrivent jusqu'à la porte de la salle d'attente.

— Vous ne le direz à personne ! murmure la fillette à l'oreille de Ghislaine, puis, après un regard furtif à la porte : je sais bien que c'est pas possible, parce que les maîtresses et les élèves, c'est pas pareil, pourtant, je voudrais que vous soyez ma copine.

— Tu pourras me parler quand tu le voudras !

La porte s'ouvre. Une infirmière entre devant Armand Montrémy. Ghislaine se lève et regarde intensément l'homme imposant qui se dresse devant elle, qui occulte tout le reste. Son visage carré, son regard direct, son attitude contraignent au respect. Elle pense au baroudeur, au pilote casse-cou lors des démonstrations aériennes et l'image évoquée par Pétronille de cet homme écrasé contre le rocher, tremblant, incapable de faire un mouvement pour porter secours à sa femme lui paraît impossible, pourtant Pétronille ne lui a pas menti ; peut-être a-t-elle été abusée par les apparences ? Alors, doit-elle croire la version des frères Delprat ?

— Madame, dit Armand Montrémy, je ne sais comment exprimer ma gratitude, ma reconnaissance...

Sa voix est agréable, une voix grave, assurée, faite pour donner des ordres et pour exprimer des opinions tranchées que personne ne contredit. Il s'est approché de la jeune femme qui rougit. Jamais elle ne s'est sentie aussi maladroite, laide dans sa robe de chambre, inférieure face au maître souverain.

— Ce n'est rien, bredouille-t-elle. Un heureux hasard a fait que j'étais près de Pétronille...

— Il n'y a pas d'heureux hasards. Il y a des faits et dans

les circonstances que nous avons vécues, ces faits ne trompent pas !

Enfin, il se tourne vers Pétronille.

— Viens. Grand-maman t'attend avec impatience.

La fillette pense à ce qu'elle a dit, pire que les plus horribles des gros mots. Elle se sent salie par ses paroles, définitivement enlaidie parce qu'il n'y aura pas de punition pour la racheter.

— Je veux pas quitter madame Ghislaine !

— Mais enfin, il faut que Mme Margeride aille chez elle, qu'elle s'occupe de sa maison, qu'elle embrasse les siens.

— Je te promets que je viendrai te voir demain ! fait Ghislaine en poussant Pétronille vers son père.

— Merci encore, dit Montrémy en posant sur Ghislaine son regard sûr de lui et distant. C'est ça, passez demain à la maison. Vous trouverez beaucoup de désordre et de ruines, mais c'est le lot commun de tous les Chastelnais.

Il se dirige vers la porte, puis se tourne.

— J'allais partir. Mais j'y pense, avez-vous quelqu'un pour vous ramener ?

Elle fait non de la tête et la pensée de son mari l'étreint de nouveau.

— Je ne sais pas où aller. Je ne pense pas que mon logement au-dessus des salles de classe soit utilisable.

— Je ne le crois pas, fait Montrémy. Je suis passé devant : les bulldozers sont au travail.

— Je n'ai pas de nouvelles de mon mari...

— Venez avec moi, nous allons trouver une solution. Je peux vous héberger, vous et votre mari, jusqu'à ce qu'on y voie un peu plus clair.

Ghislaine avance vers la porte et regarde son accoutrement.

— C'est vrai, décide Montrémy, ce n'est pas une tenue pour aller en ville, mais personne n'y trouvera rien à redire.

À Chastelnaud, cinq jours après le drame, on pleure ses morts. Dans la chapelle ardente de l'église, cent douze cercueils sont alignés sur quatre rangées, cent douze victimes unies dans une mort violente et inattendue. Toutes les familles ont accepté que leurs disparus soient enterrés ensemble dans la partie haute du cimetière, avec des croix blanches en ligne, comme des victimes de guerre. Une stèle sera érigée en leur mémoire.

À quinze heures, une foule immense et silencieuse se presse devant l'église trop petite. Il a été décidé que le curé Michaudin dirait l'office des morts sur la place où un autel a été dressé. Plusieurs ministres, arrivés en hélicoptère, se tiennent aux premiers rangs. Il fait frais, le ciel gris laisse échapper un crachin piquant.

À côté des têtes connues que filment des dizaines de caméras, les élus locaux, dont le docteur Morenceau, ont le regard sombre. Tous pleurent des proches, des amis ou des voisins. Morenceau essuie son large visage. Il connaissait toutes les victimes avec lesquelles se confond le souvenir de Claude. Près de lui, Léonie et Albane pleurent abondamment. À quelques places de là, le jeune reporter, Pierre Ragaud, ne fait qu'aviver une douleur qui ne s'éteindra jamais. Claude avait tout pour lui. La passion de l'informatique l'avait amené à monter une petite entreprise d'adaptation et de création de logiciels. Il rentrait de visiter un client, à moto. En face, le chauffard roulait très vite avec deux grammes d'alcool dans le sang. L'injustice totale ! Depuis, le docteur Morenceau n'a plus bu un seul verre de vin. Lui qui était croyant se pose désormais des questions sans réponse. Il ne trouve plus la paix nulle part, même à la pêche au beau milieu d'une multitude de *Ecdyonurus venus* en train de pondre sur les eaux tumultueuses du Ribet. À sa peine se mêle toujours l'image du petit Jonathan et la crainte le broie, l'angoisse face à l'avenir de cet enfant dont il se sent responsable et trop âgé pour en assumer la charge.

Le père Michaudin, un vieil homme d'une grande sagesse, officie à côté de l'évêque qui s'est déplacé pour la circonstance. Quand il y a des caméras de télévision, le malheur de toute une région est bon pour se mettre en avant. Michaudin ne s'est jamais entendu avec son supérieur qui l'a menacé à plusieurs reprises de le déplacer. Mais Michaudin est trop aimé pour que l'on puisse sanctionner son franc-parler, ses idées qui sortent des dogmes de l'Église. Il va au bistrot, trinque avec les dépravés et parfois titube dans la rue, une attitude sévèrement jugée par sa hiérarchie, mais pas à Chastelnaud. Car ce curé de montagne fait passer l'homme avant tout, avant ce Dieu officiel auquel beaucoup de ses proches pensent qu'il ne croit pas. L'évêque, un Parisien, sait tout cela et se contente de faire acte de présence dans une célébration qui revient au vieux prêtre. Sa voix touche les cœurs éprouvés, ses mots savent réconforter. Le presbytère a été entièrement détruit et l'homme de quatre-vingts ans était à l'intérieur. On l'a sorti des décombres sans la moindre égratignure après deux longues heures de fouilles. D'autres verraient là l'œuvre d'une volonté protectrice, lui ne parle que de ce hasard malencontreux qui a épargné un vieillard bredouillant et tué ou mutilé des enfants ou de jeunes parents.

Armand Montrémy est présent au milieu de ses collaborateurs les plus proches. Sa mère est à côté de lui, grande et maigre, le profil sec et tranchant, le regard hautain. Aminthe s'est fait beaucoup d'ennemis car elle ne sait que dispenser des reproches. On dit que c'est sa faute si Élisabeth, la femme d'Armand, s'est laissé embrigader par une secte. Dans cette assistance écrasée de douleur, les regards se portent sur elle, puis sur Julien, dans son fauteuil roulant. Le jeune homme s'en est bien tiré. Véronique Montel qui l'a sauvé, désormais hors de danger, se remet lentement de son acte généreux pour lequel personne n'a songé à la remercier.

Ghislaine Margeride donne la main à la petite Pétronille qu'Armand a tenu à emmener. La jeune femme cache derrière son voile noir un visage décomposé : Stéphane est parmi les victimes, dans un de ces cercueils anonymes. Il la laisse sur le bord du chemin pour aller explorer d'autres planètes plus accueillantes. Stéphane avec qui, le matin précédant le tremblement de terre et leur séparation définitive, elle avait fait le projet de partir en Grèce aux prochaines vacances... Près d'elle, sa mère, petite et ridée, s'essuie le visage. Sa belle-mère et son beau-père ne retiennent pas leurs larmes, Stéphane était leur fils unique, sa mort les a frappés avec une brutalité qui les laisse démunis.

Les deux frères Delprat sont aussi là, et profitent de l'occasion pour se montrer et affecter une attitude compatissante. Lionel, qui domine la foule de sa lourde tête rasée, baisse humblement ses yeux délavés. Marc garde la main droite devant les ailes de sa moustache qu'il juge trop conquérantes pour l'endroit. Tous les deux ont pensé la même chose quand ils ont vu les Montrémy avancer dignement, la vieille Aminthe en tête, vêtue de noir, puis Armand et enfin Julien dans son fauteuil. Pétronille a serré plus fort la main de Ghislaine car on lui a expliqué que ses oncles étaient méchants et voulaient lui faire du mal.

Armand Montrémy, même en cet instant solennel, ne peut s'empêcher de penser à sa source. Il a ouvert les vannes pendant des heures, espérant que le liquide allait retrouver sa limpidité, mais non, l'eau Saint-Jean a gardé sa couleur laiteuse et son odeur de soufre.

Pierre Ragaud observe les Chastelnais et tente de découvrir derrière les masques d'affliction, derrière les désespoirs réels, les pensées profondes qui mûrissent dans ces esprits que le tremblement de terre a ramenés à des préoccupations essentielles. À l'aide d'une petite caméra, extrêmement discrète, il filme l'assemblée, vole des images d'intimité qu'il pourra visionner et méditer plus tard. Son regard s'arrête sur Ghislaine Margeride qui se mouche, puis il fait un gros plan du visage pâle et maigre de la petite Pétronille.

Pierre Ragaud sait qu'une nouvelle catastrophe se prépare. Les couches du sous-sol déstabilisées par la secousse ne se sont pas remises en place, quelque chose les bloque, comme un verrou, et le verrou sautera fatalement, dans une heure, dans dix ans, mais il sautera, c'est le sens de ces bruits profonds qui montent du centre de la Terre et la submergent. Combien de ceux qui pleurent aujourd'hui seront les victimes de demain ?

L'office se déroule dans une solennité poignante de sanglots étouffés. Deux jeunes filles du collège lisent la liste des victimes. Les discours se succèdent, appellent à la solidarité, à l'espoir, mais débouchent tous sur les mêmes questions : Pourquoi ? Quand cela se reproduira-t-il ? Et comme l'espoir est la seule garantie de survie, Jean Morenceau, dans son discours prononcé d'une voix que l'émotion étrangle, insiste sur la nécessité de reconstruire Chastelnaud. L'opiniâtreté a toujours raison du chaos. Il faut que des ruines surgisse une nouvelle cité, que des enfants naissent là où d'autres sont morts, il faut que la vie triomphe du néant, c'est le message laissé par ceux qui sont partis.

À la fin de la cérémonie, les gens rendent une dernière visite aux cercueils alignés dans l'église. La colonne qui n'en finit pas entre en silence dans ce lieu où la plupart des Chastelnais ont été baptisés et se sont mariés. Un dernier adieu avant de reprendre le cours des jours qui ne s'arrête pas pour si peu. Le temps broie les oppositions les plus tenaces, il faut lui céder de bonne grâce car il n'y a rien d'autre à faire, c'est lui qui dirige le cours des planètes. La douleur des hommes n'y entre pas en ligne de compte.

Armand Montrémy retourne à sa voiture sans un mot à personne, ouvre la portière de sa Mercedes à sa mère et à Pétronille. Julien range son fauteuil dans le coffre et s'installe sur le siège avant. Spontanément, dans un élan de survie, les employés, qui pleurent douze des leurs, se rassemblent autour du véhicule. Silencieux, ils sont là, écrasés par la perspective d'un avenir sombre. Pas un n'a manqué pendant les trois jours qui ont suivi le tremblement de terre pour aider à débarrasser l'usine des gravats, pour tenter de sauver ce qui peut l'être et ils savent que tout va mal, que l'eau n'est plus potable.

Armand Montrémy les regarde un long moment en silence, puis s'assoit au volant et s'éloigne. Il arrive dans la cour de l'usine nettoyée. D'autres voitures se garent à côté de la sienne, des hommes en sortent, déterminés. Tous ont compris à son regard qu'il avait besoin d'eux, alors ils arrivent, car M. Armand, comme ils l'appellent, ne laisse personne indifférent. L'image du bourgeois tranquille qu'il a donnée au bras de sa mère, lors de l'office, n'est pas la sienne. Pour eux, il reste l'aventurier, le vainqueur de tant de montagnes. Son usine, c'est leur usine ; son avenir est aussi le leur et ils lui sont reconnaissants de ne plus les quitter pour aller courir le monde. Jamais ils n'ont eu autant besoin de lui.

Ils sortent de voiture et s'approchent du bâtiment tenu par des étais et couvert de grandes bâches jaunes. Ils sont graves. Ils n'ont pas pris le temps de se changer et leur costume, leur chemise blanche, ajoutent un air solennel à ce qui est un deuxième enterrement. M. Armand s'approche d'eux, suivi de Julien. Aminthe entre dans la maison en rouspétant contre Pétronille.

— Je crains, dit Armand Montrémy, que nous soyons tous contraints au chômage. Voilà cinq jours que la terre a tremblé et l'eau de notre source n'a pas retrouvé sa pureté. Que s'est-il passé ? Deux géologues de Chambéry sont venus avec leurs cartes et leurs appareils de mesure. Ils ont découvert que la nappe secondaire dans laquelle nous pompons est entièrement polluée. Personne à cette heure ne peut proposer d'explication, donc de solution. Je crains que cela ne prenne des semaines, des mois, pendant lesquels l'usine ne pourra pas rouvrir ses portes.

Il se tait en pensant à sa ruine, à l'échec de sa vie. Depuis le tremblement de terre, le temps est calme, doux, sans vent ; le printemps rattrape son retard. Albert Roncy, un chef d'équipe, sort du groupe et s'approche du patron. Il est mandaté par tous pour une tentative de la dernière chance :

— Monsieur Armand, dit-il en regardant ses collègues pour bien montrer qu'il parle en leur nom, les ingénieurs, les géologues comme vous dites et tous ces savants sont trop compliqués pour nous et pour la nature. Selon eux, l'eau aurait dû se teinter peu de temps après le tremblement de terre et s'éclaircir par la suite. Or, c'est tout le contraire qui s'est passé. Le père Guinot, qui a fait des centaines de puits, qui trouve l'eau pour tout le monde et même pour des municipalités, est venu me voir ce matin. Tout ça lui tournait dans la tête, alors, il est allé faire un tour du côté des pompes de captage et il demande à parler ici, devant tout le monde, pour qu'il y ait des témoins, parce qu'il est sûr de ce qu'il va dire et que ça ne va pas dans le sens des ingénieurs.

— Le père Guinot ? Vous voulez dire le rebouteux de Saint-Geniez ? Celui que la police vient chercher quand il faut retrouver un disparu ?

— Lui-même. Avec sa baguette ou son pendule, il sait ce qui se passe sous la terre. Et il veut parler devant tout le monde.

— Bon ! fait Montrémy en levant les bras, puis il se tourne vers Julien qui a un sourire incrédule, car le jeune informaticien rejette en bloc tout ce qui n'est pas rationnel.

L'homme qui s'avance est de petite taille, un peu bossu, une épaule plus haute que l'autre. Son costume qu'il n'a pas l'habitude de porter pend sur son corps maigre. Il a le menton plat et long, un cou noueux dans un col de chemise trop large. Il soulève sa caquette, révélant son visage anguleux, son nez sec, ses yeux profonds et ses cheveux blancs en pinceaux raides. Sa cravate trop longue pend jusqu'à l'entrejambe.

— Messieurs, commence-t-il sur un ton solennel, les temps sont trop graves pour que je laisse planer le moindre doute sur ce que je vais vous dire. Les sources, les eaux qui coulent sous nos pieds, enfin tout ce qui ne se voit pas, c'est mon truc. J'ai trouvé de l'eau partout et chaque fois j'ai donné le débit et la profondeur. Vous savez qu'on vient me chercher du Midi ! Alors, cette histoire de la source Saint-Jean que je connais depuis que je suis né, il fallait que j'en aie le cœur net. J'ai pris les cartes d'état-major, et j'ai constaté quelque chose qui a échappé aux géologues...

Des applaudissements fusent. Tout le monde ici apprécie Guinot. Et si les moins crédules doutent de son efficacité pour guérir les maladies, ils ont pu constater que sa science de l'eau était certaine et qu'il allait beaucoup plus vite, et avec plus de précision, que les techniciens et leur matériel électronique. Cela les réconforte, ces gens de peu, sans instruction, de savoir qu'un des leurs peut battre des savants dans leur domaine.

— Il existe une solution ? s'étonne Armand Montrémy.

— Ça se pourrait ! fait l'homme évasif en écartant les bras que sa veste trop large transforme en ailes de chauve-souris. Pour vérifier ce que je pense, il faut aller sur le terrain, au captage de la source.

— Eh bien allons-y ! fait Armand Montrémy qui éprouve le besoin de rompre cette réunion dans la cour de son usine mutilée.

Il croit aussi comprendre que le vieux Guinot a l'intention de se faire payer et qu'il ne veut pas parler d'argent devant tout le monde. Aussi lui propose-t-il de prendre place dans sa voiture.

Julien Montrémy, que personne n'invite à les accompagner, serre les dents. À ces détails de la vie, il comprend l'ampleur de son handicap qui le tient en retrait des autres. Cette mobilité interdite, qui n'est pas un privilège puisqu'elle est accordée à tous, reste son premier objectif. « Un jour, je ferai comme eux, un jour, je les surpasserai tous ! » grogne-t-il en entrant dans la grande maison pour aller faire sa gymnastique.

Plusieurs voitures se rendent en cortège à moins d'un kilomètre de là, sur une colline entourée d'une haute clôture où se trouve la station de pompage de l'eau Saint-Jean. Tout au long du trajet, Armand Montrémy n'est pas sorti de sa propriété puisque son grand-père qui a commencé l'exploitation de l'eau minérale a acheté tous les terrains où passe son installation. Il profite de ce bref parcours pour sonder les intentions de Guinot :

— À mon âge, on n'a besoin de rien ! précise le sourcier. Et on sait que l'essentiel, c'est de comprendre les choses, pas de les dominer.

Montrémy prend cette remarque pour lui et se demande si ce n'est pas Albert Roncy, le chef d'équipe et responsable du syndicat, qui l'a soufflée au sourcier. Il n'en montre rien et s'arrête à côté du bâtiment intact qui abrite les installations. Les autres voitures se garent près de la sienne. Le ciel s'est encombré de lambeaux de nuages gris qui passent devant un soleil agréable. Les oiseaux chantent désormais, ce qui fait penser à Montrémy que la réplique annoncée par Pierre Ragaud n'est pas près de se produire. Cela le rassure.

Théâtral, Guinot jette un regard à l'attroupement qui ne le quitte pas des yeux, se dirige vers une touffe de noisetiers, sort son couteau, coupe une branche aux bourgeons gonflés.

— La vérité va venir de cette baguette, fait-il en se dirigeant vers Montrémy qui ne montre pas son incrédulité. Une baguette, pour peu que vous sachiez vous en servir, vous dit tout du monde !

Il la taille en fourche, prend une branche dans chaque main, en éprouve la souplesse et avance sur la pelouse qui entoure le bâtiment. Tout à coup, la baguette s'agite.

— L'eau est ici. Elle arrive de là-bas, précise Guinot.

Il jette autour de lui un regard triomphant puis, s'adressant à Montrémy, ajoute :

— Vous m'arrêtez si je me trompe. Elle se trouve à dix-sept mètres de profondeur.

Armand Montrémy opine de la tête, étonné : Guinot vient de découvrir avec sa baguette ridicule ce qu'il est peut-être le seul à savoir dans l'assistance.

— On continue, fait l'homme en marchant, sa baguette dressée devant lui. Je suis toujours au-dessus de la canalisation qui part d'une poche peu profonde. Le tremblement de terre n'a rien changé, ce filon est comme ça depuis toujours, le tuyau suit le trop-plein. Ce qui a changé, c'est son débit, presque le double de ce qu'il était jusque-là. Et je le sais parce que c'est pas la première fois que j'étudie la source Saint-Jean. C'est même là que j'ai commencé à me servir de ma baguette avec le vieux Mingot, qui était fou à lier mais avait de fort bons secrets. Donc, le débit a pratiquement doublé et personne ne s'en est rendu compte puisque les canalisations ne peuvent conduire qu'une certaine quantité d'eau, toujours la même. Le reste coule à côté des tuyaux.

Chacun se regarde, étonné, ne comprenant pas bien où le vieux Guinot veut en venir. Ils se moquent de ces détails, ce qui les intéresse, c'est de savoir pourquoi l'eau est désormais impropre à la consommation.

— Alors, j'ai regardé la carte ce matin et ce qui m'a étonné c'est... Mais il faut s'entendre avant, vous me dites bien que l'eau, juste après le tremblement de terre, était encore claire et pure ?

— Oui, dit Albert Roncy. J'étais à côté des machines d'embouteillage. Pendant la secousse, la canalisation s'est rompue et l'eau s'est mise à couler, claire comme d'habitude.

— C'était celle qui était dans le tuyau, précise Guinot.

— Pas seulement. Une heure après, quand on essayait de sortir les pauvres malheureux coincés dessous, l'eau coulait toujours très clair.

— C'est vrai, renchérit le patron. Elle a coulé très clair jusqu'à ce qu'on ferme les robinets. Le lendemain matin, j'ai ouvert de nouveau les vannes, l'eau était encore claire. Ce n'est que l'après-midi que le flot s'est teinté de cette couleur blanchâtre et qu'il s'est mis à sentir mauvais. Depuis, elle coule toujours aussi teintée.

— Et ce n'est pas fini, poursuit Guinot en brandissant sa baguette comme la preuve absolue de ce qu'il avance.

Il fait quelques pas entre les genévriers. Tout à coup, il s'arrête, regarde autour de lui d'un air triomphant.

— C'est ici que le tremblement de terre a ouvert une fissure dans laquelle passe une eau boueuse qui vient polluer la source Saint-Jean. Ce qui m'a turlupiné pendant longtemps, c'est que cette eau boueuse ait mis aussi longtemps avant de se montrer. Le tremblement de terre a bien cassé les roches, mais pourquoi l'eau n'a pas suivi tout de suite ce nouveau chemin ? Et j'ai trouvé !

Il regarde Montrémy pour juger de son effet et poursuit :

— Le glissement de terrain qui a arrêté le Ribet ! Voilà le coupable ! La preuve, l'eau sale a commencé à couler quand la nouvelle retenue a été presque pleine.

— Vous voulez dire que..., demande Montrémy qui ne finit pas sa question.

— Je veux dire que les eaux du nouveau lac s'infiltrent à travers une couche trop haute pour l'ancien niveau de la rivière. Elles se teintent en traversant des terrains de surface et vont polluer le lac sous Chastelnaud, d'où vient la source Saint-Jean. Il faut faire sauter ce maudit barrage et tout redeviendra comme avant !

— Si vous dites vrai, précise Montrémy, vous venez de me sauver de la faillite et vous garantissez l'emploi de tous.

— Je dis vrai !

Déjà dix jours que Chastelnaud n'est qu'un champ de ruines. Les Chastelnais pleurent leurs disparus, prient pour les blessés et s'accrochent parce qu'il n'y a rien d'autre à faire. Ils évacuent les éboulis, consolident ce qui peut l'être, reconstruisent ce que le séisme a détruit, même dans les quartiers proches de la rivière menacés par le barrage. Ils peuvent s'y rendre pendant la journée et, le soir venu, rejoignent les mobile homes mis à leur disposition sur le Plateau.

Le docteur Jean Morenceau se trouve en face de la décision la plus difficile à prendre de sa carrière. Il reçoit d'abord Armand Montrémy qui lui demande de vider le barrage et de remettre la vallée du Ribet dans l'état antérieur au tremblement de terre. C'est une question de survie pour les Eaux Saint-Jean et la centaine d'emplois qu'elles génèrent. Morenceau se garde, fort heureusement, de donner une réponse hâtive. Il précise que les affirmations de Guinot doivent être vérifiées par des experts en géologie et en hydrologie. Montrémy, qui n'a pas l'habitude d'être contrarié, s'écrie qu'il se fiche des rapports des spécialistes, qu'il est acculé à la faillite si aucune décision n'est prise au plus vite. Morenceau cherche à le rassurer en précisant que les autorités locales sont extrêmement attachées aux Eaux Saint-Jean et qu'elles ne le laisseront pas tomber.

Le lendemain, le docteur reçoit les frères Delprat, le grand Lionel, tout en os et en rouerie, Marc, le charmeur, toujours prêt à louvoyer pour arriver à ses fins. Leur visite fait suite à plusieurs interventions des patrons des Houilles Blanches au niveau de la préfecture et du conseil général. Une fois de plus, Morenceau constate que lui, l'intéressé direct, maire de la commune concernée par le projet, est le dernier consulté. Lionel et Marc se présentent comme des sauveurs, ceux qui vont assurer la sécurité de toute une vallée.

Ils déposent devant Morenceau un dossier où figure en première page l'avis favorable de l'ingénieur en chef de la direction départementale de l'équipement. Lionel déplie une carte géologique sur le bureau du maire :

— Une chose est sûre, commence-t-il, la nature des sols autour du lac n'a pas été affectée par le tremblement de terre, comme le montre ce relevé topographique du cabinet Grant à Chambéry. Partant de là, la solidité de la cuvette permet de transformer ce qui est une menace pour les habitants de Chastelnaud en un formidable atout local.

Lionel arrête de parler pour mesurer l'effet de ses paroles sur le maire. Il connaît l'homme passionné de pêche à la mouche, attaché aux rivières naturelles et opposé à tout barrage susceptible de gêner la circulation des poissons migrateurs. Marc lisse sa belle moustache et continue :

— Nous, Les Houilles Blanches, proposons de sécuriser l'endroit. Voici un deuxième rapport avec les plans de ce que nous souhaitons faire. Nous allons consolider la digue avec un véritable barrage en béton, mais qui sera inclus dans les terrains actuels et qui ne se verra pas. Ainsi, le lac, souvenir du tremblement de terre, sera totalement naturel et montrera comment se sont constitués les grands lacs alpins, le lac de Genève, ou le Léman, qui ne sont que le fruit d'accidents semblables à celui que nous venons de vivre.

— D'accord, d'accord, fait Morenceau qui indique par là qu'il a bien entendu, mais ne donne pas automatiquement son aval. Qu'est-ce qu'on en fera de ce lac ?

Il pense à son complexe touristique, les Charmes, véritable gouffre financier que ne cessent de lui reprocher ses adversaires. Il pense aussi à Pierre Ragaud qu'il reçoit chaque jour et aux nombreuses conversations qu'il a eues avec lui à propos du lac et de la source Saint-Jean. Il ne peut pas accepter la ruine programmée de l'usine Montrémy. Les emplois perdus affecteraient l'économie locale, et puis, les Eaux Saint-Jean ont fait la renommée de Chastelnaud très loin en Europe... Le contexte privé ne lui échappe pas, non plus ; les frères Delprat sautent sur une occasion inespérée pour faire coup double : étrangler Montrémy et gagner de l'argent.

— Donc, poursuit Marc, nous renforçons le barrage d'une manière qui ne prendra rien à la nature, la végétation va pousser sur la digue de terre que nous aurons renforcée d'une âme de béton armé. Ainsi, elle ne risquera pas de céder. D'autre part, nous creuserons un canal qui suivra cette courbe de niveau et nous donnera une chute de cent mètres, ce qui est considérable, pour faire tourner notre usine hydroélectrique. Comme vous le voyez, les eaux du Ribet reviendront comme par le passé au Ribet. Notre projet, qui ne coûtera rien à la collectivité, permettra de remettre les lieux en état et de bénéficier d'un atout touristique avec le lac qui offrira sa belle étendue d'eau à l'hôtel les Charmes...

— D'accord, d'accord, fait de nouveau le maire, l'air soucieux. Mais justement, ce lac...

Les frères Delprat échangent un regard bref puis se taisent pour laisser le maire s'enliser dans ses réflexions contradictoires. Ils ne sont pas décidés à quitter ce bureau sous une tente sans avoir obtenu le soutien du pêcheur à la mouche. La remarque du maire était attendue :

— Nous savons que les protecteurs de la vallée sont nombreux, que les amis d'Auguste Ravenault et son association les Droits de la Terre ont le souci de préserver un site vivant, mais le lac est naturel, la soudaineté de sa formation ne permet pas d'en douter, insiste Lionel. Quant à la vie, nous sommes prêts à aider un projet pour rendre ces eaux attirantes. Avec les spécialistes du Conseil supérieur de la pêche, nous allons en faire un lieu unique dans tout le pays. Nous y introduirons des saumons cohos et de grosses truites du Léman. Le lac va devenir un haut lieu du tourisme halieutique.

— Ça, ce n'est pas une mauvaise idée ! admet le maire, la tête baissée sur la carte, se voyant déjà en train de pêcher le saumon à la porte de sa maison. Cependant, il y a toujours les eaux Saint-Jean.

Il pose son index à un endroit précis de la carte.

— On m'a parlé d'une couche perméable située ici, huit mètres au-dessus de l'ancien cours du Ribet et que les eaux du lac atteignent, ce qui provoque des infiltrations et la pollution des eaux Saint-Jean.

— Faux ! réplique Lionel en tournant les pages d'un rapport qu'il vient de sortir de sa sacoche et qu'il gardait pour la fin. Voici le relevé et l'analyse de tous les terrains de la cuvette. Vous comprenez bien que nous avons vérifié les affirmations fantaisistes du sourcier avant de nous lancer dans l'aventure, car dans le cas où ces fuites existeraient, il est bien évident que nous aurions renoncé à notre projet. Voici ce que disent les experts que nous avons tendance à croire plus facilement que les affabulations d'un Guinot qui oublie facilement ses échecs. L'eau polluée ne vient pas du lac, mais de l'infiltration d'eaux géologiques prisonnières de cette couche depuis des temps immémoriaux et que le tremblement de terre a libérées. Notre expert ajoute que dans quelques jours, au plus quelques semaines, tout sera redevenu normal.

— Très bien ! dit le maire qui ne semble pourtant pas convaincu. C'est une bonne nouvelle.

Quelle confiance peut-il accorder à ce rapport, à des relevés faits hâtivement et destinés à étayer un projet ? D'un autre côté, ce que lui a affirmé Montrémy n'est pas plus solide : le père Guinot s'est effectivement trompé plusieurs fois, mais pas plus que les scientifiques. La vérité, c'est que la nature se dérobe toujours aux observateurs les plus avisés.

— Les hommes sont très puissants, fait Morenceau entre ses dents, mais ils ne sont pas près de dominer la Terre. La preuve, nous pleurons aujourd'hui cent douze morts pour un séisme que personne n'avait prévu.

— Vous avez complètement raison, opine Marc d'un ton résigné. Pourtant, Les Houilles Blanches sont quotidiennement confrontées aux puissances naturelles pour leur arracher un peu de cette énergie indispensable. Certains domaines nous sont fort heureusement accessibles. Notre projet ne présente que des avantages et, pour une fois, les défenseurs des Droits de la Terre ne pourront pas venir contester notre installation puisqu'elle ne fait qu'utiliser un accident naturel, je précise bien : naturel ! Si ces messieurs ne sont pas d'accord, il faudra qu'ils révisent leurs dogmes ! Ainsi, l'intérêt d'une entreprise, la nôtre, rejoint-il l'intérêt général. Pourquoi ne pas en profiter ?

— D'accord, d'accord, dit encore le maire en se levant. Il faut que je réfléchisse, que je prenne conseil...

En même temps, il pense au Ribet qui retrouverait son eau, ses beaux courants à truites, au lac peuplé de poissons mythiques, aux magnifiques après-midi de pêche qui l'attendront quand la vie aura repris son cours ordinaire. Lionel et Marc Delprat se sont levés en même temps que le maire. Marc, qui a gardé le dernier atout de son jeu pour cet instant, précise :

— Le temps est compté, monsieur le maire. La réflexion est toute naturelle dans ces circonstances, cependant, elle peut devenir dangereuse, je dirais même criminelle si elle durait au-delà de ce que la nature a décidé de nous accorder. La digue risque de céder ; cela est consigné dans cette étude que nous vous laissons. Quand ? Personne n'en sait rien. Un nouveau tremblement de terre peut aussi la balayer : les bruits du sous-sol sont alarmants. Notre construction résistera à des secousses de magnitude 7, ce qui est improbable dans la région. Il serait donc criminel que, par un excès de réflexion, un nouveau drame vienne endeuiller les Chastelnais. Et nous ne voudrions pas, nous qui avons la solution, nous sentir responsables d'une catastrophe par faiblesse...

Les frères Delprat saluent le maire et sortent sans rien ajouter, laissant planer dans ce bureau de toile la menace imprévisible d'une force sournoise, leur meilleure alliée dans ce duel où leur véritable adversaire n'a pas été cité une seule fois.

Resté seul, le docteur Morenceau comprend combien la charge de maire peut être accablante. Jusque-là, c'était une fonction honorifique, une distinction que lui avaient accordée les Chastelnais en reconnaissance de sa générosité, de la modération et de la sagesse de ses prises de position. Le voilà confronté à une décision qui ne peut que se retourner contre lui et pour laquelle il manque d'éléments fiables. Doit-il donner raison aux frères Delprat, permettant ainsi aux gens des bas quartiers de rentrer chez eux en toute sécurité ? Si les Eaux Saint-Jean ne retrouvent pas très vite leur limpidité, il condamne alors une centaine de familles au chômage et perd un atout considérable pour la réputation internationale de sa ville, mais il rentabilise les Charmes transformés en fiasco par une mauvaise conjoncture et peut espérer la création d'une dizaine d'emplois... Qui dit vrai dans ce fouillis de rapports contradictoires, écrits à la hâte à des fins partisanes ?

Il sort sur la place où les ouvriers s'activent ; des bulldozers renversent les murs lézardés, des camions emportent les gravats, tout doit être reconstruit au plus vite pour que chacun puisse reprendre goût à la vie, Chastelnaud veut oublier ses martyrs et redevenir une petite ville ordinaire sans histoires...

Julien Montrémy partage le désarroi de son père qui ne cesse d'arpenter les locaux rafistolés de son usine vide. Si les Eaux Saint-Jean ne retrouvent pas leur limpidité, la composition minérale qui a fait leur renommée, que deviendra la famille emblématique de Chastelnaud ? Julien redoute la ruine tout autant que son père. Il fuit les propos acerbes de sa grand-mère qui n'en finit pas de s'en prendre à ce monde corrompu que Dieu punit en frappant des innocents.

— D'autres drames de ce genre arriveront ! annonce Aminthe l'index levé. Tant que les hommes se livreront au mal, il faut s'attendre à tout ! Notre époque est bien la pire de toutes !

Julien fuit dans sa salle de gymnastique. Depuis le tremblement de terre, les deux employées de maison ne sont plus là pour supporter l'humeur acariâtre de la vieille femme et l'atmosphère est devenue irrespirable. Pétronille se replie sur elle-même, s'enferme dans ses rêves, reste confinée de longues heures dans sa chambre au milieu de ses peluches. Elle voudrait retourner à l'école pour voir Mme Margeride, mais sa maîtresse est partie chez sa mère.

Julien comprend le désarroi de sa demi-sœur, mais ne fait rien pour le soulager. Il n'aimait pas Adeline qui avait pris la place de sa mère et profitait de sa jeunesse, de sa beauté pour obtenir tout ce qu'elle voulait d'Armand Montrémy. Sans son accident, peut-être aurait-il fait comme Renaud qui a fui l'atmosphère empoisonnée de cette maison. Face à leur père, les deux frères ont réagi de manière radicalement opposée. Julien s'est rapproché de son héros, Renaud, de sa mère. La dérive de cette femme de caractère, son embrigadement dans la secte du Messie cosmique l'ont profondément affecté. Il s'est dressé face au maître souverain et lui en veut encore de ne pas s'être suffisamment impliqué pour la protéger des sarcasmes d'Aminthe dont chaque mot peut avoir le tranchant d'une lame, de ne pas l'avoir aimée suffisamment pour la sortir des griffes d'un gourou sans scrupule...

La mort d'Adeline n'a pas fait revenir au bercail le fils prodigue. Julien pensait qu'après le tremblement de terre dont tous les médias ont largement parlé, il allait se manifester, mais non, pour l'instant, Renaud ne pense pas à Chastelnaud.

Qu'est-il devenu ? Julien l'a toujours soupçonné de vouloir rejoindre leur mère dans une propriété du Languedoc où se regroupent les « permanents » de la secte du Messie cosmique. Dans son dernier mail, Renaud lui a assuré qu'il était indemne de la drogue religieuse. Il jouait dans les cabarets pour subsister, composait des mélodies dont il espérait beaucoup. « La vie d'artiste n'est pas facile. Le talent ne suffit pas, il faut aussi avoir des relations. Le showbiz est le monde du paraître. Ceux qui ont un peu de cervelle s'en détachent très vite et gagnent beaucoup d'argent à tirer les ficelles de pantins que les foules admirent et qui ne méritent même pas qu'on les regarde. C'est écœurant, mais si je veux réussir, je dois subir la loi dictée par les parrains de la profession. »

Julien n'éprouve que mépris pour le mirage qui attire son

frère. Le goût du défi, du surpassement, du but toujours plus lointain est en lui. Dès l'âge de douze ans, le jeune garçon suivait Armand Montrémy dans ses ascensions alpines et montrait de véritables dispositions. Souvent, le dimanche, il l'accompagnait dans l'avion de voltige du club et, là aussi, il se montrait digne de son modèle. L'accident sur les flancs du mont Blanc, au lieu d'arrêter le jeune homme, l'a poussé dans l'envie de retrouver l'usage complet de ses jambes, de montrer que la volonté vient à bout de toutes les difficultés. La foudre lui a laissé la vie, c'est pour la défier une nouvelle fois, pour repartir sur le chemin de l'aventure. Ce désir de victoire lui donne la force de pratiquer chaque jour des exercices fastidieux et douloureux. Les maigres résultats obtenus jusque-là inciteraient quiconque à abandonner, mais pas lui. Une volonté de fer a permis à des hommes d'exception de vaincre les plus hauts sommets, alors, il saura vaincre l'inertie de ses jambes.

À l'usine, la plupart des ouvriers continuent de venir chaque matin, comme avant. Ils attendent dans des locaux silencieux, à côté de machines réduites à des tas de ferraille. Armand Montrémy est avec eux et, pour se donner l'impression de faire quelque chose, leur demande de le rejoindre dans ce qui était la salle de conférences et n'est plus qu'un lieu vide au plafond défoncé. Sur la table épargnée par le séisme, ils déplient les mêmes cartes, ils exposent les mêmes projets, mais rien n'est possible tant que le maire n'a pas répondu à leur demande. Ils sont au courant du plan des frères Delprat et savent que ces deux rapaces ont mis tous les atouts de leur côté.

Julien assiste à ces réunions qui ressemblent de plus en plus à des complots. Sa volonté de se battre redonne un peu de force à tous et pousse Armand Montrémy à poursuivre dans une voie dont il se demande si elle restera longtemps dans le droit chemin. En effet, les relevés géologiques et les comparaisons avec les cartes anciennes ne lui laissent pas beaucoup d'espoir. La fameuse couche perméable dont a parlé le sourcier n'apparaît pas avec certitude et, pour en avoir le cœur net, il faudrait remuer toute la montagne. Les géologues qui ont examiné les bords du lac, qui ont sondé le sol grâce à des moyens sophistiqués, n'ont rien pu affirmer. Il se peut, en effet, que certaines roches laissent passer l'eau, mais rien ne prouve que la pollution de la source Saint-Jean vienne de là. Ces atermoiements déplaisent au patron habitué à des positions tranchées.

— On ne peut connaître la vérité qu'en vidant le lac, dit Armand Montrémy. Là est la question ! On peut, en effet, ouvrir une brèche sur le côté droit, sur un terrain qui ne nous appartient pas, et faire baisser ainsi le niveau.

— Oui, mais il faudra plusieurs jours, voire plusieurs semaines pour être fixés, précise Julien. Le lac souterrain que nous pompons est entièrement pollué, il faudra attendre que toute son eau se renouvelle !

— En effet, mais il n'y a pas d'autre solution !

— Où en est le recours auprès du président de la République ? demande encore Julien en reculant son fauteuil de la table.

— Pas de réponse ! fait Armand Montrémy. Je pensais que le patrimoine national l'intéressait un peu et que l'eau de Saint-Jean que l'on sert à l'Élysée ne trouverait pas de remplaçante. Il semble que cela laisse tout le monde indifférent. Mais on peut encore espérer.

— Il y a une autre solution ! affirme Julien en s'éloignant du groupe pour mieux voir chacun de ses membres d'un seul regard. Les habitants des quartiers menacés par le lac qui doivent dormir chaque nuit sur le Plateau rêvent d'une solution radicale, la rupture de la digue ! Et cette rupture peut se produire n'importe quand, la nuit prochaine par exemple.

Le jeune homme regarde son père en souriant. Il lui ressemble, même s'il est moins massif, avec une tête plus fine ; il a la même attitude volontaire, la même manière d'appuyer ses propos d'un geste de la main. Les employés échangent un regard interrogateur. Tout le monde a compris, mais la solution à laquelle ceux qui ne peuvent regagner leurs maisons ont pensé comporte beaucoup de risques. Pour éviter toute ambiguïté, Armand Montrémy coupe court à cette proposition :

— On n'est pas dans une situation où un comportement

de voyou peut nous sauver. Nous pensons aux morts enterrés il y a quelques jours, nous pensons aux maisons à reconstruire. Nous pensons aussi à rester dans ce qui a toujours fait notre force : la légalité.

Julien a un petit rire moqueur à cette parole vertueuse, ce rire que son père sait avoir aussi lorsqu'il évoque ses victoires. Une manière de tout tourner en dérision, même ce qui semble le plus sérieux.

— Le tremblement de terre ne s'est pas beaucoup préoccupé de la légalité ! insiste Julien. Les frères Delprat vont plus loin : ils demandent l'assistance publique pour faire des affaires. C'est, dans le contexte actuel, sûrement légal, mais moralement malhonnête !

— Tu as raison, Julien, mais nous ne mangeons pas de ce pain ! tranche Armand Montrémy. Nous ne ferons jamais rien qui sorte du droit chemin. Je veux garder ma confiance au docteur Morenceau qui est un ami et ne nous laissera pas tomber. Je sais que la proposition des frères Delprat a tout pour le séduire, mais je sais aussi qu'il tient beaucoup à l'image de marque de notre région, cette image des Eaux Saint-Jean. Messieurs, je pense que vous avez beaucoup à faire chez vous. Je dois aller rendre visite à nos amis blessés à l'hôpital de Morgelin. Nous nous retrouverons demain matin pour faire un point de la situation. Peut-être aurai-je reçu une réponse de la présidence de la République. Je vous remercie de votre fidélité sans laquelle je ne peux rien entreprendre.

— Je viens avec toi, dit Julien en se dirigeant vers la voiture de son père.

Julien peut plier seul son fauteuil et le ranger. Il peut aussi monter en voiture et conduire son petit véhicule aménagé pour handicapé. Ses jambes ont retrouvé un peu de force, mais le chemin à parcourir est encore bien long avant qu'elles ne lui procurent une entière autonomie. Orgueilleux, il n'accepte l'aide de personne et son père le regarde s'installer avec une certaine fierté.

Une fois Julien assis, Montrémy se met au volant et la voiture sort de la cour. Les deux hommes restent longtemps sans dire un mot, à regarder défiler le paysage désolé, les fermes aux toitures éventrées, les maisons en ruine, comme après un bombardement. Enfin, Montrémy inspire et demande :

— Que cherches-tu ? Que nos employés nous soupçonnent ou bien tu espères que l'un d'eux aura l'idée de faire le travail à notre place ? Ne me dis pas que tu n'avais pas une idée derrière la tête !

Julien secoue la tête en signe de négation. Ce n'est pas un garçon à parler sans peser ses mots.

— Non, je pense à cela depuis que les Delprat sont entrés dans le jeu. Je me suis dit qu'il fallait que tu refuses publiquement toute action sournoise, toute atteinte au bon droit pour éloigner les soupçons. Car je suis certain que, dans nos collaborateurs, il y a des sympathisants des Droits de la Terre. Ces gens-là ne sont pas à une malhonnêteté près, mais sont les premiers à dénoncer celles des autres quand cela les sert. Les frères Delprat sont capables de soudoyer l'un d'eux pour savoir exactement ce qui se passe chez nous, il fallait leur couper l'herbe sous le pied !

— Je ne comprends pas. Tu donnes à l'ennemi ce qui pourrait être notre plan. Ils vont nous surveiller et suppose que le barrage cède naturellement, ils auront beau jeu de nous accuser !

— Justement, avec leurs guetteurs embusqués partout, ils s'interdisent de nous accuser si quelque chose se produisait. Ils se l'interdisent parce qu'ils ne vont rien voir.

— Je ne comprends toujours pas...

Julien sourit en regardant défiler le paysage. La route qu'ils empruntent a été dégagée, mais des troncs d'arbres coupés à la hâte, des tas de branches encombrent encore et pour longtemps les bas-côtés.

— J'ai bien regardé la carte et délimité avec précision l'emplacement du lac. Il ne faut surtout pas faire sauter la digue, ce serait catastrophique. D'ailleurs, tous les regards, toutes les surveillances se focalisent à cet endroit. Mais la vidange peut se faire autrement !

— Je ne comprends pas ce que tu veux dire...

— En ce moment, le trop-plein se déverse dans le Minulet qui arrose Saint-Geniez et Pontibaut. Là, personne ne s'est préoccupé de la nature des sols, or tu pourras remarquer ces grès très friables. Le risque de rupture y est plus important que dans la vallée naturelle, d'autant que les eaux du trop-plein ravinent les couches superficielles. Et puis, le tremblement de terre peut avoir fragilisé le sol à cet endroit. Ainsi, on peut imaginer une rupture qui vide le lac et Les Houilles Blanches seront marron avec leur chaussée renforcée. Le temps qu'on discute, qu'on fasse des projets, des contre-projets, notre source aura retrouvé sa limpidité et la démonstration sera faite !

— Mais tu penses aux gens de Saint-Geniez qui vont être inondés ?

— Il n'y a aucun risque, le village se trouve à deux kilomètres du trop-plein, la déclivité est peu importante, ainsi la vague a le temps de s'étaler.

Ils arrivent à l'hôpital dont le grand bâtiment carré se dessine au-dessus des arbres. Ce que vient de dire Julien confirme Armand Montrémy dans la confiance absolue qu'il a en son fils. Il sait que sa vie passée est à l'origine de son échec familial, de la dérive de sa femme, de la fuite de Renaud. Déjà, Pétronille lui échappe. Julien est tout ce qui lui reste, son prolongement et son égal. L'amour qu'il lui porte est narcissique.

La voiture se gare sur le vaste parking. Montrémy se tourne vers Julien.

— Comment envisages-tu d'agir ?

— La réponse va vite arriver et franchement je pense que ton intervention à la présidence de la République ne donnera aucun résultat. Les frères Delprat auront gain de cause, c'est presque sûr, parce que je suis certain qu'ils ont mis le paquet dans cette affaire qui nous touche. Il faut préparer le coup à l'avance, creuser un trou assez profond pour que l'explosion soit perçue avec un bruit sourd, un de ces bruits du sous-sol que l'on entend parfois. Si j'avais mes jambes, je m'en occuperais dès cette nuit, et sans témoins.

Il sort du véhicule et se dirige en s'appuyant contre les portières vers le coffre qu'il ouvre seul pour récupérer son fauteuil.

— Je vais voir Véronique Montel ! dit-il en s'éloignant de

son père qui le regarde avant de se diriger lui aussi vers l'entrée de l'hôpital.

La jeune femme va mieux. Elle a frôlé la mort, mais sa blessure à la cuisse n'a entraîné aucune complication. Quand Julien entre dans sa chambre, son visage s'éclaire, puis se colore. Ses cheveux en désordre sur l'oreiller font un nid sombre autour de sa figure pâle qui garde encore les traces d'une grande faiblesse.

— Monsieur Julien ! fait-elle doucement. Comme si je m'attendais à votre visite !

— Tu m'as sauvé la vie ! dit le jeune homme avec cette assurance hautaine qui lui fait tutoyer les employés de l'usine, ce qui ne plaît pas à tout le monde. Je ne suis pas près de l'oublier.

Des larmes noient les yeux de la jeune femme qui tourne la tête pour les cacher. Ses mains posées sur le drap tremblent. On dirait qu'elle a froid.

— Il faut vite te sortir de là, ajoute Julien en jetant un regard à la fenêtre.

Ce regard n'échappe pas à Véronique qui y voit une marque d'indifférence, d'ennui. Le fils du patron qu'elle a sauvé d'une mort certaine lui fait une visite de politesse, il s'acquitte d'une obligation qui lui pèse, rien de plus. Véronique a un sursaut d'orgueil :

— Il ne faut pas que vous restiez trop longtemps, précise-t-elle. Je me fatigue encore beaucoup. Bientôt, je pourrai sortir.

Julien approche son fauteuil du lit et prend la main tremblante de Véronique, une main qu'il trouve gelée.

— Ma dette est immense. Je voudrais pouvoir te la payer, mais je ne suis qu'un handicapé et bientôt un chômeur.

— Je sais pour la source Saint-Jean ! fait la jeune femme en s'essuyant le visage. Je prie tous les jours pour qu'elle retrouve sa pureté et que nous puissions tous travailler comme avant.

Elle esquisse un sourire triste, car elle n'y croit pas. Julien porte ses lèvres chaudes sur le dos de cette main abandonnée, tremblante comme un petit oiseau malade, et sort sans rien ajouter.

Les Chastelnais des bas quartiers s'impatientent. Depuis deux semaines, ils passent la nuit dans des mobile homes, des tentes disposées sur le plateau qui domine le bourg, à trois cents mètres de leur maison. On y a installé l'électricité, une adduction d'eau potable a été branchée au départ du réseau urbain fortement endommagé. La vie s'est organisée dans ce campement de fortune que personne n'accepte. Malgré les risques que ne cessent de brandir les responsables, chacun voudrait rentrer chez soi, dormir dans sa maison branlante et surtout échapper à cette promiscuité contraignante. Pendant la journée, les enfants sont conduits à l'école par un car spécial, les adultes peuvent aller déblayer et réparer les dégâts de leurs demeures, prêts à fuir à la première alerte. Dès qu'arrive le soir, des patrouilles de police vérifient que tout le monde a bien quitté les lieux. Le manque de liberté exacerbe la colère de chacun, des disputes éclatent régulièrement et la rancœur se porte sur le maire et l'équipe municipale. Qu'attend M. Morenceau pour se décider, choisir entre les deux projets concernant le lac sur le Ribet ? Manuel Robbi, ingénieur des Eaux et Forêts, adversaire malheureux du docteur aux récentes élections municipales, profite de l'occasion pour souligner l'hésitation continuelle de Morenceau, son manque d'énergie et son incapacité à prendre des décisions radicales qui ne peuvent qu'être bénéfiques.

— Que faisons-nous ici ? s'écrie Robbi à l'occasion d'un

rassemblement à l'entrée du camp. Nous sommes des réfugiés de l'indécision, des exclus de l'incompétence. Le docteur Morenceau prend des avis, bien tranquillement dans sa maison qui, comme par hasard, ne risque pas d'être balayée par le flot du torrent. Je vous ferai remarquer au passage que les anciennes demeures bourgeoises ont mieux résisté que nos constructions neuves, ce qui pourra occasionner de notre part un recours ultérieur, puisque les entrepreneurs d'aujourd'hui sont responsables de nos morts, de nos blessés !

Une ovation accueille ces propos. Chacun se libère du sentiment d'injustice qui le révolte. Aux deuils s'ajoute l'impression d'être floué, d'être grugé et que, dans une telle catastrophe, c'est encore les mêmes qui paient, que l'on prend en otage.

— Qu'attend la municipalité pour se décider en faveur du seul projet qui nous convient, qui respecte nos maisons, notre sécurité, et l'environnement, je veux parler du projet des Houilles Blanches qui nous permettra de rentrer chez nous dans un bref délai ? Eh bien, je vais vous le dire : ce qui retient le docteur Morenceau, c'est son dévouement total à M. Montrémy qui l'a soutenu pendant sa campagne électorale, c'est une dette envers les Eaux Saint-Jean. Nous regrettons, certes, que cette importante source de revenus pour notre communauté soit momentanément indisponible, mais nous ne croyons pas un instant, comme le démontrent tous les experts sérieux, qu'il y ait la moindre relation entre le niveau du lac et la pollution de la source. La vérité, on la connaît, la brouille, la haine que M. Montrémy voue à la famille Delprat...

De nouveaux applaudissements. La décision est prise de manifester le lendemain matin sur la place de la mairie pour réclamer un rapide retour chez soi. Cette éventualité suffit à décider les plus incertains. Dans son bureau, Lionel Delprat, mis au courant de la manifestation par un de ses observateurs, sourit.

Le lendemain, dès le lever du jour, malgré le froid, des groupes descendent du Plateau pour se rassembler en silence sur la place enfin débarrassée de ses gravats. En face d'une mairie sans toit, entourée d'échafaudages, à côté d'une école où s'affairent des maçons, ils se tassent devant les tentes où se trouvent les bureaux de l'administration et la nouvelle école rouverte depuis la veille. Des entreprises suisses, belges, françaises, italiennes ont répondu à l'appel du maire et s'éreintent jour et nuit pour redonner à Chastelnaud son visage d'hier. Les bétonneuses tournent toute la journée. Les camions apportent des tuiles, des parpaings, des éléments de charpente dans un vacarme assourdissant que tout le monde supporte parce que c'est le bruit de la reconquête.

Ce matin, les parents d'élèves se fraient un chemin dans le chantier, puis entre les groupes de manifestants pour accéder à l'école provisoire. Beaucoup laissent leur enfant à l'entrée de la tente et se mêlent aux badauds. À Chastelnaud, rien ne presse sinon la décision de faire quelque chose. Les gens se sentent délaissés ; après la ruée des journalistes, les deux jours qui ont suivi la catastrophe, plus personne ne parle d'eux. Les pouvoirs publics ne s'occupent plus de cette petite ville perdue au fond de sa vallée, invisible entre ses montagnes. Le docteur Morenceau a des circonstances atténuantes, les gens l'admettent, mais lui reprochent avec Robbi de ne pas faire plus de bruit, de ne pas harceler les ministres concernés qui se sont contentés de bonnes paroles à la télévision.

Quand il arrive, en compagnie de ses adjoints, quelques applaudissements fusent, suivis d'un silence pesant. Il connaît le mécontentement de ses administrés et s'en remet à sa sincérité, son honnêteté pour convaincre ; dans un cas aussi grave, la politique n'a plus sa place. Ce n'est sûrement pas l'avis de Robbi qui se tient avec ses plus chauds partisans au premier rang, prêt à se faire entendre. Le maire a du nouveau : les rapports, les conseils qu'il a demandés au ministère sont arrivés. Un coup de téléphone, hier au soir, lui a permis de trancher entre le projet Delprat et les Eaux Saint-Jean. Il n'est pas entièrement satisfait, même si la solution proposée doit permettre à chacun de retrouver sa place.

— Mes amis, commence-t-il d'une voix rauque, teintée

de fatalisme. Ne croyez pas que c'est de gaieté de cœur que je vous empêche de rentrer chez vous, que je fais patrouiller la police tous les soirs dans les quartiers proches de la rivière. C'est pour assurer votre sécurité, qui est ma première mission.

Il parcourt un instant la foule des yeux. Sa petite taille, son embonpoint, sa figure large, la mollesse de sa silhouette tranchent avec l'importance de sa charge. « C'est un maire pour situation ordinaire ! » pense Robbi qui est plus jeune de dix ans et connu pour sa détermination, sa personnalité radicale. Morenceau regarde enfin ses deux adjoints, l'un à sa droite, l'autre à sa gauche, avant de prendre une nouvelle inspiration.

— J'ai donc reçu deux propositions pour régler une situation qui a déjà trop duré. J'ai eu de nombreux contacts, reçu de nombreux conseils et voici la décision que j'ai prise avec l'accord du ministère concerné. Les Houilles Blanches ont convaincu les experts et peuvent dès à présent commencer les travaux de renforcement de la digue. Un canal de dérivation sera creusé selon un tracé déjà établi et permettra à la société d'alimenter une usine électrique qui va créer une dizaine d'emplois et restituera l'eau au Ribet en amont de notre ville.

— Enfin ! fait Robbi assez fort pour que tout le monde l'entende.

Des applaudissements accueillent cette déclaration que souhaitaient les habitants des bas quartiers. De leur côté, les employés des Eaux Saint-Jean protestent contre une décision qui les condamne au chômage dans une région où les emplois sont rares. Le maire demande de nouveau le silence et continue :

— M. Montrémy m'a remis un rapport indiquant que le niveau du lac serait à l'origine de la mauvaise qualité des eaux Saint-Jean, ce qui l'empêche de rependre son activité. Les eaux Saint-Jean ont fait la renommée de Chastelnaud et nous n'allons pas les abandonner. J'ai fait part, dès hier au soir, de ma décision à M. Montrémy. Une étude approfondie des sols va être exécutée par une équipe de géologues spécialisés. Ils détermineront avec certitude les causes de la pollution nouvelle de la source. Quand ces causes seront connues, nous entreprendrons, avec des aides de la Communauté européenne, les travaux nécessaires aux colmatages pour retrouver des eaux de qualité. Ainsi, l'activité de l'usine Saint-Jean pourra reprendre dans des conditions optimales.

Cette fois, tout le monde applaudit, à part quelques mécontents qui ne manquent pas de s'exprimer à voix basse :

— Tout va bien pour Montrémy. La catastrophe détruit son usine, l'Europe prend en charge sa remise en état. Elle a détruit nos maisons, mais les assurances ne se pressent pas pour payer et il y en aura toujours une partie pour nous. Une fois de plus, on ne donne qu'aux riches !

Malgré ces remarques, tout le monde est à peu près satisfait et Robbi ne trouve rien à redire. Il peste contre les délais qu'il juge trop longs, parce qu'il doit marquer son opposition, mais n'insiste pas. Les gens se dispersent en commentant le discours du maire. Ils sont heureux de savoir que, bientôt, ils pourront rentrer chez eux en toute sécurité, ce qui rend plus présentes encore l'urgence et l'importance des travaux indispensables. Seul le maire conserve en lui des incertitudes qui lui font mal.

Pétronille n'en peut plus. Livrée toute la journée à la mauvaise humeur de sa grand-mère, la fillette n'a même pas la consolation de se confier à Mme Margeride. L'école est ouverte, mais les enfants sont accueillis par de nouveaux maîtres venus remplacer les titulaires qui ne peuvent reprendre leur travail, soit parce qu'ils sont blessés (on ne déplore aucun décès) soit parce que, comme Mme Margeride, ils pleurent un proche et sont partis dans leur famille : l'Éducation nationale leur a accordé des congés exceptionnels.

Pétronille retourne à l'école qui n'est pas encore obligatoire, mais elle préfère passer ses journées sous la tente avec un maître étranger plutôt que de rester dans la vaste maison déserte où la voix puissante de sa grand-mère la poursuit de pièce en pièce. Jamais sa solitude n'a été aussi grande : elle rêve de partir bien loin, de rejoindre un pays à sa dimension où les adultes l'aimeraient.

Ce matin, quand son père la dépose devant l'école, il y a beaucoup de monde sur la place. La réunion avec le maire vient de se terminer. Armand Montrémy, mis devant le fait accompli, est outré. Attendre, voilà ce qu'on lui propose ! Et pourtant, chaque jour qui passe augmente ses pertes. On se moque de lui ! Les frères Delprat cherchent à le terrasser, il doit se défendre et, comme les autorités l'abandonnent, il pense de plus en plus à la solution expéditive de Julien.

Il traverse la place en donnant la main à sa fille. Les gens le saluent et comprennent, en le voyant ainsi, ce qu'il ne fait jamais d'ordinaire, combien tout est chamboulé. Pétronille lâche la main de son père et marche dans la cour encombrée d'engins de travaux publics quand son cœur bondit. Devant elle, à la porte du préfabriqué, Mme Margeride lui sourit. C'est bien elle, même si son visage amaigri semble plus pâle qu'à l'ordinaire, qui l'embrasse sans manières et la garde un instant contre son cœur. En retrait, Armand Montrémy assiste à la scène ; cette manifestation d'affection le rejette. Depuis le tremblement de terre, les gens se sont rapprochés les uns des autres et il se sent exclu de cette solidarité communautaire. Celui qui dépassait tout le monde au temps de sa gloire découvre que la coupe où il puisait son ivresse contient aussi beaucoup d'amertume. Ghislaine se sépare de la petite fille, le regarde furtivement, puis se tourne.

Après sa déclaration, le docteur Morenceau retourne dans la tente qui lui sert de bureau, s'assoit sans un mot à ses collaborateurs qui s'apprêtaient à le féliciter. Son large visage sanguin est grave. La décision que le préfet l'a obligé à prendre lui laisse un profond doute, même s'il comprend que c'est la seule solution. Malgré ce qu'il a affirmé, il ne peut s'empêcher de penser qu'il a trahi Armand Montrémy. Cela gêne le docteur qui entretient depuis longtemps des relations amicales avec le célèbre baroudeur chastelnais. Une fois de plus, il a le sentiment de n'avoir pas été à la hauteur, de s'être laissé dicter une conduite et d'avoir cédé parce que cela l'arrangeait, à cause des Charmes.

Sans se faire annoncer, Pierre Ragaud entre dans la pièce de toile bleue où le maire est assis sur une chaise de cuisine devant une table en formica. Il lève les yeux vers le reporter en exprimant sa grande lassitude, mais cette visite, ce matin, le réconforte.

Le docteur regarde sans un mot le jeune homme debout devant lui. Au fil des jours, la ressemblance avec le cher disparu lui paraît de plus en plus nette et significative ; son obsession a gagné toute sa maison. Jonathan lui-même, sans que personne le lui ait soufflé, a dit au journaliste : « Tu ressembles à mon papa qui est mort ! » Ainsi, ce lien curieux et inattendu prend une importance imprévisible dans les décisions du maire.

— Qu'est-ce que vous en pensez ? demande le docteur à

Pierre Ragaud qui tourne en rond près de l'ouverture qu'un peu de vent fait onduler lentement.

— Avec les moyens rudimentaires dont je dispose, j'ai fait un relevé topographique et géologique des abords du lac. Mes conclusions ne sont pas aussi radicales que celles des frères Delprat.

Morenceau se gratte l'avant du crâne dépourvu de cheveux, se frotte le menton qui émet un petit bruit de râpe car il n'a pas pris le temps de se raser.

— Que voulez-vous dire ?

Pierre Ragaud observe le maire à la dérobée. Il le trouve fatigué, accablé, ses épaules molles s'affaissent, son double menton pend comme un sac vide. Depuis son arrivée, le jeune homme a été reçu plusieurs fois dans l'agréable maison bourgeoise insensible au temps qui passe et a fait la connaissance d'Albane, grande brune au regard perçant, un être volcanique enfermé dans un hiver trop rude pour ne pas avoir envie de s'en évader. La jeune femme se raccroche à Jonathan, mais la vie de veuve qu'elle mène dans le grand parc lui pèse de plus en plus. Il a vu dans ses yeux sans lumière un appel au secours, une détresse qui ne le laisse pas insensible, car Albane est belle, d'une beauté sensuelle, désirable comme une île escarpée qu'un marin voit de loin.

— Ce que je veux dire ? fait-il, mal à l'aise d'avoir laissé divaguer ses pensées. Eh bien, la situation n'est pas claire !

Il a conscience de n'avoir pas su rester dans son rôle de témoin, de spécialiste qui se contente de commenter des faits sismiques et géologiques. L'aspect humain de ce drame l'a mis en face de sa propre errance.

— La consolidation de la digue, comme le proposent les frères Delprat, ne me semble pas aussi aisée et sûre que le prétend leur projet. En tout cas, les travaux seront longs et coûteux. Les roches sont solides, mais fracturées, et par endroits taillées en lamelles comme de véritables mille-feuilles. Tout semble être dans un équilibre si fragile qu'un souffle de vent peut le rompre. J'ai aussi ausculté la partie où le trop-plein se déverse en direction de Saint-Geniez. Le rapport ne parle pas de la consolider et c'est une faute car les sols sont encore plus instables que partout ailleurs et risquent de se disloquer sous l'effet de la pression de l'eau et du travail de sape du courant.

— Et que pensez-vous qu'il faudrait faire ?

Pierre Ragaud est resté ici bien plus longtemps que ses finances ne le lui permettent. Il a attendu les fameuses répliques qui ne se sont pas produites, puis il a été retenu par un visage qui s'est imprimé au fond de lui. Il devrait rentrer à Paris, faire ses comptes, et repartir aussitôt pour l'Amazonie où se trouve une part de sa vie.

— Je pense que sous la pression, une fois de plus, les politiques se sont contentés d'expédients. Le projet des frères Delprat, hormis qu'il condamne les Eaux Saint-Jean, n'est pas suffisamment abouti. Dans quatre-vingt-dix-neuf pour cent des cas, on va au plus vite sans se soucier de ce que la nature demande. On recule l'échéance, et ensuite, quand ça nous pète à la gueule, on s'en étonne. Le réchauffement de la planète se poursuit et personne n'est responsable ! Les gouvernants pensent d'abord à leur économie, à leur stabilité politique, et repoussent les décisions courageuses au lendemain. C'est la plus grosse bombe à retardement qui se tient au-dessus de nous...

— Je ne vois pas le rapport avec la situation à Chastelnaud, rétorque Morenceau. Je crois entendre Auguste Ravenault. À l'écouter, on ne pourrait rien faire, on devrait se contenter de vivoter dans un coin en prenant soin de ne déranger aucune espèce animale ou végétale. L'homme est-il un parasite sur terre ? Voilà la question !

— Sans aller aussi loin que vous le dites, il faut établir la relation entre l'action humaine irréfléchie et certains effets destructeurs. Après avoir parcouru le monde à la poursuite des éruptions volcaniques, des tremblements de terre, des cyclones, j'ai la certitude que le moindre changement peut avoir des conséquences monstrueuses dans des domaines qui semblent totalement étrangers.

Il s'enflamme, au cœur de son sujet favori. Face à l'urgence, face à l'incroyable machine à tuer qu'est devenu le monde moderne, la mollesse des pouvoirs publics, des scientifiques officiels, le révolte. Dans cet enchaînement de causes à effets, il considère le laisser-aller, l'indifférence comme criminels. Il insiste :

— La nature est une mécanique de très haute précision, que les hommes doivent toucher avec les plus grandes précautions tellement les paramètres, souvent infimes, aux antipodes les uns des autres, sont nombreux et déterminants. Ces microsystèmes manipulent des milliers de bombes atomiques, voilà la vérité !

Le docteur Morenceau pousse un long soupir. Il pense justement à l'infime, l'insignifiant. Comment la disparition des *Ephemera vulgata* sur le Ribet à cause des insecticides peut-elle dépasser le cadre restreint du torrent ? En même temps, le scientifique de formation, l'observateur des plus petits acteurs de la nature comprend que la disparition de cet insecte qui ne vit pas plus d'une journée agit sur toute une suite de phénomènes. Des oiseaux insectivores doivent chercher de nouvelles sources de nourriture. Les poissons modifient leurs habitudes. Tout est mouvement, action et réaction. Jusqu'où cet enchaînement va-t-il ? Jusqu'à l'humanité ? Sûrement !

— J'ai l'impression que nous sommes revenus au Moyen Âge, poursuit Pierre Ragaud. Aux temps barbares ! Nous sommes aussi démunis que les premiers hommes en face de leur environnement. Avec nos techniques de pointe, nous avons cru que rien ne nous résisterait, que nous allions nous installer dans un monde sans risques, fait pour nous, un second paradis terrestre en quelque sorte. Mais il n'en est rien. Nous sommes capables de fabriquer des machines qui calculent mieux et plus vite que notre cerveau, nous pouvons aller voir ce qui se passe dans les étoiles, nous guérissons la plupart de nos maladies et pourtant, nous ne sommes que des microbes à côté du monde qui nous entoure, ce monde qui ne sait rien de notre langage et de notre conscience !

— Que puis-je faire avec, d'un côté, la pression de l'Administration centrale et, de l'autre, des intérêts qui dépassent largement le cadre particulier ? demande Morenceau pour retrouver le terrain concret.

— Vous avez été poussé à accepter le projet des frères

Delprat. Très bien, vous ne pouvez pas revenir en arrière et c'est probablement ce qu'il fallait faire dans un premier temps. Mais il me semble que vous devez aussi demander une étude des terrains du côté de Saint-Geniez et vous entendre avec les élus régionaux pour entreprendre les travaux nécessaires, car c'est le point faible du barrage. Le risque d'inondation pour les villages et les hameaux situés en aval reste limité, la vague déferlante ayant le temps de s'étaler avant de les atteindre, mais la situation deviendrait catastrophique en cas d'orage violent, puisque les installations des Houilles Blanches interdiront à l'eau de s'évacuer par la vallée naturelle du Ribet.

Morenceau soupire de nouveau, lève ses yeux fatigués vers la porte. Le vent s'est renforcé et la toile claque. Dehors, le soleil domine le mont Aïzot et éclaire la vallée d'une lumière intense, drapée par endroits de fumerolles bleutées. La journée sera belle, une journée de printemps où les truites vont commencer à louvoyer dans les courants.

— Reste l'eau Saint-Jean. Les rapports disent qu'elle retrouvera sa limpidité dans peu de temps, mais rien ne le prouve. Et c'est là un point que je garde sur la conscience !

La porte de toile s'ouvre. Entre une jeune femme brune au visage maigre, aux yeux démesurés. Albane jette un regard rapide à Pierre Ragaud, puis à son beau-père. Comme les choses changent avec le temps ! Jean et Léonie Morenceau ne voulaient pas de cette bru et avaient été sur le point de se brouiller avec leur fils unique. Le mariage avait été triste, réduit à la famille la plus proche, un mariage à la sauvette pour des notables qui avaient honte que Claude épouse cette petite secrétaire de l'usine Saint-Jean. À présent, ils s'en félicitent, car, dans le malheur, la modeste employée a montré son courage, sa détermination, et ils l'aiment comme leur propre fille.

Albane tend la main à Ragaud, embrasse son beau-père qui s'est levé de sa chaise de cantine trop étroite pour son large fessier.

— Je viens d'apporter des vêtements de pluie pour Jonathan. Mme Margeride a repris son service ce matin et a décidé d'emmener les élèves en promenade au bord du nouveau lac pour leur parler du tremblement de terre. Elle sera accompagnée d'une psychologue et de quelques mères. Je me suis proposée...

— C'est une excellente idée ! dit le maire. Il faut bien que ces pauvres petits expriment l'énorme traumatisme qu'ils ont subi. Je trouve cette décision de Mme Margeride admirable et courageuse, car la pauvre pleure son époux.

— Certes. C'est une femme forte. Elle dit que la vie continue et que c'est la meilleure manière de rendre hommage aux disparus... J'en sais quelque chose...

Pierre Ragaud, qui était resté près de la porte, fait un pas en avant. Albane se tourne vers lui. Elle a été sensible à la ressemblance avec Claude quand elle a vu le journaliste pour la première fois, et son regard qui ne se fixe pas, qui fuit, cette impression de lassitude à l'égard de la vie, l'a intriguée. Celui qui parcourt le monde pour assister aux sursauts de la nature semble désabusé, fataliste. Une résignation semblable à celle de la jeune femme qui regarde la vie autour d'elle sans y participer, retenue par une ombre.

— Si cela ne gêne personne, dit Pierre Ragaud, j'aimerais vous accompagner avec une caméra. Je voudrais faire des images de vos petits rescapés et enregistrer leurs conversations, leurs remarques lorsqu'ils vont être au bord de ce lac né en quelques minutes.

— Je ne pense pas que cela gênera quiconque, mais il faut demander à Mme Margeride qui est responsable de la sortie.

— Eh bien, allons-y...

Les frères Delprat, prétextant que chaque journée perdue fait prendre d'énormes risques à Chastelnaud, se mettent au travail dès qu'ils en ont la permission officielle. Les difficultés juridiques que cette masse de terre et de rocher roulée de la montagne sur des terrains privés va occasionner les préoccupent, mais chaque chose en son temps. Ils entreprennent des travaux d'utilité publique et sauront présenter la facture si quelqu'un vient contester leur projet.

Dans la journée, les bulldozers ouvrent une piste pour accéder à la nouvelle chaussée, aussitôt des camions amènent des grues, des bétonneuses et tous les matériaux indispensables à la consolidation de la retenue. Dans le même temps, une équipe de géomètres établissent le tracé du canal de dérivation.

Pierre Ragaud filme les premiers coups de godet : la mise en œuvre de cet immense chantier qui lui plaît. Les catastrophes doivent engendrer de nouveaux systèmes, tout est transformation et la mort n'existe que pour faire resurgir la vie.

Un car municipal dépose les élèves et leurs accompagnateurs à proximité du lac, du côté du Minulet, ce filet d'eau transformé en torrent. Les mères accompagnatrices ne sont pas de trop : vite dépassée, Mme Margeride a du mal à se faire obéir, les cris des enfants l'agacent, elle doit de temps en temps s'éloigner du groupe pour essuyer ses larmes. Pourtant, tout se passe bien ; les élèves restent prudents et ne s'éloignent pas des adultes. Trois de leurs camarades sont absents. Cette mort qui les a frôlés, le souvenir du plafond qui s'écroulait, des murs qui tremblaient, les ont sortis du monde de l'insouciance pour les projeter dans une réalité sans garde-fou, brutale et sournoise.

Pétronille donne la main à Ghislaine ; ce geste de préférence semble naturel et personne ne fait la moindre remarque. Pourtant, elles seules savent ce qui les unit vraiment, ce secret avoué dans la salle d'attente de l'hôpital et le sentiment qu'elles sont deux victimes.

La journée se passe aussi bien que possible. Le soleil chauffe agréablement les pentes des collines. Les enfants jouent au bord du lac nouveau, retrouvent leurs gestes anciens dans un espace récent et le plaisir de bouger, de courir, de sentir l'air doux contre leur visage. À midi, Mme Margeride invite Pierre Ragaud à partager le repas que deux employés municipaux apportent. Il accepte et en profite pour bavarder avec les élèves. Pétronille ne participe pas à ces bavardages et semble perdue dès que Mme Margeride s'éloigne.

L'après-midi, des groupes de jeu se forment. L'institutrice va des uns aux autres. Albane Morenceau s'attarde en compagnie de Pierre Ragaud. La présence du jeune homme lui donne envie d'exister autrement que par un souvenir, de redevenir elle-même. Le silence est lourd entre eux, plein de sous-entendus. Quelque chose les retient, un mur invisible, mais infranchissable. C'est lui qui fait le premier pas :

— Vous vivez avec vos beaux-parents ? Cela ne doit pas être gai tous les jours.

La porte des confidences vient de s'ouvrir. Albane a tant à dire après une éternité de solitude !

— Mon beau-père est un brave homme, maire de sa ville comme il en a été un médecin apprécié, c'est-à-dire apte à régler des situations simples, ordinaires, courantes, mais perdu dès qu'il ne trouve plus de points de comparaison. Jonathan aime beaucoup son grand-père et sa grand-mère, je ne vois pas pourquoi je l'en priverais.

— Et, avant la catastrophe, vous aviez un travail ?

Elle sourit. Pierre Ragaud remarque que ce sourire si rare embellit ce visage maigre qui, par sa peine cristallisée, ressemble un peu à celui de Mme Margeride.

— Je n'étais qu'une petite secrétaire à l'usine Saint-Jean. Cela ne convenait pas au docteur, mais Claude a tenu bon. Vous savez, on doit supporter sa famille comme une marque de fabrique. Mon père était alcoolique, mort d'une cirrhose quelque temps avant l'accident de Claude, ma mère était clerc chez Me Durieux, le notaire.

Elle regarde l'eau qu'une brise fait clapoter sur une berge que n'ont pas encore façonnée les saisons et les orages.

— Mon père est mort avec son secret. Pourquoi était-il alcoolique ? Il était artisan ébéniste, un artiste. Il gagnait assez bien sa vie, il était libre et pourtant quelque chose devait lui faire très mal pour qu'il ait sombré de la pire manière. Ma mère a divorcé, j'ai été livrée à moi-même. Puis Claude est arrivé, comme le messie. Voilà, ça n'a pas duré...

Sa voix s'est faite sèche, empreinte d'une rancœur dirigée contre les lois injustes du destin.

— Vous ne pouvez pas comprendre, ajoute-t-elle.

C'est l'heure de rentrer. Mme Margeride demande aux élèves de se rassembler pour regagner la route où le car les attend. Elle s'approche du groupe d'adultes près de Pierre

Ragaud, parcourt du regard les enfants qu'elle a fait se mettre en rang pour les compter.

— Vous n'avez pas vu Pétronille ?

— On pensait qu'elle était avec vous ! s'exclame Albane.

— Elle était effectivement avec moi et s'est éclipsée sans que je m'en aperçoive.

Ghislaine s'éloigne du groupe en appelant Pétronille, fouille le taillis où les enfants jouaient, revient au bord du lac. Pierre Ragaud fait de même, s'approche du chantier, interroge des ouvriers qui mesurent des courbes de niveau et revient, bredouille.

— C'est quand même curieux, dit Ghislaine. Elle n'a pas mis cinq minutes pour disparaître ! Elle était ici, à côté de moi ! Et puis c'est pas dans ses habitudes de faire une fugue...

Il est décidé que Pierrre Ragaud et Albane Morenceau vont rester sur place et continuer les recherches pendant que Mme Margeride et la psychologue reconduiront la classe et avertiront Armand Montrémy.

Deux heures plus tard, la grosse Mercedes d'Armand Montrémy se gare en bordure de route, là où se trouvait le car des élèves, suivie de près par une voiture de gendarmerie, gyrophare clignotant. De la berline blanche sortent Armand Montrémy en blouson de cuir, la petite chienne Fabra et Ghislaine Margeride, vêtue d'un manteau sombre, légèrement voûtée, la tête basse, coupable de cet incident qui montre qu'elle n'est plus apte à s'occuper d'une classe. Elle n'a pas pris le temps d'emprisonner ses cheveux noirs qui volent au vent frais. Le soleil se couche, allumant l'horizon d'une lumière rouge.

Armand Montrémy fait quelques pas dans le bois, suivi de Ghislaine qui éprouve le besoin de se rapprocher de lui malgré sa défiance instinctive, comme pour lui demander pardon. Pendant la montée qui n'a pas duré plus de dix minutes, il n'a pas prononcé un seul mot ; son silence était lourd de reproches. Ghislaine s'est tassée sur son siège, consciente de sa faiblesse face à cet homme qui s'occupait de réparer sa faute.

— Elle ne peut pas être bien loin ! dit-elle enfin en emboîtant le pas à Montrémy. Cinq minutes plus tôt, elle était encore près de moi.

— Je sais !

Montrémy poursuit son chemin derrière sa chienne rousse, sans se préoccuper de la jeune femme qui peine à le suivre. Son pas assuré, ses larges épaules sous le blouson de cuir dégagent une impression de puissance conquérante qui révolte et fascine Ghislaine. Cet homme est-il un criminel ? Sous son apparence de play-boy, porte-t-il l'âme la plus noire qui soit ? La petite institutrice devrait le haïr, tant il a fait le vide autour de lui, semant le malheur à mesure que sa gloire grandissait, pourtant elle ne peut s'empêcher d'être sensible à son charme troublant.

Au bord du lac, les gendarmes retrouvent Pierre Ragaud et Albane Morenceau qui ont de nouveau fouillé les berges et les abords. Ils décident de recommencer et se partagent l'espace, par équipes de deux tous les dix mètres.

— Elle ne peut pas être tombée dans le lac, les pentes sont très douces à cet endroit et les autres l'auraient vue ! constate Pierre Ragaud. Elle se trouve donc dans le bois à quelques mètres de nous, mais pourquoi ne répond-elle pas quand on l'appelle ?

— Parce que cette enfant est extrêmement perturbée, objecte Ghislaine. Elle se recroqueville sur sa peur et reste ainsi, tétanisée, incapable de faire un mouvement, et de dire un seul mot !

Armand Montrémy la regarde avec une certaine curiosité, puis ses yeux parcourent la berge, le lac et les ouvriers qui travaillent à la lueur de gros projecteurs. Il serre les lèvres, son front se plisse. Ghislaine comprend ses pensées et sa détermination. « Stéphane, pense-t-elle, pourquoi n'es-tu pas là pour m'éclairer ? Sans toi, je ne vois pas la réalité. » La chienne tourne autour de son maître, se demandant ce qu'il fait là à cette heure.

Les autres sont partis battre les taillis avec des torches ; Montrémy pousse un soupir et dit :

— On y va !

Ghislaine ne sait pas s'il s'adresse à elle ou à la chienne. Elle revient sur ses pas et l'accompagne, toujours attirée malgré elle par sa forte présence. Elle regrette tout à coup de ne pas avoir eu d'enfant de son mari et se demande aussitôt pourquoi une telle pensée lui est venue à l'esprit.

— Cherche Pétronille ! ordonne Montrémy à Fabra qui part dans les taillis, la truffe au sol, la queue frétillante.

Puis, se tournant vers Ghislaine qui se tient en retrait, il ajoute :

— Ce serait un coup de chance inouï que cette chienne qui ne quitte pas le parc de notre maison deux fois par an se retrouve dans ce fouillis de ronces et d'aubépines. Cependant, une chose est certaine : si elle passe à côté de Pétronille, elle la rejoindra et viendra nous avertir.

— Je ne comprends pas ce qui s'est passé ! répète l'institutrice pour se disculper. Elle s'est envolée, comme une fumée !

Montrémy marche devant elle à longues enjambées. Des pensées folles traversent l'esprit de la jeune femme. Peut-être lui en veut-il d'avoir sauvé Pétronille ! La disparition de la fillette pendant le tremblement de terre l'aurait libéré d'un boulet. Non, Armand Montrémy ne peut pas penser cela : il a trop souvent joué avec la mort pour ne pas connaître le prix de la vie. Alors, pourquoi n'a-t-il pas secouru sa compagne suspendue au-dessus d'une crevasse ?

La nuit tombe lentement ; le ciel conserve une clarté lointaine qui surplombe l'ombre déjà épaisse du sous-bois. Au sommet d'un tertre, Montrémy s'arrête. Fabra est partie devant, probablement sur la trace de quelque animal. Il écoute les bruits du chantier, accélérations de moteurs puissants, ordres brefs des chefs de chantier. Une pensée se précise en lui : Pétronille ne s'est pas enfuie, ce sont ses oncles qui l'ont enlevée. Voilà pourquoi elle reste introuvable sur un aussi petit périmètre. Il fait demi-tour, s'approche de Ghislaine qu'il domine d'une bonne tête. Dans la pénombre, il ne voit que les yeux clairs de la jeune femme. Il pense à leur retour de l'hôpital, au poids de leur silence.

— Je suis certain que nous ne la trouverons pas ! affirme-t-il. Pétronille n'est pas là !

Ghislaine recule d'un pas, les affirmations de ce gladiateur ne peuvent être contestées. Elle ose cependant :

— Où voulez-vous qu'elle soit ? Je vous dis : elle était avec moi, elle ne me quitte plus, la pauvrette, elle tremble au moindre bruit, au moindre craquement, et se précipite contre moi parce qu'elle a conscience que je peux encore la sauver.

— Il lui manque une mère, affirme Montrémy qui poursuit : Je suis persuadé que si elle était là, dans ce carré de forêt que nous avons ratissé plusieurs fois, nous l'aurions trouvée.

— Que voulez-vous dire ?

— Qu'elle a été enlevée. Quelqu'un attendait, caché tout près, que vous vous tourniez, pour l'attirer !

Ghislaine secoue la tête. Montrémy est en face d'elle, sûr de lui. Sa prestance donne à ses propos un accent de vérité incontestable, pourtant elle ne peut pas y croire.

— Quelqu'un l'a enlevée, quelqu'un qu'elle connaît, précise-t-il. Et ce quelqu'un n'est sûrement pas étranger au chantier voisin. Vous n'ignorez pas, puisque tout le monde le sait, le différend qui m'oppose à ses oncles. Ils me disputent la garde de Pétronille. Ces gens-là n'ont pas de morale !

Une question brûle les lèvres de Ghislaine, mais elle ne la pose pas, consciente qu'elle n'a pas la force d'en assumer les conséquences et que le moment n'est pas encore venu. Que s'est-il passé sur le flanc du mont Aïzot, ce jour d'orage ? Ce soir, le personnage semble trop fort, trop solide pour s'abaisser à un comportement intéressé et mercantile. Celui qui a vaincu l'Himalaya ne peut pas regarder le monde du petit côté de la lunette. Et pourtant...

— Que pouvons-nous faire ?

— Que fait un animal acculé ? Il se bat jusqu'à son dernier souffle. Je me battrai et, si je dois mourir, je ne serai pas le seul ! Ceux qui m'auront vaincu subiront mon sort.

Ghislaine se tait un instant, étonnée par ce qu'elle considère comme une confidence. Pétronille n'est qu'un jouet, un argument entre des fauves qui ne rêvent que d'en découdre. Dans la pénombre de la nuit, l'institutrice croit voir en face d'elle un tigre toutes griffes menaçantes. Pas un lion ou un autre animal qui saurait se battre avec les mêmes armes que ses adversaires, mais le plus félin des félins, celui qui guette dans l'ombre une proie qui ne peut lui échapper. Elle frémit, elle-même sans défense face à ce prédateur qui ne se rend jamais, et pour qui les rêves et les peurs d'une fillette perdue n'ont pas d'importance.

— Avez-vous un cœur ?

Elle s'est entendue prononcer ces mots sans qu'elle les ait pensés et pesés tellement ils semblent lourds de conséquences. Cette question est venue d'une partie cachée de sa personne. Tout à coup, elle flotte en dehors du monde, comme une grosse boule capable de rouler d'un côté ou de l'autre.

— Pourquoi me demandez-vous cela ?

La proie éprouve le besoin de faire front, de darder ses modestes défenses, de montrer qu'elle ne se livre pas, même si elle se sait vaincue.

— Parce qu'il me semble que nous cherchons une petite fille et que l'heure n'est pas aux affrontements...

— Je n'ai jamais pensé à autre chose !

La chienne est revenue tourner autour de son maître et s'éloigne, comme pour l'inviter à le suivre. Armand Montrémy fait quelques pas dans la direction de l'animal qui disparaît tout à coup. L'homme allume sa lampe de poche et découvre, dans la cavité d'un arbre déraciné, un trou béant dans lequel Fabra s'est enfoncée. Il marche sur les cailloux qui roulent, descend jusqu'à un boyau taillé dans la terre. Ghislaine l'accompagne, le souffle retenu, assez contente de lui avoir tenu tête.

Montrémy promène sa lampe autour de lui et constate qu'il se trouve dans un ancien tunnel dont le plafond a été maçonné. Le tremblement de terre a affaissé le sol et l'arbre, en tombant, a découvert la cavité. Fabra jappe comme elle le fait à la maison quand arrive quelqu'un qu'elle connaît. Au bout de quelques mètres, tapie contre la paroi, la tête enfouie entre ses bras posés sur ses genoux, Pétronille, immobile, n'a aucune réaction quand le halo lumineux se pose sur elle. Fabra lui lèche les mains en gémissant, mais l'enfant ne bouge pas. Ghislaine l'aperçoit, crie son nom d'une voix angoissée. Alors, Pétronille lève la tête, pose sa main sur le dos du chien puis voit d'abord son père et enfin Ghislaine. Elle se lève d'un bond, court vers la jeune femme et se presse contre elle.

— J'ai eu si peur ! s'écrie-t-elle en sanglotant.

— Mais que s'est-il passé ? Que fais-tu là ?

De gros sanglots soulèvent les épaules maigres de la fillette.

— J'ai cru que j'étais morte. J'ai vu une fleur, alors j'ai couru pour la cueillir, le sol est parti sous mes pieds. Je me suis retrouvée dans le noir, sous les pierres et la terre. Je me suis dégagée et j'ai marché, c'était toujours aussi noir. Il n'y avait plus de jour, plus rien, alors j'ai compris que j'étais morte !

Ghislaine se tourne vers Montrémy qui tient toujours sa lampe braquée sur la paroi où suinte une eau blanchâtre. Elle a retrouvé tout son aplomb, et se sait désormais plus forte qu'avant le tremblement de terre, parce qu'elle n'a rien à perdre, parce qu'elle est seule désormais face à sa terrible détresse.

— Mais tu n'es pas morte ! Tu es tombée dans un ancien souterrain découvert par le tremblement de terre, dit-elle à Pétronille.

— Enfin, te voilà ! fait Armand Montrémy sans extérioriser son soulagement.

Il promène encore sa lampe sur les parois, arrête le halo sur une flaque blanchâtre, prend l'eau boueuse dans ses mains, dit quelque chose, puis marche vers la sortie, suivi de l'institutrice et de la fillette. Ils escaladent les pierres disjointes et reviennent vers le groupe de gendarmes qui se trouve au bord du lac.

— Nous l'avons retrouvée ! dit-il. Tout se finit bien !

Les chercheurs qui fouillaient les taillis reviennent rapidement et rejoignent les véhicules sur la route en contrebas. Pierre Ragaud et Albane Morenceau arrivent les derniers, personne ne remarque qu'ils se donnent la main.

Quand Montrémy s'arrête sur le Plateau où l'institutrice a pu obtenir un logement provisoire, Pétronille s'accroche aux vêtements de la jeune femme qui tente de lui faire entendre raison. La fillette doit rassurer sa grand-mère et Julien qui l'attendent avec impatience. Elles se retrouveront demain matin, à l'entrée de l'école, une nuit c'est pas très long.

La grosse Mercedes démarre, emmenant à l'arrière la petite Pétronille qui serre son chien dans ses bras. Aminthe l'accueille avec de grands gestes et des lamentations. Pétronille s'est refermée sur elle-même et ne dit pas un mot. Son père la laisse s'en aller dans sa chambre et invite Julien à le suivre dans sa bibliothèque. Il déplie la carte d'état-major sur les dossiers qui s'empilent. À l'intérieur, Julien se déplace sans ses béquilles en s'appuyant contre les murs. « C'est le début de ma victoire sur l'Everest ! dit-il fier de lui. Avant tout, marcher, comme quelqu'un qui a vaincu la foudre, c'est la première fois qui compte ! »

Il entre dans la bibliothèque, pousse la porte et, appuyé contre le rebord du bureau, regarde la carte où son père, au crayon, a marqué les contours du nouveau lac.

— Pour une fois la chance vient de nous sourire ! dit Armand Montrémy en promenant la pointe de son crayon sur la carte. Pétronille est tombée dans un ancien souterrain oublié. La voûte est pavée, la preuve qu'il s'enfonce loin sous la montagne. Il se dirige vers le trop-plein du lac qui coule dans cette petite dépression. L'endroit est particulièrement insonorisé puisque Pétronille n'a pas entendu les appels des gens à l'extérieur. Une charge placée discrètement là pourrait aller dans le sens dont tu as parlé.

Julien sourit et s'assoit lentement sur une chaise. Il aime ainsi jouer aux hommes normaux en accomplissant des gestes simples qui lui demandent un réel effort.

— Il ne faut en parler à personne, précise-t-il. Nous seuls serons au courant. J'ai pu apprendre cet après-midi que les frères Delprat ont fait sonder le tour du lac et qu'ils redoutent cet éboulement. Ainsi, ils ont décidé de renforcer cet endroit d'où partira le canal de dérivation. Ils ont peur qu'au premier coup de godet toute la butte s'effondre. Cela signifie qu'il ne faut pas une charge trop importante pour aider la nature et que cela passera inaperçu.

— Ouais ! fait Armand Montrémy en levant les yeux au mur.

Il pense à Ghislaine Margeride que Pétronille ne voulait pas quitter. La jeune institutrice a beau être très discrète, parler peu, Montrémy la sent sur ses gardes, pleine d'une méfiance à son égard qui l'incite à la prudence. Les frères Delprat savent qu'elle a sauvé Pétronille, ils vont sûrement chercher à s'en servir.

— Je pense, dit encore Armand Montrémy, que Pétronille est très perturbée. L'atmosphère de Chastelnaud lui est malsaine, il est temps de la changer d'école.

— Je le pense aussi ! répond Julien. Je suis certain qu'un peu de pension lui ferait le plus grand bien. Ce qui manque à notre époque, c'est l'apprentissage du courage et de la volonté. Ceux qui le font ont un avantage considérable sur les autres. C'est rendre service à ma petite sœur de l'éloigner d'ici !

— Nous réglerons cela au plus vite. Pour l'instant, il faut s'occuper de ce maudit barrage.

Ghislaine Margeride n'est pas allée chercher de quoi dîner à la cuisine centrale qui prépare les repas pour les centaines de personnes réfugiées sur le Plateau. Elle s'enferme, fuit la promiscuité d'un terrain de camping hors saison. Cette première journée de classe a accablé la jeune institutrice. Elle croyait, avec la présence de ses élèves, retrouver un peu de calme, l'oubli momentané de sa détresse, mais la pensée des absents s'est imposée à son esprit. Les deux fillettes et le garçonnet écrasés sous les décombres ont rejoint l'image mutilée de son mari. Les cloisons lui ont fait peur, les petits visages tournés vers elle dans l'attente d'une leçon l'ont terrorisée, car elle n'a plus rien à enseigner à ces rescapés. Alors elle a décidé de partir, de faire cette promenade au bord du lac nouveau. La psychologue a considéré que c'était une excellente idée, qu'il serait possible ainsi d'exorciser la catastrophe dans le calme bucolique d'un après-midi de printemps champêtre.

Et puis, il a fallu chercher Pétronille. Un détail a frappé la jeune femme : lorsqu'elle est entrée dans le tunnel, elle a eu l'impression qu'Armand Montrémy ne se préoccupait plus de Pétronille, que ses pensées étaient ailleurs. Quand le faisceau de sa lampe a découvert le corps recroquevillé de la fillette, il n'a manifesté aucun soulagement. Le halo a poursuivi son exploration du tunnel, toujours plus loin, comme pour savoir jusqu'où il conduisait, la lumière a couru sur la paroi d'où suintait un liquide jaunâtre, semblable à celui de la source Saint-Jean. Montrémy s'est penché sur une flaque, l'a longuement observée, puis s'est tourné vers Ghislaine qui serrait Pétronille dans ses bras ; à présent, elle entend ce qu'il a murmuré : « C'est cette eau qui pollue ma source, cette eau d'infiltration. » Ils sont sortis. Lui marchait devant avec sa lampe, de son pas assuré. Derrière, Ghislaine tenait contre elle Pétronille qui sanglotait, et chacun de ses sanglots allait bien au-delà de la peur.

Ghislaine se sent prisonnière de cette petite pièce qui lui sert de chambre, de bureau, de cuisine. Les murs de tôle ne cessent de lui rappeler sa solitude, sa vie gâchée. La mort de Stéphane l'a remise en face de ses anciens fantômes. La petite fille qu'elle fut, peu différente de Pétronille, n'a pas oublié ses terreurs face à un père distant et une mère inexistante. Ghislaine était livrée à elle-même, mais n'avait pas pour autant la liberté d'aller chercher dans la rue le réconfort qui lui manquait. Stéphane était son voisin, ils se croisaient tous les jours. Il est naturellement devenu son mari, trait d'union entre son enfance et l'âge adulte. Quand son père est mort, Ghislaine a compris la place que tenait en elle cet homme silencieux, par ses seuls regards, ses gestes simples. Elle porte le regret de ne pas avoir su l'approcher, l'aimer, et ne peut s'empêcher d'y penser quand elle se trouve en face d'un homme comme Montrémy. Stéphane savait la protéger de ces confrontations qui la détruisent.

Le tremblement de terre lui a ouvert les yeux sur elle-même. En épargnant son corps, il a fait resurgir un passé trop lourd. La mort de Stéphane rend le présent incertain. Pourquoi est-elle institutrice ? Pour mieux approcher ce monde de l'enfance qui laisse en elle trop de zones d'ombre ? Pour tenter de voir clair dans ses renoncements ?

Ce soir, l'angoisse est plus forte que jamais. Ghislaine a réellement le sentiment d'être enfermée dans une boîte de conserve. Même pendant son sommeil, elle se sent oppressée et cet endroit exigu évoque, par une correspondance qui lui semble naturelle, la trop grande maison de Pétronille, cette enfant objet de convoitises mercantiles.

La jeune femme prend son manteau et sort, va à sa voiture garée sur l'esplanade à côté du campement où des groupes bavardent. Les plus actifs restent ainsi dehors le plus longtemps possible. Étrangers dans leurs logements de fortune, ils s'ennuient comme des passagers dans une gare. Ensemble, ils oublient leur précarité, bavardent, font des projets, regardent leur ciel, leurs collines, leur vallée, leurs maisons interdites. Ils échangent les nouvelles, répètent inlassablement les mêmes choses, se plaignent des autorités qui ne les écoutent pas ou si peu. Ils sont allés voir le chantier : chaque accélération des bulldozers, chaque coup de pioche des ouvriers les réhabilite. Vivement que ce maudit barrage soit consolidé ! Même ceux qui travaillaient aux Eaux Saint-Jean placent leur retour à la maison avant leur usine. Ils veulent avoir confiance dans les spécialistes qui résoudront les problèmes les uns après les autres. Le plus urgent, c'est de leur permettre de recommencer à vivre malgré les absents.

Ghislaine salue plusieurs groupes et rejoint rapidement sa voiture. Elle n'a pas envie de parler, mais de rouler au hasard des routes sombres pour se donner l'illusion d'échapper à elle-même. Personne ne lui demande où elle va ; tous éprouvent à un moment ou à un autre le besoin de faire semblant de partir, de fuir.

Elle descend du Plateau, emprunte une rue à gauche, juste avant le barrage de la police municipale qui interdit l'accès aux zones dangereuses. Ses pensées défilent, tout à coup libérées. Pourquoi ne partirait-elle pas en Afrique pour se consacrer aux enfants mal nourris, aux malades du sida ? Donner un sens à son existence qui n'en a plus depuis que Stéphane n'est plus à ses côtés lui semble essentiel. Et cette renaissance, ce besoin de changement ne peut s'imaginer en dehors d'un humanisme généreux.

Ghislaine lève le pied de l'accélérateur, ralentit, s'arrête derrière une file de voitures garées. Sur la butte en face d'elle se trouve l'entrée de l'usine Saint-Jean. Le portail n'a pas été fermé. Les lumières donnent un peu de vie à la grande maison austère qui se dresse à côté des bâtiments de l'usine, séparée d'eux par une cour vide. Sur la droite, la grosse Mercedes blanche luit à la lueur jaune du lampadaire. Ghislaine s'étonne tout à coup de se trouver là et en même temps en est rassurée, car son voyage nocturne ne pouvait la conduire ailleurs sinon à l'errance.

Elle reste un long moment accoudée sur son volant à chercher des ombres derrière les rideaux clairs. Est-ce celle de Pétronille ou celle de son père qu'elle attend ? Cette question la met mal à l'aise, alors, elle la chasse. La porte s'ouvre, une haute silhouette apparaît sur le seuil. Ghislaine a le réflexe de redémarrer sa voiture pour la garer un peu plus loin. Elle coupe le moteur, éteint les phares et regarde le portail dans son rétroviseur. La Mercedes sort, tourne sur la droite, la dépasse et poursuit sa route vers la montagne. Sans réfléchir, Ghislaine la suit à distance. La grosse voiture s'arrête en rase campagne, au bord du Minulet. Ghislaine fait de même, à l'écart. La nuit résonne des bruits du chantier tout proche. De puissants projecteurs éclairent la cime des arbres.

La jeune femme se faufile en bordure de la pente, à l'endroit exact où elle était cet après-midi avec sa classe. Elle n'est pas vêtue pour la circonstance et frissonne au vent frais. Ses chaussures à talons s'enfoncent dans l'humus et la mousse, gênant sa progression. Au-dessus d'elle, la sombre silhouette de Montrémy l'intrigue. Il porte un sac à dos qu'elle voit à la lueur de la lune.

L'homme arrive à l'entrée du souterrain, près de l'arbre renversé, regarde autour de lui, écoute un instant les accélérations des pelleteuses et des bulldozers, allume sa lampe électrique et s'enfonce dans la cavité. Ghislaine hésite un instant, puis s'approche, vaguement consciente qu'elle ne pourra pas cacher longtemps sa présence.

Elle descend à son tour en se tenant aux racines de l'arbre, pénètre dans le souterrain où elle avance à tâtons en suivant la paroi de sa main droite. L'eau est montée depuis cet après-midi et elle patauge dans une boue qui sent mauvais.

Après un tournant, de grosses pierres plates l'arrêtent,

elle les contourne et aperçoit enfin la lumière tremblante de la torche électrique. Une angoisse poignante l'étreint, mais il ne lui vient pas l'idée de faire demi-tour. Le père de Pétronille est là, bloqué par la montée de l'eau. Le tunnel en pente se perd dans une mare odorante. Montrémy pose son sac, s'accroupit, remplit une bouteille du liquide trouble, puis l'examine au moyen de sa lampe. Il arrache quelques pierres de la paroi qui tombent dans l'eau en emportant des graviers et une coulée de terre qui fait un bruit de pluie. Il braque sa lampe sur son sac qu'il ouvre, en sort un paquet, le glisse dans la niche qu'il a aménagée et le coince avec des cailloux. Cette opération l'absorbe entièrement, Ghislaine en profite pour s'éloigner discrètement.

La lune s'est cachée, mais le ciel laisse flotter une lueur vaporeuse qui révèle les feuilles dentelées des fougères, les boules blanches des aubépines en fleur. La jeune femme dévale la pente à toute vitesse, consciente d'avoir surpris un secret, peut-être un acte de sabotage. Son intuition se vérifie : le Montrémy de la lumière, du jour, cache un autre Montrémy de l'ombre, inquiétant, sournois, capable du pire !

Elle monte dans sa voiture, reprend son souffle. Elle ne doit pas faire demi-tour, car si Montrémy est sorti du souterrain, il peut l'entendre manœuvrer. Comme la route est légèrement inclinée, elle desserre le frein à main et laisse rouler son véhicule, phares éteints, en suivant la bande claire de la chaussée. Au bout de la descente, elle lâche l'embrayage. Elle poursuit ainsi pendant plusieurs kilomètres en surveillant son rétroviseur pour s'assurer que personne ne la suit. Dans la traversée de Saint-Geniez, elle s'arrête sur la place de l'église en face de la grosse horloge dont les aiguilles de fer indiquent onze heures et demie. Elle attend encore quelques minutes, laisse flotter son esprit.

Enfin, elle fait demi-tour et rentre à Chastelnaud. En passant devant l'usine Saint-Jean, elle aperçoit la Mercedes garée à sa place habituelle. Que contient le paquet caché dans le souterrain ? A-t-elle le droit de ne rester que spectatrice face à une action qui pourrait changer le cours des événements ?

Sans réfléchir plus longtemps aux conséquences de sa décision, elle se rend à l'hôtel du Centre, proche du Plateau et hors de la zone inondable. Cette vieille bâtisse a subi peu de dégâts et accueille encore quelques curieux et des sans-abri depuis que les journalistes l'ont désertée pour d'autres catastrophes, d'autres drames dont se nourrissent leurs journaux. Un seul est resté, Pierre Ragaud, c'est lui qu'elle veut voir.

L'institutrice sait que sa démarche fera le tour de la ville dès le lendemain, mais cela n'a pas d'importance. Elle a besoin de percer le secret de ce paquet, nécessité dictée par la tendresse, l'affection qu'elle porte à Pétronille et, surtout, par cette image de Montrémy qui, au lieu de se faner, grandit en elle, découvrant des pans de sa personnalité qu'elle a soigneusement écartés.

Minuit sonne au clocher. Dans cette ville où l'on se couche tôt, des retardataires sortent du bistrot en bavardant. Ils la dévisagent, remarquent son manteau souillé de terre. Que fait la jeune veuve, à cette heure, dans cet accoutrement ? Ghislaine pousse la porte vitrée, entre dans une salle basse déserte où un homme mal rasé d'une cinquantaine d'années lave les derniers verres. Il s'étonne, ouvre grands ses yeux de charbon, pose son verre, son torchon.

— Je voudrais parler à Pierre Ragaud, le journaliste qui est venu cet après-midi avec ma classe en excursion. C'est très important.

L'homme se tourne vers le tableau vide de clefs.

— Il est rentré, il n'y a pas longtemps. Je ne sais pas si je peux le déranger...

— Je vous en prie.

Le père Marsant a toujours été très curieux et ne cesse d'épier ses clients pour tenter de leur arracher quelques confidences. Ce que la jeune institutrice veut au Parisien l'intrigue. Il a vu le journaliste revenir vers onze heures dans la voiture d'Albane Morenceau, il avait donc dîné avec elle dans quelque auberge ou dans la ferme restaurée de la jeune femme. Qu'une deuxième femme le réclame lui fait flairer une histoire bien croustillante à raconter à ses habitués.

— Vous avez eu un accident ? Je...

— Appelez M. Ragaud, s'il vous plaît !

— Je vais voir ! fait Marsant avec un clin d'œil entendu et complice qui déplaît à Ghislaine.

Il décroche son téléphone, compose un numéro, annonce « Madame l'institutrice ».

— Il arrive ! dit-il en reposant le téléphone. Il faudra faire vite, moi, je veux fermer et aller au lit. Demain, je recommence à cinq heures et demie...

Pierre Ragaud descend l'escalier couvert de moquette sous laquelle le bois des marches craque. Il lance un regard interrogateur à Ghislaine dont il remarque les taches de terre sur le manteau, les chaussures sales et détrempées.

— Mais que se passe-t-il ? Un bâtiment s'est effondré ?

— Il faut que je vous parle ! C'est de la plus haute importance.

Ragaud regarde Marsant qui range ses derniers verres et se dit que l'endroit n'est pas propice aux confidences.

— Bon, fait le bistrotier, je vous laisse la clef. Moi, il faut que j'aille me coucher. Vous passerez par la petite porte, celle qui donne sur l'escalier de l'hôtel.

Malgré sa curiosité, il n'insiste pas, gardant ses questions et ses commentaires pour le lendemain. Sans un mot, Pierre Ragaud prend la clef, l'enfonce dans la poche de son pantalon et sort derrière Ghislaine qui marche jusqu'à sa voiture. Elle ouvre la portière du passager, invite le jeune homme à s'asseoir, fait le tour et s'installe au volant. Quand la portière est fermée, elle regarde Pierre Ragaud dont elle découvre un aspect nouveau du visage sous la lumière crue des lampadaires.

— Allez-vous m'expliquer ce que cela signifie ? demande-t-il. Que s'est-il passé pour que vous soyez ainsi couverte de boue ?

— Je vais vous le montrer et je vous répète que c'est de la plus haute importance.

Elle démarre et s'éloigne dans la nuit. Ragaud, qui a eu le temps de se familiariser avec la région, comprend vite où elle le conduit.

— Nous allons où nous étions cet après-midi.

— En effet.

Ils poursuivent en silence, conscients de ne pas être exactement à leur place, d'avoir désiré l'un et l'autre cet instant qui leur est pourtant interdit. Au bout d'un moment, Ghislaine parle la première autant pour se justifier que pour fuir d'autres pensées, plus profondes et plus vénéneuses, celle en particulier qu'elle pourrait s'arrêter et se blottir dans les bras de cet homme dont elle ne sait rien et qu'elle ne désire pas, si peu de temps après la mort de Stéphane.

— J'ai surpris quelque chose d'extrêmement bizarre ce soir, quelque chose qui me dépasse, raison pour laquelle j'ai besoin de votre avis. Vous n'êtes pas d'ici, donc vous ne pouvez pas être partisan, bien que vos relations très privilégiées avec la bru du maire vous placent déjà dans un clan.

Ragaud secoue la tête. Cet après-midi, il n'a pas fui les avances à peine voilées d'Albane Morenceau. Savoir qu'il était considéré pour sa ressemblance avec un autre le gênait beaucoup, mais la prévenance généreuse du docteur Morenceau, la chaleur de sa femme lui ont fait accepter le rôle qu'on lui attribuait dans la maison du maire. Albane a d'abord été sensible aux détails qui lui rappelaient son mari, puis n'a pensé qu'à ses différences et s'est présentée sans fard, c'est ce qui l'a ému.

— Albane Morenceau est si seule, si...

Il se tait, conscient que Ghislaine aussi est seule depuis peu et que certains propos peuvent la choquer. Sans répondre, la jeune femme gare sa voiture là où était la Mercedes, prend une lampe de poche dans sa boîte à gants.

— Allons-y !

Elle sort, attend que Pierre Ragaud l'ait rejointe, et éclaire la boue du fossé, montrant les traces fraîches de larges pneus. Les bruits des machines occupent toute la nuit.

— Vous pouvez constater qu'une voiture de forte cylindrée a stationné ici. Cette voiture, je l'ai vue, il y a moins de deux heures et je la connais comme vous la connaissez.

— Très bien. Où allons-nous ?

— Dans le souterrain découvert par la chute du gros arbre où nous avons retrouvé la petite Pétronille.

Sans prendre aucune précaution, malgré la proximité du chantier d'où les ouvriers pourraient la voir, Ghislaine monte dans la pente qu'elle éclaire de sa lampe. Pierre Ragaud lui emboîte le pas, de plus en plus intrigué. Ils arrivent à l'entrée du souterrain, la jeune femme passe la première, tend la main au journaliste pour l'inviter à la suivre.

Ils progressent dans la boue. Du plafond tombent de larges gouttes d'une eau sale. Pierre Ragaud remonte le col de son blouson.

— Quand nous avons retrouvé Pétronille ici, dans le noir absolu, son père l'a vue en premier, il avait une lampe de poche, explique Ghislaine. Mais il ne s'est pas précipité vers sa fille, ce qui m'a étonnée. Il a continué jusqu'à cette flaque causée par une fissure dans la paroi. Il a regardé le liquide et il a dit : « C'est cette eau qui pollue ma source ! »

— Peut-être a-t-il raison, répond Pierre Ragaud, mais ce n'est pas certain. Il se peut que son eau soit polluée par une autre source qui se trouverait plus haut sous la montagne. Les géologues sont partagés.

Ghislaine s'est approchée du jeune homme, sa lampe est toujours braquée sur la paroi ocre d'où coule le liquide jaune.

— Ce soir, comme je n'avais pas envie de rester seule dans la boîte de conserve qui me sert de chambre, de salon, de bureau, je suis sortie faire un tour en voiture. En passant devant l'usine Saint-Jean, j'ai vu la Mercedes sortir. Elle s'est arrêtée là où je vous ai montré les traces de pneus ; Montrémy est monté jusqu'ici, je l'ai suivi de loin, sans bruit. Il a fixé un curieux paquet dans une niche qu'il a creusée.

Elle marche devant, certaine de son effet, jusqu'à l'endroit où le souterrain plonge dans la mare boueuse, dirige sa lampe sur la niche où elle a vu Montrémy amarrer son paquet. Il n'y a rien.

— Ça alors !

Elle n'en croit pas ses yeux et revient la tête basse vers le journaliste.

— Je n'ai quand même pas rêvé ! Je suis certaine que...

Pierre Ragaud prend la lampe de la main de la jeune femme, examine l'endroit.

— Vous n'avez pas rêvé, précise-t-il. Ces traces de semelles ne sont ni les vôtres, ni les miennes. Quelqu'un est donc venu ici, il y a très peu de temps. Et regardez entre ces pierres, un morceau de papier journal détrempé. M. Montrémy a beau être quelqu'un de connu et de respecté, il ne peut pas échapper aux lois et, à mon avis, il a flairé votre présence et n'a pas voulu prendre de risques !

— Vous voulez dire qu'il...

— Oui, il a fixé une charge explosive destinée à faire une brèche et à vider le lac par ce côté. Rentrons.

Ragaud a gardé la lampe et passe devant Ghislaine.

— D'ailleurs, la détermination de ses adversaires, les intérêts financiers en jeu ne lui laissaient pas le choix !

Saint-Geniez, bureau du directeur général des Houilles Blanches, trois heures du matin. Assis dans son fauteuil à haut dossier, Lionel Delprat, les bras posés sur les accoudoirs, sourit en levant ses yeux clairs au plafond. Derrière lui, debout, Marc se lisse la moustache d'un air satisfait. Ni l'un ni l'autre ne montrent la moindre marque de fatigue. En face d'eux, vêtu de la combinaison bleue de ceux qui travaillent sur le chantier du barrage, son casque blanc sur la tête, un homme tient un paquet plié dans du papier journal mouillé et souillé de terre.

— Ridmann, vous êtes vraiment sûr de ce que vous avancez ? demande Lionel en se tournant d'un air entendu vers son frère.

— Absolument ! fait l'homme au visage duquel de fines lunettes donnent une distinction particulière. Nous sommes arrivés vers neuf heures ce soir, comme vous nous l'aviez demandé. Mon équipe de spécialistes a inspecté les deux bordures du barrage où nous devons faire sauter le rocher friable pour couler du béton. Il faisait nuit, mais la lune brillait.

— Qu'importent les détails ! réplique Marc, pressé. Passez aux faits !

— Les détails ont leur importance, rectifie Ridmann sans se démonter. Donc, mes gars se mettent au travail, prélèvent des carottes de roches, étudient les deux emplacements. Vers onze heures, deux ouvriers de la partie sud partent faire un prélèvement sur les bords du déversoir, côté est, que nous devons aussi consolider. Ils voient une première voiture s'arrêter sur la route en dessous, un homme en sortir et monter dans le bois avec une petite lampe électrique. Leur stupeur a été grande de voir une deuxième voiture s'arrêter un peu plus loin, une jeune femme en sortir à son tour en prenant beaucoup de précautions et suivre l'homme qui portait un sac à dos. Mes ouvriers n'ont pas eu de mal à identifier sa haute silhouette, mais n'ont pas pu reconnaître la femme.

— Au fait, au fait ! s'exclame de nouveau Marc qui s'impatiente.

— Se doutant que quelque chose d'anormal se produisait, mes ouvriers se sont dissimulés. Ils ont vu l'homme disparaître sous terre à côté d'une souche d'arbre renversé par le tremblement de terre. Puis la femme a disparu de même.

— Bon, nous ne sommes pas au cinéma. Que s'est-il passé ?

— J'y viens, fait Ridmann toujours aussi calmement. Mes gars se sont rapprochés de ce qui est un trou et ont attendu. Au bout d'un moment, la femme est ressortie, puis s'en est allée, ils ont entendu le moteur de sa voiture démarrer au bas de la descente. Puis l'homme est ressorti à son tour, il a regagné la route et repris sa voiture. Mes gars ont reconnu formellement M. Montrémy. Ils ont voulu savoir ce qu'il était allé faire dans ce trou. Ils ont découvert que la chute de l'arbre avait mis au jour un ancien souterrain. Ils l'ont suivi et ont trouvé ceci, coincé dans une cavité de la paroi. Ce paquet, ils l'ont tout de suite identifié et sont venus me chercher.

— Cette fois, on le tient ! dit Lionel en souriant. Le vieux baroudeur est capable de toutes les bassesses. Nous allons enfin le mettre sur la paille ! Poursuivez.

— Donc, reprend Ridmann, ils viennent me chercher et nous explorons le souterrain jusqu'à un tournant. Le fond est envahi d'une dizaine de centimètres d'eau. Le paquet est bien là et tout de suite je découvre de quoi il s'agit : un explosif avec un système de mise à feu à retardement. C'est un procédé classique que nous utilisons régulièrement dans nos chantiers, et suffisamment puissant pour causer de graves dégâts. Placé où il était, je pense que Montrémy voulait faire sauter la butte pour vider le barrage par le trop-plein, du côté de Saint-Geniez. J'ai désamorcé l'engin qui était programmé pour exploser vers quatre heures du matin. Le voici.

— Bien, fait Marc. C'est une pièce à conviction, je vais donc le garder ici, enfermé à clef dans cette armoire. Vous m'assurez que ça ne risque pas de nous péter à la figure quand on s'y attendra le moins ?

— Cette bombe est totalement inoffensive sans son détonateur. Vous pouvez me faire confiance.

— Je vous remercie, dit Lionel en se levant de son grand fauteuil directorial. Vous pouvez aller vous reposer. Vous penserez à donner une prime aux deux ouvriers qui ont trouvé le paquet. Ils ont bien mérité une récompense.

Ridmann sort. Marc bâille et se tourne vers son frère en riant.

— Pour un bon coup, c'est un bon coup ! On va enfin régler nos comptes. Dès demain, il faut que nous le voyions et posions nos conditions.

— Et ces conditions sont simples : il rembourse sa dette et nous confie la garde de Pétronille, une Delprat à part entière que la vieille Montrémy fait souffrir. Avoue qu'il s'en tirera bien, car il vient de commettre un acte criminel passible de prison.

— Pour rembourser sa dette, ce sera difficile, vu que la source Saint-Jean ne donne plus qu'un jus immonde, mais nous pouvons racheter l'ensemble de son affaire...

— Tout ceci est parfait, reprend Lionel en marchant vers la porte, décidément trop grand pour ses épaules frêles, un peu voûtées par la fatigue. Nous avons attendu fort longtemps son premier faux pas, voilà qu'il vient de le commettre. Maintenant, il ne nous reste plus qu'à l'étrangler.

Les deux frères éteignent les lumières en riant et regagnent chacun leur domicile. La lune vient de se cacher derrière une forme sombre de nuages qui ressemble à s'y méprendre au mont Aïzot.

Le lendemain matin, Chastelnaud s'éveille lentement. Les lumières s'allument dans les maisons des hauts quartiers qui ne risquent rien d'une brusque rupture du barrage. Sur le Plateau, les gens se lèvent aussi, libérés d'une nuit d'inaction passive. Avec le jour, ils ont le droit de retourner chez eux, de poursuivre les déblaiements et la remise en état de leurs maisons. Des voitures descendent vers la basse ville, le bar de l'hôtel du Centre est déjà ouvert. De nombreux Chastelnais viennent y prendre leur petit déjeuner. Le père Marsant, qui ne dort que quelques heures par nuit, se fortifie aux petits verres de rhum : ils lui font oublier la fatigue et lui procurent une grande lucidité d'esprit. Son imagination trouve dans les faits les plus anodins de quoi alimenter des heures de conversation. La nuit dernière, il est resté longtemps éveillé, guettant chaque bruit de la maison et le retour de Pierre Ragaud. Ce matin, il ignore toujours ce qui s'est passé, mais il fait de son ignorance un élément hautement dramatique, il raconte avec son habituel sens de l'épopée et un lyrisme débridé que Mme Margeride, les vêtements déchirés, les cheveux souillés de terre, est venue demander le journaliste vers minuit et qu'ils sont partis tous les deux...

Ghislaine se lève, fatiguée, la tête douloureuse. Chaque fois qu'elle a sombré dans un sommeil lourd, des cauchemars l'ont entraînée dans un enfer glauque et elle s'est réveillée en sursaut, le front en sueur, le cœur battant. La jeune veuve ne dort plus calmement. Chaque nuit lui ramène Stéphane, horriblement mutilé. La douleur du disparu devient sa douleur et elle la ressent inlassablement, brûlante, écrasante. La nuit dernière, la pauvre victime était accompagnée de son bourreau, un homme de grande taille, la tête carrée, le regard sûr, vêtu d'un blouson noir. Elle était tiraillée par Stéphane qui l'appelait, qui l'implorait de la rejoindre, de l'aider à sortir des décombres, et l'envie de se soumettre à cet être dominateur et cruel.

Elle se lève, se dirige vers la petite douche à la quantité d'eau limitée, accomplit machinalement des gestes quotidiens, l'esprit ailleurs. Le patron des Eaux Saint-Jean est aux abois, le fauve ne se livrera pas vivant, mais cette lutte désespérée est souillée de la boue d'un souterrain, pourrie par l'image d'un homme recroquevillé près d'un rocher, sourd aux appels de sa compagne prête à sombrer dans une crevasse. Ghislaine comprend que quelque chose ne colle pas, qu'il manque un élément au puzzle pour en avoir une image complète.

À huit heures trente, elle va se poster à l'entrée de l'école pour accueillir ses élèves. Ils arrivent les uns après les autres, tellement dans leur rôle que l'on en oublie la catastrophe qui a tué trois d'entre eux. La jeune femme retient son souffle quand elle voit Armand Montrémy, vêtu comme la veille de son blouson noir sans la moindre tache de terre, amener Pétronille qui pleurniche. D'une voix sèche, son père lui ordonne de se taire et de se comporter correctement devant son institutrice, mais la fillette n'entend pas.

— Je ne veux plus retourner avec grand-mère !

— Ce que tu veux ou pas n'a pas d'importance ! siffle Armand Montrémy. Maintenant, tu vas à l'école et tu es sage.

Sa voix n'est pas comme d'habitude. Derrière l'agacement, Ghislaine croit entendre une angoisse d'une autre nature. Mais le regard de l'homme ne s'arrête pas sur elle, comme il l'aurait fait s'il savait qu'elle a surpris sa tentative de sabotage. Elle donne la main à Pétronille, regarde Montrémy monter dans sa berline sans se retourner. Un vertige glacé court au creux de son dos.

Ce que n'a pas perçu Ghislaine dans l'attitude de Montrémy, c'est l'abattement du vaincu pressé de se soustraire à la vue de ses concitoyens. Après sa tentative du dernier espoir, le propriétaire de la source Saint-Jean est à bout d'arguments. Chaque jour qui passe le rapproche de la faillite et de sa propre déchéance, rongé par un mal-vivre dont personne ne peut comprendre la douleur.

Il avait pensé redresser l'injustice qui le frappe et frappe en même temps une centaine de familles en démontrant que le lac est la cause de ses ennuis. Mais rien ne s'est passé, pourquoi ? Ce matin, il espérait que les gens ne parleraient que de ça, et c'est autre chose qui alimente les conversations. La nuit dernière, Mme Margeride a « pété les plombs » ; on l'a vue errer dans les rues, se rouler dans la boue et crier des obscénités aux passants. C'est Pierre Ragaud, le journaliste, qui a réussi à la ramener à la raison. Tout le monde l'excuse : prisonnière des décombres, elle n'a été sauvée que pour apprendre la mort de son mari ; pour autant, son comportement est-il compatible avec son travail auprès de jeunes enfants qui doivent oublier leur traumatisme ?

Armand Montrémy ne prête qu'une oreille distraite à ces médisances qui le laissent indifférent. Après avoir déposé Pétronille, il ne rentre pas chez lui, mais sort de la ville et roule sur la petite route qu'il a empruntée la nuit dernière. Sur sa droite, la piste ouverte par les engins des Houilles Blanches creuse une nouvelle trouée dans la forêt. Des camions remplis de matériaux soulèvent une poussière ocre. Le bruit des moteurs domine cette campagne d'ordinaire silencieuse, livrée aux aboiements de rares chiens, aux chants des oiseaux réveillés par le printemps. Montrémy arrête sa voiture là où il l'a laissée la nuit dernière. Pourquoi son engin n'a-t-il pas explosé ? L'humidité a-t-elle bloqué le mécanisme de mise à feu ? Ou alors quelqu'un l'a-t-il surpris ?

Montrémy reste un instant accoudé à la portière de sa voiture à écouter le bruit des engins. Le sommet de la colline, la forêt le protègent des regards curieux. Il hésite à s'aventurer sur la pente boisée couverte de pervenches. Enfin, il se décide, monte entre les buissons, reconnaît les touffes d'aubépines qu'il a contournées cette nuit. Voilà l'arbre renversé et ses racines plates hérissées entre les jeunes charmes. Maintenant, il regrette d'avoir choisi cette solution qui le condamne si elle est découverte, mais que pouvait-il faire d'autre ? Il ne s'attarde pas : sa présence à cet endroit l'accuse. Deux hommes l'attendent à côté de sa voiture : l'un est grand, maigre, le visage osseux, les yeux clairs, délavés, sous un front haut, le crâne rasé, l'autre trapu, très brun avec une magnifique moustache noire. En les voyant, Montrémy s'arrête net, réfléchit rapidement. Si les frères Delprat ont trouvé l'explosif, tout est perdu, même l'honneur. Lionel fait un pas vers lui, tout sourire.

— Voilà notre cher beau-frère qui se promène ! fait-il en s'approchant encore de Montrémy qui serre les lèvres.

— Notre cher beau-frère, poursuit Marc, semble chercher quelque chose. Mais que peut-il avoir perdu ici, dans cet endroit désert, si loin de la source Saint-Jean ?

— Je ne suis pas votre beau-frère. Ensuite, sachez que j'avais envie de pisser. Cela ne vous arrive pas, à vous ?

— Bien sûr que cela nous arrive ! réplique Marc en riant. Mais pas forcément là où se trouve l'entrée d'un souterrain découverte par la chute d'un arbre.

Montrémy comprend qu'ils savent tout. Il ne lui reste plus que l'attaque.

— Au nom de la sécurité publique, vous vous enrichissez avec le tremblement de terre et vous me ruinez ! Je ne vous laisserai pas faire !

— Qui vous a parlé de vous ruiner ? rétorque Lionel. Notre intention, au contraire, est de collaborer avec vous. C'est donnant-donnant : vous nous rendez la somme d'argent que vous avez extorquée à notre père, vous nous confiez la garde de notre nièce, la petite Pétronille, et nous en restons là ! Sinon...

— Sinon, reprend Marc, en s'approchant de Montrémy qui le domine d'une bonne tête, le héros de Chastelnaud aura affaire à la justice, à qui nous pourrions remettre un paquet compromettant.

— Vous n'aurez rien ! s'exclame Armand Montrémy en montant dans sa voiture et claquant la portière.

Les frères regardent s'éloigner la Mercedes en souriant.

— Laissons-le mijoter dans son jus, dit Lionel. Il est coincé, il finira bien par céder d'une manière ou d'une autre.

Albane Morenceau entre d'un pas décidé dans le bureau de son beau-père. Le visage contracté, les lèvres serrées, elle pose sur le maire un regard accusateur :

— Vous avez entendu ce qu'on dit en ville ! Cette institutrice a complètement perdu la tête. Je refuse de lui confier Jonathan dans de telles circonstances !

Le docteur Morenceau a compris depuis longtemps que le tremblement de terre a exacerbé les comportements de chacun, poussé les esprits les plus solides vers des positions tranchées où l'altruisme est absent. Tout se passe comme si une nouvelle catastrophe devait anéantir ceux qui restent et qu'il était devenu urgent de vivre, d'assouvir ses envies sans se préoccuper des autres. Les grondements sourds qui se font entendre à tout moment agacent les nerfs. La peur conduit à l'isolement alors que la solidarité, l'entraide sont plus nécessaires que jamais. Morenceau lève les yeux sur sa bru au regard dur, plein d'une méchanceté qui ne lui va pas. Lui a gardé la tête froide, ou du moins le croit-il. Les difficultés des autres sont les siennes et il sait que, quoi qu'il entreprenne pour le bien-être du plus grand nombre, les mécontents feront toujours plus de bruit. Il s'attendait à la réaction d'Albane, mais joue l'ignorant.

— Que veux-tu dire ?

— On ne parle ce matin que de la crise d'hystérie de cette veuve trop vite consolée et de son escapade avec ce journaliste, ce Pierre Ragaud !

— En quoi cela te concerne-t-il au point de te mettre dans cet état ?

Albane dévisage son beau-père, incrédule devant autant de naïveté. N'est-ce pas lui, pourtant, qui a attiré Pierre Ragaud chez lui sous le prétexte avoué qu'il ressemblait à son fils ? N'est-ce pas lui qui a poussé Albane vers ce « Claude de rechange », comme pour se faire pardonner de la garder près de lui dans la prison dorée de sa grande maison ?

— Un drôle de garçon, votre Ragaud, siffle la jeune femme. Je vous faisais confiance, mais il est comme les autres, comme ces baroudeurs qui courent le monde et qui profitent des occasions. Il a disparu avec la Margeride une bonne partie de la nuit ! Mais ce n'est pas là l'objet de ma démarche. Je voulais simplement attirer votre attention de maire sur ce qui se dit en ville. Les parents ont peur et demandent qu'elle soit remplacée. Ne croyez-vous pas qu'il faudrait la faire examiner par un psychiatre ?

— Je vais voir, Albane, et rassure-toi, je saurai le fond de cette affaire. Pour commencer, je vais parler à Pierre Ragaud. Je lui fais assez confiance.

— Vous lui faites confiance ? Libre à vous ! Moi, je ne veux plus jamais entendre parler de lui !

— Voyons, Albane, ta colère trahit ce que tu cherches à cacher !

— Qu'allez-vous insinuer ? Seule la sécurité de mon fils m'importe. Je vais l'inscrire à Jeanne-d'Arc de ce pas en espérant qu'il y aura une place et qu'il pourra s'y rendre dès demain matin.

La jeune femme sort d'un pas vif, laissant Morenceau perplexe. Celui-ci décroche son téléphone et parle un long moment au psychiatre responsable de la cellule psychologique quand un de ces fameux grondements que tout le monde redoute le surprend car il ne s'y habitue pas. Les spécialistes sont formels : il n'y a pas de quoi s'alarmer, le sol se remet en place lentement, sans dégâts, faisant l'économie d'une nouvelle secousse qui pourrait encore être dramatique. Seul Pierre Ragaud, qui n'est pas un scientifique et n'a donc aucune autorité sur la question, reste pessimiste.

Le journaliste entre dans le bureau du maire sans se faire annoncer, comme à son habitude. Le docteur Morenceau pense à ce que lui a dit sa bru. Ragaud anticipe ses questions :

— Il y a eu un bruit hier au soir vers onze heures, plus ténu que les autres, plus lointain, mais je l'ai bien entendu. Mme Margeride rentrait chez elle en voiture, après être allée dîner chez des amis à Saint-Geniez. En passant sur la route qui longe la colline et se trouve en dessous du barrage, elle a vu un phénomène curieux, une lueur qui flottait au-dessus du sol, sur la pente. Elle a raté son tournant et sa voiture est partie dans le fossé. À force de manœuvrer, en disposant des branches sous les roues, elle a réussi à sortir son véhicule de l'ornière et est venue me chercher.

— Et ce phénomène curieux ?

— Des feux follets, rien de plus ! Mais, en ce moment, toute manifestation qui sort un peu de l'ordinaire terrorise les gens. Voilà l'explication de sa visite à l'hôtel dans l'accoutrement dont tout le monde parle en ville. Cela n'a rien à voir avec une crise d'hystérie !

Morenceau observe le jeune homme aller et venir devant la table qui lui sert de bureau, poussant de l'épaule la toile bleue de la tente. Jamais le journaliste n'a autant ressemblé à son fils et, pourtant, jamais Morenceau ne l'a senti si loin de lui.

— Albane sort de ce bureau à l'instant, dit-il. Elle est furieuse !

Pierre Ragaud lève sur le maire des yeux pleins d'étonnement et précise :

— Albane et moi sommes proches l'un de l'autre. Mais il se peut qu'Albane se sente plus proche de moi que moi d'elle !

— Qu'est-ce que cela signifie ?

— Que je ne suis pas d'ici, ni de nulle part. Le monde m'appelle. La Terre est ma seule préoccupation. Prendre son pouls, l'écouter vivre, la regarder dans le fond des yeux pour tenter de découvrir ce qui l'anime, pour déterminer ses mouvements d'humeur, ses colères qui ne sont pas de notre monde.

— Vous allez donc partir ?

— Sûrement ! Mais pas pour l'instant. Ici, j'ai l'impression que je vis quelque chose d'unique, non pas pour la Terre qui a connu un nombre incalculable de ce que nous appelons des catastrophes, mais pour nous, humains, venus si tard pour observer notre monde. Personne ne comprend ce qui se passe là-dessous ! Alors, bien sûr, cela m'intéresse.

— Qu'est-ce que vous allez dire à Albane ?

— La vérité !

— Alors, partez tout de suite, avant qu'il ne soit trop tard. Vous comprenez, la mort de Claude nous a tous transformés, parce que ce n'était pas une mort ordinaire, une mort parmi d'autres, comme celles du tremblement de terre. C'était une mort isolée, injuste, une punition.

— Ces mots n'ont pas de sens dans l'Univers ! poursuit Pierre Ragaud. Nous avons tendance à trop isoler les événements humains du reste. L'accident de votre fils n'a-t-il pas un rapport avec la plus lointaine galaxie, le plus infime neutron ? Une loi générale règle le bal, et cette loi nous échappe. Les anciens divinisaient le monde. C'était un moyen aisé d'accepter ce qu'ils ne comprenaient pas. Notre Terre fait partie du ballet général et nous avec. Mais que sommes-nous ?

— Franchement, je ne vois pas le rapport avec le tragique accident de mon fils renversé par un chauffard qui avait deux grammes d'alcool par litre de sang !

— Il existe sûrement ! La brindille que déplace une fourmi a autant d'importance que l'explosion d'une étoile géante ! Il n'y a pas de déterminisme, mais l'interaction d'une infinité de phénomènes fait que le monde ne peut aller que dans le sens où il va !

Le docteur Morenceau se lève de sa chaise trop étroite, marche en direction de l'ouverture où la toile bat au courant d'air comme une voile.

— Vous me faites froid dans le dos ! Quant à Albane, vous êtes sa bouée de sauvetage. Elle qui croyait sa vie désormais terne et semblable à celle de toutes les veuves de province espère de nouveau. Voilà que, depuis votre arrivée, elle passe de plus en plus de temps devant sa glace. Cela ne dépend pas du déterminisme universel derrière lequel vous vous cachez !

Il sort, fait quelques pas sur la place ensoleillée. Dans la cour, les enfants jouent au milieu des décombres, comme si rien ne s'était passé. Pierre Ragaud s'éloigne par une rue transversale quand une voiture le rattrape et s'arrête à sa hauteur. Albane, au volant, lui fait signe de monter à côté d'elle. Le jeune homme hésite comme si ce geste anodin risquait de marquer toute sa vie. Albane insiste et, comme sa voiture bloque la circulation, Pierre ouvre la portière, s'assoit. Il lui semble que cette scène n'est pas nouvelle, qu'il l'a déjà vécue.

— Où m'emmenez-vous ?

— Jamais avant ce tremblement de terre, je n'avais pensé que le temps était si précieux par son inexistence, que l'instant présent n'a, finalement, de réalité que par l'instant qui le suit et celui qui le précède. La précarité de la vie m'est apparue avec plus de vérité qu'à la mort de Claude.

— Parce que vous redoutez votre propre mort ?

— Parce que je redoute de laisser des friches derrière moi. De ne pas avoir pris ce qui m'était destiné.

— Vous croyez que quelque chose vous est destiné ?

La voiture sort de la ville, s'éloigne au flanc de la colline sur la route que Pierre a parcourue la nuit dernière en compagnie de Ghislaine.

— Où m'emmenez-vous ?

— Je possède une petite maison, une ferme achetée par mon grand-père qui l'a exploitée pendant vingt années. Mon père a vendu les terres, mais gardé la maison qui se serait aussi vendue sans l'argent du docteur Morenceau. Pour se faire pardonner de m'avoir rejetée, il a fait restaurer cette maisonnette qui m'appartient en propre et où je viens très souvent. C'est ma « garçonnière » en quelque sorte !

Elle prend en douceur un tournant et oblique dans une petite route à peine assez large pour sa voiture.

— Je m'ennuie terriblement. Je voudrais vivre avec mon

fils sans subir leur pression incessante. Je voudrais retravailler, mais je ne suis qu'une secrétaire et les Morenceau ont de l'argent et des relations. Vous pensez bien que leur bru ne peut pas être secrétaire. Et puis, ils redoutent que je parte avec Jonathan qui est toute leur vie, qu'ils gâtent au point d'en faire un enfant mal élevé.

La voiture s'arrête dans une cour gravillonnée devant une maison basse au toit immense. Plusieurs grands sapins se dressent comme des gardiens de cette petite résidence propre et bien entretenue.

— Je voulais vous montrer cela ! Nous sommes à moins de dix kilomètres de Chastelnaud et cette maison n'a rien eu, pas une fissure, pas un morceau de plâtre détaché, rien. Et ces quatre sapins qui ont plus cent ans n'ont pas bougé. Cela ne vous paraît pas bizarre ?

— Certes, fait Pierre Ragaud en levant les yeux vers la cime des grands arbres.

Albane sort une clef de sa poche, ouvre la porte basse de chêne massif

— Quand j'ai besoin de solitude, c'est ici que je me retire. Autrefois, c'était une ruine. Vous voyez ce qu'on peut faire avec un peu d'argent et l'envie de s'acquitter d'une présumée dette ?

— C'est bizarre et pas tant que ça, réplique Pierre Ragaud en regardant les cloisons parfaites, le plafond sans la moindre fissure. Les anciens murs de pierre et d'argile supportent mieux les secousses que le béton. Chaque élément peut jouer par rapport aux autres sans déstabiliser l'ensemble. De même, certains terrains élastiques se comportent comme la sourdine d'un piano et absorbent les vibrations sismiques.

— Asseyez-vous, propose Albane en montrant le canapé. Je vais faire du café.

Pierre obéit et regarde la jeune femme préparer le café. Il a le sentiment d'être sorti du monde, de ne plus être dans son élément. Il pense à Ghislaine. La nuit dernière, quelque chose d'indicible le rapprochait de la jeune institutrice, l'impression de passer à côté de l'essentiel, mais ce matin, assis sur ce canapé en cuir ocre, il éprouve un sentiment bien différent, un désir charnel pur et magnifique comme la vie.

Albane pose sur la table basse les tasses et le café fumant. Son regard, chacun de ses mouvements sont pleins d'une sensualité merveilleuse, raison suprême, accord parfait du corps et de l'esprit. Albane lui tend une tasse et s'assoit à côté de lui, si près qu'il sent son épaule contre la sienne.

— Embrassez-moi, dit-elle d'une voix calme, comme elle aurait dit : « Passez-moi le sucre. »

Pierre se contracte. C'est la première fois qu'une femme prend ainsi les devants avec lui. Il pense à la superbe Maghia, sa belle Indienne d'Amazonie. Doit-il en parler, dire qu'il va la rejoindre bientôt, que sa vie est là-bas, avec l'enfant que Maghia porte de lui ? Le tumulte qui l'agite ressemble peut-être à celui de la Terre avant une crise, un séisme, une éruption volcanique, la Terre sa seule maîtresse dont Maghia est l'incarnation.

Albane s'assoit à côté de lui, lui tend une tasse et ses lèvres auxquelles il ne sait pas résister. Il se donne au désir magnifique d'une inconnue, force originelle du monde, pulsion que la moindre réflexion ternit et qu'il sait liée au concert général de l'Univers par une logique qui lui échappe.

Après un déjeuner pris rapidement à la cantine, Ghislaine revient vers sa classe. Le soleil est agréable, mais la jeune femme ne se donne pas à la caresse de l'air sur ses joues. Son escapade de la nuit a fait le tour de la ville, déformée, arrangée à la manière de chacun et l'institutrice a bien senti la défiance des regards posés sur elle. La vérité la laverait de tout soupçon, mais elle ne peut pas la dire et doit faire face à la médisance si prompte à ternir une réputation.

Elle traverse la place quand le docteur Largadan, le psychiatre responsable de la cellule psychologique, lui fait signe de le rejoindre dans son bureau, ce qu'elle fait, vaguement inquiète, car elle redoute qu'il la questionne sur ce qui s'est passé la nuit dernière.

Elle entre dans le bureau, le psychiatre lui fait signe de

s'asseoir, prend place sur sa chaise et reste un moment silencieux, les yeux posés sur la jeune femme qui se sent observée, fouillée par ce regard à la recherche d'une faille cachée, une faiblesse.

— Voilà, commence-t-il enfin. Nous avons longuement examiné votre cas à la suite de différentes plaintes. J'ai vu ce matin le jeune journaliste que vous êtes allée chercher à l'hôtel, hier soir, M. Pierre Ragaud. Il m'a expliqué que vous l'aviez conduit jusqu'à l'endroit où votre voiture s'était enlisée après avoir raté un tournant.

— C'est exact ! J'ai été surprise par un phénomène assez rare, des feux follets. Cela va vous sembler curieux, mais je me suis demandé si leur présence n'était pas liée au nouveau lac...

— Il ne m'a pas parlé de cela. Il m'a seulement dit que vous étiez dans un état mental très particulier. C'est vrai que vous avez beaucoup souffert.

— Je ne comprends pas ce que vous voulez dire !

Largadan se lève de sa chaise, s'approche de Ghislaine. Il est très brun, les cheveux raides et courts, la moustache en fil de fer. Il la regarde toujours intensément, comme un inquisiteur.

— Le recteur et l'inspecteur d'académie nous ont réunis ce matin avec mes collègues psychologues et éducateurs. Une décision a été prise. Votre état dépressif nécessite des soins, du repos, du temps pour vous reconstruire après le terrible deuil qui vous a frappée. Votre action auprès des enfants peut avoir des conséquences graves.

— Que voulez-vous dire ? demande Ghislaine qui comprend parfaitement où veut en venir le psychiatre et soupçonne, là-dessous, l'intervention d'Armand Montrémy dont elle a éventé le secret.

— Nous avons décidé de vous mettre en congé et de vous imposer une période de soins dans un établissement spécialisé.

Ghislaine sent les larmes lui monter aux yeux, elle veut cependant faire front :

— Et si je refuse ?

— Vous ne pourrez reprendre une classe qu'une fois ce

séjour accompli et ce ne sera vraisemblablement pas à Chastelnaud. Vous pouvez aller chercher vos affaires. Votre remplaçant a été prévenu !

Elle explose, libère sa colère, son indignation. Consciente d'être la victime d'une injustice, d'une manipulation, elle se dresse devant le psychiatre et crie :

— Jamais je ne quitterai ma classe ! Vous entendez, jamais ! Qui vous a demandé de m'éloigner ? Quelqu'un qui redoute que je sois trop bavarde parce que j'ai surpris un de ses agissements secrets ?

— De qui voulez-vous parler ?

Ghislaine éclate en sanglots. D'un coup, elle se libère de toute la tension qui l'écartèle depuis la veille.

— De personne. Je ne veux parler de personne !

— Calmez-vous ! dit le docteur Largadan d'une voix rassurante. Personne ne m'a rien demandé. Je fais cela pour vous aider !

L'institutrice sort vivement et s'éloigne sans se préoccuper de ses élèves qui l'attendent à la porte de sa classe. Sa voiture est garée à proximité, elle s'assoit au volant et démarre en trombe. Quelques instants plus tard, elle pile dans la cour déserte de l'usine Saint-Jean. La grosse Mercedes est là ; la jeune femme aperçoit alors Julien qui marche lourdement sans béquilles à quelques pas de son fauteuil roulant. Il lui sourit, fier de son exploit ; Ghislaine regarde autour d'elle, puis s'approche de la Mercedes.

— Vous cherchez mon père ? demande Julien avec un sourire engageant. Vous le trouverez à la station de captage de la source. C'est à moins d'un kilomètre d'ici, par cette petite route.

Ghislaine regarde avec insistance le jeune homme, frappée par sa ressemblance avec son père, mais en moins impressionnant.

— Il est parti avec un véhicule de l'usine, précise Julien.

Elle remonte dans sa voiture et s'en va dans la direction indiquée, suit une route poussiéreuse dégagée à la tronçonneuse entre les arbres qui encombrent les bas-côtés puis arrive à un portail ouvert sur plusieurs bâtiments au centre d'un terrain clôturé, couvert d'une pelouse bien verte. Une camionnette blanche est garée devant un bâtiment de brique rose à la toiture couverte d'une bâche.

Elle entre dans le bâtiment qui abrite d'énormes machines d'où partent des tuyaux vers des citernes d'inox, comme dans un chais où l'on élabore un grand vin. Ses pas font un bruit sec qui s'amplifie dans le silence de cette installation inerte. Armand Montrémy est au centre, debout, les bras ballants, près des pompes. Il se tourne vivement, découvre la jeune femme, son étonnement se marque sur son visage.

— Madame Margeride ? s'étonne-t-il. Vous ici ? Vous n'êtes pas en classe ?

Elle le regarde fixement, en pensant à ce que lui a dit Pétronille à l'hôpital et à cette image de Montrémy en train de déposer son paquet dans le souterrain. La colère l'étreint : c'est lui qui a demandé son renvoi parce qu'il l'a vue, mais elle sait qu'elle ne doit pas le laisser parler car elle perdrait tous ses moyens.

— Tout va comme vous l'avez souhaité ! Je vais partir puisqu'on me juge inapte à m'occuper de ma classe.

— Je ne comprends pas ce que vous voulez dire.

— Vous ne comprenez pas ? Vous n'avez peut-être pas entendu ce qu'on dit en ville sur mon escapade nocturne ? Vous seul savez la vérité !

Montrémy fait un pas en direction de la jeune femme qui se tient dressée, les poings crispés.

— Je comprends encore moins. Madame, je ne sais rien de cette escapade qui ne me concerne pas. Depuis bien longtemps je ne me préoccupe plus de ce que disent les gens. Je n'ai qu'une idée fixe : mon usine fermée, voilà tout !

Sans rien ajouter, Ghislaine tourne les talons. Armand Montrémy la regarde s'éloigner, s'interrogeant sur le sens de cette intervention. Tout à coup, un bruit profond monte de la terre, puissant, énorme. Les cuves vides vibrent comme des tambours, amplifient ce bruit souverain. L'homme blêmit et sort précipitamment. La campagne rugit. Armand Montrémy se précipite dans sa voiture, ferme la porte et enfin respire. Là, il se sent à l'abri, hors du monde ; quand le roulement s'arrête, il essuie son front moite d'une sueur froide. « Encore une fois, j'ai été stupide ! »

Ghislaine, qui ne veut pas rester une heure de plus à Chastelnaud, va chercher ses affaires dans sa boîte de conserve sur le Plateau. Une fois la porte du mobile home fermée, elle se laisse tomber sur son lit de camp et craque, consciente de ses contradictions.

Véronique Montel est encore faible, mais elle ne veut pas rester un jour de plus à l'hôpital. Le docteur qui s'est occupé d'elle a beau l'inciter à aller se reposer quelque temps dans un établissement de rééducation, la jeune femme refuse. Brune, le visage rond, de grands yeux marron qui tranchent sur sa peau très claire, cette petite femme a des gestes déterminés, une voix pleine de douceur mais aussi de fermeté.

— Ce que vous faites n'est pas sérieux ! dit Mme Rezaud, responsable du service des accidentés. Vous devez encore vous reposer, reprendre des forces.

— Je me reposerai plus tard. J'ai mon petit Gaétan qui est chez sa gardienne depuis vingt jours. Il me manque et je lui manque aussi !

Pendant ces vingt jours, elle a eu d'abord l'impression de revenir d'une nuit profonde où elle n'avait pas plus d'importance qu'une petite étincelle. Puis la lumière a grandi dans son esprit, des images fugitives ont défilé dans sa conscience, le sol tremblait, se gondolait, les cloisons pliaient comme écrasées par une chape tombée du ciel. Et puis les canalisations ont cédé, l'eau a giclé en jets puissants. Dans le couloir, Julien, assommé, risquait de se noyer. De l'instant qui a précédé son emprisonnement sous les débris, la jeune femme ne garde aucun souvenir. Elle ne revoit que cette tôle, droite contre sa cuisse, une lame qui la condamnait à ne faire aucun mouvement. Et puis Julien qui, au fil des jours, a pris tant d'importance dans sa solitude de femme, Julien qu'elle a sauvé en oubliant sa douleur quand la tôle, comme le couperet de la guillotine, a entaillé sa cuisse. Elle s'est évanouie, son devoir accompli, le regard plein de son sang qui se mélangeait à l'eau Saint-Jean et en même temps heureuse de mourir en étreignant contre son sein la tête de celui qu'elle aime malgré elle.

Dans le hall d'entrée, en attendant l'ambulance qui doit la ramener chez elle, Véronique laisse défiler en elle ces images furtives qui lui font mal. Elle s'en veut d'avoir pensé à Julien avant son petit Gaétan que Mme Pestrac a gardé pendant son hospitalisation.

Ses sentiments souvent excessifs proviennent d'une blessure profonde dont elle ne réussit pas à définir les contours, même si elle en connaît les origines. Née sous X, elle a été adoptée par Georges et Martine Montel. Jusqu'à dix-huit ans elle a cru qu'ils étaient ses véritables parents, mais conservait malgré elle un doute curieux, un soupçon, l'impression fugitive de ne pas être chez elle. Sa boulimie d'amour vient de la découverte du secret de sa naissance à Besançon, d'une mère sans nom. Elle a voulu la retrouver, cette mère trop seule, pour lui dire qu'elle ne lui en voulait pas, qu'elle était prête à l'aimer de tout son cœur. Peine inutile, ses recherches l'ont conduite quelque part dans la campagne du Jura où se perdent les traces d'une ombre dont elle est issue et dont elle ne possède qu'une lettre manuscrite.

Pourquoi a-t-elle rompu avec la famille Montel qui lui a donné son nom, qui l'a élevée comme sa propre fille ? Pourquoi a-t-elle fait tant de peine à Georges et Martine, ses parents adoptifs qu'elle a rejetés ? Pour se nettoyer de ce qui n'était pas elle. Pour être libre de toute attache, de toute influence et effacer la faute de sa mère naturelle, en devenant mère à son tour. Une fois installée à Chastelnaud, une fois un emploi stable trouvé aux Eaux Saint-Jean, Véronique a voulu un enfant sans père, un enfant pour elle seule, pour lui donner ce qu'elle n'a pas eu. Véronique n'avait pas d'amis, personne à qui confier son projet et se gardait bien d'en parler à ses collègues.

Sa décision date d'avant l'accident, le premier, celui qui a coûté la vie à Pierre Lorrain et ses jambes à Julien. Tout allait bien aux Eaux Saint-Jean. Il était question d'augmenter la production, d'agrandir l'usine et d'embaucher vingt personnes supplémentaires. Armand Montrémy était toujours absent. Ses exploits dopaient les ventes, tout le monde en bénéficiait. Pierre Lorrain faisait tourner l'usine, surveillé par Aminthe Montrémy, devenue insupportable depuis la mort de son mari.

Trois longues années ont été nécessaires à Véronique pour se décider. Gaétan fut conçu par un jeune homme sans nom, presque sans visage, à la sortie d'une boîte de nuit. Elle l'avait trouvé beau sous les spots lumineux, mais aurait préféré ne pas le voir, ne rien savoir de lui, ne rien garder de ce géniteur anonyme pour que l'enfant fût totalement à elle, qu'il ne partageât sa mère avec aucun souvenir.

Gaétan naquit et Véronique lui consacra tout son temps, tout son amour. Obligée de travailler, elle avait confié le bébé à sa voisine de palier, Mme Pestrac, la tata, la « Jéjée », trop affectueuse pour ne pas le lui prendre un peu, mais elle ne pouvait pas faire autrement et avait au moins l'assurance qu'il serait bien traité. Cette naissance fut beaucoup commentée à l'usine Saint-Jean, on inventa à Véronique une liaison inavouable, mais elle souriait à ces médisances, sûre d'elle et de ses objectifs.

Enfin, Joliot, l'ambulancier, lui fait signe. C'est un garçon jovial à l'accent du Midi, très brun, toujours prêt à rendre service. Sa manière de regarder, de parler à Véronique n'est pas innocente, elle l'a bien compris, mais n'a pas encouragé le jeune homme dans cette voie.

Il l'invite à le suivre et se met à critiquer le chef de service qui l'a laissée sortir beaucoup trop tôt. Il ouvre la portière de son ambulance.

— Le docteur Garenaud vous recommande la plus grande prudence. N'oubliez pas que vous êtes encore très faible. Et si vous avez besoin, je vous ai écrit mon numéro de portable sur ce papier. N'hésitez surtout pas à m'appeler !

Dix minutes plus tard, Véronique arrive chez elle. L'immeuble, de construction récente, n'a pas subi de dommages irréparables et les locataires continuent de l'habiter. La jeune femme remercie Joliot qui lui propose de nouveau ses services. Quand l'ambulance blanche a disparu au coin de la rue, Véronique entre dans son appartement où rien n'a changé. Des cadres sont détachés du mur, des bibelots se sont brisés sur le sol, mais, après un bon nettoyage, le logement sera habitable. Elle prend un balai et une pelle, fait un rapide ménage, replace le tableau au-dessus du canapé couvert de poussière et va chercher son petit Gaétan.

Véronique s'étonne que Mme Pestrac ne se soit pas montrée à son arrivée et sonne à la porte voisine. Aucune réponse. Une terrible angoisse étreint la jeune femme : pourvu qu'il ne soit rien arrivé à Gaétan qu'elle a pourtant vu la veille à l'hôpital avec sa gardienne !

Elle sort dans la rue, trouve Gaétan et Mme Pestrac qui reviennent de promenade. Quand il voit sa mère, le visage du petit garçon s'éclaire et il court à toutes jambes pour se jeter dans ses bras. Véronique le serre à l'étouffer, puise dans cette étreinte la force de continuer, de regarder l'avenir en face, cet avenir sombre dans un pays de fort chômage où son employeur n'a plus rien à lui proposer. Pourtant, il va falloir payer le loyer, le remboursement de l'emprunt de sa voiture, nourrir et habiller Gaétan. La voilà au pied d'une montagne infranchissable et elle n'a pas le courage de M. Montrémy.

Le lendemain après-midi, elle confie Gaétan à Mme Pestrac et se rend à l'usine Saint-Jean. Le délabrement des lieux la glace d'effroi ; la cour est vide, le soleil n'illumine plus les grandes baies vitrées ouvertes à tous les vents. Il n'y a plus de camions pour emporter la production, plus le bruit des chaînes d'embouteillage. Le silence l'arrête. Qu'est-elle venue chercher ? L'assurance que la production va repartir ou un merci ? N'est-ce pas Julien qu'elle vient voir ?

Elle traverse en boitillant la cour vers la maison de maître qui a aussi été épargnée, se décide à frapper à la lourde porte. Des pas traînants s'approchent et Véronique se trouve en face d'Aminthe Montrémy.

— Ah c'est vous ? Je suis heureuse de vous voir sur pied !

— Ce n'est pas encore la grande forme, précise Véronique, puis elle éclate en sanglots.

— Eh bien, qu'est-ce qui se passe ? Vous pleurez ? Mais tout le monde pleure ! Regardez ce qui reste de notre usine !

— Je vous demande pardon ! Je n'aurais pas dû venir vous importuner. Je comprends combien c'est difficile pour vous.

— Cessons les bavardages ! réplique sèchement Aminthe. Si vous êtes là, c'est bien pour une raison. Que voulez-vous ? Personne n'a oublié votre acte qui aurait pu vous coûter la vie. Notre dette est grande et nous ne sommes pas des ingrats.

— Je suis seule ! J'ai un enfant à élever. Et...

— Et alors ? Qu'est-ce que vous voulez qu'on y fasse ? Vous allez avoir le chômage, comme tout le monde !

— Bien sûr ! Au revoir, madame.

Véronique tourne les talons. Quelle force stupide l'a poussée ici pour demander de l'aide ? Cette démarche la met en face de ses contradictions. Sa solitude la rend vulnérable. Elle aurait pu mourir en laissant Gaétan dans une situation pire que la sienne. À cinq ans, le petit garçon est plus fragile qu'un nouveau-né : son court passé conditionne déjà tout son avenir. C'est pour lui qu'elle est venue s'humilier ici sans raison apparente, pour se racheter.

— Restez ! dit tout à coup Aminthe. Vous avez eu raison de venir frapper à cette porte. Entrez !

Véronique s'étonne d'un tel revirement, de cette voix, tout à l'heure revêche, qui est devenue presque douce. Elle fait demi-tour, Aminthe lui adresse un sourire engageant :

— Nous avons tous des mouvements d'humeur, poursuit-elle comme pour s'excuser de son accueil. Ici, la ruine menace. Si rien n'est trouvé dans les jours qui viennent, nous serons à la rue. Je l'avais pourtant assez dit à mon époux, qui a bradé presque tous nos biens pour les Eaux Saint-Jean. Il a tout investi dans cette usine, mais il ne pouvait pas savoir qu'un tremblement de terre allait l'emporter.

Elle fait entrer Véronique dans un petit salon cossu. À l'intérieur de la maison, on dirait que le séisme n'a pas existé, tout est rangé à sa place, sans la moindre poussière, sans la moindre fissure.

— Je prie tous les jours pour que notre eau retrouve sa limpidité naturelle. Mais je doute que Dieu m'entende. Quelque chose est cassé sous nos pieds. Il faut cependant espérer. Voilà, je peux vous proposer, malgré tout, de vous garder à notre service. Nous trouverons bien le moyen de vous payer.

— Je ne peux pas accepter. Ma démarche a été stupide, comme celle de quelqu'un qui ne sait à qui s'adresser pour demander conseil. Voilà, c'était un conseil que je venais chercher, rien de plus.

— Vous allez rester à notre service, je vous dis ! Pétronille ne me supporte pas. C'est ainsi, cette fille a bien l'odieux caractère des Delprat. Je redoute qu'elle ne fasse une fugue. Et puis ses oncles peuvent profiter d'un instant d'inattention pour nous la prendre. Je vous propose de m'aider à la garder. Ceci vaut pour les trois prochains mois. Ensuite nous aviserons en fonction de la situation.

Véronique hésite en pensant à Gaétan. Peut-elle consacrer son temps à garder une fillette capricieuse et laisser son fils chez Mme Pestrac qu'elle devra payer ? Aminthe comprend l'hésitation de la jeune femme.

— Vous pourrez prendre votre fils avec vous. La place ne manque pas ici, et je suis persuadée qu'il s'entendra très bien avec Pétronille.

Une porte s'ouvre lentement ; Julien entre, mesurant ses pas. Véronique se sent rougir, tout à coup consciente qu'elle est venue pour lui, pour le voir, pour s'assurer qu'il est bien portant. Julien, qui avait dû la voir arriver, ne feint pas la surprise.

— Quel bonheur de te voir ici ! dit le jeune homme en s'asseyant lentement dans un fauteuil. Et surtout de voir que tu es sortie de l'hôpital.

— Mlle Montel va continuer de travailler avec nous, explique Aminthe. Elle s'occupera de Pétronille !

— Ça, c'est une bonne nouvelle ! s'écrie Julien en se mettant lentement sur ses jambes et en poursuivant sa marche laborieuse à travers la pièce.

— Allez chercher votre petit garçon, vous pouvez commencer tout de suite !

Les bruits sourds, désormais quotidiens, maintiennent la population sur le qui-vive. La peur agit sur les esprits les plus sensés, sur les personnalités les plus fortes. Malgré les propos rassurants des spécialistes, les Chastelnais vivent dans l'attente d'une autre catastrophe et ils se replient sur eux-mêmes. Ceux qui ont été relogés sur le Plateau comprennent que le provisoire de leur situation risque de durer. La reconstruction des maisons pourrait commencer, mais l'argent manque : les assureurs se font prier et demandent des dossiers compliqués, des expertises, des contre-expertises qui laissent les plus démunis sans aucun moyen. Le docteur Morenceau multiplie ses interventions aux ministères pour que l'autorité publique fasse un geste et contraigne les mauvais payeurs à se montrer coopérants.

Beaucoup de gens, le soir venu, quittent leur habitation pour aller dormir sous la tente ou dans des préfabriqués que la mairie a mis à leur disposition. Victimes de la révolte de la Terre, ils s'en prennent à la pollution, aux explosions des bombes atomiques, à l'effet de serre. Les responsables de ce dérèglement, les coupables qui restent bien au chaud dans leurs maisons intactes, ce sont les industriels, les politiques, ceux qui, au lieu de se préoccuper de la sécurité publique, n'ont pensé qu'à s'enrichir. Des esprits qui se veulent rationnels rétorquent que les tremblements de terre existaient avant les hommes, qu'ils existeront après. Tout le monde est d'accord sur ce point, mais pourquoi pendant si longtemps quand leurs pères, leurs ancêtres travaillaient avec des moyens simples et propres, il ne s'est rien passé alors que les catastrophes se multiplient dans le monde moderne ?

Le curé Michaudin que beaucoup questionnent reste prudent et ne veut surtout pas se laisser entraîner sur le terrain glissant de l'intolérance qui pointe son nez, qui s'incruste sous des propos partisans :

— C'est Dieu qui nous punit ! Jésus sur la croix que nous ne savons plus défendre !

— Oui, nous les chrétiens, que faisons-nous pour Jésus quand les autres religions ne cessent d'empiéter sur la nôtre ? Rien !

Michaudin laisse éclater sa colère :

— Comment pouvez-vous parler ainsi et montrer votre peu de foi ? Dieu n'a pas de nationalité et accueille près de lui tous les hommes sincères, quelle que soit leur manière de Le prier.

— Voilà comment parle un serviteur de l'Église ! se rebiffent les plus remontés des paroissiens.

Michaudin veut cependant, par esprit de conciliation, rassembler tout le monde au cours d'une prière commune. Il décide de faire une grande procession qui conduira les fidèles du centre-ville à la chapelle Saint-Jean. Ce rassemblement réunit tous les Chastelnais, même ceux qui ne mettent pas les pieds à l'église.

La consolidation du barrage est presque terminée. Les Houilles Blanches n'ont pas lésiné sur les moyens et, bientôt, les habitants des bas quartiers pourront retourner chez eux. Cette bonne nouvelle rend patients les plus pressés, mais ne rassure personne. Comment vivre dans une maison aux murs lézardés qui risque de s'écrouler à la prochaine secousse qui ne saurait tarder ?

Les sympathisants des Droits de la Terre ont attendu que l'exaspération soit à son comble pour entrer dans le jeu des antagonistes. Auguste Ravenault n'y va pas par quatre chemins : les pompages des Eaux Saint-Jean sont à l'origine non pas du tremblement de terre, mais de ses conséquences dramatiques. Autrefois, la source coulait à côté de la chapelle avec un débit suffisant pour les besoins des gens du pays, mais qui ne permettait pas une exploitation industrielle. L'idée du grand-père d'Armand Montrémy, propriétaire de la source et des terrains avoisinants, fut de pomper l'eau directement dans la poche naturelle couvrant une partie du sous-sol de Chastelnaud. Ces pompages à outrance ont fait baisser le niveau de l'eau et ainsi créé une cavité vide qui s'est affaissée pendant le séisme. Ceux qui pleurent un ou plusieurs disparus prêtent une oreille complaisante à ces propos qui leur désignent enfin un coupable.

Armand Montrémy entend ces arguments et accuse les frères Delprat d'avoir soudoyé Auguste Ravenault et ses amis. De son côté, le docteur Morenceau, préoccupé de sauver les Eaux Saint-Jean, ne prête aucune attention à ces propos. Il a fait venir une équipe de spécialistes pour déterminer avec certitude les causes de la pollution et les moyens d'y remédier. Ces techniciens multiplient les prélèvements qu'ils envoient dans des laboratoires qualifiés, dressent des cartes. L'hypothèse du vieux sourcier n'est pas jugée sérieuse : l'eau polluante vient probablement d'une faille profonde et il faut mesurer l'ampleur des dégâts souterrains, mais l'on doute qu'une solution rapide et efficace soit envisageable.

— On m'a fait des promesses ! s'écrie Montrémy. Maintenant que les frères Delprat ont l'autorisation de construire leur barrage, on me laisse tomber ! Qu'est-ce que je peux dire à mes créanciers ?

— Les créanciers connaissent l'ampleur de l'accident qui vous touche et sauront se montrer patients, précise le maire. Je vais voir cela avec le ministère concerné en attendant les résultats de la dernière étude qui sera sans parti pris.

— Il y a déjà trop de spécialistes sur cette affaire. Je paie une équipe indépendante sur le terrain, vous avez la vôtre, tous se perdent en affirmations contradictoires. Les jours passent et rien ne se fait. Si : mes ennemis marquent des points !

— Ce n'est pas simple, réplique Morenceau. Votre

pompage est à dix-sept mètres dans une poche secondaire, issue d'un lac sous le mont Aïzot...

— Tout cela, je le sais ! fait Montrémy en haussant le ton. Je sais aussi que si une solution acceptable sur le plan financier n'est pas trouvée, et si la source ne redevient pas pure au plus vite, il n'y aura plus rien à faire !

Morenceau hausse les épaules, fataliste. Montrémy poursuit :

— Vous ne m'enlèverez pas de l'idée que la pollution est due au lac artificiel et non pas à des effondrements dans la poche que je pompe. Ce que personne ne peut, ou ne veut, vérifier. Les frères Delprat sont en train d'en faire un lac permanent, une baignoire à touristes, qui met en valeur votre hôtel. Ma ruine vous sert !

Montrémy sort de la tente sans attendre de réponse. Il rentre chez lui, dans ce bureau de directeur désormais vide de sens. L'usine est devenue un hangar rafistolé ; les machines immobiles ne sont que des tas de tôles et de tuyauteries inutiles. Les salles des différents ateliers où l'on travaillait vingt-quatre heures sur vingt-quatre et tous les jours de l'année ne sont plus que des étendues désertes et trop vastes.

Montrémy s'installe à son bureau, couvert de lettres qu'il n'a pas décachetées. Les vitres ont été brisées, les montants métalliques sont tordus. En face de lui, le bureau de Julien n'est plus que tôles entassées dans un coin, gros sacs-poubelle rangés dans ce qui était le couloir. Voilà ce qui reste de la belle entreprise familiale !

Une voiture vient de s'arrêter dans la cour, juste à côté de la sienne. Un homme en sort, se déplie. Il est grand, maigre, le visage osseux, le crâne rasé. Ses yeux clairs parcourent l'usine dévastée, puis il marche vers la porte d'entrée où s'amoncellent les sacs de gravats. Il entre dans ce qui était un hall rempli de plantes vertes. Au centre, une fontaine d'eau pure cascadait sur un escalier de granit bleu. À la place de ce symbole des Eaux Saint-Jean, il n'y a plus qu'un emplacement de pierres brisées d'où sortent des tuyaux tordus. Lionel Delprat parcourt du regard les décombres, puis marche d'un pas conquérant vers Armand

Montrémy, assis dans ce qui était autrefois son fauteuil de directeur général et n'est plus qu'un siège informe et bancal au cuir déchiré.

— Mon cher beau-frère, dit-il en souriant, je comprends votre abattement. Heureusement, il y a les assurances pour reconstruire tout cela.

Montrémy lève les yeux sur Lionel Delprat, serre les lèvres.

— Je ne crois pas que nous ayons rendez-vous.

— Vous me pardonnerez de vous importuner à l'improviste. Mais je viens aux nouvelles. Notre affaire doit se régler au plus vite. Vous savez que les travaux du barrage avancent très vite, qu'une autre équipe travaille au canal de dérivation. Ainsi, Marc et moi voulons régler notre petit différend avec vous et ne plus en parler. Avez-vous la somme que vous nous devez ? Avec les intérêts cela fait un peu plus d'un million d'euros. Nous nous en tiendrons au compte rond.

— Où voulez-vous que je trouve cet argent ? Et puis, il n'est pas question de vous rendre ce que je ne vous dois pas. L'argent avait été donné, je dis bien, donné, à Adeline.

— Rassurez-vous, cher beau-frère. Cette somme n'est pas pour nous. Vous connaissez notre situation, à mon frère et à moi. Nous sommes porteurs d'un gène qui nous épargne, mais risque fortement de s'en prendre à notre descendance, ce qui nous prive de la joie de fonder une famille. Nous n'avons que notre nièce, Pétronille, qui est aussi votre fille. C'est pour elle que nous vous réclamons cette somme.

— Pétronille aura ce qui lui revient en son temps. Je suis conscient de mes devoirs.

Lionel fait quelques pas, regarde le fouillis de tôles et de poutres métalliques entassé dans un coin, puis marque son impatience.

— Vous n'oubliez pas, cher beau-frère, que nous sommes en possession d'un colis compromettant qui pourrait faire grand bruit si nous révélions son existence. Nous vous avons proposé une transaction qui n'est qu'une façon de redresser la situation en faveur de la plus défavorisée, notre nièce.

— Allez vous faire foutre !

— Je continue, précise Lionel en fixant Armand Montrémy de son regard d'eau glacée. Vous payez et vous nous laissez la garde de notre nièce. Nous coopérons et mettons tous nos moyens à la disposition des Eaux Saint-Jean. Sinon, c'est le scandale, la honte publique, la fin du héros vieillissant.

— Je nierai. Votre colis, c'est vous qui l'avez fabriqué !

— Non, mon cher beau-frère. Vous ne nierez pas et vous serez confondu, car une personne vous a vu, vous a suivi dans le souterrain. Une femme envers qui vous avez manqué de la moindre délicatesse car elle a sauvé votre fille de la mort. Nous sommes intervenus pour que cette pauvre institutrice qui pleure son mari soit déchargée de sa classe et aille se reposer un peu dans un endroit qui ne lui rappellera pas le drame. Cependant, je suis venu vous proposer un arrangement.

Armand Montrémy comprend que les mailles du filet se resserrent autour de lui et que la force, la ténacité qui lui ont permis de se tirer des pires situations dans les glaces du Grand Nord ou sur les pentes de l'Everest ne lui seront d'aucun secours, face à ce calculateur froid, un serpent.

Lionel Delprat se place en face de lui, très droit, comme un gardien de prison et précise :

— Je sais que vous n'avez pas la somme que vous nous devez, et que les banques se feront tirer l'oreille pour vous la prêter. Nous vivons dans un monde terrible, pourtant il faut penser à l'avenir. Marc et moi, au nom de notre nièce, nous portons acquéreurs des Eaux Saint-Jean. Si vous acceptez, nous serons quittes.

— La source ne vaut plus rien, et puis c'est impossible !

— Tout est possible quand on le veut. Cette source a une valeur symbolique pour Pétronille. C'est pour qu'elle en reste la propriétaire que nous vous proposons ce marché qui va nous coûter très cher. Ainsi, la succession entre vos trois enfants sera résolue en faveur de celle qui risque bien d'être spoliée si personne ne prend sa défense.

Lionel Delprat s'éloigne d'un pas décidé. À côté des

restes de la fontaine, il s'arrête et dit d'une voix tout à coup sèche et cinglante :

— Réfléchissez vite ! Nous avons assez perdu de temps, Marc et moi, avec les affaires de famille. Je repasserai demain soir pour entendre votre réponse. Demain soir, dernier délai !

Il s'éloigne, sa voiture manœuvre dans la cour et s'en va. Armand Montrémy reste longtemps assis dans ce squelette de fauteuil, conscient que sa vie vient de basculer. Des temps sombres se profilent devant lui. Aura-t-il la force de supporter le déshonneur et pourra-t-il survivre à la ruine ?

Il se lève, soupire, marche vers la sortie. Une petite fourgonnette arrive en trombe dans la cour, dérape sur le gravillon, s'arrête devant l'entrée. L'homme qui en sort est de petite taille, mais d'apparence très vive. Ses cheveux en brosse gris ajoutent à son visage pointu un air de vieil enfant. Il aperçoit Armand Montrémy.

— Venez vite ! dit-il essoufflé sans avoir couru, nous venons de faire une découverte capitale !

Montrémy ouvre de grands yeux. Liénal, l'ingénieur qui travaille pour le compte des Eaux Saint-Jean, se balance d'une jambe sur l'autre, tout sourire.

— Une découverte capitale ? De quoi voulez-vous parler ?

— De la source Saint-Jean ! Nous venons de localiser la cause de sa pollution : elle n'a rien à voir avec ce qu'on a pu raconter !

Montrémy suit Liénal jusqu'à la fourgonnette dont l'ingénieur n'a pas coupé le moteur. Enfin une bonne nouvelle, mais ne vient-elle pas trop tard ? Que peut-il contre le chantage des frères Delprat ? Il se dit qu'il doit revoir Ghislaine Margeride. La colère de l'institutrice, quand elle a été mise à l'écart de sa classe, prend tout son sens. Liénal démarre en trombe, s'engage sur la petite route qui conduit au mont Aïzot.

— Roulez moins vite ! s'exclame Montrémy, sinon nous allons nous casser la figure !

La voiture s'arrête près d'un groupe d'ouvriers affairés autour d'une machine à forer. En contrebas, le lac artificiel miroite au soleil que plombent de gros nuages sombres. Le chantier de consolidation du barrage se trouve à quelques centaines de mètres et le bruit des machines, les accélérations des puissants engins arrivent jusqu'à eux.

— Votre vieux sourcier n'avait pas tort. Mais nous, nous apportons des preuves matérielles à ce qui s'est passé. Et la preuve que la pollution n'est pas due à l'effondrement de roches dans la poche que vous pompez.

Tout en parlant, Liénal s'approche d'un énorme tas de terre et de cailloux remués. Deux tuyaux reliés à des boîtes métalliques sortent du sol entre les bruyères.

— Donc, commence l'ingénieur, grâce à cet appareil moderne qui fonctionne aux ultrasons, nous avons pu localiser avec précision la rivière souterraine qui va du lac sous le mont Aïzot à la poche que vous exploitez qui se prolonge sous la ville de Chastelnaud. Voici cette eau !

L'ingénieur tourne un robinet ; une eau claire parfaitement limpide se met à couler. Montrémy en est surpris et ne cache pas sa joie.

— Ici, fait Liénal, en se dirigeant vers un autre tuyau, c'est l'eau d'un autre ruisseau souterrain qui rejoint le premier.

— Encore faut-il le démontrer, objecte Montrémy.

— C'est ce que je vais faire !

Liénal tourne un robinet relié au tuyau, une eau blanchâtre à l'odeur de soufre en coule, semblable à du lait.

— Donc, voici cette eau blanchie par des particules en suspension qui rendent votre source impropre à la consommation.

— En tout cas, c'est l'apparence et l'odeur de l'eau qui coule de mes captages ! précise Montrémy.

— Voici donc ce colorant bleu, extrêmement puissant. Je le verse ici, dans l'eau polluée. Maintenant, suivez-moi.

La fourgonnette démarre et s'éloigne dans un nuage de poussière. Ils parcourent rapidement les centaines de mètres jusqu'au captage. En sortant de voiture, Montrémy regarde longuement les gros nuages sombres qui se rassemblent pour former un énorme cumulo-nimbus aux franges lisérées de lumière jaune.

— Nous allons avoir de l'orage ! prévoit-il.

— Probable, fait Liénal, mais cela ne risque pas d'être très grave. La saison n'est pas assez avancée.

— Oui, d'autant que les orages passent très rarement sur Chastelnaud. Ils sont détournés par le mont Aïzot et s'en vont éclater plus loin.

Il ouvre la porte blindée du bâtiment intact qui abrite les machines de captage. Liénal tourne un volant métallique et l'eau blanche se met à couler dans un conduit provisoire qui l'emporte vers l'extérieur.

— Votre captage se trouve à l'arrivée dans la poche de Chastelnaud. Attendez quelques instants et vous allez avoir la preuve que la pollution vient du filon dans lequel nous avons introduit le colorant.

Armand Montrémy semble ne pas avoir entendu. Il sort pour surveiller l'évolution des nuages, regarde longuement l'énorme cumulo-nimbus s'ouvrir en cornet vers le ciel, compact, plein de cette foudre qui tue. Liénal l'appelle, il voit alors l'eau qui sort en gros bouillons de la canalisation se teinter progressivement de bleu.

— La démonstration est faite ! annonce Liénal avec un air triomphant.

— En effet ! Mais cela ne nous donne pas la solution pour rendre à mon eau toute sa pureté.

— Si ! Nous avons parfaitement localisé le filon et la réserve souterraine qui l'alimente. Il existait avant le tremblement de terre et c'est le lac artificiel qui est la cause de tout !

— C'est bien ce que disait le sourcier ! s'exclame Montrémy. Ce maudit barrage change le régime des eaux souterraines.

— C'est vrai. Avant le tremblement de terre, l'eau polluée s'en allait vers la vallée du Ribet. Le nouveau lac, en imbibant les couches de terrain qu'il baigne, a probablement créé un mur liquide qui a arrêté cet écoulement. Il se peut aussi qu'une faille se soit ouverte dans la roche...

— Certes, mais quelle est votre solution ? demande Montrémy de plus en plus anxieux, qui se tourne constamment vers la porte.

— Nous connaissons exactement la position de l'écoulement polluant. Ce n'est pas très profond, une trentaine de mètres à creuser. Nous allons couler du béton qui va obliger l'eau sale à reprendre son ancien chemin !

— Je l'espère !

— C'est mathématique, conclut Liénal. Tout est mathématique ! Désormais l'homme a les moyens de dominer l'Univers tout entier, mais encore faudrait-il qu'il s'en donne la peine.

— Même les tremblements de terre, même les orages et les cyclones ?

— Évidemment, mais, pour cela, il faudrait que ceux qui nous gouvernent comprennent l'importance de la recherche qui devrait être le premier poste budgétaire dans tous les pays du monde.

Ils sortent. L'énorme nuage est toujours au-dessus de leurs têtes, frangé de soleil, il se gonfle d'énergie, de cette foudre qui frappe n'importe où sans prévenir.

Montrémy rentre précipitamment dans la voiture, claque la portière. Liénal s'aperçoit de son malaise.

— Que se passe-t-il ?

— Ce n'est rien ! Un souvenir d'Afrique. Une fièvre de là-bas qui se réveille de temps en temps...

La voiture manœuvre et s'engage sur la piste blanche poussiéreuse pour rejoindre la route départementale. À mesure qu'elle s'éloigne, le nuage d'orage semble l'accompagner en grossissant.

— Il y a cependant un problème, et de taille, dit enfin Liénal. Nous devons creuser sur une propriété privée.

— Je sais, fait Montrémy. Vous voulez parler de celle d'Auguste Ravenault !

— C'est un fou furieux. Quand nous avons commencé les forages, il nous a menacés !

— Je le connais. C'est un illuminé ! Jusque-là, les gens le laissaient parler. Or, il semble que depuis le tremblement de terre, ils pensent qu'il n'est pas aussi fou que cela !

— Finalement, il nous a laissés forer en bordure de sa propriété, mais il ne veut pas entendre parler de travaux qui pourraient, et je le cite, « transformer le cours de la nature ».

— Je vais quand même aller le trouver. Il y a peut-être moyen de s'arranger. Il n'a pas toujours été sans reproche, surtout dans sa jeunesse dont il ne veut pas parler. J'ai peut-être le moyen de le faire céder. L'ennui, c'est que, dans cette affaire, il va surtout chercher à s'opposer à son fils avec lequel il est brouillé. Son fils qui défend des idées totalement différentes. En plus, Raoul Ravenault travaillait à l'usine Saint-Jean et c'était un chef d'équipe apprécié... Si nous ne tombons pas d'accord, le maire pourra décider de...

— Le maire le pourra, certes, mais cela va prendre beaucoup de temps.

Liénal stoppe dans la cour de l'usine. Armand Montrémy sort de la voiture. Son regard s'arrête sur l'orage qui a envahi tout le ciel et domine le village de sa couleur menaçante. Un coup de tonnerre assez lointain roule sur les toits encore couverts de bâches vertes.

— Je m'occupe de Ravenault, dit Montrémy en rentrant chez lui.

Il passe dans sa bibliothèque, ferme la porte à double tour. Enfin, il se déplie, redresse son grand corps tremblant. Le souvenir de l'éclair meurtrier qui a mutilé Julien et transformé Pierre en tison incandescent l'écrase, le met en face de sa faiblesse d'homme, de son état d'animal fragile qui ne peut rien contre son destin. C'est stupide, il en a conscience, mais il n'y peut rien.

L'orage s'éloigne. Rassuré, Armand Montrémy grimpe à l'étage où se trouve sa mère. En face d'elle, assise sur le rebord d'un fauteuil, Véronique Montel retient près d'elle un petit garçon d'environ cinq ans.

— Véronique va continuer de travailler pour nous, dit Aminthe d'une voix ferme à l'intention de son fils. Elle s'occupera de Pétronille dont je ne peux rien faire et la surveillera. Je lui ai expliqué la situation.

— C'est bien vous qui avez sauvé Julien ? demande Armand Montrémy. Nous vous en serons toujours reconnaissants !

— Ce n'est rien, fait Véronique, intimidée par le grand patron et par cet intérieur luxueux où elle ne se sent pas à l'aise. Ce que j'ai fait, n'importe qui l'aurait fait.

— Ce n'est pas vrai. Le courage n'est pas aussi répandu que l'affirment les poltrons.

Véronique retient Gaétan près d'elle ; lui aussi est intimidé. Sa démarche a été une grave erreur, elle en a conscience, mais ne sait comment se sortir de ce faux pas.

— Donc, poursuit Mme Montrémy, comme Véronique n'a pas beaucoup de moyens, je lui ai proposé de loger ici avec son petit Gaétan. Cela lui évitera de payer un loyer et de faire garder son fils pendant que l'usine ne fonctionne pas. Ensuite, nous aviserons.

— Très bien, fait Armand Montrémy, l'esprit ailleurs, comme s'il n'avait pas entendu.

Il sort de nouveau, traverse la cour en regardant le gros nuage d'orage qui s'est cassé et se disperse en flocons de brume blanche. Il monte en voiture et s'éloigne de la ville en direction du mont Aïzot, oblique dans une route poussiéreuse entre des pommiers fleuris, s'arrête dans une cour où picorent les poules, devant une antique maison aux tuiles romaines qui, apparemment, n'a subi aucun dommage. Un chien noir, haut sur pattes, l'accueille en grognant. Une voix puissante venue de l'intérieur arrête l'animal qui fait le tour de la voiture en reniflant les pneus. Armand Montrémy frappe à la porte ouverte sur un intérieur sombre. L'homme qui vient au-devant de lui est un sexagénaire au port altier, le front surmonté d'abondants cheveux blancs, le visage couvert d'une barbe immaculée. Il ne ressemble pas aux hommes de la région, tous bergers, éleveurs, petits paysans humbles et serviables. Lui, au contraire, garde la tête haute, le regard fixe, sa forte personnalité semble souveraine dans cette vieille maison. Une femme vêtue de noir salue Montrémy.

— J'attendais votre visite, dit Auguste Ravenault. Vos hommes ont fait des forages en bordure de ma propriété sans se soucier de demander la moindre autorisation. Je crois que je vais porter plainte !

Ça commence mal, se dit Montrémy qui fait face. Les deux lutteurs se jaugent, se défient du regard avant de s'affronter.

— Monsieur Ravenault, je ne vais pas y aller par quatre chemins. Vous connaissez la situation. L'avenir des Eaux Saint-Jean dépend de votre bon vouloir. Il faut que nous trouvions un arrangement.

Ravenault se place dans la porte, comme s'il voulait en interdire l'accès à son visiteur. Il jette un regard rapide au ciel où les nuages se dispersent.

— Quel arrangement pouvons-nous trouver ? Il n'y a pas d'arrangement possible. Personne ne fera les moindres travaux chez moi. C'est dit et je n'ai rien à ajouter.

— Vous ne pouvez pas parler comme ça ! Ce ne sont que

de petits travaux qui ne laisseront aucune trace apparente et vont sauver cent emplois dans la région. D'ailleurs votre opposition ne peut que retarder l'opération. Un arrêté préfectoral vous obligera forcément à nous laisser passer. Vous ne pouvez pas vous opposer au redémarrage de l'usine Saint-Jean.

— J'ai bien compris la menace, mais je saurai m'y opposer au nom de la Terre ! fait Ravenault avec un sourire au milieu de sa superbe barbe de neige. Regardez, depuis que les hommes brûlent le pétrole, taillent des routes à travers les montagnes, depuis que les hommes coupent les forêts d'Amazonie et d'ailleurs, rien ne va plus ! Le climat se réchauffe, la banquise fond, le niveau des mers monte... Il n'y a que les imbéciles pour s'en réjouir ! De même, votre source, monsieur Montrémy, que votre famille exploite depuis trois générations. Au lieu de vous contenter de ce que la nature voulait bien vous donner, l'eau qui coulait à côté de la chapelle, vous avez foré plus profond, pour plus de profit ! Résultat, le tremblement de terre !

Un roulement profond semble répondre à Ravenault, l'habituel bruit sourd, vibration imprécise du sol et de l'air, l'impression que tout ce qui est solide, la maison en face, les collines, mais aussi le ciel, se diluent dans une brume imprécise, deviennent des images floues et sans consistance. Les poules courent à leur abri. Les deux hommes cessent de parler. Montrémy se dirige précipitamment vers sa voiture. Puis le bruit s'arrête, les poules recommencent à gratter la poussière dans la cour, le chien bâille et va se coucher à l'ombre. Montrémy revient vers Ravenault.

— Voilà où nous en sommes avec les entreprises humaines ! La Terre est malade et comme tous les malades, elle se défend. Deux degrés de température moyenne en plus, c'est considérable !

— Vous n'allez quand même pas accuser les Eaux Saint-Jean d'être à l'origine de l'effet de serre et du tremblement de terre !

— Les Eaux Saint-Jean sont, à notre échelle, une manifestation des excès humains, de ce qu'il ne faut pas faire ! Elles ne sont pas à l'origine du tremblement de terre, mais elles sont à l'origine de sa gravité. En surexploitant la source, vous avez fait baisser le niveau des eaux souterraines dans la poche peu profonde qui se trouve en dessous de Chastelnaud et dont le plafond s'est effondré.

Montrémy comprend qu'il s'est déplacé pour rien, qu'il n'obtiendra rien de cet homme convaincu et décidé. Il menace :

— Libre à vous, monsieur Ravenault, mais l'intérêt général aura le dernier mot. Il y aura un arrêté préfectoral, une astreinte...

— L'aveuglement n'a pas de limites ! Mais personne ne pourra m'accuser d'avoir agi à la légère, conclut Ravenault. Vous aurez gain de cause, mais cela va prendre du temps, car je peux vous dire que je connais la procédure et que je ferai tout pour ralentir les décisions.

— Je vais être ruiné ; cent familles dans le pays vont perdre leur travail par votre faute. Vous croyez que je vais l'accepter sans riposter ? J'ai bonne mémoire...

— Et voilà que vous faites du chantage ! Ceux qui auront perdu leur travail me seront reconnaissants de leur avoir sauvé la vie !

Furieux, Armand Montrémy remonte dans sa voiture, fait demi-tour rapidement. Il va aller trouver le préfet. Cet illuminé de Ravenault, nuisible pour toute une région, doit recevoir une leçon ! Il arrive au croisement de la route départementale quand un jeune homme, à côté d'une voiture blanche, lui fait signe. C'est Raoul Ravenault, le fils d'Auguste. Très brun, les cheveux épais, il a de son père la figure large et plate, des petits yeux d'animal sauvage, la démarche fière et le regard haut.

— Vous venez de chez ce fou ? demande-t-il à Montrémy qui a abaissé sa vitre. Il vous a fait son discours sur le suicide humain ?

— Il n'y a rien à faire ! Il ne veut rien savoir et se dit prêt à tenir tête à tout le pays. Le préfet signera un arrêté, mais cela peut prendre beaucoup de temps. En plus, depuis le tremblement de terre, beaucoup de gens écoutent votre père. Ses partisans peuvent agir et ils sont généralement très déterminés. Il ne faut pas oublier que nous vivons à une époque où les minorités dictent leurs lois.

— Mon père ne comprend pas que les gens soient obligés de travailler, que ses histoires ne nous nourrissent pas. Il milite pour l'extinction du genre humain au profit des hannetons et des petits oiseaux. Pour lui, l'homme est nuisible, il faut l'enfermer dans des parcs et laisser la nature se développer tranquillement. Il oublie que notre aventure, c'est aussi celle de la Vie et de la Terre ! Je vais aller le trouver et vous aurez votre permission signée de sa main ce soir. Je vais lui faire comprendre que je peux rafraîchir la mémoire de la presse, sortir du placard quelques vieilles affaires dont il a été l'acteur...

— J'ai fait une allusion à son engagement de jeunesse à l'extrême droite que tout le monde fait semblant d'oublier. Il n'a pas bronché !

— Il cédera ! fait Raoul en serrant les poings. Mon père se fait le messie d'une Terre malade, mais il n'a pas toujours eu les mains très propres. Lui qui se dit contre le pompage de l'eau Saint-Jean et les forages pétroliers n'hésite pas à se déplacer en voiture. Il n'est pas à une contradiction près ! J'ai un moyen de le neutraliser plus radical que son engagement politique de jeunesse. Tranquillisez-vous, je vous apporte son autorisation ce soir. Ce n'est pas la peine d'alerter le préfet et tout le bazar. À ce soir !

Raoul monte dans sa voiture. Montrémy reprend la route de Chastelnaud, il veut quand même avertir le maire.

— Véronique, où avez-vous la tête !

— Mais, madame, il faut bien que je m'occupe aussi de mon fils !

Depuis deux semaines, Véronique Montel est au service d'Aminthe Montrémy et depuis deux semaines, elle doit faire face à ses rebuffades, sa perpétuelle mauvaise humeur. Aminthe n'a pas l'habitude qu'on lui résiste, et entend tout régenter chez elle. La jeune femme, corvéable à volonté, ne sait pas se défendre. Julien qu'elle voit seulement entre deux portes prend mollement sa défense avant de disparaître. Véronique a le sentiment qu'il la fuit, qu'il se cache dans cette grande maison où personne n'est chez lui. Armand ne vient que pour les repas et encore, pas toujours. Il se contente de quelques mots à sa mère ou à Julien et part de nouveau.

Mme Aminthe ne supporte pas que Véronique s'occupe de son fils. Elle n'aime pas Gaétan comme elle n'aime pas les enfants et cela se voit au regard dédaigneux qu'elle pose sur lui, cela se comprend à ses remarques qui blessent la mère au plus profond de sa personne : « Mais voyons, petit chenapan, qu'est-ce que tu fais dans mes jambes ! » Ou bien, lorsque celui-ci montre un bon appétit : « C'est qu'il mangerait à s'en faire éclater ! »

— Véronique, je vous avais dit de ranger la chambre de Pétronille et vous n'en avez rien fait !

Ranger la chambre de Pétronille ! L'horrible gamine met

du désordre exprès. Véronique a essayé de l'apprivoiser ; elle l'emmène et va la chercher à l'école, lui parle gentiment, mais la fillette se rebiffe :

— Je veux pas être ta copine ! D'abord, tu n'es pas belle, et tu boites !

— Cesse de faire la tête ! Je dois t'emmener et tu vas me suivre.

— M'en fous, je tirerai les cheveux de Gaétan.

Lorsque les deux enfants vont jouer dans le parc, l'horrible gamine profite de toutes les occasions pour s'en prendre au petit garçon qui ne sait pas se défendre. « T'es moche ! Et puis, t'es pas riche ! » Gaétan se réfugie dans les larmes. Aminthe intervient :

— Quelle mauviette ! Te voilà incapable de te défendre d'une fille qui n'a aucune méchanceté !

Véronique n'en peut plus. Elle ne peut avoir un moment à elle ; les reproches pleuvent et Aminthe lui demande toujours plus. Gaétan, las de subir les sévices de Pétronille, demande à retourner chez son ancienne nourrice. « L'atmosphère est pourrie dans cette maison, pense la jeune mère. L'absence des uns et des autres cache des secrets qui écrasent tout le monde. Le silence de M. Armand est un carcan. »

Il reste Julien. Pour lui, elle fait un effort, car elle le sent seul dans son combat contre lui-même. Pour le bonheur de le voir marcher, de lui sourire, elle a eu la force d'accepter les réprimandes de Mme Aminthe et le rejet de Pétronille, mais elle ne supporte plus ces pièces vides et froides, ces couloirs où veillent des ancêtres en noir et blanc accrochés au mur dans leurs cadres dorés. Sa décision prise, elle profite de la promenade dans le parc de Mme Aminthe pour rejoindre Julien dans son bureau. Elle entre sans frapper et fait mine de s'être trompée.

— Je cherche Gaétan qui prend un malin plaisir à se cacher dans cette maison où les recoins ne manquent pas ! dit-elle en mimant la surprise.

Elle avait préparé cette phrase, mais son mensonge lui colore les joues. Julien est devant son ordinateur. Assis, son infirmité ne se voit pas. Son beau visage maigre, un peu pâle, se tourne vers elle et sourit.

— C'est ainsi ! Les résidences bourgeoises sont plus tristes que des caveaux quand il n'y a pas une armée de domestiques pour leur donner vie. Les domestiques font partie du mobilier, ainsi cette maison a été touchée à sa manière par le tremblement de terre.

Véronique n'a pas retrouvé tout son aplomb, sa force et les mots lui manquent parfois pour exprimer ce qui l'anime.

— Je crois que ce n'était pas une bonne idée de venir ici. Gaétan ne peut pas se faire à cette vie.

Julien déplace la souris sur le bureau :

— Je sais. Ma grand-mère est insupportable. Elle a besoin d'un souffre-douleur, et c'est toi, c'est ton fils. Elle est infernale. Pétronille est une horrible gamine perdue. Personne ne s'occupe d'elle et elle multiplie les bêtises pour se faire remarquer. La mort de sa mère l'a beaucoup affectée. Et puis il y a eu ce terrible séisme qui a tout cassé !

— Je vais partir !

— Je te comprends, fait Julien en se mettant péniblement sur ses jambes pour aller à la rencontre de la jeune femme. Personne ne peut vivre ici à moins d'y être obligé, comme moi ! Sans ces maudites jambes...

— Je vais reprendre mon ancien appartement et Gaétan reviendra chez sa nounou. Je vais essayer de retrouver du travail.

Julien est tout près d'elle. Debout, sa stature étonne. Véronique baisse la tête pour cacher son trouble.

— Tu trouveras du travail, mais pas moi ! J'avais tout misé dans les Eaux Saint-Jean parce que je ne peux pas aller ailleurs avec mes jambes cassées.

Véronique a le sentiment d'être en face de quelqu'un d'extrêmement seul. Ce n'est pas cette image que Julien donnait jusque-là dans l'usine. Le handicapé étonnait tout le monde par sa volonté, son envie de s'en sortir, mais aussi par sa dureté de patron. Il n'avait pas la politesse de son père, ni sa classe, et ne se gênait pas pour remettre les gens à leur place. Sa sécheresse de ton, ses décisions tranchées étaient sa manière à lui d'exister, de s'affirmer dans le domaine des bien portants.

— Un handicapé reste toujours seul ! Les autres le respectent s'il a du pouvoir, mais il est quand même seul. Je ne peux pas avoir une vie comme ceux de mon âge. Tu m'imagines dans un lit avec une femme, nu, mes hanches étroites et déformées, mes jambes maigres comme des bûches.

— Ce n'est pas cela que regarde une femme ! ose Véronique. D'ailleurs je ne sais pas ce qu'elle regarde.

— Tu ne le sais pas ? Et ton fils, ton Gaétan, tu ne l'as pas fait toute seule !

— C'est une autre histoire, beaucoup plus navrante que vous ne le pensez. Maintenant, il faut que je parte avant qu'il ne soit trop tard.

— Très bien, cela va me donner l'occasion de me disputer avec ma grand-mère et de lui dire ses quatre vérités.

Véronique sort sans se retourner, à regret, Julien avait encore bien des choses à lui dire et elle n'a pas assez profité de ce moment privilégié. Elle fuit, et c'est mieux ainsi. Rien d'irréparable n'est dit. Elle s'en voudrait de trahir un fond de midinette qui n'est plus d'actualité.

Armand Montrémy roule à vive allure sur l'autoroute qui conduit à Genève. Il va sortir bientôt, et prendre une petite départementale jusqu'au village des Gussaut. Le ciel est clair, quelques nuages élevés pourraient annoncer une belle journée, mais la température va monter, et, avec un baromètre qui plonge, il faut s'attendre à de nouveaux orages. Cette année, la saison commence tôt, sûrement à cause de l'hiver trop doux.

Il s'est décidé sur un coup de tête, face à ses adversaires de plus en plus déterminés. Ravenault multiplie les déclarations fracassantes qui trouvent toujours plus d'oreilles attentives. En sous-main, les frères Delprat soutiennent les Droits de la Terre. L'usine Saint-Jean diabolisée devient le réceptacle de toutes les rancœurs, surtout celles qui s'adressaient jusque-là au destin, à une injuste punition divine.

Rien ne prouve, compte tenu de l'importance de la contestation, que les travaux sur le terrain de Ravenault pourront commencer bientôt. Bien exploitée par les ténors des Droits de la Terre, l'affaire est devenue nationale. Loïc Lachenal, responsable français de l'organisation et député européen, clame une fois de plus lors d'un débat télévisé : « La catastrophe de Chastelnaud est un symbole, même si elle n'est pas liée au réchauffement du climat. Les hommes en surnombre sont obligés de creuser toujours plus profond pour surexploiter le sous-sol, de couper des forêts séculaires, de mettre à sac la planète tout entière. Les conséquences en sont considérables. La surexploitation de la source Saint-Jean pour de simples raisons mercantiles est édifiante. Elle a coûté de nombreuses vies humaines lors du séisme. De même, le réchauffement sensible se soldera par des millions de morts. Les pays industrialisés qui refusent de prendre des mesures au nom de la croissance ont un comportement criminel. Il est temps de mettre en place un plan mondial qui accordera l'expansion humaine avec les ressources naturelles disponibles de notre planète. Cela passe par des mesures contraignantes, mais si rien n'est décidé, la Terre et l'humanité avec elle courent à leur perte ! »

Ainsi, les pouvoirs publics sont-ils pris entre deux obligations qui s'opposent. Pour gagner du temps, ils parlent de mettre en place une cellule de reclassement pour les licenciés de l'usine Saint-Jean, ce qui est une manière d'accepter leur licenciement définitif.

Armand Montrémy ne se préoccupe pas des radars. Bientôt, il n'aura même plus de quoi mettre de l'essence dans sa grosse cylindrée, déjà, il n'est plus le patron qu'on ménage et respecte, l'aventurier mondain que l'on courtisait. Toute sa vie, il a soigné son image, cherché l'admiration de ses contemporains par des exploits qui le protégeaient de lui-même. Ses exploits comblaient son incapacité à être un homme comme les autres, à se contenter de ce qu'il avait. Une insatisfaction constante l'a toujours poussé à vouloir plus, à chercher ailleurs les clefs d'un bonheur de vivre qu'il n'a jamais trouvées.

Cette nuit, il a rêvé à Élisabeth, la mère de Julien et Renaud, au naufrage de leur couple. Élisabeth est une petite brune au regard décidé et au visage d'enfant. Ils se sont connus lors d'une expédition en Alaska. Le but de l'aventurier et des scientifiques qui l'accompagnaient était de partager pendant tout un hiver la vie des Esquimaux. Élisabeth était ethnologue, et, comme Armand, allait chercher au bout du monde sur les visages inconnus ce qui lui manquait, un vide profond toujours béant. Leur union a été totale, merveilleuse. À Chastelnaud, où ils faisaient de brèves escales entre deux expéditions, on les voyait toujours ensemble. C'était le temps heureux. Julien et Renaud étaient de magnifiques garçonnets qui grandissaient pendant l'absence de leurs parents. Les Eaux Saint-Jean apportaient aux Montrémy une aisance et une notoriété toujours croissantes. Élisabeth et Armand allaient d'un continent à l'autre, si proches qu'ils finissaient par ne plus se regarder. Et puis, ce fut la descente aux enfers. Élisabeth si forte, si méthodique et rationnelle devint un jouet entre les mains du Messie cosmique, gourou d'une secte où elle trouvait des semblants de réponses à ses véritables interrogations. Elle a rejoint ses coreligionnaires quelque part dans le Midi d'où elle n'a jamais donné de ses nouvelles.

Où va Armand Montrémy après avoir attendu près d'une heure la visite de Lionel Delprat ? Il s'est décidé sur un coup de tête, par besoin de changer de peau, de devenir un autre, de recommencer à vivre en oubliant qu'il a été un flambeur, un m'as-tu-vu.

La voiture sort de l'autoroute et emprunte des départementales dans une campagne vallonnée et agréable sous un soleil éclatant. Elle arrive enfin à un hameau composé de quelques maisons aux ardoises grises. Son conducteur n'a pas à chercher longtemps. Un jardinier le renseigne et la Mercedes s'arrête dans une cour étroite ornée de parterres de tulipes aux couleurs vives. Un petit chien aboie et fait le tour du véhicule. Armand Montrémy sort, tourné vers la face claire de la maison aux volets couleur noyer. Une petite femme aux cheveux blancs vient au-devant de lui.

— Bonjour, madame. Je suis à la recherche de Ghislaine Margeride. Je suis Armand Montrémy, le père de la petite Pétronille que Ghislaine a sauvée pendant le tremblement de terre.

La femme fronce les sourcils, hésite un instant sur l'attitude à adopter.

— Ma fille est très affectée par la décision qui a été prise et qu'elle considère comme injuste. Elle n'avait pas besoin de ce rejet après la mort de son mari. Je l'appelle.

Ce n'est pas utile. Ghislaine sort de la maison et l'étonnement se marque sur son visage en apercevant Montrémy dans ce bout de campagne trop sage pour lui. Que lui veut le père de Pétronille ? Après l'avoir éloignée de Chastelnaud, pourquoi vient-il la poursuivre ici ? Montrémy lui sourit. La jeune femme baisse les yeux, mal à l'aise dans ce lieu familier où elle a l'impression de se montrer nue, mais reste sur ses gardes.

— Madame Margeride, j'ai fait cette route pour vous dire merci !

Ghislaine se retient. Il n'est pas dans les habitudes de Montrémy de dire merci.

— J'ai une grosse dette envers vous depuis le tremblement de terre.

— Que voulez-vous ?

Elle s'anime. Ici, dans la cour de son enfance, elle retrouve ses marques et sa personnalité.

— Vous avez cherché à m'éloigner, vous avez gagné, poursuit-elle. Pourquoi revenez-vous à la charge ? Que voulez-vous ?

— Ce n'est pas moi qui vous ai fait éloigner de Chastelnaud, mais les frères Delprat qui souhaitent vous garder à l'abri de toute influence pour se servir de vous contre moi. Ce ne sera pas utile, je suis déjà ruiné, ils ont ce qu'ils veulent, cependant...

Il baisse sa tête de lion, inspire, fait quelques pas comme s'il cherchait les mots justes.

— Cependant, je ne voudrais pas leur donner satisfaction

sur un seul point qui réduit à néant tous leurs efforts : Pétronille.

— Et que puis-je, moi, la traumatisée, la malade mentale inapte à faire la classe ?

— Elle vous aime, dit Montrémy en baissant la voix. Elle est attachée à vous comme à personne d'autre.

— Elle s'est attachée à moi parce que je suis la seule à l'avoir écoutée !

— Possible ! admet Montrémy sur un ton mesuré. Mais les faits sont là. Chez ses oncles qui la réclament, elle sera tout aussi malheureuse. Prenez-la avec vous, ici ou ailleurs, mais en dehors de Chastelnaud où elle est en danger.

Ghislaine se tourne vers sa mère restée en retrait, comme pour lui demander son avis.

— Je refuse.

Armand Montrémy se dresse, surpris.

— Pourquoi ?

— Parce que Pétronille n'est qu'un pion dans votre jeu, rien de plus, et que vous me demandez un engagement de toute une vie que je n'ai pas la force d'assumer.

Le ton est sec, déterminé, sans appel. Ghislaine fait demi-tour et se dirige vers la maison.

— J'avais espéré que nous pourrions nous entendre, dit Armand Montrémy, visiblement décontenancé.

Il n'insiste pas, conscient d'être venu ici pour une autre raison que celle qu'il vient d'invoquer, monte en voiture, fait marche arrière et s'éloigne sur la petite route bordée de platanes.

Ghislaine soupire ; les larmes noient ses yeux, des larmes inexplicables, car elle ne regrette pas ce qu'elle vient de dire, ce qui n'empêche pas un sentiment confus, qui ne passe pas par des mots, de broyer son cœur.

Au bout d'un mois et demi, ceux que l'on a logés provisoirement sur le Plateau exigent de retourner chez eux malgré les risques. Ils refusent de se laisser enfermer dans une situation provisoire qui s'éternise. Le docteur Morenceau n'a plus d'arguments. Maintenant que le barrage est suffisamment consolidé, il décide de lever les interdictions. Ce n'est pas l'avis de Pierre Ragaud pour qui la multiplication des phénomènes magnétiques est le signe certain d'une secousse imminente : depuis quelques jours, les télévisions se détraquent, les téléphones portables sont continuellement brouillés.

— C'est un avertissement, précise-t-il à Morenceau. Vous allez me dire que, comme pour le réchauffement du climat, un tremblement de terre n'a aucune relation avec l'activité magnétique, eh bien, si ! La preuve en a été faite à plusieurs reprises.

— Certes, mais les gens ne comprendraient pas que je les oblige à rester loin de chez eux. Je dois les laisser revenir dans leurs maisons.

— Bien sûr, admet le journaliste qui n'ose plus soutenir le regard du maire.

Il ne va pas au bout de sa pensée. Il n'est pas d'ici, il n'est de nulle part et la femme qui l'attend quelque part en Amazonie n'a pas cédé sa place à Albane Morenceau qui s'est jetée dans ses bras à corps perdu. Ils se trompent l'un et l'autre, Albane pour tenter de survivre, de retrouver un équilibre rompu trop tôt et lui par faiblesse, par un désir qui ne débouche sur rien, peut-être aussi pour oublier le poids de son passé.

L'interdiction de dormir dans les maisons du quartier bas est donc levée. En un après-midi, les mobile homes du Plateau se vident de leurs habitants. Tant pis si le plafond leur tombe sur la tête, ils veulent tous revenir chez eux pour retrouver leur identité, pour renouer enfin avec cette petite vie d'avant qui leur allait si bien. La catastrophe, en semant le deuil et la douleur, leur a montré combien il faut se contenter de peu en ce bas monde.

Alors, la vie semble reprendre son cours habituel à Chastelnaud. On pleure les morts en silence, avec résignation, mais on vit. Les larmes font partie de l'ordinaire ; on a trop souvent tendance à l'oublier.

Raoul Ravenault a échoué dans sa tentative. Il a eu beau menacer son père de faire des révélations, il n'a rien obtenu et a dû avouer son échec à Armand Montrémy. Le docteur Morenceau s'en est mêlé, Ravenault père n'a rien voulu savoir. Il est même allé plus loin :

— Vous allez m'obliger à laisser passer ces renégats sur ma propriété par décision administrative. Je ne pourrai pas m'y opposer, mais n'oubliez pas que mes partisans sont de plus en plus nombreux et qu'ils sont prêts à se coucher sur mon terrain pour empêcher vos machines de blesser la Terre une fois de plus !

Morenceau, avec son bon sens habituel, essaie de trouver un arrangement avec Ravenault qui brandit la menace d'ameuter tous les membres des Droits de la Terre, de faire autour de cette affaire un tel bruit qu'on en parlera dans tout le pays et même au-delà.

— Votre opposition à l'usine Saint-Jean, c'est une opposition à un homme, s'écrie le maire. Mais vous devez comprendre que c'est l'intérêt de toute une commune qui est en jeu !

— Non, l'intérêt de quelques-uns ! La source Saint-Jean appartient à tous, pas aux Montrémy qui l'exploitent pour leur compte.

Ce langage, Ravenault le tient depuis longtemps, et Morenceau considère qu'il a perdu assez de temps :

— Tant pis pour l'arrangement qui aurait été avantageux pour tout le monde. L'administration va faire son travail !

— Les défenseurs des Droits de la Terre feront aussi le leur !

De mauvaise humeur, le maire se rend à la mairie où Pierre Ragaud l'attend.

— C'est foutu, dit-il. Cet homme est aussi dur qu'un rocher, il ne veut rien entendre, nous ne pouvons rien, sinon engager une procédure qu'il va s'ingénier à contrer. Ces gens-là savent se servir des médias et inventer des actions spectaculaires !

Ragaud comme à son habitude marche de long en large, d'un pas régulier, la tête baissée.

— Il se trouve que j'ai vu Raoul Ravenault, le fils de notre homme. Il m'a révélé des petites choses assez curieuses que je dois vérifier.

— Que voulez-vous dire ? Ravenault a toujours été spécial. Avec ses idées rétrogrades, il a complètement écrasé sa femme, une fille Raffin, d'excellente famille. Il s'oppose pour s'opposer. Comment peut-on dire que l'exploitation de la source est un non-sens, qu'il faut se contenter de ce qui coule naturellement à côté de la chapelle. La source Saint-Jean ne donne pas le millième de l'eau qui se trouve sous la montagne. La plus grande partie se perd dans la nature !

— Certes ! fait Ragaud en baissant la tête. Sur le plan de la rentabilité, Ravenault a tort, par contre sur le plan plus général de l'équilibre...

— Vous n'allez pas dire que cet illuminé a raison ? Nous ne faisons que pomper de l'eau qui se serait perdue !

— Ce n'est pas aussi simple. L'eau que vous pompez ne se trouve plus là où elle devrait être naturellement. Cela peut suffire pour entraîner des conséquences inattendues.

— Voilà que vous prenez le parti de cet insupportable radoteur ! Pierre, vous me décevez, vous...

La large face du maire a rougi. Il se trouve tout à coup

en face d'un garçon dont il n'a voulu voir que la ressemblance avec son fils, et découvre ses idées subversives.

— Vous savez, poursuit Pierre Ragaud, beaucoup de vérités dérangent. Chaque acte a des conséquences. L'homme, doué d'intelligence, se comporte encore trop souvent comme un animal : il va au plus pressé, un peu comme un enfant craque une allumette pour faire brûler une brindille et ne pense pas qu'il peut embraser toute la forêt !

Morenceau s'étrangle et tousse. De telles comparaisons servent une cause, mais ne représentent pas la réalité.

— Ainsi, vous condamnez toute activité humaine ! Vous parlez de feu, mais lorsque, en Afrique, des hommes font brûler la forêt pour installer leurs cultures, vous condamnez les hommes. Par contre, quand un troupeau d'éléphants vient dévaster ces cultures, pourquoi ne condamnez-vous pas les éléphants ?

Ragaud sourit. Il pense à Albane ; son corps, son goût de la vie et du plaisir ouvrent les portes d'un monde que la civilisation a oublié et qui continue pourtant de la gouverner dans l'ombre. Enfin, il se tourne vers le maire.

— Je ne condamne personne. Dans la nature, ce mot n'a pas de sens. Par contre, chacun de nos actes a des conséquences. À nous d'en évaluer la portée.

Morenceau s'anime. Sa désillusion trouve ainsi un moyen de s'exprimer à visage caché. De son côté, Pierre Ragaud a le sentiment d'être malhonnête, de se servir de ses idées pour justifier sa propre forfaiture.

— Si j'ai bien compris, vous condamnez les travaux qui vont permettre à l'usine Saint-Jean de continuer d'apporter des richesses dans le pays !

Ragaud secoue la tête. Il comprend combien il se situe en dehors des préoccupations premières de ses semblables. Il ausculte la Terre, il cherche des correspondances, il analyse les activités humaines, comme il analyse les conséquences des terribles éruptions volcaniques qui ont marqué la fin du secondaire et tué plus de quatre-vingts pour cent des espèces vivantes, sans le moindre souci économique, avec la lucidité de quelqu'un qui s'interdit un parti pris au nom du bien-être général, du social ou des préoccupations humanistes insignifiantes dans la vie générale de l'Univers. C'est ce qui le place en dehors des politiques que l'intérêt oblige trop souvent à des concessions.

— Je me demande si les hommes ne doivent pas changer leurs méthodes de pensée, s'ils ne doivent pas, désormais, intégrer la vie de la Terre dans leurs calculs à court terme. Nous avons fait n'importe quoi et je redoute des lendemains terribles pour nos enfants !

Nos enfants ! Est-il né celui que Maghia porte de lui quelque part au cœur de l'Amazonie, sur une autre planète ?

De son côté, le docteur Morenceau pense aux pêches de sa jeunesse, aux multiples variétés d'insectes sur le Ribet, à cette profusion de vie qui mettait des truites dans le moindre ruisselet, des alouettes dans les champs, des lièvres, des perdrix. Qu'en reste-t-il ? Les ruisselets sont morts, les insectes sur le Ribet sont devenus si rares que les truites, qui ne savent plus se reproduire, ne leur font plus la chasse. Pourquoi ?

— Tout ceci est bien beau, poursuit-il en secouant la tête comme pour chasser des images sordides dont il se sent vaguement responsable, mais il y a les contraintes humaines. Les gens veulent bien vivre et vous ne pouvez pas le leur reprocher, ils veulent du confort et c'est justice, ils veulent toutes les facilités que la technique leur permet. Et nous, les élus, nous devons les leur donner !

— Certes, certes, fait Ragaud sans poursuivre sa pensée. Le tremblement de terre a quand même précisé les idées des uns et des autres. Il y a une prise de conscience et je redoute que le raisonnable ne s'oublie au profit des affrontements, de la violence, une fois de plus.

Il sort sans rien ajouter. Albane l'attend dans sa ferme. Peut-il continuer de jouer ? Tromper une femme malade de solitude est aussi grave que tromper toute l'humanité en équilibre instable sur une planète souillée.

La démarche d'Armand Montrémy auprès d'Auguste Ravenault fait vite le tour de la ville et radicalise les prises de position. Ceux qui sont rentrés chez eux aspirent à une vie ordinaire. Les uns sont prêts pour cela à condamner les Eaux Saint-Jean, les autres, les ouvriers de l'usine, ne veulent pas remettre en cause leur outil de travail et savent que, si rien n'est fait, ils seront à la rue. En attendant, ils doivent faire face aux crédits anciens, aux dépenses de chaque jour.

Mais Ravenault n'est pas décidé à céder. Une occasion unique lui est offerte de régler un vieux compte et il est bien décidé à en profiter. Quelques heures après la visite de Montrémy, il a eu celle de Lionel Delprat. Les deux hommes se sont enfermés dans l'écurie qui sert d'abri à Julie, une vieille mule pelée au regard triste. Ils n'en sont sortis que deux heures plus tard et se sont serré la main dans la cour où les poules grattaient toujours la terre.

— Je m'arrange pour le faire savoir, a dit le grand Lionel Delprat en montant dans sa voiture aux couleurs des Houilles Blanches.

Le soir, après la tombée de la nuit, Legrand, brigadier à la gendarmerie de Chastelnaud, est averti d'un mouvement anormal de voitures. Des dizaines de véhicules sortent de la ville et se dirigent au même endroit : la ferme de Ravenault. Les voitures s'arrêtent en contrebas, se garent dans la prairie voisine. Les gens se dirigent par groupes dans la cour de la ferme qu'éclairent plusieurs projecteurs. Ils sont plus d'une centaine qui forment une foule serrée, entre l'écurie, la maison d'habitation et une vieille bâtisse dont le toit s'est effondré. Le brigadier Legrand a aussitôt demandé à deux de ses collègues de l'accompagner et s'est approché du rassemblement. Ravenault va au-devant des gardiens de l'ordre :

— Messieurs, soyez les bienvenus, mais vous ne risquez aucun débordement. Les gens rassemblés ici sont responsables de leurs actes. Ils ne viennent que pour s'informer. Ils sont chez moi, donc, c'est une réunion privée et je réponds d'eux.

Legrand décide cependant de rester à proximité,

conscient que, depuis le tremblement de terre, le comportement des Chastelnais les plus placides peut devenir violent.

Quand tout le monde est rassemblé, Ravenault grimpe sur une charrette, lève les bras pour demander le silence qu'il obtient aussitôt. À la lumière des projecteurs, son visage auréolé de son abondante tignasse blanche, de sa barbe nourrie prend un aspect irréel, se pare d'une force cosmique au-dessus des velléités de l'instant. Au premier rang, sur la droite, se trouve ce journaliste que l'on a vu plusieurs fois avec la bru du maire, dont on ne se demande plus ce qu'il fait encore ici.

— Mes amis, commence Auguste Ravenault, je mesure l'importance de ma mission et je vais tout de suite entrer dans le vif du sujet : nous déplorons tous des morts, des blessés graves, d'importants dégâts matériels. La Terre a tremblé, comme elle tremblera encore ; elle nous avertit chaque jour par les bruits souterrains qui nous glacent d'effroi, par les brouillages des ondes radio. Mais ce n'est que le début de sa révolte, le début du dérèglement général de notre planète. Depuis près d'un siècle, l'espèce humaine se reproduit sans réfléchir aux conséquences. Nous sommes près de huit milliards ! Jamais une espèce animale n'a aussi bien réussi : la Terre s'essouffle à nous nourrir et s'empoisonne de nos déchets ! Nous sommes condamnés à nous autodétruire si rien n'est fait !

Il se tait, parcourt de son regard ardent l'assistance incrédule et revient aux préoccupations locales :

— On voudrait que je donne l'autorisation aux machines de passer chez moi, pour permettre à cette entreprise de démolition de reprendre son activité criminelle. Si l'on s'était contenté d'exploiter ce que la Terre voulait bien nous donner, nous ne pleurerions pas autant de morts. Pour creuser ma terre, ils devront me passer sur le corps !

— Tout ça c'est bien beau, s'écrie une voix dans la foule, mais l'usine nous faisait vivre et, sans elle, nous n'aurons plus rien !

— Vous préférez risquer de nouveaux morts pour avoir du travail ? rétorque Ravenault. Rassurez-vous, j'ai obtenu, contrairement aux autorités locales qui ne font rien, le soutien d'un financier qui souhaite créer une usine de conditionnement de produits biologiques ainsi qu'un complexe de production de légumes bio. Il y aura du travail pour tout le monde.

À cet instant, une immense clameur monte du bout de la prairie. Des groupes portant des lampes électriques, hurlant et frappant sur des boîtes de conserve se dirigent vers la ferme de Ravenault. Legrand comprend qu'il va être débordé et demande à son adjoint de contacter la gendarmerie pour ramener tous les hommes disponibles.

En tête des contestataires, Raoul Ravenault entre dans la cour, marche au milieu de la foule qui s'ouvre devant lui.

— Qu'est-ce que tu fais là ? demande Auguste. Je ne veux plus jamais te voir ici !

Raoul se tourne vers l'assistance qui murmure. Il est aussi brun que son père est blanc.

— Écoutez-moi tous et ne prêtez aucune attention aux propos d'un trotskiste de la nouvelle génération.

— Tais-toi, tu blasphèmes !

— Voilà qu'il parle de blasphème, ce qui montre l'irrationnel de ses prises de position. Mon père et ses amis souhaitent une dictature mondiale où l'homme sera asservi aux lois de la planète. Premier objectif : réduire la population mondiale des trois quarts en commençant par les plus démunis ! Voilà ce que les Droits de la Terre préparent avec patience en tirant profit des catastrophes naturelles : un génocide au profit des plus riches !

— Tu dis n'importe quoi ! gronde Auguste Ravenault en levant les bras au ciel. Les Droits de la Terre sont les seuls à analyser la situation de l'humanité sans parti pris religieux ou moral. Il est temps de mettre de l'ordre sur la Terre sous peine de périr tous, comme les espèces qui réussissent trop bien.

— Notre réflexion ne doit pas s'écarter de ce qui est la conquête de notre espèce : la morale, la compassion, l'humanisme ! s'écrie Raoul Ravenault.

— Alors, allons-y gaiement, polluons ! hurle son père.

Des groupes entrent en force dans la cour. Il s'ensuit une

bagarre, des cris. Deux fourgons de gendarmerie s'arrêtent près du mur d'enceinte. Une dizaine d'hommes en descendent, braquent des projecteurs sur les belligérants. Legrand appelle au calme à l'aide d'un haut-parleur. Ses gendarmes se lancent dans la mêlée pour s'interposer. Un grand nombre de personnes, redoutant d'être arrêtées, s'échappent dans la nuit. Des voitures partent en trombe.

Le calme se rétablit vite. Bientôt les projecteurs s'éteignent dans la cour de Ravenault. Des attardés, plus excités que les autres, regagnent en gesticulant leurs véhicules sous la conduite des hommes de Legrand.

Comme chaque après-midi, l'orage gonfle sur le mont Aïzot. Un énorme cumulo-nimbus pèse sur les maisons, une menace lourde qui rend l'air irrespirable. Il fait anormalement doux. Le docteur Morenceau n'a pas le temps d'aller faire de l'entomologie au bord du Ribet, mais sait, à la douceur de l'air, que les premiers *ecdyonuridés* volent au-dessus des courants. Dans son parc, le printemps cède la place à l'été ; les chatons de châtaigniers embaument l'air d'une odeur lourde et sucrée. Tout en faisant son tour matinal dans les allées gravillonnées, il remarque un jeune merle, juste sorti du nid.

Le docteur n'est pas pressé de rejoindre son bureau à la mairie. Il ne supporte plus cette tente qui bat au vent. Cet abri provisoire symbolise les hésitations du moment, le heurt entre le bon sens qui voudrait qu'on entreprenne les travaux nécessaires pour redémarrer l'usine Saint-Jean et ces illuminés des Droits de la Terre qui veulent tout détruire pour installer leur ordre. Ils savent profiter de toutes les occasions avec la mauvaise foi des gens déterminés et rappellent au bon docteur d'autres partis totalitaires et leurs millions de victimes.

Les soucis s'accumulent pour le vieux maire qui ne rêve que du calme d'un torrent de montagne. Albane ne sourit plus, montre son irritation, s'en prend à Jonathan. Morenceau en connaît la raison, mais n'y peut rien : Pierre Ragaud prépare une prochaine mission en Amazonie.

— La déforestation est une des causes principales du changement de climat de notre planète, a dit le journaliste au docteur. Je me dois d'aller voir sur place et surtout de vivre au jour le jour avec une tribu d'Indiens que je connais bien et qui perdront toutes leurs valeurs avec la forêt. Le respect de la nature c'est aussi le respect des hommes et de leur diversité.

— Ce n'est pas ce que disent vos amis des Droits de la Terre !

— Bien sûr que si ! La surpopulation ne touche que les hommes qui ont perdu leur place dans le milieu naturel.

Morenceau regrette un peu d'avoir poussé cet aventurier dans les bras de sa bru, car il sait désormais que c'est pour le malheur de la jeune femme. Après deux années de veuvage, Albane se découvre une nature ardente et excessive. Sa ressemblance avec le cher disparu a caché le véritable visage de Pierre Ragaud : homme sans attaches, il reste d'une totale indifférence pour ceux qu'il croise. Chastelnaud et ses habitants ne l'intéressent plus. Il y a eu un tremblement de terre bizarre, une femme lui a tendu les bras, et la vie continue, tournée vers l'ailleurs. Morenceau redoute plus les répliques de cet amour inespéré que celles du sous-sol.

Morenceau est déçu par les hommes. L'intérêt guide toutes les prises de position avec une évidente malhonnêteté, et le mépris des vaincus. Les décisions des politiques ne sont que poudre aux yeux. La cellule de reclassement pour l'usine Saint-Jean ne reclassera personne, elle donnera simplement l'impression qu'on s'occupe des gens. Il y aura un bureau, des consultants qui n'oublieront pas de facturer leurs vacations et, au bout de quelques mois, tout sera dit : les chômeurs de longue durée n'auront qu'à se débrouiller ! Il y a là un désir de cacher la réalité, une tricherie de la part des élus et, après cela, on voudrait que les électeurs leur fassent confiance !

Le maire se rend à son bureau et s'étonne d'y trouver le patron des Eaux Saint-Jean avec un gros dossier sous le bras. Le soleil est chaud, l'air lourd et électrique. L'orage grossit sur la montagne.

Morenceau salue Armand Montrémy dont la haute

stature s'est affaissée. Le visage carré et souverain s'est ridé ; son regard abattu ne défie plus personne, sa prestance passée en fait un homme trop grand, en peine de ses membres, trop costaud pour une petite vie ordinaire. Pourtant, en saluant le maire, ses yeux s'allument d'une lueur nouvelle.

— Mon équipe a peut-être trouvé une parade pour remettre en route notre usine, fait-il sans conviction.

Le maire lui fait signe de s'asseoir. Il regarde Montrémy fouiller dans son dossier et sortir une double feuille.

— Voilà le résultat d'une nouvelle étude que j'ai demandée à l'équipe de spécialistes, explique Montrémy. La source Saint-Jean provient d'un immense lac souterrain, sous le mont Aïzot. Le trop-plein de ce lac suit une fissure du sol pour rejoindre la deuxième poche sous Chastelnaud, celle que je pompais. Entre les deux, un cours d'eau souterrain dévié par le tremblement de terre vient polluer l'eau Saint-Jean. Compte tenu des difficultés avec M. Ravenault, nous avons renoncé à entreprendre les travaux de colmatage sous ses terrains.

— Il était bien difficile de faire autrement, précise le maire de sa voix ronde, faite pour les salons et les propos anodins, pour raconter ses épopées de pêche en Alaska. C'était risquer l'émeute.

En même temps, le maire a l'impression d'endosser toute la lâcheté de l'administration et il n'ose pas soutenir le regard de son interlocuteur.

— Nous allons pomper sous le mont Aïzot, cela coûtera cher en travaux de forage, en canalisations, mais, cette fois, personne ne pourra accuser l'usine Saint-Jean d'être à l'origine des effondrements meurtriers du sol. En effet...

Montrémy déplie une carte géologique sur le bureau devant le maire et se place à côté de lui.

— Le lac sous la montagne est constitué de plusieurs poches d'eau qui communiquent, dont celle-ci, couverte d'une roche dure et stable. Supposons qu'un nouveau tremblement de terre survienne et qu'il fasse écrouler ces roches. Cela se ferait sans la moindre victime puisque au-dessus se trouvent des pâturages et pas une seule maison.

Les Droits de la Terre de M. Ravenault n'ont plus d'arguments pour contester mon entreprise !

— Ils en trouveront toujours, fait le maire en levant les bras. Leur but n'est pas de protéger les hommes ou la Terre dont ils parlent si bien, mais de faire du bruit, de s'opposer pour empêcher quelqu'un d'entreprendre, pour plonger le pays dans l'anarchie qui leur permettrait d'imposer leur dictature car ils prétendent détenir la vérité, celle de la Terre !

— Il n'y a qu'un seul inconvénient à ce projet, c'est le coût de l'opération et bien évidemment les autorisations indispensables. Le système de pompage serait placé ici, sur le domaine public. Reste la canalisation qui peut passer ici, toujours dans le domaine public, et continuer le long de cette route jusqu'à l'usine actuelle. Il n'y aura aucune autorisation privée à obtenir, mais je ne peux pas supporter seul un tel investissement. Les banques vont se faire tirer l'oreille après la catastrophe, il faut trouver de l'argent. C'est une manière de ne pas céder au découragement, à la fatalité !

— Je vais proposer le dossier aux services techniques départementaux, ensuite nous essaierons d'avoir des subventions par le conseil régional et Bruxelles. L'argent peut se trouver si les politiques en ont la volonté. Vous aurez mon soutien, précise le maire, tout à coup libéré de sa mauvaise conscience.

— J'en aurai besoin, car l'opposition de Ravenault va audelà de la politique. Il a des raisons plus personnelles...

— Au fait, demande Morenceau, êtes-vous certain que cette eau n'a pas souffert du tremblement de terre et qu'elle est toujours potable ?

— Pourquoi ne le serait-elle pas ? Enfin, nous en aurons vite le cœur net : nous sommes en train de forer pour faire un prélèvement.

Malgré l'optimisme qu'il affiche, Montrémy n'est pas complètement rassuré. Trop d'avis sont nécessaires pour lancer le projet, trop d'hommes politiques qui n'ont d'autre ambition que leur carrière et sont prêts à sacrifier toute une région pour elle doivent être consultés. Beaucoup préféreront s'abstenir plutôt que d'affronter ouvertement les partis d'opposition et les branches les plus dures des Droits de la Terre. Même s'ils ne sont pas majoritaires dans l'opinion, ces idéalistes ne cessent d'assener leurs vérités et de convaincre. Contrairement aux autres partis, ils refusent le compromis, ce qui les rend dangereux. En quittant Morenceau, le patron des Eaux Saint-Jean a l'impression d'avoir donné un nouveau coup d'épée dans l'eau.

Il ne peut s'empêcher de penser à Ghislaine Margeride, écartée de Chastelnaud par les frères Delprat. Il n'a pas su lui parler. Il lui a rendu visite pour se justifier et ne plus être un monstre à ses yeux. La jeune institutrice lui rappelle Adeline : la même spontanéité dans l'acceptation ou le refus, le même désir de sincérité, mais Adeline avait connu un héros, Ghislaine est en face d'un vaincu, capable des pires forfaitures. Pourquoi a-t-il brûlé les étapes et cherché à faire sauter la digue du côté de Saint-Geniez ?

Quand il arrive dans la cour déserte de l'usine, l'orage d'un bleu sombre domine la moitié du ciel, comme chaque jour en fin d'après-midi. Le soleil éclaire l'énorme nuage capable de vomir ses bombes. Qu'est-ce que l'homme à côté de ces forces immenses dont la logique nous échappe ? Au moment où il pénètre dans le bâtiment, une fourgonnette qu'il connaît bien s'arrête dans la cour, à côté de sa voiture. Marc et Lionel Delprat en sortent et se dirigent vers l'entrée en affectant des airs de propriétaires. Puis ils gagnent le bureau où ils trouvent Montrémy blême, comme fiévreux.

— Mon cher beau-frère ! fait Marc en s'approchant de lui. Voilà que vous êtes malade ?

— Ce n'est rien ! réplique Montrémy, les restes d'une fièvre contractée en Afrique et qui me fait souffrir de temps en temps. Cela va passer bien vite.

— Nous n'allons pas vous importuner très longtemps, reprend Lionel, debout à côté du bureau. Nous vous avons proposé d'acheter l'usine pour le compte de Pétronille en compensation de la dette contractée envers notre père. Vous deviez nous donner votre réponse et vous n'avez rien fait, rien. Nous avons toujours un colis compromettant en notre possession, colis que nous avons confié à des experts et il a parlé. Il a livré un grand nombre d'empreintes qui vous accusent. En conséquence, il faut vous décider et tout de suite !

Armand Montrémy ne les entend pas. Le roulement du tonnerre au-dessus de l'horizon le bloque sur une vision d'enfer, Pierre Lorrain à sa droite sur une minuscule corniche, Julien à sa gauche. Le nuage électrique les enveloppe et leurs cheveux crépitent, dressés sur la tête comme des baguettes parcourues d'étincelles bleues. Des picotements courent sur leur peau et, tout à coup, une bombe explose, une lumière absolue dans un claquement capable de désintégrer toute la montagne. Pierre Lorrain n'est plus qu'un morceau de charbon dur comme une racine, de l'autre côté, Julien pendu à sa corde de rappel hurle une douleur intense.

— Foutez le camp ! crie-t-il. Vous m'emmerdez !

Il se lève sans regarder ses deux visiteurs qui s'étonnent, sort du bureau et se précipite dans le couloir. Ils le voient traverser précipitamment la cour, claquer la porte. Les premières gouttes de pluie s'écrasent sur le sol sec.

— Qu'est-ce qui lui a pris ? s'étonne Marc. S'il veut jouer au plus malin...

— Il est temps d'employer les grands moyens, réplique Lionel, un mauvais sourire aux lèvres. Nous avons hésité trop longtemps.

Ils courent à leur camionnette sous un déluge. Le tonnerre roule sur les collines, puissant, énorme. Des bruits secs claquent comme des fouets. À l'étage de la grande maison, Julien Montrémy est sorti sur le balcon, sous la pluie torrentielle. Il regarde l'énorme nuage qui se vide de sa foudre et tend le poing. Le voilà, celui qui l'a vaincu, celui qui lui a pris ses jambes, le voilà à sa porte et il veut le défier. Trempé, il ne bronche pas lorsque la foudre frappe à proximité. L'énorme giclée de lumière s'abat sur un transformateur électrique. Julien enfonce sa tête dans les épaules puis rentre, les vêtements dégoulinant d'eau, les cheveux plaqués sur le crâne.

Armand Montrémy s'est enfermé dans sa bibliothèque, sa cage de Faraday. À chaque coup de tonnerre, chaque coup de la foudre, il se recroqueville dans son fauteuil. Pierre

Lorrain est mort par sa faute ! Il s'est trompé sur la direction de l'orage et quand le nuage les a enveloppés, il n'a pas eu le temps de détacher les mousquetons métalliques, d'ordonner à Pierre et Julien de jeter leur couteau, leur briquet, leur sac aux boucles de fer.

Place de la mairie, la fourgonnette des Houilles Blanches s'est arrêtée en retrait et assiste à la sortie des élèves. Il pleut, les enfants courent jusqu'à la voiture de leurs parents, d'autres s'abritent sous des parapluies qui semblent dérisoires. Pétronille sort sur le trottoir, regarde à droite et à gauche, à la recherche de sa grand-mère ou de Julien qui vient la chercher de temps en temps, fait quelques pas. C'est alors que Marc Delprat intervient.

— Bonjour, Pétronille ! Tu te mouilles. Viens donc, je vais t'abriter en attendant ton père.

Pétronille sait qu'elle ne doit pas parler à ses oncles, mais sous ces trombes d'eau comment résister à la portière ouverte qui l'invite à se mettre à l'abri ?

— Tu es entièrement mouillée ! dit Marc d'une voix douce qui sonne faux en la poussant dans la voiture. C'est ton père qui devait venir te chercher ?

— Non, ma grand-mère, fait-elle en dévisageant les deux hommes qui l'encadrent, Lionel avec sa tête rasée qui touche le plafond, ses yeux très clairs, Marc, brun avec sa large moustache. Finalement, c'est Marc qu'elle préfère.

— Ma grand-mère me dit que je ne dois pas vous écouter, que vous êtes méchants et que vous voulez me faire du mal !

— Tu t'appelles bien Pétronille Delprat, eh bien, nous aussi, on s'appelle Delprat. Alors, tu comprends bien qu'on ne veut pas te faire de mal et, si tu veux, nous pourrons être amis. Nous t'achèterons plein de belles choses. Tu sais, ta maman, c'était notre sœur et nous l'aimions beaucoup. C'est pour cela que nous t'aimons aussi. Tu ne veux pas embrasser ta grand-mère Delprat ?

Delprat ! Le nom qu'elle porte accolé à celui de son père, ce nom haï par sa grand-mère, la rattache à ces deux hommes et sonne tout à coup étrangement dans son esprit !

— Si, dit la petite fille en confiance, mais il va falloir faire très vite. Quand ma grand-mère va arriver, si elle me trouve pas devant l'école, je vais me faire gronder !

— T'en fais pas, on va lui téléphoner.

La fourgonnette blanche démarre et s'éloigne dans la rue transformée en torrent.

Quand elle arrive, Aminthe Montrémy s'étonne de ne pas trouver Pétronille. Elle va questionner sa maîtresse qui dit l'avoir vue monter avec son oncle des Houilles Blanches. Elle s'emporte, menace la jeune institutrice de porter plainte et s'éloigne d'un pas nerveux. Elle passe avertir Armand qui se trouve dans son bureau. Celui-ci serre les lèvres. Le téléphone sonne, la voix de Lionel Delprat triomphe :

— La petite est chez nous. Ne la cherchez pas ; elle est très heureuse et ne veut pas revenir chez vous. Cela se comprend, personne ne s'occupe d'elle.

— Mais vous ne pouvez pas la garder ! Je vais avertir la police.

— Comme vous voudrez, cher beau-frère. Mais n'oubliez pas qu'elle est autant chez elle ici que chez vous ! C'est bien la fille de notre sœur, notre nièce et la petite-fille de notre mère ! Et puis nous sommes en famille, ce serait très mal d'étaler nos petits différends sur la place publique ! Souvenez-vous, nous avons un colis suspect en notre possession.

— Vous devez ramener Pétronille ici, sinon je viens la chercher ! hurle Montrémy comme s'il n'avait pas entendu la menace.

— Venez, cher beau-frère, vous serez reçu comme il se doit. J'attends une proposition de votre part dès demain, au plus tard en fin de matinée, ou alors vous connaissez la suite...

Lionel Delprat raccroche le téléphone. Armand Montrémy reste un long moment pensif, le combiné à la main.

— Ainsi, cette fois, c'est décidé, tu vas partir ?

Albane Morenceau est allongée sur le lit où elle vient de faire l'amour, où depuis une dizaine de jours, elle retrouve son corps de femme et ses désirs réprimés depuis deux ans comme les manifestations détestables d'une vie qui ne lui appartenait plus. Elle a cru s'ouvrir au monde, éclore comme la dernière rose en fin de saison, elle a cru que sa solitude prenait fin, qu'elle cessait d'être punie, qu'elle allait pouvoir vivre à la lumière. Ce matin, elle sait que l'ombre restera à jamais son domaine.

Assis sur le rebord du lit, tournant le dos à la jeune femme, Pierre Ragaud tire sur son ventre nu la couverture en boule. Il regarde droit devant lui le petit tableau accroché au mur qui représente un faune au bord d'une fontaine, guettant une femme qui se baigne. C'est un peu lui, ce faune. Hier, à l'hôtel, il a reçu un courrier de sa mère qui vit à Paris. Comme il l'avait demandé à Maghia, la lettre qu'il avait lui-même timbrée a été postée à la naissance de sa petite fille, une métisse d'Indienne d'Amazonie et d'aventurier français. Qu'est-il ce matin, au bord de ce lit, un amant plein de regrets, un père désabusé ? De quoi rêve-t-il ? D'une vie simple dans la mangrove amazonienne où il s'ennuie, d'une quête incessante de manifestations anormales de la planète, de femmes seules pour se persuader qu'il ne l'est pas ?

— Pourquoi tu pars ? Qu'est-ce qui te pousse à aller

ailleurs, à chercher toujours plus loin ce que tu as à portée de la main ?

— Si je le savais !

Il a parlé sans réfléchir, avec franchise et, pour une fois, se montre égal à lui-même.

— Qu'est-ce qui te manque ? Tu ne comprends pas que ce tremblement de terre était destiné à nous mettre l'un en face de l'autre, que nous pourrions vivre une grande passion, pleine de soleil, que je vais me laisser mourir si tu pars !

— Non, tu ne te laisseras pas mourir. Les hommes ne manquent pas !

Elle se dresse vivement. Sa poitrine nue pèse sur les draps, deux magnifiques seins, lourds de jeunesse et de santé. Sa gorge claire, ses épaules, tout son corps respire une féminité resplendissante dans sa renaissance. Pierre Ragaud tourne lentement la tête, parcourt des yeux le visage d'Albane, si semblable à lui, alors que Maghia est si différente avec sa face plate et cuivrée, ses yeux bridés, sa sensualité d'animal pour qui l'amour n'est rien d'autre qu'un acte naturel. La différence entre l'Indienne et lui sera toujours trop grande pour les garder ensemble, ainsi, près d'elle il rêvera de l'Europe et de ses raffinements, en Europe, la spontanéité, le sens de la nature de Maghia lui manqueront.

— Si, je vais mourir, parce que j'ai bien compris que tu vas retrouver une autre femme !

Albane se découvre boulimique, terriblement exigeante. Elle s'accroche avec désespoir à celui qu'elle n'espérait plus et qui vient de lui ouvrir la porte de la vie avant de la refermer aussitôt.

— Je ne peux plus vivre chez mes beaux-parents, tu comprends ? Ce sont des petits-bourgeois qui refusent de regarder en dehors du parc de leur propriété, en dehors des bonnes manières et de ce qui est bienséant. Mon beau-père ne pense qu'à la pêche à la mouche, ma belle-mère écrase Jonathan par une prévenance qui devient une prison, et moi, je laisse couler les jours sans souci, mais surtout sans plaisir. En attendant ce qui ne vient pas !

— L'autre femme que je vais rejoindre, celle que je ne

quitterai jamais pour aucune autre, c'est la Terre. Je voudrais la comprendre, m'élever au niveau de l'universel...

— Tout ça je m'en fous ! s'écrie Albane en plantant ses ongles sur l'épaule de Pierre Ragaud. Ce ne sont que des mots pour nantis. Moi, j'ai une toute petite vie, un bout de rien qui m'est offert et je n'ai pas envie de le laisser filer dans l'indifférence du Cosmos. Il faut que tu restes parce que je t'aime !

Pierre Ragaud reçoit cet aveu sans broncher parce qu'il le gêne. Albane mesure l'indifférence de son attitude et se rue comme une furie sur le jeune homme qu'elle fait rouler sur le plancher. De ses poings, elle martèle son torse nu.

— Tu ne peux pas partir, tu comprends ! Ce serait trop facile !

Tout à coup, un bruit sourd que les Chastelnais connaissent bien désormais, né de l'air, des entrailles de la Terre et chargé de lourdes menaces, fait vibrer le sol puis le lit qui semble danser sur ses pieds de bois, puis la commode qui se balance dans un rythme infernal !

— Vite, dehors ! crie Pierre Ragaud en raflant une couverture sur le lit et en tirant brutalement Albane qui ne comprend pas ce qui se passe. Cette fois, c'est sérieux ! Sortons !

Ils sortent. Albane a le réflexe de cacher sa nudité avec la couverture. Les collines vibrent, émettent un grondement intense. Les vieux sapins dansent, mais restent debout.

Au même moment, dans la grande maison en face de l'usine Saint-Jean dévastée, Armand Montrémy est au téléphone. Sa mère, assise à côté de lui, écoute la conversation. Dans sa pièce de gymnastique Julien fait pour la cinquantième fois ses exercices fastidieux qui l'accrochent à l'espoir.

Tout se passe mieux que Montrémy ne l'espérait. Le docteur Morenceau a présenté son projet de sauvetage des Eaux Saint-Jean aux assemblées régionales ; en moins de deux jours, le ministre informé a donné son accord : le pompage de l'eau Saint-Jean aura donc lieu sous le mont Aïzot, sur le domaine public. L'État octroie une concession provisoire par ordonnance en attendant la concession définitive après une étude d'impact et l'enquête obligatoire. Les troupes de Ravenault ne protestent pas. Les Droits de la Terre semblent accepter ce compromis, à moins qu'ils n'aient décidé de frapper autrement.

Le financement a été trouvé en un temps record. Le conseil régional alloue une subvention, les banques ont accepté de faire une avance sur les fonds que Bruxelles va débloquer. Un prêt a été accordé à taux préférentiel. L'usine pourrait redémarrer dans moins de trois mois, si les prélèvements sont bons, ce dont personne ne doute. Selon les experts, l'eau du lac souterrain pourrait être d'une qualité supérieure à celle qui était pompée jusque-là.

Pour l'instant Montrémy est au téléphone avec Pétronille et ce qu'il entend le sidère. Sa mère, le visage fermé, écoute, gardant ses commentaires acides pour plus tard.

— Non, je veux pas revenir ! Je suis très bien chez ma mamie Delprat. J'ai une grande chambre avec plein de jeux, une grande télévision et des tas de films à regarder. Et puis le jardin est plein de fleurs, d'énormes fleurs que j'ai le droit de cueillir pour faire des bouquets !

C'est vrai qu'ici Pétronille n'a pas de télévision dans sa chambre, que le parc se réduit à une cour où se garaient les camions venus chercher les palettes d'eau Saint-Jean, et à un bosquet mal entretenu.

— Et puis mamie Delprat m'emmène en promenade !

— Mais enfin, Pétronille, tu ne peux pas rester là-bas ! Ce n'est pas chez toi, tu dois revenir ici ! Fabra s'ennuie sans toi, elle se couche à la porte de ta chambre et elle pleure !

— J'ai un autre chien et drôlement plus gentil qui me lèche les mains et aussi la figure !

Armand Montrémy ne sait pas quoi répondre. Aminthe, le visage dur, s'empare du téléphone.

— Tu dois revenir ! Ce n'est pas toi qui commandes ! Demain, les gendarmes t'attendront à la sortie de l'école.

— Alors, j'irai pas à l'école !

— C'est ce qu'on verra !

Aminthe pose le combiné, porte la main droite à son front ridé, se lève de son siège.

— Toutes ces simagrées ont assez duré ! Il faut récupérer cette gamine. La justice doit intervenir !

Armand Montrémy sort. Le ciel est gris, la lourdeur de l'air laisse prévoir de nouveaux orages. Le patron se dirige vers son bureau. Plusieurs entrepreneurs doivent venir dans la matinée pour la reconstruction de l'unité de production. Dans le même temps, les premiers prélèvements seront effectués à l'endroit du pompage.

Une voiture, celle qu'il redoutait, s'arrête dans la cour. Lionel Delprat en sort, déplie son grand corps maigre, tourne sa grosse tête vers le bureau. Son pas conquérant fait résonner le couloir vide. Comme la porte du bureau est restée ouverte, il entre, sourire aux lèvres.

— Mon cher beau-frère, quel plaisir j'ai de constater que vous avez enfin accepté que Pétronille rejoigne sa véritable famille. Personne ne vous empêchera de lui rendre visite.

— Pétronille n'est chez elle qu'ici, où elle a vécu avec sa mère. Je suis son père, donc le seul responsable.

Lionel secoue sa grosse tête rasée. Il sourit de ses yeux sans couleur.

— Pétronille est autant une Delprat qu'une Montrémy ! précise-t-il.

— Je suis son père, insiste Armand Montrémy, il est normal que ma mère et moi en ayons la garde.

— Il n'en est pas question ! réplique d'une voix sifflante Lionel. La paternité génétique n'est pas la paternité réelle. Chez nous, Pétronille sera heureuse. Ici, elle s'ennuyait, elle mourait de solitude quand elle ne se faisait pas rabrouer par celle qui se dit sa grand-mère.

Armand Montrémy sait qu'il se trouve en position de faiblesse et n'insiste pas.

— Nous vivons des temps difficiles, poursuit Lionel, personne ne peut dire ce que demain sera. Pour cette raison, nous devons prendre nos dispositions. Comme vous n'avez rien voulu entendre, j'ai déposé un certain paquet à la gendarmerie. Maintenant, l'affaire ne dépend plus de moi.

— Vous avez osé faire ça ?

— Oui, je l'ai fait par souci d'équité, ce qui ne vous dispense pas de payer votre dette. Il y a ici une lettre de notre père à son ami et collaborateur Antoine Varicant. Les termes sont explicites : mon père annonce qu'il a donné à Adeline la somme d'un million et demi d'euros pour construire une maison. Voici les relevés du fisc attestant que ce don a été fait légalement. Voici la photocopie du chèque avec le relevé bancaire prouvant que notre sœur a bien encaissé cette somme. Mais la maison n'a pas été construite.

— Votre père a donné cet argent à Adeline qui l'a dépensé, pas à moi.

— Notre sœur est morte moins d'un mois plus tard. Cela laisse planer des doutes sur cette dépense. Je voulais simplement vous avertir, je ne vous importunerai plus, ce sera la justice qui le fera.

Lionel Delprat se lève et s'éloigne de son pas d'échassier. Au même instant, un bruit profond fait vibrer les cloisons mal amarrées et aussitôt, le sol tremble, le bureau se déplace dans la pièce, danse une pantomime en sautant d'un pied sur l'autre. Armand Montrémy se dresse vivement, court à l'extérieur.

— Mais qu'est-ce qui se passe ?

Le ciel, la terre grondent, ondulent, se gondolent dans un vacarme infernal. L'usine vibre comme une coquille, flotte dans l'air au milieu d'images floues.

— La réplique ! fait Lionel, terrorisé.

La visite inattendue d'Armand Montrémy remonte à plusieurs jours et Ghislaine Margeride ne cesse d'y penser, de retourner dans sa tête les raisons de son accueil glacial et de ce malaise constant qui ne la laisse pas un instant en paix. La nuit, des cauchemars la harcèlent et elle se réveille brûlante de fièvre.

Pendant les jours qui ont suivi le tremblement de terre, après sa sortie de l'hôpital, Ghislaine n'a pas eu pleinement conscience de ce qui s'était produit. Elle ne réalisait pas l'ampleur du désastre qui la frappait car elle ne percevait pas le sens d'une séparation définitive. Elle est allée à l'enterrement, au milieu des autres, sa peine rejoignant la peine générale, s'y dissolvant, brouillant l'horreur de l'avenir. Ce n'est qu'après, dans la solitude du mobile home, puis dans la petite maison de sa mère, que la disparition de Stéphane l'a mise en face d'elle-même et de ce qu'elle n'a pas été. Sans guide, elle sort de l'enfance, mais ne voit plus son chemin. Le monde s'ouvre sur la peur. L'image de Pétronille dans ses bras, de Pétronille lui racontant l'accident de sa mère, de ce petit être fragile et seul ne la quitte plus.

Pourquoi a-t-elle refusé de prendre la fillette ? Pour s'opposer à Montrémy, le gladiateur qui ignore l'amertume de la défaite, pour ne pas entrer dans son jeu où elle n'est qu'un pion nécessaire ? Peut-être, mais Stéphane, enterré sur le Plateau au milieu des autres victimes, attend qu'elle avoue, sur sa pierre d'éternité, ce qu'elle ne lui a jamais dit. Sa place est là, à Chastelnaud, avec les survivants traumatisés, près des morts inoubliables. Ce matin, elle se prépare rapidement et avertit sa mère :

— Je veux aller sur la tombe de Stéphane.

Sa mère trouve cela normal et ne lui propose pas de l'accompagner car elle a bien compris que Ghislaine a besoin d'être seule pour débrouiller l'écheveau de sentiments contradictoires qui l'animent. Elle doit faire son deuil du seul homme qui a éclairé sa vie et de tout un passé.

La jeune femme part, la tête vide de pensées, quitte machinalement l'autoroute par la sortie de Chastelnaud. Elle a tout à coup l'impression de rouler sur une chaussée mouvante. Un bruit assourdissant domine celui du moteur, une vibration intense lui comprime les tympans ; les arbres, sur les bas-côtés, secoués par un vent venu de partout à la fois, se renversent avec fracas. Sa voiture décolle du sol, devient incontrôlable. Elle donne des coups de volant pour tenter de rétablir le véhicule qui ne lui obéit plus, quitte la route, ricoche sur un arbre arraché, dévale la pente jusqu'à une petite plate-forme où il s'immobilise.

Soucieux, le docteur Morenceau s'est accordé quelques instants de paix au bord du Ribet. Il a pris sa canne à mouche, seul moyen pour lui d'échapper au quotidien et son lot de soucis.

À l'endroit qu'il préfère pour commencer une partie de pêche, en face d'un calme où il peut voir les truites en train de chasser les insectes, il sort sa canne du fourreau et s'assoit entre des rochers arrondis par les anciennes fureurs du torrent. La vie s'accroche à ce qui lui reste. Le docteur remarque des petites éphémères du genre *Olive,* puis le vol lourd d'une phrygane. Sur la petite cascade en amont, des *black gnats,* petits moucherons noirs, s'enroulent en écheveau. Il ne les quitte pas des yeux, attendant le jaillissement d'un poisson pour s'emparer de ces minuscules proies qui doivent être délicieuses, puisque lorsqu'elles les ont goûtées, les truites n'en veulent pas d'autres.

Tout à coup, l'eau se ride, se hérisse de vaguelettes, s'épanouit dans l'air en corolles blanches. Un grondement que le docteur reconnaît pour l'avoir entendu à cet endroit même submerge les collines, efface les images précises pour n'en laisser que des silhouettes qui vibrent. La montagne résonne comme un tambour et, tout à coup, le paysage se brouille, devient flou. Des arbres secoués s'écroulent avec fracas, d'énormes rochers roulent sur les pentes, des craquements puissants se heurtent aux nuages. Morenceau, qui a l'impression que la Terre va s'effondrer sur elle-même, court à sa voiture, perd l'équilibre, son front heurte une pierre.

Quand il se relève, incapable de savoir combien de temps a passé, le calme est revenu. Un silence minéral règne sur les collines apaisées. Un nuage de poussière sombre flotte au-dessus de la ville.

Il essuie un filet de sang qui coule sur son front, regagne sa voiture et se dirige vers Chastelnaud étrangement silencieux.

La nouvelle secousse surprend tout le monde parce qu'elle arrive deux mois et demi après la première. Les spécialistes se sont trompés une fois de plus, Ragaud avait raison : les bruits sourds étaient autant d'avertissements, mais personne n'a voulu croire le journaliste.

En ville, c'est, une fois de plus, la panique. Des pans de toiture, des murs fissurés par la première secousse s'effondrent dans la rue. Les gens crient, sortent affolés des maisons, les mains sur la tête pour se protéger des projectiles, courent au milieu des rues vers les places, les parkings, abasourdis par ce grondement intense et tenace qui vibre jusqu'au fond d'eux-mêmes. Le sol se dérobe sous leurs pas, les voitures folles s'emboutissent avec des bruits de ferraille. Une odeur de poussière rance épaissit l'air. Un premier incendie éclate du côté de la gare.

Enfin, le roulement sourd cède la place à un silence de plomb ponctué de cris isolés, d'appels. De lourdes vagues de fumée roulent sur le sol, s'étalent dans le lit du Ribet. Des silhouettes hagardes vont au hasard, se croisent sans un mot, échangent des regards blancs et résignés. Pourquoi autant d'acharnement, de rage destructrice sur ce petit coin de terre ? Quels sont leurs crimes pour mériter autant d'épreuves ?

Les dégâts sont importants. Cette deuxième secousse a terminé ce qu'avait commencé la première, détruit de nombreuses habitations déjà mal en point, mais respecté celles qui avaient supporté le premier assaut. Une fois de plus, la maison du docteur Morenceau reste intacte, comme celle d'Armand Montrémy, comme l'église et la chapelle Saint-Jean. À croire que la Terre est du côté des nantis !

Passé un premier instant de stupeur, les secours se déploient avec beaucoup plus d'efficacité que la première fois. Les téléphones portables, bien que brouillés par un crépitement incessant, fonctionnent pour conduire les pompiers sur les lieux sinistrés. De nombreuses personnes sont encore prisonnières des décombres, enfermées dans leur voiture accidentée.

Les routes n'ont pas été coupées et des renforts arrivent très vite des villes voisines indemnes. Des hélicoptères sont dépêchés pour évacuer les blessés, les ambulances sillonnent les rues qu'il faut de nouveau dégager des gravats. On croyait ces travaux de déblaiement terminés, quelques secondes ont suffi pour réduire à néant tous les efforts. Les deux garagistes de Chastelnaud s'occupent de porter secours aux véhicules accidentés dans la campagne proche. Ils découvrent, dans l'une d'elles, l'institutrice, Ghislaine Margeride, qui n'est que blessée très légèrement. Ils trouvent aussi Auguste Ravenault. Sa voiture est tombée dans un précipice de cinq mètres de profondeur. Il faut découper la portière au chalumeau pour désincarcérer son corps. Sa belle chevelure blanche est maculée de sang. Il est conduit à la morgue quand le médecin légiste s'étonne d'une blessure bien particulière à la hauteur de la poitrine. C'est un orifice profond, trop régulier pour provenir d'un choc. Le maire est averti. Essoufflé, le gros homme arrive à l'hôpital où l'attend le docteur Pestriens, l'air grave.

— Auguste Ravenault n'est pas mort dans un accident de la route dû au tremblement de terre, précise-t-il. Il a été tué par une balle de carabine !

— Mais enfin, c'est impossible ! Son assassin ne pouvait pas prévoir que la secousse se passerait à cet instant.

— Je pense qu'il s'en moquait et que c'est un hasard. Ravenault a été tué par une balle de carabine de chasse maniée par un excellent tireur. Cette affaire concerne désormais la police.

Morenceau jette un regard fataliste au docteur Pestriens qui fut son collègue et un peu son ami. Il hésite. Peut-il demander à cet homme d'une grande intégrité (comme Morenceau d'ailleurs) de ne rien dire de ce crime, de mettre cette mort sur le compte du tremblement de terre afin de ne pas envenimer les divisions entre Chastelnais ? Il y pense si fort que Pestriens croit bon d'expliquer :

— Je comprends votre préoccupation qui est louable et je la partage entièrement. Mais l'impact de la balle doit se voir sur l'épave de la voiture. Et puis, quoi qu'il arrive, la vérité finira par éclater. Alors les événements se retourneraient contre nous.

— Vous avez sûrement raison !

Le séisme a fait encore douze victimes et une trentaine de blessés plus ou moins graves. Même avertis de ce qui se passait, les gens n'ont pas eu le temps de fuir, tant la secousse a été brutale.

Le soir même, tous les médias parlent de Chastelnaud. De martyre, la ville devient maudite. Que se passe-t-il dans ce coin d'Europe jusque-là si tranquille ? D'autres tremblements de terre se sont produits récemment ailleurs dans le monde et il faut replacer Chastelnaud dans ce cadre général. Les spécialistes se veulent pourtant rassurants :

compte tenu de l'importance de la réplique, ce serait la dernière pour longtemps, mais peut-on croire des savants qui se sont déjà trompés ? Alors, l'affaire bascule dans le fait divers avec cette question que l'on entend sur toutes les ondes : qui, pendant la secousse tellurique, a tué d'une balle en pleine poitrine Auguste Ravenault, le leader des Droits de la Terre au volant de sa voiture ?

Chastelnaud est à la une de tous les journaux. Les télévisions multiplient les reportages sur place, montrent les ruines sous tous les aspects, interviewent les blessés, les rescapés. Pierre Ragaud se félicite d'avoir différé son départ. En sortant de la ferme avec Albane, il a eu le réflexe de prendre une caméra dont il ne se sépare jamais et de filmer la secousse. Ses images, les seules disponibles, font le tour de toutes les rédactions. On le voit partout, invité sur tous les plateaux où l'on disserte sur les risques éventuels de nouveaux mouvements sismiques dans les zones à risque. Les questions dépassent rapidement le contexte local pour prendre une dimension planétaire. Pierre Ragaud est intarissable sur les grands accidents de la planète, les grandes éruptions de la fin du primaire, le chaos du plissement alpin, la dérive des continents, et les fameuses explosions de ces super volcans qui, au lieu de former un dôme, laissent comme seule preuve de leur existence une dépression circulaire de plusieurs kilomètres de diamètre. « Le magma s'accumule sous une plate-forme de roches solides pendant des milliers d'années jusqu'au moment où la pression de la lave fait sauter le couvercle. La lave, les cendres sont projetées dans l'atmosphère avec la puissance de milliers de bombes atomiques. Ainsi, il y a soixante-dix mille ans, une explosion de ce genre est à l'origine de la quasi-disparition de l'espèce humaine qui n'a pu se reconstituer qu'à partir des survivants d'un même groupe, ce qui explique l'incroyable homogénéité génétique de toutes les populations de la planète. L'explosion de ce volcan a plongé la Terre dans une nuit de plusieurs années. C'est la plus grosse catastrophe que notre espèce a dû affronter, d'autres se produiront, c'est une certitude ! »

Comme une série de malheurs n'arrive jamais seule, la même question revient, parce qu'elle est imminente et inéluctable : quelles vont être les conséquences du réchauffement sensible depuis le début du vingtième siècle ? Les météorologues scrutent le passé pour élaborer des schémas d'avenir, mais n'y trouvent qu'interrogations. Pourquoi les ères géologiques, pourquoi les glaciations du quaternaire ? Comment se fait-il qu'entre deux périodes de cinquante à cent mille ans on ait des espaces intermédiaires de dix à vingt mille ans avec des climats plutôt doux ? Qu'est-ce qui commande ces changements ? Certains parlent de légères variations de l'orbite terrestre, de modifications de l'intensité solaire. D'autres, plus universels, pensent que ces effets ont des causes plus lointaines, qu'il faut aller les chercher dans le fonctionnement même de notre galaxie, conditionné par l'Univers tout entier. L'humanité est réduite alors à sa place de détail dans l'universalité des phénomènes, son avenir ne lui appartient pas.

Les morts dégagés rapidement des décombres ont été transportés dans l'église où les familles viennent les visiter une dernière fois. Jean Morenceau, qui sait l'urgence de tourner la page, décide qu'ils seront enterrés le lendemain, aux côtés des premières victimes. Non pas qu'on se soit habitué à la mort soudaine et injuste, mais par fatalisme, et sûrement par cet instinct puissant qui caractérise les survivants de toutes les catastrophes du monde.

Dans un tel contexte, l'assassinat d'Auguste Ravenault est monté en épingle par les Droits de la Terre qui dénoncent dans cet acte criminel la détermination de leurs adversaires à défendre leurs petits intérêts. Ils veulent surtout continuer de faire du bruit autour d'une affaire qui les place dans le camp de victimes. Pour cette raison, le président national des Droits de la Terre se rend sur place avec pour mission de poursuivre, tant que les caméras seront braquées dans cette direction, la promotion de son mouvement. Loïc Lachenal impressionne par sa haute stature, son allure inattendue de bourgeois bien élevé, son parler retenu et toujours nuancé. Sa force vient justement de ce comportement tout en civilités, ses prises de position qui semblent toujours ménager ses adversaires pour mieux les terrasser lorsqu'ils baissent la garde.

De leur côté, les autorités judiciaires considèrent que l'affaire fait trop de bruit et souhaitent que l'enquête aille vite pour éviter que cet assassinat ne soit récupéré à des fins politiques. La singularité de l'événement et sa médiatisation grandissante les conduisent à déléguer sur place un commissaire indépendant et sûr, M. Louis Gueynard. C'est un petit homme tranquille aux cheveux blancs, proche de la retraite, réputé pour son intuition et son refus des effets d'annonce. Il arrive de Paris, prend sa chambre réservée à l'hôtel du Centre où il se trouve nez à nez avec Pierre Ragaud qui a reculé une fois de plus son départ. Les deux hommes sympathisent rapidement. Le fait d'être des étrangers à la ville les rapproche. Pierre Ragaud raconte ce qu'il sait des uns et des autres et en particulier de la victime, militante des Droits de la Terre, son opposition avec son fils, créateur de l'association Homme et Nature. Enfin, Gueynard se rend à la mairie où il trouve un Morenceau déconfit. Le maire est atterré par ce crime horrible dans sa ville paisible. Il se sent lui-même sali par cet acte monstrueux, coupable de n'avoir pas su le prévenir.

Il reçoit le commissaire de police la tête basse, comme un élève devant le conseil de discipline. Tout cela est trop lourd pour ses vieilles épaules, trop difficile à contenir pour sa conscience sans détours. Il n'aimait pas Auguste Ravenault pour ses prises de position radicales, mais ne lui souhaitait pas une fin aussi tragique. Et ce qui lui fait le plus mal, ce sont les soupçons qui pèsent sur Armand Montrémy. Le patron de la seule usine locale n'est sûrement pas capable d'un tel acte, mais comment le mettre hors de cause ?

Gueynard salue Morenceau qui s'excuse de recevoir l'envoyé de Paris dans un bureau provisoire. Le dénuement de l'endroit montre au policier la réalité de cette ville balayée par une bataille sans ennemi, détruite par le simple doigt tragique du destin posé sur elle. Dans le train, il a eu le temps d'éplucher le dossier préparé par ses services et a pu se faire une idée assez précise de la situation. Il n'écarte aucune piste, même s'il a conscience que l'essentiel lui échappe. Il connaît la force des rancœurs provinciales et la perversité des jalousies cachées. Le contexte particulier ne va pas simplifier sa tâche.

Cette première rencontre avec le maire confirme ses craintes. Il n'apprend rien qu'il ne savait déjà, c'est-à-dire pas grand-chose. Armand Montrémy ? C'est un homme d'honneur incapable d'une telle lâcheté d'autant qu'il a abandonné depuis longtemps le projet de creuser sur la propriété d'Auguste Ravenault. Raoul Ravenault, le fondateur de l'association Homme et Nature ? C'est un humaniste convaincu ; il détestait son père mais cela ne suffit pas à en faire un criminel. Alors qui ? Un chasseur, puisque le vieil original interdisait que des « meurtriers pourchassent les petites bêtes sur sa propriété » ? Impossible ! Morenceau connaît tout le monde ici et si les gens ont le sang vif et le coup de poing facile, pas un n'est capable d'abattre un homme comme un chevreuil.

Les Chastelnais sont désemparés. Beaucoup se tournent vers le clocher resté intact et se posent des questions sans réponse. Les explications de Loïc Lachenal, des Droits de la Terre, tombent à pic et on les écoute avec de plus en plus d'attention.

Une réunion est décidée dans la cour de Ravenault, avec l'accord de sa veuve et malgré l'opposition de Raoul. Les Chastelnais s'y rendent en nombre. Cette fois, le brigadier Legrand prend la précaution de demander du secours à ses collègues de Saint-Geniez et gare plusieurs fourgons de police bien en évidence pour impressionner la foule. Il précise qu'au moindre débordement il mettra en garde à vue tous ceux qui lui tomberont sous la main. Précautions inutiles : toujours abasourdis par ce qu'il leur arrive, les gens affichent une grande dignité.

Avec sa bonhomie et sa bonne éducation qui accentuent sa détermination, sa manière de parler avec rigueur et conviction, de faire sonner sa voix agréable, comme veloutée, Loïc Lachenal marque des points là où son prédécesseur était considéré comme un fou excessif.

— C'est vrai, commence-t-il, cela peut paraître injuste que votre région soit touchée une deuxième fois alors qu'elle n'a pas eu le temps de panser ses premières blessures. Mais il n'y a rien d'anormal dans le fonctionnement de notre planète. Le premier tremblement de terre annonçait le second. Les orages des années passées annoncent les cyclones de cet été et des étés futurs. Les tolérances naturelles ont été franchies. Et que font les gouvernements du monde ? Des beaux discours et rien de plus. Pas un n'a pris des mesures énergiques contre l'émission des gaz à effet de serre ! La Chine s'est industrialisée, ses millions de voitures se sont ajoutées ces dernières années aux millions de voitures européennes et américaines. Ils ont intensifié les prélèvements dans le sous-sol, sans parler des programmes de défense. De nombreux pays jusque-là paisibles se sont dotés d'armes de destruction massive. Des essais nucléaires ont encore lieu dans d'anciennes mines, suffisamment faibles pour ne pas être signalés par nos appareils de détection, mais suffisamment nombreux pour déstabiliser l'écorce terrestre. Pendant ce temps, nos politiques se préoccupent d'une économie condamnée et d'une croissance qui ne peut qu'accentuer les dégâts !

Il se tait un instant, parcourt la foule de son regard tranquille. Légèrement chauve, les cheveux gris, il porte une veste marron qui bride son torse de sportif. Son attitude de fils de bonne famille rend son message plus crédible et plus grave.

— Alors qu'est-ce qu'il faut faire ? demande une personne au premier rang, probablement placée là pour poser les questions espérées.

Lachenal hausse les épaules, consulte ses notes, mais ce n'est que pour se donner une contenance. Son pessimisme paraît dans son attitude.

— Je pourrais être le porteur des mauvaises nouvelles et

dire que nous ne pouvons rien faire dans l'état actuel du monde. En effet, les erreurs d'hier causeront les catastrophes de demain. Nous devons imposer au monde entier un ordre nouveau, une gestion rigoureuse des ressources de la Terre et de l'humanité. Ce n'est pas un hasard si les pays pauvres sont les plus prolifiques ! Nous devons leur imposer une limitation stricte des naissances pour stopper les flots migratoires, condamner l'économie de marché porteuse d'excès, lutter contre l'individualisme, l'enrichissement personnel...

— Vous m'avez mal compris. Je voulais vous demander ce qu'on peut faire, nous à Chastelnaud, quand cela concerne le monde entier ?

— Adhérer à notre association en sachant que l'argent que vous nous donnez sera entièrement consacré à la défense de la Terre. Car, malheureusement, l'argent conduit le monde ; c'est la seule manière d'en combattre les excès. Il s'agit de convaincre la majorité des hommes, d'obliger les gouvernements à prendre des mesures draconiennes et cela reste possible !

À la fin de la réunion, Lachenal invite les gens à faire un geste de *fils de la Terre,* mais peu sont prêts à ouvrir leur bourse. Il reçoit quelques adhésions mais pas autant qu'il l'aurait cru. Les Chastelnais, dans leur majorité, ne font pas assez confiance à ces brasseurs de grandes idées pour se délester d'un chèque dont ils ne savent pas ce qu'il deviendra. Ils veulent du concret et Lachenal se dit qu'il n'a pas assez utilisé l'électrochoc du tremblement de terre.

Le lendemain, toutes les boîtes aux lettres contiennent un prospectus de l'association Homme et Nature. Les propos de Lachenal y sont tournés en ridicule : « Comme si les gouvernants chinois attendaient nos leçons ! Comme si ceux qui vivent de la forêt et du bois exotique se posaient la question de l'oxygène ! Ce sont des bavardages destinés à exploiter notre désarroi et à nous soutirer de l'argent, car voilà le but des Droits de la Terre : enrichir quelques petits malins qui savent exploiter la crédulité et la peur ! Non, la vérité n'est pas là. La Terre vit sa vie de planète et les hommes sont un élément de cette vie. Ils agissent en espèce dominante ! Ils ont su surmonter bien des catastrophes. Quand est arrivée la dernière glaciation, nos ancêtres ne se sont pas posé de questions, ils se sont adaptés et ils ont survécu, comme ils survivront longtemps encore. Désormais l'Humanité capable de vivre sur la planète Mars peut résoudre, chez elle, les problèmes qu'elle occasionne à son environnement... »

Armand Montrémy a reconnu sous ce tract la plume de Raoul Ravenault et n'est pas mécontent qu'il prenne le contre-pied des Droits de la Terre, parti extrémiste et fasciste. Il répond à la convocation du commissaire Louis Gueynard, bien décidé à attaquer pour mieux se défendre.

Le policier ne va pas directement au but de son propos et commence par interroger le patron des Eaux Saint-Jean sur ses relations avec Ravenault.

— Auguste Ravenault s'opposait aux forages et aux travaux que vous aviez envisagés sur son terrain.

— Nous y avons renoncé depuis longtemps ! fait Montrémy de fort mauvaise humeur. Nous n'allons pas creuser chez lui, mais dans le domaine public.

— Je sais tout cela, mais Ravenault et son association avaient décidé de s'enchaîner sur les lieux du forage pour l'empêcher.

— Ce sont des hurluberlus dont je me moque totalement.

— Certes, fait le commissaire. Mais il y a aussi la bombe que vous avez placée dans un souterrain pour faire sauter la digue du barrage. Les Houilles Blanches vous acusent d'avoir voulu saboter leur entreprise.

— C'est vrai. Ils n'ont pas hésité à saboter la mienne. Les frères Delprat profitent d'une situation anormale qui me ruine. Je n'avais pas d'autre moyen de me faire entendre et j'espère un procès retentissant pour que le pays sache qu'on a sacrifié les Eaux Saint-Jean et cent emplois pour une mare à canards.

— Savez-vous que l'affaire est assez grave et que je dispose de suffisamment d'éléments pour vous inculper et vous placer en détention provisoire ?

— Je suis prêt à répondre de mon acte quand la justice l'exigera. Mais je ne le ferai pas sans bruit ! Je veux que la France entière soit informée de ce qui se passe à Chastelnaud.

— Pour l'instant, et compte tenu de la situation particulière, je vais me contenter de vous mettre en examen pour tentative de sabotage. Vous êtes encore libre, du moins pour l'instant.

Montrémy sort du bureau du commissaire étonné par tant de clémence. Il le doit à Morenceau qui, mis au courant par le brigadier Legrand, a multiplié les interventions en haut lieu. Il n'a pas demandé que la justice ferme les yeux, mais qu'elle laisse un peu de temps pour sauver ce qui peut l'être des Eaux Saint-Jean.

Armand Montrémy se rend sur le mont Aïzot où des spécialistes pratiquent les premiers prélèvements sur l'emplacement du pompage. Le long de la route départementale, des géomètres délimitent l'endroit où seront enterrées les canalisations conduisant l'eau Saint-Jean à l'usine d'embouteillage. Ces travaux redonnent un peu d'allant au patron.

Il arrive au lieu dit les Monges, où les machines travaillent jour et nuit. L'ingénieur Liénal est toujours là. C'est lui le père du projet et pourtant, ce soir, il a le regard sombre.

— Je ne comprends pas ce qui se passe, dit-il.

— Vous voulez dire que le sous-sol a été chamboulé par la réplique ?

— Non. Le laboratoire où j'ai porté les premiers prélèvements vient de me téléphoner et veut me voir en urgence.

— Qu'est-ce que cela signifie ? demande Montrémy, tout à coup grave.

— Je ne sais pas, mais nous serons vite fixés.

— Et quelle est votre opinion ?

— Franchement, je ne pense pas que ce soit grave. D'ailleurs vous pouvez m'accompagner au laboratoire.

La surprise est de taille, Armand Montrémy la reçoit comme un coup de matraque qui le laisse sonné, sans voix, perdu à côté de Liénal qui lui non plus ne s'attendait pas à une telle catastrophe. En face d'eux, le directeur du laboratoire d'analyses précise :

— Nous avons tous été aussi étonnés et nous avons voulu en savoir plus. Nous sommes donc allés faire un prélèvement dans le lac artificiel.

— Et alors ? demande Liénal.

— Et alors, les teneurs en nitrates, insecticides et fongicides sont exactement les mêmes, ce qui n'est sûrement pas un hasard. Or l'eau Saint-Jean sous la montagne provient des infiltrations. Il n'y a aucune culture puisque le mont Aïzot est classé parc naturel. Donc, la pollution ne peut pas provenir de là. Par contre toute la vallée en amont du Ribet est extrêmement cultivée, des pommeraies à Lobert, en amont, dans les sources, des cressonnières, plus bas les cultures maraîchères et les fameuses endives de Saint-Robert. Ajoutons à cela la plaine de Simange dont les eaux de ruissellement et souterraines rejoignent les sources du Pontreau, ce petit tributaire du Ribet, et vous avez là un apport de nitrates et de pesticides à l'origine de la pauvreté biologique de notre rivière autrefois si poissonneuse. Il y a donc une communication entre le lac artificiel issu du premier tremblement de terre et la réserve d'eau souterraine du mont Aïzot.

Un long silence suit cette affirmation lourde de conséquences. On en est donc toujours au même point ! Montrémy bouge d'abord la main droite, se gratte la nuque puis enfin pivote d'un pied sur l'autre avant de s'étonner :

— Je ne comprends pas très bien. Jusqu'au premier tremblement de terre, l'eau était parfaite. Ensuite elle est devenue trouble et les analyses ont montré que c'était l'apport d'un affluent souterrain qui avant le lac se déversait dans la vallée vers le Ribet. C'est la montée des eaux du barrage qui aurait causé ce phénomène. Maintenant, ce même barrage entraîne une pollution liée aux activités en amont, mais comment cela se peut-il ? Comment les eaux du Ribet qui autrefois étaient inoffensives sont-elles devenues aussi destructrices avec le barrage ?

— C'est une question de niveau, précise le responsable du laboratoire en blouse blanche. Nous nous sommes posé la même question que vous et nous avons demandé à un géomètre de prendre les mesures nécessaires. Il en ressort que, sans le barrage, le Ribet avait un niveau bien en dessous d'une faille qui part du lac vers la nappe souterraine. En quelque sorte, l'eau retenue déborde dans cette faille et se déverse dans le lac souterrain. Nous avons pu vérifier ce qu'une étude, restée confidentielle, et commandée par Les Houilles Blanches, portant sur l'écoulement des eaux avait précisé, à savoir que le débit de la rivière à l'arrivée dans la retenue est le double de celui du trop-plein. Il y a donc de l'eau qui s'évade, cette eau qui pollue votre source.

— J'en sais assez ! s'écrie Armand Montrémy en s'éloignant d'un pas décidé, sitôt rejoint par Liénal. Ce maudit barrage est la cause de tous les maux ! J'avais donc raison de vouloir le faire sauter !

Ils sortent du bâtiment. Armand Montrémy, en proie à une violente colère, s'assoit dans la voiture à côté de Liénal qui ferme sa portière mais ne démarre pas.

— Que me reste-t-il ? grogne Armand Montrémy. Ils ont donné toutes les autorisations aux frères Delprat pour consolider le barrage qui ne créera que très peu d'emplois et ils me ruinent ! Vais-je me laisser faire ? Que va décider l'administration devant une injustice aussi flagrante ?

Liénal comprend la menace, mais ne dit mot. La force de l'homme ramassé en boule à côté de lui est incontrôlable. Rien ne l'arrêtera. Pour l'instant, il se tait ; les images dramatiques de sa vie défilent dans sa mémoire : l'accident sur le mont Blanc, puis la mort d'Adeline, deux défaites majeures.

— Si je plonge, ce sera pour de bon, alors je ne serai pas le seul.

Quelle catastrophe est-il en train d'imaginer après les deux tremblements de terre et les morts fraîchement enterrés ? Quelle solution extrême sans repli possible est-il en train d'échafauder avec la précision de cet aventurier qui ne partait jamais pour une course périlleuse sans une préparation minutieuse ?

— Il faut que les autorités prennent leurs responsabilités, dit l'ingénieur en démarrant. Elles ne peuvent pas rester neutres face à la mort d'une entreprise parce qu'elles ont décidé de satisfaire leurs petits copains !

— Déposez-moi chez moi !

— Qu'est-ce qu'on fait ? On continue les forages ?

— Cela ne sert à rien de dépenser de l'argent ! tranche Montrémy. Nous verrons demain matin. Pour l'instant, je suis fatigué.

Il sort de la voiture d'un geste décidé. Liénal hésite à enclencher sa vitesse. L'attitude de Montrémy lui fait peur. Le lion a sûrement pris une décision qui ne peut qu'entraîner de nouveaux désordres. L'ingénieur se demande s'il ne doit pas avertir la gendarmerie pour une surveillance discrète, puis il renonce. Montrémy a raison de se faire entendre ! Lorsqu'il était puissant, tout le monde le courtisait, désormais, il se retrouve seul en face de sa ruine programmée, inéluctable, et ce n'est pas normal.

Armand Montrémy se rend à la mairie et entre d'un pas autoritaire dans le bureau du maire, sans s'occuper des secrétaires qui tentent de lui barrer le chemin. Morenceau est en conversation avec Pierre Ragaud. Leurs bonnes relations du début se sont tendues. Entre eux, l'image d'Albane avec qui le jeune homme a rompu devient un mur infranchissable. Ragaud a annoncé son départ pour le lendemain et, cette fois, il ne le reportera pas ; les risques d'une nouvelle secousse sont pratiquement nuls, il doit assurer d'autres reportages.

L'arrivant entre en force, et crée une diversion bienvenue. Morenceau le regarde puis se tourne vers Pierre Ragaud.

— L'eau de la réserve sous le mont Aïzot, dit Montrémy sans autre forme d'introduction, est polluée par le trop-plein du lac artificiel. L'usine ne va donc pas pouvoir rouvrir. Et je suis sous le coup d'une mise en examen pour tentative de sabotage ! Le bon droit est du côté des crapules !

C'est dit sous la forme d'un ultimatum, d'une tentative de la dernière chance avant d'entreprendre une action plus radicale. Morenceau tente de temporiser. Montrémy l'en empêche :

— Les prélèvements et les analyses ainsi que les mesures ont été faits par le laboratoire Leblanc. Il n'y a aucune contestation possible ! La preuve est là que le barrage est négatif, que c'était une erreur d'autoriser sa consolidation qui détruit les Eaux Saint-Jean. Que répond l'administration ? Qu'elle va me mettre en prison !

— Voyons, fait enfin Morenceau, monsieur Montrémy, il ne faut pas vous emballer. Nous allons trouver une solution. Quant à votre mise en examen, elle passera à la trappe.

— Sûrement pas, je tiens à m'expliquer, s'écrie sèchement Montrémy. Si l'administration ne veut pas prendre ses responsabilités, d'autres le feront pour elle !

— Monsieur Montrémy, vous êtes un homme trop responsable pour parler de la sorte. Nous allons trouver une solution, je vous dis !

— La solution ? Vous pensez qu'il est possible d'entourer leur maudit lac par une protection de béton ? Il y a plus rapide et moins coûteux !

Montrémy sort de la tente persuadé cette fois qu'il ne peut pas compter sur la municipalité et les autorités départementales. Les frères Delprat ont probablement, comme à leur habitude, su se concilier les personnes influentes par des enveloppes en sous-main. Leur méthode n'est pas nouvelle mais reste toujours aussi efficace. Armand Montrémy agira seul, il n'a plus rien à perdre !

Il rentre chez lui. Sa mère, qui s'occupe à de la broderie, s'étant découvert récemment une passion pour le point de croix, s'étonne de le voir à cette heure, très pâle, les lèvres serrées, le regard dur.

— Que se passe-t-il, Armand ? As-tu enfin décidé de récupérer notre petite Pétronille ? Les Delprat se moquent ouvertement de nous et nous ne faisons rien.

— Je m'occuperai de Pétronille quand ce sera le moment, réplique-t-il sans s'arrêter.

Il cherche Julien qui se trouve dans sa pièce de gymnastique. Le visage du jeune homme marque son inquiétude en entendant le pas décidé s'approcher. Armand s'arrête un instant devant lui sans un mot, puis se dirige vers la fenêtre ouverte d'où on entend les oiseaux chanter. Des hirondelles tournent au-dessus de la cour déserte.

— Leur maudit lac nous empêche de redémarrer, dit-il enfin. Le commissaire m'a signifié ma mise en examen pour tentative de sabotage. Voilà où nous en sommes !

— Le temps n'est plus aux arrangements et aux petites solutions, répond Julien. Nous avons assez tergiversé. Il faut quelque chose de radical. Les gens sont avec nous. Je les ai entendus parler en ville ce matin. Ils pensent que la justice en fait un peu trop et que nous avons le droit de nous défendre.

— Certes, mais dès que ça chauffera, ils se placeront du côté du vainqueur. La ruine est au bout. Je voulais te le dire.

Il a parlé sèchement. Pourtant, face à son fils qui se bat contre son handicap dont il se sait responsable, la colère le quitte, il est tout à coup abattu. La tête basse, il murmure, conscient que tout est contre lui :

— Il n'y a pas de solution. Les frères Delprat ne sont pas nés de la dernière pluie et vont me faire surveiller. Ils tiennent à leur mare à canards. Compte tenu de l'importance des travaux, l'affaire ne leur rapportera sûrement pas beaucoup d'argent, mais ils s'en moquent puisqu'ils me coulent !

Julien soupire, fait lentement quelques pas, se plante devant son père.

— Que vas-tu faire ?

Armand Montrémy hausse les épaules.

— Je ne sais pas. Un coup d'éclat, un baroud d'honneur ! Ensuite, j'irai cacher ma misère dans quelque coin. Mais toi ?

Julien serre les dents. Sans ses maudites jambes, il prendrait des initiatives car il a la combativité de la jeunesse qui manque désormais à son père.

— Je ne sais pas, mais je m'en tirerai, parce que j'en ai la volonté.

Armand Montrémy s'assoit sur un tabouret près de la fenêtre.

— À ton âge, j'aurais pensé la même chose, mais le ressort est cassé. J'ai vaincu des montagnes et je ne suis plus capable de me vaincre moi-même.

— C'est ce que je ne comprends pas. Le héros de mon enfance se laisse emporter par un courant d'air !

— La ruine me fait peur, avoue Armand Montrémy. Voilà la vérité !

— Mais enfin, insiste Julien, tu peux encore gagner ta vie, reprendre ton ancien métier de guide de haute montagne, tu peux monter une école d'escalade. Bientôt je pourrai me servir de mes jambes et travailler avec toi ! Il ne faut pas céder sans rien tenter face à des bandits. Il faut se battre !

Armand Montrémy secoue la tête.

— Et comment ? Je vais réunir tous les employés pour les mettre au courant de ce qui se passe.

— Voilà que tu acceptes une situation injuste. Je crois qu'il est temps de faire un tel bruit autour de cette affaire que les pouvoirs publics seront mis en face de leur faiblesse. Les journalistes, depuis le tremblement de terre, connaissent Chastelnaud, il faut profiter de cet avantage.

— Tu as probablement raison, Julien. J'avais bien quelques connaissances dans les différentes chaînes, mais le temps a passé et ces gens-là n'ont pour amis que ceux qui peuvent servir leur carrière et je les ai beaucoup méprisés...

Armand Montrémy est abattu, fatigué. En d'autres temps, avant l'accident, il aurait alerté le monde entier et tous les organes de presse lui auraient été ouverts. Il était alors l'aventurier qui faisait rêver des tas de gens, celui que les défenseurs des droits de la Terre n'osaient pas attaquer parce qu'il avait su, à chaque occasion, montrer une attitude de conciliation entre les besoins des hommes et la protection de la nature. Son indépendance lui donnait de l'autorité. Mais depuis qu'il se terre dans son usine de Chastelnaud, il n'intéresse plus personne.

— Je suis à bout, ajoute-t-il. L'atmosphère en ville est épouvantable. Avec son air de fils de bonne famille, Lachenal est un semeur de désordre. Tout le monde le redoute parce que ses troupes de mercenaires ne reculent devant rien. Si les pouvoirs en place ne font rien, les Droits de la Terre vont prendre de plus en plus d'importance. Ne te méprends pas sur leurs intentions : ils veulent gouverner le monde, le faire plier sous une dictature impitoyable. La malhonnêteté est le ressort de l'humanité !

— Et Pétronille, tu vas la laisser chez ses oncles ?

— Tout va ensemble. Les frères Delprat ont porté plainte et confié ma bombe à la police. Leur but, c'est de nous éliminer pour prendre notre place. L'enjeu, ce sont les Eaux Saint-Jean ! Gagner sur les deux tableaux, le barrage hydroélectrique et la source qu'ils trouveront bien le moyen de rendre potable. Ce n'est pas par hasard si des équipes de techniciens et de géologues fouillent le sous-sol du lac. Ils ont une longueur d'avance sur nous et ils entendent bien en profiter !

Armand Montrémy tourne vers son fils un visage grave et résigné. Il ne peut rien entreprendre sans l'assentiment de celui en qui il retrouvait, jusqu'à l'accident, sa propre jeunesse, son courage, sa témérité.

— Je comprends, même sans mes jambes, je suis à tes côtés.

Cela suffit à Armand Montrémy qui sort de la pièce sans rien ajouter.

Albane Morenceau arrête sa voiture en face de l'hôtel du Centre. Ce matin, il fait beau, le soleil illumine la ville sinistrée. Les ruines en sont moins désolantes et, avec la douceur de l'air, il semble que les travaux de réfection seront plus faciles. Déjà, des ouvriers s'affairent à déblayer les chantiers qu'il faut reprendre au début. La vie renaît lentement ; les gens vaquent à leurs affaires. Pourtant, la blessure restera ouverte très longtemps et le regard des Chastelnais pour la Terre ne sera plus jamais le même. Tous les bruits imprécis leur font lever la tête et tourner autour d'eux des yeux pleins d'anxiété et de peur.

Albane arrête le moteur de sa voiture. Les passants vont la voir, s'étonner, mais cela n'a pas d'importance. C'est désormais une nouvelle femme qui vient de naître parmi les décombres du séisme. La bru effacée qui n'avait d'autre but dans l'existence que de s'occuper de son petit Jonathan, la jeune veuve qui faisait l'admiration des Chastelnais en menant une vie de recluse auprès de ses beaux-parents, est morte des suites de la catastrophe. Celle qui sommeillait en elle et attendait le moment opportun pour se manifester vient de naître ou plutôt de renaître car elle redevient celle qu'elle était avant son mariage avec Claude Morenceau. Et vivre avec un souvenir ne lui suffira plus. Une voiture immatriculée à Paris est garée juste devant la sienne.

Enfin, la porte de l'hôtel s'ouvre, Pierre Ragaud en sort chargé de plusieurs sacs. Il ne voit pas la jeune femme quand il passe près d'elle, puis le sentiment d'une présence le fait se retourner. Dans le véhicule voisin, Albane, le visage très maquillé, probablement pour ne pas montrer sa mauvaise mine due à une nuit blanche, le regarde fixement. Il s'arrête, indécis, ses clefs pendent entre les doigts de sa main droite.

Albane plonge son regard dans celui de l'homme toujours debout sur le trottoir, de l'autre côté du pare-brise. Il s'est cru le plus fort en se livrant à un jeu qui n'en était pas tout à fait un et dont il mesure les risques. Il croyait tenir les rênes et voilà qu'à son tour il sent le mors l'agacer. Enfin, Albane bouge, tourne la clef de contact. Le bruit du moteur heurte le journaliste comme celui du tremblement de terre. Le véhicule manœuvre pour sortir de sa place, s'éloigne dans la longue rue et tourne à droite au carrefour. Pierre Ragaud sent sa gorge se nouer et les larmes monter à ses yeux. La vie n'est-elle faite que de séparations ? D'une solitude qui n'obtient rien des autres et ne peut se combattre qu'avec des chimères, Dieu des croyants ou simple reflet de soi pour accéder à toutes les illusions ?

Les Chastelnais reconstruisent leur ville. Conscients d'avoir payé leur tribut, ils reprennent confiance dans un avenir sans catastrophe. La réplique indispensable s'est produite, c'était le prix de la sécurité, ils peuvent vivre de nouveau. Toutes les familles ont été touchées, la généralisation du deuil en fait une douleur commune. Le sentiment d'injustice générale s'accepte mieux qu'un malheur particulier. Les gens se rendent visite, s'entraident, se réconfortent mutuellement. Cette solidarité résignée occulte les rivalités et impose la retenue aux fortes personnalités qui acceptent ce qu'on leur dit avec fatalisme, mais cela ne les rend pas militants extrémistes pour autant. Loïc Lachenal s'en rend compte très vite. Sa bonne éducation, son apparente chaleur humaine lui ouvrent les portes, mais il comprend rapidement que ses propos sont trop éloignés des préoccupations immédiates des gens. Il inonde les boîtes aux lettres de prospectus alarmants, il insiste sur « la nécessité d'une harmonisation internationale des activités humaines », mais ces réflexions élevées ne touchent personne. Aussi n'a-t-il pas l'intention de rester plus longtemps : les caméras de télévision sont parties vers d'autres catastrophes. Il est temps pour lui de rentrer à Paris.

De son côté, le commissaire Louis Gueynard n'avance pas. Cet habitué des commissariats des grandes villes se trouve en face de gens qui ne savent rien, qui ne se mêlent pas des affaires des autres. Ainsi, aucun témoin n'était sur les lieux du crime pourtant extrêmement passants.

— Ça ne peut pas être quelqu'un d'ici ! On se connaît tous et Ravenault était un original, mais, chez nous, les armes ne servent que pour aller à la chasse le dimanche matin.

Cette phrase, Gueynard l'a entendue des dizaines de fois et quand il évoque Raoul Ravenault, les réponses ne diffèrent pas :

— C'est un homme discret qui n'a jamais fait parler de lui. Tout le monde sait qu'il ne s'entendait pas avec son père dont il ne partageait pas les idées, mais ce n'est pas une raison pour l'accuser. Il travaillait aux Eaux Saint-Jean en qualité de chef d'équipe ce dont il était fier.

Il est inutile de poursuivre cette conversation, Gueynard le sait : Raoul Ravenault a un alibi qu'il a pu vérifier. Ses recherches ne l'ont mené à rien et celui que l'on avait présenté comme l'homme providentiel, celui qui résout toutes les sombres affaires, se trouve, après six jours d'enquête sur place, au point de départ. Il sait que le fait d'être étranger ne le sert pas, que les gens se méfient de lui, que les langues se délieraient plus facilement auprès d'un autochtone. Aussi charge-t-il le brigadier Legrand de se renseigner de son côté, ce qui est une manière d'avouer son incapacité à conduire lui-même les opérations.

Après une nuit blanche, Montrémy sort de chez lui sans dire un seul mot à sa mère ou à Julien. Le soleil est chaud ce matin, un soleil qui annonce l'orage, une fois de plus, mais Montrémy n'y prête pas attention. Dans un ultime sursaut, il a décidé de se battre pour être digne de Julien et ne pas perdre la face auprès de la femme qui l'a surpris en train de placer son explosif dans le tunnel, cette femme accidentée pendant la deuxième secousse et qu'il n'a pas osé aller voir à l'hôpital. Il va médiatiser son affaire, crier au monde entier l'injustice qui le touche, créer un élan de sympathie en sa faveur et obliger l'administration à prendre position. Les technocrates mous devront s'engager, les politiciens se dévoiler devant leurs électeurs. L'heure n'est plus aux faux-semblants, aux jeux de salon !...

Dans un premier temps, il doit montrer aux frères Delprat qu'il ne cède en rien à leur chantage. Sa mise en examen doit être largement diffusée. Sa tentative de sabotage était destinée à sauver ses employés ; il s'est mis hors la loi par générosité, par noblesse de cœur. Les frères Delprat seront condamnés par le pire des tribunaux, la vindicte populaire. Puisque la mode est à la télévision-réalité, il va entraîner tout le monde dans un jeu où le public sera l'arbitre.

Montrémy arrête sa voiture devant l'école communale, consulte sa montre. C'est l'heure de la récréation de dix heures. Les enfants sortent du préfabriqué et commencent à se poursuivre dans le petit espace de cour qui leur reste. Montrémy marche d'un pas décidé vers l'entrée du portail. Pétronille le voit, s'arrête de courir, médusée, puis court se jeter dans ses bras.

— Mon papa, enfin, tu es là !

— Je croyais que tu te plaisais chez tes oncles et ta grand-mère.

— Oui, je veux bien y aller de temps en temps, mais c'est toujours les mêmes jeux, la même promenade avec mamie et puis je sais pas, j'ai envie de revenir chez nous !

— Alors, je t'emmène, viens !

La jeune maîtresse veut intervenir. Montrémy sait la rassurer :

— Je veux simplement lui montrer quelque chose dans ma voiture. Je suis son père, ne l'oubliez pas ! Elle revient dans dix minutes.

L'institutrice n'insiste pas. L'autorité de Montrémy lui en impose et puis, c'est vrai qu'il est le père de Pétronille !

Une fois dans la voiture, il tourne la clef de contact et le véhicule s'éloigne rapidement.

— On va chez nous ! Si tes oncles viennent te chercher, tu refuseras de les suivre, dis, tu refuseras ?

— Oui, je veux rester avec ma petite Fabra, je me suis trop ennuyée sans elle ! Oncle Lionel n'aime pas les animaux, c'est un méchant !

— Pourquoi dis-tu cela ? Tu semblais si heureuse chez lui ?

— J'étais heureuse au début, mais pas maintenant. Oncle Lionel m'apporte des cadeaux presque tous les jours, mais je ne l'aime pas parce qu'il a le regard méchant !

Armand Montrémy est satisfait. Ce qu'il avait espéré s'est produit : la fillette s'est vite lassée de ses oncles et de sa grand-mère Delprat, elle ne cherchera pas à contrer son offensive et restera bien sagement chez elle.

La Mercedes blanche s'arrête dans la cour. Montrémy ouvre la portière à Pétronille qui ne masque pas sa joie d'être revenue dans cette grande maison où elle a cru s'ennuyer à mourir, mais où on la laisse vivre ses jeux et ses rêves.

— Grand-mère t'attend, et Julien, qui n'a cessé de te réclamer. Et Fabra aussi !

Pétronille entre en courant dans la maison accueillie par son chien qui lui lèche la figure à grands coups de langue chaude. Elle monte à l'étage où son horrible grand-mère la regarde d'un œil inquisiteur. Finalement, sa solitude dans cette grande maison est préférable aux sollicitations continuelles de sa nouvelle maison où elle se sent surveillée, espionnée, même dans son sommeil. C'est vrai qu'elle a chaque jour des jouets nouveaux, mais cette profusion l'emprisonne, bride son imagination.

— Te voilà, petite sauvage ! Tu as quand même pensé à revenir, dit enfin Aminthe.

— Je dois repartir, dit Armand Montrémy à sa mère. Ne laisse pas sortir Pétronille jusqu'à mon retour !

Il revient en ville, s'arrête à proximité de la gendarmerie où le commissaire Gueynard l'a de nouveau convoqué : le policier, incapable de retrouver le meurtrier de Ravenault, fait de la tentative de sabotage du barrage un élément à charge destiné à délier les langues. C'est le seul fil apparent de l'écheveau et il veut le tirer jusqu'au bout.

Gueynard, tout en rondeurs, très brun, cache sous son apparence bonhomme un esprit retors. Il se trouve face à un mur dans lequel il espère ouvrir une brèche : la balle extraite du corps du président des Droits de la Terre n'a pas parlé, aucun indice particulier n'a été trouvé et l'arme du crime, une carabine de chasse, n'a rien apporté de plus. Gueynard a interrogé tous les propriétaires d'une telle carabine, tous membres de l'association locale des chasseurs de gros gibier, pour rien. Son intuition lui souffle que, malgré les apparences, le meurtre est lié à la pollution de l'eau Saint-Jean, donc au lac issu du premier tremblement de terre.

Montrémy entre dans le bureau du commissaire la tête haute. Son esprit frondeur a repris le dessus ; sa colère, face à ce parachuté qui ne rêve que de lui passer les menottes, décuple sa détermination.

— Monsieur Montrémy, je vous prie de vous asseoir.

Le commissaire se lève de son siège et sa petite taille devient tout de suite un inconvénient face à son interlocuteur. Ses bajoues molles vibrent à chacun de ses pas.

— La rumeur alimente la rumeur, poursuit-il. Vous n'ignorez sans doute pas ce qui se dit. Mon devoir est d'explorer toutes les pistes.

— Je n'ignore rien des rumeurs, mais vous êtes commissaire, alors vous devez savoir qu'elles viennent de ceux qui veulent m'abattre parce que je m'oppose à leurs projets !

— Une de ces rumeurs dit que vous aviez, quand les Eaux Saint-Jean étaient en activité, une grande confiance en Raoul Ravenault et que vous continuez de le voir.

— C'est la vérité. Raoul Ravenault est un bon collaborateur qui a toujours su prendre les décisions qui s'imposaient. Il est sensé, ce qui peut étonner à côté de la folie de son défunt père.

— Il est le fondateur de l'association Homme et Nature destinée à s'opposer aux Droits de la Terre. Vous l'avez aidé.

— En effet. Je suis à ses côtés pour défendre la place de l'homme sur cette planète contre ceux qui veulent l'enfermer dans une sorte de réserve pour que la nature poursuive son évolution sans lui. Ce n'est pas pour cela que nous sommes irresponsables. Nous comprenons l'importance de l'environnement.

— La rumeur dit encore, et vous me pardonnerez d'évoquer votre vie personnelle, que vous êtes l'amant de

Jocelyne, la sœur de Raoul qui travaillait au secrétariat et que cela contrariait Auguste Ravenault qui vous aurait menacé de mort.

— C'est faux. Totalement faux !

— Pardonnez-moi, insiste le commissaire, mais un homme en pleine santé comme vous, sans femme à ses côtés... Je ne sais pas, mais c'est peu probable.

— C'est ainsi.

Gueynard se sait minable en face d'un Montrémy souverain. Il doit pourtant montrer que c'est lui qui décide.

— À propos du paquet déposé dans le souterrain, l'institutrice, Mme Margeride, a précisé que l'endroit avait été découvert l'après-midi à la suite d'une sortie de sa classe...

— C'est vrai. Je ne l'ai jamais caché.

— Des témoignages précisent que Ravenault se trouvait dans les parages. L'institutrice ne l'a pas confirmé, mais plusieurs ouvriers du chantier voisin l'affirment avec certitude.

— Je ne suis pas au courant.

— C'est ce que vous dites. Il vous aurait cependant menacé de dévoiler cette affaire qui vous embarrassait...

— C'est faux ! Il ne m'a jamais parlé de cela !

Un gendarme entre dans la pièce après avoir frappé. Il se penche à l'oreille de Gueynard, murmure quelque chose. Le commissaire prend un air important :

— Ah bon, fait-il en allant à la fenêtre. Monsieur Montrémy, vous pouvez disposer, nous nous reverrons très bientôt.

Armand Montrémy sort de la gendarmerie. Une ovation l'accueille. La place est pleine d'une foule bien décidée à se faire entendre. Ils sont là, ses employés, comme convenu, tous, et même d'autres personnes qui prennent son parti. Des groupes arrivent encore des rues voisines, en frappant sur des casseroles. Combien sont-ils ? Deux cents ? Peut-être plus. Les gendarmes se sont rassemblés dans la cour de leur caserne et attendent les ordres, mais la manifestation se déroule dans le calme. Digne, Raoul Ravenault se place à côté de Montrémy et demande le silence :

— Nous sommes ici pour défendre notre emploi et le renom de notre cité. Puisque les autorités locales ne veulent pas prendre leurs responsabilités, nous le ferons à leur place. Tout le pays doit être au courant de notre lutte et savoir que l'on sacrifie l'emploi pour des arrangements et des dessous de table, tout le pays doit être de notre côté pour faire céder ceux qui ne comprennent que la pression de la rue ! Et si M. Montrémy est inculpé pour sa tentative de la dernière chance, nous demanderons à être inculpés avec lui. Qu'on nous traîne en prison !

Une ovation répond au jeune homme qui, à côté d'Armand Montrémy, prend la tête du cortège. Ils descendent la rue principale en chantant *La Marseillaise.* Ce chant national étonne les badauds qui ne sont pas habitués à une telle spontanéité patriotique. Beaucoup de manifestants portent un sac, comme s'ils partaient pour plusieurs jours, et le cortège toujours plus long, suivi discrètement par les gendarmes, traverse la ville aux maisons éventrées. Gueynard, de sa fenêtre, a suivi la scène. Il voulait inculper Montrémy pour rassurer ses supérieurs, pour montrer qu'il ne restait pas inactif, ce sera difficile, désormais.

Le cortège entre dans la cour de l'usine Saint-Jean, silencieux et digne. Aminthe voit ce rassemblement et parle d'une révolution. Raoul Ravenault se place dans l'entrée du bâtiment dévasté, et crie :

— Nous voici sur la place ! Nous n'en bougerons plus tant qu'une décision ne sera pas prise en faveur de notre outil de travail. Nous voici tous réunis, patron, cadres et ouvriers pour entamer le bras de fer de la dernière chance. À partir de maintenant, nous occupons cette cour pour une grève de la faim illimitée ! Nous irons jusqu'au bout et l'administration sera responsable de notre état de santé !

Une foule en délire accueille cette déclaration. Armand Montrémy poursuit :

— Mes amis, toutes les télévisions sont conviées pour dire au monde notre désir de vivre !

Les gens s'assoient à même le sol, posent leur sac d'où ils sortent des couvertures, des bouteilles d'eau.

— Voilà que ça se corse ! fait Lionel Delprat sur le chantier du barrage quand on lui rapporte ce qui se passe en ville.

Julien regarde les employés se rassembler dans la cour autour de son père. « Il a osé ! » dit-il à haute voix. La certitude que quelque chose d'important se prépare le met en face de son incapacité à s'associer à cet affrontement contre les frères Delprat tant détestés. Delprat, ce nom hante son adolescence. Adeline régnait sur la grande maison des Eaux Saint-Jean. Elle était partout à la fois, dictait sa loi. Tout était fait selon sa volonté, le jardinier ne taillait pas une haie sans lui demander son avis. Les fleurs que l'on plantait étaient celles qu'elle avait choisies. Tout le monde se poussait lorsqu'elle passait, même la grand-mère n'osait se rebeller contre cette tornade parfumée. Adeline était une Delprat, par conséquent, partout chez elle et ne pensant qu'à elle. Armand la laissait faire. Le beau héros s'était fait mouton. L'accident du mont Blanc l'avait ramené à la maison. Adeline s'en réjouissait, ne voyant pas qu'il étouffait, qu'une douleur profonde le détruisait lentement.

Adeline n'avait de sentiment que pour Pétronille, ainsi, la fillette, reine de la maison pouvait sans risquer de se faire gronder commettre les pires bêtises. Julien, le handicapé, fuyait dans sa chambre. Adeline le haïssait car il était un obstacle à la toute-puissance de sa fille. Renaud passait peu de temps dans la maison familiale. En pension toute l'année scolaire, il ne venait que quelques jours pendant les vacances avant de rejoindre un camp de jeunes. Adeline avait, en effet, réussi à persuader Armand Montrémy que ce deuxième fils, qui aimait la musique au point de passer des journées entières à travailler sa guitare, avait besoin d'être tenu, que son caractère insouciant le prédisposait à toutes les tentations. Aminthe, pour une fois, était d'accord. Il fut donc envoyé en pension à Grenoble, ce qui était une manière – le jeune garçon l'avait vite compris – de se débarrasser de lui. Ainsi, la haine pour son père se doublait d'une envie de fuir pour toujours le guêpier familial.

En éloignant Renaud, Adeline appliquait un plan bien établi : le garçon dépensier serait facilement convaincu de laisser sa part des Eaux Saint-Jean pour une somme d'argent. Par contre, Julien était devenu un obstacle sérieux. Après l'accident, son handicap l'empêchait d'aller faire sa vie ailleurs ; son caractère décidé, volontaire, s'opposerait toujours à Adeline qui ne cessait de le rabrouer, de le rabaisser aux yeux d'Armand. Julien serrait les dents : il connaissait les difficultés qui l'attendaient, mais ne doutait pas de les surmonter les unes après les autres.

La mort d'Adeline changea tout aux Eaux Saint-Jean. Armand Montrémy se referma un peu plus sur lui-même. La grand-mère, enfin maîtresse chez elle, se mit à faire régner son ordre et imposa son mauvais caractère que tout le monde fuyait. Julien s'isolait dans sa salle de gymnastique ou allait à l'usine dans son bureau où il avait enfin le sentiment d'exister. Les frères Delprat, jusque-là coopérants, devinrent ces implacables ennemis qui trouvaient toujours de quoi allumer une nouvelle querelle. Ils commencèrent à revendiquer la garde de Pétronille, puis réclamèrent la fameuse somme d'argent que leur père aurait donnée à leur sœur pour construire une maison.

Julien se tourne vers ses appareils qu'il juge tout à coup ridicules et sans intérêt. Se mesurer à des machines démunies d'âme ne conduit pas loin. Son père a enlevé Pétronille à l'école, c'est un refus de parlementer, une déclaration de guerre aux frères Delprat et cela lui plaît. Julien veut être de la bataille, et au premier rang ! Pour cela, il doit d'abord se prouver qu'il en est capable, qu'il ne sera pas un simple paquet que son handicap protège. Son père, enfin, retrouve son véritable visage, celui du gladiateur dont le but reste la lutte avant la victoire.

— L'heure est venue ! dit le jeune homme en marchant vers la porte.

Lui aussi a besoin d'un défi dont l'issue sera déterminante. Ce qu'il va faire, il y pense depuis des mois, depuis que ses jambes fonctionnent de nouveau. C'est un passage obligé, qui lui ouvrira la porte des gens normaux, et le placera à égalité avec eux. La première offensive doit être contre lui-même, le premier défi doit lui ouvrir la porte de tous les autres.

Il descend l'escalier avec le sentiment d'être plus léger que d'habitude, ses articulations fonctionnent enfin. Au rez-de-chaussée, Pétronille l'aperçoit et se précipite dans ses bras. Cette marque d'affection surprend le garçon et le touche.

— Mon Julien, mon grand frère, comme je suis contente !

— Moi aussi, je suis content que tu sois revenue. T'en fais pas, on sera tous très heureux !

— Mais où tu vas ? Tu as vu tous ces gens dans la cour ? Qu'est-ce qu'ils veulent ?

— Oui, j'ai vu. Je serai vite de retour !

Julien sort sous le regard lourd de sa grand-mère qui a la bonne intuition de ne lui poser aucune question. Dans la cour, il s'arrête un instant, regarde les employés assis à même le sol et comprend. Il s'approche de son père toujours debout à côté de Raoul Ravenault, puis s'éloigne sous les regards interrogateurs.

— Je reviens ! dit-il en se dirigeant vers sa voiture. Ma place est avec vous !

Il monte en voiture, sort de la cour avec le sentiment de jouer une partie de roulette russe ; son échec le détruirait, mais il réussira. Son cœur bat vite, il a conscience que le combat qu'il va mener sera le premier d'une série de combats de plus en plus difficiles. C'est ainsi chez les gladiateurs, le vaincu n'a plus le droit de vivre.

Il avait décidé depuis longtemps d'aller seul dans l'arène pour que le règlement de comptes se joue sans témoins, mais il comprend à cet instant qu'une victoire sans partage reste ignorée et qu'une défaite solitaire n'est plus condamnable.

Sa voiture se dirige vers les quartiers bas, proches de la rivière où les maisons s'accrochent au rocher qui surplombe le torrent. Curieusement, c'est là que les constructions, pourtant vétustes, ont le mieux résisté. Il s'arrête au bas d'un immeuble gris où des ouvriers réparent la porte d'entrée. Il marche sur le trottoir sans faire attention aux regards curieux qui se posent sur lui. Ici, tout le monde connaît Julien Montrémy, le fils des Eaux Saint-Jean, le handicapé dans son fauteuil roulant. Ils s'étonnent de le voir marcher ainsi d'un pas peu sûr, mais décidé. Julien entre dans l'immeuble et commence l'ascension de l'escalier de bois. Sur le premier palier, il regarde les noms inscrits sous les boutons de sonnette et appuie sur l'un d'eux. La porte s'ouvre, une jeune femme marque son étonnement.

— Julien ! dit Véronique Montel. Toi ici !

Elle l'a tutoyé, ce qu'elle ne faisait pas avant, mais sa présence sur ce modeste palier sans lumière fait de lui un autre jeune homme. Le voir ainsi debout, loin de ses cannes, ajoute quelque chose d'irréel à l'apparition.

— Il faut que tu viennes avec moi.

Elle pense au tract qu'elle a trouvé dans sa boîte aux lettres ce matin, demandant à tous les employés de se réunir devant la place de la gendarmerie pour une manifestation en faveur de la sauvegarde des Eaux Saint-Jean.

— Mais où m'emmenez-vous ?

Le vouvoiement est revenu naturellement après la surprise. Julien, comme pour montrer sa nouvelle assurance, fait deux pas vers l'intérieur de l'appartement. Au milieu de l'unique pièce, une panière de linge à côté d'une table à repasser occupe toute la place.

— Oui, indique Véronique, je fais du repassage pour plusieurs personnes âgées. Cela me fait un peu d'argent et je peux m'occuper de Gaétan. Avec le chômage, je vais avoir de réelles difficultés. À moins que je ne trouve un emploi rapidement, ce qui m'étonnerait beaucoup.

— Il faut que tu viennes avec moi. J'avais prévu d'y aller

seul, mais j'ai confiance en toi. Tu m'as sauvé la vie alors, je t'appartiens un peu et tu dois assister à ma métamorphose !

Véronique secoue la tête, incrédule. Son visage rond à la peau claire contraste avec ses cheveux noirs, ses yeux pleins de lumière.

— Vous ne me devez rien. Je n'ai fait que mon devoir.

— Dans les situations extrêmes, faire son devoir est toujours un acte de courage. Viens...

— Mais Gaétan dort encore ! Je dois le garder, c'est pour ça que je n'ai pas pu aller sur la place de la gendarmerie avec les autres...

C'est un argument pour rien. Elle baisse la tête, consciente qu'elle ne peut pas refuser de suivre celui qui occupe toutes ses pensées et qui, contrairement à ce qu'elle a pu croire jusque-là, occulte la mère entièrement dévouée qu'elle veut être.

— Je vais demander à Mme Pestrac de le surveiller, dit-elle, toujours la tête basse, consciente de sa faiblesse.

Elle traverse le palier et frappe à une porte voisine. Une grosse femme au visage rond et agréable se montre. Elle aussi marque son étonnement en voyant Julien.

— Monsieur Montrémy ! fait-elle avec un sourire qui découvre de belles dents régulières et blanches. Quelle bonne surprise de vous voir ainsi !

Véronique lui explique qu'elle doit suivre son patron et qu'elle sera absente une heure ou deux.

— Vous faites pas de souci pour cet amour de Gaétan ! Sa tata Jéjée s'occupera bien de lui. Allez sans crainte !

Véronique entre chez elle, débranche le fer à repasser, va poser un baiser sur le front de Gaétan qui dort dans la petite chambre voisine, prend une veste et sort sur le palier.

— Je suis prête ! dit-elle en suivant Julien qui a déjà commencé à descendre l'escalier.

Ils vont jusqu'à la voiture sans un mot. Le jeune homme marche devant, grave, Véronique le suit en claudiquant légèrement. Une douleur de peur comprime son ventre.

Toujours sans un mot, Julien s'installe au volant, démarre et sort de la ville.

— Mais nous n'allons pas à la manifestation pour les Eaux Saint-Jean.

— Non !

— Alors, dites-moi où nous allons ! fait-elle de plus en plus intriguée.

— Tu vas le voir !

La voiture suit la route dégagée depuis peu. Des arbres fraîchement renversés sur le bord rappellent le tremblement de terre. Ils longent le lac artificiel et la chaussée sur laquelle des ouvriers et des machines s'affairent. Devant eux, le mont Aïzot se dresse, barrière devant l'horizon, masse souveraine.

La voiture roule sur le flanc de la montagne et s'arrête à un endroit bien connu des gens du pays, une paroi plus raide que les autres où viennent s'entraîner les sportifs. L'ascension est sans risque, à la portée des promeneurs du dimanche. C'est là qu'Adeline Delprat s'est tuée en tombant dans une crevasse comblée depuis. Julien arrête sa voiture, invite Véronique à en sortir. Il reste un long moment à contempler le flanc de la montagne où des générations d'alpinistes débutants ont taillé des chemins verticaux entre les blocs rocheux.

— Avant mon accident, je grimpais jusqu'au sommet sans corde, sans la moindre sécurité. J'étais comme un chat, les parois les plus lisses, les plus dures me plaisaient. J'aurais voulu égaler mon père, partir avec lui vaincre tous les sommets du monde, mais voilà...

Il s'assoit sur un rocher entre les herbes. Véronique comprend ce qui l'anime et, sans un mot, lui prend la main.

— Mais voilà, mon père n'est plus que l'ombre de ce qu'il a été et je marche avec la lourdeur d'une oie.

Il se met de nouveau sur ses jambes, s'approche lentement de la paroi, comme s'il réfléchissait à la meilleure manière de l'attaquer. Il lève les bras, s'agrippe au rocher quand Véronique comprend ce qu'il va faire.

— Arrête, Julien ! Arrête, tu vas te tuer !

Il assure la prise les doigts glissés dans une entaille de la pierre et se hisse à la force des bras. Cela fait si longtemps qu'il y pense que ses gestes sont presque naturels, pourtant ses jambes maladroites battent dans l'air, puis son pied droit se pose sur une aspérité, trouve son appui, soulève le corps tandis que la main droite cherche à s'agripper plus haut.

— Julien, arrête ! Tu te rends compte de ce que tu fais ?

Il tourne sa tête, plaque une joue sur le rocher froid.

— Oui, je me rends compte. C'est ce qu'on appelait au Moyen Âge le jugement de Dieu. La montagne ou moi. L'un va gagner, l'autre sera vaincu. Je pense à cela depuis mon accident. Si je ne le faisais pas, je serais un lâche.

Il renverse la tête, cherche de nouvelles prises et l'ascension continue, lente, laborieuse, lourde.

— Julien, je t'en prie ! crie encore Véronique, les larmes aux yeux. Ne va pas plus loin, tu vas tomber !

— Cela n'a pas d'importance. Si je tombe, tu seras là pour leur dire que je ne suis pas mort en lâche, que je me suis battu jusqu'au bout !

— Mais enfin, il n'y a pas de mérite à vaincre une montagne. Ce n'est qu'un tas de cailloux !

— Ce n'est pas la montagne qu'il faut vaincre quand on fait de l'escalade, c'est soi, sa peur, cette sensation qui te plombe le corps, que la mort te touche, qu'elle t'appelle et que tu dois la regarder en face pour lui résister !

Julien est maintenant une dizaine de mètres au-dessus du sol. Véronique tente de le suivre, mais doit vite renoncer.

— Julien, je t'en supplie, descends ! Je ne veux pas que tu te tues !

Il n'entend plus. À la hauteur où il se trouve, il sait que le moindre faux mouvement, la moindre hésitation peut lui être fatale. Le souffle de la mort est sur lui, tellement puissant qu'il en éprouve une certaine griserie. Voilà qu'il revit, qu'après tant d'années, il retrouve cette sensation éprouvée autrefois et dont on se passe difficilement quand on la connaît, ce jeu avec le néant, avec le risque suprême. Ses mains continuent de chercher de nouvelles prises. Ce qu'il fait là, lui dont les jambes refusent d'accomplir certains gestes, lui qui ne pouvait quitter seul son fauteuil roulant, deux ans plus tôt, est un exploit insensé.

Véronique se tait, consciente qu'un rien, la moindre hésitation, peut être fatale. Tout à coup, tandis que le pied droit de Julien glisse contre le rocher lisse, faisant pleuvoir sur elle de petits cailloux, un cri sort de sa poitrine, éclate dans cette campagne tranquille, baignée d'un chaud soleil de début d'été.

— Je t'aime ! Tu entends, je t'aime !

La main s'arrête de chercher. Le corps plaqué contre la paroi s'immobilise. Une éternité se passe ainsi, Véronique en larmes au bas de la paroi et Julien accroché à ce mot qui lui fait un bien immense. Ainsi, lui, le handicapé, est aimé par une femme. Sa solitude n'est pas sans issue ! Mais la femme qui vient de crier son amour l'a fait à celui qui défie sa condition, pas à un infirme qui se laisse aller. Alors, la main recommence à chercher des prises plus haut. Les doigts s'agrippent à une pierre qui cède, les pieds glissent dans le vide, la silhouette se décroche de la roche et chute en arrachant une gerbe de sable, se fracasse contre une petite avancée où elle s'arrête. Véronique voit Julien, à une quinzaine de mètres du sol, s'agiter en équilibre, prêt à être happé par le vide.

— Ça va ?

Il ne répond pas. La douleur qu'il ressent dans ses côtes enfoncées n'est rien à côté de l'autre, celle de tout son être vaincu.

— Je vais appeler du secours ! crie Véronique. Ne bouge pas.

Véronique compose le numéro des pompiers sur son portable. Julien pleure à chaudes larmes. L'envie d'échapper à la honte de sa défaite le pousse vers le vide, mais le cri de la jeune femme le retient. C'est peut-être pour cet amour que le miracle s'est accompli, que son corps emporté par son poids s'est arrêté sur cette minuscule arête rocheuse.

Quelques instants plus tard, les pompiers arrivent, étonnés de trouver le handicapé suspendu à vingt mètres du sol.

— Mais qu'est-ce qui lui a pris ?

C'est sa condamnation qu'il entend dans ses mots, l'immensité de sa médiocrité, de son infériorité.

En quelques minutes, le jeune homme est descendu. La

douleur de ses côtes s'est atténuée. Il peut marcher lui-même jusqu'à sa voiture. Le responsable des pompiers le regarde avec une certaine admiration. Le jeune Montrémy est bien de la race des gladiateurs, de ceux qui n'abdiquent jamais.

— Vous y étiez presque ! dit-il à Julien qui monte en voiture. Il vous faut encore un peu de temps pour récupérer toute la mobilité de vos jambes et vous pourrez y arriver, mais la prochaine fois, encordez-vous. La chance ne vous aidera pas tout le temps.

— Elle ne m'a pas beaucoup aidé jusque-là, réplique Julien en faisant demi-tour.

À côté de lui, Véronique reste silencieuse. Puis elle demande :

— Tu m'en veux ?

Il secoue la tête. Quand ils arrivent à l'usine Saint-Jean, un cordon de gendarmerie les arrête. Des voitures sont stationnées un peu partout.

— Laissez-nous passer. Ma place est avec eux...

Le téléphone portable de Julien sonne : son père, probablement, cherche à le joindre, mais le numéro qui s'affiche lui est inconnu. Il appuie sur le bouton vert. La voix qu'il reconnaît le surprend, car il ne l'entend qu'occasionnellement. Et cette voix est fatiguée, cassée, à bout.

— Allô, Julien, c'est moi. Je suis à la gare, viens me chercher.

— Renaud ! Qu'est-ce qui se passe ? Tu parles drôlement ?

— Je n'en peux plus ! Je suis à bout. Je n'ai plus d'argent, rien. Je vais mourir si tu ne m'aides pas !

— Mais enfin, la dernière fois, tu étais à Paris, tu préparais la musique d'un album pour je ne sais quelle chanteuse et puis...

— C'est comme ça. Il me faut tout de suite cent cinquante euros pour commencer. Ensuite, je veux me cacher, s'ils me trouvent, ils me feront la peau !

— Ne bouge pas ! J'arrive.

Véronique le regarde avec anxiété. Il explique :

— Mon frère Renaud, celui qui est à Paris dans le showbiz. Il est à la gare et dans une sacrée merde !

— Je croyais que...

— C'est ce que je disais, mais on était restés en contact. Il me téléphonait de temps en temps pour me donner de ses nouvelles...

Ils arrivent à la gare. Renaud est dans le grand hall, assis sur son sac. Son visage maigre, pâle sous des cheveux longs et mal coiffés. Il claque des dents.

— Mais enfin, qu'est-ce qui se passe ? Tu es malade ?

— Donne-moi de l'argent, tout de suite, je souffre trop !

— Mais qu'est-ce qui te prend ?

Renaud se dresse, terriblement pâle, et tend ses mains qui tremblent devant lui.

— Eh bien oui, puisqu'il faut tout te dire, je suis un camé ! Il me faut des sous pour aller chercher ma dose, sinon je vais crever. Je souffre trop !

Deuxième partie

La fée blanche

— Mais qu'est-ce que tu fais là ? s'écrie Julien exaspéré. Tu vois bien que c'est pas le moment ! Voilà dix jours qu'on fait la grève de la faim pour sauver notre usine et toi, tu arrives pour réclamer de l'argent !

Renaud Montrémy a du mal à se tenir debout devant le portail de l'usine Saint-Jean. Malgré sa douleur, il est étonné par ce qu'il voit. Là où allaient et venaient des camions, des tracteurs pour charger les palettes de bouteilles, à côté des bâtiments désossés, gisent une cinquantaine de personnes sales, une barbe de plusieurs jours, qui tournent vers lui leur visage curieux et résigné. Ils ne s'attendaient pas au retour du fils prodigue à cette heure où ils puisent au fond d'eux la force de poursuivre leur protestation.

Le regard de Renaud, encore sous la surprise, va des uns aux autres. Son visage maigre, contracté, exprime une intense souffrance. Il claque des dents et se tord les mains en promenant sur le spectacle inattendu de l'usine démantelée des yeux de dément.

— Ils m'avaient dit que mon contact m'attendrait à la gare. Que je le reconnaîtrais facilement à son chapeau de paille... Il y était quand je t'ai appelé, il y a dix jours. Avec l'argent que tu m'as donné, il m'a dépanné, maintenant, il ne veut plus me faire crédit.

Julien, hirsute, fait quelques pas en boitant, se tourne vers les grévistes qui semblent attendre une initiative de sa part.

La présence inattendue de Renaud en un moment aussi grave, dans une passivité qui n'en finit pas, a quelque chose d'indécent, de provocant. Julien comprend tout cela et exprime la pensée générale :

— Tu vois où on en est ? Ici, l'heure n'est plus aux futilités. On se bat pour survivre parce que tout le monde nous a laissés tomber et toi tu choisis le pire moment pour te montrer ! On ne peut rien pour toi !

Renaud se jette sur son frère qu'il saisit par le col et le fait trébucher. Dans la cour, personne n'a bougé. Que fait le patron ? Le patron est dans sa bibliothèque qui répond par téléphone à un journaliste.

— Tu peux pas comprendre ! J'ai si mal ! Je vais crever !

— Et nous, qu'est-ce que tu crois qu'on fait ? Fiche le camp !

Renaud pousse violemment Julien qui tombe. Armand Montrémy arrive de la grande maison bourgeoise. Amaigri, mal rasé, il paraît plus grand que d'ordinaire ; son blouson flotte autour de son torse anguleux. Il voit d'abord Renaud, debout et tremblant près de son frère au sol qui tente de se relever, aussi maladroit qu'un lourd insecte. Il s'arrête, hésite, regarde à l'horizon les nuages sombres qui se chargent d'eau, de vent et de foudre avant de fondre sur la campagne. Il tourne ensuite les yeux vers le mont Aïzot : une fois de plus, la montagne protectrice fera son office de pourfendeuse d'orage. Ces quelques instants ont été nécessaires pour maîtriser la colère qui gronde en lui. Renaud ne doit pas compromettre son bras de fer médiatique contre l'administration : intercaler entre la caméra et les grévistes de la faim le petit-bourgeois malheureux ne peut qu'affecter la portée de sa protestation. Armand Montrémy respire très fort pour ne pas céder à son envie de violence.

Renaud hésite un court instant ; sa belle détermination semble fondre face à l'autorité naturelle de son père, mais la douleur prend vite le dessus. S'il en est arrivé là, c'est bien de la faute de ce m'as-tu-vu, ce dompteur de montagnes et de glaciers.

— Renaud, je ne t'attendais pas !

Armand Montrémy plante son regard dur dans celui de

son fils. Sa démarche, après dix jours de privations, a perdu un peu de son assurance, mais sa présence a gagné en intensité. Renaud baisse la tête, tout à coup terrifié par ce qu'il est devenu face au monument immuable qu'il n'a jamais pu affronter. Julien, qui a réussi à se remettre sur ses jambes, se place péniblement devant Renaud, le défiant de son handicap, le dominant de son corps bancal.

— Renaud, répète Armand Montrémy, que t'arrive-t-il ?

— Ce qu'il lui arrive ? s'exclame Julien. Ce minable m'a téléphoné voilà dix jours pour me dire qu'il était à la gare. Je suis allé le voir et j'ai trouvé une loque. Il avait besoin d'argent pour acheter sa cochonnerie ! Voilà ce qu'est devenu le grand musicien : un camé, un incapable qui n'a plus la force de commander à son corps ! j'ai honte !

Renaud, cette fois, dresse la tête. Julien le bien-pensant, le fils modèle, réveille en lui une vieille rancœur.

— Qu'est-ce que tu crois ? Que tu peux me donner des leçons parce que la foudre t'a privé de jambes ? Tu n'as jamais rien vu, tu es resté toute ta vie dans ce trou et tu crois tout connaître...

— Tais-toi, Renaud ! ordonne Armand Montrémy. Nous ne t'attendions pas, alors va-t'en !

Le jeune homme fait face à son père, comme un jeune coq qui accepte le combat, même s'il sait qu'il a déjà perdu.

— Du fric ! Voilà ce qui me manque ! Du fric, puisqu'il n'y a pas d'autres moyens !

— De l'argent ? Mais tu ne manques pas de toupet ! Regarde autour de toi.

L'hostilité de son père pousse Renaud à bout :

— Tu m'as laissé tomber comme un vieux chiffon parce que je n'étais pas de ton troupeau de coureurs de glaciers. Tu m'as tué, comme tu as tué notre mère emprisonnée dans une sorte de monastère, tu as tué tous ceux qui ont vécu autour de toi et tu voudrais qu'on te demande autre chose que de l'argent ?

Julien se précipite sur son frère, mais celui-ci évite sa charge et le jeune handicapé s'étale lamentablement dans un cri. Armand Montrémy l'aide à se relever, tourne vers Renaud son visage maigre, mangé par une barbe grise.

— Je ne veux plus te voir, plus jamais ! dit-il en se dirigeant vers les grévistes allongés.

De sa fenêtre, Aminthe Montrémy, toujours à l'affût de ce qui se passe, a assisté à la scène. Elle n'a pas entendu ce qui s'est dit et a mis un moment avant de reconnaître son petit-fils dans ce jeune homme décharné et mal vêtu, aux cheveux longs, aux gestes incertains, tremblants. Désagréable avec tout le monde, Aminthe a ses préférés dont Renaud qui trouve toutes les excuses à ses yeux. Elle a assez reproché à Armand de l'avoir laissé partir, comme un déshérité, de ne pas l'avoir aidé. Son absence lui a pesé et voilà que Renaud est là, devant sa maison, Renaud que son père empêche d'entrer. Elle s'agite, grande, maigre, le visage semblable à celui de son fils, mais en plus obtus, revêche. Le reproche est naturel à cette bouche sévère.

— Où vas-tu, grand-maman ?

Pétronille se plante en face de sa grand-mère qui traverse le couloir d'un pas décidé et lève sur elle de larges yeux curieux.

— Où je vais ? C'est bien le moment de le demander. Ton frère est de retour !

— Mon frère ? Mais grand-maman, Julien n'est jamais parti, alors pourquoi serait-il de retour ?

— Ton frère, Renaud, celui dont ton père ne parle jamais ! Pousse-toi de mes jambes !

Elle sort, fronce les narines tellement cette odeur de corps sans soin lui soulève le cœur. « Une porcherie ! Voilà ce qu'est devenue cette usine ! » Elle évite plusieurs personnes de son pas sec. Armand Montrémy et Julien se sont assis au milieu des autres dont ils veulent partager chaque instant de calvaire pour une victoire qui ne peut être que collective. Raoul Ravenault lève la tête vers le patron. Une barbe de plusieurs jours couvre ses joues et lui donne une allure d'homme des bois, de bandit camisard.

— J'ai eu un journaliste de France 2, dit Armand Montrémy. Il veut qu'on le tienne au courant, mais n'envisage pas, pour l'instant, de déplacer une équipe. C'est un comble ! Les pouvoirs publics agissent sur les médias pour minimiser notre lutte. Seule notre persévérance nous permettra de gagner !

Aminthe passe devant lui sans le regarder. Il est sombre : il n'a pas tout dit des réticences du journaliste et commence à douter de son action qui, sans le relais de la presse, n'a aucune chance d'aboutir.

— Mon petit Renaud ! crie Aminthe en tendant les bras vers son petit-fils qui s'éloigne. Tu trembles ! Tu es malade !

— Oui, je suis malade, très malade !

Il marche en trébuchant comme quelqu'un qui a bu. Pétronille le rattrape.

— Renaud, pourquoi tu t'en vas ? Viens, tu vas me jouer de la musique !

La fillette s'agrippe à la veste du jeune homme qui a un mouvement brusque pour lui faire lâcher prise.

— Laisse-moi !

— Pourquoi tu me parles comme ça ? Je te fais pas de mal ! Je suis contente de te voir. Qu'est-ce que tu as fait de ta guitare ?

Renaud regarde sa demi-sœur comme s'il la voyait pour la première fois. La fillette a beaucoup grandi et il s'étonne qu'elle se souvienne de sa musique, seul lien qui lui reste avec les autres. En même temps, une pensée odieuse germe en lui : il pourrait s'emparer d'elle, s'enfuir en courant, et la cacher quelque part, jusqu'à ce que son père cède et lui donne de l'argent.

— Laisse-moi ! Tu me casses les pieds !

— Si madame Ghislaine, ma maîtresse qui m'a sauvé la vie, t'entendait, elle te gronderait. On ne parle pas comme ça !

— Ta madame Ghislaine aussi me casse les pieds !

— Tu n'as pas le droit de dire ça de madame Ghislaine. C'est ma maîtresse et mon amie. Elle est partie, mais elle a dit qu'elle reviendrait me chercher et je sais qu'elle va bientôt le faire.

— Laisse-moi, je te dis ! crie Renaud qui s'éloigne en courant.

Il était venu tendre la main pour renouer un fil qui aurait pu le raccrocher au monde des vivants et il vient de tomber dans l'abîme de ceux qui sont prêts à tout pour se fuir eux-mêmes, pour ne plus se poser de questions sur leur déchéance, sur les raisons de leur enfer. Une feuille que le vent nauséabond de la drogue emporte.

Au même moment, l'Airbus A 330 d'Air France décolle à 15 h 32 de l'aéroport d'Agadir en direction de Roissy-Charles-de-Gaulle avec cent cinquante passagers. Ghislaine Margeride rentre après une semaine de dépaysement pour faire le vide, pour changer de peau, oublier les fantômes qui la harcèlent. Sans résultat. À l'hôtel, tout l'ennuyait, elle s'isolait, elle qui était partie pour rencontrer de nouvelles têtes.

La jeune institutrice éprouve un sentiment de libération. Après les deux secousses telluriques, elle a développé un instinct animal qui lui fait sentir les menaces cachées de la Terre et Agadir se trouve sur une zone à gros risque. Cette ville qu'elle avait choisie pour son soleil, sa lumière, a fait surgir en elle des visions de destruction, de ruine, de gens ensevelis. Elle ne se sentait pas en sécurité, tiraillée entre son désir de vivre et son envie de disparaître, de se noyer dans la nature, pour ne plus penser, ne plus être. Stéphane est mort depuis trois mois ; depuis trois mois, il repose avec les autres victimes du séisme dans le nouveau cimetière de Chastelnaud, une ville inconnue jusqu'à ce que le hasard des affectations l'ait nommé principal du collège. Ghislaine voulait tourner la page, oublier le passé pour construire un avenir voué aux autres. Sa survie n'avait de sens que dans la générosité. Après son accident de voiture, à sa sortie de l'hôpital, elle a compris que la ville du hasard était devenue un point d'ancrage. On ne parlait que de la grève de la faim d'Armand Montrémy et de ses employés. Elle a approuvé cette démarche et, ne sachant où aller car elle ne voulait pas retourner chez sa mère, elle a réservé une chambre à l'hôtel du Centre dans l'intention de réfléchir pendant quelques jours...

Le signal lumineux au-dessus des sièges s'allume ; la voix onctueuse d'une hôtesse annonce que l'avion entre dans une zone de turbulences et que les passagers doivent attacher leur ceinture. Ghislaine voit à travers le hublot le mur sombre des nuages vers lequel se dirige l'avion. L'été est orageux, tempétueux. On ne parle que de ça dans les journaux. La saison des cyclones commence chaque année plus tôt...

L'avion est secoué comme s'il roulait sur des cailloux, dans une nuit lardée d'éclairs. Ghislaine, pour oublier sa peur, tente de fixer son attention sur l'article consacré aux séismes, sautes d'humeur de la Terre, conséquences des activités humaines. Météorologues, sismologues et astrophysiciens multiplient les réunions, les travaux communs pour essayer de comprendre.

L'avion amorce un virage pour éviter le gros de la perturbation. Dans le cockpit, le commandant et le copilote suivent de près les indications du radar météo où les impacts de la foudre forment une grêle lumineuse. « Ça va mal ! » fait le commandant qui commence à s'inquiéter.

Ghislaine poursuit sa lecture : « L'activité sismique de la Terre a augmenté de 120 %. En même temps, la température générale du globe a gagné deux degrés Celsius en cinquante ans. Le champ magnétique s'est modifié dans les quinze dernières années comme il ne l'avait jamais fait depuis que des mesures précises existent. L'anticyclone des Açores s'est décalé vers le sud-ouest, ouvrant la voie aux cyclones tropicaux vers les régions naguère tempérées. »

Ghislaine est tout à coup soulevée de son siège, la ceinture scie ses hanches, le magazine lui échappe des mains. La lumière s'est éteinte, l'avion tombe dans un immense trou d'air. Des cris de panique montent dans le noir puis l'appareil se stabilise. Enfin, la voix qui se veut rassurante du commandant de bord explique que des cisaillements de vent sont à l'origine de ces petits désagréments, mais qu'il n'y a aucun danger. Quand il a coupé le micro, il tourne vers son copilote un regard anxieux :

— Nous sommes entourés d'orages. Il n'y a qu'une seule porte de sortie, vers l'ouest, et elle se ferme tellement vite que je ne sais pas si nous aurons le temps de la passer !

— Nous sommes à deux cents nautiques de Faro ! précise le copilote.

Il a parlé pour se rassurer parce qu'il faut bien trouver une parade quand l'avion se dirige à plus de huit cents kilomètres/heure vers le mur du cumulo-nimbus chargé de foudre et de vent d'une violence extrême.

La lumière revient dans la cabine. Ghislaine récupère son magazine et se force à poursuivre la lecture de l'article dont elle connaît déjà les conclusions puisque toutes les radios, toutes les télévisions consacrent beaucoup d'émissions à l'évolution climatique : « Ces changements sont à l'origine des perturbations considérables que connaît le climat mondial. Les scientifiques sérieux sont maintenant d'accord pour dénoncer les activités humaines qui ont amplifié le phénomène et accusent une fois de plus les déforestations, les aménagements du sol et du sous-sol. La pollution a aussi sa part de responsabilité ainsi que les pratiques agricoles : en agissant sur la biomasse par des insecticides, des fongicides, des engrais de plus en plus puissants, en introduisant des plantes génétiquement modifiées, de nombreuses espèces animales et végétales dont on avait sous-estimé le rôle ont disparu ou évolué et contribuent à instaurer cette situation chaotique dont on ne mesure pas encore la portée. »

Ghislaine regarde la nuit par le hublot. L'énorme masse nuageuse est éclairée en profondeur de lueurs menaçantes. L'avion est de nouveau secoué comme un morceau de bois pris dans un courant violent. La jeune femme a beau se dire que ce n'est pas le premier orage que l'équipage affronte, elle serait plus rassurée si l'appareil sortait de cet énorme couvercle sombre qui l'emprisonne.

Dans le cockpit, tout va mal. Des feux de Saint-Elme, lueurs bleutées, serpentent sur le pare-brise, annonciateurs de la foudre. La pluie tombe à verse dans un vacarme de cataclysme. Tout à coup, une lueur aveuglante éclate dans la cabine aussitôt plongée dans le noir. Des cris percent la nuit. Les hôtesses tentent de ramener le calme.

— Plus de génératrices, constate le commandant. Un quart d'heure de batterie. Balise en marche.

Des alarmes se mettent à clignoter avec un bruit strident. Les cris des passagers se mêlent aux roulements puissants de l'orage. Les pilotes se penchent sur leurs instruments. La survie de tous dépend de leur concentration, de leurs décisions.

Ghislaine se dit qu'elle va mourir. Cette fois est la bonne : elle a échappé à deux catastrophes majeures pour se fracasser au sol dans le moyen de transport le plus sûr au monde. De brèves images défilent dans sa tête, images de son existence passée, puisque, au moment de mourir, on revoit, paraît-il, le film entier de sa vie. Pourtant, ce ne sont que des bribes disparates qui s'accrochent à sa mémoire, pas les plus importantes. Une grosse Mercedes s'arrête en pleine nuit dans un chemin de campagne en dessous du lac artificiel créé par le premier tremblement de terre. L'homme qui en descend porte un sac ; il entre dans le souterrain découvert par Pétronille, dépose un curieux paquet entre les rochers. Ce même homme, elle le voit assis au milieu de ses employés dans la cour de l'usine Saint-Jean pendant une grève de la faim commencée il y a déjà dix jours et destinée à sauver son entreprise. Les médias s'intéressent-ils enfin à cette protestation contre une injustice administrative qui a permis le renforcement du barrage à l'origine de la pollution ?

L'avion amorce une descente d'urgence. L'hôtesse explique aux passagers que l'appareil va atterrir dans quelques minutes, elle se veut rassurante, mais sa voix trahit sa propre peur. Aux commandes, les deux pilotes savent qu'il leur reste très peu de temps. La piste de Faro n'est pas encore en vue, la couche nuageuse cache les montagnes et ils doivent envisager un atterrissage sans visibilité, en se fiant aux seuls instruments, ce qui fait de la batterie l'élément essentiel de leur survie. Ils se battent contre le temps, sans armes. L'avion est bringuebalé dans tous les sens, Ghislaine a l'impression qu'il va se casser par le milieu. Alors, elle pense à Stéphane, mort sous les décombres du collège de Chastelnaud, puis à sa mère qui croit en Dieu et prie. Elle comprend qu'elle ne veut pas mourir.

L'avion sort enfin des nuages, la piste éclairée de Faro se dessine devant lui. Les pilotes poussent un soupir de soulagement, l'Airbus A 330 touche enfin le sol sous les cris de joie et les applaudissements des passagers. Il pleut toujours, une pluie battante, mais l'orage s'éloigne.

Les hôtesses invitent les passagers à descendre et les conduisent dans une grande salle de l'aérogare où un repas va leur être servi. Ils repartiront à bord d'un autre avion dès que la météo permettra de rejoindre Roissy-Charles-de-Gaulle.

L'homme qui s'approche de Ghislaine est très brun, élégant. Elle avait remarqué ses attitudes mondaines, les regards qu'il lui glissait lors de l'embarquement, mais elle n'avait pas répondu à ses sollicitations discrètes. Elle voulait être seule jusqu'au bout, pour démêler ses contradictions et ouvrir une nouvelle route. L'inspection académique lui a proposé une classe à la rentrée prochaine, mais pas à Chastelnaud. « Il vous faut tirer un trait sur cette catastrophe qui vous a tout pris. Vous devez recommencer à vivre et pour cela changer d'horizon. Pourquoi pas Annecy ? C'est une ville superbe ! » Ghislaine n'a pas pris de décision. Elle voulait réfléchir à tout cela pendant son séjour au Maroc, et finalement n'a pensé à rien. Sa tête vide s'est remplie de soleil, de vieilles pierres, elle a pensé à tout sauf à son avenir.

L'homme lui sourit et lui demande la permission de prendre place à côté d'elle. Ghislaine remarque son visage poupin, son sourire entreprenant et franc, mais qui n'est pas en accord avec son regard profond, sombre, impénétrable, ce regard qui semble cacher ses intentions.

— Avez-vous eu peur ? demande-t-il. Je ne vous cache pas que je n'étais pas très rassuré. Les orages actuels sont d'une telle violence qu'il faut s'attendre à tout. Permettez-moi de me présenter, Bernard Chaurrit, homme d'affaires.

— Bonsoir, dit Ghislaine. J'ai eu très peur, en effet.

— C'est ainsi, reprend l'homme à la voix forte mais en même temps agréable, presque douce. Nous vivons une drôle d'époque. Le vaisseau cosmique sur lequel nous sommes embarqués montre des signes de dysfonctionnement. Je crois qu'il est trop chargé et a du mal à garder son cap.

— J'ai lu beaucoup de choses à ce propos, répond

Ghislaine. J'avoue que cela ne me rend pas optimiste. L'avenir est plutôt sombre. Aucune génération avant nous n'a pu mesurer combien la vie était agréable quand la Terre allait tranquillement et que les hommes pouvaient encore rouspéter sur le temps, sur le soleil trop chaud ou la pluie trop froide. Tout restait dans des limites acceptables, désormais, personne ne sait de quoi demain sera fait...

Bernard Chaurrit est vêtu d'un complet sombre coupé sur mesure. Sa pochette ocre dépasse sans manière. Son portable sonne, il s'excuse et répond :

— Allô ? Oui. Tu peux dire à Paul que le marché est conclu avec l'Angola. Des pompes, bien sûr, et le reste, enfin tu vois ce que je veux dire. Tu connais la situation, j'ai dû déployer beaucoup de diplomatie pour les convaincre. Ils redoutaient que nous nous servions d'eux pour faire monter les prix auprès de leurs concurrents !

Il se tourne vers Ghislaine, lui fait un petit signe des yeux et poursuit :

— Les bateaux aussi ! Ils sont preneurs, mais on doit revoir les prix et les dates de livraison. Leur équipement aussi est un peu différent de ce que nous avions prévu. Je t'en parle dès que j'arrive, au plus tard demain soir. J'étais au Maroc, tu sais pourquoi. Il y a d'immenses possibilités, mais nos partenaires doivent être mis en confiance.

Il range son téléphone dans sa poche intérieure.

— C'est ainsi, tout s'écroule autour de nous et jamais les affaires n'ont aussi bien marché, comme s'il fallait prendre son tour pour la prochaine manche. Les gens sont quand même très curieux : ils ne croient pas que l'évolution climatique change grand-chose. Ils pensent être au creux de la vague et veulent s'équiper pour être prêts pour la reprise...

— Et vous, qu'est-ce que vous en pensez ?

— Je pense comme eux : les pires catastrophes peuvent survenir, le meilleur moyen de leur échapper consiste à être du côté des nantis, des riches, des puissants. Depuis que le monde existe, les catastrophes naturelles s'acharnent sur les pauvres. Voyez les grandes famines du Moyen Âge, dues souvent à des conditions météo déplorables, comme la grande famine de l'hiver 1316. Les pauvres sont morts de faim, pas les riches !

— Moi, je serai du côté des victimes, des pauvres ! fait Ghislaine en portant à ses lèvres la tasse de café qu'on vient de lui servir.

Un haut-parleur annonce qu'un avion d'Air Portugal va décoller dans moins de deux heures pour Paris et que, la météo s'étant améliorée, les voyageurs pourront rentrer chez eux. Ghislaine n'est pas mécontente de partir, d'échapper à cette conversation, à cet homme dont elle mesure la force, le magnétisme sous de belles paroles. Elle ne se sent pas menacée, mais tirée vers une partie de sa personne qu'elle veut laisser dans l'ombre. Elle devrait demander à l'importun de la laisser se reposer, mais ne le fait pas.

— Non, vous ne serez du côté des pauvres que si vous le voulez. Je vous ai observée dans l'avion, je n'ai fait que ça. Vous avez eu plus de courage que la plupart des autres passagers. Vous n'avez, en tout cas, pas manifesté votre peur.

— J'ai horreur de m'exhiber et puis c'est l'habitude ! fait Ghislaine en soupirant. J'ai échappé à deux tremblements de terre...

Elle ne finit pas sa phrase. Son instinct lui dicte de ne pas se livrer pour ne pas aliéner sa liberté et rester sereine devant ses choix.

— Vous n'allez pas me faire croire que pour vous la vie n'a qu'une importance secondaire ! C'est pourtant ce que vous alliez me dire. J'ai compris, en vous regardant, combien vous êtes désabusée. Un drame a fait basculer votre vie, c'est certain. Je voudrais vous aider.

— Laissez-moi, je vous prie. Je veux me reposer, d'ailleurs nous allons repartir très vite, vous vers vos affaires, moi vers ma petite vie.

— Écoutez, fait Bernard Chaurrit en se levant de son siège. Je ne vais pas vous importuner. Mon instinct, qui m'a toujours guidé dans les affaires, me dit que vous êtes une femme forte. Je vous donne ma carte et j'écris dessus mon numéro de portable. Vous pourrez toujours me joindre. Je peux vous proposer une situation dans mon entreprise qui vous placera forcément du côté des riches.

— Vous ne savez rien de moi !

— Je voyage généralement en jet privé, c'est un hasard qui m'a placé sur ce vol régulier, un hasard heureux. Je vous ai remarquée à l'embarquement. Vous avez un je-ne-sais-quoi qui a éveillé ma curiosité, un regard lointain et intelligent qui m'a intrigué. Je me suis installé à quelques places de vous quand on nous a demandé de boucler nos ceintures. J'ai pu voir vos réactions et vous ne m'avez pas déçu. Je vous le répète, il y a une place pour vous dans mon entreprise.

— Et que fait votre entreprise ?

— Du commerce. Nous vendons des pompes, des hôpitaux, du matériel agricole, des bateaux de pêche et de protection, des avions... Nous vendons tout ce qui manque aux pays en voie de développement.

— Des armes aussi ?

Bernard Chaurrit fait une légère grimace qui n'échappe pas à Ghislaine. Il pince les lèvres, puis sourit de nouveau.

— Nous ne vendons que ce que nous réclament nos clients, gens de la plus grande intégrité. Faites-moi le plaisir, en arrivant à Paris, de m'accompagner dans nos bureaux. Vous verrez que notre société est tout ce qu'il y a d'honorable et que vous pourrez y travailler, démarcher des contrats de plusieurs millions de dollars, habiter les palaces du monde et surtout ordonner et être obéie au doigt et à l'œil par des gens très importants. Avoir ce pouvoir qui ne se voit pas et conduit le monde, croyez-moi, on ne s'en lasse pas !

Une hôtesse invite les passagers à se présenter à l'embarquement. Chaurrit tend sa carte à Ghislaine qui la range dans son sac. L'homme s'éloigne, la jeune femme remarque sa démarche légère et distinguée. Elle se mêle à la foule et le cherche, malgré elle, des yeux. L'homme s'est placé à l'autre bout de la salle et l'a oubliée. Il téléphone un peu en retrait, puis s'approche, son billet d'embarquement à la main. Pas une seule fois, il ne lève son regard dans la foule à la recherche de Ghislaine qui voudrait tant, à cet instant, croiser ses yeux. « Je suis un peu folle ! » pense-t-elle, puis elle rejoint sa place dans l'avion. Elle voit Chaurrit assis dans l'espace réservé aux passagers en classe affaires.

L'avion décolle. À présent, la nuit est calme, constellée d'étoiles. Ghislaine pense à cette rencontre qui l'a marquée plus qu'elle ne veut se l'avouer. Une hôtesse vient la chercher :

— Madame, M. Chaurrit vous prie de le rejoindre en classe affaires.

— Mais je n'ai qu'un billet de tourisme...

— Cela n'a pas d'importance. Nous avons de la place, certains passagers ayant préféré attendre le jour pour rentrer.

Sans réfléchir, Ghislaine suit l'hôtesse jusqu'à l'avant de l'avion. Bernard Chaurrit se lève pour l'accueillir.

— Mademoiselle, dit-il à l'hôtesse, je vous saurais gré de nous apporter du champagne.

L'hôtesse veut lui faire remarquer que le champagne n'est servi qu'aux repas. M. Chaurrit, toujours souriant, lui tend un billet de cent euros.

— Je vous en prie.

L'hôtesse s'éloigne et revient quelques instants plus tard avec deux coupes et une bouteille. Quand elle est partie, Bernard Chaurrit dit à Ghislaine à voix basse :

— Vous voyez qu'il faut être du côté des riches. La vie est beaucoup plus facile.

Il lui tend la coupe qu'elle porte à ses lèvres avec l'impression de commettre une grave faute dont elle se repentira, mais dont elle a envie.

— Je pense parfois consacrer ma vie aux enfants d'Afrique, aux victimes du sida.

Chaurrit éclate d'un rire gracieux qui s'envole comme une musique.

— C'est un bel élan, madame, madame ?

— Margeride, Ghislaine Margeride.

— Madame Margeride, vous êtes d'une grande générosité dans le monde difficile qui est le nôtre. Pensez à toutes les catastrophes que notre inconscience va déclencher, tremblements de terre de plus en plus nombreux, éruptions volcaniques et cataclysmes météo qui vont affamer les populations les plus vulnérables. Votre dévouement ne servira à rien et, si vous avez échappé deux fois à la mort, vous devez connaître le prix de la vie. Prenez ce qui vous est offert, personne ne viendra vous demander des comptes. La morale est une invention humaine pour que les plus démunis acceptent leur condition. La religion n'est rien d'autre qu'un miroir aux alouettes. Le monde est vide, et vous êtes en son centre !

— J'ai été croyante, mais cela m'a passé.

— C'est une bonne chose. Nous allons bientôt arriver à Paris et je vais vous présenter à mes collaborateurs, vous serez libre d'accepter ou de refuser ma proposition. Ne croyez pas que je cherche à vous endormir. Mon instinct me dit que vous êtes la personne que je cherche pour me seconder. Ma proposition est très intéressée, mais pas dans le sens que vous croyez. Entre nous, il n'y aura que des relations de travail, si vous le voulez.

— Nous verrons, fait Ghislaine qui sent sa tête tourner légèrement après avoir bu deux coupes de champagne. À Paris, je dois aller chez une tante pendant quelques jours. Ensuite, je retournerai chez ma mère, dans les Alpes.

— Permettez-moi de vous proposer de consacrer ces quelques jours à faire connaissance avec notre entreprise, avec le travail que j'ai à vous proposer. Dans les affaires, les femmes de tête qui sont aussi jolies, et c'est votre cas, sont redoutables et bien plus performantes que les hommes.

Renaud frissonne. L'orage qui vient d'éclater n'a pas été très violent, mais la pluie battante l'a trempé jusqu'aux os. Il a froid, tout son corps a mal. Un feu le brûle à l'intérieur de la glace qui le recouvre. Un feu puissant fait de refus. Comment pardonner à son père de l'avoir ainsi éconduit une fois de plus, d'avoir refusé de l'aider, comme il a refusé d'aider sa mère quand tout son être criait au secours ? Et la mort d'Adeline ? Les rumeurs qui ont couru sont sûrement fondées. Renaud est le fils d'un criminel, d'un odieux personnage qui n'a jamais eu le moindre regard pour les autres. Les Eaux Saint-Jean sont autant à lui qu'à Julien, les événements n'y changent rien, mais Julien a su transformer son handicap en avantage, sa faiblesse en force. Son pas est de plus en plus incertain. Le manque ronge le dernier des Montrémy, l'alourdit, un mal profond qu'une piqûre suffirait à supprimer...

Où aller ? Que faire dans cette campagne ravagée par deux tremblements de terre ? Pourquoi est-il revenu ici, dans ce trou, ce bout du monde où rien ne peut le servir ? Il va retourner à la gare et monter dans un train sans billet. Le contrôleur lui fera signer un papier en lui infligeant une amende qu'il paiera plus tard ou jamais. Retourner à Paris tant qu'il en a encore la force, parce qu'il se sent faiblir, très vite.

Le soleil sort enfin entre les nuages. Une agréable tiédeur pleine d'odeurs d'humus et d'herbes grasses enveloppe le jeune homme qui n'y est pas sensible. Il a moins froid, mais la lumière l'éblouit, amplifie la douleur de son corps, des vrilles incandescentes partent de son ventre jusqu'à ses membres, enserrent son cœur qui bat irrégulièrement comme s'il allait se rompre. Le jeune homme s'est éloigné de Chastelnaud par des petites routes désertes qui serpentent entre les prairies et les pentes boisées de la vallée. Où trouver la somme nécessaire pour acheter sa drogue ? Il devrait faire demi-tour, revenir vers la gare, mais son esprit se brouille. Il trébuche à chaque pas, conscient qu'il n'ira pas loin, que mourir serait sa délivrance. Sa poitrine va éclater.

Il s'assoit sur le bord de la route, en proie à une souffrance croissante. Il n'a pas pris de drogue depuis deux jours, les forces désertent son corps. Chaque inspiration plante une lame dans sa poitrine, ses poumons brûlent, sa tête éclate.

Une jeune femme à vélo arrive à sa hauteur, s'arrête à quelques pas de lui. Elle est très brune avec de grands yeux noirs. Une robe rouge met en valeur sa poitrine, ses hanches, sa taille. Elle observe un long moment Renaud, qui ne l'a pas vue, perdu en lui-même, recroquevillé au milieu des grandes herbes mouillées.

— Quelque chose ne va pas ?

Renaud lève lentement la tête vers la jeune femme qui tient son vélo par le guidon et le regarde avec inquiétude. Il claque des dents, incapable de se relever. Il secoue la tête.

— Vous voulez que j'appelle des secours ? Un médecin ?

— Non, surtout pas ! Un médecin ne peut rien pour moi !

Elle comprend et lui demande :

— Qu'est-ce que vous faites ici ? Vous ne trouverez rien, c'est le bout du monde !

Cette fois, Renaud a entendu sa voix, il l'a écoutée en guitarise et la trouve belle, très belle, avec des accents profonds, proches du son sublime dont rêvent tous les musiciens sans jamais l'atteindre.

— Vous avez une belle voix, dit-il, toujours accroupi dans le fossé. Je joue de la guitare, j'étais à Paris, mais voilà...

— Tu joues de la guitare ? fait-elle en s'accroupissant à son tour près du jeune homme et en le regardant intensément de ses yeux très noirs. Je peux entendre ?

— J'ai plus de guitare ! Je l'ai vendue, une guitare de prix, mais c'était pour me payer ma... enfin, pour rembourser une dette.

— Je m'appelle Cellia Correti. Je viens de Lyon. Je suis chanteuse. Viens, Gurval va être content !

— Gurval ? Mais qui c'est ? Et où voulez-vous m'emmener ? Il faut que je rentre à Paris. Vous voyez bien que je suis malade.

— Je connais ta maladie. J'ai vu d'autres malades comme toi à Lyon. J'étais une pauvre fille. Gurval m'a sauvée des griffes de ceux qui m'exploitaient.

— Gurval ? Mais qui est cet homme capable de vous sauver ?

— Il peut te sauver toi aussi, suis-moi.

— Je peux à peine marcher !

— Nous n'allons pas loin.

Il se dresse difficilement.

— Appuie-toi sur le vélo. Je crois pouvoir te trouver ce qu'il faut pour soigner ta maladie.

Ils partent, marchent ainsi pendant un bon moment sans un mot. Renaud pèse de tout son poids sur la bicyclette. Cellia est très belle, il en a conscience et se dit en même temps que ce ne peut être que le diable. Une belle femme ne surgit pas ainsi sur une route de campagne toujours déserte. Une femme qui a compris son manque de drogue et qui peut faire quelque chose pour lui ! Il n'y a pas de hasards heureux... Renaud se raccroche au son de sa voix, à la musique de ses mots, conscient de se pencher sur un abîme sans fond pour quelques pincées d'une poudre blanche qui le ramènera sur terre.

— Gurval peut tous les miracles, il va t'aider et te donner une guitare pour jouer. C'est une sorte d'impresario. Tu vas bien t'entendre avec lui.

Ils arrivent en bordure d'un terrain vague où sont stationnées entre les aubépines plusieurs caravanes disposées en cercle. Au centre, des femmes préparent la cuisine sur un feu allumé entre de grosses pierres. Des enfants entourent Cellia en criant et s'étonnent du nouveau venu.

— Allez dire à Gurval que je veux le voir, dit-elle aux enfants qui courent vers une longue caravane au fond du terrain, un peu en retrait des autres.

Quelques instants plus tard, une adolescente crie de loin :

— Gurval t'attend !

Elle demande à Renaud de patienter un moment, entre dans la grande caravane. Renaud redoute un piège et songe à s'enfuir, mais ses jambes molles n'ont pas assez de force pour le porter.

— Gurval est d'accord pour t'aider. Il veut te voir pour te proposer un marché.

Renaud tourne des yeux suppliants vers la jeune femme et l'accompagne de son pas de vieillard sous les regards des enfants qui se moquent de lui, des femmes qui rient. Cellia doit l'aider à monter les deux marches de la caravane.

L'homme qui le reçoit est énorme, aussi large que haut. Son visage au teint clair, aux yeux légèrement bridés, est bouffi, ses joues pendent, son menton s'étale en jabot mou sur le col. Il pose sur Renaud un regard aiguisé avant de parler d'une voix sombre et grave.

— Je peux te donner ce qui te manque. Mais avant tu dois me raconter ton histoire.

Renaud n'en peut plus. Gurval fait un geste. Un homme qui était en retrait, dans l'ombre, tend une trousse à Renaud.

— Il y a tout ce qu'il faut là-dedans. Tu peux te piquer devant nous, on a l'habitude.

Le jeune homme hésite. C'est la première fois qu'on lui procure de la drogue sans lui demander d'argent, sans condition. Gurval le comprend et ajoute :

— Je ne t'oblige pas à me faire confiance. Tu peux partir tout de suite.

— Qu'est-ce que vous voulez ?

— Deux choses. La première, tu joueras de la guitare pour accompagner Cellia au Red Star. La deuxième... La deuxième, c'est plus délicat. Je vais quand même t'en parler parce que tu m'appartiens désormais. C'est moi qui ai la poudre et tu n'en trouveras pas ailleurs. Voilà : j'ai besoin d'un beau garçon comme toi, et pas un minus qui tremble de tous ses membres quand il n'a pas eu sa dose, un beau garçon, je disais. Pour m'aider.

— Je ne suis pas un combattant. Je ne sais que jouer un peu de musique.

— Cela peut suffire si l'on s'y prend bien.

Florence Delprat repousse ses longs cheveux noirs, dégage son front haut et large, darde un regard d'un brun lumineux sur son mari. Elle serre les lèvres et, menaçante, s'approche de Marc qui porte la main droite aux ailes noires de sa moustache. La jeune femme frappe de son petit poing sur le bureau.

— Tu comprends que j'en ai marre !

Elle fait volte-face, marche jusqu'au mur, se tourne, regarde un tableau qui représente un rameau de saule aux feuilles délicates peintes avec leurs nervures. Marc tire à lui le clavier de son ordinateur, pianote et attend.

— Je ne supporte plus les remarques de ta belle-sœur, tu entends, je ne les supporte plus !

Marc se tourne lentement vers sa femme.

— Écoute, Florence, tu ne crois pas que ce n'est pas l'endroit pour une scène de famille ? Je t'en supplie, je n'ai pas le temps de bavarder de futilités.

— Ah, ce sont des futilités ?

— Florence, je t'en supplie, ressaisis-toi.

Marc se lève, s'approche de sa femme et veut la prendre dans ses bras. Elle se débat, recule, sur la défensive :

— Quelque chose ne va pas ? Que s'est-il encore passé avec Aurélie ? Tu la connais ! Elle est jalouse et croit que toutes les femmes sont amoureuses de Lionel. Elle t'a parlé d'argent ? Elle ne comprend rien à l'art ! Je t'ai dit que pour la galerie à Paris, le prix n'était pas un empêchement. Tu discutes pour la forme, tu tentes d'obtenir un rabais, mais je te promets que cela ne pose aucun problème, tu l'auras !

— Il faut que je fasse cette exposition pour signer avec John Replay, l'agent américain. Ce sera ma revanche !

Florence s'est reculée jusqu'à la porte. Sa colère tombe,

elle baisse la tête, vaincue par l'inertie du lieu, puis lève sur Marc des yeux tristes.

— Tu es une artiste, ma chérie. Ce n'est pas toujours facile pour toi de vivre dans cette maison où seul l'argent compte. Sache que je suis de ton côté.

Elle pose sa tête sur l'épaule de Marc. Comment exprimer, en dehors de la colère et sans prétexte futile, le malaise permanent qu'est sa vie ? Florence passe de longues heures chaque jour à peindre des toiles hyperréalistes qui jusque-là n'ont intéressé personne, mais c'est son coin de liberté, son lieu d'évasion où elle ne dépend que d'elle, où elle peut vivre sans se surveiller, sans risquer la désapprobation de son mari et de Lionel Delprat, son beau-frère.

— Je me dis souvent que nous aurions mieux fait, quand il en était encore temps, de partir loin d'ici, loin de ta famille, et que nous aurions vécu tous les deux sans subir les contraintes des uns et des autres.

— Que s'est-il passé encore avec Lionel ?

La question est appuyée du regard : le fond des colères de Florence est toujours le même.

— Il m'a reproché ma vie dispendieuse. Je ne supporte pas que l'on me parle sur ce ton. Ton frère se comporte comme si j'étais à ses ordres, comme si je lui appartenais. Ici, tout dépend de lui ! Je n'en peux plus !

Marc retourne à son siège, s'assoit, regarde un instant son écran d'ordinateur.

— Lionel n'a pas raison, certes, mais tu comprends combien il a du souci avec ce barrage à Chastelnaud et la grève de la faim des employés des Eaux Saint-Jean. On nous désigne comme les destructeurs de la belle entreprise, des eaux mythiques de la région. Mieux : le fait d'avoir dénoncé la tentative de sabotage de Montrémy se retourne contre nous. Il n'y a pas de justice dans cette affaire, trop de sentiments et d'irrationnel. Tu comprends que nous ne voulons pas nous laisser faire.

— Oui, je comprends, fait Florence. Si vous récupérez la garde de la petite Pétronille, ce sera pour Lionel et sa chèvre ! Lionel me prend pour une enfant gâtée qui fait des caprices. Il se trompe. C'est à nous d'avoir Pétronille parce que nous sommes les plus jeunes. À nous parce qu'Aurélie est trop égoïste pour prendre en charge l'éducation de cette enfant perdue.

— Voyons, Florence, fait Marc sur le ton de la conciliation, tu comprends bien que cette gamine est autant à Lionel qu'à nous. C'est la fille de notre sœur et notre seule héritière possible ! Elle devrait porter notre nom.

— Votre nom ! À croire que c'est le seul digne d'être porté ! Pour moi, il devient un fardeau de plus en plus lourd chaque jour !

— Chérie, je t'en supplie, ne me fais pas de peine inutile. Allez, ce soir, je t'invite au Red Star, tu sais, ce cabaret où se produit un certain Renaud Montrémy avec la belle Cellia Correti et sa troupe tsigane !

Florence regarde intensément son mari.

— Toi, tu as une idée derrière la tête et ce n'est pas pour me faire plaisir que tu m'invites, mais pour tes affaires. Je t'ai entendu parler de ce Montrémy, le raté, le maillon faible. On se demande ce qu'il est revenu faire ici !

— Quand on fait la guerre, il ne faut pas être trop regardant sur le choix des armes. On a pu apprendre certaines choses sur ce garçon et ça peut nous servir.

Le visage de Florence se ferme.

— Je vous déteste, dit-elle avec un sourire engageant. C'est d'accord pour ce soir !

Sans rien ajouter, elle sort du bureau et se dirige vers sa voiture de son pas léger, élégant. Marc la regarde s'éloigner par la fenêtre, s'asseoir au volant, claquer la portière. Le beau temps de l'idylle est bien révolu. Florence se démène, se bat contre une montagne qu'elle ne renversera jamais. Elle n'a pas tort : si Marc et elle étaient partis, loin de la famille Delprat, loin de Lionel et Aurélie, loin de leur mère, ils auraient pu trouver une belle entente, construire un couple solide, mais les dés étaient pipés à l'avance. Marc dépend de Lionel et ils forment une même personne autour de laquelle gravitent les autres. Aurélie s'est fondue dans l'ombre de son mari. Elle pense et agit comme lui, c'est une véritable Delprat qui s'est défaite de sa personnalité, qui oublie qu'elle a été quelqu'un d'autre avant d'épouser Les Houilles Blanches, car chez les Delprat on n'épouse pas un homme, mais une cause. Florence se débat : comment échapper à l'omniprésence de son beau-frère ? Est-elle une véritable artiste ou se donne-t-elle ainsi une manière d'exister autrement que par son appartenance au clan Delprat ? Marc n'en sait rien, mais l'influence, la force de Lionel sur sa femme ne lui échappent pas. « Si seulement nous pouvions avoir un enfant, tout irait beaucoup mieux », dit-il en regardant la voiture bleue de Florence s'éloigner. Il voudrait tant la garder et plus elle s'éloigne, plus il s'accroche, cherchant à la retenir par tous les moyens. Il voudrait aborder le fond de la question, mais Florence fuit :

— Je suis bien heureuse de ne pas avoir d'enfant ! s'écrie-t-elle. Il est temps de considérer la femme autrement que comme une mère destinée à assurer une descendance. Même si nous avions pu, je n'en aurais pas voulu, c'est un boulet à la cheville pour le restant de nos jours !

Malgré cela, Marc reste persuadé que c'est la seule solution pour permettre à Florence de trouver son équilibre. Il a souvent pensé à adopter un bébé, aller l'acheter dans les pays à forte natalité, mais sa mère et Lionel s'y sont toujours opposés :

— Tu te rends compte de ce que tu dis ? Un enfant venu du bout du monde, abandonné, chargé de toute une hérédité négative ! Tu pourras faire ce que tu voudras, ce ne sera jamais un Delprat et il ne nous ressemblera pas, d'autant qu'il entrerait en concurrence avec notre Pétronille.

Marc n'a pas insisté, pourtant l'idée a continué de faire son chemin en lui ; il s'est renseigné sur les moyens d'adopter un bébé, puis en a parlé à Florence qui lui a ri au nez :

— Tu te rends compte de ce que tu me proposes ? Élever l'enfant d'une autre, un rebut social. Non, pas pour moi !

Florence Delprat roule sur la petite départementale qui longe le lac Neuf, comme on a pris l'habitude d'appeler, ici, la retenue créée par le premier tremblement de terre.

Elle se demande quel stratagème Lionel a encore inventé pour gagner le bras de fer qui l'oppose à Armand Montrémy. Elle sourit : Lionel n'est pas un homme à miser sur le hasard. Pour l'instant, il tient la situation en main. Depuis deux semaines que dure la grève de la faim, le patron des Eaux Saint-Jean n'a marqué aucun point. Il espérait le soutien des médias qui se désintéressent d'un mouvement social sans raison : les pouvoirs publics ne sont pas responsables de la pollution de la source et laissent mijoter un mouvement qui s'épuisera de lui-même. Lionel Delprat est de cet avis et suit de près l'évolution de la situation. Ses espions sur place le renseignent de tous les faits et paroles de Raoul Ravenault qui a fait de cette affaire son affaire et celle de son association Homme et Nature. L'assassinat de son père, lors de la deuxième secousse, ne cesse de pourrir l'atmosphère et c'est bien pour Lionel : un criminel se trouve probablement à Chastelnaud, c'est un habile tireur qui peut tuer à n'importe quel moment. L'enquête du commissaire Gueynard piétine ; en haut lieu, on parle de le remplacer.

La radio déverse son habituel flot d'informations dramatiques. Florence écoute d'une oreille distraite : ces calamités qui frappent le monde ne la touchent pas ou si peu. Le tremblement de terre de Chastelnaud l'a épargnée, elle saura se mettre à l'abri des orages. « L'énorme perturbation qui s'est abattue ces jours derniers sur la Scandinavie poursuit sa route vers le sud et devrait aborder le nord de la France en fin de nuit. Actuellement positionné sur le nord et le centre de l'Angleterre, ce creux important s'apparente à un cyclone tropical. Il s'accompagne de vents violents, de pluies diluviennes qui ont causé de gros dégâts au Danemark et sur les Pays-Bas, localités dévastées, toitures arrachées, routes coupées, ponts écroulés. On déplore une trentaine de victimes, Météo-France émet un bulletin d'alerte sur le Nord, Paris et le Centre. La perturbation devrait atteindre la moitié sud du pays dans l'après-midi de demain. »

Cette probabilité de violents orages ne déplaît pas à Florence. Tout ce qui lui permet d'oublier l'ordinaire. Les situations dangereuses, les conflits la sortent de sa condition trop douillette. Une partie de sa personne ne peut se développer que dans l'adversité, la contrainte. C'est probablement ce qu'on appelle le talent !

Son errance l'a conduite jusqu'à proximité du camp des gitans, arrêtés sur un terrain vague. Ils sont là depuis une dizaine de jours, depuis le retour de Renaud Montrémy, « le maillon faible » qui intéresse tant Lionel. La détermination de son beau-frère lui déplaît et la fascine, un aiguillon qui la pousse dans une direction interdite et désirée. Le cynisme de Lionel, capable de flatter pour mieux assassiner le moment venu, a souvent montré son efficacité. C'est un être supérieur que Florence admire tout en lui reprochant de tout vouloir dominer. La jeune femme puise dans ses contradictions une force vive qui jaillit souvent en actes irréfléchis, en comportements immatures.

Elle s'est arrêtée en retrait du campement et regarde des enfants jouer sur des buttes de terre qui proviennent du chantier du barrage. Ils se poursuivent, se disputent âprement le sommet d'un tertre en poussant des cris et en brandissant des armes en bois. « L'homme est naturellement fait pour la guerre, pour l'affrontement, pense Florence. En dehors de ce contexte, il s'affaiblit, s'affadit jusqu'à l'anéantissement. Les sociétés qui cessent de se battre pour un idéal disparaissent bien vite. » Elle s'apprête à repartir quand un jeune homme se dirige vers sa voiture. C'était bien lui qu'elle espérait voir en se rendant ici : Renaud Montrémy. C'est un beau garçon, qui ressemble à son frère Julien, mais en plus sombre. Son regard très noir scrute la jeune femme avec intensité. Elle lui sourit en sortant de voiture.

— Bonjour, dit-elle en faisant le tour de son véhicule et en se plantant avec témérité devant le jeune homme. C'est bien vous le guitariste du Red Star ? On m'a parlé de vous et de votre musique...

— Les nouvelles vont vite ! Je n'ai joué que deux soirs !

— C'est que votre talent est grand !

Elle le fixe intensément, ce qui le met mal à l'aise, il

baisse les yeux, comme un enfant gêné par les félicitations de son professeur.

— Je ne sais pas si j'ai du talent. La musique a pris toute ma vie et, après plusieurs échecs, je constate qu'il ne me reste rien.

— Si j'ai bien compris ce qui se dit au pays, vous êtes le fils de M. Montrémy, le patron des Eaux Saint-Jean ?

— Je ne suis pas responsable de celui qui m'a engendré. J'ai honte de ce nom. Désormais, je me fais appeler Renaud Chatelland. C'est le nom de ma mère.

— Et pourquoi ?

Les paupières se lèvent sur des yeux durs et déterminés.

— Je ne veux rien devoir aux Montrémy. C'est tout !

Quelqu'un appelle Renaud qui se tourne en direction des caravanes.

— Excusez-moi, Gurval m'appelle et je ne peux pas le faire attendre. Gurval n'aime pas qu'on le fasse attendre.

Le docteur Morenceau ajuste sa chaise à son large fessier mal à l'aise sur ce petit siège étroit et parcourt du regard les journaux nationaux et régionaux que vient de lui apporter sa secrétaire. Les gros titres parlent tous des mêmes catastrophes : les tempêtes qui ravagent l'Europe.

La toile de la tente bat au petit vent ; la reconstruction de la mairie tarde et il doit encore se contenter de cet endroit, de sa table de travail et d'un rangement provisoire des dossiers qui s'empilent sur des étagères aménagées à la va-vite. Le bon maire de Chastelnaud est soucieux, pourtant, les deux événements qui empoisonnent la vie de sa cité n'ont pas pris l'importance nationale qu'il redoutait : les orages et les vents destructeurs ont occulté tout le reste. Seule la presse locale trouve la place pour évoquer l'assassinat de Ravenault qui reste sans explication et la grève de la faim à l'usine Saint-Jean. Le rôle du bon docteur y est souvent critiqué : il a voulu justifier sa politique d'expansion locale par le renforcement du barrage naturel sur le Ribet aux dépens de la source minérale. Pour donner une raison d'être au complexe hôtelier les Charmes, il a sacrifié le fleuron local avec les cent emplois qui s'y rattachaient. Comment sortir de l'impasse quand les pouvoirs publics le laissent se débrouiller seul ?

Morenceau soupire, pose son journal ouvert sur le bureau, regarde un instant l'entrée. À cette heure, il y a trois semaines, Pierre Ragaud venait lui rendre visite, lui parler de l'humeur de la planète, exposer ses théories sur la sauvegarde du monde. Mais Pierre Ragaud n'a donné aucun signe de vie depuis son départ, preuve qu'il a tourné la page. Albane n'est qu'une victime, une de plus, mais où cela va-t-il la conduire ? Morenceau est fatigué. Ses nuits d'insomnie pèsent sur ses épaules. Il regrette le temps où, simple médecin, il confiait son cabinet à un remplaçant pendant deux semaines et partait, confiant, très loin, en Alaska pour profiter de la saison du saumon.

Un article attire son attention, mis en évidence au milieu d'une page avec son titre aguichant : *Les Droits de la Terre : parlons vrai...* L'influence de l'association désormais constituée en parti politique ne cesse d'augmenter. « Nous allons droit dans le mur, lit le docteur. L'équipement de la Chine, le développement du tiers monde ont multiplié par huit la consommation de pétrole en dix ans. Le processus de réchauffement de la Terre suit cette courbe ascendante. Bien sûr, les réserves en pétrole et en charbon dont l'exploitation a repris récemment s'amenuisent, mais sont suffisantes pour entraîner des dégâts irréversibles. Tous les gouvernements pratiquent la politique de l'autruche. C'est pourtant la destruction de l'humanité et de notre planète qui est en question. Le programme des Droits de la Terre est basé sur ces constatations et prend en compte les risques imminents que le désordre actuel fait courir à tous. Il est temps de parler vrai, de cesser de tergiverser, de louvoyer pour éviter les véritables problèmes qui gênent les beaux parleurs. L'avenir du monde passe par notre action parce qu'il n'y a pas d'alternative. »

Morenceau lève sa large tête vers l'entrée. Il fait chaud et lourd. La zone de perturbations annoncée par la météo approche. Le maire pense aux petits orages de début d'été de sa jeunesse qui mettaient les truites en activité. Que de belles heures a-t-il passées au bord du Ribet, en parfaite harmonie avec cette Terre qui ne reconnaît plus ses enfants ! L'avenir lui fait peur pour le petit Jonathan, d'autant que sa mère... Il secoue la tête pour chasser ce gros souci. Il se sent un peu coupable. Sans sa ressemblance avec son fils, il n'aurait pas attiré Pierre Ragaud chez lui et sa rencontre avec Albane ne se serait jamais faite. Avec des si, Morenceau sait bien qu'on peut conduire le monde là où l'on veut, mais le monde va dans une direction qui ne se préoccupe pas des hommes. La mort de l'humanité, la transformation de la planète bleue en un caillou brûlant et stérile ne comptent pas dans le tourbillon de l'Univers. Les lois de l'infini échappent au temporel.

Le maire s'apprête à recevoir l'homme qui se fait annoncer. Le visiteur attend humblement qu'on l'invite à entrer. Sa grosse tête rasée trop lourde pour son cou étroit, sa haute stature en imposent à Morenceau qui évite son regard sans couleur. Lionel Delprat salue le maire, puis aborde directement le sujet de sa visite :

— La dernière expertise vient d'arriver, et cette fois, sans contestation possible, le lac Neuf est mis hors de cause dans la pollution de la source Saint-Jean.

Tout en parlant, Lionel Delprat sort un dossier de son sac, le pose devant le maire qui ne cache pas sa perplexité.

— Donc, ce rapport, comme vous pouvez le lire, précise bien ce que nous savions déjà : la teneur en nitrates et pesticides des eaux du lac est identique à celle de la poche sous le mont Aïzot que voulait pomper M. Montrémy. C'est logique puisque la source est la même : les agriculteurs de la plaine de Simange, les maraîchers de Saint-Robert. Ce ne sont pas les eaux du lac qui s'écoulent dans la poche souterraine et la polluent, mais l'infiltration venue du plateau lui-même en suivant cette faille nouvelle, en rouge sur la carte que voici, ouverte par le deuxième tremblement de terre. Voilà la preuve irréfutable que nos travaux ne sont pour rien dans la tragique destinée des Eaux Saint-Jean ! Il s'agit maintenant d'arrêter une polémique qui fait beaucoup de torts aux Houilles Blanches dans leurs projets nationaux et internationaux. Nous allons porter plainte.

Morenceau secoue de nouveau sa large tête, comme pour chasser un mauvais rêve. Il sait combien est déterminé l'homme qui se trouve en face de lui et la force de sa haine. Pourquoi le commissaire Gueynard ne l'a-t-il jamais interrogé ? Il n'est peut-être pas aussi ignorant qu'il le paraît sur l'assassinat de Ravenault, qui le sert. Lionel

Delprat n'a pas de scrupules et aucune moralité, cela, le docteur qui a toujours voulu rester en accord avec sa conscience en est certain.

— Monsieur Delprat, je vous prie de ne pas vous emporter. La justice fait son travail mais ne doit pas oublier l'humain. Ces gens qui font la grève de la faim autour de M. Montrémy ont droit à notre respect.

Lionel Delprat a un geste brusque de ses longues mains, vite réprimé ; ses lèvres se contractent, ses yeux délavés prennent un tour menaçant. Il se lève de son siège comme si un insecte venait de le piquer.

— Cette atmosphère gêne nos affaires et il n'est pas question de laisser faire. Le laxisme de l'administration n'est pas une nouveauté, mais il coûte de l'argent à mon entreprise. Le commissaire Gueynard va se faire tirer les oreilles. Je vous signale qu'à la suite du bulletin d'alerte de Météo-France, par mesure de précaution, j'ai fait ouvrir les vannes du barrage, afin de contenir une crue brutale du Ribet. Ceci pour vous montrer que l'ouvrage des Houilles Blanches continue de protéger la population.

Sans rien ajouter, Lionel Delprat sort de la tente, laissant sur le bureau le nouveau rapport mettant hors de cause le lac Neuf. Un de plus ! pense le docteur. Dans cette affaire, la mauvaise foi a prédominé avec une multitude d'experts indépendants qui se contredisent. Mais qui croire ? Comment, à l'époque où l'on peut analyser les roches sur Mars, peut-on ne pas être capable de connaître l'exacte structure du sous-sol de Chastelnaud ?

Morenceau sort à son tour. Le temps est calme, mais chaud, une chaleur lourde qui annonce l'orage. Le ciel gris pèse sur les toits. La nouvelle menace vient-elle du ciel ? Morenceau se sent vieux, hors course, juste bon pour aller surveiller la ronde des insectes sur le Ribet. Il rentre chez lui à pied, en saluant les gens qu'il croise. Chastelnaud est un immense chantier. Après la deuxième secousse, l'espoir est revenu, les Chastelnais ont repris confiance en l'avenir. Des ouvriers recouvrent les charpentes neuves, d'autres remontent les murs effondrés. Les services de la voirie réparent les trottoirs endommagés, replantent des arbres à la place de ceux que le séisme a arrachés.

Chez lui, Morenceau pousse le portail de fer en jetant un regard circulaire à sa belle maison et au parc avec ses pins, ses érables. Les oiseaux chantent, l'été jaunit les grandes herbes des bordures que le jardinier n'a pas encore coupées. Il a eu tant à faire : débarrasser le cyprès tombé sur le chalet que le docteur envisage de faire reconstruire, nettoyer les traces de la catastrophe pour redonner à la propriété son aspect de paradis enfermé derrière un haut mur désormais fissuré de partout qu'il faudra raser et reconstruire quand les maçons ne seront plus occupés aux travaux urgents.

Jonathan aperçoit son grand-père et court au-devant devant lui. Le docteur prend l'enfant dans ses bras épais, le serre contre sa poitrine, tout au plaisir de sentir ce petit corps vivre contre lui et d'oublier, pour un court instant, ses soucis toujours plus lourds à porter.

Depuis le départ de Pierre Ragaud, l'atmosphère de la grande maison a beaucoup changé. Saumon, le labrador, toujours sensible aux soucis de ses maîtres, observe Léonie avec des yeux tristes. Il ne batifole plus dans le parc, mais reste attentif aux gestes du docteur, à ses moindres paroles qu'il semble comprendre.

— Grand-maman m'a dit qu'elle allait m'inscrire à Jeanne-d'Arc pour la rentrée prochaine ! dit Jonathan en se séparant de son grand-père.

Puis l'enfant se renfrogne, fait quelques pas, la tête baissée, en direction du chien qui lui lèche la main.

— Je voudrais que maman revienne. Je sais qu'elle a beaucoup de peine parce que le monsieur est parti, mais je voudrais qu'elle soit là, avec nous !

— Elle va revenir très vite, ne t'en fais pas !

Morenceau entre dans la maison pour ne pas avoir à poursuivre cette conversation qui le met mal à l'aise. La scène d'Albane le hante. Comment cette fille qu'il aime désormais comme sa propre fille a-t-elle pu être aussi injuste avec ceux qui n'avaient qu'elle pour continuer de vivre ? Totalement hystérique, elle a cassé tout ce qui se trouvait à portée de sa main. Puis elle a accusé son beau-père d'être à l'origine de son malheur, de l'enfermer dans cette demeure plus hermétique qu'une prison. Elle s'en est pris à Léonie, dont la douceur de gestes et de paroles cache un égoïsme total, puis elle a dit qu'elle voulait s'en aller, prendre son fils et partir dans une grande ville, Grenoble ou Lyon, où elle pourrait enfin vivre une vie libre et oublier le cher disparu dont le souvenir pourrit les vivants.

Le docteur a gardé son calme jusqu'au moment où Jonathan, qui n'avait jamais vu sa mère dans un tel état, s'est mis à crier. Alors, pour une fois, il a eu de la force et de la détermination, il a dit à Albane d'aller faire sa crise d'enfant gâtée ailleurs et surtout de ne pas traumatiser le petit garçon qui n'était pour rien dans ses difficultés de femme. Albane s'est ressaisie d'un coup. Elle est sortie. On a entendu sa voiture. Depuis, elle n'a pas donné de nouvelles ! Jean Morenceau s'est rendu dans sa ferme, il a trouvé les traces de son passage, mouchoir oublié sur une commode, armoire ouverte et laissée en désordre, mais pas un mot en évidence, rien qui puisse expliquer sa fugue. Il a appelé Pierre Ragaud sur son portable, mais le journaliste n'a pas répondu. Il espère que la mère se souviendra de Jonathan et téléphonera, mais après deux jours d'un silence insoutenable, il commence à penser que la fille perdue recueillie au bord de l'abîme a pris le pas sur la femme rangée qui avait épousé sa cause.

La nouvelle du départ précipité d'Albane a fait aussitôt le tour de la ville. Jean Morenceau comprend l'interrogation dans les regards des gens et baisse la tête, coupable de ce nouveau malheur, de sa faiblesse à l'origine de tous ses tourments familiaux et des difficultés de sa ville. Il n'est pas à sa place dans le fauteuil de maire ; d'autres auraient agi avec fermeté, lui ne sait pas opposer les arguments du bon sens. « Mais que fait Albane ? pense-t-il en prenant *Le Figaro* posé sur un coin de la table. Deux jours sans entendre son fils, pour une mère, c'est une insupportable éternité ! »

Pendant sa crise de nerfs, Albane Morenceau a la sensation de quitter son corps, de muer : la chrysalide se sent pousser des ailes. Elle s'effondre, vide d'énergie. Son nouveau regard lui montre le fossé qui la sépare chaque jour un peu plus des autres. Elle se retrouve seule, comme au premier jour, seule avec Jonathan, le fils adoré à qui elle sacrifie sa jeunesse. Avec lui, elle a surmonté la mort de Claude, mais au fil des jours, Jonathan qui la contraint de vivre en recluse, son aventure avec Pierre Ragaud, lui ont montré combien elle déteste Léonie et Jean Morenceau, haïssables par leur prévenance. Ils sont restés des bourgeois, des notables ordinaires et elle la secrétaire qui rêve d'idéal. Sa véritable nature a mûri dans l'isolement du parc, dans la solitude de sa chambre de veuve trop sage. Pierre Ragaud a été le révélateur de ses espérances, désormais rien ne pourra l'arrêter.

Tout est prêt, mûri depuis quelque temps ; sa colère n'a fait que lui révéler ses intentions. Le dernier regard à son amant qui chargeait sa voiture en bas de l'hôtel du Centre avait une signification que les passants croisant cette femme aux yeux rouges ne pouvaient comprendre. Ils savaient que la bru du maire était un peu folle, que seuls Jean et Léonie Morenceau ne s'en rendaient pas compte, et ils ont mis son agitation sur le compte de cette folie. Albane voulait que ce regard soit le dernier. Quand elle a démarré et qu'elle a vu Pierre en peine, ses clefs de voiture à la main, elle a eu le sentiment de remporter une victoire sur son destin. Elle devait mourir pour échapper à sa nature ultime, destructrice, profondément amorale. Un peu de temps lui était indispensable pour organiser la mise en scène, pour impliquer les autres.

Son départ précipité pour sa petite ferme, seul endroit où elle peut être elle-même sans risquer de se faire surprendre, est la première étape de sa révolution. Mais là, le silence de l'antique maison lui montre son monstrueux égoïsme. Jonathan, son petit bout de bonhomme, la jugera un jour et ne trouvera aucune excuse à son infidélité. Pierre Ragaud est pourtant un bon substitut, un mari de remplacement présentable dans le monde des Morenceau qui sera celui de son fils. Il a juste cette perversité permise aux hommes et interdite aux femmes, le désir d'ailleurs, le besoin de courir le monde pour une raison suprême.

Les tubes de cachets sont posés sur la table de nuit, à côté du lit où elle a fait l'amour avec celui qui l'a abandonnée. Elle s'allonge, écrit quelques mots sur une feuille pour exprimer sa haine, et c'est cette haine qui la fait reculer, les cachets dans la main, le verre d'eau au bord des lèvres. Pourquoi mourir ? Pour dire aux autres qu'ils ont raison ?

Elle se dresse. Mourir pour céder ! Ses beaux-parents lui ont toujours fait bonne figure pour garder Jonathan près d'eux, mais, à cet instant ultime, elle ne veut rien leur abandonner.

Alors, elle décide de vivre. À sa manière. En femme et en mère. Jonathan n'est pas malheureux et peut l'attendre le temps qu'elle règle ses comptes avec le destin, qu'elle lui prenne son dû. Elle reviendra ensuite, apaisée. Pour l'instant, elle a mieux à faire.

Elle prend le sac qu'elle garde ici depuis longtemps, sort, ferme la porte à clef et monte dans sa voiture. La tête vide, elle ne pense qu'à la route à parcourir, aux kilomètres qui vont la séparer de sa vie passée. Elle puise dans la campagne qui défile de chaque côté de son véhicule, dans le paysage qu'elle avale, une énergie nouvelle et salutaire.

Voilà enfin l'autoroute, celle que Pierre Ragaud a prise pour la quitter, pour rejoindre les femmes d'avant le tremblement de terre. Jonathan va l'attendre et sûrement pleurer. Elle va lui téléphoner.

Elle roule longtemps, l'esprit distrait par le paysage qui défile, presque apaisée. Paris est au bout de sa course. Paris qu'elle n'a rencontré qu'en touriste, la ville phare où tout se décide. Pierre Ragaud est parisien par obligation professionnelle, mais aussi par naissance. C'est peut-être pour cela qu'il fuit la capitale, qu'il court le monde à la recherche de sa véritable patrie. La Terre n'est qu'un prétexte.

Elle s'arrête pour prendre de l'essence. Son téléphone portable à la main, elle compose un numéro, puis hésite au moment d'appuyer sur la dernière touche. Pourquoi se justifier ? Le silence explique mieux son état d'esprit que des mots qu'elle ne saurait pas rendre transparents et qui resteraient des masques.

Elle repart, roule sans excès, dans la quiétude de quelqu'un qui a tout son temps, qui souhaite réfléchir et agir calmement dans son coup de tête. Elle recherche le durable dans ce qui est par essence éphémère.

Elle arrive à Paris en début d'après-midi. Une fois de plus, la densité de la circulation, le bruit, la cohue la surprennent. Autrefois, Claude et Albane venaient de temps en temps passer le week-end en amoureux. Ils allaient à l'Opéra, dînaient dans un grand restaurant. Albane se gardait une journée pour faire les magasins et dépenser pas mal d'argent, Claude en profitait pour régler des affaires et visiter des clients importants. C'était la belle vie et Paris garde pour la jeune femme ce côté féerique qu'aucune ville de province ne peut avoir. Elle se souvient des conseils qui se voulaient avertis du provincial Jean Morenceau à son fils : « N'essaie surtout pas de te déplacer avec ta voiture. Pose-la dans un parking et prends un taxi ou le métro ! »

Albane suit la recommandation de son beau-père et gare son véhicule dans le parking où ils allaient avec Claude. Enfin libre de marcher, de respirer tranquillement l'air chaud et lourd, l'odeur particulière des trottoirs, elle prend une rue avec le sentiment d'une liberté totale. Le ciel sombre pèse sur les toits. Les rues sont presque vides. D'ordinaire, la belle saison remplit la capitale de touristes, cet après-midi, les quelques passants qu'elle croise marchent vite, comme s'ils étaient pressés de rentrer chez eux. Est-ce à cause de l'orage qui menace la capitale ? Albane n'a pas écouté les informations dans sa voiture, elle a pourtant entendu parler de l'énorme dépression qui descend de Scandinavie par l'Angleterre, mais n'y a pas accordé d'importance. Les colères du ciel ne l'ont jamais terrorisée, au contraire, elle trouve dans l'orage, dans la violence d'une tempête, une correspondance avec ses propres tumultes qui la conforte.

L'arrivée brutale de la tourmente la surprend. Le premier coup de tonnerre claque comme un fouet, s'amplifie entre les immeubles, devient un énorme roulement qui semble bousculer les façades dressées sur la rue. Puis le vent se lève d'un coup, puissant, rageur, hurlant une plainte stridente de monstre enchaîné. Un grondement sourd, semblable à ceux que l'on entendait à Chastelnaud, venu de partout et de nulle part, monte comme un rouleau qui écraserait tout sur son passage. Albane se réfugie dans un café, tandis que les premières gouttes tombent, larges et serrées sur la poussière chaude.

Le vent roule ses flots puissants, hurle, suit l'enfilade des avenues, renverse les platanes, des cheminées s'effondrent sous leur propre poids et cela sous un déluge opaque. Un torrent de boue roule devant le café, bouscule les serpillières coincées par précaution sous la porte, s'étale sous les tables et les chaises. Le patron et les quelques clients se taisent. Des éclairs éclatent dans la pénombre. Le tonnerre claque, puis roule son bruit infernal qui fait vibrer les cloisons. Albane, apeurée, son sac à la main, s'est approchée des autres.

— Voilà où nous en sommes ! s'écrie le patron avec un fort accent italien. On a joué aux apprentis sorciers, le résultat est là !

Albane observe son large visage, son teint très brun et surtout son regard fataliste.

— Oui, madame, on n'a pas écouté ceux qui tiraient les sonnettes d'alarme ! On a pollué tant qu'on a pu, on a brûlé plus de pétrole et de charbon dans les dix dernières années que tout au long de la vie de la Terre. Voilà les résultats : des orages qui cassent tout, des séismes, des éruptions volcaniques. Voilà ce qu'est devenue notre paisible planète !

La tempête ne dure pas. Le vent se calme très vite, le tonnerre s'éloigne, même si une pluie battante martèle les pavés. Le patron, les pieds dans l'eau, s'approche de la baie vitrée et regarde la rue : des arbres renversés sur des voitures, des briques de cheminée jonchent le sol. Et l'eau qui coule en torrent continue de monter.

— Les riches se sont enrichis, les pauvres se sont appauvris et ce sont encore eux qui supportent les conséquences des calamités que l'on dit naturelles, fait un petit homme en bermuda. Les membres des Droits de la Terre ont longtemps été pris pour des rigolos, maintenant, on sait qu'ils ont raison. On ne pourra plus reculer, seule une organisation sans faille à l'échelle mondiale peut nous tirer de là, ou en tout cas amorcer le processus inverse, mais est-ce encore possible ?

Albane ne supporte pas ces jérémiades. Elle inspire et sort sous la pluie, marche très vite, de l'eau jusqu'aux chevilles. Devant elle, à travers le rideau des gouttes, elle voit des gens s'affairer auprès d'une voiture coincée sous les lourdes branches d'un platane. Des briques, des tôles forment des petits barrages au torrent qui perd de sa virulence. Elle marche ainsi, entièrement trempée, jusqu'à l'entrée du parking où s'amoncellent des détritus roulés par le flot. Une coulée de boue colmate le passage piétonnier. Un homme furieux sort en pataugeant, les vêtements collés à la peau.

— Tout est noyé là-dedans. C'est un véritable étang. Les voitures du deuxième sous-sol sont entièrement submergées.

Il s'éloigne comme s'il s'était parlé à lui-même, sans un regard pour la jeune femme qui fait demi-tour. L'hôtel où elle logeait avec Claude se trouve en face du parking. L'enseigne est éteinte ; elle s'y dirige, traverse la rue à un passage où les feux de croisement ne fonctionnent plus. L'eau stagne sur les bouches d'égout qui ne peuvent plus l'absorber, cascadent dans l'escalier du métro. Surpris par la tempête, les gens marchent entre les branches et les gravats, perdus dans le quartier, la tête basse, n'osant porter les yeux sur la désolation qui les entoure, les voitures endommagées par la chute d'une cheminée ou d'un arbre.

Au rez-de-chaussée de l'hôtel, les employés s'affairent avec balais et serpillières à repousser la boue qui a envahi le hall. Les cheveux plaqués sur le crâne, les vêtements collés à la peau, Albane grelotte. Elle demande une chambre à la réceptionniste qui lui indique que l'électricité est en panne, qu'elle va devoir monter par l'escalier. Elle peut se doucher, mais l'eau chaude va bientôt manquer. Albane fait oui de la tête, prend la clef qu'on lui tend ; elle est tout à coup très lasse.

Lionel Delprat, en complet sombre, tient la portière de sa grosse berline à Aurélie qui sort, vêtue d'une superbe robe noire et d'une légère veste beige. Le couple traverse la rue et entre dans le cabaret le Red Star, coqueluche de la bonne société locale. On y déguste une cuisine raffinée en écoutant un programme musical dont le clou, depuis deux jours, est le guitariste Renaud Chatelland qui joue son répertoire classique et de la musique tsigane avec un orchestre de violonistes.

Lionel et Aurélie Delprat entrent dans l'établissement et se font conduire à la table où Marc et Florence les attendent. Florence salue son beau-frère et sa belle-sœur, avec un sourire un peu emprunté qui lui va bien. Le regard de Lionel s'arrête un instant sur Florence et en dit long sur ses pensées, mais ce soir, l'heure est à la détente, à la belle musique jouée par l'enfant prodigue des Montrémy, une occasion unique d'allier l'agréable à l'utile probable. Il commande une coupe de champagne et, tandis que deux jongleurs rivalisent d'habileté, Lionel se penche vers son frère assis à sa droite, mais ce qu'il dit s'adresse à Florence qu'il regarde par en dessous.

— Le jeune Montrémy s'exhibe ici. On aura tout vu !

— Je l'ai rencontré cet après-midi, fait Florence en souriant à Lionel. Ça n'a pas été compliqué : je suis allée faire un tour du côté des caravanes des gitans et j'ai pu lui parler.

— Très bien, continue Lionel. J'ai appris certaines

choses sur lui. C'est un bon musicien, c'est vrai, mais d'un caractère impossible. Un manque total de personnalité qui change d'avis à chaque instant, on ne peut pas compter sur lui !

Florence approuve de la tête. Une fois de plus, elle se trouve confrontée à ses incertitudes, à son immense faiblesse. En face de son beau-frère, elle n'a plus une seule pensée à elle, elle se sent dépossédée de sa personnalité, livrée au regard de verre qui lit tout en elle. Marc l'a compris et se tait : il n'aime pas ces dîners en famille qui le placent dans un rôle secondaire.

— Au fait, Marc, as-tu pu avoir quelques renseignements sur les gitans qui l'ont recueilli quand son père l'a jeté ? Ne trouves-tu pas bizarre ce genre de rencontre contre nature ? Ce n'est peut-être qu'une coïncidence, mais mon instinct me dit que ce n'est pas le cas !

Marc lisse les ailes de sa moustache. Florence s'apprête à parler, puis se retient. Aurélie, qui s'est tue jusque-là, Aurélie qui, par ce mimétisme des couples, adopte volontiers les attitudes de Lionel, dit en regardant sa belle-sœur :

— Moi, j'ai entendu, chez ma coiffeuse où tout se dit, le banal et parfois des choses importantes, que la tribu de gitans est en route pour les Saintes-Maries...

— C'est exact, fait Florence qui ne veut pas laisser l'avantage à sa belle-sœur. Renaud me l'a dit, cet après-midi, et leur chef semble jouir d'une autorité absolue. On est venu chercher Renaud qui m'a dit : « Gurval m'appelle et Gurval n'aime pas attendre ! »

Lionel fronce les sourcils. Ce nom curieux lui dit quelque chose. Lui à qui la mémoire ne fait jamais défaut, qui ne note aucun rendez-vous important sur son agenda, se trouve tout à coup en face d'un puits sombre qui lui cache quelque chose d'essentiel. Gurval ! Ce n'est pas un nom de personne, mais de lieu. Dans quelle région l'a-t-il connu et dans quelles circonstances ?

— Bah, ça ne doit pas être très important, fait-il en portant la coupe de champagne à ses lèvres. Si ça l'était, je m'en souviendrais. Au fait, que dit la météo ?

— Toujours cette maudite dépression qui descend du

nord. Après les inondations à Paris et des orages extrêmement violents sur le nord du pays, elle s'est décalée vers l'ouest. Mais un deuxième creux arrive et gonfle à mesure qu'il progresse. Celui-là est pour nous, il est attendu pour demain soir ou la nuit suivante.

— Nous avons bien fait de baisser le barrage. Il ne se passera peut-être rien, mais il vaut mieux prendre ses précautions. Nous devons rester vigilants : ce qui nous a servi peut aussi nous détruire.

Tout en parlant, Lionel est incapable de détacher ses pensées de ce mot qui cache une menace imprécise : Gurval. À quel moment de sa vie ce mot a-t-il été présent ? Dans sa jeunesse d'étudiant aux États-Unis ? Non. C'était en Europe. En Allemagne de l'Est, quand il a dirigé le chantier hydroélectrique sur le Liepzh ? Dans les Pyrénées, quand il a construit ses premiers barrages pour Les Houilles Blanches ?...

— Les prévisionnistes annoncent des perturbations de plus en plus violentes, poursuit Marc, des pluies diluviennes et des tas de bouleversements dans le climat, mais aussi dans l'agriculture avec la prolifération de parasites, de champignons et d'insectes nuisibles. Ceci ne serait qu'un début : la Terre pourrait se vider de son eau et sécher comme une figue au soleil pour devenir un caillou stérile comme la planète Mars.

— Arrête, tu me donnes froid dans le dos ! fait Florence.

— Nous y échapperons, mais les générations qui viennent seront confrontées à des difficultés croissantes. Il faut faire confiance au génie humain pour contrer ce processus que nous avons contribué à déclencher.

Marc se tait, conscient d'avoir parlé maladroitement. Les générations futures ne les concernent pas. Lionel et Aurélie pensent avec gravité à Pétronille Delprat, leur nièce qu'ils espèrent toujours récupérer.

— J'ai une bonne nouvelle, continue Lionel pour faire diversion. L'affaire des Eaux Saint-Jean va se régler dans la semaine. Mes différents contacts au ministère m'ont assuré que les plus hautes autorités de l'État se sentent bafouées par cette mascarade qui cherche à les dénigrer. Je crois savoir que le commissaire Gueynard qui n'a pas avancé d'un pas sur l'enquête, va recevoir du renfort et que l'on va dénoncer une situation qui n'a que trop duré.

— Là où Gueynard n'a rien pu trouver en deux semaines, que veux-tu qu'un autre trouve ? questionne Florence. Au fond, la mort de Ravenault ne gêne personne. On a bien classé d'autres crimes sans meurtrier, alors pourquoi pas celui-là ?

Le regard de Lionel se fait perçant, ses sourcils se froncent sur ses prunelles délavées.

— Celui qui a tué notre sœur un après-midi sur les pentes du mont Aïzot pour ne pas avoir à restituer une grosse somme d'argent, celui qui a tenté de saboter le barrage avec un explosif sans se préoccuper des conséquences graves de son geste, celui qui a menacé Ravenault jusque chez lui et qui n'a pas d'alibi pendant les deux heures où s'est produit le crime a des comptes à rendre. Il faut que la justice fasse son travail, la justice qu'il bafoue en ce moment en se terrant au milieu de ses ouvriers qu'il érige comme un bouclier, qui se cache derrière le droit au travail des pauvres bougres pris en otage pour d'autres raisons que leur usine.

Les serveurs passent entre les tables, apportent les plats. Quand tout le monde est servi, le présentateur annonce un prodige de la musique, un guitariste hors norme, capable de s'exprimer dans tous les répertoires, de jouer du classique comme du country et de se fondre admirablement dans un orchestre tsigane, le jeune Renaud Chatelland.

— C'est vrai, il a changé de nom ! s'exclame Lionel. Il a sûrement raison.

Tout le monde applaudit. On apporte sur la scène deux guitares symboles du talent éclectique de l'artiste qui va se produire, une guitare espagnole ou classique au manche large et plat et une guitare américaine au manche étroit et bombé, pour la musique folk.

Le jeune homme qui entre en scène n'a pas l'allure hautaine, la détermination, la prestance de son père, pourtant c'est un Montrémy, Lionel n'en doute pas un instant. Florence remarque dans les yeux du jeune musicien cette lueur imprécise qui lui a échappé lors de leur rencontre de l'après-midi, un regard trouble qui semble fuir, comme pour cacher une faille profonde.

— C'est un camé, constate Lionel qui voit tout. Regardez ses pupilles.

Cette constatation le ramène à Gurval. Lionel n'a jamais fréquenté les milieux de la drogue, ce rapprochement n'a donc aucune raison d'être, pourtant, il reste présent très longtemps dans son esprit, au point de le mettre mal à l'aise, en face d'une menace sournoise qu'il doit définir au plus vite pour lui échapper.

L'assistance a reconnu le fils Montrémy. Beaucoup de gens sont venus poussés par la curiosité : un Montrémy saltimbanque ! Il a bien choisi son heure pour revenir ! Son père et le personnel de l'usine Saint-Jean se battent pour leur survie et celui-là se produit dans un cabaret à la mode !

— Je porte en effet un nom qui vous rappelle bien des choses, dit-il à l'assistance, mais j'ai rompu avec ma famille depuis longtemps. Je suis seulement ici par le hasard d'une tournée dans les cabarets de la France entière. Je n'ai rien à voir avec ce qui se passe à Chastelnaud !

Il prend la guitare classique, bien conscient qu'il n'a convaincu personne, et annonce le début de son programme :

— On ne connaît Paganini que pour son violon. Ce qu'on oublie, c'est qu'il était aussi un guitariste virtuose. Le violon était son compagnon de peine, la guitare sa maîtresse et il a énormément composé pour cet instrument, un répertoire que l'on joue peu et c'est dommage. Je vous propose donc plusieurs sérénades pour guitare seule qui sont extrêmement difficiles à interpréter, mais restent parmi les joyaux de cet instrument.

La musique opère rapidement son charme. Dans l'assistance, on oublie les Eaux Saint-Jean et les doigts du musicien ne sont plus ceux d'un Montrémy, mais d'un artiste très doué. Lionel Delprat, qui n'est pourtant pas particulièrement sensible à l'art, reconnaît le talent du jeune homme. Florence se laisse emporter par la beauté des notes qui éclatent comme des bulles. Le regard de Renaud se pose parfois sur elle, ses lèvres lui sourient et elle en ressent un frisson froid qui parcourt son corps. Cela n'a pas échappé à Marc qui serre les lèvres sous sa moustache.

À la fin du morceau, Renaud salue le public qui applaudit. Après un dernier regard à Florence, il sort de scène, laissant les deux guitares pour bien montrer que la représentation n'est pas terminée.

Le ballet des serveurs reprend, les plats circulent sur les tables. Marc est sombre, Lionel peste contre sa mémoire. Il se dit qu'il doit rencontrer Renaud, mais hésite à le faire inviter à sa table. Même dans ce lieu de détente, et malgré la mise au point du jeune musicien, un Montrémy peut-il s'afficher à la table des Delprat ?

Au début de la deuxième partie du spectacle, Renaud joue des airs américains, puis annonce Cellia Correti et l'orchestre tsigane. La place est faite au violon, Renaud devient un simple accompagnateur. La jeune femme est magnifique, très brune, le regard ardent, un corps qui ondule avec la musique et se fond exactement dans les intonations de la mélodie.

À la fin du spectacle, les applaudissements obligent les artistes à entonner un dernier air. Le dîner s'achève dans un silence fatigué. Marc pense aux regards que Florence coulait à Renaud Montrémy, Lionel à ce fameux Gurval qu'il n'arrive pas à resituer dans son passé. Il reste sombre et se lève, de mauvaise humeur, suivi de sa tribu.

Ils marchent vers le parking quand, surgi d'une porte de la cuisine, Renaud court au-devant d'eux. Il jette un bref regard à Florence, s'approche de Lionel. Marc serre les poings.

— Faites bien attention ! Gurval a dit qu'il venait pour régler ses comptes !

Lionel, avec sa présence d'esprit qui l'a toujours servi, a le réflexe de demander :

— Que voulez-vous dire ? Gurval ? Qui est-ce, et en quoi ses règlements de comptes peuvent-ils nous concerner ?

— Je sais pas. Gurval n'a pas oublié, c'est tout ce que je sais.

Renaud s'évanouit dans la nuit, conscient d'avoir déjà

trop parlé. Pourquoi, au risque d'être surpris par les musiciens et Cellia Correti, tous à la botte de Gurval, est-il venu avertir les ennemis de sa famille ? Par ce travers de l'indécision, lui qui n'a jamais su se placer dans un camp et y rester ?

Lionel salue son frère, embrasse Florence et ouvre la portière de sa voiture à Aurélie qui est restée particulièrement silencieuse tout au long de la soirée. Quand il est assis au volant, la jeune femme, sans quitter des yeux la rue dessinée par la lumière jaune des lampadaires, dit d'une voix posée, cette voix qui plaît tant à Lionel.

— J'ai beaucoup observé. Cette soirée est plus importante qu'elle ne le paraît.

Alors Lionel a une brusque inspiration. Il arrête sa voiture et se tourne vers sa femme :

— Gurval ! Mais oui. Je sais maintenant ! Le nom gitan de l'énorme Achille Plantagrin ! Voilà que la mémoire me revient !

Il éclate d'un grand rire.

— Franchement, il me croit né de la dernière pluie !

Mais c'est pour rassurer Aurélie. Au fond de lui, il n'a pas envie de rire et comprend qu'un réel danger le menace et menace surtout Les Houilles Blanches.

— Je ne peux pas le laisser seul !

Véronique Montel se décide enfin. Depuis dix-sept jours que la grève de la faim se poursuit dans la cour de l'usine Saint-Jean, elle n'arrive plus à trouver un sommeil paisible. La jeune mère s'emporte contre Gaétan, contre la douce Mme Pestrac qu'elle juge trop bruyante, contre la rue, contre tout. On lui a interdit, compte tenu de sa faiblesse, de s'associer au mouvement, de vivre la même souffrance que Julien et cela la fait plus souffrir encore, la torture, la détruit.

— Non, je ne peux pas rester ici quand lui souffre de la faim pour moi, pour garder mon emploi et ma tranquillité !

Elle se décide. Ce matin, le ciel est sombre, mais cela fait plusieurs jours que les orages menacent et n'éclatent pas. Elle se dirige vers la porte.

— Où tu vas, maman ?

Gaétan a développé le sens des enfants qui ne dépendent que d'une personne. Il perce les pensées de sa mère à ses gestes, au bruit de ses pas, au poids de l'air, il éprouve son anxiété, ses peurs et ses doutes.

— Je dois aller à mon travail, mon chéri. Tata Jéjée va te garder pendant quelque temps. Tu veux, dis ?

Elle a besoin d'obtenir la permission de son petit garçon pour se lancer dans une aventure qui n'est pas sans risque car elle se sait coupable de sa folie, de cette passion stupide dont elle ne peut se défaire. L'image de Julien grimpant la paroi rocheuse, cherchant des appuis avec ses jambes maladroites, rampant pour reconquérir son droit à la vie la hante. C'est pour être digne de cette image qu'elle doit partir.

Mme Pestrac, comme d'habitude, est toujours d'accord pour garder « son ange ». Véronique pousse un soupir qui la libère de son état de mère et qu'elle regrette aussitôt. Ses contradictions lui absorbent plus d'énergie que ses actes, elle en a conscience, ce qui la plonge un peu plus dans l'incertitude.

Elle prend son sac prêt depuis longtemps et se rend à pied à l'usine. Chemin faisant, elle pense à Gaétan, une fois de plus abandonné, laissé chez la voisine comme une chose encombrante. Une douleur de regrets serpente en elle. Ses désirs de femme, qu'elle avait voulu occulter, réduire au silence pour ne laisser parler en elle que la mère, lui jouent ainsi ce mauvais tour. Des rêves torrides occupent son sommeil, marque d'un manque profond, d'une nature ardente qui ne veut pas céder.

À l'usine, un silence de cimetière règne sur la cour occupée par des hommes et des femmes couchés là où les camions venaient prendre livraison de l'eau précieuse. Le portail ouvert sur la rue montre à tous l'indécence dans laquelle sont plongés ceux qui se battent pour survivre. Véronique s'arrête, jette un regard circulaire sur ses collègues, femmes échevelées au visage fripé, aux yeux démesurés, hommes hirsutes et blêmes, pleins d'une détermination suicidaire qui fait mal. Elle voit enfin Armand Montrémy, assis en face des siens qui souffrent en silence, amaigri, défiguré par la barbe. À côté, Julien lit ou fait semblant. Une forte odeur de vêtements souillés, de corps à l'abandon flotte sur cette cour où la résignation devient palpable. Après un court instant d'hésitation, Véronique se décide. Sans répondre aux regards interrogateurs, elle marche entre les corps, pour rejoindre celui qu'elle a sauvé de la noyade, celui qu'elle a sauvé de la montagne et qui lui a pris sa vie, car elle n'a rien voulu que son état de mère célibataire, le reste s'est imposé pour le pire.

Elle pose son sac dans un petit espace libre. Armand Montrémy la regarde un instant en silence, Julien lève les yeux de son livre.

— Véronique... Tu ne peux pas rester ici ! Tu es trop faible, tu comprends, tu es trop faible et tu risques beaucoup plus que les autres...

Véronique le regarde intensément et, dans ce regard, Julien se voit lamentablement accroché à la montagne qui s'est refusée à lui. Alors, il baisse les yeux sur son livre, il fuit, cède l'autorité à son père.

— Vous ne pouvez pas, insiste Armand Montrémy d'une voix lasse qui n'est pas celle du patron des Eaux Saint-Jean.

Véronique n'y prête aucune attention, fouille dans son sac, en sort une couverture qu'elle étale sans un mot, secrètement heureuse d'être près de Julien qui, de temps en temps, lève les yeux sur elle, comme un gardien, comme si, pour une fois, les rôles étaient inversés, qu'elle était la handicapée qu'il protège.

— Ce que tu as fait est très grave ! Gurval ne peut pas passer sur une telle trahison !

Renaud Montrémy jette un regard sur les quatre hommes qui l'entourent, les bras croisés, menaçants.

— As-tu pensé que Gurval ne pardonne jamais ? Et que tu lui dois beaucoup ?

Renaud baisse la tête, coupable.

— Gurval est furieux.

Il s'en doutait ; Renaud Montrémy a vite pris conscience du risque encouru en parlant aux frères Delprat. Puis il a mesuré les conséquences de cette intervention devant les musiciens. Alors il s'est enfui dans la nuit et personne n'a pensé à le pourchasser. Les Delprat sont rentrés chez eux, les gitans ont fait de même, emmenant Cellia qu'ils surveillent étroitement. Renaud, seul sur le parking désert, a eu peur. La menace de l'ombre l'étreignait, il s'est éloigné.

Il a couru dans la nuit jusqu'à l'usine de son père. Il a vu, de la rue, les grévistes de la faim allongés dans la cour dévastée de l'usine, comme des paquets oubliés, puis il est parti au hasard en pensant se rendre en stop à Saint-Geniez frapper à la porte des Delprat pour demander asile et protection. Mais Gurval le tient dans ses filets. Comment échapper à cet impérieux besoin qui lui fait vendre son âme chaque jour pour une petite dose de poudre sans laquelle son corps ne peut pas vivre ?

Il a erré plusieurs heures dans Chastelnaud, évitant les

rencontres, se cachant dans les encoignures de portes. Il n'avait pas sommeil. Au petit jour, il est sorti de la ville en direction du campement des nomades, le but retardé de son errance depuis la veille. Le besoin de drogue commençait à lui donner froid, à le faire trembler de tout son corps.

— Gurval t'a sauvé la vie, Gurval t'a accueilli quand tu ne savais où aller, et surtout où trouver ce qui te manquait. Il t'a demandé de choisir ton camp, tu étais encore libre...

Non, il n'était pas libre. Il n'a pas pu choisir quand tout son corps était pétri de douleur, quand il ne pouvait faire un pas sans trébucher.

— D'ailleurs, tu as eu conscience de ta trahison, tu t'es enfui et voilà que tu reviens poussé par la nécessité, sinon, serais-tu revenu ?

Des vagues glacées parcourent la peau de Renaud tandis qu'un brasier grossit dans ses entrailles. Il flambe et il gèle, la douleur lui arrache des grimaces. Blême, le regard perdu, il entend ce que lui disent les hommes de main de Gurval à travers un brouhaha qui l'enveloppe et chaque mot sonne en lui comme le gong d'une cloche dans laquelle il est enfermé.

— Je vous en supplie ! dit-il enfin.

— Bien sûr, maintenant, tu te mets à genoux, tu es prêt à tout pour ta dose, mais ici, cela ne se passe pas comme ça !

— Conduisez-moi à Gurval.

— Gurval reçoit qui il veut et quand il veut. On va voir s'il est disponible pour toi.

Un homme s'éloigne de la petite caravane que Gurval a prêtée à Renaud. Il y a aménagé un divan sur lequel se trouvent des couvertures roulées en boule. Une table avec des partitions éparpillées, une chaise et deux guitares constituent le seul mobilier. Des vêtements sont posés en tas sur le divan. Renaud est assis à côté, en face des gitans menaçants. Quelques instants plus tard, l'homme revient :

— Gurval veut bien te recevoir. Tu as de la chance, il est de bonne humeur.

Renaud se lève difficilement sur ses jambes qui flageolent. Il grimace à chaque pas, titube en descendant les marches de la caravane. Les autres véhicules forment un vague cercle à l'intérieur duquel les enfants jouent et se poursuivent en criant. Des femmes et des hommes qui bavardent se tournent vers Renaud qui ne les voit pas. Cellia Correti, en jeans et petit pull, l'aperçoit de sa lucarne et sort à sa rencontre. Entre eux s'est établie la complicité de la musique, la solidarité d'une vie différente de celle du groupe de gitans.

Elle sourit au jeune homme qui la regarde à travers une brume opaque. C'est une belle brune au visage long, aux lourds cheveux noirs qui tombent sur ses épaules en boucles épaisses. Ses grands yeux sombres, sa peau mate indiquent son origine maghrébine.

— Tu as joué merveilleusement, hier soir, dit-elle à l'intention du jeune homme dont la peau claire tranche avec le teint des autres.

Il ne répond pas et marche vers la longue caravane qui se tient en arrière du rassemblement. Il entre dans un intérieur tendu de tapisseries rouges. Une première pièce fait office de salle à manger avec sa table massive et ses sièges rembourrés. Gurval se tient dans la seconde pièce, à la fois bureau et chambre, énorme dans un fauteuil aux gros coussins. Il fait signe aux autres de sortir et de fermer la porte. Il se lève lourdement de son siège et plante sur le jeune musicien ses petits yeux noyés dans la graisse. Il porte d'amples vêtements sombres qui enveloppent ses formes démesurées. Il paraît continuellement essoufflé et s'assoit de nouveau quand la porte est fermée. Sa peau claire fait douter de son appartenance au groupe de gitans qui pourtant lui obéissent en tout.

— Il faut s'entendre, dit-il d'un ton sec. Tu as choisi ton camp. Quand on t'a ramené ici dans un état pire que ce matin, je t'ai donné de quoi apaiser ta douleur, je ne t'ai rien demandé en échange, rien. Tu pouvais partir et personne ne t'aurait poursuivi. Est-ce la vérité ?

Renaud acquiesce de la tête. Chaque mot de Gurval entre en lui comme une lame, déchire sa chair torturée. Qu'on en finisse vite avec les remontrances et qu'il lui donne la dose indispensable pour revivre. Mais Gurval n'est pas pressé, bien au contraire.

— Donc, tu n'es pas parti. Tu as fait plus que rester, tu t'es lié à moi par contrat d'honneur. Tu m'as dit que tu haïssais ton père qui t'avait jeté dehors une fois de plus. Quand j'ai su qui était ton père, je t'ai proposé un arrangement dans lequel je n'attendais rien de toi sinon ta neutralité, ce n'était que pour te rendre service, une fois de plus.

Renaud fait encore oui de la tête. Les jambes lui font atrocement mal et il se laisse tomber sur un siège à côté de lui.

— Tu es peut-être un grand musicien, mais tu es une loque, et je me demande si j'ai eu raison de te faire confiance.

— Si, vous avez eu raison ! s'écrie alors Renaud. Je jure que je vous aiderai. J'ai averti les Delprat pour qu'ils me croient de leur côté et pour mieux vous aider !

— Voilà qui est nouveau, que tu prends des initiatives ! N'oublie pas : ici, c'est moi qui commande, tu fais ce qu'on te dit, rien de plus.

Gurval se tait un instant, observant avec intensité le jeune homme qui se recroqueville dans son fauteuil. S'il n'était pas dépendant de la drogue, il pourrait en faire quelqu'un de respecté. Pour l'instant, il n'a pas envie de le tirer de cet abîme qui le retient pieds et poings liés.

— Je veux bien te croire, même si je conserve un doute sur la motivation de ton acte, poursuit l'obèse. Tu m'as dit que tu voulais obtenir la condamnation de ton père que tu soupçonnes d'être le meurtrier de Ravenault...

— Oui, et ce sera justice. Mon père a tué beaucoup de gens dans sa vie, moi le premier.

— Soit ! Tu vas être satisfait dans moins de trois jours. Cela va dans le sens que je souhaite. Bon, je te fournis ton infecte poudre, mais prends garde à toi si tu me trahis une nouvelle fois !

Il se lève lourdement de son siège, ouvre une armoire et tend à Renaud une petite enveloppe.

— Voilà pour toi. C'est peut-être la dernière ; souviens-toi, Gurval retrouve toujours ses ennemis au moment où ils ne s'y attendent plus. Maintenant va prendre ta cochonnerie ailleurs, et dis à Cellia que je veux la voir.

Renaud enfonce vivement l'enveloppe dans sa poche où il sent, du bout des doigts, la seringue rassurante. Il sort très vite, sans trébucher. Quelques instants plus tard, Cellia entre, se positionne exactement à la place qu'occupait le jeune homme avant son arrivée. Le large visage de Gurval devient dur.

— Je ne suis pas content de toi. Je t'avais donné une mission précise et tu n'as rien fait. Tu comprends que cela peut remettre en cause bien des choses !

La jeune femme se balance d'un pied sur l'autre, regarde ses chaussures. Ses lourdes boucles roulent sur son visage. Gurval parcourt des yeux son corps aux formes harmonieuses, sa poitrine forte et parfaite, ses hanches, ses jambes effilées.

— Tu sais ce que tu risques, si je te reconduis dans ta cité. Tu sais qu'ils t'attendent et ne te feront pas de cadeau. Tu sais ce que vaut une femme pour ces gens-là ? Je t'ai sauvée, toi aussi, alors tu me dois tout.

Tout en parlant, il s'est levé, s'est approché de Cellia et promène sa main potelée sur ses seins comme pour bien lui montrer qu'il a tous les droits. Cellia a un mouvement de recul, un vague geste de défense, aussitôt contenu.

— Je t'ai demandé de t'occuper de ce trouble-fête ! Il est trop dépendant de la drogue pour lui faire confiance ! Tu couleras avec lui. Alors souviens-toi de cela : je veux que tu le tiennes lié comme un paquet. Il a rencontré la femme de Marc Delprat, l'autre jour. Pourquoi tu as laissé faire cela ? Tu devais le surveiller, ne pas le quitter, jour et nuit, et voilà que...

Cellia baisse la tête, ne trouve aucun mot pour se défendre.

Gurval lui lance un regard plein de soupçon. Cherche-t-elle à le tromper, à passer dans le camp adverse ?

— Quoi qu'il en soit, on en reste à ce qu'on avait dit. Tu surveilles le camé, tu le conduis exactement où je t'ai indiqué et tout ira bien pour toi, sinon, tu sais ce qui se passe dans les caves de ta cité. Tu pourrais y retourner, sans parler de ton grand-père qui n'a pas l'habitude des filles fugueuses.

— Je préfère mourir ! précise Cellia.

Elle sort sur un geste de Gurval. Deux hommes entrent ensuite. Gurval est sombre, la main posée sur le front, il réfléchit intensément. Enfin, il lève les yeux sur les deux hommes.

— Vous prenez une voiture et vous allez trouver son grand-père. Cette fille est dangereuse parce que totalement inconstante. Elle a besoin d'une leçon. Faites en sorte de préserver son admirable voix qui peut la conduire très loin.

La tempête annoncée se rapproche. La nuit, très sombre, cache ses menaces. Des éclairs tremblent sur l'horizon, le lointain roulement du tonnerre arrive atténué, troublant à peine un silence vide d'insectes. Ce soir, le Red Star n'a pas fait le plein de mélomanes et d'amateurs de bonne cuisine. Les trois quarts des tables sont vides : les gens ont préféré se calfeutrer chez eux.

Le spectacle musical terminé, les derniers clients vident leur verre et réclament l'addition. Les serveurs débarrassent les tables, les plongeurs nettoient la vaisselle et la rangent dans de grands placards. Louise Berclay, la patronne, surveille les opérations. C'est une femme de caractère qui a l'œil sur tout. Cette Anglaise est arrivée sur le continent avec des idées saugrenues qui lui ont fort bien réussi. Tout le monde s'est moqué d'elle quand elle a acheté une ferme en ruine pour en faire un cabaret à la mode. Il faut réserver sa table plusieurs semaines à l'avance. Quand elle a embauché pour un mois Cellia Correti et ses violonistes tsiganes, elle a tout de suite compris que le groupe durerait beaucoup plus longtemps. Quand Renaud Chatelland lui a été présenté par Cellia, elle s'est tout d'abord méfiée de ce fils de notable local, considérant qu'il ne faut pas mélanger les genres, puis elle a changé d'avis. Renaud est un excellent musicien, mais elle a percé son secret et sait bien que tant qu'il ne se sera pas débarrassé de son vice, il restera à la merci de vautours sans scrupule.

Ce soir, Cellia tarde à poser sa robe de scène. Elle dit redouter la tempête, mais ce n'est pas là la raison essentielle de son inquiétude. Les regards froids de certains musiciens en disent long sur leur mission secrète. La manière dont Gurval lui a parlé ne cachait pas ses intentions : il l'a accueillie et placée au Red Star pour écouter et lui répéter ce qui se disait au restaurant branché où se côtoie tout ce que le pays compte de notables. Maintenant, il n'a plus besoin d'elle et, pour cet homme important, une fille de la banlieue lyonnaise ne compte pas. Pourtant, Cellia redoute plus que tout d'être reconduite à sa cité. Elle a pris sa décision.

Renaud, assis sur une chaise, l'attend en faisant courir ses doigts sur les cordes de sa guitare. Cellia met de l'ordre dans son placard, sort ses vêtements de scène, les plie soigneusement, les place de nouveau sur l'étagère. Renaud la regarde en silence, touché malgré lui par la grâce de ses gestes, l'élégance de sa silhouette. Ses cheveux libres, gonflés de lumière, vivent sur ses épaules nues. À quoi pense-t-elle ? L'expression de son visage semble proche, accessible et, en même temps, tellement mystérieuse. Leurs intérêts les ont rapprochés, mais leur amitié survivra-t-elle à leur séparation ? Renaud redoute Cellia, comme il redoute les vraies femmes, celles qui n'acceptent pas sa faiblesse. En face, il se sent minuscule, incapable d'aborder le monde des adultes, torturé entre ses désirs profonds et ce qu'il est lui-même. Tout espoir s'est estompé avec la drogue. Il ne vit plus que pour elle, que pour satisfaire son corps dont le manque occulte tous les désirs. Il ne peut être un homme comme les autres ; les femmes le comprennent et gardent leurs distances. Sa prison ne se brise que dans les instants de musique, quand l'inspiration, la volonté profonde de dire ce qui ne peut s'exprimer par des mots prend le pas sur la réalité et son corps. Il a alors le sentiment de passer à côté de la vie, d'avoir choisi le pire des chemins. S'il se décide à s'en sortir, le manque plante ses griffes dans le plus sensible de sa chair et il n'a qu'une envie, rester dans l'enfer qui le comble.

Cellia ferme la porte de son placard dans la petite loge qu'elle partage avec Renaud.

— C'était ma dernière représentation. N'as-tu pas trouvé que j'étais meilleure que d'habitude ?

— Ta voix est toujours superbe. Mais que dis-tu ?

— Je m'en vais. Je ne sais pas où, mais je m'en vais. Gurval a décidé de me supprimer, je l'ai compris à sa manière de me regarder. Je ne veux pas lui donner cette joie. Tu n'as pas d'autre solution que de venir avec moi.

Renaud bredouille. Comment aller ailleurs quand il n'aura pas sa dose qui commence à lui manquer ? Cellia comprend et s'approche de lui, très près, plante ses prunelles noires dans celles du jeune homme.

— Tu comprends bien que tu es une loque ! Que tu ne réussiras jamais, tu entends, jamais, tant que tu seras dépendant de cette saloperie ! Gurval te tient, comme d'autres te tenaient avant et comme d'autres te tiendront plus tard, tu n'es qu'un jouet entre leurs mains, tu passes à côté de la vie, de ton talent, de toi-même. Ton père a eu raison de te jeter !

Il baisse la tête en petit garçon qui veut se faire plaindre, qui veut parler de sa douleur, de son enfance malheureuse, bref de tout ce qui fait qu'un adolescent sombre dans le pire des fléaux. Il pense tout à coup à Julien qui joue aux hommes forts et ne sait rien de la vie en dehors de l'usine Saint-Jean.

— Tu ne peux pas comprendre. Mon père distant, trop fort pour moi, et surtout attaché à sa propre image, ma mère qui sombrait, puis qui s'en est allée sans m'embrasser une dernière fois...

Cellia pense à sa propre enfance d'immigrée plongée dans un monde où sa famille ne se reconnaissait pas. À son combat de chaque jour pour vivre à sa manière. À sa fuite sans retour, à sa solitude.

— Tu n'es qu'un petit-bourgeois, un petit de riches qui ne s'est jamais endurci et qui considère que les autres sont responsables de ses erreurs. Car ta faiblesse, mon cher

Renaud, ton laisser-aller, même si les autres en sont responsables, ce dont je doute, c'est toi qui les supportes et qui en crèveras ! Alors, tu viens ?

Il réfléchit un instant, déjà vaincu, mais pas docile. Cellia a sûrement raison, mais que sait-elle de la terrible douleur qui se réveille en lui ?

— J'ai peur de Gurval. Il me semble étrange.

— Ça, tu as raison. Moi, j'écoute aux portes et j'ai surpris des conversations téléphoniques curieuses. Ce n'est pas un gitan comme les autres. Il se cache sous cet aspect, mais c'est un homme puissant et c'est pour cette raison qu'il n'attend rien de nous. Viens !

— Mon père va être condamné. Je ne sais pas pourquoi ça lui tient à cœur, mais c'est ainsi et je veux voir Armand Montrémy les menottes aux poignets entre deux gendarmes.

La jeune femme regarde curieusement Renaud, puis se résigne. Il précise :

— Si j'en suis là, c'est mon père le responsable. Lui aussi m'a envoyé en prison et je n'en suis pas encore sorti !

— Alors, salut ! J'ai prévu cette fuite depuis longtemps. Je voulais t'en faire profiter, mais tu es encore trop con !

Elle sort de la loge sans fermer la porte. Renaud la voit rejoindre Louise Berclay et monter à l'étage. Il se décide alors à affronter les cinq violonistes de Gurval avec la conscience d'avoir encore une fois pris le mauvais chemin.

Le poids des nuages écrase la campagne. L'horizon s'est bouché. La tempête redoutée la nuit dernière a épargné encore une fois Chastelnaud, mais la prochaine rassemble déjà ses forces sur le mont Aïzot. Les insectes se taisent. Pas un grillon, pas un cri d'oiseau. L'épouvante se prépare dans l'immobilité lourde des nuages. Pas un souffle de vent. La ville martyre va encore payer, mais pourquoi ? Pourquoi Chastelnaud, qui a déjà subi deux tremblements de terre, serait-il de nouveau mutilé ? Le découragement s'est emparé des habitants qui ont abandonné leurs travaux, leur maison pour se rassembler dans les rues, sur les places, muets, le visage levé vers le ciel d'où tombe un silence infernal. Ils avaient recouvré l'espoir, ils s'étaient acharnés au travail pour remettre leur maison en état, pour prendre à leur charge ce que les assurances ne voulaient pas payer, pour revivre enfin comme avant, lorsque la Terre était encore attentive aux hommes. Il leur restait à replacer quelques tuiles sur le toit, changer des persiennes ou une porte qui fermait mal, il leur restait un dernier nettoyage de fond en comble pour effacer les traces des anciens sinistres, et puis la mort des proches dont le souvenir les hanterait toujours. Voilà que d'autres malheurs vont les frapper, cette fois venus du ciel. Ils pourraient se consoler en se disant que d'autres tempêtes ont éclaté partout ailleurs, qu'elles s'épuisent à mesure qu'elles progressent vers le sud, ils s'attendent au pire. Le fatalisme les guide, mêlé au sentiment qu'ils sont des victimes expiatoires. Ils ne sont pas plus responsables que les autres, et même moins. Ils se sont contentés de vivre simplement et ils prennent conscience à présent que la Terre ne pardonne rien. Les erreurs des uns peuvent être facturées aux autres, sur d'autres continents. Les plus lucides voient là des causes d'affrontements futurs, de guerres meurtrières, de génocides, car le partage n'est pas une vertu humaine. Alors, ils se disent que les propositions radicales des Droits de la Terre sont fondées, qu'il en va de la survie générale. On ne peut plus faire n'importe quoi. La notion de liberté se réduit et la générosité n'a plus sa place : l'homme doit se prémunir contre lui-même.

Vers trois heures de l'après-midi, sous un ciel de plomb dont on se dit que la moindre vibration le ferait s'écrouler en cendres, des voitures avec haut-parleur sillonnent les rues de Chastelnaud pour inviter les gens à la prudence. Tout ce remue-ménage autour d'un simple orage semble bizarre et finit d'inquiéter. Puisque la mairie prend la peine d'avertir les gens, c'est qu'elle dispose d'informations alarmantes qui n'ont pas été publiées. « Nous vous prévenons d'un risque imminent d'orage très violent accompagné de vents forts, répète inlassablement le haut-parleur dont la voix porte loin dans le silence général. Les habitants sont invités à rejoindre les mobile homes du Plateau où ils pourront se mettre à l'abri pendant la tempête qui devrait être brève. » Ils obéissent sans maugréer malgré l'envie qu'ils ont tous de rester chez eux, de protéger ce qui leur reste. Mais que peuvent-ils contre le vent, contre la foudre et les colères du ciel ?

Un long cortège de voitures qui roule au pas se dirige vers le Plateau où les places manquent. Les regards se tournent vers le mur sombre de l'horizon, couleur d'encre et de cendre, compact, zébré parfois de la lumière vive d'un éclair. Le tonnerre gronde au loin, son roulement associé à celui du vent et de la pluie fait un bruit sourd et profond, différent des bruits de la Terre entre les deux séismes et en même temps plus imposant, chargé de menaces imminentes. Les enfants, plus sensibles que les adultes, pleurnichent et se serrent près de leur mère, les chiens se cachent dans les plus petits recoins. L'armée du ciel descend du nord et ravage tout sur son passage, multipliant les victimes : six morts à Paris, le double à Orléans et Bourges, fermes dévastées, toitures arrachées et forêts entières déracinées, ces forêts si précieuses pour lutter contre l'effet de serre. Les récentes campagnes de plantations lancées à grand renfort de publicité semblent dérisoires. Les pouvoirs publics, une fois de plus, se sont contentés d'agiter leur bonne volonté pour lutter contre de véritables ennemis. Incapables de prendre des mesures efficaces forcément contraignantes, ils ont occulté les enjeux et se sont donné bonne conscience avec des symboles.

À l'usine Saint-Jean, l'arrivée de l'orage laisse indifférents les employés massés dans la cour dans une longue promiscuité de plus en plus difficile à supporter. Dès les premiers jours, les accrochages se sont multipliés, la présence du patron a suffi pour remettre tout le monde à sa place, mais les douleurs, l'inconfort fissurent les déterminations les plus solides.

— C'est un bras de fer avec le reste du monde ! insiste Armand Montrémy. Ce bras de fer va prendre du temps et notre arme essentielle, c'est la patience. Les télévisions commencent à parler de nous, des voix s'élèvent ici et là pour dénoncer l'injustice qui nous frappe, ces voix vont s'amplifier avec les jours. Mes amis, notre détermination aura raison de nos adversaires.

Ces belles paroles ne calment qu'en apparence, car elles masquent la vérité. Les médias ont bien d'autres sujets et ne parlent que très peu de la grève de la faim, trop peu pour favoriser une prise de position populaire. Sur place, de jour en jour, les différences s'affirment. Quand les employés ont traversé la ville derrière Raoul Ravenault et Armand Montrémy, tous n'avaient qu'une même voix pour dénoncer l'injustice qui les frappait et leur volonté d'aller jusqu'au bout pour sauver leur emploi. Mais tous n'ont pas supporté de la même manière les privations, fort mauvaises conseillères. Durant les trois premiers jours, il régnait une atmosphère de meeting et de kermesse dans la cour de l'usine Saint-Jean. On buvait de l'eau, mais aussi de quoi faire oublier les crampes d'estomac. On plaisantait, on riait fort. Il faisait beau, le sacrifice restait supportable. Ensemble, les employés se sentaient capables de tenir des semaines s'il le fallait. Mais très vite, la faim a mis les nerfs à fleur de peau ; la promiscuité a fait resurgir les dissensions personnelles, des querelles d'atelier. Pour qui enduraient-ils autant de privations ? Pour eux ou pour le patron qui, une fois la crise passée, recommencerait à s'enrichir sur leur dos ? Malgré la vigilance d'Armand Montrémy et surtout de Raoul Ravenault qui n'a cessé d'aller des uns aux autres, malgré la présence courageuse de Julien, les groupes qui existaient déjà quand l'usine vivait se sont reformés. Les uns accusent les autres de tricher, de recevoir de la nourriture de leurs épouses, des membres de leur famille ; des paquets de gâteaux secs qui circulent sont interceptés, des fruits jetés au milieu de la rue. Les empoignades se multiplient et Armand Montrémy, malgré son autorité naturelle, a beaucoup de mal à maintenir le calme.

— Nous sommes trop nombreux, dit un soir Julien à son père. Il n'y a pas plus de tricheurs ici qu'ailleurs, mais cela suffit pour faire capoter notre projet et laminer la détermination de beaucoup. Nous devrions renvoyer un bon nombre de ces gens chez eux et poursuivre le mouvement en comité restreint, mais sûr.

— Impossible. C'est nous qui avons fixé la règle du jeu, nous devons la respecter sous peine de ne pas être pris au sérieux. Notre télé-réalité ne peut avoir d'impact qu'avec l'ensemble des employés. En éliminer serait avouer notre défaite.

Bien qu'arrivée plus tard que les autres, Véronique Montel supporte mal la privation de nourriture et la promiscuité. Elle ne cesse de penser à Gaétan et se dit que sa place est avec lui. Un regard de Julien suffit à l'apaiser avant que ses tourments ne recommencent. Sa présence est devenue gênante pour tous : la presse locale, achetée par les frères

Delprat, ne parle de ce mouvement que pour en dénoncer la légitimité. Véronique lui fournit un argument qui touche : Armand Montrémy montre son véritable visage en obligeant une jeune mère à se sacrifier pour attirer l'attention sur lui. Véronique entend cela, mais ne cède pas.

Aidés des brigades voisines, les gendarmes du brigadier Legrand montent la garde jour et nuit autour des murs de l'usine. Ils font régulièrement des rapports à leurs supérieurs qui en informent les autorités ministérielles. Pour l'instant, ils ne signalent rien de grave, mais l'évolution de la situation ne leur échappe pas : les bagarres de plus en plus fréquentes montrent que la détermination faiblit, que, bientôt, tout le monde rentrera chez soi. La presse nationale en profite pour mettre en avant le meurtre d'Auguste Ravenault qui semble lié à cette affaire. Elle annonce des révélations surprenantes et une arrestation qui fera beaucoup de bruit.

Dans la grande maison bourgeoise, Aminthe Montrémy ne cesse de rouspéter. Tout ce monde dans la cour de l'usine, ces mauvaises odeurs et surtout le cordon de gendarmerie autour de sa propriété l'exaspèrent. Elle a téléphoné au maire pour exprimer sa colère : « Que diable, ce n'est pas une prison ni un camp de concentration ici ! Si vous aviez pris la bonne décision, celle qui pouvait sauver les Eaux Saint-Jean, tout ceci ne serait pas arrivé ! J'irai me plaindre au tribunal administratif ! »

Pétronille erre d'une pièce à l'autre. Consignée par son père, la fillette commence ses vacances d'été enfermée. Elle occupe ses journées à mettre du désordre et à contrarier sa grand-mère à chaque occasion. Aminthe, qui n'a plus de bonne, se dit fatiguée et au bord de la dépression nerveuse. Julien et son père lui rendent visite deux fois par jour et recommandent à Pétronille d'être sage, en vain.

— Je serai sage qu'à une condition ! dit-elle à son père, c'est que tu me ramènes madame Ghislaine. Je m'ennuie beaucoup sans elle.

Armand Montrémy surveille le ciel. L'arrivée de la tempête le terrorise. Le terrible liquide glacé circule dans son corps, il serre les dents : sa désertion serait la pire des lâchetés en face de ceux qui partagent son combat. Pourtant, la panique monte en lui et il sait que, le moment venu, il n'aura pas le courage de lui résister. Il redoute ses propres réactions. Personne ne l'empêchera d'aller se cacher dans sa bibliothèque, mais le sentiment de sa lâcheté le torture plus encore.

Les haut-parleurs invitant la population à quitter des habitations fragiles et à monter s'abriter dans les mobile homes du Plateau sèment un instant de confusion parmi les grévistes. Que doivent-ils faire ? Se mettre à l'abri ou bien rester dans cette cour au risque de se faire tuer par des tôles ou des poutres arrachées au squelette de l'usine ?

— On ne bouge pas ! s'écrie Raoul Ravenault. Si nous voulons gagner, notre détermination doit être sans faille, même face à la tempête. Ils ne pourront pas décider de nous évacuer de force !

Blême, le visage contracté, le regard cachant mal sa terreur, Armand Montrémy tremble ; dans son esprit se précise le visage de Pierre Lorrain, noir, figé dans son ultime grimace de douleur.

— Ça ne va pas ? demande Julien à son père.

— Toujours cette maudite fièvre rapportée d'Afrique qui me prend chaque fois que l'orage approche, dit Armand d'une voix mal assurée.

Il scrute le mur noir du ciel et écoute les premiers roulements du tonnerre. Il doit s'adresser à ses employés, mais n'en a pas la force. L'inquiétude se marque sur les visages. L'annonce des haut-parleurs, leur grande faiblesse les plongent dans une angoisse terrible qu'un rien peut faire basculer vers la panique.

Une voiture s'arrête à l'entrée de la cour. Jean Morenceau en sort lentement, visiblement mal à l'aise en promenant son regard sur ces gens couchés à même le sol, en remarquant leurs visages faméliques, toute cette douleur muette, cette résignation dont il se sent responsable. Son sens du devoir l'a poussé à faire cette démarche qu'il remet de jour en jour depuis le début de la grève de la faim.

Armand Montrémy dresse lentement son grand corps amaigri et s'avance vers le maire.

— Voilà ce que vous avez fait de nous, monsieur le maire ! dit-il d'une voix tremblante. De pauvres hères qui acceptent de mourir pour retrouver leur dignité de travailleurs.

Morenceau, gêné, bredouille. Tous ces regards connus qui le fixent attendent de lui une déclaration, un encouragement. Il pousse un long soupir, tout à coup honteux de son visage poupin, de ses formes lourdes.

— Je me dois de vous faire évacuer. Des vents très violents sont annoncés et mon devoir est d'assurer la sécurité de tous.

— Nous refusons ! s'écrie Raoul Ravenault.

— Nous nous passerons de votre assentiment. Les gendarmes sont prêts à intervenir. Tout le monde doit dégager de cette cour. Je vous précise que, par respect pour votre mouvement, j'ai obtenu que vous soyez tous abrités dans le même mobile home qui vous est réservé le temps de la tourmente. Ensuite, vous serez reconduits ici.

Malgré quelques protestations, les grévistes acceptent. Beaucoup espèrent que cette diversion va marquer la fin de leurs privations, mais se gardent bien d'en parler.

— Je crois qu'il y a deux personnes dans votre maison, précise le maire à Armand Montrémy. Votre mère et votre fille. Si vous le permettez, je vais les prendre dans ma voiture avec mon épouse et le petit Jonathan. Je me charge de leur sécurité.

Un car de la ville se gare près de l'entrée de l'usine. Les gendarmes en faction à proximité invitent les grévistes à y prendre place. Fripés, la mine défaite, ils se mettent lentement debout et montent dans le véhicule avec les gestes imprécis des gens qui sont à bout.

Aminthe refuse de quitter sa maison, puis finit par se soumettre. Elle prend place dans la voiture du maire ; Pétronille s'assoit à côté de Jonathan. Les deux enfants se connaissent puisqu'ils fréquentent la même école, pourtant, leur présence inhabituelle dans cette voiture les intimide, et ils évitent de se regarder.

Un silence de plomb pèse sur la ville déserte, une fois de plus abandonnée par ses habitants. Pas un craquement, pas un coup de marteau sur une charpente, pas un cri, pas un appel. Le temps, suspendu, pèse sur les collines. Les chiens oubliés par leurs maîtres se tassent dans leurs niches en haletant, mais n'osent pas, par leurs hurlements, déranger l'ordre du silence et l'immobilité de l'instant devenu éternité. Le lac Neuf a pris une couleur grise, pas une ride ne trouble sa surface de métal fondu.

Tout à coup, un éclair aveuglant venu des profondeurs des nuages sombres, éclat de briquet sur des fagots rassemblés, annonce le début de la tourmente. Un chien pousse un cri, un seul, vif comme une lame ; le vent se lève, d'abord léger bruissement des feuilles frottées sur les tiges, puis s'intensifie, se fait bourrasque avec un roulement de tambour profond qui heurte le cœur des êtres vivants. Le tonnerre répond en écho imprécis au-dessus des toits. Le vent déchaîné secoue les arbres comme de vulgaires bouquets. Les troncs craquent, cèdent sous le poids des feuillages lourds de sève. La Terre entière n'est plus que révolte, grondements puissants, désordre infernal, mélange d'éléments disparates. Dans les mobile homes, les mères serrent leurs enfants près d'elles et se tassent en silence les unes près des autres. Les constructions de tôles solidement arrimées au sol ne risquent pas de se renverser ou de s'ouvrir sous les coups de boutoir du vent, mais le bruit infernal fait resurgir des instincts d'animaux traqués. Les éclairs flambent dans l'obscurité de la tempête, éclatent en une lumière chancelante. Puis la pluie se met à tomber en trombes qui noient tout, transforment les rues en torrents de boue.

— J'ai peur ! fait le petit Jonathan près de sa grand-mère.

— Pas moi ! réplique crânement Pétronille qui domine le petit garçon de quelques centimètres. Moi, je suis comme mon papa, je n'ai jamais peur ! D'ailleurs, je suis grande puisque j'ai dix ans, et toi ?

— J'ai huit ans et je voudrais tant que maman revienne !

Léonie Morenceau soupire en caressant les cheveux de jais du petit garçon.

— Ne t'en fais pas, mon chéri, ta maman va revenir et nous allons bientôt retourner chez nous. Regarde, la tempête s'éloigne.

— Moi, ma maman ne reviendra jamais, précise Pétronille. Mais elle vient me voir en rêve, alors bien sûr, je suis pas seule. Je lui raconte ma journée et je lui dis que j'ai été sage, même si c'est pas vrai ! Tu sais quoi ?

Jonathan regarde Pétronille avec des yeux où la curiosité prend le pas sur la peur.

— On pourrait jouer, tous les deux, mais pas comme à l'école. On pourrait jouer chez toi ou chez moi, on inventerait des tas d'histoires. Et je t'apprendrais à retrouver ta maman en rêve !

— Je veux bien, répond Jonathan, je m'ennuie chez moi. Tu viendras, et je te montrerai dans le parc, près du cyprès renversé, il y a des petits hommes minuscules qui sont mes amis...

— Tu as bien de la chance !

— Ils sont comme nous. Ils ont des voitures, des avions, des villes, mais c'est tout petit, si petit que les grandes personnes ne peuvent pas les voir !

— C'est mieux comme ça, conclut Pétronille. Les grandes personnes ne comprennent rien et abîment tout.

Un violent coup de tonnerre, une explosion terrible qui dissout le monde dans son éclat brutal arrête cette conversation. Jonathan se cache le visage contre le bras de sa grand-mère. Pétronille, provocante, garde la tête haute, rivée à la vitre. La pluie torrentielle qui roule par vagues suspendues dans le vent réveille en elle un goût de révolte, de violence jusque-là réprimées.

Les adultes se taisent, se regardent avec anxiété, étrangers chez eux, perdus dans ces constructions métalliques qui vibrent comme des tambours. Un homme s'écrie alors :

— Faudra-t-il des centaines de milliers, des millions de victimes pour décider nos dirigeants à prendre les mesures essentielles qui s'imposent au monde entier ? La convoitise des uns, la lâcheté des autres nous ont conduits ici, dans ce réduit où nous nous entassons comme des veaux avant l'abattoir. Voilà le résultat de tant d'années d'inconscience !

Et ce n'est pas fini ! La Terre se fâche et l'effort pour la ramener à la raison sera considérable. Le prix à payer se soldera par des millions de victimes, pourquoi pas des milliards ? Voilà le résultat d'une politique à court terme !

Personne ne contredit Joseph Pelbond, le nouveau responsable de la section locale des Droits de la Terre. Son discours est tellement juste qu'en face de lui Bertrand Montret, un proche de Raoul Ravenault et membre de l'association Homme et Nature ne trouve rien à lui opposer, et opine à ces propos, incrédule.

Dans la salle réservée aux grévistes de la faim, la violence de la tourmente laisse les gens indifférents. Le changement de lieu, le voyage en car les ont rapprochés des réalités et les souffrances de leur corps n'en sont que plus aiguës. Il leur semble que la tempête ne s'arrêtera jamais et qu'ils vont cesser là une protestation qui n'a d'autre conséquence que de les détruire. Raoul Ravenault leur remonte le moral :

— Notre mouvement touche à son but. Les autorités ont bien compris que nous ne lâcherions pas prise. Une solution va être trouvée !

Un homme range son téléphone portable et s'écrie :

— Le lac Neuf !

— Eh bien quoi ? demande Armand Montrémy. Qu'est-ce qui se passe ?

— Le trop-plein déborde dans le Minuret qui inonde Saint-Geniez ! Ma sœur vient de m'appeler. Les gens ont dû fuir dans les greniers.

— Le Red Star brûle ! crie une femme. Sous cette pluie, ce n'est pas possible !

— La foudre ?

— Non, Mme Berclay, la patronne, dit que c'est un attentat. Il y a eu une explosion du côté des cuisines cinq minutes avant le premier coup de tonnerre.

— Comment ça ? Qui aurait pu placer un explosif au Red Star et pourquoi ?

— On n'en sait rien, mais plusieurs personnes ont entendu l'explosion.

Renaud Montrémy n'a rien entendu de la violence de la tempête. Le tonnerre n'a pas grondé dans l'enfer où il se trouve. Il se roule sur le plancher souillé de son urine, de ses propres excréments. Il a tellement mal qu'il n'a plus la force de penser ni le réflexe de se protéger de ses propres immondices. Le voilà sur la dernière marche de l'enfer. Le feu irradie sa poitrine, lance ses flammes en vrilles dans ses membres, ses os, tout son corps. Sa tête éclate, son cœur bat à se rompre. Mais pourquoi ne meurt-il pas tout de suite, ne sombre-t-il pas dans le précipice sans douleur, le non-être qui laissent les pierres insensibles aux millénaires, aux aléas de l'Univers ? La chaleur moite, suffocante, de ce petit espace fermé sur ses mauvaises odeurs libère en lui un jus nauséabond qui nourrit le brasier de son manque, du vide profond de tout son être. Il ne rêve pas d'étancher sa soif, ni de manger, il ne rêve que d'une piqûre, de ce liquide laiteux qui lui rend la paix et la vie, sa fée vénéneuse.

Il se roule par terre, comme pour éteindre des flammes qui courent autour de lui. Il n'a plus de pensée, plus de nom, il n'est rien qu'une chose immonde qui se traîne, une larve sur le plancher de ce van à chevaux où il est enfermé depuis trois jours. Il n'a plus la force de frapper à la porte de bois, ni de crier sa présence, une larve c'est mou et ça ne crie pas !

Que n'a-t-il fui avec Cellia qui avait tout préparé depuis longtemps, qui avait mis Mme Berclay dans le coup ? Il a voulu faire confiance à Gurval, mais le monstre obèse ne connaît que ses intérêts et l'a puni. Depuis, il se débat dans son odeur de fumier, au fond d'un enfer qui le broie. Pendant ses rares moments de lucidité, des images furtives traversent son esprit : les employés de l'usine Saint-Jean allongés dans la cour, livrés à la pire des humiliations pour garder leur honneur, son père debout au milieu du troupeau terrassé, son frère boitant, image de la volonté, de l'opiniâtreté. À ce frère déterminé qui ignore tout des bonheurs sublimes, se superpose la pensée de Cellia. Il n'avait pas le choix : la suivre l'aurait conduit dans un chemin d'avenir dont il comprend l'importance, mais qu'il n'avait pas la force d'affronter. Sans la drogue, ses jours perdent tout leur sens. Comment vivre dans l'absence de cette maîtresse qui remplace toutes les autres ? Le temps lui fait peur ; il redoute surtout d'être confronté à lui-même. Il s'est caché tant de choses, tant de vérités qui le terrorisent. Sa première faiblesse lui a été fatale et lui a ouvert la voie de l'insouciance. Perdre son seul plaisir le laisserait sans but immédiat et il n'a pas de but lointain.

La petite porte latérale par laquelle on donne à manger aux chevaux s'ouvre. L'homme au pas pesant, portant une guitare, monte lentement les trois marches métalliques. Il est énorme, le visage large et bouffi, les yeux enfoncés dans les plis de la graisse. Il souffle un instant, appuyé contre la cloison, le regard posé sur la larve Renaud, puante, toujours allongée sur la paille souillée. L'homme pose la guitare à côté de lui, sort enfin de sa poche un minuscule sachet et le montre à Renaud.

— C'est pour toi !

Renaud retrouve espoir. Le sang circule de nouveau dans ses veines. Pourquoi Gurval lui apporte-t-il sa drogue alors qu'il l'a laissé moisir pendant trois longues journées ? Gurval n'est pas homme à faire des cadeaux, mais, pour l'instant, il rapporte la vie, il est l'être providentiel pour qui il fera n'importe quoi.

— La tempête a fait quelques dégâts, mais nous pouvons reprendre la route. Nous partons, tu te débrouilleras.

Renaud se dresse en face de l'homme monstrueux. Ses

yeux ont perdu leur errance et se fixent sur l'enveloppe que Gurval tient toujours entre le pouce et l'indexe.

— Pour ton père, te tracasse pas. Il va payer, cela arrange tout le monde et me fait un bien immense. Les Eaux Saint-Jean peuvent disparaître, les gens d'ici s'en moquent, et les grévistes de la faim seront soulagés !

Il fait mine de s'en aller. Renaud le retient.

— Vous allez partir ?

— Oui, nous avons à faire autre part. Le Red Star n'existe plus, les musiciens ont besoin d'une nouvelle scène. Moi, on m'appelle ailleurs pour d'autres fonctions. J'ai vu ce que je voulais, les vacances sont finies.

— Qu'est-ce que vous voulez dire ?

— Je veux dire que je sais tout ce que j'ai besoin de savoir sur le pays et les gens influents. Maintenant, je vais rentrer chez moi. Lionel Delprat, qui croit avoir enfin réussi son grand œuvre, vient de signer sa perte !

— Mon père ? Mon frère ? La petite Pétronille et grand-maman...

— Ton père va subir le pire des déshonneurs. Franchement, je trouve cela injuste parce que c'est un vrai homme. Tu as ce que tu veux parce que les circonstances l'exigent, mais tu ne le mérites pas !

— Vous voulez dire que...

— Je veux dire que tu es un enfant gâté, un petit con, voilà ce que tu es ! Ne crois pas que j'ai agi pour t'aider. Non, j'ai simplement appliqué un plan où la valeur humaine ne passe pas en premier.

— La valeur humaine ? s'étonne Renaud. Je ne comprends pas.

— Je veux parler de la valeur de ton père à côté de ce que tu seras toujours : un rat ! Mais son emprisonnement probable arrange tout le monde pour l'instant. Toi, tu ferais bien de ne pas te mêler de cela, de te contenter de ce pour quoi tu as un peu de talent, la musique. Et puis, si tu veux ta poudre, voilà un numéro de téléphone. Salut !

Gurval descend lourdement les marches et se tourne :

— Je te laisse une guitare. Un conseil : mets-toi au travail tout de suite.

Gurval traverse lentement l'espace boueux pour rejoindre sa caravane. Il n'a pas fermé la porte. Renaud est donc libre, et il n'a qu'une hâte, faire cesser le feu qui le ronge. Il partage le paquet de poudre en deux, pour tenir plus longtemps. Après sa piqûre, son corps s'apaise, il découvre qu'il a faim, qu'il a envie de vivre, et sort. Le soleil est pâle sur une campagne que la tempête a défigurée. Il se tourne vers la longue caravane de Gurval et s'éloigne du campement, tout à coup libéré, presque gai, sa guitare en bandoulière.

— Ne le perdez pas de vue, dit Gurval à ses deux hommes de main. L'appât est lancé, maintenant le poisson va mordre.

Le soir même, le terrain vague est déserté. Les caravanes sont reparties vers une destination inconnue, laissant une benne entière de détritus.

En arrivant dans son bureau, le commissaire Gueynard a la surprise de trouver quelqu'un assis à sa place. Un jeune homme qui ne remplit pas son costume, blondinet et maigre, le visage osseux, le regard prétentieux. Gueynard ne cache pas sa surprise. L'autre sourit, supérieur, se lève avec des airs importants. Les dégâts de la tempête emplissent tous les esprits : lignes électriques renversées, routes coupées, ponts effondrés, inondations dramatiques. Une fois de plus, les habitants de Chastelnaud pansent leurs plaies, nettoient la boue qui a envahi les maisons des quartiers bas, mais la ville s'en tire mieux que ses voisines : le barrage que Les Houilles Blanches avaient eu la bonne idée de vider en partie quand la météo a annoncé les fortes précipitations a rempli son office et limité considérablement les inondations. Par contre, le Minuret a été transformé en un torrent fougueux qui emporte tout sur son passage. La ville de Saint-Geniez déplore de gros dommages. Une coulée de boue a noyé plusieurs lotissements ; la petite zone industrielle ravagée va contraindre au chômage plusieurs centaines d'ouvriers. Et les critiques contre le barrage ne cessent de pleuvoir . Chastelnaud s'est protégé en envoyant son surplus d'eau chez les voisins. Le lac Neuf est à l'origine de cette catastrophe ; il faut donc le détruire, redonner à la nature ses aises d'avant le tremblement de terre. L'association de sauvegarde des Eaux Saint-Jean, créée depuis peu et qui a pour objectif premier d'appuyer le mouvement des grévistes de la faim, trouve là un nouvel argument, mais sera-t-il suffisant ?

Le commissaire Gueynard questionne du regard celui qui occupe son bureau, même s'il a été averti par sa hiérarchie. Son manque de résultats dans l'enquête du meurtre d'Auguste Ravenault montre qu'à quelques années de la retraite il a atteint son niveau d'incompétence. Des solutions pour s'en tirer honorablement lui ont été suggérées et il les a refusées. Tant pis pour lui, l'administration ne va pas supporter plus longtemps un flou qui nuit à son autorité.

Gueynard, sans un mot, accroche son imperméable au portemanteau et fait front, l'air grave. Son jeune collègue lui sourit franchement de toutes ses dents très blanches et régulières, le sourire supérieur de l'homme qui maîtrise la situation. Ils se saluent, parlent un long moment de la tempête et, sans aucune transition, le jeune homme précise :

— On pense en haut lieu que nous ne serons pas trop de deux pour trouver une solution au crime qui s'est produit ici. Avant votre arrivée, j'ai pu consulter les différents dossiers de l'affaire, il faut aller vite et rien ne s'oppose à une arrestation rapide du présumé coupable.

Gueynard sourit, cette fois avec un brin de mépris à l'égard de ce Benoît Vernouillet, connu pour son impétuosité, son arrivisme qui le pousse à aller plus vite que les autres. Là où les « vieux » affichent de la prudence, il ne voit que mollesse. Une telle manière sans nuances lui a valu quelques succès qui ont vite fait oublier, chez cet ambitieux, les échecs retentissants. Gueynard, en tout cas, n'est pas du tout décidé, après une carrière exemplaire et des centaines d'affaires résolues sans bavures, à se rendre complice d'agissements douteux. Ce freluquet lui montre seulement que le temps a passé très vite, pour le reste, il compte bien le laisser se casser les dents dans cette petite ville muette où personne ne sait rien et qui se méfie des étrangers. Vernouillet a été envoyé à Chastelnaud pour planifier une situation. À défaut de justice, il doit affirmer l'autorité de l'État pour supporter les pressions de plus en plus appuyées des Droits de la Terre. Un des leurs a été tué, ils entendent en profiter pour faire leur propagande, même s'ils critiquent ouvertement les agissements d'Auguste Ravenault. Leur mouvement progresse dans le monde entier et toute occasion est bonne à prendre.

— J'ai des ordres formels auxquels je dois me conformer, précise Vernouillet qui avertit ainsi Gueynard que c'est lui qui dirige l'opération.

Le vieux commissaire s'est assis sur le siège du visiteur, et fait semblant de se soumettre, d'attendre les ordres.

— J'ai pu nouer quelques contacts qui vont nous permettre d'avancer au plus vite.

Gueynard a un sourire incrédule. Comment ce freluquet peut-il penser que le vieux commissaire a négligé la moindre piste, le moindre indice ?

— Ce sera difficile, rétorque-t-il en contenant son animosité. J'ai pensé comme vous, au début, mais les gens sont muets. Dès qu'il faut parler, ils vous filent entre les doigts comme des anguilles.

Vernouillet secoue la tête, incrédule. Ce pauvre Gueynard est usé, voilà la vérité, il n'est plus capable de représenter l'autorité de la justice ! Les gens ne l'ont pas pris au sérieux, tout va changer.

— Figurez-vous que j'ai vadrouillé incognito dans le pays pendant quelques jours. Et j'ai récolté des confidences. Avez-vous interrogé les gitans qui se trouvent sur le terrain vague, à la sortie sud de la ville et où, comme par hasard, s'est réfugié le fils maudit, Renaud Montrémy ? Cela ne vous a pas semblé bizarre qu'un petit-bourgeois drogué trouve asile chez des gitans ?

Gueynard se sent comme un élève qui doit avouer sa faute devant le proviseur. Certes, il a été informé de cela, mais il n'y a vu aucun rapport avec le crime.

— Renaud est un petit drogué revenu taper sa famille.

Or, vu la situation, il a dû renoncer, précise le vieux commissaire. Il jouait au Red Star avec une certaine Cellia Correti et a trouvé naturellement refuge chez les gitans.

— Et le Red Star a brûlé ! Cela ne vous étonne pas, monsieur Gueynard ?

— Il se peut que ce soit la foudre. Les fouilles des décombres n'ont fourni aucune preuve de ce qu'avance la propriétaire anglaise.

— Pour une fois, je suis de votre avis ! s'exclame Vernouillet. Où croyez-vous que Renaud trouvait sa came ? Car s'il n'a aucun moyen de se procurer de quoi faire sa piqûre quotidienne, il ne peut pas jouer de la guitare.

— Les gitans, probablement, répond évasivement Gueynard.

— Non, au Red Star, grâce à un serveur, fait Vernouillet en se levant de son fauteuil et en marchant vers Gueynard. Je ne l'ai pas appréhendé parce que je n'ai que des doutes. Mais revenons à l'essentiel. Je suis allé voir les gitans, j'ai parlé à leur chef, un certain Gurval. Personne ne sait rien sur lui, ces gens-là ne sont pas bavards. Mais, à l'école, on nous apprend à délier les langues les plus difficiles...

Vernouillet reprend sa place dans le fauteuil de Gueynard, pose les coudes sur le bureau pour bien affirmer que c'est lui qui décide. Gueynard n'a pas bougé de la chaise du visiteur.

— Au moment du deuxième tremblement de terre, les gitans se trouvaient en bordure d'une prairie qui surplombe l'endroit où s'est fracassée la voiture de Ravenault. Vous le saviez ?

— On me l'a dit, en effet, mais je ne vois pas le rapport avec le crime. J'ai pu vérifier l'alibi de chacun d'entre eux : ils étaient tous réunis par le directeur des services techniques chargé de l'hygiène de la ville de Chastelnaud qui cherchait à les inciter à camper sur le terrain qui leur est destiné.

— C'est un alibi général qui n'a pas une grande valeur, rétorque le jeune commissaire. Un des membres du groupe aurait pu être absent sans que personne s'en aperçoive.

— En effet. Mais je ne vois pas pourquoi il l'aurait fait,

ni pourquoi il serait allé abattre M. Ravenault d'un coup de carabine.

— Avec ses cent cinquante kilos, Gurval est un personnage étonnant. J'ai pris le temps de l'écouter et nous avons sympathisé. Je crois que, par ce biais, j'ai appris des choses qu'il n'a dites à personne...

Gueynard n'a aucune réaction mais n'en pense pas moins. Le jeune Vernouillet a encore beaucoup à apprendre des hommes. Il s'est fait rouler dans la farine par un Gurval qui, de toute évidence, cache son jeu. Le vieux commissaire mime la curiosité admirative, pousse son collègue à se dévoiler un peu plus.

— Malgré lui, il a pu m'énumérer toutes les voitures qui sont passées sur la route aux heures présumées du crime, poursuit Vernouillet, sûr de lui. Il m'a dit aussi, que deux heures auparavant, il a vu une grosse Mercedes s'arrêter un peu plus loin. Elle n'est repartie que plus tard et c'était celle de l'homme qui a voulu saboter le barrage et contre qui vous n'avez pas encore signé la mise en examen. Le crime et le sabotage semblent provenir du même endroit et je précise que si Armand Montrémy n'est pas celui qui a appuyé sur la détente, il est très sûrement le commanditaire du meurtre.

Gueynard, qui ne peut supporter autant de contre-vérités, se dresse vivement et s'insurge :

— C'est impossible ! Les deux affaires sont séparées. Que Montrémy ait voulu faire sauter le barrage, cela se comprend, mais il n'avait aucun intérêt à tuer Auguste Ravenault puisqu'il avait abandonné le projet de forer sur son terrain. D'ailleurs, avec qui est-il en ce moment dans la cour de son usine ? Avec Raoul Ravenault, le fils de la victime.

— Justement, je ne suis pas loin de penser que ce Raoul Ravenault est dans la combine avec son patron. On raconte que la sœur de ce Raoul serait la maîtresse de Montrémy, cela ne tient pas debout, je vous l'accorde. Gurval m'a aussi dit que Montrémy est resté longtemps dans le bosquet d'où a tiré l'assassin. Je vais lui demander ce qu'il y faisait. D'autres témoins ont vu la Mercedes blanche. Il va être mis en examen, ce qui sera une sortie honorable pour cette grève de la faim où les employés des Eaux Saint-Jean sont retenus en otage, car beaucoup voudraient rentrer chez eux.

Gueynard secoue la tête.

— J'ai bien compris les ordres que vous avez reçus. Sachez que j'ai refusé d'entrer dans cette combine. Car je n'ignorais pas l'existence de cette Mercedes blanche, mais personne n'a relevé les numéros.

— Il ne s'agit pas d'entrer dans une combine, comme vous dites, mais d'appliquer le droit. Si cette voiture de grosse cylindrée n'est pas à Montrémy, à qui voulez-vous qu'elle soit ?

— Dans le doute, il faut s'abstenir et chercher encore. Écoutez, Vernouillet, je ne sais pas ce qu'on vous apprend dans vos écoles, mais je suis certain que vous allez vous casser les dents. Enfin, croyez-vous que Montrémy, s'il avait eu l'intention de tuer Ravenault, aurait laissé sa voiture bien en vue ? Franchement, cessez de prendre ceux que vous soupçonnez pour des imbéciles !

L'argument laisse Vernouillet sans réponse un court instant. Puis il trouve la parade :

— N'avait-il pas laissé sa voiture au bord de la route quand il a tenté de saboter le lac Neuf ?

— Cela n'a rien à voir. Puisque vous prenez la direction de cette enquête, pensez surtout à explorer le passé de Ravenault. C'est sûrement là que se trouve la solution.

Gueynard sort sans rien ajouter, bien décidé à ne pas cautionner un arrangement monté sur le déshonneur d'un homme qu'il a appris à estimer. Il va rentrer chez lui, en banlieue parisienne, après avoir expédié sa lettre de démission à sa hiérarchie. Il en sait assez pour comprendre que le jeune loup va aiguiser ses crocs sur une injustice, qu'il va semer une telle confusion que la vérité ne triomphera probablement jamais du mensonge.

Quelques instants plus tard, un fourgon sort de la gendarmerie suivi du commissaire Vernouillet au volant de sa voiture. Les passants les voient se diriger vers le haut de la ville où se trouve l'usine Saint-Jean. Vernouillet s'arrête près des gendarmes qui ont repris leur surveillance autour de la cour. C'est un garçon maigre tout en nerfs et en gestes rapides.

— Vous allez me suivre, il est temps d'en finir !

Les gendarmes de faction emboîtent le pas à leur supérieur qui se dirige à l'intérieur de la cour, se faufilant entre les grévistes allongés sur des couvertures. L'humidité accentue l'odeur désagréable ; le ciel est encore gris, les nuages pressés laissent parfois passer un peu de soleil.

Vernouillet trouve Armand Montrémy à côté de Raoul Ravenault et de Julien. L'homme se dresse sur les coudes, tourne vers le policier son visage amaigri et pâle. Vernouillet, impatient, jette un bref regard aux gendarmes et dit :

— Monsieur Montrémy, je viens vous arrêter pour tentative de sabotage du lac Neuf et complicité d'assassinat sur la personne de M. Ravenault. Veuillez me suivre.

Montrémy se met lentement sur ses jambes en grimaçant. Ses articulations craquent. Le silence est total, soutenu par tous les visages hirsutes tournés vers le commissaire. Les femmes sont les plus pathétiques dans leur relâchement, vêtements sales, tignasses filandreuses, visages nus et fripés. Les gendarmes qui, pour la plupart, sont ici depuis longtemps, baissent la tête, absents, comme pour bien montrer qu'ils ne cautionnent pas l'action du commissaire.

— Que venez-vous de dire ? demande Montrémy, trop grand pour sa maigreur, en regardant Vernouillet dans le blanc des yeux.

— Je vous inculpe comme cela aurait dû être fait depuis longtemps. Vous devez répondre à mes questions sur deux affaires : la tentative de sabotage que vous ne niez pas et l'assassinat de Ravenault, puisque votre voiture a été vue garée à proximité du bosquet d'où est parti le coup mortel.

Raoul Ravenault se dresse à son tour. Son visage caché par une abondante barbe noire collée en épis ne laisse passer que la lumière incisive de ses yeux.

— Monsieur le commissaire, si vous inculpez M. Montrémy, vous devez nous inculper tous ici présents. Nous revendiquons une solidarité totale avec notre patron. Vous devez nous emmener.

Tous les grévistes de la faim se sont levés et se pressent autour du commissaire et des gendarmes qui voudraient être ailleurs.Vernouillet, incommodé par l'odeur, se pince les lèvres.

— Vous voyez dans l'état où nous sommes ? précise un jeune homme. Vous ne pensez pas que nous préférerions être chez nous ? Alors, faites votre travail jusqu'au bout !

— Taisez-vous ! crie Vernouillet qui ne sait plus comment se tirer d'affaire. Cela ne vous concerne pas !

— Si ! Cela nous concerne ! Vous devez m'emmener, comme vous devez emmener tout le monde !

— Allez ! ordonne Vernouillet en s'adressant aux gendarmes, emmenez M. Montrémy. Nous avons autre chose à faire.

Il se fraie un chemin à travers les grévistes qu'il bouscule sans ménagement. Montrémy le suit dignement d'un pas lent et hésitant, puis Raoul Ravenault et tous les autres bien décidés à aller jusqu'au bout.

Un des gendarmes ouvre les portes arrière du fourgon. Vernouillet ordonne au patron des Eaux Saint-Jean de monter à bord. Silencieux, les grévistes se pressent autour du véhicule. Vernouillet leur demande de s'éloigner, mais personne ne bronche. Il s'adresse au brigadier Legrand qui, cette fois, ne baisse pas la tête.

— Faites reculer ces gens ! Il faut que la justice fasse son travail !

Legrand reste en retrait, ses hommes près de lui. Personne ne bouge.

— Faites vite, je vous le demande, c'est un ordre.

Alors Legrand fait un pas vers le jeune commissaire. Il est beaucoup plus grand que lui, et sa maigreur, à cet instant, conforte sa dignité.

— Je ne demanderai jamais à mes hommes d'écarter des malheureux qui se battent pour leur emploi. Pardonnez-moi, monsieur le commissaire, mais je me sentirais sali par un tel acte.

Vernouillet regarde tour à tour le brigadier et les gendarmes toujours immobiles. Le visage contracté de rictus, il perd patience.

— C'est un refus d'obéissance. Je ferai mon rapport !

— Puisqu'il n'y a pas assez de place dans votre fourgon, nous allons venir à pied ! crie Raoul Ravenault. Car il n'est pas question pour nous de lâcher notre patron, de l'abandonner à l'injustice. Partez devant ! Nous sommes faibles, cela nous prendra du temps, mais vous pouvez compter sur nous. Le monde doit savoir comment sont traités des hommes de bonne volonté !

Le fourgon s'éloigne, suivi de la petite voiture du commissaire. Le cortège se forme, remplit la rue étroite et avance péniblement, les plus forts soutenant les plus faibles dans une résignation qui fait peine à voir. Des sympathisants leur portent assistance.

La descente jusqu'à la gendarmerie prend une bonne heure. Les grévistes se rassemblent dans la cour ; beaucoup, exténués par la marche se laissent tomber sur le sol au milieu des voitures stationnées. Une fois à l'aise dans son bureau, Vernouillet prie Armand Montrémy de s'asseoir sur la chaise qu'occupait quelques instants auparavant le commissaire Gueynard et va lui-même fermer la porte.

— Je vous inculpe de tentative de sabotage avec risques graves sur la population. Vous ne le niez pas ?

— Je ne nie aucun de mes actes. Le barrage des frères Delprat est à l'origine de ma ruine et met cent personnes au chômage.

— D'autre part, poursuit le jeune commissaire, le jour du deuxième tremblement de terre, votre voiture a été aperçue stationnant pendant plusieurs heures près du bosquet d'où est parti le coup mortel contre Auguste Ravenault.

— Je ne sais pas de quoi vous voulez parler. Je ne connais pas le bosquet en question et je n'y suis pas allé. Ma voiture était chez moi, j'étais dans ma bibliothèque. Au moment de la secousse, je sortais de l'usine en compagnie de Lionel Delprat qui pourra vous le confirmer.

— Le crime a eu lieu deux heures avant la secousse. Vous avez largement eu le temps de rentrer chez vous !

Montrémy baisse la tête, se tient le front avec la main droite, soupire.

— J'ai téléphoné, vous pouvez le vérifier. Écoutez, je suis las !

Vernouillet se lève, appelle un homme en uniforme.

— M. Montrémy est sous mandat d'arrêt. Conduisez-le à l'hôpital où il devra être soigné jusqu'à sa détention provisoire.

Deux gendarmes emmènent Montrémy qui ne trouve plus la force de protester. Vernouillet décroche son téléphone et appelle la préfecture. Il demande un escadron de CRS pour emmener les grévistes de la faim qui devront être alimentés par force.

— Il faut profiter de l'occasion pour sortir d'une situation qui risque de tourner au drame.

Renaud, sa guitare en bandoulière, marche sur la route qui l'éloigne de Chastelnaud. Ses vêtements souillés sentent mauvais, mais il avance d'un pas décidé, heureux d'une liberté qui va lui coûter très cher mais qui lui manquait. Le soleil monte sur les collines, sur la vallée du Ribet, sur la dévastation du dernier orage qu'il a vaguement entendu gronder à travers le tumulte de son corps privé de drogue. En même temps, il a mauvaise conscience, un relent de repas mal digéré, d'estomac aigre : il a tenu enfermé dans le van trois longues journées sans cocaïne. La torture infligée par Gurval était une porte ouverte sur l'espoir. Pourquoi s'est-il piqué ? Il avait la force de tenir encore plusieurs jours ; c'était l'occasion de se débarrasser complètement de ce corps étranger, ce démon qui lui dicte sa loi. Tout en marchant, ses yeux allant d'un arbre renversé à une flaque laissée par les trombes d'eau que le soleil n'a pas encore tarie, il se dit qu'il a eu tort de ne pas profiter de l'opportunité, que la dépendance commençait à faiblir. Gurval est arrivé au mauvais moment. « Cette fois, pense-t-il, c'est le bon ! Je sais que je peux y arriver, que cela va me coûter beaucoup de souffrance, mais c'est le prix à payer pour racheter mes conneries ! » Il sort de sa poche le restant de poudre dans le petit sachet de plastique, la seringue pliée dans du papier, fait un geste en direction du fossé puis fourre de nouveau le tout dans sa poche. Il les jettera plus tard, pense-t-il avec le sentiment d'être lâche une fois de plus.

Pour l'instant, il va vers un but imprécis, rassuré par le poids de sa guitare. Il pense à son père jeté en prison, il sourit. Montrémy est sali, enfin considéré pour ce qu'il est. Et Renaud marche vers sa liberté, vers une nouvelle personnalité restée brimée. Il ne s'appellera plus jamais Montrémy, ce nom est entaché de trop de larmes ! Par le privilège des artistes, il restera Renaud Chatelland, comme il l'a déjà choisi.

Une voiture le rattrape et s'arrête. Il redoute un homme de main de Gurval, s'apprête à s'échapper dans le fossé quand Louise Berclay ouvre la vitre de la portière gauche et lui fait signe.

— Mais c'est notre petit guitariste ! Je peux vous déposer quelque part ?

Renaud écarte les bras en baissant les yeux sur ses vêtements souillés et puants. Louise Berclay sourit :

— Montez puisque vous ne savez pas où aller.

Il ouvre la portière et s'assoit à côté de la femme qui lui semble différente de celle qui dirigeait le Red Star d'une main de fer. Au volant de sa voiture, elle devient quelconque, semblable à toutes les femmes de quarante ans avec quelque chose de vulgaire, un visage qui pourrait être beau s'il ne manquait pas de distinction.

— Vous avez eu tort de ne pas suivre Cellia. Le pachyderme vous l'a fait payer comme il a fait sauter mon restaurant en laissant croire que c'est la foudre qui a mis le feu.

— Vous avez porté plainte ?

— Bien sûr, mais cela ne donnera rien. Les policiers ont fort à faire en ce moment avec l'enquête sur la mort de Ravenault, cet infect personnage qui me prenait pour une tenancière de bordel.

Elle se tait un instant, pose la main gauche sur le pommeau de son levier de vitesse.

— Ils ont arrêté votre père, vous le savez ?

— Je m'en réjouis.

— Cellia vous attend.

La voiture arrive à Saint-Geniez, passe à côté de l'ancienne minoterie devenue l'imposant siège des Houilles Blanches, continue sa route en contournant le centre du village avec son église romane. Elle s'arrête dans une rue basse qui descend vers le Minuret aux eaux toujours gonflées des excédents du Ribet. Le soleil est enfin sorti, brûlant, un soleil d'orage, de temps détraqué.

— C'est au premier, par cette porte. Vous frappez trois fois et ensuite deux fois séparées. Elle n'ouvre à personne. Vous faites un bon duo, tous les deux, comme il en existait dans les années trente en Amérique. Vous pouvez réussir parce que vous avez du talent.

Renaud sort lentement de la voiture, en prenant des précautions pour ne pas cogner sa guitare, remercie Louise Berclay, entre dans l'immeuble. Il monte un escalier sombre, frappe à une porte dans la cadence indiquée. La porte s'entrouvre, le beau visage de Cellia lui sourit.

— Enfin te voilà ! Je t'attendais. J'espère que personne ne t'a suivi.

La jeune femme ferme la porte qu'elle verrouille et se tourne vers Renaud, tout penaud dans ses vêtements dont l'odeur emplit déjà la petite pièce.

— Il n'y a pas de salle de bains, seulement un évier dans ce coin. Tu vas te déshabiller et me donner tes vêtements que je vais laver. Tu prendras cette robe de chambre en attendant.

— Je veux rentrer à Paris. Ma place n'est pas ici. Ils ont arrêté mon père, l'usine familiale va être bradée, c'est très bien ainsi. Mon retour a été une erreur.

Cellia regarde en silence le jeune homme qui pose son blouson, sa chemise et hésite avant de déboutonner son pantalon.

— Tu peux sans crainte. Tous les hommes sont faits de la même manière !

Il hésite encore. Le regard de Cellia le condamne à ne pas être lui-même. Elle se plante devant lui :

— Tu resteras toujours en dessous des autres tant que tu dépendras de cette saloperie immonde. Pour devenir toi-même, tu dois l'affronter, parce qu'en affrontant la drogue, c'est le mur qui te cache la vérité que tu renverseras. Ce sont tes peurs que tu vaincras, tout cela je le sais, moi qui suis devenue femme avant d'être une véritable jeune fille.

Devant Cellia, il a honte de sa faiblesse et regrette de ne pas avoir jeté le paquet de poudre et la seringue, mais comment aurait-il pu ? Les douleurs supportées dans le van le poussaient vers ce choix, l'envie du bonheur sans nom, exprimée par son corps, a été la plus forte. La drogue est sa partie volatile qu'il faut renouveler sans cesse ; la fée blanche ne lâche jamais ses soupirants.

— Je suppose que tu as faim. Je n'ai pas grand-chose. Je vais aller te chercher de la viande. Gurval est parti, je ne risque plus rien. Si tu veux, je peux t'aider à sortir de ta merde. Après, nous pourrons envisager de faire de la musique ensemble, et bien d'autres choses. Il nous suffit de croire en notre talent, c'est sûrement ta chance et aussi la mienne, toi, le petit-bourgeois en rébellion contre son milieu, moi, la fille d'une horrible cité engagée dans une lutte à l'opposé de la tienne et pourtant si semblable.

La jeune femme prend son sac à main et se dirige vers la porte.

— Je pense que Gurval a abandonné l'idée de me ramener dans ma famille. Mais on n'est jamais assez prudent, n'ouvre à personne qui ne frappe pas comme tu sais. Dans la rue, je ne risque rien. Ces gens-là sont discrets et ne s'exposent jamais !

Place Saint-Augustin, à l'entrée de la rue La Boétie, Ghislaine Margeride sort de l'imposante Mercedes, salue le chauffeur qui s'incline et lui demande de transporter ses bagages chez elle, rue de Monceau. Elle entre dans les somptueux locaux de la société Mondass Ingénierie, la MI comme on l'appelle dans les milieux d'affaires, et demande qu'on l'annonce à Bernard Chaurrit. Sans attendre la réponse de l'hôtesse qui a décroché son téléphone, la jeune femme se dirige vers l'ascenseur et monte au premier étage, celui de la direction. Bernard Chaurrit l'attend devant la porte de son grand bureau où se traitent chaque jour des affaires qui brassent des millions de dollars et où les carrières politiques se font et se défont au gré des événements et des besoins de la haute finance.

— Chère Ghislaine, vous voilà enfin de retour et votre action a dépassé mes espérances. Votre première mission en Corée du Sud est un succès formidable dans une région où une chatte ne retrouverait pas ses petits. Je viens d'avoir le ministère et on se félicite de la tournure que prend la situation particulièrement compliquée et de la manière dont vous avez su convaincre le président Yen Houan. Il faut bien préciser que notre action a été humainement salutaire.

— Les choses ne sont pas simples, précise Ghislaine en s'asseyant sans manière sur le canapé de cuir tandis que Chaurrit ouvre le bar et en sort deux verres. Le changement climatique est considérable sur tout l'Ouest asiatique et l'anarchie s'installe. Les structures pourtant très solides des gouvernements totalitaires ne peuvent rien contre les tremblements de terre et les cyclones qui dévastent la péninsule de Corée, mais aussi le Japon et de vastes étendues en Chine orientale. Là où les partis politiques n'ont jamais rien pu, je pense que la météo aura raison des pouvoirs en place. Nous sommes à la veille d'une révolution mondiale.

— C'est vrai et cela préoccupe tout le monde. Le réchauffement a ainsi des conséquences paradoxales en Afrique, le Sahara avance vers le sud et, si rien ne change, il atteindra le Zaïre et le Congo dans moins de dix ans. Les zones cultivables et habitables se rétrécissent dans ce continent comme peaux de chagrin. Les populations se disputent les restes. En Europe, c'est l'inverse, les pluies diluviennes causent des dégâts effroyables. Vous comprenez que notre société a un grand rôle à jouer au service du bien-être de tous.

Ghislaine a un léger sourire qui n'échappe pas à Bernard Chaurrit. Le bien-être de tous ! Tant mieux si la société agit dans se sens, mais ce n'est pas son but.

— Raison pour laquelle il faut aider les faibles et, dans la plupart des cas, au nom de la stabilité, permettre aux forts de garder le pouvoir, commente Ghislaine.

— Ne vous moquez pas ! dit en souriant Bernard

Chaurrit. Ce n'est pas du cynisme, mais un sens aiguisé de la réalité, une manière de sauver ce qui peut l'être. Le monde est désormais trop petit pour laisser chacun faire ce qu'il veut. Il faut une vue générale et, parfois, les grands pays qui gouvernent les autres doivent accepter des compromis. Une guerre qui fait des milliers de victimes peut sauver des dizaines de millions d'hommes de la faim, du chaos et de la domination. Mais revenons à votre mission : vous avez parfaitement réussi avec le président Yen Houan.

Ghislaine secoue la tête, baisse les yeux, comme pour se débarrasser d'images qui ne veulent pas s'effacer. Elle repense au luxe honteux de cet homme fabriqué et mis en place par un consensus international dans le but de stabiliser une région que le manque d'eau stérilise chaque jour un peu plus, cet homme visqueux et sans objectif pour son pays, guidé par la prétention des incapables, l'avidité des égocentriques.

— Je sais, poursuit Chaurrit, Yen Houan est particulièrement sensible aux belles femmes comme vous, mais j'ai eu raison de vous faire confiance. Vous lui avez résisté et cela lui a plu. Il a acheté le matériel de pompage pour équiper le Plateau central qui devient un désert. En contrepartie nous lui fournirons les moyens de liquider les factions de rebelles d'où ne peut venir que la misère pour le peuple et nous aurons accès aux champs pétrolifères du Sud. Je savais que vous étiez la femme de la situation. Vous voyez bien que votre vie peut être plus intéressante que dans une salle de classe...

Ghislaine soupire. Ce voyage, elle voulait le faire pour se démontrer à elle-même qu'elle était contre ce monde où la séduction joue, en sous-main, le rôle le plus important, mais elle se découvre bien différente de ce qu'elle a toujours cru être. Cautionner les puissants qui justifient leur action au nom des faibles ne lui semble pas foncièrement immoral.

— J'ai tout de suite compris que vous n'étiez pas la femme légère et facile prête à tout pour réussir, poursuit Bernard Chaurrit. Yen Houan, qui a l'habitude de ce genre d'ambassadrice, a d'abord été contrarié par votre refus, mais il a vite compris que la négociation n'en était que plus sérieuse.

— Je ne coucherai jamais avec lui, comme avec personne d'ailleurs ! précise Ghislaine.

Chaurrit se lève de son fauteuil, pose son verre sur la petite table devant lui et prend la main de Ghislaine qui retient un mouvement de recul et se force à sourire.

— Vous connaissez ma pensée. Je sais que vous êtes aussi blessée que je le suis et qu'il faudra beaucoup de temps pour que vous retrouviez une vie normale. Je ne vous demande rien, seulement le bonheur de vous conduire vers ce qui est votre destinée et de devenir votre ami.

— Je ne sais pas ce qu'est ma destinée. Je sais que ma vie a basculé lors d'un tremblement de terre et que je m'accroche à ce qui peut me retenir. Pendant tout ce voyage, j'ai pensé à une petite fille perdue, que j'ai probablement sauvée de la mort lors de l'écroulement de l'école de Chastelnaud.

— À ce propos..., fait Bernard Chaurrit, j'ai fait ce que vous m'avez demandé. Vous m'avez accordé votre confiance, je vous devais cela. Mais je suis au regret de vous annoncer que nous ne pourrons pas grand-chose. Les Houilles Blanches ont de sérieux appuis dans plusieurs ministères. Leur situation est la plus confortable. Les Eaux Saint-Jean sont condamnées ; les différents rapports que j'ai pu consulter montrent bien que le barrage n'est pour rien ou presque dans leur pollution. Le tremblement de terre a complètement modifié la structure du sous-sol. Et puis, il y a cette sale affaire...

— Vous voulez parler de l'assassinat d'Auguste Ravenault ?

— Oui. Son parti politique en a profité pour se positionner en victime des grands groupes internationaux et les événements météo lui donnent raison. Il va prendre beaucoup d'importance dans l'avenir parce que c'est le sens normal des choses, il faut donc le ménager. Nous sommes en contact avec le responsable national Loïc Lachenal pour différentes actions en Amazonie où le manque de précipitations menace de vastes territoires.

— Ainsi, rien n'est possible, même avec tout l'argent dont on peut disposer ? J'ai bien compris : sauver les Eaux Saint-Jean n'est pas un objectif prioritaire parce qu'il ne peut rien rapporter dans l'avenir ?

— Non, rétorque Bernard Chaurrit. Vous ne me comprenez pas : l'enquête sur le meurtre fait peser de lourds soupçons sur le patron des Eaux Saint-Jean, un certain Armand Montrémy. L'administration voit là la possibilité de sortir avec les honneurs d'une situation qui se gangrène de jour en jour. C'est pour cette raison que nous ne pouvons rien. Sachez qu'il y a là-dessous des intérêts qui nous dépassent, qui dépassent le cadre des Eaux Saint-Jean. Je ne peux pas vous en dire plus.

— Bien, fait Ghislaine en se levant du canapé. Je vais prendre quelques jours de repos. Je vous retrouverai dimanche prochain pour notre voyage au Brésil.

— J'y compte beaucoup. Toute l'affaire reposera sur vos épaules et c'est un contrat de plusieurs millions de dollars.

— En effet, dit-elle en se dirigeant vers la porte. Vous avez fait de moi la complice de charognards. Partout où se trouvent la guerre, la désolation, nous arrivons avec nos dollars, nos contrats...

— Ne le prenez pas comme ça ! réplique en souriant Bernard Chaurrit. Notre action consiste certes à gagner de l'argent avec les situations extrêmes du monde, mais elle sauve toujours des milliers de victimes innocentes.

Ghislaine sort dans la rue. Elle a du mal à se reconnaître. La modeste institutrice, interdite de faire la classe, brasse désormais des sommes considérables, traite des affaires de la plus haute importance et cela sans formation particulière, comme si elle négociait l'achat d'une voiture ou d'une machine à laver. Finalement, dans ces sphères protégées où la discrétion est de règle, elle n'a trouvé que des hommes ordinaires. Elle s'attendait, et peut-être avait-elle accepté la proposition brutale de Bernard Chaurrit pour cela, à rencontrer des êtres supérieurs, inaccessibles, des intelligences fascinantes. Sa première expérience lui a montré le contraire : des dirigeants prétentieux, pleins de suffisance et surtout préoccupés par leur propre fortune. Alors, le souvenir d'un homme de forte taille, marchant devant elle à la nuit tombante dans un sous-bois à la recherche d'une fillette s'est imposé à elle, un homme vaincu, mais qui ne s'est pas seulement contenté de gérer une aisance familiale. Avec tout son ambiguïté, Armand Montrémy lui semble infiniment plus vrai et authentique que ces pantins vêtus de soie, sans idées personnelles. Ghislaine sait bien que vivre n'est pas la recherche intense du confort, de la puissance, non, vivre c'est un combat permanent, la remise en question de soi-même, le désir jamais satisfait de se transformer pour ressembler à une image qui échappe.

Elle décide de rentrer chez elle à pied. L'appartement que la Mondass Ingénierie loue pour elle, rue Monceau, est extrêmement agréable, mais elle ne se fait pas d'illusions : tout ceci est arrivé trop vite pour ne pas cacher une cause qui lui échappe. Elle ne croit pas que sa voie soit dans les affaires feutrées à mi-chemin entre la diplomatie, le service d'État et l'escroquerie nécessaire, pourtant, quelque chose la pousse dans ce sens, le goût du jeu, de la négociation et le sentiment d'une puissance illimitée. L'argent dont elle dispose lui semble excessif, mais la facilité, cette manière de ne jamais se regarder à nu, lui permet d'échapper aux questions sans réponses qu'elle refoule aussitôt formulées.

Il fait assez beau, un temps lourd qui annonce l'orage. Les récentes tempêtes ont laissé leurs stigmates : de nombreux échafaudages sont dressés sur les façades des immeubles pour réparer d'antiques cheminées. Des pelleteuses arrachent les souches des platanes, évacuent les gravats. La météo annonce de nouvelles perturbations. On prévoyait une canicule semblable à celle des étés précédents et voilà qu'il pleut, que tous les records de précipitations sont battus !

Ghislaine a envie d'oublier tout cela et d'aller passer quelques jours chez sa mère, dans une nature inchangée depuis la nuit des temps. Elle veut aussi se rendre à Chastelnaud où elle a laissé une partie essentielle de sa personne, et se recueillir sur la tombe de son mari. Et puis, que devient la petite Pétronille ? Elle voudrait l'aider.

Elle arrive à l'entrée de son immeuble en se disant qu'elle

va demander une voiture de location quand son téléphone portable sonne. La voix de Bernard Chaurrit la contrarie.

— Pardonnez-moi, Ghislaine, une énorme manifestation menée en sous-main par les Droits de la Terre vient de dégénérer au Cameroun. Je sais que vous souhaitiez prendre quelques jours de vacances, mais j'ai absolument besoin de vous. Il faut que vous m'accompagniez dans ce pays. Notre avion part à huit heures ce soir. Je vous attends au Bourget.

— Mais je rentre à l'instant... J'ai besoin de me reposer, de faire le point...

— C'est urgent, je vous dis. L'Élysée suit l'affaire de près. Enfin, je vous en parlerai de vive voix. Vous ne pouvez pas me faire faux bond...

— Comment faisiez-vous avant de me rencontrer ? Vous n'allez pas me dire que je suis devenue indispensable en si peu de temps ?

— Si, justement !

Le Falcon privé de la MI se pose à neuf heures du matin sur le petit aéroport de Yaoundé, sécurisé par la police officielle que harcèlent les rebelles descendus du Nord. Le paysage désolé et sec, d'un ocre chaud, montre l'étendue du désastre qui touche une grande partie de l'Afrique centrale. Il n'a pas plu depuis plus d'un an ; les perturbations atlantiques qui entraient dans le continent africain par la vaste plaine du Congo et s'étalaient jusqu'au plateau de Biu ont changé de route. Les températures moyennes sont montées de plusieurs degrés ; en dehors de Brazzaville qui a conservé un peu d'activité, l'assèchement du fleuve Sanaga a semé la désolation parmi les populations qui utilisaient son eau pour irriguer leurs modestes champs. Plus au nord, le delta du Niger s'assèche. Les rares précipitations sur le Nord-Ouest et le Mali où le grand fleuve prend sa source permettent à peine d'irriguer les cultures situées en amont. Le niveau des Grands Lacs dont l'eau est abondamment pompée baisse dramatiquement.

À leur descente d'avion, Ghislaine, Bernard Chaurrit et quelques collaborateurs sont pris en charge par les autorités locales. Leur voiture est escortée de plusieurs chars de défense, tant l'insécurité est grande. Les rebelles tirent sur tout ce qui bouge, le but étant de semer la terreur pour désarçonner le pouvoir en place.

— Je me présente, dit un homme de haute taille et très maigre. Je suis Honoré Hyounké, un proche du président Moduhi. Vous allez le rencontrer dans son palais hautement sécurisé car les rebelles sont de plus en plus audacieux. Les gens d'ici, qui n'ont plus de quoi manger, leur prêtent main-forte. Il faut rétablir l'ordre si l'on veut éviter que l'anarchie s'installe partout. Nous avons besoin de pompes s'il est encore possible d'extraire de l'eau du sous-sol, nous avons aussi besoin d'usines pour dessaler l'eau de mer. L'eau, voilà la clef du continent africain. Qui saura nous abreuver aura accès aux richesses considérables de notre sous-sol.

Ils traversent une ville dévastée. Les rues désertes sont jonchées de tas de détritus, de cadavres gonflés dévorés par la vermine. Des tirs de fusil-mitrailleur éclatent sporadiquement, des hommes armés surgissent d'un coin de rue, courent à l'abri et tirent de nouveau. Le convoi manœuvre entre les corps de femmes et d'enfants allongés dans des flaques de sang sec. La chaleur est intense, d'un poids qui écrase Ghislaine. Qu'était le petit tremblement de terre de Chastelnaud et ses cent douze morts à côté de la désolation de cette immense région, grande comme vingt fois la France ? La fièvre de l'eau, plus précieuse que le pétrole du Nord, que l'or ou les diamants du Centre, préfigure probablement les futurs embrasements du monde. Ghislaine préfère ne pas y penser.

— L'Afrique tout entière est en train de mourir. Quelques orages ont éclaté en début de saison des pluies avec des trombes d'eau qui ont raviné les bonnes terres et puis plus rien !... Les peuples affamés errent, prêts à tout pour conquérir les rares oasis qui restent.

Ghislaine pense aux eaux Saint-Jean polluées, un petit détail qui s'inscrit dans l'immensité de la catastrophe mondiale ; elle pense surtout à Pétronille, brindille ballottée d'une volonté à l'autre. Jamais la fillette ne lui a autant manqué que face à ce monde désolé, livré aux pires violences. À son retour, elle ira la voir.

— La savane où il n'a pas plu depuis plusieurs années a perdu sa végétation. Les derniers grands animaux se réfugient dans les montagnes où ils s'entretuent pour la place. Les hommes suivent le même chemin. Beaucoup pensent à émigrer vers l'Europe.

Le cortège doit s'arrêter devant un rassemblement important d'hommes et de femmes qui obstruent la rue. Un homme vêtu de blanc monté sur un bidon rouillé leur parle avec de grands gestes des bras.

— Les pères Bivoques, annonce Honoré Hyounké. Ils sont très dangereux, mais personne ne peut empêcher leurs paroles de se répandre, de faire des millions d'adeptes. Nous allons au-devant de graves affrontements.

— Ce sont des religieux ? questionne Bernard Chaurrit.

— Ils mélangent adroitement les genres en présentant la situation actuelle comme l'œuvre des impies. Bivoques était un riche chef de tribu du Nord. Il militait dans une organisation locale qui était rattachée aux Droits de la Terre que vous avez en Europe. Depuis, le message délivré a été adapté aux mentalités locales, mais reste identique sur le fond. Les excès humains sont à l'origine des changements de la planète. Dieu a laissé faire les impies des sociétés occidentales et frappe les peuples du tiers monde pour leur indiquer la voie à suivre : vaincre les peuples privilégiés du Nord qui ont pactisé avec le diable et installer sur toute la planète une société régulée par les besoins de la Terre.

— Ainsi, une fois de plus, la guerre pour le bien de l'Humanité accroît la misère générale, constate Ghislaine qui connaît parfaitement l'implication de l'organisation internationale.

— C'est plus grave que vous ne le pensez, et c'est d'ailleurs une des raisons pour lesquelles le président Moduhi a fait appel à vous.

Bernard Chaurrit a bien compris l'allusion et sa présence va au-delà de la négociation sur des pompes et des usines de dessalage de l'eau. Ghislaine s'occupera de ce point apparent, lui négociera l'autre, celui de procurer à l'armée du président Moduhi les moyens de faire respecter la loi et de limiter les débordements à des affrontements locaux.

— Vous pouvez compter sur notre aide.

Honoré Hyounké a un mouvement désabusé de ses longues mains fines. Il regarde furtivement Ghislaine, puis de nouveau la rue déserte à cet endroit.

— Les insurrections éclatent un peu partout. On ne peut pas vraiment parler de guerre civile, mais de factions qui s'opposent pour la possession d'un puits, qui s'entretuent pour un rien. La parole d'un Bivoques rassemble par la haine qui, en de telles circonstances, peut seule souder les hommes. Ne vous trompez pas d'adversaire : pour eux, l'ennemi c'est l'Europe.

— L'Europe, en effet, qui renforce depuis des années les contrôles à ses frontières ! précise Chaurrit, le regard dans le vague.

— Vous ne pouvez rien contre une multitude d'affamés. Leur arme, à ces gens-là, c'est la pauvreté. Nous n'avons qu'une possibilité dans l'immédiat : leur donner de l'eau.

Le cortège passe un portail que gardent des hommes en armes, et pénètre dans un parc verdoyant aux palmiers bercés par une molle brise. Des allées sont délimitées entre les massifs luxuriants de fleurs rouges et violettes au milieu desquels plusieurs fontaines lâchent des gerbes d'eau qui, à cet endroit, sont le comble du luxe. Une haute construction en brique rouge domine plusieurs autres plus petites.

— Voilà le palais du président Moduhi. Vous allez loger dans l'hôtel particulier réservé aux invités. La préoccupation du président est votre bien-être, votre confort. Vous n'aurez qu'à demander pour satisfaire vos moindres désirs.

Les voitures s'arrêtent au bas des marches de l'hôtel particulier aux lourdes colonnes de grès rouge.

Hyounké les précède lui-même dans la visite des dizaines de pièces somptueusement décorées. Quand chacun a pris possession de ses appartements, l'ami du président annonce :

— M. Moduhi vous recevra à dîner ce soir. Je viendrai moi-même vous chercher vers dix-huit heures pour un entretien particulier dans son bureau avant le dîner qui sera servi à vingt heures dans le salon d'apparat.

Il s'éloigne entouré de sa suite de serviteurs, de secrétaires, laissant Bernard Chaurrit et Ghislaine dans le hall où, en retrait, une dizaine de personnes en livrée noire attendent leurs ordres.

— Tout ce luxe me fait mal, dit Ghislaine. J'ai envie de vomir en pensant à la misère qui persiste au-delà de ces murs. Autant de différence entre les dirigeants et les dirigés ne peut conduire qu'à une catastrophe.

Chaurrit a un sourire en coin. Le cynisme lui va bien car il a une réponse morale à toutes les interrogations : son action consiste à limiter les dégâts. Ce qu'il fait, d'autres pourraient le faire à sa place, mais en tireraient plus de profits que lui et ne se préoccuperaient pas de l'humain. Lui ne cesse d'y penser.

— J'ai décidé d'arrêter notre collaboration après cette mission, poursuit Ghislaine. Je ne conçois pas ma vie de cette manière.

— Vous êtes libre, Ghislaine. Cependant, je pense que votre action à mes côtés est plus salutaire pour les misérables qui se trouvent au-delà de cette enceinte. Il faut voir les choses en face : supposez que nous n'aidions pas le président à assurer son autorité, les factions s'entretueront et les plus faibles souffriront. Croyez-moi, l'être humain a besoin d'autorité et de contrainte pour ne pas devenir la bête sanguinaire qu'il n'a cessé d'être.

— Je ne sais pas si vous avez raison. Pour l'instant, je vais aller me reposer un peu dans mon appartement.

— Moi, je vais prendre une bonne douche froide. Il y a du plaisir à pouvoir s'offrir ce que les autres n'ont pas ! fait Chaurrit avec ce sourire malicieux qui laisse perplexe sur le fond véritable de sa pensée.

Ghislaine entre dans son appartement climatisé et s'assoit dans un fauteuil. La fatigue plombe son cerveau. Tout se mélange en elle, les épidémies de l'Est asiatique et la mort de l'Afrique. Elle éprouve le besoin de se raccrocher à quelque chose, de prendre contact avec une réalité à sa taille. Elle décroche son téléphone et compose un numéro qu'elle connaît par chœur, même si elle ne l'a jamais composé.

— Je voudrais parler au docteur Morenceau.

— De la part de qui ?

— Ghislaine Margeride. Je suis l'ancienne institutrice. J'ai besoin d'un document administratif.

La seule personne en qui la jeune femme ait encore confiance reste le maire empâté à la démarche de bon ours, toujours soucieux de rassurer et de ne contrarier personne. Sa faiblesse est la marque même de son honnêteté, son souci de prendre en compte les bonnes raisons des uns et des autres.

— Bonjour, fait-elle d'une voix qui marque sa gêne. Je voulais prendre des nouvelles de la petite Pétronille Montrémy...

Ce qu'elle entend la laisse sans voix. Elle raccroche le téléphone sans un mot d'au revoir, le souffle coupé. Si elle pouvait, elle partirait tout de suite, mais on ne quitte pas un palais d'Afrique comme ça, son luxe et son éloignement en font une prison. Ce soir, elle ne sera pas brillante à la réception du président Moduhi.

Un car entier de CRS arrive de Chambéry en fin d'après-midi et se gare à l'entrée de la ville où Vernouillet leur demande d'attendre ses ordres. Il ne veut pas d'affrontement direct et préfère négocier avec les grévistes de la faim qui occupent la cour de la gendarmerie et gênent les mouvements des véhicules. Gueynard, qui suit les opérations sans y participer, doute de l'efficacité de son jeune collègue et le lui exprime :

— Ils préféreront se faire traîner par les cheveux plutôt que de lever le camp. Vous leur avez donné une arme considérable en arrêtant leur patron dont j'ai l'intime conviction qu'il n'est pour rien dans ce crime.

Vernouillet sourit en jetant un regard plein de condescendance à Gueynard. Dans cette affaire, seul un homme énergique, capable de prendre des décisions qui choquent, peut délier les langues. C'est l'unique façon d'avancer dans une affaire qui a trop traîné.

— Vous ne comprenez pas ma démarche, insiste Vernouillet. Il y a les ordres venus d'en haut qu'il faut bien exécuter et c'est une manière d'avancer. Faites-moi confiance !

— Vous êtes en train de donner aux grévistes de la faim un argument extraordinaire pour les médias. Si vous faites intervenir les CRS, l'affaire des Eaux Saint-Jean deviendra un brûlot pour toutes les factions d'opposition. Les médias en feront leurs gorges chaudes.

Vernouillet comprend que son aîné n'a pas complètement tort et réfléchit un moment. L'impétuosité de sa jeunesse ne lui enlève pas toute clairvoyance et il sait très bien qu'une réussite dans cette affaire peut favoriser sa carrière, et qu'un échec peut lui être très préjudiciable. Aussi espère-t-il un coup de pouce du hasard.

— La météo annonce de nouveaux orages pour la nuit. Une bonne pluie bien froide sera aussi efficace que les CRS et personne ne pourra vous reprocher de les avoir contraints à se mettre à l'abri, conseille Gueynard.

Une voix éraillée et stridente venue de l'extérieur l'arrête. Un gendarme lui annonce que Mme Montrémy veut parler au commissaire.

— Elle est dans tous ses états, précise le gendarme.

— Faites-la venir !

Le bruit d'un pas décidé précède l'arrivée d'Aminthe Montrémy qui entre sans manière dans le bureau de Vernouillet, la tête haute, le regard foudroyant.

— Qu'est-ce que j'apprends ? fait-elle de sa voix criarde. Vous venez d'arrêter mon fils, mais, monsieur, vous savez qui est Armand Montrémy ? C'est un héros et vous l'arrêtez comme un vulgaire bandit de grand chemin. Monsieur le commissaire, tout ceci va très mal se terminer pour vous. Sachez que j'ai à charge une petite-fille de onze ans et un petit-fils handicapé !

— Tranquillisez-vous, madame. Armand Montrémy est innocent tant qu'il n'a pas été condamné par un tribunal !

— C'est pour cela que vous l'avez mis en prison ? Je vais avertir le préfet et le président de la République !

La vieille femme sort de son pas énergique qui martèle le parquet du couloir. Devant la porte, sur le perron, elle s'arrête, regarde un instant les hommes et les femmes couchés dans la cour, terriblement silencieux alors qu'elle a envie de crier.

— Une étable à cochons, fait-elle en se pinçant le nez. Voilà le produit de la République. Il est temps que des gens de poigne prennent les choses en main !

À cet instant, sortant de la masse grouillante, un jeune homme très maigre, très pâle se lève avec une vivacité qu'on ne lui connaissait pas, et se dirige de son pas lourd et maladroit vers Aminthe Montrémy.

— Comment oses-tu parler ainsi, alors que ces gens sont en train de se sacrifier pour sauver ton bien ?

Aminthe s'arrête devant Julien qui peine à se tenir debout. La barbe couvre les joues creuses du jeune homme ; ses yeux très noirs brillent d'un feu contenu. La vieille femme, qui ne sait quoi répondre, s'éloigne en maugréant. Julien reprend lentement sa place. Depuis que son père est écroué, la détermination des grévistes a faibli. Tous attendent la première occasion pour lever le siège. Seul Raoul Ravenault continue d'afficher la même volonté, mais lui non plus ne pourra pas contraindre les gens à poursuivre un mouvement qui vient de perdre sa motivation essentielle. Le doute s'est insinué dans les esprits. Ils sont venus ici, ils ont usé leurs dernières forces dans cette marche à travers leur ville, moribonds à la porte de leurs maisons pour bien montrer leur solidarité, certains qu'Armand Montrémy serait aussitôt relâché, mais le temps passe et leurs forces s'amenuisent. Maintenant, ils n'ont plus de but.

Julien Montrémy pense aussi à son avenir. La fin des Eaux Saint-Jean va le pousser à la rue, peut-être devra-t-il bientôt faire comme Renaud, réclamer un peu d'argent pour survivre. Cela ne se peut pas !

Alors il se décide. Il se lève de nouveau péniblement, avance en titubant jusqu'au perron, et fait signe au gendarme de faction :

— Aidez-moi à monter l'escalier. J'ai besoin de voir le commissaire de police. J'ai une révélation de la plus haute importance à lui faire.

L'homme prend le bras de Julien et le soutient dans la montée des cinq marches puis l'aide dans le couloir jusqu'au bureau de Vernouillet. Il frappe et annonce que Julien Montrémy souhaite lui parler.

— Faites-le entrer.

Julien refuse l'aide du gendarme et entre seul, d'un pas lourd et hésitant, comme un soldat dont les blessures sont la seule gloire. Sa faiblesse devient une force en face d'un commissaire qui se tient sur la défensive.

Julien se positionne devant la chaise, s'assoit lentement.

— Voilà, commence-t-il. Vous avez emprisonné mon père et il n'est pas coupable.

— Je n'ai aucune raison de vous croire. J'ai demandé une incarcération préventive pour faire avancer l'enquête, pour délier les langues.

— Certes, mais vous l'avez surtout arrêté pour réduire à néant les efforts des employés des Eaux Saint-Jean.

— Cela ne me concerne pas. Je ne suis ici que pour enquêter sur la mort d'Auguste Ravenault que certains mettent en avant comme une victime, la première victime des Droits de la Terre. Qu'est-ce qui vous permet d'affirmer que votre père n'est pas coupable ?

Julien hésite un instant. Sa grande faiblesse l'empêche de se concentrer. Son esprit fonctionne par flashes, par images successives dont il n'arrive pas à comprendre la suite logique.

— Voulez-vous que je demande une ambulance pour vous conduire à l'hôpital ?

— Surtout pas. Je dois crever avec les autres misérables victimes de l'injustice. Notre sacrifice sera une tache indélébile sur le front de l'administration et des politiques.

— Cela n'est pas mon affaire. Dites-moi alors ce que vous savez.

— Ce que je sais...

Il grimace. Il pense à son ascension ratée du mont Aïzot, à sa lâcheté minable quand il a été miraculeusement sauvé dans sa chute et n'a pas eu la force de se précipiter dans le vide pour en finir. L'image rassurante de Véronique Montel traverse son esprit.

— Voilà, dit-il en faisant un gros effort qui ride son front. Le meurtrier d'Auguste Ravenault, c'est moi !

Vernouillet fronce les sourcils, place sa main devant sa bouche et reste un instant incrédule. Que cherche Julien Montrémy ?

— Je ne vous crois pas. Vous ne pouvez pas grimper sur la colline d'où a tiré le meurtrier.

— Je le peux. Et je peux vous montrer l'endroit exact où je me trouvais.

— Mais la voiture, la Mercedes de votre père qu'on a vue garée à proximité ? C'est vous qui l'avez empruntée ? Je crois savoir que vous ne pouvez conduire qu'une voiture aménagée pour votre handicap.

— En théorie c'est ainsi, mais je peux conduire une voiture ordinaire en prenant quelques risques. Ce matin-là, j'ai pris ces risques.

— Et votre père vous a laissé faire ?

L'embarras se lit sur le visage du jeune homme qui secoue la tête. Il voudrait répondre, mais tout se brouille dans ses pensées. Où était son père le matin du tremblement de terre ? Pendant la secousse, il était dans son bureau avec Lionel Delprat, mais le crime s'était produit deux heures plus tôt. Julien se souvient d'avoir beaucoup réfléchi à cela. Tout était clair dans son esprit, mais ce soir, en face de Vernouillet qui ne le quitte pas des yeux, il ne sait plus.

— Je ne vous crois pas, répète le commissaire.

— C'est pourtant vrai. Je ne sais plus comment cela s'est passé. Je suis très fatigué, vous comprenez. Mais c'est vrai que j'ai tué Ravenault avec une carabine de chasse. Et je peux vous montrer exactement l'endroit où je me tenais. Mon père est totalement innocent dans tout cela. Vous devez le libérer puisque vous avez un coupable.

— Qu'avez-vous fait de l'arme ?

— L'arme ? demande Julien en baissant la tête pour réfléchir. Je l'ai jetée à la décharge.

La nuit tombe. Le ciel chargé à l'ouest annonce un nouvel orage. Par prudence, Météo-France a émis un nouveau bulletin d'alerte, même si les spécialistes s'accordent pour dire que cette tempête sera moins violente que la précédente.

Dans la cour de la gendarmerie, les grévistes de la faim allongés à même le sol refusent toujours toute assistance. Morenceau, fort de sa première expérience et après avoir pris conseil auprès des météorologues, décide ne pas intervenir, ni de faire évacuer les maisons proches de la rivière.

Le préfet veut utiliser la force pour obliger les grévistes à cesser leur stupide protestation. Les télévisions, malgré les consignes, ont enfin montré les images terribles de ces femmes et de ces hommes, hirsutes, marchant accrochés les uns aux autres, traversant leur ville avec une douloureuse résignation. Les téléspectateurs ont été sensibles à la détresse de ces employés prêts aux pires extrémités pour sauver leur travail. Les associations en ont profité pour faire pression sur les différents ministères où l'on prônait la fermeté : les syndicats nationaux, qui jusque-là restaient très discrets, donnent de la voix et se posent en défenseurs des opprimés. Des questions sont posées à l'Assemblée nationale auxquelles le gouvernement apporte des réponses vagues, parfois embarrassées. L'opposition demande une commission d'enquête pour établir la vérité, mais ces éclats publics ne sont suivis d'aucun effet.

— Il faut profiter de la mise en examen de Montrémy pour régler cette affaire qui prend des proportions que personne ne souhaite ! tonne le préfet qui ne fait qu'appliquer les consignes du ministère. Toute publicité est néfaste.

Morenceau ne croit pas un instant que Montrémy soit coupable et il s'en veut d'avoir été trop confiant, d'avoir laissé pourrir une situation qui n'a pas sauvé les Eaux Saint-Jean. Et ce souci est exacerbé par une préoccupation douloureuse : où est Albane ?

Ce soir, il rentre chez lui avec un pressentiment, non pour l'orage annoncé qui ne devrait pas être violent, mais pour Jonathan, cette partie la plus sensible de lui-même. Il a accepté ce que l'enfant lui demande depuis la première tempête : aller chercher Pétronille Delprat pour jouer avec lui. Léonie a téléphoné à Aminthe Montrémy qui a commencé par dire qu'elle avait d'autres préoccupations et qu'elle ne devait pas laisser sortir Pétronille de chez elle. Mais Léonie a su se montrer persuasive et la fillette a tellement insisté qu'Aminthe a fini par céder. Le docteur Morenceau est allé chercher lui-même Pétronille qui se faisait une joie de passer cet après-midi loin de sa maison vide et du tête-à-tête permanent avec sa grand-mère. Ce soir, il doit ramener la fillette chez elle. Il redoute les questions directes de Mme Montrémy à propos des Eaux Saint-Jean, mais son appréhension est d'une autre nature, plus profonde, liée à cette gamine perdue, qui peut avoir la pire des influences sur le petit Jonathan, si jeune et si fragile.

Il arrive chez lui. Léonie l'attend au portail avec Saumon qui lui fait la fête. Léonie, affolée, se précipite vers la voiture.

— Enfin, te voilà ! dit-elle d'une voix saccadée. Que faisais-tu, je t'ai appelé plusieurs fois sur ton portable.

Son portable ! Jean Morenceau n'est vraiment pas de cette époque. Il a un téléphone mobile comme tout le monde, mais il l'oublie dans une de ses poches et ne pense jamais à le laisser en fonctionnement.

— Que se passe-t-il ?

— On a perdu Jonathan et Pétronille. On a fouillé tout le parc en les appelant et rien. Ils ont fait une fugue ou ils ont été enlevés.

Morenceau descend de voiture, bourrelé de remords. Sa première intuition était donc fondée. Il aurait dû s'opposer à la venue de Pétronille, comme le lui suggérait son instinct et il a laissé faire en minimisant les dangers, par faiblesse, pour le plaisir immédiat du petit garçon.

— Ils ne peuvent pas aller bien loin, quelqu'un les aurait vus ! Mais enfin, je t'avais dit de ne pas les quitter des yeux un seul instant !

Il en veut à Léonie qu'il tient pour responsable : les deux enfants n'ont pas pu s'échapper sans être vus, ils ont donc suivi quelqu'un, mais si les Delprat avaient enlevé Pétronille, ils n'auraient pas touché à Jonathan. C'est ce qui inquiète le docteur. Il ne faudrait pas qu'un dérangé proche d'un gréviste cherche à exercer un chantage. C'est pourtant la solution la plus vraisemblable.

— As-tu averti quelqu'un ?

Léonie s'essuie le visage, lève sur son mari ses yeux mouillés.

— Non, dit-elle en secouant la tête. Je t'ai averti toi et tu n'as pas répondu. Cela fait seulement deux heures qu'ils sont introuvables. Il faut espérer qu'ils vont arriver d'un instant à l'autre, qu'ils ont joué à cache-cache dans le bois qui est un véritable fouillis.

— Tu as raison. Nous allons chercher de nouveau ensemble sans rien dire à personne, surtout pas à Mme Montrémy. Si nous ne trouvons rien, je demanderai au brigadier Legrand de venir discrètement nous donner un coup de main. Allons fouiller le parc et la colline. Saumon, tu vas nous aider à retrouver ton petit Jonathan.

Le chien regarde son maître en remuant la queue. A-t-il compris quand il part, la truffe au sol en direction du parc, devant le docteur, Léonie et Jeanine, la cuisinière ?

Le ciel se charge à l'occident d'un bleu sombre qui annonce l'orage. La lumière du soleil s'y brise en éclats, définit les contours d'une montagne prête à s'effondrer sur la campagne immobile, sans le moindre bruit. Léonie regarde le mur de nuages avancer lentement vers eux, montre son inquiétude. Son époux la rassure :

— Ce n'est qu'un orage ordinaire. Météo-France a dit qu'il ne fallait pas s'affoler. Il va se casser en deux sur le mont Aïzot, comme d'habitude.

Il dit cela pour se rassurer car il sait bien que Météo-France peut se tromper, que le monde va de travers et que les bons orages d'autrefois ne reviendront plus.

Ils inspectent le parc, les ruines de la maisonnette détruite par la chute du grand cyprès, fouillent les touffes d'arbustes en appelant les enfants. Le chien a surtout envie de jouer à son jeu habituel et tourne autour du docteur, attendant qu'il lui lance un morceau de bois. Ils constatent que la clôture, en mauvais état, est déchirée en de nombreux endroits.

— Ils ont pu sortir par là, mais pour aller où ?

— Ce n'est pas dans les habitudes de Jonathan qui est particulièrement craintif, mais cette Pétronille n'a peur de rien. Elle l'aura entraîné je ne sais où !

Faire porter les torts sur la fillette ne change rien, mais disculpe Léonie. Le bosquet donne sur une lande couverte de taillis et d'arbres épais. Des prairies s'étalent sur les pentes de la colline, quelques maisons isolées. Le lieu est peu fertile et n'a jamais été exploité ; il était question à une époque d'y construire des logements sociaux : le docteur Morenceau s'y est opposé car cela aurait dévalorisé un quartier résidentiel et surtout parce qu'il ne voulait pas de ce voisinage turbulent.

— Cherche, Saumon !

Mais Saumon qui a envie de jouer tourne autour de son maître en jappant. Morenceau passe sous le grillage et poursuit ses recherches en scrutant le sol pour trouver des traces, herbes piétinées, branches cassées. Il inspecte ainsi toute la longueur de la clôture, sans résultat.

— Et s'ils jouaient à nous échapper ? se rassure-t-il. Très franchement, je ne crois pas qu'ils soient sortis du parc. On verrait la trace de leurs pas dans les herbes et entre les touffes et sur la terre humide.

Ils retournent à l'intérieur de la propriété et recommencent à fouiller méthodiquement les différentes parties du parc. Tout à coup, Jean Morenceau a l'inspiration du dernier espoir :

— Il se peut qu'ils se cachent à l'intérieur de la maison, au grenier par exemple où l'on ne va jamais et où les cachettes sont nombreuses dans le fouillis des vieilles choses...

Léonie s'arrête, lève les yeux vers le mur orageux qui coupe le ciel en deux. Le soleil allume dans l'épaisseur du nuage des clartés profondes suivies d'ombres menaçantes.

— Tu as peut-être raison, après tout. Ils sont sortis jouer dans le parc et je les surveillais, puis ils sont rentrés demander un bonbon que je leur ai donné. Ensuite, je ne sais pas s'ils sont ressortis !

Morenceau pousse un grand soupir. Voilà une solution qui l'apaise ; il veut y croire tant qu'il n'a pas la preuve du contraire. C'est toujours du temps gagné, une manière de repousser l'angoisse.

— Allons voir ! fait-il en marchant résolument vers la maison.

Depuis vingt-quatre heures, Renaud Montrémy attend cloîtré dans la petite chambre de Cellia Correti. Quand il a eu faim, il a ouvert le réfrigérateur et a trouvé de quoi se nourrir, mais ce n'est qu'un besoin secondaire de son corps. Un autre manque s'est rapidement fait sentir en lui, d'abord simple gêne qui alourdit ses mouvements, puis obsession qui envahit son esprit. Le manque se fait frissons qui courent sur sa peau, douleur aiguë qui serpente dans ses entrailles pour devenir feu et glace, brasier et fièvre, torture.

Que fait Cellia ? Pourquoi n'est-elle pas rentrée ? Il l'a attendue toute la nuit et la soupçonne de s'être enfuie, de l'avoir abandonné. Entre la jeune femme et lui, un mur est toujours resté debout qui ne leur a jamais permis de s'ouvrir l'un à l'autre. Cellia est trop femme pour n'avoir pas compris que Renaud n'est pas complètement un homme. La drogue le diminue ; sa musique en est altérée, comme retenue, bridée. Ses élans s'arrêtent sur un précipice, ouverts sur un talent qui ne peut s'épanouir. Cellia le lui a dit de nombreuses fois, mais comment Renaud peut-il l'entendre ? L'hydre qui l'habite ne lui en laisse pas la liberté ; elle le bride, le retient, l'humilie, le laisse désarçonné face à sa faiblesse. Et il se dit que sa vie n'aura été qu'une suite de non-sens, d'erreurs dont le responsable reste toujours le même, que ce soit dans la lucidité d'une dose enfin absorbée ou dans le manque le plus douloureux. Une image de force souveraine s'impose à son esprit. Une image haïe qui n'a pas pris les rondeurs d'un galet de torrent, mais, au contraire, a gardé toutes ses saillies, ses dents qui mordent. La silhouette de sa mère la remplace, elle aussi prisonnière d'une drogue, celle de l'espoir absolu, de l'issue heureuse à l'absurdité du monde, qui ne vaut pas mieux que l'héroïne. Quand, à Paris, rejeté par ses amis, désargenté, Renaud a cherché ses anciennes adresses, ses anciens téléphones, il a appelé sa mère qui ne lui a pas répondu.

Dans la soirée, il est sorti à la recherche de Cellia. Il a marché dans les rues de ce village qu'il connaît un peu, puis il est rentré. À qui se confier, demander conseil ? Louise Berclay ne lui a pas laissé son adresse, il n'a aucun moyen de communiquer et le besoin de drogue se fait de plus en plus pressant.

Il a passé une nuit en proie aux sueurs froides, aux frissons insupportables, aux visions morbides. À Paris, il allait dans les couloirs du métro, jouait de la guitare. Au bout de quelques heures, il y récoltait la somme nécessaire pour s'approvisionner en divine poudre. Ici, il ne peut pas se mettre au coin d'une rue ; l'état de musicien sans domicile est très mal vu. Le fils Montrémy garde au fond de lui assez d'amour-propre pour ne pas se montrer dans une position dégradante. Alors que faire ?

Attendre dans les pires douleurs de son corps et de son esprit. Attendre toute la nuit les bruits de la rue, les pas dans l'escalier et ces fameux coups frappés en cadence à la porte qui annonceraient Cellia. Mais Cellia peut-elle le guérir ? Non, sa vie passe obligatoirement par l'enfermement de l'héroïne. La porte est toujours restée ouverte, mais le prisonnier n'a pas eu le courage de s'enfuir.

Il fouille dans sa poche et trouve le numéro de téléphone que Gurval a inscrit de son écriture ronde et régulière, aussi grosse que lui. Bien sûr, il peut appeler, mais il connaît assez les revendeurs pour savoir qu'ils ne font pas crédit. Ceux qui n'ont pas d'argent échangent la marchandise contre des services à gros risques, mais ce qui est possible dans une grande ville ne l'est pas dans une vallée alpine. Il doit donc rentrer à Paris, et pour cela trouver assez d'argent pour s'acheter une dose, celle qui l'apaisera.

Au jour, comme il ne tient plus en place, il sort. Le village s'anime lentement ; il fait déjà chaud et lourd. Il s'éloigne d'un pas incertain en claquant des dents. Pour une pincée de poudre blanche à dissoudre dans de l'eau, il peut marcher ainsi pendant des heures. Que la banquise fonde, que l'Afrique et l'Amérique du Sud se transforment en déserts, que les volcans du monde soient entrés dans une phase d'activité jamais vue n'ont pour lui qu'une importance anecdotique. Pour l'instant, il a décidé de se rendre à Chastelnaud et marche sur la route en faisant des signes aux voitures qui passent. Un camion s'arrête, le chauffeur l'invite à monter s'asseoir à côté de lui. C'est un jeune homme d'une trentaine d'années, chauve, à la moustache nourrie.

— Je livre le supermarché tous les lundis matin. Je peux vous déposer où vous le souhaitez.

— Je vais à Chastelnaud, dit Renaud, qui claque des dents, recroquevillé sur sa douleur.

— Vous êtes malade ? Vous voulez que je vous conduise chez un médecin ?

— Ce n'est rien. J'ai pris froid la nuit dernière.

— Il paraît qu'il va encore faire de l'orage, mais que ce ne sera pas aussi grave que l'autre jour. Pourtant, avec ce temps détraqué, on ne peut que se méfier !

Le silence retombe entre eux. Le conducteur ne quitte pas du coin de l'œil ce curieux passager qui l'intrigue. Arrivé récemment dans la région, il ne peut savoir que c'est un fils Montrémy, même s'il constate qu'il a l'allure et les manières d'un jeune homme de bonne famille. Il tente de relancer la conversation :

— Franchement ils nous ont apporté la poisse avec leurs usines et leur progrès ! Et l'effet de serre dont ils parlent tant, qu'est-ce que vous en pensez ?

Renaud ne répond pas. Dans sa poche, il touche le morceau de papier où est inscrit le numéro de téléphone libérateur. À Chastelnaud, il se fait déposer à l'entrée de la ville, remercie rapidement le livreur et s'en va vers l'usine

Saint-Jean. Son père arrêté, il ne peut trouver que sa grand-mère qui ne l'a jamais rejeté. Il entre dans une cour déserte où flotte encore une odeur âcre. Il frappe à la porte de la grande maison, attend. Personne ne répond ; il frappe de nouveau, enfin le pas raide de sa grand-mère s'approche. La porte s'ouvre. Aminthe, le visage défait, le regarde avec étonnement.

— Qu'est-ce que tu fais là ?

— Je suis chez moi, non ?

— Si tu viens voir Pétronille, sache qu'elle n'est pas là ! Elle est chez le docteur Morenceau.

Aminthe s'est placée en face de lui. Elle est très grande et maigre. Ses cheveux qu'elle n'entretient plus ont une couleur d'eau sale et tombent en plumes grises sur ses épaules. Elle se fait conciliante et fataliste :

— Non, mon pauvre petit, tu n'es plus chez toi, comme je ne suis plus chez moi. Ici, tout va se vendre, la maison, le parc, les voitures, l'usine ou ce qu'il en reste, tout, je te dis. Les Montrémy et les Eaux Saint-Jean n'existent plus !

Renaud tremble et n'entend la voix de sa grand-mère qu'à travers le roulement sourd qui l'habite.

— Je t'ai dit : Pétronille est chez Morenceau pour la journée. Je sais qu'on va me l'enlever, maintenant que son père est en prison. Je n'ai plus envie de vivre. Mais qu'est-ce que tu as à trembler comme ça, à claquer des dents...

Il ne baisse pas la tête, au contraire, il regarde Aminthe bien dans les yeux pour lui montrer sa détermination.

— J'ai besoin d'argent, dit-il froidement. Tout de suite.

Le regard d'Aminthe se durcit ; elle pince les lèvres, lève les bras.

— Qu'est-ce qui te prend ? On ne t'a pas vu depuis des années et voilà que tu reviens pour réclamer de l'argent ? Je croyais que tu étais un bon garçon, autrement sensible que ton frère...

— J'ai besoin d'argent ! dit encore Renaud en serrant les poings.

Il passe devant sa grand-mère et monte l'escalier jusqu'au premier étage, entre dans le petit salon aux fauteuils rouges, ouvre le tiroir d'une commode, jette des papiers et des photos sur le plancher. Aminthe arrive, reste un instant interdite devant ce qu'elle voit, puis elle intervient.

— Mais qu'est-ce que tu fais ? Tu as perdu la tête ou quoi ?

Il fouille les autres tiroirs, certain que sa grand-mère range son porte-monnaie dans cette commode. Comme il ne trouve rien, il veut se diriger vers la chambre de la vieille femme où trône le coffre-fort.

— Donne-moi la clef et le numéro !

— Mais qu'est-ce qui te prend ? Renaud, tu as perdu la tête ?

Oui, il a perdu la tête, plus rien ne peut l'arrêter. Son besoin de drogue s'exprime par sa haine pour les Montrémy et se projette à l'instant sur Aminthe.

— Donne-moi la clef et la combinaison !

— Tu n'auras rien, sors d'ici !

Elle fait un pas vers son petit-fils qui la bouscule vivement. La vieille femme trébuche et tombe. Renaud se jette sur elle, une grosse potiche en porcelaine à la main.

— Donne-moi la combinaison ou je te casse ça sur la gueule !

— Renaud ! on ne m'a jamais parlé comme ça et tu ne me fais pas peur !

Il ne supporte plus de voir ce visage issu de son enfance honnie, d'entendre ces paroles qui réveillent en lui un restant de morale en face de la monstruosité de son acte. La potiche s'écrase sur le front d'Aminthe qui pousse un cri. Renaud enjambe le corps inerte, court dans la chambre. Il sait où se trouve la clef du coffre, mais sans la combinaison, il ne peut pas l'ouvrir. Il fouille dans le tiroir de l'armoire, découvre enfin un portefeuille qu'il ouvre frénétiquement, en sort trois billets de cent euros, la délivrance, enfin.

Il quitte rapidement la pièce, laissant Aminthe qui gémit au sol, court dans la rue, entre dans la première cabine téléphonique, le précieux numéro à la main.

— J'attendais ton appel, dit une voix éraillée. On se retrouve à la gare, j'aurai un chapeau de paille sur la tête. Si tu as l'argent, tout ira bien.

Dans la maison Montrémy, dont Renaud n'a pas refermé la porte, Aminthe parvient enfin à se remettre sur ses jambes. Elle nettoie le sang qui colle ses cheveux à la tempe et se met à ranger les papiers et les objets épars sur le plancher. Le soir, elle explique à Marthe, l'ancienne servante, qui continue de travailler gratuitement pour elle :

— Je sais pas ce qui m'a pris. Un malaise sans gravité. J'ai trébuché, emportant la potiche qui s'est brisée et je me suis blessée à la tempe, mais ce n'est rien !

— Moi, ma maman, elle est morte. Et quand on est mort, on va au ciel et on peut pas revenir !

— Moi, la mienne maman est partie ! Elle m'aime plus, alors elle est partie très loin, plus loin que le ciel, mais elle reviendra, c'est sûr ! Mon grand-papa qui sait tout me l'a dit !

Assise sur une souche, Pétronille regarde autour d'elle le bois et les feuilles qu'un vent léger fait bouger. Ses cheveux noirs, très raides, tombent en tiges autour de sa tête. Sa grand-mère les a attachés en queue-de-cheval avec une grosse barrette, mais la fillette n'aime pas ce lien qui lui rappelle le collier de sa petite chienne. Ses yeux gris se tournent vers Jonathan qui joue avec une brindille.

— Mon papa aussi est mort, poursuit le garçonnet. Il est sûrement avec ta maman dans le ciel et ils parlent tous les deux comme nous.

Lui a la tête ronde, les grands yeux noirs de sa mère malgré des cheveux très clairs aux reflets roux.

— Je sais pas s'ils parlent. Ils ont peut-être encore mal. Ma maman est tombée dans une crevasse et ça fait drôlement mal de tomber sur les rochers !

— Mon papa est tombé de moto. Grand-papa dit qu'il a été tué sur le coup.

Ils se taisent. La chaleur, la lourdeur de l'air les empêchent de gambader et ils restent assis dans ce coin ombragé, conscients d'échapper pour une fois à la surveillance des adultes. Même si grand-maman les regarde de sa fenêtre, ils peuvent bavarder sans risquer d'être entendus, avoir des paroles d'enfant que les grandes personnes ne comprennent pas.

— Je sais bien qu'on peut pas aller au ciel ! dit Jonathan en faisant la moue. Pourtant, je voudrais revoir mon papa. Je voudrais qu'il me parle. Quand maman était là, je pensais pas comme ça, mais maintenant, si j'avais mon papa, je sais qu'on pourrait faire plein de choses, tous les deux !

— Moi, j'ai plus envie de revenir chez ma grand-mère qui est méchante ! fait Pétronille. Elle est méchante et elle pense qu'à elle. Si on partait très loin d'ici, là où personne ne peut nous retrouver ?

Jonathan ouvre de grands yeux. Le vent pousse ses cheveux raides dans ses yeux, il secoue la tête, comme un animal agacé.

— Mais c'est pas possible, ça ! Grand-papa m'a dit que... Et puis je sais plus ce qu'il m'a dit. Mais tu sais où c'est le ciel ?

— Quand j'étais petite, on me disait que c'était au-dessus des arbres et que les étoiles étaient les yeux des morts qui nous regardent, mais c'est pas vrai, le ciel est ailleurs, là où les vivants ne peuvent pas aller. Maman me parle toutes les nuits, parce que, quand on est mort, on peut parler aux vivants qu'on aime.

— D'ailleurs, ce serait marrant que les grandes personnes soient obligées de nous chercher ! réplique Jonathan. Ce serait bien fait pour elles ! On va demander un bonbon à grand-maman pour la rassurer et puis on s'en va !

— Allons-y ! fait Pétronille, décidée.

Les deux enfants courent vers la maison. Jonathan réclame un bonbon. Comme d'habitude, Léonie lui explique que les sucreries sont mauvaises pour ses dents et va chercher la boîte en fer qu'elle ouvre devant les petites mains tendues.

La bouche pleine, les enfants s'éloignent en courant. Léonie a tourné le dos pour aller ranger la boîte et quand elle s'approche de la fenêtre le parc est désert.

Pétronille et Jonathan ont filé directement dans le bosquet qu'ils ont traversé en courant. À la clôture, ils découvrent très vite une trouée sous le grillage. Jonathan se tient en retrait : Grand-papa a interdit de venir jusque-là et surtout de passer sous la clôture. Au-delà du parc, on ne sait pas ce qui peut arriver !

— Viens, je te dis. Tu ne risques rien.

Le garçon prend la main de Pétronille et passe sous le grillage. La colline s'ouvre à eux, immense, sans barrière, avec ses sentiers entre les grandes herbes, sa lumière étalée, sa liberté sans interdit.

— On court ?

Ils s'éloignent rapidement entre les herbes et les arbustes plus grands qu'eux. Ils dépassent une maison abandonnée, poursuivent leur course jusqu'à un autre bosquet, plus dense celui-là, plus sombre aussi.

— J'ai peur ! fait Jonathan.

— Tu risques rien. Il faut continuer, l'encourage Pétronille qui a pris l'initiative de la fugue. On va aller au bout de ce sentier.

Le mur des nuages monte dans le ciel, le tonnerre gronde au loin. Jonathan s'inquiète.

— Grand-papa m'a dit qu'il faut se méfier des orages !

— Mais non ! Regarde, l'autre jour quand on est allés dans les petites maisons en fer, il ne s'est rien passé ; on aurait pu rester chez nous. Et même pendant le tremblement de terre, nos maisons n'ont pas été cassées !

Ils franchissent le sommet de la colline, entrent dans une forêt beaucoup plus dense. Pétronille tire résolument Jonathan par le bras. Un nouveau coup de tonnerre les fait sursauter.

— C'est rien, fait Pétronille qui ne peut pas s'empêcher d'avoir peur.

— Je veux rentrer chez moi !

— Passons derrière ces arbres, tu verras que le ciel est tout bleu. L'orage s'éloigne !

Pétronille a parlé sans conviction. Elle regarde autour d'elle, les arbres, les aubépines, tout lui paraît étrange dans une lumière incertaine et sans ombres.

Le couvercle de l'orage pèse sur la campagne. La nuit est

tombée brusquement, une nuit menaçante à une heure où il devrait faire jour. Pétronille se décourage :

— Faut rentrer à la maison, mais je crois bien qu'on est perdus !

— Je suis venu jusqu'ici avec mon grand-père pour cueillir des champignons. Il suffit de descendre pour retrouver le parc !

Ils courent entre les arbustes jusqu'à perdre haleine.

— Je comprends pas : la clôture du parc devrait être là ! pleurniche Jonathan.

Un éclair éclate, aveuglant, toutes griffes dehors. Pétronille pousse un cri qui se perd dans le tumulte du tonnerre. Le vent se lève, hurle dans les branches qui se cassent. Le bruit devient intense, grondement d'une montagne qui roule vers eux et menace de les écraser. La pluie cingle de ses lanières froides leurs visages qu'ils n'ont pas le réflexe de protéger avec leurs mains.

Cette fois encore, l'orage ne s'est pas brisé sur le mont Aïzot, preuve que quelque chose a bien changé dans le climat local. L'énorme masse de nuages fond sur la ville. Le vent d'une violence extrême arrache les échafaudages, les éparpille comme des allumettes, renverse les murs qui n'ont pas eu le temps de sécher, emporte les tuiles comme des feuilles mortes. La pluie tombe par trombes épaisses qui noient les rues, dévalent en flots boueux jusqu'aux confluents des carrefours, se heurtent en murailles liquides qui s'étalent sur les places, se répandent dans les jardins, passent sous les portes des habitations. Le docteur Morenceau, Léonie et la cuisinière ont juste le temps de courir à la maison, de grimper les marches du perron. Un déluge que personne n'avait prévu s'abat sur la ville. Le barrage des frères Delprat laisse passer des mètres de trop-plein qui roulent en aval dans un rugissement d'apocalypse. L'édifice tient bon pour l'instant, c'est une chance pour les bas quartiers qui échappent ainsi à la pire des inondations. Et dans ce bruit lourd et intense, les claquements violents du tonnerre, les traînées de la foudre et leur odeur de soufre font pressentir une catastrophe plus grave encore.

Réfugié sous l'auvent de sa maison, Jean Morenceau reçoit les gifles de la pluie et tend l'oreille aux bruits du vent. L'attente le mine. Peut-il rester là quand Jonathan et Pétronille sont peut-être en train de se noyer ? Il se décide, fait quelques pas dans la pluie et pense à son téléphone portable. Il va appeler le brigadier Legrand et les pompiers, mais le téléphone ne fonctionne pas : l'humidité a dû décharger la batterie. Alors, de l'eau jusqu'aux genoux, il poursuit sa quête d'aveugle, au hasard. La rue voisine roule un flot puissant qui va grossir les eaux du Ribet. Il marche dans le parc transformé en étang, longe la souche du cyprès qui dépasse comme l'arête d'un monstre aquatique.

— J'y vais !

Il ne sait pas où il va, mais il doit bouger, faire semblant d'agir, dépenser en mouvement une énergie qui se comprime en reproches dans son esprit. Léonie crie :

— Que fais-tu ? Où vas-tu ?

Il ne répond pas et poursuit sa marche hésitante dans l'eau. La pluie est tout à coup moins forte, le vent s'apaise. Morenceau profite de l'accalmie pour traverser le parc. Quand il se prépare à passer sous la clôture, un éclair aveuglant s'abat sur l'arbre en face de lui. L'arbre s'ouvre, fendu par une hache de feu, s'écartèle, ses branches tombent au sol. Seule reste debout la longue tige centrale, fumant comme un tison que l'on a trempé dans l'eau.

— Ce n'est pas possible ! s'écrie Morenceau, incapable de faire un pas de plus. Ce n'est pas possible. Mon Dieu, protégez ces deux enfants !

Le ciel s'ouvre de nouveau. Des trombes s'abattent en lambeaux liquides. Morenceau comprend que, s'il ne se met pas à l'abri tout de suite, il peut être renversé, écrasé, noyé. La pluie le fouette, le gifle, le terrasse ; il se traîne, de l'eau jusqu'à la ceinture. Il ne pense plus à Jonathan, il pense à se sauver, à échapper au liquide sombre qui l'avale. Il marche en animal traqué, sans autre pensée que d'atteindre un abri. Son pied bute contre une pierre ou le rebord d'un massif, il tombe, s'enfonce dans ce liquide froid, se redresse dans un effort brutal, réussit à se mettre sur ses jambes, atteint enfin, frigorifié, le perron où Léonie lui tend la main pour l'aider.

— Les petits..., dit-il. Les pauvres petits !

Léonie éclate en sanglots. Tout ce qui arrive est de sa faute, mais comment la réparer ? Que faire face à ce déluge, à ce déchaînement des forces du ciel ?

L'obscurité amplifie les bruits et leurs menaces. La nuit de la Terre a glissé dans la nuit de l'orage. Une pluie battante succède aux trombes. De larges gouttes serrées maintiennent le flot à la hauteur de la deuxième marche. Les communications et l'électricité sont coupées.

Morenceau, sa femme et Jeanine restent terrés dans le noir, en silence, tout à une certitude infernale : Les enfants ne seront jamais retrouvés vivants ; ils n'ont pas pu survivre à ce déchaînement d'eau et de vent. Le bon docteur en veut à Albane, responsable de tout, Albane qui est partie en laissant son fils à la charge de deux vieux vite dépassés et confrontés à des événements hors du commun. Pleurer lui ferait du bien, mais ses yeux restent secs. Léonie, elle, sanglote sans retenue dans une pénombre qui efface tout.

Enfin un véhicule tout terrain s'arrête devant chez eux. Les phares éclairent une partie de la pièce obscure où ils se trouvent. Le docteur court à la porte. Le brigadier Legrand et un gendarme, bottés de cuissardes, sortent du véhicule.

— Comme je suis content de vous voir ! fait Morenceaux.

— Les dégâts sont considérables, dit le brigadier. Toute la ville basse est inondée. Le barrage a tenu jusque-là, mais il a dû subir de gros dommages, espérons qu'il ne va pas lâcher avant que l'eau baisse. On ne peut pas s'en approcher. Une coulée de boue a coupé la route de Chambéry. Les secours seront longs à venir jusqu'ici, probablement pas avant demain. Les hélicoptères ne peuvent pas passer, il faut s'attendre à des victimes.

— Mon petit-fils, précise Morenceau, et la petite Montrémy qui était venue jouer avec lui, sont perdus. Ils étaient dans le parc. On les a cherchés partout, impossible de les trouver.

— Ce sera très difficile de lancer des recherches avant le

jour. Et puis la pluie ne cesse de tomber, il faudrait que l'eau s'évacue. C'est une très grande catastrophe, comme on n'en a jamais vu ici !

— Mais qu'est-ce qui se passe ? s'écrie Morenceau. Qu'est-ce qui se passe ?

— Qui peut le savoir ?

Il est abattu et ne cherche pas à cacher la grande douleur qui l'écrase. Léonie pleure toujours, assise dans l'ombre, soutenue par Jeanine qui ne la quitte pas. Où est Jonathan ? Cette petite frimousse ronde aux cheveux clairs très raides, ce regard noir qui s'amuse d'un rien, ce petit corps que le vieux médecin aime serrer contre lui, ses joues lisses et fraîches qu'il embrasse avec gourmandise le soir au moment d'aller au lit... Jonathan est peut-être prisonnier de la boue, de cette force infernale qui détruit sans discernement jeunes ou vieux, faibles ou forts. À cette heure où tout le pousse à demander à un Dieu providentiel de l'aider, de garder en vie ce petit être déjà tant éprouvé, il doute. La vie de la Terre est incompatible avec celle des hommes.

— Bon, dit le brigadier en sortant, je vais voir ce qu'on peut faire. On va probablement pouvoir accéder à la colline derrière votre propriété et la fouiller. Si les enfants sont là, ils ont été protégés. Les pompiers sont en train de mettre à l'eau des bateaux pneumatiques.

— Je vous accompagne !

L'immobilité pèse à Morenceau. Son besoin de bouger pour se donner l'impression qu'il se rend utile est la plus forte. Sans se tourner vers Léonie dont il sent le regard implorant braqué sur lui, il sort, conscient de son égoïsme.

Le véhicule s'éloigne. Morenceau, qui comprend l'embarras du brigadier Legrand, demande qu'on le conduise à son bureau à la mairie. Il sait que les secours ne veulent pas s'embarrasser de lui, qu'il est un fardeau plus qu'une aide, mais, à l'hôtel de ville, il sera à sa place, sur son siège de maire, pour suivre les opérations et répondre aux angoisses des gens, une manière d'oublier la sienne.

Il n'y a plus d'éclairage public dans toute la ville. Les poteaux, les pylônes, les réverbères ont été arrachés, brisés par les pointes de vent qui ont dépassé deux cents kilomètres à l'heure. Les phares du 4 × 4 balaient une étendue d'eau sombre où surnagent des maisons comme posées là par hasard, des jardins transformés en étang d'où dépassent des arbres. Les gens ont allumé des bougies dont la lueur jaune chancelle aux vitres des fenêtres. Des hommes pataugent dans ce qui était leur cour, désespérés, vaincus une fois de plus par la violence de ce qui est arrivé.

Morenceau avait pu, ces derniers temps, regagner une partie du bâtiment de la mairie remise en état. Il y accède, de l'eau jusqu'aux mollets. Les pompiers lui notent, sur une carte, l'étendue des dégâts. Ils travaillent dans des conditions très dures par manque d'équipements spécialisés. Un groupe a été envoyé dans la colline à la recherche de Pétronille et Jonathan, un hélicoptère doté de radars sensibles à la chaleur a repéré plusieurs cibles qui peuvent être des gros animaux, mais il faut espérer que les enfants en font partie. Des hommes vont être hélitreuillés sur place.

Vers une heure du matin, Morenceau, qui n'a pas bougé de son bureau, pousse un cri qui le libère d'un coup : le brigadier Legrand lui annonce que les deux fugitifs ont été retrouvés vivants et hospitalisés aussitôt. Ils sont en état d'hypothermie, mais leurs jours ne sont pas en danger. Le docteur se sent tout à coup très léger, comme rajeuni. Libéré du socle qui emprisonnait ses pensées il peut enfin prendre les décisions qui lui incombent. Il a envie de remercier quelqu'un, une force supérieure l'a sauvé, une fois de plus, de la catastrophe. Jonathan en sécurité, le reste du monde ira mieux. Il ne sent pas la fatigue et demande qu'on aille avertir sa femme. Lui restera là, à la place que lui désigne son devoir. Maintenant, il en a la force. Il se reposera plus tard, quand les victimes de ce nouveau drame qui frappe sa région et sa ville seront en sécurité.

Les pompiers, les brigades de gendarmerie s'activent toute la nuit. À l'arrivée des premières trombes d'eau, conscient du risque, le commissaire Vernouillet fait évacuer les grévistes de la cour de la gendarmerie. Ils ont tous été chargés par les CRS comme des paquets dégoûtants dans un fourgon et conduits à l'hôpital où l'état de plusieurs d'entre eux a été jugé préoccupant. L'affaire des Eaux Saint-Jean trouve ainsi un dénouement météorologique et une fin judiciaire. Malgré les dégâts de ses installations, Lionel Delprat constate :

— Les orages ont quand même un côté positif !

Le jour se lève sur une campagne désolée. Le Ribet roule un flot boueux et puissant. Les bas quartiers de Chastelnaud sont encore couverts d'une eau sale qui monte jusqu'au premier étage des maisons. Sur toute la vallée, on déplore six disparus. La météo n'est pas optimiste et les gens qui débarrassent les coulées de boue là où l'eau s'est retirée regardent le ciel avec anxiété. Quelle catastrophe va encore leur tomber dessus ? Comment continuer de vivre sur cette terre si accueillante pour leurs prédécesseurs ? Que lui opposer pour l'obliger à retrouver sa généreuse fécondité ? Les croyants vont prier à la chapelle Saint-Jean. La pollution de l'eau miraculeuse n'est-elle pas une mise en garde ? Le curé Michaudin n'y croit pas : pour lui, les catastrophes sont des phénomènes naturels, issus de causes précises. Il ne faut surtout pas voir la main vengeresse de Dieu là où elle n'est pas. Les plus crédules en concluent, une fois de plus, que leur curé n'est pas croyant et rêvent d'une sanction exemplaire de l'évêché. Les autres se disent que de tels propos n'apportent rien.

Vers midi, les gens constatent que des affiches ont été apposées un peu partout. Elles devaient être prêtes à l'avance et n'attendaient qu'une occasion pour fleurir sur tous les murs de Chastelnaud. Les Droits de la Terre, par l'intermédiaire de leur nouveau représentant local Joseph Pelbond, mis en place par Loïc Lachenal, martèlent, une fois de plus, leurs vérités : « La Terre est malade par la faute des hommes dont les malheurs ne font que commencer. Il est temps de mettre en place une organisation mondiale de gestion de la nature, sinon le pire est à craindre. »

Les gens lisent cela avec une attention de plus en plus convaincue. Ils sont conscients que les gouvernants n'ont pensé qu'à occulter les véritables questions, qu'à leur raconter de belles histoires pour les endormir et leur faire avaler les breuvages les plus amers. Voici enfin des politiques qui parlent vrai ! Chacun se prépare à se rendre à la manifestation dont Joseph Pelbond prendra la tête dans deux jours – si les orages le permettent ! – sur la place de la mairie pour présenter le programme du prochain congrès national des Droits de la Terre.

Très tôt, Lionel et Marc Delprat découvrent les dégâts subis par leurs installations. L'armature en béton du barrage a tenu bon, fort heureusement, mais de nombreuses trouées se sont produites, le trop-plein du lac a fait sauter la digue naturelle et s'est déversé dans le Minuret. Un véritable raz de marée a roulé vers Saint-Geniez, situé dans une cuvette où l'eau s'est étalée en un immense étang qui noie les habitations jusqu'au premier étage. Les frères Delprat, qui n'ont pu sortir des bureaux des Houilles Blanches qu'à bord d'un bateau pneumatique, ont loué un hélicoptère pour mesurer la portée du désastre. Ils constatent combien le barrage a été malmené. Le bâtiment destiné à leurs turbines ainsi que le canal de dérivation qui devait amener l'eau jusqu'à la conduite forcée ont été entièrement détruits. Tout est à refaire selon des plans qui tiendront compte de la violence des tempêtes. Quand l'hélicoptère se pose sur l'aéroport de Chastelnaud situé en hauteur, donc au sec, Lionel et Marc sont sombres. Les deux hommes ne sont pas pressés de se rendre à Saint-Geniez inondé. Ils entrent dans le bar et commandent du café et des croissants. Lionel s'assoit, silencieux, les yeux baissés sur la petite table. Dehors, la pluie s'est arrêtée, mais les prévisions sont pessimistes : de nouveaux orages vont éclater dans la soirée, ils devraient être moins violents que les précédents, mais les météorologues précisent qu'ils peuvent encore se tromper.

— Nous avons dépensé beaucoup d'argent pour nous heurter à la seule force qui se contrefout de l'argent ! commence Lionel en prenant un croissant dans la corbeille. Tout est à refaire et pour combien de temps ? Nos barrages, nos centrales hydroélectriques sont aussi fragiles que les Eaux Saint-Jean.

Il est accablé, le grand Lionel. Sa grosse tête penchée au-dessus de sa tasse de café, il ne trouve pas de solution. Le voilà confronté à un adversaire plus fort que lui. Les fureurs du ciel ne se régentent pas aussi facilement que les hommes et lui qui n'a jamais trouvé aucune résistance ne sait pas comment se défendre.

— Il faut tout reprendre de zéro, dit-il en prenant un second croissant. Quand je suis tracassé, il faut que je mange !

Marc n'a jamais vu son frère dans un tel état d'abattement. Lui qui a perdu le sommeil parce que Florence s'éloigne de lui trouve la force de réagir.

— Écoute, cet orage nous a fait mal. Il y en aura d'autres, c'est ainsi. La transformation du climat ne doit pas nous abattre, au contraire, elle doit nous projeter dans l'avenir. Nos concurrents sont comme nous, démunis, incapables de trouver une solution. Nous devons nous battre et faire de cette difficulté un avantage qui nous placera devant eux parce que nous aurons réagi en premier. La menace peut nous servir, les inondations ne sont pas une fatalité. Notre barrage avait une capacité trop faible !

Lionel, qui n'aime pas que Marc ait des idées à sa place, lève ses yeux sans couleur. Un léger sourire passe sur ses lèvres fines. Sa grosse tête au crâne luisant retrouve son aplomb.

— Nos pourrions en effet proposer de terminer le travail, de mettre à l'abri des montées des eaux les vallées du Ribet et du Minuret. Nous devons construire trois barrages supplémentaires !

Il réfléchit à haute voix. Marc comprend à son regard brillant que Lionel vient d'avoir une de ces idées qui font de lui l'entrepreneur dont l'audace contient une bonne part de génie. Il se tourne vers la serveuse, commande deux autres tasses de café et encore des croissants. L'optimisme est revenu :

— C'est ça, nous devons construire trois barrages de rétention des eaux, précise Lionel. Deux sur le Ribet et un sur le Minuret. Sur le Ribet, le premier protégera les cressonnières et les pommeraies de Mafaux, le second se trouvera en amont de Saint-Robert pour les maraîchers, le troisième, sur le Minuret, empêchera les inondations que nous connaissons aujourd'hui à Saint-Geniez.

Il regarde son frère en souriant, certain d'avoir triomphé une nouvelle fois et renversé une situation désespérée. Il va même gagner de l'argent avec les difficultés du moment.

Marc ne partage pas l'enthousiasme de son frère aîné.

— Tu as pensé au financement ? Cela va coûter une fortune !

— J'y pense. Je vais demander une avance à la banque russe sur les travaux que nous devons effectuer dans le Caucase.

Marc ne semble pas convaincu. Ses pensées sont ailleurs :

— Je n'en peux plus, dit-il après un long silence pendant lequel les deux frères ont bu leur deuxième tasse de café. Florence va finir par me quitter et je crois que j'en crèverai !

Lionel regarde Marc de ses yeux clairs où ne passe plus aucune expression. Jamais il ne s'est senti aussi fort devant son jeune frère qui ne sait pas ramener une petite sotte à la raison.

— Florence manque de coups de pied au cul ! Sois autoritaire, elle aimera.

Lionel ne dit pas exactement le fond de sa pensée ; ses relations avec Florence sont ambiguës. Il poursuit :

— L'inculpation de Montrémy et de son fils nous ouvre une voie royale. La garde de la petite Pétronille va nous être confiée, c'est une certitude. Cette petite fille arrangera bien des choses chez nous. Et en sortant de prison son père ne cherchera pas à la reprendre, il sera ruiné.

La décrue s'est amorcée dès les premières heures de la matinée. Les commerçants évaluent les dégâts de leurs stocks. Les particuliers dont la maison est encore à peu près en état doivent nettoyer le sol jusque dans leur chambre à coucher. Les meubles sont endommagés, l'électroménager est à changer. Les assurances vont être sollicitées une nouvelle fois, ce qui ne va pas les engager à régler rapidement les sommes déjà dues pour les deux tremblements de terre.

Toute l'Europe a été touchée par les orages, surtout les régions de l'Ouest, de la Scandinavie au Portugal, même si des cyclones moins étendus mais tout aussi violents ont dévasté certaines contrées d'Europe centrale. Les morts se comptent par centaines, principalement dans la péninsule Ibérique. Une réunion de crise des pays les plus industrialisés a lieu en Arizona. Tous les gouvernements s'y rendent, même la Chine qui n'a pourtant pas envie de limiter sa consommation de pétrole et de produits énergétiques. Des scientifiques exposent la situation et leurs projections dans l'avenir. Les déserts vont continuer de s'accroître ; le manque d'eau touchera des étendues de plus en plus grandes dans des pays qui dépendent d'une agriculture de survie, en Afrique, en Amérique du Sud, en Asie centrale. Les régions humides de l'équateur, les pays à mousson vont continuer de s'assécher. Le niveau des océans va encore monter et les pays de l'hémisphère nord seront dévastés de l'Europe à l'Oural par d'énormes cyclones et une pluviométrie importante et irrégulière. Le réchauffement, accompagné d'une activité sismique et volcanique imprévisible, mais sûrement dramatique, se poursuivra et aura, de plus, des conséquences biologiques considérables avec la disparition de certaines espèces animales et végétales. L'usage immodéré sur toute la planète de produits destinés à détruire insectes, champignons et bactéries, la généralisation des plantes génétiquement modifiées accentuent ce processus en fragilisant des équilibres élaborés au cours de millions d'années. Il s'ensuivra un à-coup évolutif avec l'apparition d'insectes résistant à tous les traitements, de champignons, de micro-organismes capables de générer des maladies nouvelles, extrêmement virulentes.

Devant un tableau aussi sombre, tous les pays riches sont d'accord pour voter des crédits de recherche, mais refusent de changer leurs habitudes. Les responsables des Droits de la Terre qui n'ont pas été invités à donner leur avis tiennent des conférences de presse à Genève, New York et dans d'autres capitales pour fustiger l'attitude criminelle et suicidaire des gouvernements. Ils en profitent pour annoncer leur congrès mondial qui se tiendra le même jour dans tous les pays du monde.

Albane Morenceau ne met pas longtemps pour retrouver la mère de Pierre Ragaud. Le journaliste lui avait fait pas mal de confidences qu'il croyait sans conséquences tant sa relation avec la bru du maire de Chastelnaud lui semblait sans lendemain. Albane a tout noté dans sa mémoire, chaque détail et en particulier l'adresse de Mme Évelyne Ragaud, employée à la Banque de France, vivant seule depuis son divorce, rue de Vaugirard. Elle lui rend visite le lendemain de son arrivée à Paris. Mme Ragaud lui annonce que Pierre rentre précipitamment d'Amazonie pour se rendre en Islande où plusieurs volcans sont en activité. Albane sympathise vite avec Évelyne Ragaud ; leurs solitudes se ressemblent et Pierre les rapproche.

— Ce n'est pas un mauvais garçon, mais il n'a jamais su se fixer. Il ne peut que papillonner d'un pays à l'autre et trouve tous les prétextes pour cela. Il ne cesse de fuir.

Évelyne est-elle au courant de l'existence de Maghia, l'Indienne que Pierre Ragaud a rejointe en Amazonie après la naissance de leur enfant ? Elle n'en a rien dit à Albane qui, pourtant, a le sentiment qu'elle lui cache quelque chose.

Au fil des jours, la jeune femme pense à Jonathan. Les orages qui se multiplient sur le pays éclatent-ils à Chastelnaud ? Plusieurs fois, elle a eu la tentation de téléphoner à sa belle-mère avec qui elle entretient des relations plus directes qu'avec son beau-père, mais, chaque fois, elle a raccroché son téléphone à la première sonnerie. Alors elle se reproche sa lâcheté, son égoïsme et se dit que, dès qu'elle aura revu Pierre, elle rentrera à Chastelnaud.

Albane profite de quelques jours de répit pour visiter la

capitale. Elle a une bonne réserve d'argent, lentement économisée, probablement en prévision de sa fugue. Ainsi peut-elle se donner un peu de temps pour faire le point.

Le jour tant attendu arrive enfin. Albane décide d'aller attendre Pierre à Roissy. Elle commence par s'offrir un bon coiffeur et par se maquiller avec soin. Elle redoute ces retrouvailles à la sortie de l'avion dans un cadre qui n'est pas le leur. Ils avaient l'habitude de se rencontrer dans la campagne chastelnaise, dans la petite ferme d'Albane, leur relation résistera-t-elle à l'environnement urbain ? C'est vrai, ils se sont quittés, ils se sont dit adieu, mais Albane ne veut pas y croire. Le dernier regard du journaliste, quand elle s'éloignait à bord de sa voiture, n'était pas un regard indifférent.

Elle se rend à l'aéroport en voiture, en pestant contre la circulation parisienne à laquelle elle ne s'habituera jamais. Elle gare son véhicule dans un parking souterrain, prend l'ascenseur, le ventre noué. Un pressentiment l'assaille : Évelyne Ragaud lui a-t-elle tout dit ? Sa gêne lorsqu'elle parlait du retour de Pierre cache-t-elle quelque chose ?

Elle consulte le tableau des arrivées, cherche Cayenne d'où est parti Pierre Ragaud et constate qu'il a atterri. Elle panique, se tourne vers la porte avec l'intention de s'enfuir. Pierre ne va-t-il pas lui en vouloir d'intervenir dans une vie où elle n'a pas sa place ? Trop tard : les passagers de Cayenne sortent en tenues légères, chemises à fleurs et bermudas. Ce flot de voyageurs ramène Albane aux heures exquises que lui a valu le séisme de Chastelnaud, à sa résurrection liée aux soubresauts d'agonie de la Terre.

Tout à coup, elle se fige. L'homme qui marche vers elle est Pierre Ragaud, mais tellement différent du souvenir qu'elle garde de lui. Une abondante barbe noire couvre son visage. Vêtu d'une veste de chasse, d'un pantalon kaki, il porte son habituel sac où il range la caméra dont il ne se sépare jamais. Il arrive à Paris, mais semble déjà ailleurs dans une indifférence totale. Il fait quelques pas, s'arrête au milieu des voyageurs pressés qui le bousculent. La femme qui se tient devant lui ne devrait pas être là. Il a pensé à elle, beaucoup trop. Il a regretté d'être parti de Chastelnaud en emportant l'image de ce visage sérieux aperçu derrière le pare-brise d'une voiture un petit matin pluvieux. Il rentre d'Amazonie où plus rien ne va, il a voulu ramener Maghia et sa petite fille, mais l'Indienne a refusé, considérant que l'Europe n'était pas faite pour elle et que le père de sa fille, venu de si loin, ne peut pas lui rester éternellement attaché. Il a des ailes aux pieds et doit continuer son destin qui est de voyager, de découvrir de nouveaux visages de la Terre, la seule maîtresse qu'il ne possédera jamais. Pierre Ragaud a la folie des hommes blancs : comprendre ce qui lui échappe, dominer ce qui le domine, faire régner sa loi sur des éléments dont il ne mesure pas la portée. Une folie qui conduit toujours à l'anéantissement.

Albane secoue la tête, comme pour chasser le doute qui grandit en elle. Enfin, Pierre Ragaud fait un pas vers elle, le regard toujours planté dans le sien.

— Albane ?

Elle hésite à se jeter dans ses bras, il a aussi un instant de flottement, puis il s'approche, comme le ferait quelqu'un qui veut demander un renseignement. Leur courte séparation a suffi à en faire des étrangers l'un à l'autre.

— Voilà, dit-elle. Je n'ai pas pu me résoudre à rester seule à Chastelnaud.

— Et Jonathan ?

Elle baisse les yeux, coupable, mais il comprend, lui qui a laissé Maghia et sa petite fille, lui qui ne peut jamais rester longtemps à la même place parce qu'il lui semble que l'essentiel se passe là où il n'est pas.

— Jonathan est heureux chez ses grands-parents. Il n'a pas besoin d'une mère qui se morfond...

Il regarde intensément son visage clair, ses cheveux très noirs, ses yeux de charbon qui le fixent, son attitude qui en font une femme si différente de la jeune maman qu'il a accompagnée le jour de la sortie de la classe au bord du lac Neuf. Pourtant, il ne peut pas être faible.

— Je ne suis que de passage. Je vais embrasser ma mère et je repars très vite pour l'Islande d'abord et ensuite le Groenland. C'est là que se joue l'avenir de la planète. La banquise fond, des courants d'eau froide contrarient les courants atlantiques chauds. En Islande, les volcans se sont réveillés et transforment le visage de l'île.

— Qu'est-ce que ça veut dire ?

— Ça veut dire que nous sommes au bord d'un gouffre béant. La Terre est en pleine mutation par la faute des hommes et ceux qui paient en premier sont les plus fragiles, les plus simples, ceux qui vivent de manière traditionnelle et ne sont pour rien dans le changement climatique. Sans parler des nouvelles maladies qui déciment les populations en Amazonie, la déforestation a entraîné un ravinement des sols devenus stériles.

— J'ai ma voiture, viens !

Ils prennent l'ascenseur pour rejoindre le parking. À leur sortie, Pierre remarque qu'un orage noircit le ciel. Les traînées sinueuses des éclairs zèbrent l'épaisseur menaçante des nuages.

— Encore un orage ! s'exclame Albane. C'est ainsi presque chaque jour. Et encore il ne faut pas se plaindre à Paris. Il y a eu dans tout le pays des inondations catastrophiques.

— Ce n'est qu'un début, commente Pierre Ragaud sans poursuivre sa pensée.

— Et qu'est-ce qu'on peut faire ? demande Albane.

— Rien ! Tout cela nous dépasse. Les courants atlantiques ont dévié leur parcours, les zones de haute pression se sont déplacées, certaines ont disparu. Ainsi, l'Europe de l'Ouest n'est plus protégée par le Gulf Stream et l'anticyclone des Açores. Il s'ensuit des étés chaotiques, des orages tropicaux. Il faut s'attendre aussi à des hivers très rigoureux, tout aussi catastrophiques.

— Mais on parlait de réchauffement...

— Oui, un réchauffement général qui se traduit, paradoxalement, par des refroidissements locaux. Mais ces conséquences météorologiques entraînent des conséquences humaines. Il faut s'attendre aux pires choses : des révolutions, des mouvements de populations que personne ne pourra contenir, des guerres, des massacres. L'ordre du monde est entièrement chamboulé. Désormais, l'eau sera la denrée rare la plus convoitée. Les usines de dessalage de l'eau de mer ne suffiront jamais à couvrir les besoins. Je me dis parfois que Tony Lierering a raison.

— Tu veux parler de cet Américain qui...

— Qui a pris l'été dernier la direction du mouvement les Droits de la Terre. C'est un illuminé terriblement dangereux parce qu'il est persuadé d'avoir une mission quasi divine. C'est un dictateur capable de tuer les trois quarts de l'humanité pour faire le bonheur des survivants. On peut se demander s'il n'a pas raison.

— Et tu peux être d'accord avec ce genre de personnage ?

Pierre Ragaud secoue la tête.

— La morale n'a pas sa place dans une action de survie. Il y a les faits qui dictent leur loi. Je pense que dans certaines circonstances un gouvernement fort, malgré ses injustices, peut limiter la casse. Désormais, la question est mondiale.

Au péage du parking, Albane sort de sa voiture et invite Pierre à prendre le volant. Ils passent l'un près de l'autre, à côté du véhicule. Albane a envie de se blottir dans ses bras, de chercher dans sa chaleur l'espoir pour le lendemain, mais elle se retient. Lui sait qu'il n'aura pas la force de lui résister et que sa faiblesse sera à l'origine de nouveaux drames. Ils s'assoient et claquent les portières.

— Au fait, que se passe-t-il à Chastelnaud ?

— Je n'en sais rien. Je suis partie depuis deux semaines...

Pierre Ragaud regarde Albane passer la main sur sa robe et boucler sa ceinture. Est-ce un monstre d'égoïsme ou une femme perdue ?

— Je sais qu'Armand Montrémy a été arrêté pour le meurtre d'Auguste Ravenault. Les Eaux Saint-Jean sont en faillite.

Pierre Ragaud se tourne vivement vers la passagère.

— Eh bien, qu'est-ce qui te prend ?

— Il me prend que ce n'est pas lui qui a tué Ravenault ! Moi, je le sais !

— Mais que veux-tu dire ?

— Je suis journaliste, pas policier. J'ai la preuve que Montrémy est innocent !

— Pourquoi ne l'as-tu pas dit ?

— Je ne pensais pas que Montrémy serait inquiété, voilà tout. Et puis, j'avais la tête ailleurs. Tu dis que les Eaux Saint-Jean ont fait faillite ?

— Oui, après une grève de la faim du personnel qui a duré trois semaines.

Été d'orages, été de tous les tourments. On avait annoncé la canicule et voilà que des trombes d'eau s'abattent sur l'Europe de l'Ouest. Les plaines de la Beauce, de la Picardie, les grandes régions de cultures sont inondées. Les blés pourrissent sur pied, ravagés par les champignons. Pas de fruits ou très peu. Le prix des légumes monte en flèche. Le monde rural grogne, la vie augmente, le mécontentement gagne les villes qui croulent sous leurs décombres. Le travail ne manque pas, mais un travail que personne ne fait de gaieté de cœur : nettoyage des rues et des maisons inondées, évacuation des gravats de cheminées abattues, des branches d'arbres cassés. Les forêts sont détruites en grande partie et le bois que personne n'a le temps de débarder est abandonné au milieu des fougères et des ronces.

Été de désolation. Les professionnels du tourisme grognent : les campings plusieurs fois dévastés sont désertés, les plages rendues dangereuses par des orages aussi brefs que violents n'accueillent que des baigneurs épars. Même le Midi méditerranéen, connu pour ses étés secs, est la proie des dépressions qui se succèdent sur l'Europe. L'anticyclone des Açores, précisent les météorologues, n'est pas remonté comme il le fait chaque été, mais reste cantonné sur l'Afrique du Nord et centrale en une immense zone de hautes pressions qu'aucune perturbation ne peut traverser.

Été de misère. On se croirait en temps de guerre. En

Europe, on ne pense pas aux vacances. Les gens sont désappointés, désorientés, continuellement sur leurs gardes en face d'un ennemi qui ne se montre que trop tard. Que leur prépare cette Terre devenue mégère capricieuse ? Oui, ils ont peur ; les volcans d'Islande se sont réveillés, des bruits bizarres montent des profondeurs : la Terre a mal au ventre. Le sous-sol et les nuages se sont alliés contre le mauvais fils, celui qui voulait toujours avoir raison et dominer l'Univers avec ses certitudes mathématiques, ses mesures, sa manière de tout fouiller, de tout chercher. Il n'y a aucun secours à attendre. L'Univers ne conduit nulle part. Le monde sans début et sans fin se transforme sans cesse, et l'apparence que nous en avons est illusoire. Sa véritable nature nous échappe. L'espoir aide à vivre mais ne correspond à aucune réalité cosmique.

Ainsi, des idées qui étaient par le passé une vue généreuse et théorique en faveur de la protection de l'environnement sont devenues de véritables forces de gouvernement mondial. Les événements servent les fondateurs des Droits de la Terre : Tony Lierering, le leader américain et représentant mondial du mouvement, est présent sur toutes les télévisions et son message dérange beaucoup de dirigeants, ceux de son pays, mais aussi les Chinois, les Russes, les Indiens et tous les pays en voie de développement. Devenu un parti avec un programme rigoureux, les Droits de la Terre ont pour vocation de diriger le monde après que d'autres l'ont enlisé dans la bourbe de leurs erreurs. L'organisation est présente dans tous les pays avec une structure nationale et des sections locales. Les grands partis traditionnels comprennent un peu tard qu'ils ont eu tort de laisser se développer un ennemi implacable qui ne fera aucune concession. Son langage touche les populations éprouvées, il sonne juste face aux verbiages traditionnels des politiciens habitués à ménager les gros intérêts, à ne pas prendre ouvertement des décisions contraignantes qui coûtent cher en voix.

Chastelnaud est devenu un haut lieu des Droits de la Terre, un symbole à cause du séisme qui a révélé l'organisation au grand public, mais aussi à cause de l'assassinat d'Auguste Ravenault qui sert plus ses idées par sa mort inexpliquée que par sa vie souvent dissolue et pleine de contradictions. Jean Morenceau se demande s'il doit accepter la tenue du congrès national dans sa ville. Il se serait bien passé de ce que Loïc Lachenal lui présente comme un honneur aux retombées commerciales considérables, car il y voit l'occasion de troubles, d'une médiatisation qui ne peut que gâter une situation difficile. Et puis tout ceci repose sur le crime, sur la mort d'un marginal et ne peut que remuer encore plus de boue.

Oui, Jean Morenceau s'en serait passé, mais il comprend bien qu'un refus serait interprété de la pire façon. Il sait combien ces gens des Droits de la Terre sont sûrs d'eux, accusateurs forcenés dès qu'on leur résiste et capables des pires déclarations. C'est dans cet état d'esprit que le maire rencontre Joseph Pelbond pour lui faire part de sa décision.

Joseph Pelbond est un homme simple, un artisan ébéniste qui a passé une partie de sa vie dans son atelier sans se préoccuper du monde. Le tremblement de terre a opéré sur lui une transformation radicale. Sa femme, grièvement blessée, est désormais clouée dans un fauteuil roulant. Joseph en a éprouvé une telle douleur qu'il s'est mis à réfléchir à autre chose qu'à ses tables et ses placards en merisier. Il avait besoin de coupables et s'en est pris aux décideurs sans envergure, ceux qui donnent des leçons, que le mensonge nourrit. Il n'aimait pas Ravenault, mais après sa mort, quand Loïc Lachenal est venu expliquer le message du martyr, il a découvert une vérité qu'il pressentait depuis longtemps mais ne savait pas traduire en mots. Cette vérité, alliée au malheur de sa femme, l'a révélé à lui-même. Désormais, l'essentiel de sa vie se passe en dehors de son atelier. Les mots qu'il avait tant de mal à prononcer viennent naturellement à son esprit et forment des phrases fortes de militant convaincu que les gens écoutent parce que Joseph Pelbond, contrairement à Auguste Ravenault, est sensé, ordinaire, sans la moindre excentricité.

Pour toutes ces raisons, Jean Morenceau, poussé dans ses derniers retranchements, ne sait quels arguments lui opposer.

— Il n'y a pas assez d'hôtels, dit-il après un instant de réflexion. Depuis le tremblement de terre, comment voulez-vous loger vos participants ?

— On s'arrangera. Chastelnaud est un symbole fort. Nous pouvons louer à la commune les mobile homes inhabités sur le Plateau. Nous occuperons le terrain de camping. Les membres des Droits de la Terre n'ont pas besoin de luxe. Leur seul confort réside dans la possibilité d'exprimer leurs idées, leur détermination à sauver l'humanité !

Jean Morenceau lui renvoie un mouvement de tête incrédule.

— Je crois avoir lu que si toutes les émissions de gaz carbonique s'arrêtaient immédiatement, cela ne changerait rien dans les dix ans qui viennent !

— Vous avez raison, admet Joseph Pelbond. Seulement les émissions de gaz à effet de serre se poursuivent, s'amplifient, et les solutions prétendues propres par nos dirigeants ne contribuent pas à les réduire, parce qu'ils ne veulent rien remettre en cause ! Les voitures électriques ne sont pas innocentes, bien au contraire : l'électricité a dû être produite par des barrages ou des centrales thermiques. Les eaux stagnantes des barrages produisent du gaz carbonique et du méthane, les centrales thermiques sont des centrales de combustion. Quant aux carburants verts, ils proviennent de plantes qui prélèvent en effet du gaz carbonique dans l'atmosphère, mais leurs moteurs le restituent !

— Mais alors où se trouve la solution ?

— Dans la manière de vivre, d'assurer sa subsistance en appliquant les lois de la Terre, en redevenant une espèce animale éclairée, en pratiquant une agriculture raisonnée. Bref, en changeant de civilisation. Celle de l'homme occidental n'a entraîné que des catastrophes.

— Et vous croyez que les gens vont vous écouter ?

— La fin justifie les moyens. Si rien n'est fait, l'humanité est condamnée de la pire manière. Cette guerre pour la vie vaut largement la guerre pour la liberté que d'autres générations ont faite en leur temps.

Morenceau comprend très bien ce que veut dire ce garçon sensé, mais devenu extrémiste. Il sait que les soucis de cette manifestation très médiatisée vont encore s'ajouter aux autres.

— Vous avez conscience que votre parti depuis qu'il a évolué d'une manière radicale, soutient des propos totalitaristes ! On ne peut pas, en France, faire l'apologie de la dictature que vous souhaitez.

— Notre parti n'est pas interdit. Il peut donc s'exprimer comme les autres mouvements !

— Certes, mais vos opposants occuperont la rue... Je ne veux pas de débordements. Je vais accepter votre manifestation par souci démocratique, pour que tout le monde puisse s'exprimer, mais je vais demander au préfet de prendre toutes les dispositions pour que cela se passe correctement, sans les désordres auxquels vous êtes habitués !

Avec cette fermeté, Morenceau a l'impression de se rattraper de ses faiblesses passées.

— S'il nous a fallu manifester vivement, c'était pour être entendus. Désormais notre parti est adulte et responsable ! précise Joseph Pelbond. Loïc Lachenal est un homme réputé pour son autorité et son respect de l'ordre.

— Et pour son intransigeance ! ajoute Morenceau en se levant de sa chaise afin de signifier que l'entretien est terminé.

Le ciel gris, plombé de chaleur, écrase les épaules. La sueur mouille les fronts, colle les vêtements à la peau dans une tiédeur moite qui annonce une nouvelle tempête. Une tornade s'est abattue sur les monts du Lyonnais, dévastant plusieurs villages du Beaujolais. Météo-France met en garde les gens sur ces risques inconnus jusque-là sous les latitudes tempérées. La peur vient désormais du ciel.

Grâce à l'argent volé à sa grand-mère, Renaud Montrémy a pu apaiser son corps qui fonctionne de nouveau, son esprit qui retrouve des pensées claires. L'homme au chapeau lui a donné de quoi tenir pendant deux ou trois jours, un luxe qui lui libère l'esprit tout en le mettant en face d'une nouvelle échéance. Que fera-t-il par la suite ? Où ira-t-il chercher de l'argent ? Chez Aminthe ?

En marchant sur la route de Saint-Geniez où il veut se

rendre pour tenter de retrouver Cellia Correti, il pense, une fois de plus, qu'il devra sortir de ce bourbier, accepter d'endurer toute la douleur du monde pour regagner enfin sa liberté. En aura-t-il le courage ?

Une voiture s'arrête devant lui, il reconnaît aussitôt la conductrice, cette femme devant qui il a joué un soir au Red Star. Florence Delprat lui sourit, sort de son véhicule qu'elle a garé à l'entrée d'un chemin forestier.

— Notre musicien ! fait-elle. Vous voilà sans emploi depuis que le Red Star a brûlé ?

— Je vais repartir à Paris. Ma place n'est pas ici, j'en ai maintenant la certitude.

— En êtes-vous certain ? Avant de vous prononcer, acceptez que je vous présente quelqu'un. Ensuite je vous conduirai au TGV à Chambéry, si vous le souhaitez.

— Je voudrais retrouver ma partenaire, Cellia Correti, qui m'hébergeait. Elle est sortie et elle n'est pas revenue.

— C'est la vie, dit Florence en invitant le jeune homme à s'asseoir à côté d'elle. Cette jeune femme avait sûrement ses raisons de vous laisser ainsi.

La voiture repart en direction de Saint-Geniez et s'arrête devant l'immeuble des Houilles Blanches. La cour a été nettoyée de sa boue. Le Minuret a repris sa place de petit torrent dans son lit de gros rochers. Florence invite Renaud à le suivre. Il pense à sa guitare qu'il a laissée dans la chambre de Cellia.

— Je vais vous présenter à mon époux, Marc Delprat, et à mon beau-frère, Lionel, qui est le patron des Houilles Blanches. C'est lui qui m'a demandé de vous retrouver, il a une proposition à vous faire.

Elle fait entrer Renaud dans l'immeuble ancien dont l'intérieur surprend par son luxe et l'entraîne à la suivre dans un large escalier de pierres taillées blanches. Elle frappe à une porte de chêne qui s'ouvre aussitôt sur un grand bureau. Lionel est assis à sa place de directeur général, Marc est sur le siège du visiteur. En apercevant Renaud, il se lève et se place à côté de son frère. Lionel regarde le jeune homme de ses yeux sans couleur, puis sa belle-sœur, très brune, très typée, belle. « Si elle avait un peu de cervelle, pense-t-il, quelle arme ce serait pour notre affaire ! » Il sourit ; Marc lisse les ailes noires de sa moustache.

— Soyez le bienvenu, monsieur Renaud Montrémy. Nous avons beaucoup apprécié votre prestation au Red Star.

— Je m'appelle Renaud Chatelland.

— Je ne vais pas abuser de votre temps, Renaud Chatelland, poursuit Lionel. Votre père a été emprisonné, votre frère, dans un bel élan, s'est accusé d'un crime qu'il n'a pas commis, bref, tous les deux sont en prison à Chambéry. Les Eaux Saint-Jean sont en dépôt de bilan. Polluées, elles n'intéressent aucun investisseur. Cela veut dire que votre famille est ruinée.

Lionel marque un silence pour donner plus de poids à son propos. Renaud baisse la tête, inspire comme pour parler et se tait. Lionel, qui comprend ce silence, baisse les yeux pour cacher sa satisfaction.

— Les artistes ont tous les droits, même celui de changer de nom ! ajoute-t-il. Vous n'ignorez pas qu'après sa fugue qui aurait pu tourner au drame avec le petit-fils de M. Morenceau, la petite Pétronille a été confiée à notre mère, sa grand-mère maternelle, et cela nous comble de joie, Marc et moi, qui ne pouvons avoir d'enfants. Elle est notre raison de vivre.

Florence et Marc se taisent. Florence est restée debout, près de la porte, ne quittant pas le jeune homme des yeux ; Marc, qui s'est négligemment assis sur le coin du bureau pour mettre plus de familiarité dans cette réunion, ponctue de la tête les propos de son frère. Son regard va de Renaud à Florence, comme s'il ressentait entre ces deux êtres une connivence, une complicité naturelle qui le place hors jeu.

— Le bouleversement climatique concerne le monde entier, poursuit Lionel. Les révoltes, les guerres larvées qui en résultent ne sont qu'à leurs débuts. Ce que les économistes modernes n'ont jamais prévu pourrait bien se produire : avant qu'ils n'aient eu le temps de s'organiser, les pays les plus riches pourraient, comme au Moyen Âge, se retrouver en face d'une pénurie de matières premières et dans une terrible récession qui pourrait occasionner des famines dans les couches les moins favorisées. Les blés pourrissent sur pied en Europe et ne poussent pas mieux au sud à cause de la sécheresse. Le riz ne peut plus mûrir car il est inondé quand il n'a plus besoin d'eau. On parle aussi d'une maladie bactérienne qui s'en prendrait aux troupeaux d'Amérique centrale. Elle est déjà en Australie et sera demain en Europe. La Terre redistribue les cartes, nous avons, aux Houilles Blanches, la chance d'être aux premières loges, mais nous ne pouvons pas commander aux orages.

Renaud tente de cacher son malaise dans ce grand bureau, en face de Lionel. Il a tout à coup l'impression de se retrouver en face de son père.

— Qu'est-ce que j'y peux ?

Lionel marque un silence pendant lequel il regarde son frère qui lui fait un petit signe.

— Nous pensons toujours à notre Pétronille. Elle est votre sœur, nous ne l'oublions pas. Son père l'a abandonnée, comme il a volé une grosse somme d'argent qui lui était destinée. Il va payer et vous n'y êtes pour rien. Nous voulons vous aider.

— Je suis un musicien. Vous ne pouvez rien pour moi.

— Si, on peut. Dans les temps difficiles qui se préparent, vous devez vous mettre à l'abri du besoin. On ne fait pas de bonne musique l'estomac vide ! Nous vous proposons de vous placer du bon côté de ceux qui sauront tirer profit de la situation, d'accepter de travailler avec nous pour une bonne rémunération. Rassurez-vous, vous aurez tout le temps pour vous occuper de votre musique et jouer dans les grandes capitales. Nous avons des relations pour cela.

— En contrepartie, que devrais-je faire ?

— Peu de chose. Vous allez rendre visite à votre père, à Chambéry, vous allez faire la paix avec lui et l'assurer de vos remords. Vous lui proposerez de rembourser ses dettes et de reprendre, à votre nom, les Eaux Saint-Jean. Vous expliquerez votre brusque fortune par un contrat juteux pour écrire une musique de film américain. Il n'a pas d'autre solution que de vous croire. Vous vous ferez accompagner d'un huissier pour signer l'acte.

Renaud sent contre sa cuisse la minuscule bosse du sachet de poudre qui lui reste puis ses yeux, qui n'osent pas se lever sur Lionel, s'arrêtent sur la moustache de Marc, et vont enfin se perdre dans la profondeur du regard de Florence.

— Je refuse !

Il a parlé d'un ton sec qui étonne Lionel. On lui avait présenté Renaud comme un garçon mou, sans caractère, facile à manipuler et voilà qu'il se cabre, qu'il fait demi-tour, passe devant Florence qui ne sait quelle attitude adopter. Lionel fait un signe pour qu'on le laisse partir.

— Libre à lui ! dit-il assez fort pour que Renaud l'entende. Il doit réfléchir et c'est bien normal. S'il change d'avis, il sera toujours le bienvenu.

Quelques instants plus tard, Renaud marche dans la rue. Il a espéré jusqu'au dernier moment que Florence viendrait le chercher, qu'il ne faisait qu'une fausse sortie avant une nouvelle proposition de Lionel Delprat, moins contraignante. La seule pensée de rendre visite à son père le révolte. Il a eu raison de refuser, même si un bon salaire, une situation solide signifient la fin de ses soucis : comment renouveler son sachet de poudre indispensable à sa survie ?

Il marche au hasard, sans se préoccuper du ciel qui se plombe d'un nouvel orage ou de nouvelles averses dévastatrices. Les soubresauts de la Terre l'ont laissé indifférent jusque-là ; ses rêves ont une autre dimension, s'épanouissent dans un au-delà que les orages n'atteignent pas.

Un homme qui devait le suivre le rattrape et se racle la gorge à sa hauteur pour se faire remarquer. Renaud lève la tête et voit le chapeau de paille ; un long frémissement le parcourt, une tenaille lui écrase l'estomac.

— Je te cherchais, dit l'hommel en posant son chapeau et en découvrant son crâne hérissé de cheveux noirs courts, raides comme des clous. J'ai quelques nouvelles pour toi. Entrons dans ce café pour nous rafraîchir.

Renaud entre le premier. L'homme l'invite à s'asseoir près de la sortie et commande une bière. Renaud fait de même.

— Voilà, dit l'homme en replaçant son chapeau sur sa

tête. J'ai des nouvelles de Cellia Correti. Ne la cherche pas : elle est rentrée dans sa famille. Après la disparition du Red Star, elle a éprouvé le besoin de revoir les siens.

Renaud ne montre pas son étonnement, pourtant quand Cellia lui avait dit qu'elle ne retournerait jamais chez elle, il l'avait crue sincère.

— D'autre part, je t'ai vu sortir des Houilles Blanches. Le patron ne t'a pas fait venir pour rien...

— Il veut que je travaille pour lui.

L'homme a un sourire moqueur et méprisant.

— Toi, travailler ? Bon. Et tu as refusé, je suppose ?

— Oui.

— Tu as tort. Tu ne peux pas refuser. Réfléchis : tu acceptes et tout roule pour toi, tu refuses et tu ne dois plus compter sur moi ni sur personne pour te fournir ce que tu sais.

L'homme, qui n'a pas touché à sa bière, pose un billet sur la table et sort sans rien ajouter.

— L'Hekla est en éruption, le Kakla, le Laki et d'autres volcans de la faille jusqu'au Husavik. Il faut que je parte tout de suite. Il s'agit d'une des plus grosses activités volcaniques que l'espèce humaine ait pu connaître, preuve que les chamboulements sont extrêmement profonds. Je dois y aller !

Dans la chambre d'hôtel d'Albane, Pierre Ragaud est assis sur le lit, son téléphone portable à la main. La jeune femme sort de la salle de bains, le visage recouvert d'un masque de crème.

— Qu'est-ce que tu racontes ? Tu ne peux pas laisser faire une injustice ! Tu dois retourner à Chastelnaud et voir le juge qui a inculpé Montrémy. Tu ne peux pas laisser condamner un innocent.

— Écoute, je vais lui téléphoner. Je ne peux pas non plus rater la plus belle occasion de ma vie, celle qu'aucun homme n'a jamais eue jusque-là. Je dois partir tout de suite.

— Je t'accompagne !

Pierre Ragaud pose son téléphone sur la couverture à côté de lui, se dresse. Il ne peut pas, pour un homme en prison et une femme seule, rater l'événement majeur qui se produit en Islande et qu'il doit filmer parce que sa vie est entièrement consacrée à la Terre. Il regarde intensément Albane. Une fois de plus, il a cédé en se disant que la jeune femme avait besoin de lui, mais qu'il saurait reprendre sa liberté le moment voulu. Ce moment est arrivé et Albane s'accroche.

— Mais c'est impossible, s'insurge-t-il. Tu ne comprends pas que c'est extrêmement dangereux et que tu as un fils !

— Si c'est dangereux, ma place est près de toi. Mon fils est en sécurité chez ses grands-parents.

Il ne trouve pas d'arguments à lui opposer et a conscience de sa faiblesse. Ce désir qu'il éprouve pour Albane le rend incapable de résister à la volonté de la jeune femme. Sa peau attire le toucher, son corps exhale une odeur de femme, de sexe qui fait bouillir son sang. Son lien est charnel, ce qui vaut bien tous les autres.

Pourtant, le journaliste hésite. Depuis qu'il est rentré d'Amazonie, une angoisse l'étreint, comme si cette femme était là pour son malheur. « Ce n'est qu'un corps, une femme qui découvre sur le tard la volupté, l'amour qui comble ses sens. Elle n'est pas dangereuse et je n'ai pas à m'en méfier. Il n'empêche que j'ai un curieux pressentiment ! »

— Bon, on regarde les horaires de l'avion pour Reykjavik où nous attendra mon correspondant. Il faut prévoir des vêtements chauds, mais nous trouverons tout sur place. J'ai hâte d'assister au spectacle grandiose d'une chaîne entière de volcans en train de gronder. Les conséquences sur le reste du monde sont incalculables.

— Comment cela ? L'Islande est une petite île perdue au nord de l'océan Atlantique. Que peut-elle sur le reste du monde si vaste ?

Pierre Ragaud sourit devant autant de naïveté.

— Beaucoup. Le réchauffement a déjà sérieusement entamé la banquise ; le niveau des océans est monté de plus d'un mètre en moins de vingt ans. Les cendres volcaniques dans l'atmosphère peuvent entraîner un refroidissement de plusieurs degrés, elles peuvent aussi être rabattues sur le sol par des pluies battantes qui tombent sur le nord de l'Europe et l'effet de refroidissement peut se transformer en réchauffement brutal. Tu vois, tout est possible. C'est pour cela que je dois être aux premières loges.

Albane s'est nettoyé le visage et coiffée. Elle s'approche très près de Pierre qui ne cache pas son trouble.

— Je suis comme tout le monde, dit-elle en baissant la tête. Je n'arrive pas à comprendre ce qui se passe, mais je veux vivre simplement, comme une femme de mon âge, tu comprends cela ?

— Sur la Terre, tout est lié. Les variations climatiques ont toujours existé, même quand les hommes étaient incapables de provoquer un effet de serre. Les températures ont commencé à remonter, après le petit âge glaciaire des dix-sept et dix-huitième siècles, vers 1850. Après 1950, léger refroidissement avant le réchauffement commencé dans les années soixante-dix et qui se poursuit. Tous les équilibres ont été rompus ! Ainsi, la fonte des glaces en Islande a supprimé des pressions extérieures qui retenaient les laves, d'où les éruptions en Islande. Je te répète : l'équilibre de forces considérables est toujours fragile.

— Bien, professeur. Que faisons-nous ?

Il hésite, toujours gêné par son appréhension qui l'empêche de bien respirer, une douleur aiguë au centre de lui-même.

— J'ai le temps d'aller embrasser ma mère et nous partons.

Florence Delprat vérifie dans son miroir de poche que le vent n'a pas abîmé sa coiffure. Elle entre dans un immeuble, monte le petit escalier sombre, frappe à la porte du premier étage. C'est Lionel qui l'envoie, mais la mission qu'il lui a confiée lui plaît bien. Elle se donne bonne conscience en se disant qu'elle sert tout autant Marc que son beau-frère. C'est aussi une manière de faire une cachotterie à Aurélie. L'arrivée de la petite Pétronille a altéré les bonnes relations entre les deux frères et la cohabitation déjà difficile entre les belles-sœurs. Avec l'appui de Géraldine Delprat, Aurélie a décidé que la fillette vivrait chez eux, dans la maison principale, privant ainsi Florence et Marc de l'enfant. Lionel a tempéré en disant que Pétronille viendrait souvent dormir chez son tonton Marc et Florence lui a préparé une chambre. Mais les jours passent et Pétronille reste chez Aurélie et Lionel.

Pour l'instant Florence a frappé à la petite porte et attend que Renaud vienne ouvrir. Comme le jeune homme ne se manifeste pas, elle frappe de nouveau. Un pas traînant s'approche. La porte s'ouvre sur un garçon au visage défait, les cheveux en broussaille, un regard dément qui ne se pose sur rien. Il reconnaît Florence, mais ne montre aucun étonnement. Dans son état, rien ne peut le surprendre.

— Qu'est-ce qui se passe ? demande-t-elle en entrant dans la pièce où règne une forte odeur de vomi. Vous êtes malade ?

Il se laisse tomber sur son lit en désordre, les yeux exorbités levés au plafond, un filet de bave blanche coule au coin de ses lèvres. Une guitare est posée au fond du lit ; une corde cassée retient un peu de lumière selon une courbe tremblante.

— J'ai mal partout !

Il n'a plus la force de dissimuler. Il montre, sans pudeur, son véritable aspect : la dépendance. Voilà une journée entière qu'il tourne en rond dans cette chambre, prenant le téléphone, composant le numéro de l'homme au chapeau, puis jetant l'appareil sur le lit avant la première sonnerie. À la fin, le téléphone est tombé sur le plancher et s'est cassé. Le lien avec son vice et la paix retrouvée s'est ainsi rompu en quelques morceaux de plastique épars sur le parquet. Sur le coup, il s'en est félicité, en se disant, une fois de plus, que c'était l'occasion d'aller au bout de sa douleur qui était le prix à payer pour sortir de sa prison, mais, très vite, l'obstacle lui est paru insurmontable.

— Mais qu'est-ce qui se passe ? Expliquez-moi.

Il se redresse vivement. Florence recule vers la porte ; il fait quelques pas en titubant.

— Tu ne peux pas comprendre ! crie-t-il. Personne ne peut comprendre ! Je suis un faible, un minable, tu entends ! Un minable assez lucide pour se poser des questions aussi tranchantes que des lames !

— Allez, viens, murmure-t-elle sur un ton maternel en lui tendant les bras. Laisse-toi aller et explique-moi tout.

C'est bien la première fois que des bras se tendent vers lui quand il est dans cet état et il ne trouve pas le moyen d'y répliquer, de se rebeller, au contraire, il se fait petit garçon et se laisse dorloter.

— Je suis un misérable, murmure-t-il avec une grimace pitoyable. Je n'ai plus d'argent et la fée blanche se fait payer très cher, mais je ne peux pas me passer d'elle.

Florence comprend. Ce que Lionel avait vu au premier coup d'œil se vérifie donc.

— J'ai une bonne nouvelle pour toi, poursuit-elle en conservant, sur le ton calme, le tutoiement de la confidence. Lionel sait qu'il peut te faire confiance. Voilà ce chèque en guise d'avance sur ton salaire puisque tu vas accepter sa proposition.

Elle sort de son sac une enveloppe et la lui tend. Renaud secoue la tête en signe de dénégation, mais visiblement c'est l'aveu de son échec. Il avait décidé de refuser la proposition des frères Delprat par haine pour son père et aussi par crainte de le rencontrer. Il prend l'enveloppe, la déchire de ses doigts tremblants, lit le montant du chèque.

— Je n'ai pas de compte en banque. Je n'ai rien. Il me faut du liquide.

Il s'écarte de nouveau de Florence, prend sa guitare et, dans un geste de folie, la soulève à bout de bras, la fracasse contre le plancher. L'instrument se disloque dans un bruit de cordes détendues en morceaux de bois chargés d'un sens qui fait mal. Florence se précipite :

— Mais tu es complètement fou ! Qu'est-ce qui te prend ? Ta guitare qui t'a donné du bonheur et qui en a donné à tant de gens ? C'est ainsi que tu vis, en t'attaquant à des innocents ?

Il regarde la caisse défoncée, les cordes toujours attachées au chevalet, mêlées en un écheveau que la lumière fait vivre. Il s'écroule de nouveau sur son lit. Florence sort de son sac quatre billets de cinquante euros.

— Tiens. Maintenant sache que je suis prête à t'offrir mon amitié, mon aide, parce que je sais que tu souffres, et cela en dehors des affaires des Delprat, juste entre toi et moi qui sommes des artistes. Mais il faut que tu fasses un effort.

Il prend les billets, passe ses doigts sur le papier, comme si c'était une peau. Il claque des dents et n'ose pas lever les yeux sur Florence.

— Je suis tellement seul, murmure-t-il. Et puis des montagnes infranchissables m'empêchent de voir l'horizon. Tu diras à ton beau-frère que j'accepte sa proposition.

L'homme au chapeau a gagné. Renaud ramasse les débris de son téléphone hors d'usage. Il lève des yeux suppliants sur Florence qui lui tend son petit portable.

— Tu comprends bien que tu ne pourras pas vivre ainsi bien longtemps, l'enfer a toujours une fin qui ne peut être que le néant. Seul le bonheur a un droit d'éternité. Tu n'as pas le choix !

— Non, je n'ai pas le choix, répète-t-il sans conviction. C'est la dernière fois !

Florence sort une autre enveloppe de son sac.

— C'est ton billet de train pour Chambéry. L'huissier, Paul Mangin, t'attendra à la gare. Vous ferez le voyage ensemble. Quand tu reviendras, tu auras ta place aux Houilles Blanches, je t'aurai trouvé un logement.

Elle sort sans se retourner, sans un mot d'encouragement. Elle est touchée. Certes, la volonté de Lionel est supérieure, mais la détresse de Renaud lui fait mal. « C'est un artiste, un vrai, il parle avec cette sensibilité qui ne peut s'exprimer que dans son univers. Mais il souffre trop, il faut l'aider. » Alors elle pense à ce que Lionel a précisé : « Tant qu'il est sous la dépendance, nous le tenons. Il faut le laisser ainsi pour qu'il ne nous échappe pas ! » Florence ne peut pas s'y résoudre et se rappelle l'impression qu'elle a eue, la première fois qu'elle a rencontré Renaud, celle de se trouver en face d'une sorte de double, un être qui exprime en musique ce qu'elle exprime en peinture, ce malaise profond ouvert sur une douleur sans cause et sans remède que la fée blanche apaise momentanément.

Au même moment, Lionel et Marc Delprat entrent dans la belle salle communale à Mastouret, une petite ville située à vingt kilomètres de Saint-Geniez, où se tient la réunion extraordinaire des maires de l'association des communes du

Pays de l'Aïzot. La situation est grave : les orages successifs, les inondations, les coulées de boue ont complètement désorganisé le pays en pleine saison estivale qui compte pour une grande part dans l'économie locale. Jean Morenceau, qui en avait accepté la présidence comme un honneur que lui faisaient ses collègues, découvre depuis le tremblement de terre que sa fonction est la plus exposée. Tout le monde attend des solutions aux graves difficultés que doivent affronter les commerces locaux et il y a bien peu de chose à proposer. Aussi, en début de séance, annonce-t-il qu'il ne se représentera pas à son fauteuil, la charge étant devenue trop lourde pour un homme de son âge dont chacun connaît les difficultés personnelles.

— Mes amis, nous avons tous les mêmes problèmes face aux destructions des différentes tempêtes et à la saison touristique déplorable. Mais que peut-on contre la météo ? J'ai consulté les spécialistes de Paris et ils ne sont pas optimistes. Cet été devrait être pire que les précédents. Les conséquences graves et imprévisibles de l'effet de serre sont désormais des réalités qui ne touchent pas seulement nos petites cités, mais le monde entier. On parle de pénuries alimentaires jusque sous nos latitudes ! Qui l'eût cru il y a seulement une dizaine d'années ? La récession mondiale est une réalité, mais jusqu'où ira-t-elle ? Quelles en seront ses conséquences ? Nous, les élus locaux, allons être pris à partie par nos électeurs qui attendent tout de nous, mais que pouvons-nous ?

Ils sont tous de son avis. Ils reçoivent les reproches dus aux élus nationaux qui n'ont pas su protéger le pays contre les catastrophes que tous les scientifiques annonçaient. La situation et la faiblesse des partis traditionnels ouvrent une voie royale aux radicaux des Droits de la Terre. Les troubles qui se multiplient dans les régions les plus touchées, les flux migratoires difficiles à refouler, persuadent de plus en plus de gens qu'il n'y a pas d'autres solutions que radicales. Le monde vit la crise la plus grave de son histoire, les multinationales dont la domination sur l'économie générale est battue en brèche par des aléas climatiques doivent s'adapter pour ne pas sombrer. À leur niveau, Morenceau et ses collègues sont contraints de parer aux difficultés les plus pressantes.

— Notre souci, poursuit le maire de Chastelnaud, et nous l'avons constaté lors des dernières tempêtes, c'est la protection des populations contre les inondations, les coulées de boue qui ont ravagé les cultures maraîchères et fruitières, réduisant à néant les revenus de nombreux agriculteurs locaux. À cela nous nous devons de trouver une solution immédiate et c'est pour cette raison que j'ai demandé à MM. Delprat, des Houilles Blanches, de présenter ici le projet qu'ils ont soumis aux différentes administrations concernées.

Lionel et Marc montent se placer à côté du président, en face de l'assistance. Marc déplie un écran sur lequel il va projeter les cartes et les dessins destinés à la compréhension de leur projet. Lionel, qui sait que son caractère intransigeant lui a attiré des animosités, ne se met pas en avant, il laisse parler son frère aux moustaches aguichantes.

— Messieurs, commence Marc Delprat avec ce léger sourire qui ne manque pas de séduction, notre société a construit le barrage de Chastelnaud et a ainsi préservé la ville lors des précédentes inondations, mais nous avons bien conscience que l'ouvrage n'est pas terminé. Ainsi, les eaux qui n'ont pu trouver leur chemin naturel dans la vallée du Ribet se sont évacuées par le Minuret et les conséquences ont été graves pour Saint-Geniez et la basse vallée dont les cultures maraîchères ont été dévastées. C'est contre cela que nous avons décidé de lutter. Ainsi, nous proposons de construire deux autres barrages de rétention des eaux en amont de l'actuel sur le Ribet et un troisième en amont de Saint-Geniez dans le cas où les trois retenues ne suffiraient pas pour empêcher la montée des torrents. Ces travaux d'un coût élevé ont obtenu l'aval des services départementaux et régionaux de l'équipement. Une entreprise autre que Les Houilles Blanches facturerait l'opération douze millions d'euros. Désireux de servir notre région, nous nous engageons à les faire pour la moitié de la somme, soit six millions d'euros, ce qui représente une économie avantageuse pour les contribuables.

Il s'arrête un instant, parcourt des yeux l'assistance des maires pour leur laisser le temps de prendre conscience du cadeau qu'il vient de leur faire.

— Comment allons-nous financer tout cela ? enchaîne Lionel en se tournant vers l'écran où est projeté un plan d'ensemble des quatre barrages. Bien sûr, une entreprise ne peut pas travailler à perte, nous devons donc trouver des rentrées d'argent. L'électricité que nous allons produire et que nous vendrons à différentes sociétés de distribution en Europe centrale dont les besoins énergétiques croissent plus vite que la production nous permettra d'équilibrer nos comptes au bout d'une dizaine d'années.

— C'est encore une fois la politique de l'autruche, s'écrie Nicolas Lebevre, connu pour ses sympathies pour les Droits de la Terre. On combat le mal par le mal. Un barrage est à l'origine des inondations de Saint-Geniez, on en construit trois autres pour régler la situation.

— Qu'est-ce que vous proposez à la place ? demande quelqu'un. Il me semble que vous étiez favorable à la consolidation du premier barrage occasionné par le tremblement de terre ?

— Un travail de fond, voilà ce que je propose, répond Nicolas Lebevre. Ce n'est pas avec trois nouvelles rustines qu'on colmatera un trou mal bouché par une première. Nous tournons en rond. Ces trois barrages nous protégeront peut-être dans un premier temps, mais entraîneront des conséquences qu'il faudra encore combattre. On n'en sortira qu'en décidant une politique à long terme !

— En attendant, les gens n'ont plus qu'à crever ! crie une voix dans l'assistance.

Lionel tend les mains vers les maires et se fait conciliant :

— Votre collègue n'a pas tort. Les quatre barrages ne sont qu'une solution immédiate et il faut un travail de fond qui sera, je l'espère, décidé par la prochaine réunion des principaux gouvernements du monde à New York, mais, en attendant, il faut bien protéger les populations et nous devons prendre des décisions dans ce sens. Moi, je n'en vois pas d'autres...

Marc reprend la parole pour expliquer le projet d'une manière plus précise. Il ajoute que les quatre barrages pourront avoir des retombées économiques sur le pays et que la situation générale n'est peut-être pas aussi désespérée qu'on le dit. Les météorologues ne sont pas d'accord sur la poursuite des catastrophes. La plupart se veulent rassurants et disent que ce n'est probablement qu'un « accident » et que la situation redeviendra très vite normale, c'est-à-dire comme avant.

Le projet est mis au vote et accepté à la majorité absolue. Lionel et Marc Delprat quittent l'assemblée des maires du Pays de l'Aïzot, certains d'avoir franchi une étape décisive.

— Il ne nous reste plus qu'à mettre la main sur les Eaux Saint-Jean ! dit Lionel en souriant. Et cela aussi est en bonne voie.

À Genève, dans le bureau du président-directeur général de la société de placements Littoral, Achille Plantagrin se lève lourdement de son fauteuil et va fermer la porte capitonnée. Il est énorme, aussi large que haut ; son visage clair continuellement mouillé de sueur s'étale en joues pendantes qui vibrent à chacun de ses pas. La porte fermée, il décroche son téléphone, compose un numéro, attend un instant, les yeux levés sur le plafond lambrissé. Il sourit, ce qui froisse ses bajoues.

— Mon cher Bernard Chaurrit, enfin de retour ! Comment allez-vous ?

— Fort bien, répond la voix. Nous sommes rentrés d'Afrique hier au soir. La situation est catastrophique. L'eau est désormais aussi chère que le diamant ! Tout le centre du continent est déstabilisé. Les flux migratoires vont très vite inquiéter l'Europe.

— Bien ! Donc, vous avez fait de très bonnes affaires. Et la femme que je vous ai recommandée, l'institutrice de Chastelnaud ? Vous savez qu'elle a beaucoup d'importance dans le plan que j'ai sur cette région. Figurez-vous que je suis allé sur place, incognito, bien sûr, avec mes frères gitans : j'ai quelques comptes à y régler. Les Houilles Blanches des frères Delprat seront bientôt mûres à point et j'ai hâte de les cueillir.

À Paris, Bernard Chaurrit fait signe à sa secrétaire de le laisser seul et de fermer la porte.

— Écoutez, cette femme est une perle. Je souhaite la conserver à mon service. Il n'y a pas meilleur qu'elle pour retourner une situation tendue. C'est une excellente négociatrice.

— C'est bien pour cela que j'ai besoin d'elle. Ne l'oubliez pas, ensuite, elle fait partie de mon plan. Mais je n'aime pas parler de cela au téléphone. Je suis à Paris ce soir. Si nous dînions ensemble ? Vous pourriez en profiter pour me la présenter, car je ne l'ai jamais vue, même si je suis très au courant de sa position et en particulier de son acte de courage qui a permis de sauver une petite fille lors du tremblement de terre. Une petite fille qui s'appelle Delprat et dont la garde a été confiée à ses oncles, maintenant que son père est en prison.

Bernard Chaurrit repose le téléphone, mal à l'aise. Il renverse sa tête en arrière sur son fauteuil, se cache la figure dans les mains et se met à réfléchir intensément. Tout a changé depuis le jour où Achille Plantagrin, qui l'a beaucoup aidé à monter sa société d'assistance, lui a demandé le service d'attirer et de garder près de lui Ghislaine Margeride, une petite institutrice insignifiante que Plantagrin voulait mettre en condition pour le servir dans une opération, une sorte d'OPA sur une société de production électrique. Cette institutrice insignifiante s'est révélée une femme de tête et une personnalité de premier plan dans ses affaires. Doit-il abandonner Ghislaine au gros Plantagrin qui veut s'en servir contre Les Houilles Blanches ou avouer la vérité à la jeune femme ? Dans les deux cas, il risque de la perdre, et Bernard Chaurrit n'envisage plus de se passer d'elle.

Il prend son téléphone puis se ravise. Ghislaine était anxieuse à leur retour d'Afrique. Quelque chose la tracassait et elle n'a pas conduit la négociation avec sa conviction habituelle. Au retour, dans l'avion, elle lui a demandé :

— Un homme en détention provisoire est toujours présumé innocent. Que peut-on faire pour l'aider à se défendre ?

— Cela dépend, a répondu Chaurrit. Dans un crime de

sang, seule une preuve irréfutable peut le faire sortir. Dans une affaire moins grave, le versement d'une caution peut permettre de libérer l'inculpé qui a, alors, toute liberté pour organiser sa défense.

Bernard Chaurrit a longuement médité cette conversation, mais n'a pas cherché à en savoir plus. Ghislaine a pris une telle place en lui qu'il se sent désarmé. Non, il ne laissera pas le gros Plantagrin la détruire et la jeter comme un objet usagé. Que faire, pourtant ? L'homme est puissant : ses relations avec les groupes rebelles d'Afrique et une sérieuse organisation occulte qui, tout en restant dans la légalité, lui donnent une capacité de nuisance redoutable.

Enfin, il se décide à appeler Ghislaine sur son portable. Elle lui répond de sa voiture.

— Je profite de ces trois jours avant notre départ pour le Bangladesh et le Sri Lanka. Je veux aller embrasser ma mère, la rassurer. Et puis... Et puis, je veux en profiter pour apporter un petit cadeau à une petite fille qui compte beaucoup pour moi !

— Celle que l'institutrice de Chastelnaud a sauvée lors du tremblement de terre et dont le père est en prison ?

— Comment savez-vous cela ?

— Je lis les journaux et pas seulement les articles de la première page. N'oubliez pas que nous partons dans trois jours.

— Je ne l'oublie pas, soyez sans crainte.

Ghislaine a menti à Bernard Chaurrit parce que c'était trop difficile de lui dire la vérité. La perspicacité de cet homme d'apparence anodine lui aurait fait flairer des sentiments que la jeune femme préfère lui cacher. Non qu'elle veuille le tromper sur ses intentions, mais parce qu'elle n'y comprend rien elle-même. Ce départ à bord d'une grosse cylindrée louée dès son arrivée à Paris, sans prendre le temps de se reposer, elle l'a programmé depuis son coup de téléphone à Jean Morenceau. Elle s'étonne de la remarque de Chaurrit, car elle aussi a lu les journaux et n'a jamais vu la moindre trace de l'emprisonnement d'Armand Montrémy. D'où tient-il cette information ?

Elle lui a menti aussi pour ne pas lui avouer qu'elle s'est disputée avec sa mère à son sujet. La vieille femme, en apprenant que Ghislaine entrait dans une société parisienne de commerce international, s'est mise en colère et lui a opposé son bon sens populaire : « Il ne faut pas faire confiance à ces gens d'un autre monde que nous ! Tu vas te faire dévorer par des ogres ! » Une fois de plus, Ghislaine n'en a fait qu'à sa tête. Depuis la mort de Stéphane, ce n'est plus la même femme : seule, libre, elle ose ce qui compromet son avenir parce que l'avenir n'a plus d'importance. Et elle y trouve le sel de la vie qui lui manquait.

Elle roule toute la matinée dans une campagne que les récentes tempêtes ont mutilée. La météo annonce pour la soirée une nouvelle vague d'orages en provenance de l'Atlantique Nord. Le temps est encore lourd et humide, malade. En arrivant dans les Alpes, Ghislaine ne reconnaît pas ses paysages habituels. L'air n'a plus la même consistance, les forêts de sapins laissent, entre les arbres encore debout, des trouées sombres qui indiquent qu'au-delà du calme d'un paysage d'été se cachent les pires forces de destruction.

Elle arrive à Chambéry, but de son voyage. Elle n'a jamais eu l'intention d'aller embrasser Pétronille, c'était un alibi. Pétronille, confiée à sa grand-mère Delprat, ne comprendrait pas que Ghislaine se contente de lui apporter un cadeau et reparte en la laissant dans sa solitude de petite fille perdue. Elle s'occupera de Pétronille plus tard, quand la situation sera clarifiée ; elle est venue ici pour une autre raison, profonde et difficile à formuler.

Elle se rend aussitôt au centre de détention. Consciente de ce rendez-vous bizarre, désiré et redouté, inutile et pourtant essentiel à cette heure, son cœur bat très fort. La Ghislaine qui se présente au bureau d'accueil est la même que celle qui cherchait une fillette perdue dans la nuit, en suivant les pas puissants d'un homme qui la dominait.

— Je voudrais voir M. Montrémy. Armand Montrémy.

Le gardien la regarde, un soupçon au fond des yeux. Chaque visite doit être interprétée, mesurée à sa juste valeur et jugée en fonction de l'enquête surtout quand le détenu est en préventive et qu'il clame son innocence.

— Vous êtes de la famille ?

Ghislaine hésite. Ces questions, probablement habituelles à chaque visite, la gênent, en la rapprochant de l'homme qui la hante depuis qu'elle le sait accusé. Elle l'a connu gladiateur au combat, elle veut le voir vaincu, comme pour s'assurer de ce qu'elle sait déjà.

— Non, mais je suis une proche.

Le regard se fait malicieux. L'homme pose les mains sur son bureau et demande, un léger sourire aux lèvres :

— Une proche qui n'est pas de sa famille... Vous êtes sa maîtresse ?

Ghislaine sursaute. Depuis qu'elle parle aux présidents, aux princes et aux hommes de pouvoir, elle a acquis une assurance et une conscience d'elle-même qui ne peut accepter ce genre d'intrusion dans sa vie privée.

— Je veux voir M. Montrémy, et je n'ai rien d'autre à ajouter.

Le fonctionnaire n'insiste pas. Il demande à Ghislaine de le suivre. Ils marchent le long d'un couloir interminable et sinistre. Un gardien ouvre des portes qu'il referme derrière lui à l'aide d'un énorme trousseau de clefs. Enfin ils arrivent au parloir. L'homme lui demande d'attendre là.

Ghislaine s'assoit en retrait de la grille qui partage la pièce en deux parties, d'un côté les visiteurs, de l'autre, les prisonniers. À sa gauche, une femme en pleurs tient, à travers les barreaux, les mains d'un homme. Ils ne se parlent pas, le contact de leurs peaux suffit à exprimer le poids de leur séparation et la force de leur amour. En entrant dans la prison, Ghislaine s'est mise dans une situation qui n'est pas la sienne et la rabaisse. Elle n'est pas venue pour exprimer un sentiment, mais par curiosité. C'est ce qu'elle se dit, même si la curiosité n'est pour rien dans ce qui l'anime. Son audace sans cause lui semble monstrueuse.

Ghislaine n'a pas le temps de pousser sa réflexion plus

loin. Au fond du parloir, une porte s'ouvre, l'homme qu'elle attendait se trouve en face d'elle, derrière les barreaux. La haute silhouette d'une maigreur qui la fragilise s'approche. Ses cheveux ont blanchi et, sans le vieillir, confèrent à son visage toujours aussi opaque un air tragique qui n'appelle pas la compassion, mais le respect. Ses épaules ont perdu leur force arrogante et saillent comme celles d'un grand malade.

Armand Montrémy s'approche de la grille, ne quittant pas Ghislaine d'un regard sans étonnement, comme si cette visite était naturelle. Il semble insensible, hors du temps et de la vie. Le tigre n'a plus de griffes et n'a entraîné personne dans sa chute, il est seul, comme il l'était dans la plénitude de ses moyens. Le grand fauve est en cage, au zoo où les curieux viennent projeter sur lui leurs frustrations. Il a perdu, mais l'échec ne le ternit pas, au contraire, il y gagne une force de victime universelle.

Ghislaine reprend enfin ses esprits, fait un pas vers lui, toujours silencieuse. Remarque-t-il que la petite institutrice de Chastelnaud navigue désormais dans les hautes sphères du pouvoir ? Non, il ne voit à travers la jeune femme que son propre reflet, celui d'un être brisé que seul l'anéantissement pourra réhabiliter. Ghislaine n'a aucun mouvement du visage et soutient le regard intense qui l'emporte loin de cette sordide grille. Ce n'est pas elle qui le réconforte, mais lui qui reste droit dans la fatalité, dans l'acceptation momentanée qui le montre tel qu'il a toujours été, homme de défi que l'insurmontable ne rebute pas.

Enfin, il se tourne et s'éloigne sans un mot. Ghislaine se dirige vers la porte pour sortir. Ce qui l'anime est très lourd, et lui fait autant de mal que de bien.

— Eh bien, vous, vous n'êtes pas bavarde !

Elle ne répond pas à la remarque pleine de sous-entendus malsains du gardien. Elle marche, raide, d'une porte grillagée à l'autre, d'un bruit de clef à un autre. Elle sort de l'établissement, se retrouve dans la rue, comme une étrangère, consciente de son erreur. Elle venait chercher une sorte d'assurance, le moyen de voir clair dans ses pensées les plus profondes, et voilà qu'elle repart plus confuse que jamais. Finalement, elle va aller embrasser sa mère.

Le lendemain, vers dix heures, les mêmes portes s'ouvrent sur les mouvements mal assurés d'un jeune homme dont les béquilles font un bruit étrange dans ce couloir habitué aux pas réguliers des surveillants. Il entre dans un bureau où il demande la permission de s'asseoir. Le fonctionnaire lui remet ses objets personnels confisqués lors de son incarcération : un portefeuille avec trente euros, des photos, un briquet, un trousseau de clefs, un téléphone portable.

— Voilà, monsieur Montrémy, vous êtes libre.

— Contre mon gré, je vous l'assure, dit Julien.

Le fonctionnaire le regarde avec étonnement. C'est bien la première fois qu'un détenu n'a pas envie de s'en aller. Il n'insiste pas : Julien Montrémy est d'une race d'hommes qu'il connaît, intrépides, surtout inflexibles dans leurs pensées, la marque d'une forte personnalité qui caractérise les décideurs et les grands truands.

Julien a eu beau jeu de protester, d'inventer toutes sortes de mensonges, le commissaire Vernouillet n'a jamais cru à sa culpabilité dans l'assassinat d'Auguste Ravenault. Il a accepté de l'incarcérer pour provoquer une réaction chez son père et, comme cette réaction n'est pas venue, il a décidé de libérer le jeune homme.

Julien marche dans la rue baignée d'un soleil éclatant. Où va-t-il aller ? Chez sa grand-mère à Chastelnaud ? L'usine et la maison sont saisies. Il ne lui reste plus rien que ses béquilles pour marcher sur ce trottoir, ce lieu commun accessible à tous. Il voudrait pouvoir enquêter lui-même sur le crime, trouver des preuves de l'innocence de son père, mais comment ?

Une idée lui vient. Tellement simple qu'il s'étonne de ne pas y avoir pensé plus tôt. Il sort son téléphone de sa poche. Il cherche dans son portefeuille un numéro inscrit sur un morceau d'enveloppe. Le numéro est toujours là, l'administration pénitentiaire a eu à cœur de ne rien perdre de ses moindres effets personnels. Ce sérieux le rassure et l'accable, car il ne laisse aucune place à la faiblesse, au doute. Son père est toujours présumé innocent, mais il faudra bien trouver le véritable coupable pour le blanchir définitivement.

Il compose un numéro, attend. Un sourire éclaire son visage quand une voix qu'il connaît lui répond.

— Renaud ? Salut, c'est moi, Julien. Ils viennent de me relâcher !

— Qu'est-ce que tu veux ? Je me contrefous qu'ils t'aient relâché ou pas !

— Ne fais pas ta tête de mule. Il faut qu'on se voie. Nous sommes frères, nous portons un nom qui a besoin de nous pour laver son honneur.

— Ça fait belle lurette que l'honneur des Montrémy est couvert de boue. Ton père que tu admires tant s'en est chargé. Moi, je ne porte pas ton nom, je m'appelle Renaud Chatelland.

— Écoute, insiste Julien qui a de plus en plus de mal à contenir sa colère, les Eaux Saint-Jean vont être liquidées. Il faut qu'on trouve un moyen de les racheter.

— Pour quoi faire ? s'écrie Renaud avec un rire moqueur.

— Je t'en supplie, Renaud, je ne sais pas où aller. Notre grand-mère est fatiguée. Elle s'est blessée au front en tombant dans la maison. On ne sait pas si elle a eu un malaise et elle refuse de se rendre à l'hôpital pour faire des examens.

— Je m'en balance ! Mon petit Julien, tu ne t'es pas tellement préoccupé de moi jusque-là, alors fous-moi la paix, je ne veux pas te voir.

Renaud raccroche. Julien trépigne de colère. Que le diable emporte ce maudit frère avec sa drogue et sa vie dissolue ! Où demander asile ? Il a bien des oncles et une tante du côté de sa mère, mais tout contact a été rompu quand Élisabeth est entrée dans sa secte, il se voit mal allant frapper à leur porte.

Il marche dans la rue, l'orage ne va pas tarder, déjà le tonnerre gronde au-dessus des montagnes. Il entre dans un café et commande une bière. Un sourire illumine son visage.

— Mais bien sûr que je sais où aller !

Il sort de nouveau son téléphone et compose un numéro qu'il connaît par cœur parce qu'il est facile à se rappeler : les chiffres se suivent deux par deux... La sonnerie retentit dans un tout petit appartement près du Ribet où un enfant de cinq ans a éparpillé ses jouets.

— Allô, Véronique ?

Un silence dans lequel il entend un souffle plein d'une présence émue.

— C'est Julien Montrémy. Ils m'ont relâché.

— Ah, ils vous ont relâché ! fait Véronique qui n'ose plus, sous le coup de la surprise, tutoyer l'homme à qui elle a avoué son amour.

— Oui, ils ne veulent pas me croire, et ils ont raison parce que je ne suis pour rien dans ce crime, tout comme mon père, d'ailleurs. La maison et l'usine sont sous scellés. Me voilà sans rien, totalement ruiné. Je n'ai même pas un toit pour dormir cette nuit. Je t'appelle pour te demander un petit service.

— Oui, j'ai bien compris. Tu peux venir ici. Ce n'est pas très grand, mais on s'arrangera.

Il la remercie chaleureusement et raccroche. Véronique, qui était en train de faire du repassage, reste un moment le téléphone collé à l'oreille. Le fer fume sur la table à repasser, mais elle ne le voit pas.

— Il va venir ! s'écrie-t-elle en prenant son fils dans ses bras, riant et pleurant à la fois.

C'est d'abord un nuage d'orage comme les autres, un peu plus petit que ces énormes cumulo-nimbus chargés en pluies et vents violents qui ravagent tout sur leur passage, inondent les villes et les plaines, pourrissent les blés. Le docteur Morenceau, qui s'est offert une fois de plus quelques instants de sa chère solitude au bord du lac Neuf, le remarque, mais le juge inoffensif. Il retrouve un peu d'espoir : Albane a téléphoné à Léonie pour prendre des nouvelles du petit Jonathan, puis s'est excusée d'avoir « pété les plombs » et d'être partie sans rien dire à personne. Elle a rejoint Pierre Ragaud à Paris. Ils ont décidé de ne plus se quitter, Albane accompagne Pierre dans une expédition en Islande. À leur retour, ils viendront tous les deux à Chastelnaud : Pierre a décidé de se fixer en province pour écrire des livres.

Oui, Jean Morenceau se dit rassuré sur ce point, même s'il ne peut s'empêcher de regarder le petit Jonathan avec une angoisse qui l'étreint. L'avenir lui fait peur, à cause de Pierre Ragaud et de sa ressemblance avec Claude, à cause de ce monde qui bascule vers on ne sait quoi. Sa vie à lui est bien avancée, il saura se protéger pendant les quelques années qui lui restent à vivre en complète autonomie. Mais les autres, les jeunes générations, comment vont-elles payer les excès d'hier et d'aujourd'hui ?

Il s'est donné quelques instants pour communier avec la paix du monde encore sensible au bord des eaux du Ribet.

Le congrès national des Droits de la Terre se prépare. Le préfet a rassuré le maire : le ministre lui-même a demandé un service d'ordre important pour éviter les affrontements avec les nombreuses associations se réclamant des droits de l'homme. Ainsi, Raoul Ravenault, à la tête de l'association Homme et Nature, multiplie les provocations. Le docteur Jean Morenceau comprend les arguments des uns et des autres, mais n'y voit pas de quoi se faire la guerre. Au contraire, il pense que tous devraient s'entendre pour un but que personne ne conteste : vivre heureux sur une Terre enfin guérie de ses blessures !

Morenceau pense à tout cela en se promenant sur les bords du lac Neuf. La pêche lui manque. Les événements de cette année l'ont retenu loin des rivières. Il a eu tant à faire à la mairie qu'il n'a pu aller passer sa semaine au mois de juin avec son ami le docteur Gérard sur la Morrum, en Suède, qui a retrouvé une bonne population de saumons après des années de pollution, preuve que les hommes ne savent pas que détruire.

Il a quand même pris le temps de bavarder avec les responsables de la société de pêche sportive de Chastelnaud et a suggéré, en contrepartie d'une subvention municipale, de poursuivre les efforts d'empoissonnement du lac Neuf malgré des eaux aux teneurs en nitrates et en pesticides largement supérieures aux normes autorisées. Les truites déversées au printemps ont survécu. Dans un an, les clients de l'hôtel les Charmes pourront pêcher de très gros poissons...

Quand il est seul, Morenceau laisse aller ses pensées, mais il ne quitte jamais le ciel des yeux. Il comprend le sens des nuages, le vent, la couleur de l'horizon. D'infimes détails, comme le comportement des insectes et des poissons, le renseignent sur l'évolution du temps. Les vols saccadés et nerveux des *Olives dun* lui font prévoir un nouvel orage et il décide de se mettre à l'abri, tant il redoute désormais ce qui était, autrefois, une fête au bord de ses torrents alpins. Le large nuage sombre au-dessus de lui s'effiloche sur les bordures comme les cumulo-nimbus, qui n'emmagasinent plus l'énergie du soleil et s'effritent quand la chaleur décroît. Sa forme est presque circulaire avec, de plus en plus marqué, un creux au centre qui s'éclaircit jusqu'à le faire ressembler à une couronne. Morenceau revient vers sa voiture. Les deux secousses telluriques vécues dans des conditions analogues l'ont rendu prudent. Désormais, les tempêtes frappent là où personne ne les attend. Même les meilleurs spécialistes de Météo-France avouent leurs incertitudes, leur manque de recul face à un dérèglement général.

Quand il sort de sa voiture dans le parc où la souche arrachée du cyprès laisse un cratère au milieu de la pelouse, il regarde de nouveau le ciel couleur d'encre posé sur les toits. Il fait nuit. Un bruit sourd, comme un vent dont on ne pourrait définir la provenance, flotte sur la campagne. Alors Morenceau comprend et se précipite chez lui :

— Une tornade ! crie-t-il.

Aussitôt, un vent violent qui hurle une plainte stridente se lève, emporte les tuiles des maisons voisines, renverse les antennes de télévision. Des branches volent comme des plumes, se fracassent sur les toitures, défoncent les fenêtres. Cela dure quelques secondes d'un désordre total. Morenceau a juste le temps de rejoindre son petit-fils qui crie sa terreur et tout s'arrête. Les tourbillons s'éloignent, le sifflement du vent se tait, un silence ponctué par le bruit habituel, donc rassurant, d'une petite pluie, laisse abasourdi. De sa large fenêtre qui n'a pas trop souffert, Morenceau voit l'entonnoir gigantesque s'éloigner au-dessus des collines, porter ailleurs la destruction.

— Une mini-tornade ! répète-t-il. Voilà bien la preuve que tout est déréglé et que nous n'aurons plus jamais une vie tranquille dans nos montagnes. Le monde est à la colère !

— Mais enfin, que se passe-t-il ? proteste Léonie en prenant son petit-fils dans ses bras et le serrant très fort dans un geste de protection.

— Il se passe que l'avenir est sombre.

Le docteur regarde Jonathan qui se presse contre sa grand-mère. Depuis son escapade avec Pétronille, le petit garçon redoute de rester seul, les moindres bruits le terrorisent. La nuit lui apporte des cauchemars qui le laissent fiévreux et tremblant. À son âge, il a déjà vu trop souvent la face sordide de la vie.

Morenceau se rend à la mairie et s'informe aussitôt des dégâts. Ils sont limités : bien que spectaculaire, la tornade a suivi un chemin sinueux de deux cents mètres de large qui remonte vers le nord. Quelques vieilles toitures ont été emportées, des arbres ont été arrachés, mais sans conséquences graves.

Il téléphone à Météo-France où le phénomène n'étonne personne. Plusieurs tornades se sont produites dans l'est de l'Allemagne, en Europe centrale et dans la péninsule Ibérique. C'est la conséquence de masses d'air froid d'altitude qui descendent du Nord-Est et glissent contre l'air chaud et humide qui persiste sur l'Europe.

— Peut-on considérer, demande le docteur, que c'est l'amorce de catastrophes plus graves encore, dues au réchauffement ?

— On le peut, en effet, répond le responsable que Morenceau connaît un peu, mais ce n'est pas certain. Est-ce que cela va s'arrêter ou va empirer, nul ne peut le dire !

Le docteur passe ensuite à la gendarmerie où il demande à voir Vernouillet. L'arrestation d'Armand Montrémy a eu l'effet d'une vague de fond. Au début, personne n'y a cru, en se disant qu'il serait vite libéré et, comme cette libération ne venait pas, les employés, qui se remettent lentement de leur inutile grève de la faim, se sont résignés à enterrer les Eaux Saint-Jean, à accepter le chômage.

Le maire se fait annoncer au jeune commissaire qui se préoccupe d'organiser la sécurité pendant le congrès des Droits de la Terre. Il a estimé que le brigadier Legrand n'était pas assez ferme pour une telle opération aux répercussions nationales et a trouvé là l'occasion de montrer à ses supérieurs sa bonne volonté et son sens de l'ordre. Morenceau évoque avec lui la manifestation prévue le 30 août, c'est-à-dire dans une semaine et demie, et les risques de dérapage :

— Rien de neuf à propos de l'enquête sur l'assassinat d'Auguste Ravenault ? demande-t-il ensuite. J'avoue que si nous avions le véritable coupable sous les verrous, j'envisagerais le congrès avec plus de sérénité. Je redoute des troubles, car Joseph Pelbond, le responsable des Droits de la Terre est convaincu, comme tout le monde ici, que Montrémy est innocent !

Le jeune commissaire se gratte la joue et inspire profondément, ce qui est une marque d'agacement.

— Écoutez, monsieur le maire, je connais mon métier Je sais comme vous que Montrémy et son fils sont innocents. Leur arrestation n'a d'autre but que de délier les langues.

— Et alors ?

— Une demi-victoire. J'ai reçu, hier matin, un coup de téléphone d'Islande à ce sujet !

— D'Islande ?

La question est pleine d'angoisse car Morenceau sait qu'Albane et Pierre se trouvent sur cette île de feu et de glace, là où, selon le journaliste, est écrit l'avenir de la planète.

— Oui, un certain Pierre Ragaud que vous connaissez. Il m'a raconté une bien curieuse histoire.

— Pierre Ragaud est un homme beaucoup trop sérieux pour raconter n'importe quoi, précise Jean Morenceau. Il parle toujours en homme convaincu. Vous devez le croire.

Vernouillet a un petit sourire, se lève de son siège et va vers la fenêtre.

— Où s'arrêtera ce chambardement climatique ? On a connu d'autres étés orageux, certes, mais pas à ce point !

— Ce que Pierre Ragaud vous a dit est-il confidentiel ?

— Non, pas vraiment. Je veux bien vous en parler, mais je ne voudrais pas vous froisser.

— Si c'est à propos des relations entre ma bru et Ragaud, vous pouvez y aller franchement.

— Bon, fait Vernouillet en revenant à son fauteuil. Pendant le tremblement de terre, il était avec votre bru dans la petite ferme que vous avez fait restaurer. Mais deux heures auparavant, il se trouvait à proximité du lieu du crime. Il faisait la chasse aux cigales !

— Aux cigales ? Il n'y a jamais eu de cigales ici !

— Justement ! Il a entendu chanter des cigales à plusieurs reprises dans le bosquet sec où était caché le tireur d'élite qui a abattu Ravenault. Il était donc à la recherche des insectes pour en capturer un et apporter une preuve que les changements climatiques s'accompagnent de changements dans les comportements des animaux. Ainsi donc, il a bien vu la Mercedes garée là où des témoins l'ont signalée. C'est le même modèle que le véhicule de Montrémy, mais l'immatriculation en était différente. Il se souvient, en effet, que Montrémy, par je ne sais quel passe-droit, avait une immatriculation qui correspondait à ses initiales : AJM, Armand-Jacques Montrémy, or ces lettres ne figuraient pas sur la plaque de la voiture. Il a vu un homme et une femme qu'il ne connaissait pas y monter et s'en aller. Ensuite, il a rejoint Albane dans sa ferme.

— Et le coup de carabine, ne l'a-t-il pas entendu ?

— Justement non ! Et c'est bien là que l'affaire devient invraisemblable !

Morenceau s'étonne cependant que le policier n'ait pas cherché à savoir qui était ce couple. L'autre lui répond par un sourire malin.

— En même temps, il possède un enregistrement qui disculpe Montrémy. Une preuve irréfutable ! Je regrette qu'il ne se soit pas manifesté avant son départ, alors qu'il n'ignore pas qu'il risque d'être poursuivi.

— Alors, vous allez libérer Montrémy !

— Pas tout de suite. Je le libérerai après le congrès des Droits de la Terre.

La voiture roule sur une piste déserte entre les collines pelées de la toundra et les lacs qui miroitent au soleil d'été, les plaques de glace ébréchées. Une lumière légère éclaire les sommets arrondis, les vastes étendues d'herbages et de minuscules saules qui se mélangent à la bruyère. Le soleil haut sur l'horizon maintient un souffle de douceur sur ce paysage désolé, immense et tellement vide de vie que Pierre Ragaud a l'impression, comme chaque fois qu'il se trouve dans un pays arctique, d'être sur une autre planète où l'évolution se serait arrêtée.

À côté de lui, Albane découvre ce monde pas si lointain et pourtant tellement différent qui ne l'a jamais attirée, celui de la glace, du froid, du vent, du minéral inhospitalier. D'un paysage figé où le soleil n'effleure qu'à peine la surface des collines en une lumière peu épaisse, fragile, comme la relative tiédeur de l'air. Mais la présence éclairée de Pierre a la vertu d'ennoblir les pires endroits. Depuis deux jours qu'ils sont partis de Reykjavik à bord d'un véhicule tout terrain pour rejoindre la région de Vatna où plusieurs volcans mêlent leurs cendres aux glaces millénaires, ils n'ont vu que de rares hameaux isolés le long du Thjorsa, des troupeaux de petits chevaux sauvages qui fuyaient devant le monstre de métal, des grands oiseaux au vol lent qui semblaient déjà ailleurs. Parfois, quelques maisons de grosses pierres aux toits de lause occupaient un creux à l'abri du vent polaire ; des enfants bruyants aux joues rouges les ont regardés passer et ont couru derrière la voiture. Albane s'est demandé comment ils pouvaient vivre sans la caresse ardente d'un soleil brûlant. Elle frissonne à l'idée qu'elle pourrait mourir quelque part dans ces étendues sans nom et pense à son fils.

Pierre Ragaud conduit, l'attention fixée sur le sentier de chevaux que suit sa voiture, et donne de brusques coups de volant pour éviter les ornières. La terre est mouillée de la dernière averse et il doit manœuvrer pour échapper aux mares de boue où les roues s'enlisent. Il ne parle pas : l'appréhension lui noue toujours l'estomac. La présence d'Albane le met en face de sa faiblesse, de son mensonge. Pourquoi lui a-t-il caché, le premier jour, le seul où cette confidence était possible, l'existence de Maghia et de sa petite métisse ?

Il roule cependant vers l'épais rideau de fumée qui barre l'horizon. Aux collines ont succédé de véritables petites montagnes aux flancs de plus en plus escarpés. Une multitude de torrents courent entre les rochers nus et se rejoignent pour former un flot bruyant et brutal. Des lacs miroitent dans les cuvettes, pleins d'une eau sale, opaque, épaissie par la cendre qui dessèche l'air.

À présent, ils longent l'immense glacier, un morceau de banquise qui craque sous les coups de sape de l'été. Des kilomètres et des kilomètres de glace, de neige pilée mêlée aux rochers. Cette fois, ils ont vraiment changé de planète. La vie n'a plus sa place dans cette lutte constante du froid et du feu. Le véhicule équipé pour rouler sur la surface gelée est bloqué par un mur de glace qui s'effrite en pans entiers tout à coup brisés en grêle. Des bouillons d'eau bleue s'échappent de cette débâcle, emportant d'énormes morceaux de névé qui s'entrechoquent avec un bruit de râpe.

— Je suis venu ici il y a une dizaine d'années, avec une équipe de scientifiques. La banquise descendait jusqu'à la vallée et ce torrent n'était qu'un filet d'eau. C'était pourtant à la même époque. Donc, la banquise a reculé de près de trois kilomètres. Sur un sous-sol aussi instable, tu comprendras qu'il n'en faut pas plus pour que la lave trouve de nouveaux chemins vers la surface, un phénomène qui s'amplifie de lui-même.

— Qu'est-ce que tu es venu chercher ici ?

— Un témoignage, et me remplir le regard de cette lumière sans force et sans vie que j'aime. Je suis fait pour les extrêmes, la chaleur torride et moite de l'équateur et le froid intense des hautes terres. Je ne suis pas un homme de demi-mesures. Bon, nous devons trouver un passage dans ce mur, il doit bien y avoir une faille quelque part.

Il longe l'énorme éboulis de neige et de rochers en gardant ses distances pour ne pas être surpris par un effondrement. Des avalanches brutales qui emportent tout sur leur passage font un bruit de tonnerre.

— Nous assistons à la fin d'un monde. La maladie ronge la surface de la Terre et la défigure. Dans un an, nous ne reconnaîtrons plus cette montagne qui aura grandi avec le volcan mais aura perdu sa majesté inchangée depuis vingt mille ans.

Ils arrivent enfin à un torrent qui sort de la glace en gros bouillons bruyants. Sur le côté, un petit passage se faufile, entre une falaise rouge de terre et de pierre instable. Prudent, Pierre arrête sa voiture et décide d'aller l'explorer à pied avant d'y engager le véhicule.

— C'est un coup à rester coincé et à ne plus pouvoir faire demi-tour ! dit-il en s'éloignant.

Albane se précipite derrière lui, courant entre les pierres qui roulent.

— Je viens avec toi. J'ai peur de la solitude. Jusque-là, je croyais qu'être seule, c'était de passer l'après-midi dans ma ferme. Maintenant, je comprends combien j'avais tort.

Ils s'arrêtent devant le passage. Pierre observe attentivement la paroi rouge d'où se détachent de lourds crocs dans un déséquilibre menaçant, comme suspendus sur le vide. Une eau couleur de sang s'échappe des fissures.

— Le bruit du moteur peut suffir à déstabiliser tout ça ! Nous devons être prudents.

Ils s'approchent en bordure du torrent et passent l'étranglement en surveillant les rochers, arrivent sur une pente blanche, lisse, ridée de filets d'eau et de petits lacs couleur d'acier. Tout en haut du dôme, de lourdes volutes de fumée noire montent dans un ciel gris, roulent lentement sur la glace. Le vent apporte une odeur de soufre, de goudron qui pique les yeux. Albane appuie son mouchoir sur son nez. Un bruit sourd fait vibrer le sol.

— Là-haut, le spectacle doit être grandiose, mais c'est celui de la folie humaine. Je te le dis, Albane, les hommes ne peuvent pas se gouverner. Ils ont besoin d'un cadre rigide, duquel ils ne peuvent s'échapper. Les anciennes civilisations ont disparu quand elles ont perdu leur cohésion, leurs coutumes qui retenaient chacun à sa place. L'homme porte en lui sa destruction. Ce qui a permis sa réussite le pousse vers l'abîme. Je ne suis pas optimiste.

C'est la première fois qu'il parle avec autant de gravité. Albane pense à Jonathan. Comment rester mère sans croire à l'avenir ? Elle a percé le fond de la pensée de son compagnon.

— Tu veux dire que toutes les valeurs de notre monde occidental sont suicidaires ?

Il opine. Albane découvre que cet homme avec qui elle a fait l'amour a su préserver ses secrets. Elle croyait mieux le connaître après avoir rencontré sa mère qui lui a parlé de l'enfance parisienne de Pierre, de sa jeunesse, de son militantisme – déjà ! – dans des groupes extrémistes.

— Ces valeurs partent du principe que les hommes ont atteint une certaine sagesse, une maturité qui leur permet de faire la part entre le personnel et le général. Je n'y crois plus. Aux grands maux, de grands remèdes ! Les Droits de la Terre ont raison : il faut des règles internationales appliquées avec dureté. Je ne veux pas parler d'une dictature, mais d'un gouvernement de survie, donc très fort et prenant des décisions qui vont à l'encontre des idées reçues. Par exemple, il faudra planifier les naissances car la surpopulation est un fléau incontournable. Aucune espèce ne s'en est relevée. Il faudra aussi arraisonner les multinationales, ces dinosaures du profit sans projet pour la planète qui créent de la pauvreté, mettre enfin en avant le principe de sauvegarde du bateau sur lequel nous sommes embarqués, ce qui justifie des actions radicales. C'est la seule solution pour que l'humanité se sorte de ce bourbier.

Ils retournent à la voiture, y montent sans un mot ; Albane pense à ce que vient de lui dire son compagnon et ne peut s'empêcher de faire un rapprochement avec l'assassinat d'Auguste Ravenault, détesté par les purs de son parti pour ses mœurs relâchées, sa manière d'utiliser une grosse voiture et de ne jamais appliquer pour lui les règles qu'il jugeait indispensables pour les autres.

Le véhicule s'engage dans le passage. Blême, Pierre Ragaud serre les dents en surveillant les rochers au-dessus de sa tête. Après le passage délicat, il pousse un soupir et poursuit sa route sur la pente en direction du sommet d'où s'échappent d'inquiétantes fumées. À mi-chemin, il s'arrête.

— Nous allons laisser notre véhicule ici. Plus près, c'est trop dangereux. Il est notre seul lien avec la civilisation. Nous allons continuer à pied et emporter notre barda. Nous nous reposerons un peu en arrivant.

Des bruits profonds et puissants éclatent au-dessus d'eux, explosions, effondrements. La terre vibre sous leurs pas, des morceaux de glace se détachent de l'ensemble. Pierre porte la tente, son matériel de photo et quelques instruments de mesure. Albane s'est chargée des provisions, des conserves de légumes, biscuits, fruits. Point de viande : Pierre est végétarien.

— Manger les animaux est un manque de respect au monde qui nous entoure, donc à nous-mêmes. C'est en plus du gaspillage. Le monde de demain sera végétarien.

Il apparaît ainsi, au hasard des conversations et de ses remarques, de plus en plus radical, intransigeant, un Pierre Ragaud qui avait pourtant si bien su se faire accepter par la population de Chastelnaud.

Après deux heures de marche pendant lesquelles ils sont restés silencieux, concentrés sur leur effort, ils arrivent près du sommet et le spectacle qui s'offre à eux dépasse tout ce qu'ils pouvaient imaginer. D'une faille sombre en contrebas, à moins de trois cents mètres, montent d'épaisses colonnes de fumée noire, dense, qui s'élargissent en fleurs grises aux reflets verdâtres. Des lueurs menaçantes éclatent au-dessus de l'ouverture de la terre, cette fente de quelques dizaines de mètres béante sur le cœur battant de la lave qu'ils devinent. Des langues rouges s'en échappent, roulent sur la banquise et la dévorent dans un grésillement puissant sous une intense vapeur blanche. Au-dessus d'eux, des nuages sombres se mêlent à la fumée, se remplissent de poussières nauséabondes. Albane se bouche le nez et a du mal à respirer.

— Voilà où finit le monde d'hier et où commence le monde de demain. Cela valait la peine de venir jusqu'ici pour mesurer l'ampleur du désastre. J'ai le film de ce paysage, il y a cinq ans. Je le mettrai côte à côte avec celui que je vais prendre tout de suite. Les hommes de là-bas, des régions qui étaient autrefois tempérées, comprendront l'ampleur du désastre qu'ils ont occasionné. Nous voilà entre deux univers, celui des phénomènes qui gèrent l'Univers et l'autre, celui de l'esprit, de la conscience, celui des questions sans réponse.

Albane ne montre pas sa peur, mais comprend son insignifiance d'insecte face à ces forces minérales et monstrueuses. Elle ose enfin poser la question qui hante son esprit depuis un long moment :

— Dis-moi, Pierre, c'est quoi la vérité ?

— Quelle vérité ? Celle du monde ? Nous sommes foutus si nous ne tombons pas d'accord sur un gouvernement d'exception à l'échelle mondiale qui fera appliquer un plan de rigueur totale.

— Je ne parlais pas de ça. Mais de l'assassinat d'Auguste Ravenault pour lequel un innocent est en prison.

Pierre Ragaud vérifie le bon fonctionnement de sa caméra et cherche l'angle de visée, puis continue, comme s'il n'avait pas entendu :

— Les économistes des pays dits développés se préoccupent du vieillissement des populations, mais ce phénomène nouveau n'a de valeur que relative, en face de la progression toujours aussi importante des pays du tiers monde. Il faut régler cela d'une manière mondiale, en infligeant des quotas de naissances très précis. Cela semble monstrueux, mais c'est ainsi.

— Tu ne réponds pas à ma question.

Il soulève sa caméra et filme un instant le volcan d'où de lourdes flammèches montent au-dessus du cratère, épaisses comme de la glu, avant de retomber dans une explosion de vapeur d'eau et de fumée.

— Je n'ai pas pleuré sa mort. Elle était inscrite dans la progression des Droits de la Terre.

— Tu connais les meurtriers et tu n'as rien dit. Tu as laissé emprisonner un innocent.

— C'était indispensable. Sa mort était programmée. Il y aura des milliers, des millions de morts dans cette révolution indispensable pour sauver l'humanité. Regarde ce qui se passe devant nos yeux, cette bouche ouverte qui crie, avec ses laves, que tout aurait pu être différent. Les hommes sont encore à l'aube de leur histoire. Et peut-être très proches de leur fin.

— Tu ne m'as toujours pas répondu ! insiste Albane en se plantant devant lui.

— Que veux-tu que je te réponde ? Les Droits de la Terre n'y sont pour rien. C'est ce que tu voulais savoir ? Ils ont pourtant applaudi en réclamant vengeance.

— Et la preuve irréfutable dont tu as parlé ?

— J'ai la preuve que Montrémy n'était pas dans le bois à cette heure. Une preuve absolue.

— Donc tu sais où il était ?

— Il était chez lui, dans sa bibliothèque.

— Comment le sais-tu puisque tu étais dans le bosquet à chercher les cigales ?

— Un petit appareil émetteur avait été caché derrière une pile de livres par un copain de Ravenault qui en voulait à Montrémy pour une histoire de jeunesse que j'ignore. Comme je fouillais partout, comme j'écoutais aux portes, j'en ai découvert l'existence par hasard, j'ai réussi à en trouver la fréquence grâce à un appareil un peu sophistiqué qui rend de grands services aux journalistes curieux. Quand je suis parti à la recherche des cigales, mon appareil enregistrait tout ce qui se passait dans la bibliothèque, et la preuve absolue que Montrémy y était pendant que s'est produit le crime est inscrite sur cet enregistrement, à cause du carillon qui sonne les heures et à cause de Montrémy qui y parle à plusieurs reprises en lisant à haute voix plusieurs lettres qu'il venait d'écrire.

— Tu t'es rendu coupable de complicité avec les meurtriers en ne disant rien.

— L'intérêt du monde et de l'humanité passe avant les intérêts particuliers. Il était important que le congrès des Droits de la Terre se situe à Chastelnaud qui est devenu un nom chargé de sens. Important aussi qu'un mort ordinaire devienne un martyr de la cause générale.

— Je ne te comprends pas !

Ils se taisent, conscients pour la première fois de leurs différences. Albane regrette son coup de folie et pense intensément à son fils qu'elle a abandonné pour un fanatique. Pierre s'est mis à déballer la tente et plante des piquets dans un repli de terrain gelé abrité des coulées de lave et de rochers. Albane reste devant lui, les bras ballants, perdue dans des pensées contradictoires. Avec ses gestes ordinaires, le journaliste est redevenu le jeune homme qu'elle a connu à Chastelnaud, elle sent pourtant au-delà de cette silhouette familière le militant, l'idéologue intransigeant. Il comprend sa pensée et précise :

— Ne crois pas que je sois un fou, un manipulé de la cervelle. Je sais parfaitement ce que valent les chantres des Droits de la Terre, mais cela fait des années que je tourne ces questions dans ma tête et je sais désormais qu'il n'y a pas d'autres solutions avec des pays qui n'en font qu'à leur tête, des hommes toujours plus avides et qui ne voient pas plus loin que leur petit intérêt. En un mot, nous sommes devenus une espèce monstrueuse.

Albane ne se sent plus en sécurité et voudrait rejoindre la ville le plus vite possible. Au-dessus d'elle le volcan gronde ; des flammes épaisses incendient le ciel à travers la vapeur d'eau. Le bruit d'un grésillement s'intensifie, le sol vibre, Pierre jette fréquemment autour de lui un regard anxieux.

— Si nous redescendions jusqu'à la voiture ? demande Albane, tremblante. J'ai peur.

— N'aie aucune crainte !

Les rayons de soleil bas sur l'horizon filtrent à travers le rideau de fumée qu'ils illuminent de couleurs chaudes et changeantes. Albane a tout à coup envie de se presser contre Pierre, de l'écraser dans ses bras. À la méfiance de tout à l'heure se substitue une violente envie de lui, de cet homme généreux qui ne cesse de se poser des questions pour le bien général et qui sait qu'à une situation aussi terrible ne peuvent correspondre que des solutions radicales. C'est lui qui porte l'avenir de Jonathan, pas les bavards qui ne cessent de prôner la prévention quand l'heure est à l'action. La véritable générosité est bien là !

La jeune femme aide Pierre à monter la tente, puis sort le réchaud, les biscuits et les boîtes de conserve.

— Je te propose des petits pois façon grand-mère !

— Ce sera parfait. Ici la nuit ne tombe jamais, nous devons nous contraindre à des temps de repos habituels pour ne pas dérégler complètement nos organismes. Donc, nous dormirons quelques heures et ensuite nous rejoindrons la région de Kûma et ses geysers. Là aussi, beaucoup de choses doivent avoir changé et sont autant de preuves du dérèglement général.

Ils s'assoient près du réchaud. De la casserole monte une odeur de petits pois extrêmement agréable dans cet environnement minéral où rien ne pousse. Albane se blottit contre lui.

— Je t'aime ! dit-elle à voix basse.

Pierre comprend le sens de ce mot qui va bien au-delà du sentiment qu'il exprime.

Tout à coup, le sol se dérobe sous leurs pieds, la montagne se disloque. Dans un geste réflexe, Albane pousse un cri, jette son assiette en papier. La crête qui les abrite du brasier éclate en morceaux roux qui s'effondrent et roulent sur la glace. Pierre Ragaud prend la main de la jeune femme qu'il tire vers la pente.

— Fuyons ! Le volcan s'ouvre sous nos pieds !

Ils se précipitent vers le bas de la pente, glissent entre les rochers, roulent dans l'avalanche. Une explosion fait voler le sommet de la montagne comme un bouchon, projette dans les airs des rochers énormes qui s'abattent autour des fugitifs dans un fracas de fin du monde. La cendre incandescente coule en liquide épais entre d'énormes geysers de fumée blanche et bleue.

Toussant, suffoquant, Pierre et Albane continuent de fuir sous une pluie de pierrailles. Tout à coup, Pierre lâche la main d'Albane, pousse un cri qui tranche le vacarme. Albane tombe, dévale la pente au milieu des rochers, appelle Pierre qui ne lui répond pas. Un énorme bloc la frôle dans sa course aveugle. La peur prend le dessus, elle court de nouveau, atteint la falaise dressée devant le torrent et là, tombe de nouveau, terrassée par un projectile qui l'atteint à la nuque. La montagne tout entière flambe, les pierres brûlent, l'air brûle, les cendres soulevées par un vent tourbillonnant s'embrasent en gerbes lumineuses qui s'effondrent dans un torrent de flammes et de terre, de feu et d'eau mélangés.

Combien de temps cela dure-t-il ? La lave, la dislocation de la montagne, les éléments mêlés dans un mariage hors nature ont tué le temps humain. Albane se réveille avec une violente douleur à la tête. Elle a ensuite l'impression d'avoir mangé de la terre, de s'être desséchée de l'intérieur, de vives douleurs irradient son corps. Elle bouge un bras, une jambe ; les pensées lui reviennent : la montagne qui explose, les rochers qui pleuvent autour d'elle. Où est Pierre ? Son cri retentit encore en elle avec sa peur, un cri de mort. Elle se dresse, se met sur ses jambes, fait quelques pas entre les rochers instables. Une fumée sombre flotte au-dessus de la pente et du glacier traversé par des torrents de boue qui l'entaillent. La coulée de lave s'est arrêtée à mi-pente ; des fumerolles vives s'élèvent de la masse grise solide, couverte de plaques blanchâtres qui s'en détachent comme des écailles.

Albane porte la main à sa tête qui lui fait toujours aussi mal et appelle Pierre. Elle tente de remonter la pente, s'attendant à voir surgir son ami devant elle, parmi les rochers, gesticulant dans la boue de cendres. La crête disparaît sous un dôme de lave grise. En bas, la glace a fondu sur plusieurs mètres d'épaisseur, découvrant une terre craquelée, très accidentée. La jeune femme appelle de nouveau son compagnon et le son de sa voix lui revient, étranger à ce monde minéral. La vie n'a pas sa place ici. Elle ne s'affole pas, sachant par instinct que c'est la seule manière de se sauver. D'un regard circulaire, elle tente de se repérer, mais n'y arrive pas. Alors, elle marche au hasard en évitant des bandes sombres d'où s'échappe encore de la fumée. Tout à coup, elle s'arrête, pétrifiée : Pierre est là, devant elle, écrasé par un rocher. La moitié de son corps dépasse de la boue accumulée derrière la masse noire qui l'a tué. Albane regarde avec effroi le visage de son compagnon figé sur une dernière grimace, son sac à photos posé à côté de lui, ses mains ouvertes, prêtes à prendre. Poussant un cri, elle s'agrippe au rocher qui retient le jeune homme prisonnier, le pousse de toutes ses forces, mais le rocher ne bouge pas. Il n'y a rien à faire : Pierre est mort ! Elle appelle au secours, la montagne lui répond par un grondement profond.

Renaud entre dans la prison en se disant qu'il a cédé une fois de plus à la fée blanche, qu'il s'est vendu par faiblesse. Il va donc demander à son père de lui céder les Eaux Saint-Jean, pour le compte de son ennemi. Il va lui mentir en prétextant avoir signé un contrat important avec une société de production cinématographique américaine pour écrire la musique d'un film. Le fils maudit va aborder le père en vainqueur même si son triomphe ne dure que le temps du mensonge. L'huissier de justice, Me Mangin, est resté en retrait pour le premier contact, la première rencontre après le retour, il n'interviendra qu'à la fin, quand le père et le fils seront d'accord, la mission que lui a confiée Lionel Delprat est très précise.

Renaud marche d'un pas hésitant. Il redoute le regard de son père, l'appréhension alourdit sa démarche, plombe son estomac et gêne sa respiration. Vaincu, le patron des Eaux Saint-Jean n'en a que plus d'autorité et de force. Loin de ses exploits d'aventurier, déchu, son personnage prend une dimension pathétique qui gêne Renault même si la haine reste totale, née du rejet et de rancœurs que les événements ne peuvent effacer. C'est ce qui donne au jeune homme la force de l'affronter, de le regarder à travers les barreaux, une manière de lui signifier qu'il a eu tort sur toute la ligne, qu'il s'est trompé toute sa vie. C'est aussi bref et aussi satisfaisant qu'un coup de poignard en plein cœur.

Il marche derrière le gardien d'une porte verrouillée à

une autre porte verrouillée, entre deux bruits puissants de clefs, conscient d'entrer en visiteur dans un endroit qui l'attend. Aura-t-il la force de jouer aux frondeurs, d'adopter une attitude de défi ?

Il arrive au parloir. D'autres visiteurs, les mains accrochées aux barreaux bavardent à voix basse avec des détenus. Le fonctionnaire le prie d'attendre. Renaud se trouve alors en face de la grille de barres métalliques qui le tiennent hors du monde carcéral, hors de ce lieu vers lequel il se sent appelé, comme s'il le connaissait déjà.

Tout à coup, son cœur s'arrête. L'homme qui s'approche ne correspond pas à l'image qu'il gardait fichée en lui comme une épine. Maigre, le visage vieilli, décharné, Armand Montrémy n'a pourtant pas changé. Ses cheveux blancs soulignent la fermeté de son attitude. Malgré ses épaules basses, le prisonnier ne laisse aucune prise aux autres. Renaud se sent petit face à ce père intouchable en face de qui il ne peut avoir que des devoirs. Il marche lentement, en vieillard, vers les barreaux qui le coupent du monde où il était roi ; il voit son fils qui n'ose lever les yeux, s'arrête, les bras le long du corps, dans l'attitude de celui qui n'attend rien, qui se sait en paix avec lui-même et c'est ce qui révolte Renaud.

Le jeune homme hésite. La présence de son père le paralyse, hérisse en lui de fines aiguilles pénétrantes. Il était mandaté pour proposer la paix, pour sauver un nom détesté, il ne sait plus ce qu'il va faire.

— Renaud, je ne t'attendais pas !

Armand Montrémy a parlé ; ce n'est pas pour rompre le silence dont il ne ressent pas la lourdeur, mais pour l'abréger, et obliger son visiteur dont il mesure l'insignifiance à aller au bout de son acte, à exprimer son désir quand plus rien ne les lie l'un à l'autre.

Renaud lève enfin les yeux sur son père. Il ne peut se protéger de lui-même qu'en l'affrontant. Il entrouvre les lèvres pour parler, mais les mots lui manquent. Son esprit se bloque, tétanisé par le regard fixe qui ne le quitte pas.

— Qu'est-ce que tu veux ?

Renaud approche son visage des barreaux, baisse les yeux

comme s'il voulait demander pardon. La peur l'étreint. Tout à coup, il crache sur cette figure haïe, crache sur ses peurs et ses ressentiments, crache sur un passé qui ne veut pas mourir et s'éloigne rapidement pour ne pas voir son père humilié par ce geste irréfléchi.

Armand Montrémy ne bronche pas. Le crachat roule sur sa joue droite, visqueux, brûlant de ce qu'il a véhiculé. Impassible, l'homme ne montre rien. D'autres détenus, d'autres visiteurs ont assisté à la scène et glissent un regard étonné vers lui. Il ne s'essuie pas, conservant jusqu'au bout la marque de l'infamie, et se dirige vers sa cellule, son refuge désormais entre les murs dressés devant le monde qui l'a rejeté.

Renaud a hâte de sortir, de s'éloigner de ce lieu sordide qui révèle un aspect hideux de sa personne. L'huissier Mangin l'attend dans le hall d'entrée, sa sacoche sous le bras, ponctuel comme le veut sa profession et insensible aux situations particulières. Quand il voit Renaud, il comprend que rien ne s'est passé comme prévu. Il s'approche, un air interrogateur sur son visage long et maigre. Ses lèvres fines bougent pour poser une question qui ne correspond pas à la réalité.

— Alors ?

— Rien, fait Renaud en se dirigeant vers la sortie.

— Il a refusé ?

— Je ne lui ai rien demandé. Je refuse d'entrer dans ce jeu. Je n'ai plus rien à voir avec les Eaux Saint-Jean et la famille Montrémy !

Mangin secoue sa sacoche sous son bras droit, son visage s'anime, prend un air catastrophé.

— Mais vous vous rendez compte de la situation dans laquelle vous vous mettez ! M. Delprat ne va pas être content. Il m'a bien précisé que cette affaire était de la plus haute importance.

— Je me moque de ce que pense M. Delprat, que ce soit dit une fois pour toutes !

En même temps qu'il prononce ces paroles, Renaud sent le carcan de la cocaïne se refermer sur lui. Comment va-t-il trouver de quoi s'acheter la précieuse drogue ? Il s'éloigne.

En marchant sur la place et le parking devant la maison d'arrêt, le soleil l'éblouit au plus profond de sa personne.

— Écoutez, tempère l'huissier qui le rattrape, je vais aller trouver votre père, je vais lui expliquer la situation et lui dire que vous disposez d'une somme d'argent suffisante pour empêcher la saisie des Eaux Saint-Jean. Ainsi, la précieuse source restera-t-elle dans la famille en attendant que le temps ait fait son œuvre et qu'il l'ait rendue de nouveau exploitable.

— Je refuse de me prêter à cette mascarade !

Renaud a maintenant la certitude que ce refus est plus important que son besoin de cocaïne. Même s'il sait qu'aux premiers signes du manque, il le regrettera.

— Mais enfin, ce n'est pas possible ! reprend l'huissier. M. Delprat est un gros client pour moi, je vais perdre sa confiance ! Vous me mettez à la rue !

— Et vous croyez que je ne m'y mets pas moi aussi, à la rue ?

Mangin n'insiste pas et abandonne Renaud, prétextant un client à visiter. Le jeune homme s'éloigne au hasard des rues. Lionel Delprat avait-il prévu ce revirement de situation ?

Une voiture s'arrête à la hauteur de Renaud. Cette voiture bleue, il la connaît et s'en étonne.

— À voir votre attitude, je me doute que les choses se sont mal passées, dit Florence Delprat en ouvrant la portière de l'intérieur.

Il monte en voiture sans s'étonner de la présence de la jeune femme qui, pourtant, n'a aucune raison d'être là.

— Une galerie me prend quelques tableaux pour l'été. Ici, le commerce de la peinture marche bien pourvu qu'on reste correct sur les prix.

— Où m'emmenez-vous ?

— À l'hôtel puisque je suis là pour deux jours.

Ghislaine n'est restée qu'un après-midi et une nuit chez sa mère. Elle n'est pas passée à Chastelnaud sur la tombe de son mari. Elle n'a pas besoin d'aller près de la stèle de pierre blanche pour penser à lui, pour communiquer avec lui et entendre ses conseils. Elle est repartie à Paris en constatant que peu de temps avait été nécessaire pour creuser un abîme entre son passé et sa vie actuelle. Sa mère doute que l'institutrice soit devenue quelqu'un d'important qui fréquente les palais du monde et les têtes couronnées. A-t-elle besoin d'une aussi grosse voiture pour se déplacer ? Que vont dire les gens du pays ? Que Ghislaine Margeride tourne mal, puisque c'est mal tourner que de gagner de l'argent aussi vite ?

Les deux femmes se quittent avec soulagement. L'humble méfiance de la mère dérange la fille, ce qui crée une situation pénible contraignant à des conversations banales pour cacher l'essentiel.

Ghislaine arrive à Paris avec l'envie de pleurer. Le sentiment de ne pas diriger sa destinée l'affecte, mais comment échapper au luxe, à ce cercle réduit et fascinant des décideurs qui ont le monde à leurs pieds ? Elle revient vers Bernard Chaurrit et tout ce qu'il représente par ambition, mais aussi pour d'autres raisons qu'elle ne sait pas formuler. Cet homme l'attire ; elle veut l'ignorer pour conserver en elle une ligne qui lui permette de garder ses certitudes. Bernard Chaurrit se range dans la catégorie des Armand Montrémy, avec plus de nuances, de douceur, et moins de prestance. Il sait jouer le naïf pour pousser ses interlocuteurs à se dévoiler. C'est un commerçant rusé qui connaît bien la nature humaine. Ghislaine sait qu'il la domine, ce qui la laisse dans une confusion permanente.

Elle prend le temps de passer chez elle, de se préparer, de redevenir le personnage qu'elle joue dans la capitale. Après avoir choisi soigneusement sa tenue vestimentaire, elle se rend place Saint-Augustin au siège de la Mondass Ingénierie, terme rigide que Chaurrit aime habiller d'un peu d'humanisme. C'est dans sa nature, souffler le chaud et le froid, donner de bonnes raisons pour justifier ses importants profits. Chaurrit affirme que si les sociétés humanitaires n'étaient pas financées par des fonds publics, les pays pauvres s'en trouveraient mieux. Quand faire le bien devient source de profits, le monde ne peut que s'améliorer !

Elle n'a pas téléphoné, préférant faire irruption dans le bureau du patron. Ils doivent partir bientôt pour l'Asie du Sud-Est, mais pour ce voyage à risques, Bernard Chaurrit veut impliquer les services diplomatiques des Affaires étrangères. Le visage toujours aussi digne d'Armand Montrémy ne quitte pas les pensées de Ghislaine et c'est pour lui qu'elle entre dans le bureau du boss, avec l'intention de plaider sa cause.

Bernard Chaurrit est au téléphone. Comme toujours. Il passe plus de temps au téléphone qu'à dicter son courrier à sa secrétaire. Il voit Ghislaine, son visage s'éclaire d'un léger sourire, un visage assez rond avec quelque chose de poupin, de naïf qui abuse ses adversaires. Il essaie d'abréger la conversation, mais son interlocuteur s'obstine. Alors, il ponctue son silence de « C'est ça, on en reparlera ! », de « Entendu, mon ami ! ». Enfin, il réussit à poser le combiné et sourit franchement à Ghislaine qui s'est assise sans manière dans l'un des deux fauteuils réservés aux visiteurs.

— Votre plongée en province s'est-elle bien passée ?

— Très bien, bien que ma vieille mère comprenne de moins en moins le monde dans lequel nous vivons.

— Ce n'est pas étonnant. Déjà que nous avons du mal à le comprendre nous-mêmes !

Bernard Chaurrit pense à l'énorme Plantagrin et à ses révélations lors du dîner de l'avant-veille. Plantagrin croit avoir enfin les moyens d'étrangler Les Houilles Blanches et attend le moment opportun pour passer à l'action. Tout cela, Bernard Chaurrit le comprend, c'est de bonne guerre commerciale entre groupes financiers où il faut manger l'autre pour ne pas l'être soi-même. Ce qu'il comprend moins, c'est l'acharnement de Plantagrin et le rôle que doit jouer Ghislaine dans ce plan prévu depuis longtemps. Chaurrit revoit le gros homme sourire de ses lèvres grasses, ses yeux profonds prendre un air malin...

— Tout est lié et c'est pour cette raison que je me suis rendu sur place avec mes frères gitans.

— D'accord, a répondu Chaurrit, mais je ne vois pas pourquoi vous vous intéressez à Mme Margeride ni pourquoi vous me l'avez recommandée aussi vivement.

Vous êtes assez puissant pour agir sur les affaires des Delprat sans cette femme !

— Écoutez, Chaurrit, je ne vais pas vous raconter ma vie. Sachez seulement que les frères Delprat et moi, nous avons fait l'école des Travaux publics ensemble. Nous sommes devenus de très grands amis. Ce qui était aux uns était à l'autre. Ils étaient des frères pour moi. Pendant les vacances, ils étaient chez moi ou j'étais chez eux. Nous envisagions de monter Les Houilles Blanches ensemble, d'équiper toute l'Europe de nos petites centrales électriques. J'étais très svelte à cette époque, cela vous paraît étonnant, n'est-ce pas ?

— Non, concernant l'être humain, rien ne m'étonne !

— Je dois vous dire que je m'entendais aussi fort bien avec Adeline, la jeune sœur des frères Delprat. Elle m'était naturellement promise et je n'envisageais pas de faire ma vie autrement qu'avec elle. Je l'aimais, même si cela vous semble impossible. Oui, je l'aimais et je l'aime encore, la preuve : je suis seul. Nous formions une tribu, nous étions vraiment heureux. Et puis le drame est arrivé. Un pont sur la Dranse. Lionel avait calculé la résistance des piliers et du tablier métallique. Il avait sous-estimé les pressions et conçu une armature trop légère pour faire des économies et emporter le contrat. Le pont s'est écroulé faisant, par chance, seulement deux morts. J'étais chargé de la réalisation, j'ai été accusé d'avoir utilisé des matériaux qui ne correspondaient pas au cahier des charges. J'ai été condamné à sept ans de prison ferme. Voilà comment se termine une belle amitié. Alors, un certain Montrémy a mis le grappin sur la petite Adeline qui m'avait juré qu'elle m'attendrait. Je me suis mis à grossir...

Bernard Chaurrit est resté un moment silencieux, en pensant à ses propres déconvenues sentimentales, à son divorce après lequel il a voulu mourir. Il a insisté sur un point qui lui tient à cœur :

— D'accord, et Mme Margeride ? Vous savez que je souhaite la garder avec moi, que je vous suis reconnaissant de me l'avoir recommandée !

— Écoutez, Chaurrit, des filles comme elle, je peux vous

en trouver à la pelle. Je vous en fournirai d'autres. Il se trouve que celle-là a un rôle important dans mon affaire. Elle a sauvé la petite Pétronille, la nièce des Delprat et la fille d'Adeline. Cette gamine perdue qui ressemble étrangement à sa mère a fait une fixation sur cette femme. C'est pour cela qu'elle est irremplaçable : les Delprat n'ont pas d'enfant et sont condamnés à ne pas en avoir, il y a ainsi une justice ! Depuis la mort d'Adeline, ils se battent pour récupérer Pétronille. Vous comprenez que votre institutrice m'est indispensable pour priver Lionel Delprat de la seule joie de sa vie, cette gamine perdue dont il veut faire sa fille. Ne pensez pas à elle pour des projets d'avenir. Elle ne survivra pas ! Il ne peut pas y avoir de pardon quand une aussi grande amitié est trahie d'une manière aussi vile !

Elle ne survivra pas ! Bernard Chaurrit entend la voix rauque aux accents machiavéliques prononcer ces quelques mots qui condamnent Ghislaine et, en la voyant négligemment assise en face de lui, souriante, il ne pense qu'à la protéger. Il a cherché à en savoir plus sur le rôle que la jeune institutrice doit jouer dans le plan du démoniaque obèse, il a posé des questions précises, Plantagrin a répondu évasivement puis a fini par préciser :

— Lionel Delprat est un monstre d'intelligence et de rouerie. C'est un aspic qui surveille sans être vu, qui sait probablement déjà ce que j'ai tramé contre lui, ce qui m'oblige à mettre en place un second plan, beaucoup plus sournois, avec mes frères du voyage qui sont partout à la fois. Un plan à long terme.

À cet instant, en face de Ghislaine qui feuillette négligemment des prospectus trouvés sur le coin du bureau, Bernard Chaurrit a le sentiment très net qu'il est lui-même impliqué dans le plan de Plantagrin. Le temps est venu de se séparer de son bienfaiteur avec les risques que cela comporte.

— Nous partons donc demain soir, reprend-il en chassant ses pensées et en levant les yeux sur Ghislaine. Il se trouve que j'ai plusieurs choses à vous dire, que je ne veux pas évoquer ici parce qu'on n'est jamais assez prudent. Permettez-moi de vous inviter à dîner ce soir.

Elle s'attendait à cette invitation et la souhaitait. À l'heure où tout semble se désagréger autour d'elle, Ghislaine éprouve le besoin de s'entourer de certitudes, d'appuis sûrs. Son instinct lui souffle de faire confiance à cet homme qu'elle ne connaît que depuis deux mois, mais avec qui elle a vécu des moments intenses et une complicité spontanée dans les négociations.

Ils se retrouvent le soir au Prince de Galles dans l'ambiance feutrée et discrète du grand restaurant de l'avenue George-V. Bernard Chaurrit s'est vêtu avec élégance. Le rendez-vous avec Ghislaine, femme attirante qui ne se livre pas, qui garde ses distances avec tout le monde, ne découvre rien d'elle-même, le remet en face de ses émois de jeunesse. Ce n'est pas un homme à femmes. Chaurrit n'en a aimé qu'une dans sa vie et a cru pendant longtemps qu'il ne pourrait en aimer une autre, ce qui le bloquait dans ses affaires et ses ambitions. Ghislaine vient d'ouvrir une porte qu'il croyait hermétiquement close. Cela lui donne envie de se battre et surtout de tout faire pour ne pas abandonner la jeune femme aux règlements de comptes de Plantagrin. Pourtant, il se demande, en l'attendant, s'il doit lui parler de cette menace ou la laisser dans l'ignorance pour mieux la protéger, lui avouer qu'il l'a abordée dans l'avion sur ordre du gros homme. C'était le but de ce dîner, mais il décide de se taire, car il commence à comprendre les tournures d'esprit du financier genevois qui n'a probablement dévoilé son projet que pour que Chaurrit le répète. Du coup, ce dîner n'a plus d'objectif précis, c'est sûrement préférable.

Ghislaine aussi a fait un effort de toilette que Chaurrit remarque avec plaisir. Elle s'est soigneusement maquillée, sans outrance, juste ce qu'il faut pour mettre en valeur la régularité de son visage, la finesse de son regard qui effleure et caresse. Elle veut plaire et Bernard Chaurrit en est heureux. Il savoure ainsi un de ces rares instants où l'incertitude devient félicité, où le temps s'arrête et où il croit enfin toucher au but. Quand elle arrive, il sourit, se lève pour lui présenter sa chaise et commande du champagne. Le vaste monde n'entre pas ici, dans ce salon où les gens parlent avec retenue, où les serveurs marchent ou plutôt glissent sur l'épaisse moquette. Il commence par lui parler de travail, de leur prochain voyage en Asie, du contrat qui porte sur plusieurs millions d'euros. Puis, au fil du repas, la conversation prend un tour plus personnel. Ghislaine parle de son mari, l'ami d'enfance et l'homme qui, une fois mort, la retient au seuil de sa vie. Chaurrit parle de son douloureux divorce, de sa femme, belle et légère, de son envie de suicide. Ils constatent tous les deux qu'un même état d'esprit les rapproche tout en les maintenant à distance, la fidélité, le sérieux de cœurs qui ne s'émeuvent pas facilement.

— Mon regret, précise Ghislaine, c'est de ne pas avoir d'enfant de Stéphane. Ainsi, il y a des coïncidences, comme la marque d'un destin. À l'instant même où Stéphane mourait écrasé sous l'effondrement d'un plafond, moi, je sauvais la vie d'une petite fille dans l'effondrement d'un autre plafond. C'est ce qui me rattache à jamais à Pétronille que je voulais aller voir, hier. Et puis j'ai renoncé pour ne pas la faire souffrir.

Chaurrit pense à ce que lui a dit Plantagrin, aux menaces qui pèsent sur Ghislaine. Il n'y fait aucune allusion pour ne pas entrer dans une conversation qui le conduirait à en dire plus qu'il ne le veut.

— Vous m'avez souvent parlé de cette petite fille. Ne m'avez-vous pas dit que son père est en prison ?

— Pour un crime qu'il n'a probablement pas commis. Il n'y a aucune preuve, aucun élément à charge, à part des témoignages contestables, en particulier celui d'un groupe de Gitans.

Chaurrit voit là l'ombre menaçante de Plantagrin, il baisse la tête pour ne pas trahir ses pensées. Maintenant, il est certain que laisser Ghislaine dans l'ignorance des menaces qui planent sur elle et sa petite protégée reste le meilleur moyen de la protéger.

— Il faudrait obtenir qu'il soit libéré sous contrôle judiciaire afin de préparer sa défense. Même si cet homme est un odieux égoïste, un personnage qui a trahi les plus beaux sentiments et qui laisse sa fille dans la pire solitude, il doit pouvoir se défendre. On lui a tout pris au profit de ses ennemis : son usine, ses biens, sa fille. Il y a là une injustice qui me gêne.

— Je connais du monde au ministère, mais il ne faut pas agir à légère, il faut réfléchir. Nous en reparlerons calmement. Tant qu'il est en prison, il est protégé contre lui-même, contre sa réaction face à sa ruine et son désir de vengeance qui pourrait l'entraîner dans des actes extrêmement graves !

Cette fois, la vague orageuse épargne Chastelnaud et sa région. Elle s'abat tout d'abord sur la Bretagne, inonde Rennes dont les images montrent les rues noyées sous d'épaisses coulées de boue, les maisons sans toiture, les arbres à terre. La perturbation a dévié de ses anciennes routes pour descendre vers le Sud-Ouest. Les vignes du Médoc ont été hachées par des grêlons de la taille d'un œuf de poule. Le vent s'est renforcé dans les Landes pour former un cyclone qui a mis à mal la forêt. Un raz de marée a dévasté les côtes, Saint-Jean-de-Luz et Bayonne sont mutilés. On déplore des dizaines de morts, des disparus, un bilan affligeant. La peur s'empare des Français qui redoutent de se trouver sur le passage des nouveaux orages, puisque rien ne laisse supposer que cela va s'arrêter. Au contraire, beaucoup de spécialistes, aussitôt relayés par les chaînes de télévision pour qui les annonces catastrophiques sont synonymes d'audience, prévoient une intensification du mauvais temps.

C'est dans ces incertitudes poignantes que le congrès des Droits de la Terre doit avoir lieu à Chastelnaud. Pour bien marquer l'importance de l'événement, pour montrer sa détermination et son universalité, les responsables d'un parti devenu mondial se réunissent dans tous les pays du monde le même jour, à la même heure. Bien que la manifestation soit interdite en Chine et dans de nombreux pays du Moyen-Orient, des délégations ont réussi à franchir leurs frontières pour les représenter. Les grands partis politiques se trouvent en face d'un monstre qu'ils ont laissé grandir et qui menace toutes les démocraties.

À Chastelnaud, les journalistes de la presse nationale ont loué toutes les chambres de l'hôtel du Centre et investissent le complexe des Charmes qui, pour une fois, affiche complet. Jean Morenceau attend les renforts de police demandés et promis par la préfecture.

Tant d'autres soucis accablent le maire. Il a appris la mort de Pierre Ragaud et le sauvetage in extremis de sa bru perdue dans la lande glacée d'Islande. Albane est très affectée, très faible et actuellement soignée dans un hôpital de Kellavik. On craint plus pour sa santé mentale que pour son corps. Elle a erré pendant plusieurs jours après avoir enlisé son véhicule tout terrain, mais n'a pas été trop affectée par le froid. Les provisions de conserves, les réserves de biscuits lui ont permis de survivre. Les sauveteurs l'ont trouvée à moitié nue malgré le froid, proférant des propos incohérents. Elle se dit maudite, apportant la mort à tous les hommes qui l'approchent. Puis elle se lance dans de longues diatribes sur l'indispensable dictature des défenseurs de la Terre face aux ogres de la finance capables de condamner l'humanité pour quelques poignées de dollars.

Ce sont, à quelques nuances près, ces propos que tiennent les délégations des Droits de la Terre qui arrivent les unes après les autres à Chastelnaud et occupent le camping municipal et plusieurs campings privés des environs. Elles s'installent aussi sur le Plateau, à proximité des mobile homes qui abriteront les travaux des congressistes.

Le jour de l'inauguration, à la tête d'une foule importante de militants venus de toutes les régions de France, Joseph Pelbond va accueillir à la gare le responsable national, Loïc Lachenal, une arrivée qui se voulait simple et qui rassemble sur le petit quai une foule considérable. Le leader, à sa descente de train, est salué par une explosion d'applaudissements. Puis le cortège emprunte la rue principale, la rue de la République, en direction du Plateau, sous la surveillance discrète de CRS dissimulés dans les impasses et tous les endroits à l'abri des regards. Tous attendent l'ouverture du congrès qui va se matérialiser par un discours du responsable international, l'Américain Tony Lierering, traduit dans toutes les langues et retransmis dans tous les pays sur écrans géants. La presse a annoncé ce discours comme le point de départ d'une action planétaire sans précédent. Les premiers heurts avec les opposants, ceux qui se nomment « les Humanistes », se produisent à la tombée de la nuit, sur le Plateau, quand les congressistes se rassemblent en silence devant l'écran dressé en plein air. Des groupes ont réussi à passer à travers les mailles du service d'ordre des Droits de la Terre et tentent de saboter le dispositif qui relie ce petit coin des Alpes à l'Amérique de Tony Lierering. Il s'ensuit une bagarre, mais l'intervention musclée des *commandos de la Terre* rétablit vite le calme : il reste encore trois jours pour en découdre.

Enfin, la maigre silhouette de Tony Lierering apparaît sur l'écran, saluée par un tonnerre d'applaudissements. Il est vêtu comme à son habitude, longue robe blanche, barbe et cheveux longs qui cachent son visage osseux, ne laissant voir que ses yeux ardents. C'est le prophète des temps modernes. Entouré d'une réelle vénération sur toute la planète, sa parole peut soulever les foules et ce congrès, en période internationale difficile, a pour but de montrer que les dirigeants du monde ne pourront rien faire contre lui. Homme intransigeant, il n'accepte aucun compromis. Conscient de sa mission qui dépasse l'intérêt des uns et des autres, il énonce ses maximes avec la force de celui à qui le temps donnera forcément raison, et la conviction d'un pasteur qui œuvre pour la survie de son troupeau.

« Amis du monde, commence Tony Lierering, ce jour marque enfin le début d'une nouvelle ère, celle d'une gestion rationnelle de notre environnement et de notre espèce. Pour cela nous avons pour mission d'effectuer une révolution planétaire, de changer les mentalités issues de millénaires d'ignorance. L'humanité ne s'est servie de son intelligence que pour détruire ! Nous voilà dans l'impasse.

Ou nous changeons tous nos modèles de sociétés, nos comportements personnels, ou nous mourrons avec notre planète agonisante. L'utopie, souvent évoquée comme une manière de s'enfoncer un peu plus la tête dans le sable et qui consiste à dire que lorsque la Terre n'aura plus rien à nous donner, nous partirons vers d'autres mondes, d'autres univers, est révolue. Avec ses dix milliards d'êtres, l'humanité est un effroyable cancer. Nous sommes condamnés par notre surnombre et ce n'est qu'un début, les pires catastrophes sont à venir. Mais voilà : nos gouvernants ne pensent pas à l'avenir, ils veulent seulement préserver leurs privilèges et ceux des multinationales qui les soutiennent. Ils savent qu'en période difficile les plus riches s'en tirent toujours.

« Notre programme est simple : mettre toutes les connaissances scientifiques au service de la Terre pour revenir le plus vite possible à un équilibre supportable pour notre planète. Pour l'appliquer, nous réclamons un gouvernement international fort, capable de juguler les dissidents car il en va de l'avenir de l'humanité. Ce gouvernement régnera sur toutes les nations le temps qu'il faudra pour combattre les opposants et mettre en place une politique exclusivement guidée par l'intérêt des hommes intégrés dans une nature redevenue accueillante. Un programme de natalité planétaire devra, dans les vingt ans, réduire de moitié l'humanité, ce qui ne sera qu'un premier pas vers une espèce compatible avec les ressources naturelles disponibles. Ces ressources seront comptabilisées ; l'agriculture de profit devra céder le pas aux espaces naturels, les hommes devront retrouver des méthodes de vie intégrées à l'environnement pour redevenir une espèce qui met son savoir au service de la Terre, seule garante de sa survie.

« Bien sûr, cela ne pourra se réaliser, tant que les mentalités n'auront pas évolué, qu'avec des moyens considérables pour assurer la discipline, car le temps presse. Le régime international sera extrêmement rigoureux et n'acceptera aucune dérogation aux lois. Cette rigueur est la seule manière de relever ce défi, le pire que l'humanité ait eu à affronter... »

Le discours de Tony Lierering est aussi diffusé par plusieurs chaînes de télévision. Jean Morenceau l'a suivi chez lui et frémit en entendant les applaudissements fuser dans l'assistance américaine qui donne le départ des applaudissements du monde entier. Ce discours lui en rappelle d'autres de sinistre mémoire. Les dictateurs ont toujours voulu faire le bien de l'humanité et justifient les pires massacres par leur vision du monde, la seule possible.

— Cette fois, pourtant, dit-il à Léonie, nous avons franchi un cap qui ne peut qu'augurer de l'importance des massacres à venir si ces fous réussissent à s'implanter : ils vont organiser l'élimination du « surplus humain » à l'échelle du monde entier non pas pour des raisons sociales, politiques ou commerciales, comme cela s'est fait jusqu'à ce jour, mais pour des raisons d'équilibre naturel et de survie. Ils parlent au nom de l'Humanité condamnée si elle persiste dans ses erreurs. Tous les hommes de bonne volonté doivent se liguer contre ce dictateur !

— J'ai souvent l'impression de ne plus être en phase avec le monde actuel, précise Léonie pour que son époux ne se méprenne pas sur ce qu'elle va dire. Je me demande pourtant s'il n'a pas raison. La situation est grave, nous allons au-devant de terribles catastrophes que nous n'avons pas su prévoir et que nous sommes, dans l'état actuel du monde, incapables de maîtriser. Il a raison de dire que nous sommes entrés dans une nouvelle ère et que, sans rigueur, sans cette faculté qu'elle a à se gérer elle-même, l'humanité est condamnée.

— Léonie, comment peux-tu accepter cela ? Cet homme veut instituer une dictature internationale, faire régner un ordre de fer pour organiser à sa guise, et pour ceux qu'il mettra au pouvoir, un monde d'esclaves. Voilà la vérité ! Les communistes n'ont pas réussi, ils avaient pourtant raison quand ils parlaient de partager les biens de ce monde, de lutter contre les possédants. Dans un monde idéal qu'ils n'ont jamais pu réaliser, ils avaient raison de condamner la propriété privée, l'argent. Tout cela reste cependant une vue de l'esprit, comme celle de Tony Lierering. Sa révolution, il la veut à son profit et au profit de ceux qui le servent !

— Alors, il n'y a plus d'espoir... Les hommes sont condamnés..., dit Léonie, fataliste.

Le lendemain, à Chastelnaud, des affrontements opposent les congressistes et les Humanistes qui campent autour du Plateau. Les CRS mobilisés ont pour tâche de se positionner entre les belligérants et de les disperser avec des lances à incendie. Les Humanistes, parmi lesquels se trouvent les membres de l'association Homme et Nature de Raoul Ravenault, doivent céder mais promettent de revenir à la charge, qu'ils saboteront les conférences de presse des Droits de la Terre et empêcheront toutes les réunions publiques. La presse nationale relate ces incidents, et se fait le meilleur organe de propagande qui soit. Loïc Lachenal est présent sur toutes les chaînes de télévision et toutes les stations de radio. Il se répand en explications, en commentaires du discours de Tony Lierering, justifie la dureté de ses propos par l'urgence qu'il y a à agir et l'impérieuse nécessité de réussir. « Il n'est pas anormal qu'on accorde des pouvoirs spéciaux à un gouvernement quand la situation l'exige ! » précise-t-il. Ce congrès devient un véhicule de propagande considérable et les idées des Droits de la Terre progressent partout à la fois.

De leur bureau, Lionel et Marc Delprat suivent tout cela avec inquiétude. Rien n'est pire pour eux que les troubles, les agitations sociales, les incertitudes gouvernementales. Ils ont de nombreuses affaires en Europe centrale et souhaitent des pouvoirs forts dans ces pays, sans que l'ordre mondial vienne y mettre son nez. Ils ont aussi de gros intérêts en Russie où ils s'appuient sur les dynasties industrielles nées après la chute du communisme et voient d'un très mauvais œil ce nouvel ordre qui souhaite planifier toutes les activités de la Terre.

— Ne nous affolons pas, fait Lionel Delprat. Ils n'ont aucune chance de réussir ! Les puissantes multinationales ont sûrement déjà pris leurs dispositions, mais le risque c'est de voir les députés européens des Droits de la Terre atteindre une majorité de blocage et devenir le rouage indispensable, ce qui obligerait les partis traditionnels à composer avec eux. Ce serait mauvais pour nous !

Marc Delprat a rencontré plusieurs fois Joseph Pelbond pour lui soumettre son projet de trois nouveaux barrages. Il a tout fait pour que le responsable local se sente considéré et l'a invité à une des meilleures tables de la région. Il a obtenu ce qu'il voulait : Les Droits de la Terre ne s'opposeront pas à la construction des barrages. La préfecture, les services départementaux ont donné leur accord. Les travaux vont commencer au plus vite et pourtant Lionel n'est pas satisfait :

— La banque russe Petroff nous a refusé le prêt que nous avons sollicité. J'y vois la grosse patte d'Achille Plantagrin. Je vais devoir me rendre sur place pour éclaircir cette affaire. En même temps, je soupçonne Plantagrin de magouiller avec les barons du régime pour nous déposséder de nos intérêts là-bas. Ce serait catastrophique, mais nous avons les moyens de nous défendre.

— Autre casse-tête, poursuit Marc, notre tour de passe-passe qui consistait à utiliser Renaud Montrémy pour reprendre les Eaux Saint-Jean a échoué. Ce garçon n'est pas fiable, nous devrons nous en débarrasser.

Lionel lève ses yeux couleur de verre sur son frère dont il comprend le fond de la pensée. Où est Florence à cette heure ? Avec le jeune guitariste drogué qui peut entraîner cette immature dans les pires errements ? Il a le sentiment d'être très puissant. Sa belle-sœur n'est-elle pas partie sur ses recommandations, sans en dire un seul mot à Marc qu'il a le sentiment, non pas de tromper, mais de protéger ?

— Sans argent, son besoin de cocaïne le mettra vite à notre merci. Ce qui m'inquiète, c'est que les Eaux Saint-Jean vont être liquidées au plus offrant. Elles n'intéressent que peu de monde, mais Plantagrin peut très bien se mettre sur les rangs pour nous griller...

— Plantagrin veut frapper plus fort que cela. Notre société Les Eaux du mont Aïzot va faire une offre qui couvre la plus grande partie des dettes. Nous doublerons l'offre s'il le faut.

— Plantagrin n'ignore rien de ce qui se fait ici et ailleurs, rétorque Lionel, inquiet. Ce qui me tracasse le plus, c'est la petite Pétronille, car je le soupçonne de vouloir s'en prendre à elle..

Pétronille n'en peut plus. Elle est entourée de menteurs, de gens qui font semblant de s'intéresser à elle et qui ne l'aiment pas. Quand l'huissier, accompagné de deux gendarmes, est venu à la maison, après la tempête, la fillette savait, par grand-maman, que son père était en prison. Elle a tout de suite compris que quelque chose de grave se préparait. En les voyant traverser la cour, grand-maman s'est emportée et leur a crié des injures de la fenêtre ouverte. Ni les gendarmes ni l'huissier n'ont paru entendre ; ils ont continué leur chemin jusqu'à la porte et la sonnette a retenti. Grand-maman s'est affolée et a continué de crier des gros mots. L'homme et les gendarmes ont attendu un bon moment que grand-maman décide de se montrer. Grand-maman était plus grande et plus maigre que d'habitude quand elle a marché au-devant des visiteurs en se tenant à la rampe. Ses cheveux blancs s'échappaient avec nervosité de la grosse agrafe qui les retient prisonniers depuis que grand-maman existe.

— Qu'est-ce que vous me voulez encore ? Regardez ce que vous avez fait : une usine en ruine et une maison déserte. Vous avez mis Armand en prison, alors vous pouvez m'y emmener aussi puisque vous considérez que tous les Montrémy sont des criminels !

— Calmez-vous, a répondu le gendarme que Pétronille connaît parce qu'il est venu arrêter papa. Ne mélangeons pas tout !

Puis, il a paru embarrassé, alors l'huissier, le monsieur qui est entre les deux gendarmes, a sorti lentement de sa sacoche une feuille et il s'est mis à lire :

— Par ordre du Tribunal de Commerce de Chambéry...

Ensuite, il a employé des mots compliqués et des tournures que Pétronille n'a pas compris. Quand ils sont partis, grand-maman, contrairement à son habitude, ne s'est pas énervée. Elle s'est assise sur la marche, a longuement regardé autour d'elle et s'est mise à pleurer. Pétronille, qui n'avait jamais vu pleurer sa grand-mère, s'est serrée contre elle.

— Ma pauvre petite fille, ils ont gagné !

Le soir même, le grand-père de Jonathan est venu à la maison. Il a proposé à grand-maman d'habiter un studio qu'il possède en ville et qui n'a pas été endommagé par les tremblements de terre. Grand-maman s'est lamentée, a dit qu'elle voulait mourir, qu'elle ne pouvait pas supporter un tel déshonneur, puis a recommencé à pleurer.

— Ne vous en faites pas, madame Montrémy, a dit M. Morenceau. Tout s'arrangera. Je suis persuadé de l'innocence de votre fils et...

— Mais les Eaux Saint-Jean vont être bradées et elles appartiennent à la famille depuis plusieurs générations !

— Vous les retrouverez ! Je vous le garantis. Je ferai tout ce qui est en mon pouvoir pour que vous les retrouviez !

Il a parlé comme ça, M. Morenceau, mais il ne semblait pas convaincu. Alors, dans un geste fataliste, grand-maman s'est levée, elle est beaucoup plus grande que le maire, et tellement maigre. Elle a accepté d'occuper le studio en attendant de mourir.

Le lendemain, tonton Lionel est venu avec tata Aurélie. Ils ont dit qu'ils devaient emmener Pétronille qui allait retrouver sa grand-mère Géraldine et tonton Marc avec sa belle moustache. Finalement, la fillette était contente, elle en avait assez des gémissements, des soupirs et du silence de grand-maman. Et puis, les jours se sont mis à passer, de plus en plus longs, de plus en plus vides. Elle a demandé à aller jouer avec Jonathan, les grandes personnes ont pris des airs importants en se téléphonant à plusieurs reprises et la fillette a pu retrouver le petit garçon. Ils n'ont cependant pas eu le droit de sortir du parc autour de la maison des Houilles Blanches et tonton Lionel a fait poser une clôture au bord de la rivière.

L'habitude a été vite prise. Chaque après-midi, Léonie Morenceau emmène Jonathan à Saint-Geniez. Le petit garçon joue plusieurs heures avec Pétronille. Jonathan parle beaucoup de sa maman qui a failli mourir pendant une éruption volcanique et qui se repose dans un hôpital. Elle va revenir bientôt et il sera très heureux. Pétronille parle de sa maman et de son papa, sa maman qu'elle ne peut voir que la nuit quand elle dort et quand elle est seule, son papa qui est en prison, mais qui va sortir demain ou dans quelques jours.

Lionel, qui de la fenêtre de son bureau regarde les deux enfants jouer, se faire des confidences, est très satisfait. C'est la meilleure manière d'habituer Pétronille à sa nouvelle vie. Un matin, il embrasse la petite fille et lui dit :

— Je pars à Moscou. Je serai de retour dans deux jours. Je te rapporterai un très beau cadeau !

Pétronille aurait voulu poser des questions, mais son oncle s'est éloigné en compagnie de Marc. Avant de monter dans sa voiture, Lionel a longuement bavardé avec son frère, puis les deux hommes se sont séparés. Lionel est parti à bord de sa grosse voiture.

Pétronille a remarqué que, lorsque Lionel n'est pas là, l'air est plus léger, plus facile à respirer, les gens se retiennent moins et parlent plus librement. Même tonton Marc est plus libre. Il marche avec plus d'aisance, et souvent, il prend le temps de plaisanter avec les employés.

Mais Pétronille n'est pas heureuse. Au bout d'une semaine, elle veut retourner dans sa grande maison. Grand-maman Géraldine lui explique que ce n'est pas possible, qu'elle ne reviendra jamais dans la maison Montrémy, que chez elle, désormais, c'est ici, aux Houilles Blanches. Pétronille réclame alors son papa, puis Julien, et enfin Renaud qui a une drôle de tête depuis qu'il est revenu de Paris. Mais ça aussi, c'est impossible.

Dimanche 30 août au soir, le congrès des Droits de la Terre s'achève. Chaque délégation nationale fait une communication à la presse ; la conclusion des travaux sera formulée par le leader international que tous les congressistes du monde pourront voir une fois de plus sur écran géant. Les gouvernements affectent des attitudes méprisantes et hautaines, mais les hommes politiques les plus clairvoyants ne doutent pas de l'importance de cette manifestation, surtout en Europe où les élections au Parlement sont prévues au printemps suivant. Les Droits de la Terre pourraient obtenir la majorité absolue, ce qui serait une catastrophe. Désormais, ce parti voit s'ouvrir des perspectives considérables, surtout dans les pays riches qui ont les plus faibles progressions démographiques et où le flot d'immigration qui va s'amplifiant ne peut être endigué que par un ordre international strict et un contrôle efficace des naissances. Dans ces mêmes pays riches, les gens souhaitent savoir comment est fabriqué ce qu'ils mettent dans leur assiette, et les procédés biologiques, le retour à une nature propre et prospère ne peuvent que les conforter dans l'idée qu'en produisant mieux et moins, mais plus cher, on réduira les effets nocifs de l'agriculture. Ainsi, les traditionalistes qui redoutent l'aventure, les couches moyennes qui ne manifestent jamais se disent-ils intéressés par les idées qui les servent : combattre les grosses multinationales qui regroupent toutes les richesses entre les mains de quelques privilégiés leur ouvre de nouveaux espoirs, priver le tiers monde de son énorme capacité démographique les rassure.

En Europe, à cause des élections futures, et surtout de la radicalisation dans chaque pays des Droits de la Terre et de leurs opposants, des batailles de rue qui font quelques blessés graves, journaux et télévisions parlent abondamment de ce congrès. Jusque-là, le parti manquait terriblement de moyens financiers, mais sa démonstration de force change la donne : désormais, les investisseurs qui savent que la politique rapporte quand on est dans les premiers à soutenir un mouvement appelé à un grand avenir trouvent beaucoup de charme à Tony Lierering. Aussi l'argent afflue-t-il dans ses caisses en même temps que des millions de nouveaux adhérents.

Chastelnaud s'est trouvé une fois de plus au cœur de l'événement. Plusieurs cars de CRS ont été dépêchés sur place. Chaque jour, des milliers d'opposants aux Droits de la Terre ont défilé dans la rue principale pour réclamer l'interdiction d'un parti « totalitaire et antidémocratique, un parti qui prend ouvertement position pour les riches contre les pauvres, pour la sélection d'une humanité et la destruction de l'autre ».

— Nous sommes le parti de la liberté ! s'écrie Raoul Ravenault devant une foule enthousiaste et prête à affronter les forces de l'ordre. Comment, dans le pays des droits de l'homme, peut-on accepter le congrès d'un parti qui n'ose pas dire son nom, mais qui est fasciste, un parti qui veut réserver la Terre à une élite et supprimer ceux dont le mode de vie ne correspond pas à ses souhaits ? J'ai honte d'être français ! Les problèmes de l'environnement ont d'autres solutions qui respectent la part de chacun !

Loïc Lachenal conclut les trois jours de travaux de Chastelnaud avec des prises de positions qui donnent froid dans le dos au docteur Morenceau :

— Nous sommes à un tournant de l'histoire de l'Humanité. Un acteur que l'on croyait passif et disposé à recevoir toutes les brimades vient de se réveiller : la Terre. Notre évolution va enfin se confondre avec la sienne. Le droit de nos descendants en un avenir souverain, harmonieux, justifie tous les moyens, y compris la contrainte physique. Nous sommes porteurs d'un projet inscrit dans l'évolution de notre espèce et de notre planète, il n'y a pas d'alternative.

« Notre action est une croisade. Défenseurs de l'Humanité, du bonheur de vivre, nous irons au bout de notre combat généreux ; nous éliminerons par tous les moyens ceux qui s'opposeront à notre avancée, car nous détenons une vérité universelle sans laquelle la Terre, notre espèce et toutes les espèces vivantes sont condamnées !

— Ce danger-là, précise Morenceau installé devant son poste de télévision, est bien plus grave que les tremblements de terre et les tempêtes. Des guerres, il y en a eu autant que de jours depuis que les hommes existent et chaque fois pour défendre un pays, une ethnie, une religion. Cette fois l'enjeu est la Terre, notre espèce tout entière. Cette guerre sera donc la plus terrible de toutes, la plus destructrice. Lachenal a raison de parler de croisade. Les croisés partaient délivrer le tombeau du Christ au nom de leur religion qu'ils considéraient comme vérité absolue. Les Droits de la Terre se battent avec le même état d'esprit, mais la différence, c'est qu'ils apportent des semblants de solutions à nos maux quotidiens. Tant d'erreurs ont été commises qui leur donnent raison ! Je suis très pessimiste !

Il se tait quand Loïc Lachenal passe son bras sur les épaules de Joseph Pelbond, geste peu habituel dans une manifestation télévisée retransmise dans tous le pays, mais il y a de quoi : Pelbond attendait cet instant pour faire une révélation importante.

— Mon cher Joseph, dit alors solennellement Loïc Lachenal, nous avons tenu à ce que ce congrès se déroule à Chastelnaud parce qu'un terrible tremblement de terre a ravagé ta région et que ta ville garde encore les marques de cette catastrophe. Sinistrée par la folie humaine ! Mais ce n'est pas tout. Les Droits de la Terre est un parti devenu trop important pour se contenter de l'à-peu-près. Sa position doit être claire dans tout ce qui le touche de près ou de loin. Et tu souhaites dissiper un malentendu.

— En effet, poursuit Joseph Pelbond. Je veux évoquer ici le douloureux cas des Eaux Saint-Jean et l'incompétence coupable des autorités nationales. Une grève de la faim du personnel pendant dix-sept jours n'a pas suffi à émouvoir les médias à la botte du gouvernement. La décision était prise en haut lieu de laisser mourir cette entreprise locale au profit des gros distributeurs d'eaux minérales. Le captage de la source sous le mont Aïzot n'a pas été possible à cause des teneurs en nitrates et pesticides de ces eaux. On a accusé le lac Neuf d'être à l'origine de la pollution, mais personne n'a osé remonter jusqu'à la source de ce désastre économique qui met cent personnes au chômage à Chastelnaud, donc cent familles dans la précarité ! Les pollueurs continuent de faire des profits en salissant un bien commun, je veux parler des agriculteurs du haut bassin du Ribet, les fameuses pommeraies de Lobert qui déversent chaque année des tonnes d'insecticides et de fongicides, les cressonnières de Malfaux, le cultures maraîchères de Saint-Robert et enfin la plaine céréalière de Simange dont les eaux du Pontreau emportent jusqu'au Ribet quatre-vingts pour cent des engrais chimiques ! Voilà les véritables responsables de la mort des Eaux Saint-Jean auxquels nous allons nous attaquer !

Sa voix est couverte par un tonnerre d'applaudissements. Morenceau se tourne vers Léonie :

— Ils savent ce qu'ils font ! Ils cherchent à s'attirer la sympathie des foules pour s'implanter dans le peuple, en dehors des anciens clivages politiques. Ils ratissent large en attirant tous les insatisfaits, même si ces insatisfaits ne partagent pas leurs idées. Ils agitent des leurres pour piéger le plus grand nombre. Ce n'est pas nouveau mais c'est tout aussi inquiétant que la montée du nazisme en Allemagne. Malgré cela, ils ont raison de s'attaquer aux lobbies agricoles qui ont tué notre eau minérale.

Joseph Pelbond tend les mains vers la foule :

— Cette affaire a été assombrie par un assassinat, celui d'Auguste Ravenault qui se disait un des nôtres ! On a profité de l'arrestation d'Armand Montrémy pour liquider discrètement les Eaux Saint-Jean. Je précise que nous allons nous mobiliser pour faire la vérité sur cette affaire qui nous touche et trouver le moyen de rendre aux eaux Saint-Jean toute leur pureté.

De sa chambre d'hôtel au centre de Moscou, Lionel Delprat écoute sur une chaîne internationale le discours de Loïc Lachenal, puis celui de Joseph Pelbond. Les déclarations à propos des Eaux Saint-Jean ne le tracassent pas. Il ne redoute plus les Droits de la Terre dont il a rencontré les dirigeants russes et les financiers occultes. Lionel connaît trop bien l'être humain pour ne pas douter que l'argent mène le monde. Une dictature d'envergure est toujours mise en place au nom de grands principes moraux, mais avec de l'or qui a une origine. Il fait confiance à ses amis qui infiltrent tous les appareils d'État du monde.

Sa visite aux banquiers russes est un succès total. Il a signé un contrat important pour la mise en chantier de plusieurs barrages hydroélectriques, garants de son emprunt français. Il a senti la pression d'Achille Plantagrin et a su déjouer ses pièges. Il rentre, certain d'avoir avancé dans ses affaires. Les pluies torrentielles sur l'Ukraine ont détruit une grande partie des récoltes de blé. La cherté de la vie va favoriser les négociants et les entrepreneurs indépendants comme les patrons des Houilles Blanches. Les barrages en place vont dispenser une énergie peu coûteuse à côté du pétrole dont les prix vont encore grimper. Une fois de plus, la catastrophique situation mondiale va permettre aux plus malins de s'enrichir quand des populations entières seront affamées. « Ce qui compte et qui est en bonne voie, pense Lionel, c'est de museler ces beaux parleurs des Droits de la Terre, d'alourdir leurs oreillers d'un peu d'or pour les rendre moins intransigeants et de les tenir en laisse comme de gros bouledogues prêts à mordre. Ils ne sont pas les premiers qu'on achète et tout se passera comme avant : les réformes vont se faire puisque c'est obligatoire, mais les riches resteront toujours les riches. Avant tout, je dois m'occuper des Eaux Saint-Jean. Une plainte va être déposée contre les agriculteurs par les Droits de la Terre qui ne remet pas en cause mes barrages. J'ai bien compris que Ravenault était un gêneur pour le mouvement. Pelbond va aiguiller la justice vers une nouvelle vérité qui innocentera Montrémy. Rien de nouveau sous le soleil et je suis prêt ! »

Lionel pense aussi à Pétronille. Cet homme au cœur dur, à la froideur d'un affairiste qui ne mélange jamais ses sentiments et son entreprise, éprouve pour la fillette une tendresse sans limites. C'est une Delprat, un cadeau du ciel pour ce condamné à ne pas avoir d'enfant. Il a cru pendant longtemps qu'une fois l'enfant installée chez lui définitivement, il pourrait respirer, et c'est le contraire qui se produit. La crainte, la peur qu'il n'arrive quelque chose à la petite fille le poursuit. Pour elle, il veut augmenter les revenus des Houilles Blanches, lui préparer un avenir lumineux. Il veut qu'elle soit fière de lui, et, pour cela, rien ne sera assez beau.

Mais Pétronille n'est pas heureuse. Elle s'ennuie, cela Lionel le sait, comme il a compris le penchant de la fillette pour sa belle-sœur, Florence. Elle préfère Marc à lui et cela, sans qu'il le montre, lui pince le cœur. Son téléphone portable sonne. Il s'étonne, puisque la consigne a été donnée de ne pas l'appeler, sauf en cas d'urgence. Le numéro qui s'affiche ne lui dit rien, il hésite un instant à accepter la communication. Comme il redoute un coup de main d'Achille Plantagrin qui pourrait profiter du climat d'insécurité dans la capitale moscovite, il a confié sa protection à une société locale et ne se déplace jamais sans ses gardes du corps qui vont dans moins de deux heures l'accompagner à l'aéroport.

Il approche enfin le petit appareil de son oreille et reconnaît aussitôt la voix de Florence. Il sourit, son regard clair se lève au plafond puis descend et s'arrête sur une gravure au-dessus de son lit. Il pense alors à la superbe fille que la banque Petroff avait mise à sa disposition, parlant le français parfaitement et d'une culture qui a étonné Lionel. Mais le président-directeur général des Houilles Blanches est bien trop malin pour se laisser tenter par un pareil leurre.

— Je rentre à Saint-Geniez, dit la voix excitée de Florence. Ton Renaud Montrémy est un fou furieux. Je ne veux plus jamais avoir affaire à lui !

— Que se passe-t-il ? Pourquoi m'appelles-tu ici ?

— C'est un malade mental ! D'abord, il n'aime pas les femmes !

— Qu'est-ce que tu veux dire ? Que vos relations sont allées assez loin pour que tu fasses ce genre de constatation ?

Un silence pendant lequel Lionel entend la respiration de sa belle-sœur et se dit qu'elle est encore plus fantasque qu'il ne le pensait. Il savait qu'elle avait besoin de liberté, qu'elle ne trouvait pas un plein épanouissement dans son mariage, mais de là à s'offrir au premier venu... Il poursuit :

— Tu peux me parler franchement. Tout ceci est entre nous et tu sais que je ne le répéterai à personne.

— Il n'aime pas les femmes, il me l'a dit.

— Alors, il aime les hommes ? C'est une assez bonne nouvelle pour nous !

— Même pas ! Il n'aime rien que sa poudre, sa cocaïne, sa fée blanche ! Et quand le manque commence à se faire sentir, il devient furieux ! Comme il n'a pas un sou en poche, je le sens prêt à faire n'importe quelle bêtise !

— Tu lui as donné de quoi acheter une dose ?

— Je ne lui ai rien donné ! J'ai claqué la porte et je rentre. Tant pis si ça dessert tes projets, mais je ne veux plus perdre mon temps avec ce minable !

— Tranquillise-toi. Rentre à la maison, Marc t'attend. Je prends l'avion dans deux heures, nous reparlerons de tout ça tous les deux.

Dans l'avion privé qui le ramène en France, Bernard Chaurrit a suivi le discours du leader français et écouté avec attention celui de Tony Lierering. À ses côtés, Ghislaine ne peut s'empêcher de penser que le monde court au-devant d'une nouvelle catastrophe. Chaurrit est plus nuancé :

— Regardez, dans tous les pays où nous allons, la transformation du climat a entraîné des famines, des épidémies, et partout la pauvreté s'est accrue. Il faut bien trouver une solution à cette catastrophe mondiale, la première de ce genre !

— Certes, mais je ne peux m'empêcher de penser que des enfants vont mourir. Ces gens-là vont semer la terreur sur toute la planète et ce sont encore des innocents qui paieront. Les riches sauront se mettre à l'abri !

— Je le sais, dit Bernard Chaurrit, mais c'est peut-être un passage obligé. Comment voulez-vous que l'humanité sorte du bourbier dans lequel elle se trouve ? Nous sommes en surnombre, c'est ainsi ! Cela peut paraître monstrueux face aux principes moraux jusque-là acceptés, mais il faut bien se faire une raison. Ou des mesures énergiques sont prises et l'humanité s'en sort pour sauvegarder notre planète ou on laisse courir et nous allons vers encore plus de morts, encore plus de souffrance !

Il n'a pas tort, pourtant Ghislaine, par son éducation, par ce qu'il y a de plus profond en elle, ne peut admettre qu'il faut tuer un peu pour éviter de tuer beaucoup. Les affaires ont été bonnes : ils ont signé plusieurs contrats avec les autorités du Sri Lanka sur des adductions d'eau potable, des usines de dessalage de l'eau de mer, des constructions d'hôpitaux et d'écoles. Ghislaine n'a cessé de penser à Pétronille. Plusieurs fois, en rêve, la fillette lui a parlé avec une telle vérité qu'elle a entendu son appel et regretté de ne pas être allée la voir. Cette pensée ne la quitte pas. De son côté, Bernard Chaurrit est déterminé : « La gamine qu'elle a sauvée est au centre des préoccupations d'Achille Plantagrin. C'est dans ce sens que je dois être vigilant, car Plantagrin pense que je suis une girouette. Il se trompe. Je vais entrer dans son jeu pour mieux le coincer le moment venu. Une chose est certaine : je ne le laisserai pas toucher un cheveu de Ghislaine qui m'est désormais aussi indispensable que l'air pour respirer, et par conséquent de cette petite fille née de la femme qu'il a aimée et de l'homme qui la lui a ravie. »

Puis la télévision retransmet le discours de Joseph Pelbond. Bernard Chaurrit l'écoute d'une oreille distraite, mais Ghislaine n'en perd pas un mot. Elle aussi comprend ce qui se cache derrière ces belles paroles : Les Droits de la Terre se désolidarisent d'Auguste Ravenault qu'ils cessent de présenter comme une victime. Mieux, ils laissent entendre que cet homme n'était pas assez « pur » pour faire partie des leurs. Elle pense de nouveau à Pétronille ballottée entre ceux qui se disputent sa garde. « Il faut que j'aille la voir, se dit-elle. Et cette fois, je ne reculerai pas ! »

— Ton maudit gamin ! Je n'en peux plus ! Il sème ses jouets dans mes pieds et moi, je me casse la figure !

Julien Montrémy est rouge de colère. Assis dans son fauteuil, il regarde Véronique qui a passé son après-midi à repasser. La jeune femme lui fait face, des larmes perlent aux coins de ses paupières.

— Que veux-tu que je fasse ? Il faut bien que Gaétan joue ! Il est confiné ici, dans si peu de place. Ce n'est facile pour personne !

— Non, il prend un réel plaisir à jeter dans mes jambes des objets qui roulent ! Je ne le supporte plus ! Et toi, tu repasses des montagnes de linge ! Tu ne sais faire que ça : repasser !

C'est ainsi depuis plusieurs jours. Installé chez Véronique depuis une semaine, Julien tourne en rond dans ce petit appartement où il se sent en prison. Fils de riches, il n'a pas l'habitude des espaces réduits, d'un travail fastidieux destiné à ne rapporter qu'un peu d'argent. La jeune femme le découvre égoïste, autoritaire, jaloux de Gaétan, bien différent du jeune patron qu'elle aimait de loin au bon temps des Eaux Saint-Jean.

— Mon chéri, dit-elle en lui prenant les mains, je te demande pardon de ne pas être plus riche, de ne pouvoir t'offrir une maison plus grande, mais c'est ainsi, les temps sont durs pour tout le monde et ce que j'ai est à toi !

— Sauf ton fils ! s'écrie Julien.

Elle s'est donnée à lui avec la fougue d'une passion profonde qui lui fait trouver du charme aux jambes maigres du handicapé. Elle lui a crié son amour et lui, qui se croyait repoussé par les femmes, au lieu de la remercier, de lui ouvrir toutes grandes les portes de la vie, s'est bloqué. Cette victoire appelait d'autres victoires, le don absolu de Véronique devenait quelconque et il n'en a pas mesuré le renoncement. Chaque jour qui passe accroît sa mauvaise humeur, son agressivité envers Gaétan qui lui rappelle « l'autre », celui qui a fait cet enfant, qui est passé avant lui. Il veut tout de Véronique, son présent, son avenir et son passé, tout, mais il ne donne rien en échange.

— Mon amour, je voudrais tant que tu sois heureux...

Mais il n'est pas heureux. Depuis qu'il est ici, il néglige ses exercices, passe de longues heures assis devant la télévision et régresse. Au fil des jours, ses jambes perdent leur mobilité, et celui qui se battait contre son destin courbe le dos, baisse la tête devant son échec.

— La prison, tu ne peux pas comprendre combien c'est dégradant ! Surtout quand tu n'as rien fait, quand tu es là pour un sentiment noble, celui de protéger quelqu'un qui t'est cher. Jamais je ne leur pardonnerai.

Il menace de s'en aller, mais se garde bien de le faire. Il ne sort plus et accuse Véronique de le pousser à bout. La jeune femme le rassure, lui jure qu'elle le gardera le temps qu'il voudra, qu'elle veut lui consacrer toute sa vie, chaque battement de son cœur.

— Et ton petit monstre ?

Véronique découvre combien elle a eu tort de croire qu'elle pouvait oublier la femme pour donner à Gaétan l'exclusivité d'une mère. Cet enfant qu'elle a voulu sans père est désormais un frein à son bonheur, mais comment expliquer cela à Julien, comment faire comprendre au fils du patron qu'il est arrivé après et qu'il remet tout en cause de manière injuste ?

— Et puis qu'est-ce que je vais devenir ? Ma famille est ruinée, je n'ai plus de travail, plus de raison de vivre. Mon père est en prison. La vie est finie pour moi.

— Il faut que tu te ressaisisses, dit Véronique avec

douceur. Tu es jeune, tu es intelligent et plein de volonté. Tu peux encore réussir ta vie. Et puis...

Elle hésite un instant, regarde Gaétan qui joue à plat ventre sur le parquet.

— Et puis je peux t'aider. Je vais retrouver du travail et nous prendrons un appartement plus grand. Gaétan se fera tout petit et moi, je m'effacerai devant toi. Tu reprendras tes exercices pour retrouver tes jambes d'avant. Et tu créeras une entreprise, parce que ta place, c'est patron, pas subalterne.

De telles paroles apaisent Julien qui prend conscience de son égoïsme, de son caractère insupportable. Mais pas pour longtemps. Le jeune homme est encore en prison dans ce petit studio d'où il ne peut s'échapper. Il est un Montrémy déchu ; le regard des gens suffirait à le détruire.

Il écoute distraitement le discours de Joseph Pelbond, ses accusations à l'encontre des agriculteurs responsables de la mort des Eaux Saint-Jean et son allusion à Auguste Ravenault. Toute la nuit suivante, il tourne dans sa tête les mots du responsable local des Droits de la Terre, en cherche le sens caché. L'image digne et résignée de son père, image de martyr, le poursuit. Parfois, comme une étoile filante, le visage torturé de Renaud s'y substitue dans ses pensées.

Le lendemain, la tête lourde, il se décide. Ce sera la première fois qu'il sort depuis sa libération. Il redoute le regard des gens, mais le discours de Pelbond lui a donné le courage de les affronter. L'accusation portée contre les agriculteurs, l'affirmation en public de l'innocence de son père l'ont réhabilité à ses propres yeux.

— Je vais t'accompagner, décide Véronique. Je vais confier Gaétan à Mme Pestrac. N'aie aucune crainte, je serai discrète. Je marcherai derrière toi, assez loin, mais je ne te quitterai pas des yeux et, si tu as besoin d'aide, je serai là.

Il ne répond pas, ce qui signifie qu'il accepte. Il prend sa veste, ses béquilles et sort. Ses jambes lui font mal. Depuis qu'il ne fait plus les mouvements d'assouplissement indispensables à ses membres malades, il marche avec difficulté, mais la distance n'est pas longue : les Droits de la Terre ont leur bureau dans la même rue, à moins de trois cents mètres.

Une fois sur le trottoir, Julien avance sans regarder les visages curieux qui se tournent vers lui, sans répondre au salut des gens qui est aussi une interrogation. Il marche en grimaçant, concentré sur ces gestes simples qui lui coûtent un immense effort. Il doit se reprendre : le moindre laisser-aller signifie la dégringolade vers le handicap total. Ce qu'il a mis des mois à gagner sur l'inertie de ses membres, sur la douleur, il l'a perdu en deux semaines. Il serre les dents, ses articulations craquent, mais il poursuit sa progression en s'arrêtant tous les deux ou trois pas et en s'appuyant contre le mur. Il refuse d'une grimace l'aide que lui proposent les passants. Julien ne veut pas d'assistance : cette marche, c'est sa reconquête, son retour après une longue période de faiblesse, de désespoir. Derrière lui, à quelques pas, discrète mais attentive, Véronique Montel assiste à ce combat. Julien est un bagarreur, il doit aller au bout de sa lutte. C'est par cette épreuve qu'il retrouvera ses vraies valeurs, l'estime de lui-même. Véronique a eu raison d'avoir su patienter, d'avoir encaissé des coups qui ne s'adressaient pas à elle.

Au terme d'une laborieuse progression, Julien arrive à la porte du local nouvellement loué par les Droits de la Terre. Les adhésions ont été nombreuses et les deux bénévoles qui assurent les permanences vont devenir des salariés. Julien n'a pas besoin de se présenter. L'homme, mal coiffé, avec une barbe de plusieurs jours, visiblement fatigué qui se trouve à l'entrée lui propose une chaise. Julien s'y assoit lourdement, déplie devant lui ses jambes douloureuses.

— Votre présence n'est pas étrangère au discours de Joseph ? demande-t-il, certain de la réponse. Vous avez de la chance. Il va passer dans quelques instants. Vous comprenez que nous sommes très occupés après ces trois jours extraordinaires. Il faut diriger les équipes de nettoyage sur le Plateau.

Il n'a pas fini que Joseph Pelbond entre. C'est un homme encore jeune, au physique agréable. Brun, la peau claire, le regard volontaire, son air engageant lui donne un abord facile, l'impression que rien de mauvais ne peut venir de lui. Il adresse un sourire à Julien, lui serre chaleureusement la main.

— Je n'ai pas dormi plus de deux heures cette nuit, s'excuse-t-il, aussi n'ai-je pas les idées bien claires. Si vous voulez passer dans mon bureau.

Julien se lève péniblement et suit Pelbond qui lui approche une chaise.

— Je voulais vous remercier, fait Julien. Vous avez enfin dit la vérité. Vous m'avez rendu mon honneur.

— Je n'ai fait qu'éclaircir un point resté flou jusque-là et que nous ne pouvions plus négliger. Nous allons donc engager des poursuites contre les paysans.

— Ce sera difficile. Toute cette affaire a été camouflée par le meurtre d'Auguste Ravenault. Accuser mon père arrangeait tout le monde pour entériner la faillite des Eaux Saint-Jean. Si je me suis accusé, c'était pour montrer l'absurdité de son arrestation.

— Je dois voir le juge dans la journée. Je vais lui apporter des éléments nouveaux. Ravenault n'était pas un responsable représentatif de notre mouvement. Il se servait des Droits de la Terre pour lui-même, mais se moquait du message que nous véhiculons. Ce n'était pas un homme convaincu, cela nous pouvions le tolérer, faute de mieux, lorsque nous n'étions qu'un petit parti, mais tout a changé Désormais nous sommes appelés à diriger le monde !

— Vous voulez dire que vous allez permettre la libération de mon père ?

— Je ne sais pas. Je vais seulement donner au commissaire Vernouillet des éléments troublants concernant le passé de Ravenault. Ce n'est qu'une piste, rien de plus J'espère qu'il saura l'exploiter.

Renaud Montrémy se recroqueville sur lui-même. Il est dans le hall de la gare de Chambéry, mais ce n'est pas pour prendre le train. Il attend quelqu'un qui n'arrive pas. La douleur brûle tout son corps. Il regarde autour de lui, dévisage les marginaux qui traversent la grande pièce sonore où les annonces des haut-parleurs se réduisent à un chuintement verbal que personne ne comprend. Il est en manque. Toutes ses pensées le ramènent à un geste anodin pour lui, celui d'une petite piqûre intraveineuse, une injection de ce liquide blanc comme du lait et sans lequel son corps et son esprit ne peuvent pas fonctionner. Une fois de plus, le voilà acculé à la nécessité de se fournir de la drogue et à son manque d'argent. Il pourrait voler le sac à main d'une vieille dame, ce n'est pas un sentiment moral qui le retient, mais l'impossibilité de fuir, l'impossibilité de courir avec agilité. La douleur de ses membres est trop forte.

Il a quitté la chambre d'hôtel où il était avec Florence Delprat. Une si belle brune aux yeux bleus, aux formes harmonieuses. Une femme qui s'ennuie avec son mari, mais qui n'agissait pas par lassitude. Renaud a senti qu'elle était mue par d'autres impératifs, d'autres sentiments que ceux qu'elle lui montrait.

Florence s'offrait à lui par jeu. Elle s'est déshabillée devant lui avec la perversité de son esprit ambigu. Elle a tout fait pour réveiller en lui le désir, mais Renaud est resté insensible. Il a baissé la tête en pensant que la drogue lui manquait, que ce manque le rendait vulnérable, incapable de prendre la moindre initiative face à ce corps offert qui ne comptait pas pour lui. Renaud aussi est compliqué.

Le corps d'une femme est un continent inconnu. Il en rêve, en écrit de la musique, mais n'ose l'aborder. Un simple regard suffit à le retourner et à lui faire imaginer les aventures les plus folles, mais dès qu'il se trouve en situation, il perd tous ses moyens. Ce corps ne lui est pas accessible : un corps de mère ne peut être objet de désir pour l'enfant qu'il est resté.

— Eh bien, qu'est-ce qui te prend ? a demandé Florence en le voyant assis sur le rebord du lit, n'osant poser les yeux sur elle. Tu n'as jamais eu de femme ?

Il a secoué la tête, mais n'a pas parlé. La gorge sèche, il a pensé qu'une bonne dose de cocaïne lui aurait permis de surmonter les interdits qui se dressaient devant lui, il sentait déjà les frissons glacés annonciateurs de douleurs plus fortes encore.

— Tu n'aimes pas les femmes ?

Non, il n'aime pas les femmes, il n'aime pas les hommes non plus. Il n'aime rien ; son corps est un désert. Seule la fée blanche le comble, mais ce n'est pas de plaisir, c'est d'une espèce de satisfaction viscérale, la sensation que chaque organe fonctionne, un contentement de vivre.

Elle s'est approchée de lui, a voulu le caresser, lui réchauffer le sang, mais il l'a repoussée brutalement ; le contact de cette peau chaude lui faisait mal. Alors, Florence a reculé, le visage contracté. Elle s'en voulait de s'être laissée aller pour rien, d'avoir dévoilé un aspect profond et pervers de son être. Elle a explosé :

— Débrouille-toi seul ! Moi, j'ai autre chose à faire, je m'en vais !

Elle s'est habillée prestement, a pris son sac et s'en est allée en claquant la porte. Renaud, tourmenté par le manque de drogue, a fouillé ses poches, mais il n'a trouvé que de la menue monnaie. Alors, comprenant que Florence était sa seule chance, il a dévalé l'escalier, couru dans la rue en direction de la gare, mais il ne l'a pas retrouvée.

Renaud repense à son père, au crachat qu'il lui a envoyé en pleine figure. Il a osé et il sourit, tout à son mépris, à son audace. Jamais il ne prêtera son nom au rachat des Eaux Saint-Jean. Son âme vide sur sa détresse ne lui ouvre qu'un seul paradis aussitôt évanoui : ah, trouver de la drogue et s'en remplir à ne plus pouvoir bouger, à ne plus penser, à dormir tout le temps dans cette sensation de but atteint. S'étourdir, s'anéantir pour ne plus être en face de son incapacité à vivre...

Renaud a composé le numéro que l'homme au chapeau lui avait confié. Il a eu une réponse simple : « Si tu as l'argent, rendez-vous sous l'horloge de la gare. » Depuis il attend ; l'horloge est en face de lui. Il tremble sur son banc, insensible aux regards curieux des passants. Le revendeur va arriver, il le reconnaîtra ; la poudre blanche développe des instincts aussi sûrs que l'odorat des chiens de police. Mais il n'a pas d'argent, alors il se sait condamné.

Enfin, un jeune homme s'arrête sous l'horloge, la regarde avec insistance. Il porte un sac à dos noir tenu par une seule bretelle sur l'épaule gauche. Renaud s'approche, leurs regards se croisent mais ne se fixent pas. Ils se sont compris et le jeune homme au sac sort devant la gare, Renaud lui emboîte le pas. Ils marchent à quelques pas l'un de l'autre, sans se retourner, jusqu'à une allée bordée de tilleuls.

— Tu as l'argent ?

— Non.

— Je ne peux rien pour toi.

Le jeune homme s'éloigne de quelques pas. Renaud pousse un gémissement de douleur. L'autre se tourne, le voit chanceler, revient vers lui.

— Tiens ! dit-il en lui tendant une enveloppe renflée dans un coin. Va dans les chiottes de la gare. Je t'attendrai sous l'horloge.

Renaud prend l'enveloppe et court vers la gare. Il ne titube plus, tout son corps est tendu vers le soulagement qui va venir du contenu de l'enveloppe. Dans les toilettes, il se pique rapidement et reste un long moment livré à l'extase de la satisfaction qui n'est pas du plaisir, mais la sensation d'être vivant. La tête lui tourne ; l'ivresse renverse toutes les barrières et il rit de son attitude en face de Florence. S'il avait été dans cet état, il aurait pu lui montrer qu'il était un homme normalement constitué, qu'il pouvait la faire jouir, même s'il ne prend lui-même aucun plaisir à l'amour. Il l'aurait pu, peut-être, mais rien n'est sûr.

Enfin, il respire profondément, sort et voit le jeune homme sous l'horloge. Il s'en approche en regardant distraitement ailleurs. Quand il arrive à sa hauteur, l'autre lui tend une seconde enveloppe grand format.

— Tu prends le train pour Genève, Gurval t'attend.

Il se dresse, surpris, veut poser une question, mais le jeune homme au sac noir a disparu.

Été de toutes les catastrophes. Des vagues successives d'orages destructeurs se sont abattues sur l'Europe de l'Ouest. En Europe centrale et en Asie du Nord, tornades et typhons ont ravagé les côtes et l'intérieur du continent. Les dégâts sont considérables, régions mutilées, villes noyées. Les victimes se comptent par milliers.

Météorologues et sismologues se questionnent et s'opposent. Pour les uns, le réchauffement climatique est seul responsable des modifications des courants marins, des mouvements anormaux des masses d'air tropicales et des flux arctiques. La fonte partielle des glaces aux deux pôles a provoqué un déséquilibre de l'ensemble de la planète, une légère modification de son orbite. Il faut donc s'attendre, dans les années à venir, à de nouvelles catastrophes.

Pour les autres, l'activité sismique est à l'origine d'une redistribution générale de l'énergie. La planète entre dans une phase d'intenses transformations internes qui pourrait aboutir, dans un temps relativement court, à une nouvelle ère, plus chaude, semblable à l'ère secondaire. Ce que nous appelons le quaternaire ne serait qu'une période transitoire entre deux longues périodes de plusieurs centaines de millions d'années. La véritable quatrième ère de notre planète serait donc à venir, extrêmement stable, mais totalement différente de tous les schémas imaginés par les climatologues.

Ces bavardages, ces supputations qui s'appuient sur des

modèles informatiques plus ou moins fantaisistes ne mobilisent que ceux qui en ont le temps. Les habitants des côtes atlantiques ravagées par plusieurs raz de marée ont des préoccupations plus immédiates. Les inondations dans les régions nord de la France, en Grande-Bretagne, la rupture de plusieurs digues aux Pays-Bas ne laissent pas le loisir aux populations concernées de penser aux siècles futurs. Les cultures ravagées, blés pourris sur pied, rizières dévastées en Asie posent la grave question de l'approvisionnement pour l'année qui vient. La montée des prix des denrées de première nécessité risque d'aggraver un peu plus le fossé entre les pays riches et les autres.

Les famines suivies d'épidémies se multiplient dans le tiers monde. Les biologistes, pour qui le pire est à venir, guettent l'évolution des maladies ordinaires pour y repérer à temps les bactéries, bacilles ou virus mutants potentiellement dangereux. Personne ne veut imaginer l'amplitude de la catastrophe planétaire que pourrait occasionner un simple virus de la grippe ou, pire, un rejet du bacille de la peste porcine contre lesquels la science se trouverait sans arme immédiate. « On peut détruire notre planète, faire sauter la Lune si le cœur nous en dit, mais nous sommes totalement impuissants contre une armée de bacilles surgie d'une modification infime de leur patrimoine génétique ! » précise le professeur Foulon de l'Institut Pasteur.

Les gouvernements du monde multiplient les contacts entre eux et obéissent tous à la consigne qui consiste à n'affoler personne. Ils multiplient les déclarations rassurantes et trouvent forcément des scientifiques pour appuyer leur optimisme. Il y a eu d'autres étés orageux, d'autres canicules, d'autres bouleversements, ce n'est pas la première fois que l'activité sismique connaît une augmentation importante. Les gaz à effet de serre d'origine humaine sont certainement un facteur du réchauffement, mais pas le seul. Les glaces de l'Antarctique prouvent que la teneur de l'air en gaz carbonique n'est pas stable et que cette teneur a été, dans le passé, souvent plus importante qu'aujourd'hui.

À cela, les ténors des Droits de la Terre rétorquent que

les gouvernements officiels ne prennent pas leurs responsabilités et qu'ils sont coupables par leur inertie. Là où il faudrait des mesures rapides pour une efficacité qui ne fait pas de doute, ils continuent de ne rien décider pour ne pas choquer les électeurs. « Voilà les limites de la démocratie ! s'écrie Tony Lierering. Les régimes laxistes meurent, tués par le mensonge de ceux qui en profitent ! » Dans tous les pays du monde, ces propos trouvent de plus en plus d'oreilles attentives. Les événements naturels en ayant fait une force majeure, rien ne pourra se décider, désormais, sans les Droits de la Terre.

Lionel Delprat arrive à Saint-Geniez avec des perspectives d'avenir satisfaisantes. Les fonds nécessaires à la construction de ses trois barrages ont été débloqués malgré les pièges de Plantagrin et il a signé plusieurs contrats concernant des projets dans le Caucase aux nombreuses possibilités d'aménagements hydroélectriques. Lionel sait très bien que le développement de son affaire ne peut pas se réduire aux quelques possibilités locales et que les trois barrages à construire sur le Ribet et le Minuret ne sont que peu de chose. Il n'y gagnera pas beaucoup d'argent, mais une notoriété locale, une reconnaissance des populations ainsi protégées.

Après trois jours d'absence, Lionel a une furieuse envie de serrer Pétronille dans ses bras. En sortant de sa voiture dans la cour des Houilles Blanches, il jette un coup d'œil à la fenêtre de son bureau, à celle, voisine, du bureau de Marc ; il a une vague pensée pour Florence qui est rentrée un peu avant lui en assurant tout le monde que l'exposition de deux de ses tableaux dans une galerie de Chambéry allait être le point de départ de sa carrière américaine, il passe dans son appartement où il trouve Aurélie seule dans la grande salle de séjour, le visage défait. Lionel lui lance un regard interrogateur puis tourne les yeux vers la pièce vide.

Aurélie soupire, la tête basse. Lionel qui arrivait heureux d'avoir si bien réussi, confiant dans l'avenir, reste de marbre, pétrifié, en proie à un pressentiment désagréable.

— Pétronille !

Lionel blêmit. Aurélie soupire de nouveau. Ses cheveux

blonds qu'elle n'a pas attachés roulent sur son front large et haut.

— Elle est malade.

— Elle est malade ? Comment cela ? Elle a pris froid ?

Aurélie secoue la tête. C'est une belle femme même si la retenue naturelle qui durcit ses traits n'incite pas à aller vers elle.

— Elle a fait une brusque montée de fièvre avant-hier. J'ai appelé le docteur Feyrat qui ne lui a rien trouvé de particulier. Il s'est enfermé pour bavarder avec elle. Il m'a dit que vraisemblablement la fillette s'ennuie.

— Allons la voir !

Lionel trouve Pétronille assise sur son lit en pyjama, qui regarde par la fenêtre ouverte. Il s'approche, les mains derrière le dos ; la fillette n'a aucune réaction.

— Bonjour, Pétronille ! Tu sais ce que je t'ai rapporté de Moscou ?

Elle ne bronche pas. Le regard perdu dans la lumière extérieure, elle semble ne pas avoir entendu. La bouche entrouverte, son rêve l'a emportée très loin de cette chambre où elle se morfond, sur une planète où les enfants ne sont pas objets de dispute.

— Enfin, Pétronille, s'insurge Aurélie, tu ne dis pas bonjour à tonton Lionel qui te rapporte un cadeau de Moscou ?

Puis se tournant vers Lionel, la jeune femme précise :

— La fièvre est tombée, mais, depuis hier matin, elle ne dit pas un mot. Elle refuse de s'habiller et regarde dehors. Elle ne répond pas quand je lui propose d'aller se promener.

Lionel se penche vers la fillette, dépose un baiser sur son front moite et insiste :

— Dis-moi, Pétronille, que t'arrive-t-il ? Pourquoi tu ne parles plus ? Regarde les poupées que je t'ai rapportées de Moscou.

Il tend le paquet devant Pétronille et le pose sur la couverture.

— Mais ouvre-le !

Alors, la fillette prend le paquet par le ruban brillant et, d'un geste rapide, le jette par la fenêtre. Lionel est interloqué ; Aurélie le regarde en retenant son souffle, redoutant une réaction incontrôlée de son époux. Mais non, avec Pétronille, Lionel a toute la patience du monde.

— Qu'est-ce qui te prend ? Tu n'es pas heureuse, ici ?

Elle secoue négativement la tête. Lionel lève les yeux vers Aurélie, content de ce premier résultat, ce contact enfin établi.

— Et qu'est-ce qui te ferait plaisir ? Tu sais, ici, c'est ta maison, tu es avec nous et nous t'aimons beaucoup !

Pétronille a un mouvement d'épaules qui exprime son agacement. Des pas martèlent le couloir. Marc et Florence entrent dans la chambre, embrassent Aurélie. Florence et Lionel échangent un rapide regard dont ils sont les seuls à comprendre le sens.

— Dis-nous ce que tu veux, insiste Lionel. Parce que nous, on souhaite que tu sois heureuse.

— Je veux madame Ghislaine !

Les adultes se regardent. Voilà que Pétronille retrouve son ancienne obsession. Ce n'est pas la première fois qu'elle réclame son institutrice. Marc précise :

— Tu sais bien que ce n'est pas possible. On ne sait pas où elle est !

— Alors, il faut la retrouver !

— Bon, je te promets qu'on va la retrouver, fait Lionel. Mais, en contrepartie, il faut que tu te lèves, que tu t'habilles. Mme Ghislaine ne veut pas d'une petite fille qui passe ses journées assise sur son lit !

— Alors, je me lève, dit Pétronille en sautant au bas de son lit.

Lionel sort de la chambre en tenant le bras de son frère avec un air de confidence. Les deux hommes vont s'isoler dans le bureau du P-DG. Les affaires n'ont pas cessé pendant le voyage à Moscou et la maladie de Pétronille n'est qu'un souci domestique, important, certes, mais qui ne doit pas entraver la bonne marche des Houilles Blanches.

— C'est bien beau de lui promettre de satisfaire son

caprice, dit Marc, mais il va falloir la trouver, cette institutrice !

— J'ai gardé les coordonnées de sa mère. Je vais l'appeler, elle doit savoir comment la joindre.

Marc porte les mains à sa moustache. Son frère lui montre une fois de plus combien il est ordonné, méticuleux, ne négligeant jamais rien, extrêmement exigeant envers lui-même. Sa prodigieuse mémoire le sert dans une infinité de détails qui se conjuguent et forment une trame essentielle. Sa force, son magnétisme sur les autres vient de là, de son esprit de synthèse et de son regard sans couleur, impénétrable, pourtant tellement pénétrant. De son côté, Lionel jette un regard condescendant sur son jeune frère. Marc est plus beau que lui, plus courtois, mais trop léger, il ne sait pas se servir de ses avantages.

— Il y a du nouveau, précise Marc. Albane Morenceau est revenue. On a appris qu'elle était partie en Islande avec Pierre Ragaud, le journaliste qui était à Chastelnaud au moment du tremblement de terre. Ils se sont approchés un peu trop près d'un volcan qui s'est fâché. Ragaud a été tué.

— Bien, fait Lionel qui pense encore à Ghislaine Margeride, un peu jaloux de cette affection constante que la fillette porte à celle qui l'a sauvée de la mort. Il se doit de la séduire pour se faire aimer de Pétronille, mais lui qui fascine les femmes, qui met ses adversaires à sa botte, ne sait comment s'y prendre.

— Il se trouve que ce Ragaud aurait eu la preuve de l'innocence de Montrémy. Albane Morenceau a vu ce matin le commissaire Vernouillet. D'autre part, Joseph Pelbond, le patron des Droits de la Terre, a été entendu de longues heures par ce même commissaire Vernouillet. Il aurait apporté pas mal d'éléments à l'enquête.

— Tout le monde sait que Vernouillet est un idiot qui a obéi aux suggestions de sa hiérarchie pour sortir honorablement d'une grève de la faim sans issue. Cela nous servait et nous avons agi dans ce sens. Maintenant, tout est différent. Pétronille est chez nous, nous entrons dans la deuxième phase de notre action. L'important, c'est de faire les choses dans l'ordre. Où en sont les Eaux Saint-Jean ?

— L'adjudication a lieu demain. J'ai pu savoir que deux autres acquéreurs s'étaient fait connaître. Un fabricant de soda qui voudrait acheter l'appellation Saint-Jean, un second dont je n'ai pas pu apprendre grand-chose, mais qui ne représente pas un gros danger pour notre société des Eaux du mont Aïzot.

— Il nous faut absolument l'emplacement de l'usine Saint-Jean, même s'il n'en reste rien, le réseau commercial qu'il suffit de réactiver et surtout l'impact que pourra avoir en notre faveur un redémarrage de l'affaire à Chastelnaud avec la reprise de la plupart des employés sans licenciements secs. J'ai fait faire un audit : avec les plans de retraite, les départs volontaires, il nous reste moins de soixante personnes à embaucher. C'est possible pourvu que nos projets aboutissent. À ce propos, as-tu des nouvelles ?

— Plus difficile qu'on le croyait, mais Legaec, l'ingénieur, est confiant. Nous en saurons plus dans quelques jours. Il se peut qu'on puisse bientôt exploiter les eaux nouvelles du mont Aïzot.

Renaud Montrémy hésite. À Genève, le jeune homme est descendu du train dans la béatitude d'un corps serein aux souffrances reportées à plus tard. Gurval l'attend, mais pourquoi dans cet immeuble cossu à l'enseigne de la société de placements Littoral ? Que fait Gurval, le Gitan obèse, dans cette bâtisse austère et cossue, visiblement destinée aux affaires ? Renaud hésite avant de franchir la lourde porte gardée par des vigiles en uniforme. Gurval n'est pas honnête, mais ce mot a-t-il une signification quand on est toxicomane entièrement dépendant ? On n'existe que par rapport à sa déviance, aux risques encourus, aux actes qu'un ridicule sachet de poudre peut faire accomplir et qu'on regrette plus tard.

Si Gurval lui a donné de l'argent et un billet de train, c'est pour une raison précise, certainement pas pour le tirer d'un mauvais pas. Il doit donc rester sur ses gardes, mais comment lui dire non ?

Il entre, curieux de rencontrer le gitan dans un endroit aussi insolite. Le hall est immense, décoré de boiseries sculptées et de statues de marbre. De hautes colonnes donnent à l'ensemble l'austérité d'un temple. Un groupe de personnes très élégantes discutent à voix basse et lui jettent des coups d'œil curieux. Il ne porte pas la tenue de circonstance : avec son jean râpé, sa chemisette grise fripée, il a tout du vagabond, du traîne-misère qui n'est pas admis dans ce lieu de culte à l'argent, à la richesse, la prospérité.

Un employé, l'air sévère, s'approche de lui et l'interroge du regard.

— J'ai rendez-vous avec Gurval.

— Je vais voir, fait l'homme d'une voix neutre en s'éloignant jusqu'à un couloir au fond.

Très mal à l'aise, Renaud n'ose pas marcher sur l'épaisse moquette qui amortit les pas. Il pense alors qu'il est, lui aussi, issu de ce monde, de cette bourgeoisie qui vit au-dessus du commun et n'en comprend pas les difficultés, mais plus rien ne le rattache à ses origines. Il doit reprendre son travail de saltimbanque, jouer de la guitare pour être au meilleur niveau et faire ce qui n'a cessé d'être sa raison de vivre. Dans cette immense pièce où l'on attend les rendez-vous importants, entre ces colonnades, ces boiseries aux couleurs chaudes qui représentent des scènes de chasse, le jeune homme comprend, une fois de plus, qu'il gâche son temps.

— Si vous voulez bien me suivre.

Renaud emboîte le pas à l'employé jusqu'à un couloir éclairé d'appliques discrètes, sous le regard curieux du groupe de gens qui discutaient à côté de lui. Familiers de la maison, ils ont l'habitude de voir repousser les importuns sans ménagement alors que celui-ci va être reçu à l'étage de la direction. Cela les intrigue.

Renaud est invité à prendre place dans l'ascenseur et conduit à un étage tout aussi feutré que le hall d'entrée, mais point de colonnes, seulement des boiseries toujours très richement sculptées, une moquette épaisse et deux portes fermées sur la droite.

— M. le Président-Directeur général va vous recevoir. Asseyez-vous. Voulez-vous un café pour patienter ?

Renaud, étonné, fait non de la tête. Que peut avoir de commun le président-directeur général de cette opulente société d'affaires avec un odieux gitan qui sent mauvais ? Que lui veut ce personnage important alors qu'il a demandé à voir Gurval ? Il laisse là ses questions quand une porte s'ouvre sur une femme brune qui se dirige vers lui, tout sourire.

— M. le Président-Directeur général vous attend.

Elle invite Renaud à entrer dans le bureau, ferme la porte derrière lui. La pièce est immense, richement décorée. De superbes tableaux occupent toute la surface des murs ; sur une table en bois sculpté entre quatre fauteuils de cuir, un seau à champagne et des coupes attendent le client de marque. Une vaste baie donne sur le lac Léman. L'homme qui est assis au bureau attend quelques instants avant de lever les yeux du journal qu'il lit attentivement. Renaud le reconnaît malgré le costume, les cheveux soigneusement coupés, la barbe rasée. C'est bien Gurval avec son ignoble corps de cent cinquante kilos, sa figure large et molle, ses petites mains boudinées qui tiennent le journal. Enfin, il lève ses yeux légèrement bridés vers le jeune homme sur ses gardes.

— Vous voilà enfin !

La voix est la même, bien que plus ferme et en même temps plus onctueuse, adaptée au lieu. Seul le vouvoiement est nouveau, mais il va bien avec l'endroit cossu, le lourd silence de l'immeuble qui semble entièrement voué aux transactions feutrées, à l'argent qui passe d'une main à l'autre comme les jetons d'un jeu de dupes. Gurval, en homme d'affaires, s'y intègre parfaitement, comme il faisait corps avec sa longue caravane dans le camp des gitans.

— Ici, je suis Achille Plantagrin, directeur général de la société de placements Littoral. Gurval, c'est mon nom gitan. Oui, je suis aussi gitan par ma mère, mais laissons cela. Vous me décevez beaucoup. Avec mes collaborateurs, je n'aurais pas eu la patience que j'ai avec vous. Bref, un de mes correspondants vous fait savoir que j'aurais été heureux que vous acceptiez la proposition de Lionel Delprat et voilà que vous crachez à la figure de votre père. Ce n'est pas la meilleure manière d'exprimer sa haine.

Renaud repense à cette scène silencieuse au parloir de la prison de Chambéry, au visage honni de son père en face de lui, silencieux, mais pas vaincu, docile, mais ne reniant rien de lui-même.

— Ensuite, je vous demande de séduire Florence Delprat, la seule capable de trahir sa tribu, et vous vous comportez de la pire façon qui soit. Nouvel échec. J'en conclus que je vous ai surestimé et que vous ne me serez d'aucun secours. Cela fait, vous avez une dette envers moi qui grossit de jour en jour.

Renaud ne répond pas. L'envie de se jeter sur cet homme hideux qui le manipule comme une marionnette lui fait serrer les poings. Il se retient, conscient que Gurval va lui faire une nouvelle proposition.

— Vous avez fort heureusement le talent de la musique et je suis un grand mélomane, cela vous sauve.

— Qu'est devenue Cellia Correti ?

— Une voix exceptionnelle, n'est-ce pas ? fait l'homme en souriant et en levant ses yeux de prédateur sur Renaud. Mais une fille capricieuse, un peu comme vous. Je comprends que le talent coupe de la réalité, mais il ne faut pas que ce qui peut être à l'origine d'une réussite mondiale devienne la cause d'une vie ratée. Elle est allée réfléchir chez les siens, mais, rassurez-vous, je ne l'ai pas perdue de vue. Une telle voix vaut beaucoup d'or et je n'allais pas la laisser gâcher pour des principes, des traditions stupides. Nous vivons des temps difficiles, une crise mondiale climatique avec l'émergence de nouvelles idées. Moi-même, je dois être très vigilant pour survivre à la terrible mutation qui est en train de s'opérer.

— Qu'est-ce que vous attendez de moi ?

Cette fois, Renaud réussit à tenir tête à Gurval dont il sent, malgré le parfum d'ambiance, la forte odeur qui l'avait incommodé dans la roulotte. Il est prêt à faire front, à préciser que les affaires de cet obèse ne sont pas les siennes et que pour le reste, pour son vice, il se débrouillera. Tant d'autres sont passés par le même chemin que lui et en sont ressortis renforcés !

Plantagrin, alias Gurval, se lève lentement de son siège, grimace, comme s'il avait mal aux articulations et s'approche de Renaud.

— Vous venez à la vie avec des atouts et des tares. Si les atouts sont aisés à jeter aux orties, les tares ne cessent de vous poursuivre de jour en jour. Vous avez succombé à la drogue probablement parce que c'était une faiblesse en vous, une faille provoquée par des tas d'autres choses que vous n'avez pas eu la force d'analyser. Moi, je suis né avec un bon estomac qui me permet de manger les nourritures les plus riches sans en être gêné, et puis je suis gourmand. J'ai réussi à me contenir dans ma jeunesse, parce que j'aimais une femme de toute beauté. Puis la femme est morte, laissant une petite fille. Alors, je me suis laissé aller à mon penchant pour les nourritures riches. Je suis devenu obèse, mais cela a-t-il de l'importance ?

— Qu'est-ce que vous attendez de moi ? demande de nouveau Renaud qui perçoit une menace sous des confidences qui ne le concernent pas.

— Je veux que vous vous fassiez aimer de la petite Pétronille. Je veux bien vous donner largement de quoi vivre, mais vous devez faire la paix avec Lionel et Marc Delprat pour approcher la fillette. Vous devrez gagner la confiance du clan sans jamais vous livrer. Vous devrez séduire la seule personne qu'aime Pétronille, une certaine Ghislaine Margeride.

— Je refuse.

— Libre à vous. Dans ce cas, l'entretien est terminé. Mon assistante, Irma Tarassi, va vous donner l'adresse et le numéro de téléphone de Cellia Corretti, votre seul lien avec la fée blanche. À moins que vous n'ayez un autre moyen de vous la procurer.

Il se dirige vers la porte qu'il ouvre lui-même. Renaud sort sans rien ajouter avec le sentiment qu'il reviendra, qu'il n'a pas échappé à la manipulation de Gurval. Quelles sont ses intentions ? Il doit se méfier plus que jamais et avant tout retrouver Cellia en qui il a confiance.

Ghislaine rentre à Paris bouleversée par la terrible misère qui sévit en Asie. Les rizières à sec ou dévastées par des trombes d'eau, les terres arables emportées par le vent ont plongé dans la famine des gens déjà mal nourris. Ghislaine mesure la fragilité des équilibres internationaux, le gouffre ouvert devant l'humanité. Elle a longtemps regretté de ne pas avoir eu d'enfant et trouve ce soir, en entrant dans son bel appartement, de nombreuses raisons de s'en féliciter. Elle éprouve le besoin d'être seule pendant quelques jours pour voir clair en elle, pour comprendre ce qui l'attire auprès de Bernard Chaurrit, mais aussi ce qui l'en éloigne. Le visage maigre et résigné d'Armand Montrémy la hante encore. Sa grandeur tragique la suit dans les palais construits sur de la futilité, s'impose à elle dans le jet privé en compagnie de l'homme le plus sain mais aussi le plus lucide qu'elle ait jamais connu. Bernard Chaurrit lui ressemble dans la force de ses sentiments, dans la clarté de ses idées, mais n'est-ce pas cette ressemblance qui le fait sans surprise alors que Montrémy garde tout son mystère de gladiateur vaincu pour qui on a baissé le pouce ?

Elle pose sa valise, son sac dans l'entrée, bien décidée à ne pas y toucher pendant quelques jours. Elle rêve d'une douche avant d'aller dormir, une douche pour se libérer de ces immensités privées d'une eau jusque-là abondante et sans laquelle elles meurent, une douche pour sentir les bienfaits d'un liquide précieux. Le monde va basculer dans le chaos ; il y aura beaucoup de morts, beaucoup de souffrance et au bout de l'épreuve que trouveront les survivants ? La paix, le bonheur de vivre simplement au gré des jours et des saisons ? Dans de tels raisonnements, Ghislaine se souvient de la sagesse de son grand-père, paysan des Alpilles, que son père avait conservée avec le plaisir simple de jardiner, de bricoler un dimanche après-midi sans se demander ce qui se passait derrière l'horizon. Tous les deux sont morts trop vite.

Son portable sonne. Ce n'est pas Bernard qui ne l'appellera pas avant demain midi, ce n'est pas quelqu'un de son entourage. Elle prend son petit appareil, constate qu'il s'agit d'un numéro caché. Doit-elle répondre à cette sollicitation du monde ou s'enfermer dans sa coquille ? Elle décide de répondre : depuis le premier tremblement de terre, Ghislaine sait que le monde obéit à des détails infimes.

— Madame Margeride, dit une voix qu'elle ne connaît pas, je suis Lionel Delprat, le patron des Houilles Blanches. Je vous en supplie, écoutez-moi.

L'homme doit redouter qu'elle ne raccroche en entendant une voix inconnue, aussi parle-t-il très vite.

Ghislaine lève les yeux au plafond. Elle n'a pas oublié Lionel Delprat, un homme grand, maigre, la tête grosse, le crâne rasé, le regard de verre, l'oncle de Pétronille.

— Vous êtes certainement étonnée de mon audace, mais je ne pouvais faire autrement. Voilà... Pétronille est malade.

— Comment ?

Ghislaine a poussé un cri qui vient du plus profond d'elle-même et exprime la réalité de son sentiment pour la petite fille. Elle se reprend pour atténuer l'effet de sa surprise :

— Malade, vous dites ? C'est grave ?

— On ne sait pas. C'est une maladie de langueur, d'ennui, de solitude. Une maladie pour faire parler d'elle. Vous savez combien cette enfant sait jouer la comédie. Elle vous réclame...

— Elle me réclame ? C'est que...

Comment expliquer son embarras, qu'elle rêve de voir Pétronille, mais qu'elle se l'interdit pour que la fillette l'oublie ?

— Je vous en supplie, venez. Elle ira beaucoup mieux par la suite. On vous attend tous comme le sauveur.

— C'est d'accord. Je viens demain dans la journée.

Ghislaine raccroche le téléphone, les yeux toujours levés au plafond, un léger sourire aux lèvres. Cet appel lui fait du bien.

Elle se douche rapidement, se met au lit pour dormir quelques heures, mais le sommeil ne vient pas. Vers quatre heures du matin, elle se lève et compose, malgré l'heure, le numéro de téléphone de Bernard Chaurrit.

— Je pars en province, annonce-t-elle. Ma petite protégée est malade et me réclame.

— Votre protégée ? La petite des Eaux Saint-Jean ?

Tiré de son sommeil, Bernard Chaurrit n'a pas l'esprit très vif ; il pense cependant aux menaces que Pétronille fait peser sur la femme qu'il veut protéger.

— Soyez prudente, Ghislaine. Vous n'ignorez pas que cette enfant se trouve au centre d'un panier à crabes. Laissez votre portable allumé que je puisse vous joindre à tout moment et n'hésitez pas à m'appeler quelle que soit l'heure, si nécessaire.

Autant de prévenance contrarie Ghislaine. La jeune femme n'appartient pas à Bernard Chaurrit et souhaite conserver sa liberté d'agir. Chaurrit le comprend à son silence.

— Ne vous méprenez pas, Ghislaine. Je ne pense qu'à votre sécurité.

— Pourquoi croyez-vous que Delprat aurait l'intention de me pousser dans un piège ?

— Parce que tout est lié. Désormais vous êtes quelqu'un d'important. Les intérêts des Delprat ont depuis longtemps dépassé le cadre régional. Soyez prudente, je vous le répète : si quelque chose ne va pas, n'hésitez pas à m'appeler. Voilà ce que je voulais vous dire !

Pendant tout le voyage en voiture, Ghislaine s'étourdit de musique à plein volume pour bloquer ses pensées. Elle va rejoindre Pétronille, mais aussi un passé qui lui semble lointain et en même temps très présent. Derrière cette petite fille souffrant de solitude, il y a la haute stature d'Armand Montrémy. La confidence de Pétronille, dans une salle d'attente, flotte dans l'esprit de Ghislaine comme une mauvaise odeur impossible à chasser parce que tellement sincère. Quelle vérité se cache derrière les propos naïfs d'une enfant perdue ?

Elle arrive vers onze heures à Saint-Geniez, arrête sa voiture dans la cour des Houilles Blanches, ouvre la portière et sort en regardant autour d'elle. D'autres voitures sont garées, celles des employés dont les bureaux se trouvent dans un bâtiment secondaire qui était autrefois l'entrepôt de la minoterie Delprat. Ghislaine fait quelques pas vers l'entrée, le cœur serré d'appréhension. Un homme de grande taille au crâne rasé et au regard clair se dirige vers elle en souriant.

— Madame Margeride ! Merci d'être venue aussi rapidement.

Lionel la précède à l'intérieur où tout le clan est réuni : Marc, Florence, Aurélie et la vieille Géraldine. La grand-mère a le regard particulier de Lionel, mais moins incisif, avec moins d'autorité. Une porte claque, un pas rapide dans le couloir les fait se retourner. Pétronille court à toutes jambes et se jette contre Ghislaine qui la serre dans ses bras.

— Eh bien, Pétronille, il paraît que tu es malade ?

— Emmenez-moi, madame Ghislaine. Je veux partir d'ici et rester tout le temps avec vous !

— Voyons, s'exclame Géraldine d'une voix tranchante. Tu sais bien que ce n'est pas possible ! Mme Margeride n'est pas de ta famille !

— Si, elle est de ma famille. Je veux partir ave elle !

— Ce n'est pas possible, rétorque doucement Ghislaine. Je suis venue te voir et je reviendrai, mais il faut que tu sois gentille, que tu ne demandes pas ce qui ne se peut pas ! Tu dois rester chez toi !

— Mais ici, c'est pas chez moi ! C'est pas chez moi non plus à Saint-Jean, c'est nulle part chez moi. Je veux partir avec vous !

Lionel coupe court à la conversation avec son autorité naturelle.

— Pétronille, cours vite te préparer. Ensuite, nous irons déjeuner.

— Venez avec moi, madame Ghislaine. Je vais vous montrer ma chambre.

Ghislaine accompagne la fillette. Lionel les rejoint quelques instants plus tard et ferme la porte pour bien montrer qu'il ne veut pas qu'on entende ce qu'il va dire et que sa décision est sans appel.

— Cette enfant s'ennuie, dit-il en s'asseyant sur une chaise à côté d'une table envahie de cahiers et d'images en désordre. Elle est pour toute cette maison le soleil qui nous manque. Nous sommes prêts à tous les sacrifices pour la rendre heureuse. Son rire, sa gaieté donnent à l'austérité des Houilles Blanches un air de paradis.

Ghislaine comprend à ces propos qu'avoir accepté de venir voir Pétronille était déjà un attachement, un pas sans retour.

— J'ai passé un marché avec Pétronille. Elle m'a promis que si elle pouvait rester deux ou trois jours avec vous, elle ne serait plus jamais malade.

— Deux ou trois jours, c'est que...

— Oui, madame Ghislaine, emmenez-moi un peu avec vous. Après, je jure que je serai très sage !

— Maintenant, allons déjeuner, coupe Lionel se levant de sa chaise.

Lionel et Marc Delprat se font annoncer au maire de Chastelnaud. Cette fois, ils apportent de bonnes nouvelles, beaucoup de bonnes nouvelles, et ils affichent une excellente humeur. Il fait chaud, une vague d'orages annoncée sur la région, épargnée depuis presque un mois, fait scruter le ciel et le mouvement des nuages. Marc s'est vêtu légèrement d'un complet beige qui met en valeur son teint de brun, ses cheveux abondants et souples, sa moustache triomphante. Lionel est en sombre, comme toujours.

Ce matin, les deux frères ont conscience de leur irrésistible supériorité. La menace de Plantagrin ne les gêne plus : ils ont acquis une dimension qui les place à armes égales avec leur ancien ami. Lionel a pourtant des remords. Il regrette sincèrement sa malhonnêteté face à celui qui l'aimait comme son frère. Lionel n'a pas eu le courage de reconnaître sa responsabilité dans l'accident du pont par peur de briser sa carrière future. C'est d'ailleurs ce qui est arrivé à Plantagrin qui, à sa sortie de prison, a dû renoncer définitivement aux Ponts et Chaussées pour se lancer dans des opérations financières. Et tout cela reste indissociable du souvenir d'Adeline.

Ses pensées vont alors naturellement à Pétronille avec ses multiples caprices, ses jeux inattendus, ses rêves éveillés, ses peurs. Il sourit à l'image de la fillette assise sur son lit et refusant de s'habiller, de sortir, et menant à la baguette les adultes autour d'elle. Il s'ennuie depuis qu'elle est partie à

Paris avec Mme Margeride. Ce matin, le silence l'a surpris pendant son petit déjeuner. Il ne venait aucune petite voix de la chambre qui donne sur le parc, aucun bruit insolite dans la grande maison qui semblait morte.

Enfin Morenceau entre dans la mairie rafistolée à la va-vite. De son pas lourd, il traverse le couloir, une odeur de pipe froide l'accompagne jusqu'au bureau de ses secrétaires qu'il salue les unes après les autres. Il apprend que les frères Delprat l'attendent depuis une bonne demi-heure, entre dans son bureau, pose son imperméable. Enfin, il demande qu'on fasse introduire les visiteurs.

Les deux hommes saluent le maire et s'assoient sur les sièges que leur présente la secrétaire en parlant de la préoccupation essentielle de tous : le temps. Depuis quelques jours, la télévision montre les dégâts de typhons survenus sur les côtes sud de l'Asie. L'eau de la mousson qui d'ordinaire tombe en une saison s'est abattue en moins d'un mois, emportant tout sur son passage. Des dizaines de milliers de victimes s'ajoutent à celles des maladies et de la malnutrition.

— Dans de nombreux pays du tiers monde, des bandes armées saccagent les villes. Ils se réclament des Droits de la Terre et sont chaque jour plus puissants, commence Morenceau. On ne sait pas qui les arme, mais tout cela semble fort bien organisé et prépare une offensive de masse dans les années qui viennent.

— En effet, acquiesce Lionel. Les sondages montrent que les prochaines élections en Europe seront dominées par ce parti. Les démocrates doivent se mobiliser pour faire face à cette vague totalitaire qui vise à imposer une dictature mondiale.

— On ne peut pourtant pas dire que leur analyse est complètement fausse, s'exclame le maire en pensant aux propos de Léonie. Si nous avions su prendre les mesures courageuses indispensables pour notre environnement, ils n'auraient pas pu se développer. Ils font leur fortune sur les ruines des autres partis.

— Malgré cela, les affaires continuent, ajoute Marc en fouillant dans sa sacoche.

Lorsqu'il s'agit de faire le siège d'un maire ou d'un responsable administratif pour l'amener à leur cause, les frères Delprat s'entendent toujours à merveille. Ils n'ont pas besoin de mettre au point leur plan d'intervention, un seul regard à peine soutenu, un simple mouvement des mains sont interprétés dans le bon sens.

— Oui, nous venons vous rendre compte de nos deux chantiers, créateurs d'emplois pour la région. Tout d'abord le projet des trois barrages.

— À ce propos, l'interrompt le maire, j'ai reçu les deux études consacrées à cet aménagement. Elles sont formelles : ces masses d'eau peuvent avoir une influence radicale sur le climat local.

Lionel a un sourire en coin, vaguement méprisant.

— Cela a-t-il une importance à une époque où tous les climats locaux sont perturbés ? Cette année, avec plusieurs orages dévastateurs, une petite tornade, rien ne nous a été épargné et il ne faut pas s'attendre à une amélioration dans les années qui viennent. Par contre, nos barrages protégeront les populations lors de crues soudaines qui, dans l'avenir, seront plus dévastatrices que celles que nous avons connues jusque-là.

— Et puis toutes les autorisations, tous les permis ont été délivrés, précise Marc.

— Nous avions un souci financier, poursuit Lionel. Les subventions des conseils généraux, des communes concernées et notre apport personnel ne suffisaient pas à boucler un budget de soixante millions d'euros. Je rentre de Moscou où j'ai pu convaincre notre banquier avec qui nous collaborons pour des aménagements en Sibérie de nous prêter à un tarif préférentiel les sommes manquantes. Je précise que cela n'a été possible qu'avec un engagement des Houilles Blanches d'investir des sommes considérables dans cette immense région désertique. En résumé, cet aménagement nécessaire pour la sécurité publique ne nous rapportera rien, mais, une fois de plus, nous avons le plaisir de servir notre région.

Morenceau connaît la stratégie des frères Delprat. S'ils parlent ainsi, c'est pour mettre en avant un point sur lequel ils ont besoin de l'aide municipale. Leur projet de barrages ne dépend plus de la mairie de Chastelnaud, ni du syndicat de communes du mont Aïzot.

— Vous m'avez parlé d'emplois...

— En effet, notre complexe hydroélectrique mettra à la disposition de la région quatre plans d'eau d'une grande valeur touristique. Qui pourra conduire à terme à la création d'une trentaine d'emplois. À cela, il faut ajouter les douze emplois que Les Houilles Blanches vont créer pour la production électrique et l'entretien des barrages. Mais ce n'est pas tout...

« Nous y voilà ! » pense Morenceau en regardant Lionel fouiller à son tour dans sa sacoche.

— La vente de la société des Eaux Saint-Jean, de ses locaux, de ses droits d'exploitation a été faite hier matin par le tribunal du commerce de Chambéry.

— Je suis au courant, fait le maire pour couper court aux préambules.

— La Société des Eaux du mont Aïzot que Marc et moi avons créée est devenue propriétaire du complexe de production et de distribution des Eaux Saint-Jean. Nous avons, entre-temps, demandé plusieurs études dont voici les conclusions.

Il tend un rapport au maire. Lionel jette un rapide regard à Marc qui poursuit :

— Sous le versant est du mont Aïzot, se trouve un second lac souterrain, sans aucune communication avec le réseau du Ribet dont dépendaient les eaux Saint-Jean. Ce lac est deux fois plus important que le lac ouest où M. Montrémy souhaitait pomper son eau et qui s'est révélé pollué par les agriculteurs.

— Tout le monde au pays connaît l'existence de ce lac souterrain et des sources qu'il alimente. Elles avaient autrefois la mauvaise réputation de donner des maux d'estomac, raison pour laquelle elles sont restées inexploitées.

Le visage de Lionel Delprat s'éclaire d'un sourire entendu.

— Nous savons tout cela. Il fallait bien protéger les Eaux Saint-Jean qui rapportaient, autrefois, de substantiels revenus au clergé. Les analyses que nous avons fait faire montrent que ces eaux sont d'une pureté irréprochable et d'une qualité minérale bien supérieure aux eaux Saint-Jean. La Société des Eaux du mont Aïzot a acheté les droits d'exploitation et les terrains qui se trouvent au-dessus du lac. Nous avions fait cela, il y a quelques années, lorsque nous voulions créer un concurrent aux Eaux Saint-Jean et nous avions abandonné ce projet à cause des difficultés sociales que cela occasionnait. L'heure est venue de lui redonner corps. Ainsi, je vous annonce que l'usine Saint-Jean, qui s'appellera désormais l'usine des Eaux du mont Aïzot, va reprendre son activité dans très peu de temps. Nous embaucherons une soixantaine des anciens employés de sorte qu'il n'y ait aucun licenciement sec. Le directeur général sera Raoul Ravenault.

Le docteur Morenceau lève les yeux vers Lionel. Il était au courant de ce projet et l'a soutenu en sous-main pour les emplois qu'il apportait. Il s'étonne cependant :

— Raoul Ravenault ? Le meneur des Eaux Saint-Jean, l'homme de confiance de Montrémy pendant la grève de la faim. C'est un fameux opportuniste !

— C'est un homme d'une grande compétence, qui sait commander des équipes, qui a le sens de l'organisation. C'est le cadre dont nous avions besoin. D'autre part, il a compris que son avenir se trouvait avec nous, explique Lionel.

— Les travaux pour conduire l'eau des lieux de pompage qui sont de l'autre côté de la montagne jusqu'à l'usine Saint-Jean vont être importants et nécessitent plusieurs semaines, ajoute Marc.

— Ils vont commencer dans les jours qui viennent, continue Lionel. Des travaux sont aussi nécessaires sur le site de l'usine. Nous pourrons redémarrer la mise en bouteilles à la fin de l'automne. En attendant que les canalisations soient en place, des camions-citernes approvisionneront les chaînes de conditionnement.

D'un même mouvement, les frères Delprat se lèvent de leur siège et saluent le maire. Morenceau les accompagne jusqu'à la porte du bureau et revient s'asseoir à sa place. La famille Montrémy le tracasse. Il a le sentiment de l'avoir abandonnée, de ne pas lui avoir manifesté cette solidarité de caste indispensable à ceux qui veulent se maintenir à leur place. Tout le monde a laissé tomber Armand Montrémy, même Raoul Ravenault. Le héros que l'on saluait autrefois comme le meilleur ambassadeur de Chastelnaud n'est plus qu'un repris de justice ruiné. Le commissaire Vernouillet va le libérer, mais est-ce bien le moment ? « Il n'a même plus un toit pour dormir ! » pense le maire en regardant par la fenêtre la lumière éclatante de cette matinée ensoleillée.

— Ainsi tu as accepté ? Tu vas retourner à l'usine !

Véronique Montel se tient debout devant Julien prêt à laisser éclater sa colère. La jeune femme se justifie :

— Il faut que je travaille pour vivre. On me propose le même emploi que j'avais avec un salaire un peu supérieur. Comprends-moi : il faut bien que je nourrisse mon petit Gaétan. Je ne peux pas vivre sans travailler. L'allocation chômage est insuffisante !

— Non, je ne te comprends pas ! Tu fais comme cet infect Ravenault qui abandonne celui qui l'a formé, celui qui lui a fait confiance ! Vous êtes tous des vendus, des pourris ! Vous allez à la soupe. On vous propose une carotte à grignoter et vous acceptez. Je suis écœuré et je quitte cette maison.

Le handicapé se lève lourdement de sa chaise, cherche ses béquilles. Véronique se précipite contre lui, il la repousse.

— Nous n'avons plus rien à faire ensemble ! s'écrie-t-il.

Véronique éclate en sanglots. Gaétan qui jouait s'en aperçoit et court vers sa mère. Julien ouvre la porte et s'éloigne.

— Julien, reviens... Je te promets que...

— C'est trop tard !

Véronique serre Gaétan contre elle et pleure à gros sanglots. L'enfant s'est habitué aux larmes de sa mère depuis son retour de l'hôpital et surtout depuis que Julien habite ici. Il se dresse, face à elle, le regard dur :

— Je suis bien content qu'il soit parti. Il est pas gentil et il t'aime pas !

Véronique regarde son fils avec étonnement. Comment peut-il parler ainsi, lui qui n'a pas encore six ans ? Il dit une vérité qu'elle ne veut pas entendre. Pour Julien, elle était capable de renoncer à cette place inespérée dans la société nouvelle des Eaux du mont Aïzot, pourtant, depuis qu'elle est au chômage, elle a largement puisé dans sa petite réserve et n'aurait pas pu tenir un mois de plus. Julien a eu une réaction d'amour-propre, mais il a, aussi, profité de la première occasion pour s'en aller. Il s'ennuyait ici, il restait parce qu'il n'avait nulle part où aller.

— Mon petit Gaétan chéri, murmure Véronique en serrant le petit garçon contre elle et en essuyant ses larmes. On se débrouillera tous les deux !

— Et puis si les méchants viennent te faire du mal, je leur donnerai des coups avec mon épée en plastique.

Julien arrive dans la rue, s'arrête un instant pour reprendre son souffle. Descendre les dix marches de l'escalier a calmé sa colère. Ainsi, l'usine des Montrémy va être occupée par d'autres ! Ainsi, tous les employés ont accepté de collaborer avec la nouvelle direction, Raoul Ravenault en tête ! Que lui reste-t-il, à lui le bancal, la victime de la foudre dans une ascension inutile ? Il n'a même plus de toit !

Il reprend sa marche laborieuse sans faire attention aux gens qui le dévisagent, sans répondre à leur salut. Le centre-ville n'est pas très éloigné et il s'y dirige laborieusement. Une question trotte dans son esprit, maintenant qu'il retrouve un peu de clairvoyance : quelle aurait été sa réaction si les Eaux du mont Aïzot lui avaient proposé une place de direction ?

Il arrive au petit immeuble où loge sa grand-mère. Il hésite longuement avant d'entrer dans le hall et de sonner.

La voix d'Aminthe répond sèchement. Depuis qu'elle est ici, elle refuse de recevoir quiconque, ne sort que le strict nécessaire pour acheter de quoi manger sans répondre aux propos des gens prêts à s'apitoyer sur son sort. Aminthe ne demande aucune pitié, mais souhaite qu'on respecte sa dignité, son isolement, sa détresse de vieille femme à qui on a tout pris.

— C'est moi, Julien !

— Qu'est-ce que tu fais ici ? Tu n'as qu'à retourner chez ta fille !

— Je ne veux pas y retourner. Tu sais que l'usine va rouvrir ?

— Je sais qu'on nous a tout volé, même notre honneur. Et je ne pardonnerai jamais ! Pour moi, tout est fini, je peux mourir.

— Ouvre-moi, je te dis. Papa va sortir de prison.

— Qu'est-ce que ça changera ? Il aura toujours la honte écrite sur son front. Ils ont fait plus que nous tuer.

La porte s'ouvre enfin. Julien entre et se dirige vers l'escalier qu'il va devoir affronter. Il a mal aux jambes et au dos. Il serre les dents en posant son pied droit sur la première marche. Vers quel destin se dirige-t-il ? Quelle vie l'attend ? Il pense à Renaud, le camé, pour qui une dose de sa diabolique poudre blanche supprime toutes les questions et apporte un instant d'oubli, de sérénité identique au paradis quand on ne connaît que la souffrance.

Il arrive laborieusement au palier du premier étage, la tête en feu, les articulations si douloureuses que le moindre mouvement lui arrache une grimace. Aminthe l'attend à la porte. Julien remarque tout de suite son peignoir blanc, ses cheveux en désordre, son visage maigre. Le nez sec, la bouche fine et assez largement fendue, les joues taillées de deux rides qui se sont élargies, elle regarde son petit-fils souffler. Voilà le dernier représentant d'une lignée honorable et honorée à Chastelnaud et dans toute la région. Une famille bourgeoise qui se contentait de gérer ses terres et d'aimer les beaux-arts. Propriétaire de la source Saint-Jean depuis des temps immémoriaux, les Montrémy étaient aimés de la population parce qu'ils ne s'opposaient pas à ce que les gens puisent l'eau aux vertus miraculeuses. Dieu lui fait peut-être payer le sacrilège d'avoir commercialisé ce bien commun offert à ceux qui souffrent.

— Te voilà enfin ! Je me demande ce que tu faisais avec

cette fille qui n'est pas de notre monde et a fait un enfant avec on ne sait qui !

Julien entre et voit en premier une chaise près de la table. Il s'y dirige avec des gestes maladroits parce que pressés, se laisse tomber de tout son poids, la délivrance se marque sur son visage tout à coup apaisé.

— On nous fait l'aumône, ajoute Aminthe et cela je ne peux pas le supporter. J'espère que ton père pourra nous tirer de là.

Julien se contente de secouer la tête. Que peut son père dans une situation sans issue ? Il ne possède plus rien et ses anciens amis vont le fuir. Et puis, ce n'est pas dans son caractère de demander de l'aide !

— Nous ne pouvons pas rester là, insiste Aminthe. Nous, les Montrémy, nous ne pouvons pas dépendre de la bonne volonté d'un Morenceau. La honte est désormais indélébile, il va falloir nous cacher !

— Tu as vu, la loque que tu fais ? Minable, va ! Tu ne me fais même pas pitié ! J'ai envie de te pousser du pied, comme une charogne, une bête puante, une salamandre !

— Cellia, je t'en supplie, ne me parle pas comme ça !

— Et comment tu veux que je te parle ? Tu ne mérites pas que je baisse les yeux sur toi. Regarde ce que tu es : un pauvre type qui tremble, qui claque des dents. Mais, enfin, vas-tu réagir, Renaud ?

— Je peux pas, c'est plus fort que moi ! Tu comprends pas, toi, la fille modèle. Moi, je suis le fils d'un héros dont je n'ai pas l'étoffe !

Cellia se dresse devant Renaud, le regard ardent. Le jeune homme est assis dans un fauteuil en osier et se tord les mains. Son visage blême, ses yeux qui ne se fixent pas indiquent son manque de drogue. De violents tremblements secouent ses épaules. Il claque des dents comme s'il avait la fièvre.

— Tu ne vas pas me la faire à moi ! La belle histoire de l'artiste rendu inapte à la vie par son excès de talent, par sa différence, sa sensibilité d'écorché vif ! Handicapé par le don du ciel et contraint de recourir à la drogue pour échapper aux démons de la création ! Tu me fais bien rire, petit-bourgeois, petit enfant gâté que l'on n'a jamais contrarié ! Ce qu'il t'a manqué, c'est une enfance bien difficile et des coups de pied au cul ! Et puis, les vrais artistes ne se mettent pas dans ton état, ils travaillent parce que le talent c'est une fleur sauvage qui a besoin d'être beaucoup soignée, cultivée à chaque instant pour s'épanouir.

Dans le flou de sa douleur, Renaud entend les mots durs de Cellia Correti, la petite chanteuse du Red Star, la déshéritée à la voix d'or recueillie par Gurval qui n'entre pas dans le jeu du jeune bourgeois en rupture de ban.

— Tu ne peux pas comprendre ce que je souffre !

— C'est que tu l'as voulu ! Tu as eu la faiblesse de croire que ta drogue aplanirait les difficultés, elle ne fait que les masquer et les difficultés restent, toujours plus grandes parce que tu les laisses t'encercler comme des serpents.

Tout cela, il le sait, mais s'il suffisait de prendre conscience de ses erreurs pour les corriger, ce serait simple.

— Je suis tellement seul !

C'est encore pour se faire plaindre, pour refuser de regarder la réalité en face. Cellia lève les mains devant elle.

— Voilà que tu joues sur les sentiments. Mais tu ne comprends pas que tu passes à côté de la vie ? Moi je sais que si l'on est fort, on se tire de toutes les situations. Le bonheur, le plaisir de vivre, ça se conquiert. C'est toujours toi qui fais ton propre malheur, comme un animal qui refuse de se faire soigner parce qu'il redoute la douleur immédiate et ne comprend pas que c'est ce qui va lui sauver la vie !

— Comment tu me parles, Cellia. J'ai l'impression d'avoir quelqu'un de vieux en face de moi, une personne qui a toute une vie d'expérience...

— Tu ne sais rien de moi et j'ai décidé de jouer franc jeu avec toi. Tu as du talent et nous pouvons former une paire capable de briller. Gurval l'a bien compris ! Je ne m'appelle pas Cellia. Je m'appelle Isma. Je suis née dans la banlieue de Lyon, dans une cité sordide, sans âme, où les gens se regroupent pour appliquer les lois de leur pays et de leur religion. Moi, j'ai refusé, je suis partie. Tu comprends, je suis partie et je me suis retrouvée seule ! J'ai dû me battre, Renaud. Et en se battant, on grandit plus vite, on découvre ses priorités. J'aime chanter et je veux réussir.

Cette fois, Renaud est vaincu. Il pourrait se mettre en colère, menacer, fuir, comme il l'a toujours fait, mais Cellia sait mélanger l'autorité et la candeur, la maturité et la fraîcheur. Elle en impose au musicien par sa voix exceptionnelle faite de soleil et de glace, de lumière et d'ombre.

— Entre les mains de Gurval, toi comme moi, nous ne sommes que des pions, des cartes à jouer dans un jeu dont nous ne connaissons pas la règle. Nous pouvons lui échapper, mais, pour cela, il nous faut une totale confiance l'un en l'autre, une solidarité de chaque minute. Et comment veux-tu que je fasse confiance à un camé ?

Renaud sait que Cellia a raison. Par instants, la lucidité lui revient et il pense alors, le temps d'un éclair, qu'il doit sortir de son calvaire qui le rend esclave de ses fournisseurs, qui le pousse vers toutes les extrémités, toutes les servitudes.

— Je te répète, nous pouvons gagner tous les deux. Séparés, nous n'avons aucune chance. Gurval s'est trompé sur mon compte. Il pense que je vais me servir de toi pour te jeter par la suite. Si tu fais un effort, la réussite est à notre portée, mais il faudra beaucoup travailler. Les gens qui réussissent ont fait don de leur vie à leur talent, ce sont des bourreaux de travail.

— Je n'ai même plus de guitare.

— Nous en trouverons une. Je veux avant tout que tu acceptes de souffrir un peu pour te sortir du mauvais pas dans lequel tu te trouves. Il y a des produits de substitution, j'ai pu m'en procurer, mais tu dois savoir que tu ne réussiras rien si tu n'es pas décidé dans ta tête. Toi seul peux vaincre le monstre qui est en toi. Moi, je ne peux que t'aider. On va aller chercher une guitare. Ce ne sera pas un grand instrument, mais elle te permettra de travailler.

— Attache-moi à cette chaise, que je ne puisse plus bouger, que je sois obligé de regarder la douleur en face, de l'analyser au lieu de la fuir, de la comprendre au lieu de la redouter. Il n'y a pas d'autres moyens de vaincre la peur diffuse qui coule en moi, c'est elle qui me rend faible et sans volonté. Attache-moi ! Tu me mettras un bâillon sur la bouche pour arrêter mes cris.

— Non, tu vas venir avec moi, tu vas choisir une guitare bon marché, dans le tas, tu en trouveras sûrement une meilleure que les autres. Viens.

Il se lève, le geste incertain. Dans sa poche, il sent le poids du téléphone portable et dans sa tête tournent les chiffres d'un numéro salvateur.

Ils descendent dans la rue. Le soleil inonde le trottoir, éclaire les boutiques et les passants. Il y a de l'insouciance dans l'air, de la bonne humeur ; les tenues légères indiquent un laisser-aller paisible, un manque de contrainte qui gomme tous les interdits, l'oubli momentané des menaces du ciel.

L'air chaud, la caresse du soleil exaspèrent Renaud. La paix générale lui échappe alors qu'il pourrait en profiter, y puiser la force de se battre. Oui, il doit se battre, mais pour cela se décider l'esprit clair, en pleine possession de ses moyens. Accepter d'abandonner la drogue ne peut se faire dans un moment de manque, mais au contraire de plénitude. Il doit puiser dans cet équilibre retrouvé la force de vouloir le perpétuer sans artifice. Alors sans réfléchir, il abandonne Cellia, court aussi vite qu'il le peut, comme s'il fuyait une bonne conscience trop lourde pour lui. La jeune fille l'appelle, mais il ne se retourne pas, il se perd dans les rues, court encore jusqu'à un jardin public où il s'arrête pour reprendre son souffle et comprendre avec effroi et en même temps satisfaction que la fée blanche a gagné une fois de plus...

— Il est beau ton appartement, madame Ghislaine, je voudrais vivre ici tout le temps et puis Paris c'est plus beau que Chastelnaud ou Saint-Geniez. Ça sent bon !

— Ça sent bon ? s'étonne Ghislaine en pensant à l'horrible odeur des trottoirs de Paris les soirs d'été et à la puanteur des couloirs du métro qu'elle a pris avec la fillette.

— Oui, ça sent bon ! Et je veux rester ici, avec toi !

— Tu sais bien que ce n'est pas possible. Tu as promis à ton oncle Lionel de ne pas faire de comédie.

— Oui, j'ai promis, c'est vrai.

— Alors, je te ramène à Saint-Geniez. Tu sais qu'une grosse surprise t'attend ! Nous partons !

Finalement, Pétronille ne fait pas de difficultés pour

rentrer chez son oncle puisque Ghislaine la reprendra aux prochaines vacances. Les trois journées ont passé très vite. Ghislaine a fait visiter Paris à la fillette. Bernard Chaurrit les a invitées dans un grand restaurant et Pétronille s'est crue au paradis. D'emblée, Bernard Chaurrit lui a plu avec cet instinct des enfants qui vont vers ceux qui les aiment. L'homme d'affaires non plus n'est pas resté insensible à la frimousse de cette gamine vive qui a oublié, pour une fois, d'être capricieuse.

Le voyage de retour se passe aussi bien que l'aller. Pétronille commence par écouter ses chansons, puis s'endort allongée sur le siège arrière. Elle se réveille en sursaut quand la voiture s'arrête dans la cour des Houilles Blanches.

— Déjà ? fait-elle, étonnée.

La famille Delprat au complet est là pour l'accueillir. D'abord Lionel, en chef de famille, puis Marc et les femmes. Géraldine qui dit qu'elle s'est beaucoup ennuyée et invite tout le monde à se rendre à la salle à manger.

Quand chacun est installé devant son demi-melon au porto, Lionel se lève et prend la parole.

— Pétronille, ton retour met beaucoup de soleil dans cette maison. Les affaires de tes oncles, donc tes affaires, vont au mieux. Je t'informe que les chantiers de construction des trois barrages sur le Ribet et le Menuret sont ouverts, que les ouvriers sont déjà au travail. Ces barrages seront mis en eau, si tout va bien avant le début du printemps prochain, mais ce n'est pas le cadeau que je t'ai promis.

Il regarde un instant la fillette qui ne bronche pas et adresse un sourire curieux à son oncle. À côté de Ghislaine, elle le trouve moins imposant, moins autoritaire que d'habitude.

— Ton cadeau, le voici.

Il se penche pour prendre quelque chose qu'il avait dissimulé à côté de lui et pose sur la table une bouteille d'eau minérale. Sur l'étiquette, Ghislaine reconnaît tout de suite le visage souriant de sa protégée et l'inscription en belles lettres gothiques : L'EAU DE PÉTRONILLE.

— Voilà, précise Lionel, nous lançons une nouvelle eau minérale qui va remplacer les eaux Saint-Jean. Nous avons longtemps cherché comment l'appeler, j'avoue que cela m'a tenu éveillé pendant quelques nuits quand, Marc et moi, nous avons eu ensemble cette idée. L'Eau de Pétronille ! C'est ainsi que va être commercialisée ton eau. Ton sourire sur l'étiquette sera la meilleure publicité ! Tu te rends compte, Pétronille, que tout le monde va voir ta photo, tout le monde va te connaître, comme le bébé Cadum !

L'eau de Pétronille ! Ghislaine se demande si c'est une bonne idée. Elle tente d'imaginer les bouteilles dans les rayons d'un supermarché. Cela lui semble étrange, pourtant les frères Delprat ne se lancent pas au hasard. Ils ont sûrement fait une étude de marché, à moins que leur amour pour leur nièce ne les ait rendus imprudents au point de perdre leur légendaire sens des affaires !

L'homme remercie le chauffeur du camion d'où il est descendu et, sans se retourner, marche vers l'ancienne usine Saint-Jean. Il est grand, trop maigre pour son ossature. Ses cheveux blancs mal coupés tombent en désordre sur ses oreilles. Son visage est couvert d'une barbe blanche qui cache ses joues creuses et donne à son regard la fixité d'un oiseau de proie et la résignation d'un animal de zoo.

Il arrive dans la rue qui surplombe l'usine Saint-Jean. Des ouvriers travaillent à sa remise en état, la toiture neuve brille sous le soleil orageux ; la cour est envahie de camions. L'homme regarde un instant, serre les dents et s'éloigne.

Il sait où trouver les siens, ou ce qu'il en reste, une mère acariâtre et un fils handicapé. Celui qui a franchi les cols les plus hauts du monde, qui s'est battu contre la banquise, celui qu'on voyait sur les pages glacées des magazines n'est plus que ce vagabond sans le sou en poche, ce rebut de la société. Lui qui descend d'une des plus anciennes familles de la région n'a que ce masque de clochard pour cacher son nom sali à jamais.

Il a été enfin libéré de la prison de Chambéry où on le retenait pour laisser le temps à ses ennemis de mettre la main sur son usine. Armand Montrémy sait bien que sa place n'est plus ici, mais il a voulu boire la coupe jusqu'à la lie. Il a voulu aussi montrer qu'il n'était pas mort, que l'affront, la salissure à son honneur ne se dilueraient jamais.

Malgré la chaleur, il boutonne son blouson de cuir trop élégant pour le vagabond qu'il est devenu. Les gens le reconnaissent et le regardent avec curiosité et un peu d'appréhension. Certains le saluent, discrètement, d'autres tournent la tête.

Il arrive à la mairie, hésite un instant avant de passer le seuil du bâtiment où des ouvriers s'activent encore. La vie a continué pendant son absence et la ville renaît de ses décombres.

— Je voudrais voir M. Morenceau, dit-il à la personne qui s'avance devant lui et le reconnaît.

Il fait quelques pas dans le couloir quand l'épaisse silhouette du maire sort d'une pièce. Morenceau s'étonne un court instant et lui tend la main. Son sourire cache mal sa gêne.

— Mon cher ! Enfin vous voilà ! Nous avons fait tout ce que nous avons pu pour vous sortir de ce mauvais pas ! Vous allez enfin être innocenté.

Montrémy ne serre pas la main qui lui est tendue. Son visage se durcit.

— Je vous remercie d'avoir dépanné ma mère en lui prêtant votre petit appartement. Je ne peux pas vous dédommager compte tenu de ma situation.

— Ce n'est rien ! J'ai tout fait pour vous aider, mais que pouvions-nous contre des eaux polluées ?

— Rien, réplique froidement Montrémy, les pollueurs sont aussi des électeurs.

Il s'éloigne, Morenceau ne cherche pas à le retenir.

Montrémy traverse de nouveau la place de la mairie, entre dans l'immeuble où le maire possède un studio qui était, autrefois, sa garçonnière. Ce qui lui reste de sa famille se trouve là. Le crachat de Renaud lui brûle encore la figure. Il sonne.

— C'est moi, dit-il d'une voix ferme. Descendez, je ne veux pas mettre les pieds dans cet immeuble.

— Mais enfin, s'insurge Aminthe après un long moment d'hésitation. Nous t'attendions, Julien et moi. Le commissaire m'a avertie ce matin très tôt. Il faut bien que tu montes, où veux-tu que nous allions ?

— Je ne sais pas, mais je ne veux pas que l'on me fasse l'aumône. Je préfère dormir dans le fossé.

— Écoute, Armand..., proteste Aminthe qui cherche ses mots.

Personne ne lui répond. Armand Montrémy a tourné les talons. Il n'a plus la force ni l'envie de parler, d'argumenter. Sa vie est nulle part, mais surtout pas ici. Il pense à Julien, mais sait bien que le handicapé ne peut pas vivre en vagabond. Il prend une route au hasard.

Une grosse voiture conduite par une femme le dépasse. Montrémy ne la voit pas, mais la femme le reconnaît dans son rétroviseur parce qu'elle le reconnaîtrait sous n'importe quel accoutrement. Elle lève le pied.

Ghislaine a quitté Pétronille et la famille Delprat après déjeuner, mais avant de reprendre la route de Paris, elle a voulu retourner sur la tombe de son mari. C'est la première fois qu'elle y revient depuis l'enterrement collectif, la première fois que son esprit est assez libre pour cette démarche du souvenir.

Quand elle voit Armand Montrémy marcher ainsi, la tête basse, le dos courbé, sans but, son cœur bondit. Elle a déjeuné chez ses ennemis, elle a cautionné par sa présence l'eau de Pétronille qui détruit à jamais le souvenir de l'eau Saint-Jean. Elle a été lâche.

Elle fait demi-tour à un croisement, prend ses lunettes pour cacher son visage et revient, le cœur battant, sur la route bordée de platanes. Elle arrive à la hauteur de Montrémy, ralentit et ressent une douleur profonde, mais n'a pas la force de s'arrêter. Elle rebrousse chemin de nouveau à un croisement, passe une troisième fois près de l'homme qui remarque la voiture blanche, mais ne reconnaît pas sa conductrice. La voiture s'éloigne et le silence retombe, lourd, orageux.

Armand Montrémy poursuit son chemin. Au sommet d'une colline qui surplombe Chastelnaud, il s'arrête, regarde longuement la ville tassée au pied du mont Aïzot.

— Je reviendrai ! dit-il en serrant les dents et en reprenant sa marche sans but.

À paraître en mai 2005, *Le Dernier Orage*,
le tome II des *Colères du ciel et de la terre.*

Table

Cet ouvrage a été composé et mis en pages
par Étianne Composition
à Montrouge.

Cet ouvrage a été imprimé par

FIRMIN DIDOT

GROUPE CPI

Mesnil-sur-l'Estrée

pour le compte des Éditions Robert Laffont
24, avenue Marceau, 75008 Paris
en février 2005

Dépôt légal : mars 2005
N° d'édition : 45714/01 – N° d'impression : 72639

Imprimé en France